dtv

War Judas wirklich der Mann, der Christus für dreißig Silberlinge verriet und sich danach das Leben nahm? Falls ja, von wem stammt dann dieser Nachlaß, dessen Echtheit Siegfried Obermeier im Prolog minutiös nachweist? Vielleicht handelt es sich tatsächlich um die Autobiographie des wohl berühmtesten Verräters des Abendlandes: Demnach hat sich Judas keineswegs das Leben genommen. Wohl zieht er in jungen Jahren mit Jesus durch Galiläa und Judäa, doch nach dessen Kreuzestod wird er zum weitgereisten Historiographen. Er erlebt Athen in kulturellem Glanz und sprühender Lebendigkeit, bildet sich in Alexandria und findet in Ägypten in der Sklavin Susanna seine große Liebe. Schließlich kommt er auf seiner Wanderschaft auch in die Hauptstadt des römischen Weltreiches. Dort blickt man entsetzt auf die Wahnsinnstaten des Kaisers Nero ...

Siegfried Obermeier, geboren am 21. Januar 1936 in München, arbeitete als Redakteur und schrieb für Rundfunk, Zeitungen und Zeitschriften. Er ist einer der erfolgreichsten deutschen Autoren historischer Romane und wurde für sein Romanwerk mit der Littera-Medaille ausgezeichnet. Der Autor lebt in Oberschleißheim bei München.

Siegfried Obermeier

Die Geschichte des Judas

Roman

Deutscher Taschenbuch Verlag

Von Siegfried Obermeier
ist im Deutschen Taschenbuch Verlag erschienen:
Caligula (20353)

Ungekürzte Ausgabe
März 2002
Deutscher Taschenbuch Verlag GmbH & Co. KG,
München
www.dtv.de

(Erstveröffentlichung 1978 unter dem Titel ›Kreuz und Adler‹
im C. Bertelsmann Verlag GmbH, München)
Umschlagkonzept: Balk & Brumshagen
Umschlagbild: Ausschnitt eines Gemäldes von
Philippe de Champaigne (© AKG, Berlin)
Satz: KCS GmbH, Buchholz/Hamburg
Gesetzt aus der Aldus 9,5/11,25˙ (QuarkXPress)
Druck und Bindung: Druckerei C. H. Beck, Nördlingen
Gedruckt auf säurefreiem, chlorfrei gebleichtem Papier
Printed in Germany · ISBN 3-423-20500-8

Prolog

Se non è vero – è ben trovato
Italienisches Sprichwort

Was ich hier in Form eines Romans vorlege, basiert auf den Lebenserinnerungen eines Mannes, der Jesus Christus gekannt und gesprochen, ja zeitweise sogar in einem sehr engen Verhältnis zu ihm gestanden hat.

Bei so manchem Leser mag dies Erstaunen oder auch Mißtrauen wecken, da doch jeder halbwegs an diesem Thema Interessierte längst weiß, daß es keine absolut sicheren Nachrichten aus jener Zeit gibt, ja, daß alles bisher darüber Geschriebene sich zwischen Fiktion und Spekulation bewegt. Unsere ausführlichsten Quellen über Christi Leben und Wirken sind die Evangelien, deren kritische Erforschung in neuester Zeit die schon von Wissenschaftlern des 19. Jahrhunderts geäußerte Vermutung immer mehr erhärtet, daß keiner der vier Evangelisten ein Zeitgenosse Christi war. Ich will hier keinen Exkurs über neutestamentliche Datierungsfragen abhalten, doch hat eine gründliche und völlig wertfreie Forschung mit einiger Sicherheit nachweisen können, daß etwa drei bis acht Jahrzehnte zwischen dem Tod Christi und der Niederschrift der Evangelien vergangen sein müssen.

Das älteste und auch kürzeste der vier Evangelien wird dem Markus zugeschrieben und kann um das Jahr 70 in Rom entstanden sein. Meine Quellen erwähnen davon nichts, doch ist in ihnen von einer »Das Leben Jesu Christi« genannten Schrift die Rede, welche bei den römischen Frühchristen kursierte. Wir dürfen darunter wohl die heute als Logia Jesu oder Logiensammlung bezeichneten Vorläufer und Quellen der späteren Evangelien verstehen.

Ich kann es mir ersparen, Vergleiche aus der neueren Geschichte anzuführen, um die nun einmal feststehende Tatsache zu erhärten, daß bereits zu Lebzeiten, um so mehr aber nach dem Tod berühmter Menschen aus Politik, Literatur oder Kunst die Legende sich ihrer Lebensgeschichte bemächtigt und sehr schnell den historischen Kern mit Erfindungen, Verdrehungen, kurz mit Phantastereien aller Art umkleidet. Wer auch immer von den vier Evangelisten – die Apokryphen müssen dabei ohnehin unberücksichtigt bleiben – etwa in der Zeit zwischen 70 und 120 n. Chr. mit der Niederschrift seines Textes begann, mußte sich auf ältere mündliche oder schriftliche Überlieferungen stützen, die aber ihrerseits schon allerlei Legendäres enthielten. Denn diese Quellen kamen ja von Christen, von unbedingten, oft fanatischen Anhängern Jesu, deren Berichte zumindest eine stark idealisierende Tendenz enthielten. Sind schon große Staatsmänner oder Künstler dieser Legendenbildung ausgesetzt, so gilt dies für Religionsstifter noch in viel stärkerem Maße, da ja hier das Wunder, das Unfaßbare, das Übermenschliche, die Überhöhung des von Gott Auserwählten eine wesentliche Rolle spielt.

Ich weiß, daß ich damit nichts Neues sage, aber ich mußte es zur Klärung des Folgenden noch einmal kurz umreißen. Ebenso bekannt ist auch, wie sehr sich aus den angeführten Gründen die Forschung bemüht hat, neutrale Quellen aufzufinden, nämlich von Chronisten, die unbeeinflußt und unberührt von religiösen Bedenken oder Rücksichten ganz einfach nur die Tatsachen berichten. Was Jesus Christus und seine Anhänger betrifft, so müssen wir uns dabei mit den wenigen kargen Zitaten begnügen, die bei Sueton, Tacitus und Flavius Josephus zu finden sind. Bisher war dem nichts hinzuzufügen, abgesehen von immer neuen und immer abenteuerlicheren Spekulationen, die zwar manchmal neue Gedanken, aber leider keine neuen Tatsachen brachten.

Um so wichtiger scheint mir mein Beitrag, der sich auf den Bericht eines Mannes stützt, der als Erzverräter in die Geschichte des Christentums eingegangen ist und dessen Name dafür sprichwörtlich wurde: Judas Ischariot. Daß diese Version schon ein fundamentaler Irrtum ist, läßt sich durch meine Quellen schlüssig belegen. Weder hat Judas Christus verraten, und erhielt dafür Geld, noch hat er sich nach diesem »Verrat« das Leben genommen. Wie uneinig schon das Urchristentum über sein Ende war, beweisen die drei Todesversionen. Bei Matthäus beging er Selbstmord durch Erhängen, die Apostelgeschichte läßt ihn zudem noch auseinanderbersten, drei der Evangelisten erwähnen gar nichts davon, und der urchristliche Bischof Papias (um 130) berichtet vom Verfaulen bei lebendigem Leibe. Niemand schien also etwas Sicheres gewußt zu haben, doch dichtete man dem »Verräter« natürlich einen schrecklichen Tod an.

Die Wahrheit sieht freilich anders aus, wie wir feststellen konnten.

Als Judas die Reise nach Athen antrat, erwähnt er sein Alter und schreibt, er habe »das dreißigste Jahr gerade überschritten«. Da dies bald nach dem Tod des Kaisers Tiberius geschah, muß Judas etwa um das Jahr 10 n. Chr. geboren sein. Sein Lebensbericht schließt mit der Erwähnung von Vespasians Bautätigkeit in Rom, ohne jedoch den Tod des Kaisers zu erwähnen. Wir können daraus schließen, daß Judas etwa zwischen 75–80 n. Chr. als Fünfundsechzig- bis Siebzigjähriger starb.

Was die Erinnerungen des Judas aus Chariot für die Geschichte des Christentums bedeuten, mag jeder Leser für sich selber entscheiden, da ein wertfreies Urteil in Glaubensfragen kaum möglich ist.

Wenden wir uns jetzt der Frage zu, welchen Weg das Judas-Manuskript durch die Jahrhunderte genommen hat.

Zur Veröffentlichung war es nicht bestimmt; diesen Wunsch scheinen auch seine Nachkommen respektiert zu haben. Jedenfalls scheint es von ihnen und allen sonstigen Nachbesitzern sorgsam gehütet worden zu sein; denn irgendwann zwischen dem 4. und 8. Jahrhundert tauchte es in Ostrom (vielleicht auch als Abschrift oder bereits Abschrift von der Abschrift) wieder auf, wo es in die Archive eines Basilius-Klosters (vermutlich bei Konstantinopel) gelangte. Hier setzt nun die erste sichere Datierung ein, denn der Mönch Chrysostomos fertigte im Jahre 788 eine Kopie an; entweder weil jemand sie forderte oder weil die alte Abschrift (damals kaum noch das Original) hinfällig geworden war. Der schreibkundige Mönch vermerkte gleich zu Beginn:

»Dies schrieb Chrysostomos im Jahre nach dem Konzil von Nikäa im Kloster des Basilius.«

Spätestens an dieser Stelle taucht die Frage auf, wieso diese Schrift nicht publiziert oder anderweitig bekannt wurde, doch läßt sich dies nicht eindeutig beantworten. Wir können nur vermuten, daß sie in Rom nicht interessant genug war und vielleicht als Familienerbstück nur eben von Generation zu Generation weitergereicht, aber nicht gelesen wurde. Weiterhin ist anzunehmen, daß die Nachkommen und Erben des Judas sich über Generationen hinweg nicht zum Christentum bekannten; denn als Christen hätten sie gewiß auf irgendeine Weise von dem Manuskript Gebrauch gemacht – wahrscheinlich wäre es vernichtet worden.

Wie und wann das Manuskript nach Ostrom gelangte, bleibt völlig offen. Vielleicht wanderten Nachkommen der Judas-Söhne dorthin aus, vielleicht rettete ein Gelehrter oder ein Mönch die Schrift nach dem Zerfall des weströmischen Reiches ins sichere Byzanz, wo sie schließlich im Basilius-Kloster landete. Bei dem in Byzanz allgemein und durch alle Volksschichten regen Interesse für religiöse Fragen ist es zunächst verwunderlich, daß keine weiteren Abschriften gefertigt und verbreitet wurden. Bedenkt man aber, wie starr die christliche Lehre schon im 5. Jahrhundert auf die anerkannten vier Evangelien fixiert war und wie nahezu blasphemisch der Bericht des Judas von dieser abwich, so ist zu verstehen, daß man diese Schrift als höchst gefährlich unter Verschluß (und vermutlich auch für falsch) hielt. Wie so vieles Schriftmaterial in den Archiven der Klöster hat sie wohl dann vergessen in einem staubigen Winkel geschlummert, bis – doch halt!

Nun gilt es doch einen Blick auf das sogenannte Judas-Evangelium zu werfen, das zu den Apokryphen zählt und schon seit der Spätantike verschollen ist. Seine Existenz ist lediglich durch die Schriftstellen bei Eirenaios (Bischof von Lyon, gest. um 202 als Märtyrer) und Epiphanios von Salamis (um 315–403, Metropolit von Konstantia) bezeugt. Es gilt bis heute als eine Fälschung der gnostischen Sekte von Judasanhängern, die den Verräterapostel als Vollender des gottgewollten Heilsgeschehens verehrten. Diese Sekte ist längst verschwunden, aber könnte es nicht doch eine Beziehung zwischen unserem Bericht und dem wahrscheinlich im 2. Jahrhundert entstandenen Judasevangelium geben?

Dieses wäre dann höchstens ein bis zwei Menschenalter nach dem Tode des Judas niedergeschrieben worden und könnte sich wohl an der damals gewiß noch in Rom befindlichen Originalschrift orientiert haben. Zur Zeit mit dem Judas-Manuskript befaßte Wissenschaftler bezweifeln dies allerdings mit der Begründung, daß die geistige Haltung der Judas-Sekte in keinen Bezug zu dem vorliegenden, eher nüchternen Bericht stehe, der im übrigen – und darauf kommt es an – den Verrat des Judas widerlegt.

Nach dieser notwendigen Abschweifung zurück zum Manuskript, von dem nicht bekannt ist, wie lange es im Basilius-Kloster blieb, ob oder wie oft es den Besitzer wechselte. Von dem denkwürdigen Jahr 1437 an können wir allerdings mit Fakten bzw. mit konkreteren Vermutungen aufwarten. In diesem Jahr nämlich reiste der byzantinische Kaiser Johannes VIII. Paläologos nach Italien, um das Abendland zu einer ernsthaften Hilfe gegen die akut gewordene Türkengefahr zu bewegen. Er stieß allenthalben auf ehrfürchtige Neugierde und höfliches Interesse, eine wirkliche Unterstützung wurde ihm aber nicht zuteil. Als Gegenleistung bot er die Zustimmung zur Vereinigung beider Kirchen, der orthodoxen und der katholischen. Diesen Preis ließ man sich gerne zahlen, und 1439 fand bei einem von Papst Eugen IV. in Florenz abgehaltenen Konzil tatsächlich die Union statt. Allerdings nur auf dem Papier; denn das Volk von Byzanz lehnte – wie sich bald herausstellte – diese aufgezwungene Gleichschaltung ab.

Kaiser Johannes hatte nun einige bedeutende Gelehrte in

seinem Gefolge mitgebracht, worauf man sich besonders in dem von Renaissance und Humanismus geprägten, alles Griechische vergötternden Florenz freute. Die gelehrten Byzantiner wurden am Hofe der Medici und in der ganzen Stadt herumgereicht wie morgenländische Kostbarkeiten; denn sie, ihr Land und ihre Kultur wären ja schließlich die direkten Erben Griechenlands und des römischen Reiches. Einige von ihnen wollten auch gar nicht mehr zurück; denn sie zogen einen sicheren Lehrstuhl im goldenen Florenz der unsicher gewordenen Heimat vor.

Unter diesen Männern befand sich Alexios Onomarchos, der sich im Gegensatz zu manchen seiner Landsleute keineswegs vorzudrängen schien, sondern – aus eigenem Reichtum oder von Gönnern finanziert – sich eine behagliche Landvilla bei Florenz erbaute, wo er gelehrte Studien betrieb und 1467 starb. Ob er eine Toskanerin heiratete oder, was nicht wahrscheinlich ist, eine Frau mitbrachte, wissen wir nicht. Jedenfalls hinterließ er zumindest einen Sohn, der ihn beerbte, was durch eine Urkunde zu belegen ist. Von diesem Giovanni Onomarco, wie er sich italienisiert nannte, ist uns leider außer dem Namen nichts überliefert; er scheint ohne Nachkommen gestorben zu sein, da der Name nirgends mehr auftaucht.

Sein gelehrter Vater jedenfalls muß im Besitz des Judas-Manuskriptes gewesen sein, doch auch er machte keinen Gebrauch davon; vielleicht trieb er ganz anders geartete Forschungen und hatte sich nur wenig oder gar nicht damit befaßt. Was ihn (oder seinen Sohn?) dazu bewog, es mit einigen byzantinischen Goldmünzen, einer antiken Karneolgemme und einem getriebenen Silberbecher in ein eisenbeschlagenes Holzkästchen zu legen und dieses einzumauern, läßt Raum für jede Vermutung.

Die Villa wechselte im Laufe der Jahrhunderte unzählige Male den Besitzer und wurde auch mehrmals umgebaut, wobei aber das Kästchen unentdeckt blieb. Wenn ich von nun an im Zusammenhang mit der Villa, ihrem Standort und ihren Besitzern keine Namen mehr nenne, so geschieht dies auf ausdrücklichen Wunsch ihrer jetzigen Eigentümer.

Im letzten Jahrzehnt des 19. Jahrhunderts erwarb ein englischer Kaufmann den schon ziemlich verfallenen Besitz und ließ ihn gründlich renovieren. Beim Ausbau eines umfangreichen Pferdestalls mit Wagenremise wurde nun endlich die Wand abgebrochen, in deren Fundament das Kästchen eingemauert war. Von Holz und Eisenbeschlag der Kassette waren allerdings nur noch klägliche Reste vorhanden, während alles andere dem erstaunten Engländer buchstäblich vor die Füße fiel. Der reiche und, wie damals so viele Engländer, in Italien verliebte Kaufmann hatte nicht nur ein Faible für Pferde, sondern sammelte auch Gemälde, Münzen, Gemmen und andere schöne Dinge. Manuskripte aber sammelte er nicht. So freuten ihn zwar Goldmünzen, Gemme und Silberbecher; das Manuskript aber schenkte er ungelesen einem deutschen Archäologen, der 1901 bei ihm zu Gast war. Das zum Glück nicht auf Papyrus, sondern auf Pergament geschriebene Manuskript war zum größten Teil ausgezeichnet erhalten. Die durch Schimmel, Wurmfraß und Feuer (es gibt angekohlte Stellen) vernichteten Partien gingen wahrscheinlich schon in Byzanz verloren. Professor F., der deutsche Archäologe, holte sich in den Pontinischen Sümpfen ein tödliches Fieber, noch ehe er an die Auswertung des Fundes gehen konnte, während sein 1891 geborener Sohn im Bankfach tätig war und den Schatz einfach zu den Familienpapieren legte. Im Inflationsjahr 1922 wurde es dann mit Möbeln, Gemälden, Büchern und anderem auf eine Berliner Auktion gegeben, wo ein Antiquar aus Breslau es billig ersteigerte. Da niemand es für nötig hielt, die Schriftrollen genauer zu untersuchen, sind sie im Auktionskatalog lediglich als »Griechischer liturgischer Text, Byzanz, 10. Jahrhundert« aufgeführt. Man hatte sich also nicht einmal die Mühe gemacht, die Datierung des Mönches Chrysostomos zu entschlüsseln.

Wie es von Breslau wieder nach Berlin kam oder ob der Antiquar es gleich in der Hauptstadt verkaufte, ist nicht bekannt.

1941 jedenfalls befand sich die Schrift im Besitz eines Privatgelehrten, der sich nun endlich an ihre Auswertung und Übersetzung machte. Ein seltsames Schicksal war ihm und seiner Arbeit beschieden. Der wohlhabende Gelehrte bewohnte allein eine schöne Grunewaldvilla und überhörte während der Luftangriffe nicht selten aus Taubheit (er legte sein Hörgerät fast nie an) und Zerstreutheit die Alarmsirene, so daß er die Angriffe oft in seinem Studierzimmer – wohl nur halb bewußt – miterlebte.

Bei dem schweren Bombardement im September 1944 war aber seine Haushälterin zugegen, die ihn wohl auf die Gefahr hinwies.

Zerstreut wie immer, ließ er das Originalmanuskript im Studierzimmer liegen und nahm die vermutlich fast fertige Übersetzung mit in den Keller. Hier wurden er und seine Hausbesorgerin mitsamt der Übersetzung durch eine schräg einschlagende Luftmine zerfetzt, während der Luftdruck das Originalmanuskript in den Garten schleuderte. Dort fand es der Neffe und spätere Erbe des Verstorbenen. Von ihm selbst besitze ich die betreffenden Informationen, und er wußte auch, daß sein Onkel an der Übersetzung des Judas-Berichtes arbeitete. Der später nach Bayern übergesiedelte Neffe und jetzige Besitzer der Pergamentrollen vertraute nun die erneute Übersetzung einem Studienkollegen an, der zur Zeit als Altphilologe einen Lehrstuhl im deutschen Sprachraum innehat.

Die mir überlassene Rohübersetzung bildete die Grundlage für das vorliegende Buch, das freilich nicht ohne erweiternde Ausschmückung und Einbeziehung von gesicherten Zeitereignissen auskommen konnte. Wo Judas historische Ereignisse nur vage andeutet, ganz verschweigt oder verlorengegangene Textpartien den Zusammenhang stören, habe ich aus anderen Quellen erweitert und ergänzt.

Das Judas-Manuskript soll sofort nach seiner endgültigen historisch-kritischen Auswertung publiziert werden, doch wird dies noch einige Zeit in Anspruch nehmen. Der interessierte Leser mag dann zwischen dem Originalbericht des Judas und meiner romanhaften Auslegung vergleichen.

Erstes Buch
Judäa

1

Dies schreibe ich, Fulvius Judas, Sohn des Simon aus Chariot in Judäa. Ich tue dies allein für mich und um mein Alter kurzweiliger zu gestalten, vielleicht auch, um meinen Söhnen mehr zu hinterlassen als ein Haus in Tibur. So will ich auch keinen Wunsch und keine Widmung voranstellen, wie Catullus es bei seinen Gedichten tat. Was er sich im ersten Vers von der Muse erbat: »O gib, Schutzherrin Muse, daß es länger als ein Jahrhundert dauere«, das wünsche ich mir nur für meine ›Geschichte der römischen Provinzen‹.

Dieses unselige Jahr steht unter einem schlechten Stern; das Volk nennt es Dreikaiserjahr, und wir wollen hoffen, daß es bei dreien bleibt. Der grausame und gefräßige Vitellius hat Galba und Otho abgelöst, aber alle wünschen, Otho wäre geblieben und hätte nicht aus Angst beim Anrücken der Aufständischen Selbstmord begangen. Nero Claudius Caesar Augustus endete vor einem Jahr auf dieselbe Weise, und es gehört zu den Wundern dieses festgefügten Reiches, daß dieser blutrünstige Tyrann und maßlose Verschwender auch nach fast vierzehnjähriger Herrschaft dem Staat keinen wesentlichen Schaden zufügen konnte. Ich selbst habe bisher acht Kaiser erlebt und werde noch zu berichten haben, daß ich zweien von Angesicht zu Angesicht gegenüberstand. Trotz allem bin ich stolz auf dieses Rom, das vielen Völkern Wohlstand und Frieden gebracht hat, wenn auch mit harter Hand und unter vielen Opfern. Wer mich deshalb einen Verräter an meinem Volk schimpft, der möge meine Geschichte der römischen Provinzen lesen und dann sein Urteil sprechen.

Einen Verräter an Jesus, den seine Gemeinde für den Messias hält, nennen sie mich noch heute, doch glaube ich nicht, daß dies alles dauern wird. Sie werden einen neuen Messias finden, so wie es vor Jesus schon viele gegeben hat, deren Namen oft schneller vergangen sind als alljährlich der Schnee auf den Sabinerbergen.

Eli, mein Diener seit vielen Jahren, ist ein gläubiger Christ und versäumt keine der seit Nero verbotenen Versammlungen. Von ihm erfahre ich schnell, was dort gedacht und gesprochen wird. Eine ihrer Schriften habe ich mir beschafft; sie wird unter der Bezeichnung ›Das Leben Jesu Christi‹ in den Versammlungen eifrig gelesen, enthält aber nur eine bunte Mischung von Halbwahrheiten und Legenden, die bewirken soll, daß der Mensch Jesus seiner Gemeinde als der göttliche Messias erscheint. Meine Rolle als Verräter bleibt darin nicht unerwähnt. So soll der Satan in mich gefahren sein und mich zu Verrat und Selbstmord getrieben haben.

Soviel ich weiß, ist keiner von denen, die mit mir an Jesu Seite waren, in Rom. Von Petrus, Andreas, Paulus und Jakobus weiß ich sicher, daß sie tot sind. Von den anderen fehlt mir bis jetzt jede Nachricht. Eli versichert mir zwar, daß sie in aller Welt die Lehre Christi predigen, doch auch er weiß nichts Genaues. Vielleicht bin ich als einziger von ihnen noch am Leben. Wie dem auch sei, man wird sie und den sie für den Messias hielten bald vergessen haben, wie auch die ägyptischen, römischen, germanischen und die vielen Götter anderer Völker einst vergessen sein werden. Es ist nur ein Gott, und die da glauben, Jupiter, Baal oder Jehova seien dreierlei und nur einer könne der rechte sein, leben im Irrtum. Freilich ist nur einer, aber er hat viele Namen, und ich muß lachen, wenn ich höre, dieser sei Gott und jene seien Götzen. Alle Namen gelten doch nur diesem einen. Er aber wollte das nicht glauben, ihm galt nur der Judengott, und er nannte sich seinen Sohn. Jesus Christus, Sohn Gottes, der sich aus vielen Jüngern zwölf erwählte, davon einer ich war. Sein Tod war bitter, und als alle ihn verließen, als sogar Simon Petrus, sein Liebling, ihn verleugnete, war ich es, der zu Kaiphas, dem alten gichtigen Wüstling, lief und ihn zornig anbrüllte, warum er Jesus, den harmlosen Prediger, ans Kreuz liefern wolle und nicht Barabbas, den berüchtigten Straßenräuber. Da krächzte der Alte wütend zurück, ich solle mich um meine eigenen Angelegenheiten kümmern und, anstatt ihm Vorwürfe zu machen, lieber meine Schulden bei seinem Sohn begleichen. Er wußte natürlich, daß ich dem Nichtsnutz Joram dreißig Denar schuldete; doch trug ich das Geld schon einige Zeit bei mir, war aber im Trubel der letzten Tage nicht dazu gekommen, es zurückzugeben. So warf ich ihm den Beutel vor die Füße, daß die Silberlinge herausfielen und ihm um seine dürren Beine sprangen. Da verdrehte er die Augen wie ein geköpfter Hahn, schrie etwas von Sündengeld, das er nicht haben wolle, und ich sei überhaupt der böse Geist seines armen Joram. Als ob dieser Nichtsnutz und notorische Mädchenschänder einen bösen Geist nötig gehabt hätte!

So habe ich nun das Pferd am Schwanz aufgezäumt, was mir als bekanntem Geschichtsschreiber keine besondere Ehre macht. Jetzt aber soll Ordnung in diesen Bericht kommen; denn ein schlechtes Vorbild will ich euch, meinen Söhnen, nicht geben.

Am Anfang eines jeden Menschenlebens stehen Geburt und die süßen Jahre am Busen und auf dem Schoß der Mutter, wohlbehütet, frei von Sorgen und Angst. Gerade diese Jahre aber sind unserem Gedächtnis entschwunden, und meist betrifft die erste Erinnerung Schmerz oder Angst. Mein Vater, Simon, Sohn des Asor aus dem Stamme Juda, besaß in Chariot den schönsten Ölgarten und einen der besten Weinberge. Er war ein kluger Mann, der Familie und Gesinde mit leichter Hand regierte.

Esther, meine Mutter, beugte sich ihm in allen Dingen, die jenseits der Türschwelle geschahen, doch innerhalb des Hauses regierte sie allein, und er respektierte das. Sie führten eine gute Ehe und waren beide auf ihre Art glücklich. Heute glaube ich, daß auch ich es war. Glücklich – das bedeutet für ein Kind, aufzuwachsen in einer sicheren und behüteten Welt, ein anerkannter Teil zu sein von ihr. Wenn ich meinen Vater klug nannte, so muß ich ihn auch gerecht nennen. Er maß jedem das

Seine zu, nicht mehr und nicht weniger, er haßte alles Schwankende und Launenhafte, und wer ihn nicht liebte, zollte ihm doch zumindest ehrlichen Respekt.

Meiner Mutter aber wurde beides zuteil, Liebe und Respekt. Mein Vater gehörte auch keineswegs zu diesen strenggläubigen jüdischen Patriarchen, die nichts, aber auch nichts neben der mosaischen Lehre und Überlieferung gelten ließen. Freilich, er fehlte am Sabbat niemals in der Synagoge, hielt auch die Feiertage und alle sonstigen Gebräuche ein. Ein anderer Teil seines Wesens aber verehrte die griechisch-römische Kultur, deren geschmeidige Eleganz er schätzte. Er hatte schon in jungen Jahren das römische Bürgerrecht erworben und besaß den lateinischen Zunamen Fulvius, der dann auf mich überging. Das Griechische war ihm geläufig, Latein aber sprach und schrieb er vollendet. Diese Vorliebe habe ich ungeschmälert übernommen, wenn mir auch das heimatliche Aramäisch noch immer gut vertraut ist. Mit meinem Diener Eli spreche ich diese Sprache fast täglich. So wuchs ich als einziger Sohn meiner Eltern mit einer jüngeren Schwester heran, ging in die Synagogenschule und hatte daneben Privatlehrer, die mich in Latein, Griechisch, Literatur und Geschichte unterrichteten. Als ich geboren wurde, regierte in Rom Kaiser Augustus, und als ich mit dreizehn Jahren mein Bar Mizwah feierte, trug Tiberius den Purpur. Er regierte, als ich von Jesus zum Jünger erwählt wurde, und als Jesus starb, hockte der greisenhafte Kaiser auf Capri, mißtrauisch, grausam, beschützt von einer riesigen Leibwächtergarde, die der sonst so Geizige fürstlich entlohnte, um seines jämmerlichen Lebens sicher zu sein. Rom, das mächtige, allgegenwärtige Rom, machte meinem Vater seine Verehrung für die griechisch-lateinische Kultur nicht leicht.

Im Gegensatz zu seinen Vorgängern übte Tiberius keine religiöse Toleranz, sondern verfolgte alle fremden Kulte, besonders jüdische und ägyptische. Die wenigen Synagogen Roms wurden auf seinen Befehl geschlossen, die Kultgeräte mußten verbrannt werden, die Priester zwang man zur Opferung vor den Standbildern der römischen Götter. Was den ägyptischen Priestern des Amon oder der Isis leichtfiel, weil für sie alle fremden Götter nur Inkarnationen der eigenen waren, bedeutete für unsere Rabbiner ein schweres Sakrileg. Wie immer, wenn es um die Durchsetzung sinnloser Verfügungen ging, scheuten die kaiserlichen Beamten kein Mittel, um die Betroffenen zu demütigen. Wo man Widerstand spürte, wurden die strengsten Strafen ausgesprochen, und wieder einmal waren es die Juden, die am meisten zu leiden hatten, weil ihr religiöser Starrsinn ihnen keine Kompromisse gestattete. Tiberius scheute zwar davor zurück, sie alle umbringen zu lassen, doch schien er gesonnen, ihre Ausrottung auf Umwegen zu betreiben. Die reichen Familien traf Einzug ihres Vermögens und Verbannung in irgendwelche fernen Provinzen; die jungen Männer steckte er ins Militär und ließ sie in berüchtigten Gegenden am Rande der zivilisierten Welt Dienst tun. Wer sich diesem Zwang nicht fügte, dem drohte der Sklavenstand auf Lebenszeit.

Die Statthalter Annius Rufus und Valerius Gratus waren ehrliche, pflichteifrige Beamte, die ihre Zeit in Palästina abdienten und den Tag ihrer Heimkehr ins goldene Rom herbeisehnten. Einige Jahre nach meiner Volljährigkeit wurde Pontius Pilatus nach Jerusalem berufen. Er war ein echter Prüfstein für meinen alles Römische verehrenden Vater. Vom ersten Tag an unbeliebt wegen seiner zynisch-stolzen, unnahbar-hochmütigen Art, tat Pilatus alles, um das Land gegen sich aufzubringen. Schon am Tag nach seiner Ankunft in Caesarea gab es dort schwere Unruhen, weil er in Jerusalem Standarten mit dem Bild des Kaisers hatte aufstellen lassen, was den gläubigen Juden natürlich ein schwerer Greuel war. Die Bevölkerung sah ihre verbrieften Rechte dadurch verhöhnt und rottete sich auf den Plätzen Caesareas zusammen. Hierher, in die Residenzstadt der römischen Prokuratoren, wurden nun aus ganz Palästina Abordnungen gesandt, um den Statthalter zu einer Rücknahme seiner frevelhaften Befehle zu bewegen, denn in Jerusalem durfte kein Bildwerk gezeigt werden. Pilatus empfing niemanden, sondern ließ die Bittsteller durch seine Sekretäre abfertigen. Er denke nicht daran, nur ein Jota seiner Entscheidungen zurückzunehmen, und sie sollten niemals vergessen, daß Rom – Rom allein – hier zu befehlen habe. Rom aber sei von nun an er, Pontius Pilatus. Die Abgesandten zogen sich mit diesem Bescheid zurück, worauf alle in die Stadt eingedrungenen Juden sich vor dem Haus des Statthalters auf den Boden legten und fünf Tage unbeweglich liegenblieben. Ich muß hier einfügen, daß ich ein solch würdeloses Verhalten ablehne. Kein Menschenleben verläuft ohne Kompromisse, und Starrsinn gegen Starrsinn hat noch nie ein Ergebnis gebracht.

Zuerst versuchte Pilatus, die Leute einzuschüchtern, indem er seine Soldaten auf die Straßen schickte und sie martialisch mit ihren Schwertern rasseln ließ. Mehr wagte auch er nicht zu unternehmen, weil es einfach zu viele waren, die passiven Widerstand leisteten. So ließ er sich etwas anderes einfallen und tat dem Volke durch Ausrufer kund, daß er am Morgen des nächsten Tages in der Arena sprechen werde.

Man muß wissen, daß die zu Ehren des Augustus gegründete Stadt Caesarea überwiegend von Nichtjuden bewohnt war und so dem Statthalter ein völlig falsches Bild von der Provinz Judäa vermittelte. Pilatus wurde schnell eines Besseren belehrt. Als sich die Judenschar in der Arena versammelt hatte und geduldig schweigend wartete, erschien der Statthalter nach über einer Stunde auf der Rednertribüne, wo er sich auf einem Sessel niederließ und lange Zeit über die Menge hinwegstarrte. Daß dies nicht Hochmut, sondern Taktik war, erwies sich bald, denn er hatte alle verfügbaren Truppen zusammengezogen und wartete ab, bis seine Soldaten das Theater in dreifacher Reihe umstellt hatten. Kaum war dies geschehen, sprang er auf und begann mit hoher, schneidender Stimme zu reden. Er sprach nicht lange, aber was er sagte, war eindeutig. Der Kaiser habe ihn hierher gesandt, um Rom in diesem Lande zu vertreten. Seine Befehle seien die des Kaisers, und wer sie mißachte, riskiere sein Leben. Wer gegen die in Jerusalem aufgestellten Standarten sei, möge die Hand heben und sei hiermit standrechtlich zum Tode durch Enthaupten verurteilt.

Danach trat eine Reihe Soldaten mit gezogenen Schwertern vor, und gleichzeitig erhoben sämtliche Juden ihre Arme.

»Lieber den Tod als die Gesetze der Väter mißachten«, rief es im Chor.

Mit einer solchen todesmutigen Einstimmigkeit hatte Pilatus nicht gerechnet. Daß Judäa die schwierigste Provinz des Reiches sei, war ihm in Rom wohl gesagt worden, aber er hatte die Juden unterschätzt.

Man sah, wie er die Fäuste ballte, wie er seinen schmalen Mund zu einem Befehl öffnete, sich aber dann wortlos auf den Sessel zurückfallen ließ. Mit einer müde wirkenden Geste ließ er die Soldaten zurücktreten, dann stand er langsam auf, schaute grimmig auf die schweigende Menge und zog sich zurück. Kurz darauf verkündeten Aufrufe und Anschläge, daß die Bildnisse aus Jerusalem abgezogen seien und jeder unverzüglich in seinen Heimatort zurückkehren solle. Pilatus hatte verloren und Judäa einen erbitterten Feind gewonnen. Dies zeigte sich bald an seinen Maßnahmen, nachdem er in Jerusalem eingetroffen war. Pilatus sah sich gerne als fortschrittlichen Mann und wollte sein Wirken in Judäa durch ebensolche Taten verewigt wissen.

Die Wasserversorgung in Jerusalem war besonders in den heißen Monaten unzureichend. Pilatus erkannte diesen Mangel und suchte ihm abzuhelfen, indem er einen Aquädukt über eine Entfernung von vierhundert Stadien zu bauen befahl. Da, wie er meinte, weder er noch der Kaiser, noch das römische Reich für etwas bezahlen sollten, das allein den Juden zugute käme, forderte er die Stadtväter auf, das Geld für den Bau der Wasserleitung beizubringen. Nun aber mußte der Statthalter erfahren, wie schwierig es ist, von den Juden Geld zu erlangen, wenn sie glauben, eine Sache sei unnötig. Da sie dies von der Wasserleitung törichterweise glaubten und Pilatus nichts geben wollten, beschlagnahmte dieser den Tempelschatz und beglich damit die Kosten für den Aquädukt. Damit hatte er wieder einmal gefrevelt, und die Stadt summte vor Empörung wie ein Volk wilder Bienen. Pilatus ließ die stärksten Schreier niederknüppeln, wobei nicht wenige zu Tode kamen, einige von ihnen ließ er verhaften und auspeitschen, die Vornehmeren verurteilte er zu empfindlichen Geldstrafen. So erzwang er sich in wenigen Stunden wieder die Ruhe. Aber es war eine gefährliche Ruhe.

2

Unbeschwert und glücklich verliefen die Jahre meiner frühen Jugend. Bis zu meinem siebenten Lebensjahr blieb ich das einzige Kind meiner Eltern, ängstlich gehütet von Esther, meiner Mutter, und liebevoll geführt von meinem Vater, der immer für mich Zeit hatte und jede meiner kindlichen Fragen ernst nahm. Dann wurde meine Schwester Rachel geboren, und fast schien es, als müßte das neue Leben mit einem schweren Opfer erkauft werden, denn meine Mutter trug viele Tage lang die Blässe des Todes auf ihrem Gesicht. Ich werde den Tag nicht vergessen, als mein Vater mich zu sich rief, um mir seine bevorstehende Reise nach Jerusalem anzukündigen; denn er wollte Herophilos, den berühmten griechischen Arzt, an das Krankenlager meiner Mutter holen.

»Du bist noch ein Kind, Judas, und doch wirst du für die nächsten Tage der Herr sein in unserem Hause. Dir vertraue ich an, was unser Eigen ist, hüte und bewahre es bis zu meiner Rückkehr.«

Noch heute empfinde ich den Schrecken, aber auch den Stolz bei den ernsten Worten meines Vaters.

Mit nur einem Diener und den drei schnellsten Pferden war er am Morgen losgeritten. Bereits am Abend kehrte er mit dem Arzt Herophilos, doch ohne Diener zurück, denn eines der Pferde war schwer gestürzt.

Mit Angst im Herzen und Tränen in den Augen, mit der Scheu des Kindes vor Krankheit und Tod hatte ich das Leidenslager meiner Mutter erlebt. Als der berühmte Arzt, ein noch junger Mann, an ihr Bett trat, kehrten wieder Hoffnung und Zuversicht in unsere Herzen ein.

Herophilos stammte aus Athen und nannte sich selber stets einen »bescheidenen Schüler und Diener des Asklepios«, doch wer seine Erfolge kennt, wird ihm eher den Ehrennamen eines zweiten Hippokrates zubilligen.

In jüdischen Familien war es niemals der Brauch, den Arzt mit einer Frau oder einem Mädchen allein zu lassen, doch Herophilos verlangte dies, und mein Vater fügte sich sofort seinen

Wünschen. Euch, meinen Söhnen, sind diese Erinnerungen gewidmet, und da es sich vielleicht fügen mag, daß sich einer von euch dem Arztberuf zuwendet, sollt ihr wissen, wie Herophilos meine Mutter heilte. So will ich berichten, was sie selbst mir später erzählte. Trotz ihres Fiebers und der Todesmattigkeit hatte sie nichts von dem vergessen, was ihr damals geschah.

Nachdem der junge Arzt sich etwas erfrischt und ein neues Gewand angelegt hatte, trat er in das Gemach meiner Mutter, begrüßte sie mit einem freundlichen Lächeln, wobei – sie hat es oft erwähnt – »seine Augen wie Sterne strahlten«.

Dann trat er an das Fenster, schob die Vorhänge zurück und sagte:

»Die erquickende Luft des Abends und das milde Licht der späten Sonne werden dich gesund machen, Esther.«

Worauf meine Mutter mit schwacher Stimme, doch in fester Frömmigkeit antwortete: »Nur Gott kann Gesundheit schenken.«

Der Arzt nickte. »Sind nicht auch die Sonne und der kühle Hauch des Abends Gottes Werk?«

Darauf geschahen viele seltsame Dinge. Auf Anordnung des griechischen Arztes mußten unsere Diener die Rinde von Bergeichen herbeischaffen, während er anderen befahl, von schadhaften Eisengeräten den Rost abzuschaben und zu sammeln.

Den in Wasser gelösten und mehrmals geklärten Eisenrost mischte Herophilos mit schwerem roten Wein und gab meiner Mutter jede Stunde einige Schlucke davon zu trinken. Damit, so meinte er, ließe sich ein Teil des verlorenen Blutes ersetzen. Aus der Eichenrinde wurde unterdessen ein Absud bereitet, dem der Arzt noch Laserpicium beifügte, eine aus den Wurzeln der Wolfsmilchpflanze gewonnene Essenz, die man in Rom noch jetzt gegen vielerlei Krankheiten, aber auch als Gewürz verwendet.

Mit dem so bereiteten Balsam behandelte nun eine vertraute Dienerin den wunden Leib meiner Mutter.

Gegen das verzehrende Fieber hatte der Arzt eine fertige Medizin mitgebracht, die schon bald den Schweiß vom bleichen Antlitz Esthers nahm. Meinem Vater wurde das Herz so leicht, daß er Geschenke an das Hausgesinde verteilte und dem still lächelnden Arzt jede gewünschte Belohnung versprach. Simon muß sein Weib sehr geliebt haben; ich selbst kann nur berichten, daß meine Eltern bis zu meines Vaters Tod in bester Eintracht lebten.

Herophilos verließ nach vier Tagen unser Haus, reich entlohnt und von vielen Segenswünschen begleitet. Seine Kunst und gewiß auch Gottes Wille hatten Esther dem Tode entrissen, meinem Vater die Gattin, mir und meiner kleinen Schwester die Mutter erhalten. Herophilos war später Leibarzt des Königs Herodes, fiel dann in Ungnade und ging nach Ägypten, wo ich ihm durch Zufall wiederbegegnen sollte.

Bald nach der völligen Genesung meiner Mutter wurde das Purimfest gefeiert, das nach römischer Zeitrechnung diesmal auf die ersten Tage des Monats März fiel. Ich kann mich nicht erinnern, meinen Vater später wieder so ausgelassen und fröhlich gesehen zu haben. Jeder Jude weiß, daß dieses Fest an die Rettung unseres Volkes durch Mordechai und Esther – deren Namen meine Mutter trug – erinnern soll und immer als ein Freudenfest begangen wird. Die schon zuvor beschenkten Diener unseres Hauses wurden noch einmal mit reichen Gaben bedacht, während das ganze Dorf von meinem Vater zu einem Festmahl geladen wurde. Beim herkömmlichen Verlesen der Esther-Legende im Tempel soll mein Vater in Tränen ausgebrochen sein.

Ich möchte aber noch von einem anderen Purimfest berichten, das meine Erinnerung deutlicher bewahrt hat, denn ich zählte damals schon fünfzehn Jahre.

Bei Jünglingen dieses Alters pflegt ein unreifer, suchender und oft noch hilfloser Geist im Widerstreit mit einem schon reifen Körper zu stehen. Ich wußte längst, daß Gott Mann und Weib geschaffen hat, um ein Fleisch zu werden und dadurch neues Leben zu zeugen. Mein junger Körper brannte in den warmen Sommernächten wie eine Fackel und glühte im kühlen Hauch des Winters beharrlich weiter, wie die Glut im kalten Mantel der Asche.

In Chariot und andernorts wurde es so gehalten, daß man am Morgen in der Synagoge die Geschichte der Esther vorlas, während man mittags die engsten Freunde zu Tisch lud und die Dienerschaft des Hauses beschenkte. Am Abend fand das ganze Dorf sich zu einem gemeinsamen Freudenmahl im Freien zusammen. Sitte und Brauch wollten es, daß die Wohlhabendsten für Speise und Trank sorgten, während die anderen den Festplatz zu richten hatten.

Seit vielen Jahren war es mein Vater, der für Speise sorgte, während der Weinbauer den Trank lieferte. Wie immer auch der Besitzer des zweitgrößten Anwesens von Chariot heißen mochte – das Dorf nannte ihn den Weinbauern, weil dies sein ausschließlicher und einträglicher Erwerb war. Jakob Ben Azor hieß der Besitzer zur Zeit meines Vaters. Seine Frau war die schöne Debora, die aber schon in jungen Jahren zur Witwe wurde, weil Jakob nach einem Sturz vom Pferd starb. Debora führte das Anwesen für ihre beiden unmündigen Kinder weiter, und sie tat es mit fester Hand. Ich darf sagen, daß ganz Chariot diese Debora auf ehrsame Art liebte; denn sie war ihrem Gesinde eine gute und gerechte Herrin, wie sie für die Armen eine offene Hand und für ihre Nachbarn ein offenes Ohr hatte.

»Sie ist eine Jüdin von der rechten Art«, pflegte mein Vater zu sagen, und er unternahm keine Fahrt nach Jerusalem, ohne bei Debora anzufragen, ob sie ihm eine Besorgung aufzutragen hätte.

Debora steuerte nun auch zu diesem Purimfest den Wein bei, und mein Vater sandte mich mit einem Knecht zu ihrem Haus, um Hilfe anzubieten.

»Sieh da«, sagte sie lächelnd und nicht ohne leisen Spott, »Simons Sohn beehrt Deboras Haus. Fast bist du ja schon ein Mann, kleiner Judas, wenn auch die Zeit noch nicht fern ist, da ich dich auf meinen Knien schaukelte und dich mit Honig fütterte. Nun bin ich eine alte Frau und werde bald erleben müssen, daß mein kleiner Judas sich eine Braut erwählt.«

Ich schlug die Augen nieder und spürte, wie das Blut in meine Wangen schoß. Sie war keineswegs eine alte Frau, sondern gerade zur vollen Reife erblüht und schön wie eine hochsommerliche Frucht. Da ich vor Verlegenheit keine Worte fand, fuhr ich barsch meinen grinsenden Knecht an und schickte ihn hinaus an die Arbeit. Debora aber umfaßte mich mit einem leuchtenden Blick ihrer großen schimmernden Augen und lud mich mit einer Handbewegung ins Haus.

»Honig kann ich dir nun keinen mehr ins Mäulchen streichen, aber ein Glas meines besten Weines darf ich dem Sohn meines geschätzten Simon wohl anbieten.«

Ich fühlte mich so klein vor dieser prächtigen Frau und war mit meinen fünfzehn Jahren vor dem Gesetz doch schon ein Mann. So folgte ich ihr ins Haus, wo sie mir in einem kühlen schattigen Raum einen Becher Wein kredenzte. Sie nahm neben mir auf einem der weichen Lederkissen Platz, während ich mich ein wenig umsah und die karge, aber sehr kostbare Einrichtung bewunderte. Auf schönen farbleuchtenden Teppichen standen mehrere niedrige Tische aus duftendem Sandelholz, kostbar geschnitzt und mit bunten Steinen eingelegt. In den Trinkbechern aus schwerem ziselierten Silber schimmerte matt der dunkle süße Wein.

Ich weiß nicht mehr, welches Gespräch wir führten, ich erinnere mich nur noch an den betörenden Duft, der von Debora ausging, der meine Sinne verwirrte und mich nicht weniger betörte als der lächelnde spöttisch-freundliche Blick ihrer dunklen Augen.

Ich sagte etwas von meinem Knecht, der auf meine Befehle wartete, und wollte aufstehen, doch Debora faßte mich sacht am Arm und zog mich an ihre Seite. Dann fühlte ich eine kühle zarte Hand an meiner nackten Brust, und es war, als fielen die Kleider wie durch Zauberei von mir ab. So öffnete die schöne Debora mir ihre Arme und ihren Schoß, umfing meinen jungen, unerfahrenen, heiß entflammten Körper mit ihrer reifen warmen Weiblichkeit. In ihren Armen wurde ich zum Mann, und ich habe sie deshalb nie geringgeachtet, wie dies bei Jünglingen nicht selten geschehen mag, wenn eine ältere Frau sie verführt. Es war dies mein schönstes Purimfest, und ich weiß noch gut, daß ich bei der abendlichen Tafel die Augen nicht von ihr lassen konnte, was meine Mutter wohl bemerkte, weil sie mich am nächsten Morgen damit neckte. Debora aber zeigte frohe unbefangene Festesfreude, und niemand sah ihr an, daß sie noch kurze Zeit vorher in meinen Armen gelegen hatte. Ich war vor ihr wie ein kleiner Junge und spürte wohl zum ersten Mal, wie unsagbar überlegen die Frauen uns Männern in Liebesdingen sein können. Sie besitzen eine Kraft, die uns nicht gegeben ist. Merkt es euch gut, meine Söhne.

Ich war danach noch oft in Deboras Haus und trank noch oft ihren süßen Wein, aber ihren Leib durfte ich nicht mehr genießen. Meine schüchterne Werbung wies sie sanft und freundlich zurück.

»Die Schönheit dieser Stunde«, meinte sie, »wollen wir nicht zerstören. Ich bin nicht dein Weib, und deine Geliebte zu sein schickt sich nicht für mich. Du wirst noch viele Frauen genießen und jedesmal mit ihrem Leib den meinen umfangen; denn in meinen Armen bist du zum Mann geworden, und das wirst du nicht vergessen können.«

Sie hat recht behalten, und weil sie sich mir verweigerte, habe ich sie um so höher geachtet. Vielleicht bin ich deshalb, trotz allem, nie zu einem kalten, eigensüchtigen Liebhaber geworden, der die Frauen nur benützt, ohne sie zu achten. In jeder meiner Geliebten habe ich den Geist Deboras gespürt, und niemals bin ich in Zorn oder Feindschaft von einer Frau gegangen.

3

Mein Vater meinte, er könne mich nicht früh genug mit seinen Geschäften vertraut machen, erinnerte mich an einige Verwandte, die der Herr im besten Mannesalter abberufen hatte, und begann, mich in die Quellen unseres Erwerbs einzuweihen. Da gab es eine stattliche Anzahl von Häusern in Jerusalem, die ihm gehörten und deren Verwaltung oft Schwierigkeiten verursachte, die sein persönliches Eingreifen und damit seine Anwesenheit in Jerusalem erforderten. Manchmal hatte er schon erwogen, sich für immer in der Hauptstadt niederzulassen, doch hing sein Herz mehr an den Äckern und Weinbergen als am städtischen Besitz, so daß er unser großes und blühendes Landgut nicht einem Verwalter anvertrauen mochte. Die Häuser in Jerusalem waren überwiegend an Handwerker und Geschäftsleute vermietet, deren Zahlungen nicht immer pünktlich, manchmal auch gar nicht eintrafen. Klagen über zu behebende Schäden, streitsüchtige Nachbarn, schlechten Geschäftsgang und anderes mehr pflegten sich im Laufe der Zeit anzuhäufen, bis mein Vater sich einmal wieder nach Jerusalem aufmachte, um die Dinge ins Lot zu bringen.

Seit Pontius Pilatus als römischer Statthalter regierte, scheute mein Vater vor der Begegnung mit seinen römischen Freunden zurück, denn er schämte sich für sie. Zu mir sagte er: »Solange dieser Pilatus sich im Lande aufhält, will ich Chariot nicht mehr verlassen, denn ich könnte nicht für mich einstehen, würde ich ihm – sei es durch Zufall, sei es bei Freunden – begegnen.« Durch meine spätere lange Abwesenheit mußte mein Vater diesem Vorsatz zwar untreu werden, doch er hatte das Glück, Pilatus niemals zu treffen.

Mein Vater fand es nun an der Zeit, daß ich mich allein in Jerusalem bewähren sollte. Stolz auf das in mich gesetzte Vertrauen, wohl versehen mit Geld und guten Ratschlägen zog ich in Begleitung eines Dieners los.

Natürlich war mir Jerusalem nicht fremd, da ich meinen Vater schon mehrmals dorthin begleitet hatte, doch ist es ein großer Unterschied, in väterlicher Hut gleichsam geführt zu werden, oder allein, für den Vater und mit seinen Rechten ausgestattet, sich in einer großen Stadt zu behaupten. Wer solches erlebt hat, weiß, wie einem Jüngling dabei zumute ist, kennt die Vielfalt der aus Stolz, Abenteuerlust, aber auch Furcht gemischten Gefühle, die seine Reise begleiten und ihn berauschen wie feuriger Wein.

Nach der Ankunft in Jerusalem suchte ich sogleich unser kleines Haus auf, das in der Oberstadt beim Berg Zion lag. Ein altes Verwalterehepaar – sie erinnerten mich an Philemon und

Baucis – hielt es instand. Würdevoll wurde der junge Herr begrüßt, dem Diener sein Quartier zugewiesen, die Maultiere versorgt, das Bad bereitet.

Voll Ungeduld brach ich gleich am nächsten Morgen auf, um die mir aufgetragenen Geschäfte abzuwickeln. Ich merkte aber bald, daß dies alles viel Zeit brauchte, und folgte dem Rat meines Vaters, jeden unserer Mieter geduldig anzuhören, keine Klage, auch nicht die belangloseste, leichtzunehmen, die Vorwände säumiger Schuldner gründlich zu prüfen, hart zu sein, wo es angebracht war, und nachsichtig, wo dies ratsam schien. Keine leichte Aufgabe für einen tatendurstigen Jüngling, der den süßen Duft der Freiheit spürt, aber dem steinigen, dornenreichen Weg der Pflichten zu folgen hat.

Ich lernte dieses Jerusalem lieben auf meinen Wegen kreuz und quer durch die Stadt; heiß fühlte ich den Stolz auf mein Volk in mir brennen, begann den Glanz seiner Geschichte zu ahnen, hörte die Sprüche Salomos und Davids klingen, als ich vor dem großen Tempel stand. Der von Herodes erneuerte Bau war damals noch unvollendet, obwohl die erweiterte Vorhalle und die Vorhöfe für Priester, Männer und Frauen schon fertiggestellt waren. Mit meinem Maultier durchquerte ich langsam die untere und obere Stadt, besuchte die Neustadt und rastete am Bethseda-Teich, bis mich die Neugier und meine Pflichten weitertrieben.

Zwar befand sich der Sitz des römischen Statthalters an der Küste in Caesarea, doch römisches Militär lag auch in Jerusalem, und Pilatus, der kurz zuvor sein Amt angetreten hatte, hielt sich während meines Besuchs hier auf.

Meine Geschäfte waren bis auf weniges abgewickelt, als ich eines Nachmittags müßig durch die Oberstadt schlenderte. Um das Gefühl der Freiheit voll auszukosten, hatte ich meinen Diener beurlaubt. Im späten Sonnenlicht warfen die Häuser lange Schatten, und die allmählich nachlassende Hitze lockte das bunte Volk der Händler und Müßiggänger, der Handwerker und hastig dahineilenden Sklaven wieder auf die Straße.

In diese friedliche Stunde brach plötzlich wüster Lärm, der aus einer kleinen Schenke drang. Neugierig blieb ich stehen, sah, wie sich Menschen ansammelten, um schnell wieder auseinanderzuweichen, als ein betrunkener römischer Soldat durch die niedrige Türöffnung taumelte. Grölend und fluchend zerrte er ein schlankes, schreiendes Mädchen hinter sich her, dessen Widerstand zu wachsen schien, je weiter der Soldat es von der Schenke wegzog. Inzwischen hatten sich einige Kameraden des Betrunkenen dazugesellt, die ebenfalls aus der Schenke kamen. Anstatt, wie ich hoffte und erwartete, die Würde Roms zu verteidigen und das Mädchen aus dem rohen Zugriff zu befreien, ermunterten die Soldaten den Betrunkenen noch, wobei der eine dem schreienden Mädchen roh an die Brüste griff, während der andere grunzend wie ein Schwein ihre Schenkel betastete.

Mir blieb vor Empörung der Atem stehen, und flammender Zorn erstickte jede Furcht. Ich lief über die Straße und schlüpfte in die Schenke, wo der jammernde Wirt den am Tisch eingeschlafenen Centurio aufzurütteln versuchte.

»Herr!« rief er flehend und in schauderhaftem Latein, »deine Leute tun meiner Tochter Gewalt an!«

Der Kopf des Centurio pendelte hin und her, die halbgeschlossenen, verquollenen Augen blickten verständnislos, aus seinen weinfeuchten Lippen kamen nur wirre Laute. Händeringend wandte sich der Wirt jetzt an mich:

»Junger Herr, laß nicht zu, daß sie meine Esther schänden, meine unschuldige Taube, die Freude ihrer Eltern. Sie ist versprochen und wird bald heiraten, ich flehe dich an, laß mich ...«

Vielleicht war es der Name des Mädchens, den auch meine Mutter trug, der mich so schnell und furchtlos handeln ließ. Ich wandte mich von dem Alten ab und ergriff wie im Traum zwei der schweren Weinkrüge. Einer davon war noch halbvoll, den goß ich geschwind dem Centurio über den Kopf, ging dann hinaus und schlug den anderen blitzschnell auf das helmlose Haupt des Soldaten, der das Mädchen Esther wie einen Sack über die Straße schleifte. Der Betrunkene sank wie vom Blitz gefällt in den Straßenstaub. Die schlanke Esther sprang auf und verschwand so gedankenschnell im Gewirr der Häuser wie eine Eidechse im Gesträuch. Noch immer ganz ruhig, ging ich zur Schenke zurück, wo sich die beiden sprachlos erstarrten Kameraden des Betrunkenen mit einem einzigen Schrei auf mich warfen. Sie schlugen mich mit ihren harten Fäusten zu Boden, zerrten mich dann hoch, um wütend auf mich einzudreschen. Ich war nicht imstande, mich zu wehren, wollte es auch gar nicht und versuchte nur, mit beiden Händen mein Gesicht zu schützen. Ein lallender Befehlsruf ließ meine beiden Quälgeister erstarren und Haltung annehmen. Der Centurio war zu sich gekommen, stand schwankend und halb gebückt in der niedrigen Tür und glotzte uns mit trüben Augen an, während der rote Wein wie Blut von seinem Gesicht troff. Jetzt redeten alle gleichzeitig: der Wirt, die beiden Soldaten, die Straßenpassanten, doch der zusehends nüchterner werdende Centurio gebot mit donnernder Stimme Ruhe, winkte mich und die beiden Soldaten ins Innere der Schenke, schob den jammernden Wirt zur Seite und begann die »Vernehmung«. Andere Soldaten hatten inzwischen den Bewußtlosen hereingetragen. Plötzlich wimmelte es überall von römischen Kriegern, während sich alle anderen Gäste aus dem Staub gemacht hatten. Der Centurio stank wie ein Weinfaß. Er starrte mich verblüfft an.

»Dieser junge Lümmel hat einen römischen Soldaten – einen römischen Soldaten! – niedergeschlagen.«

Er schüttelte seinen kantigen Schädel. »Weißt du, was dir blüht? Du bist kein Sklave, das sehe ich, so ein gepflegtes Jüngelchen wird nicht ans Kreuz geschlagen, das nicht, aber, beim blitzeschleudernden Jupiter, das Fell werden wir dir gerben, daß du für dein Leben genug hast. Weißt du, was das heißt? Da gibt es nicht neununddreißig hinten drauf, wie bei euch Juden mit eurem Zahlenfimmel, da sind wir Römer viel großzügiger, da wird so lange zugeschlagen, bis dein Rücken sich von oben bis unten in Hackfleisch verwandelt hat. So lange!«

Er nickte zufrieden und bekräftigend, als heische er von mir Bewunderung für die römische Großzügigkeit. Ich hatte bisher zu allem geschwiegen.

»Wer bist du eigentlich, wer ist dein Vater?«

»Judas, Sohn des Fulvius Simon aus Chariot.«

Der Centurio nickte. »Nun, Judas, Sohn des Simon« – er wies mit dem Kopf zu dem Bewußtlosen –, »wenn dieser da stirbt, dann bedeutet es für dich Geißelung und Kopf ab! Schade, daß man nur Sklaven kreuzigt.«

Ich schaute den Centurio fest an und sagte: »Dein Soldat war dabei, ein jüdisches Mädchen zu schänden. Hast du es ihm befohlen? Ist dies römische Art? Durfte er das tun? Ich habe ihn vor dieser Tat und damit vor Schlimmerem bewahrt. Du solltest mir dankbar sein.« Dann setzte ich mit lauter Stimme hinzu: »Fulvius Simon, mein Vater, ist römischer Bürger und war ein Freund des Statthalters Valerius Gratus.«

Der Centurio runzelte seine niedrige Stirn, und ich sah, wie ihn der Zorn packte. »Ein Freund des Statthalters! So ist das ...«

» ... und römischer Bürger«, warf ich ein.

»Und römischer Bürger«, äffte er mich nach. Ich werde dich ... Ich muß jetzt ...« So etwas war ihm noch nicht begegnet, das überstieg seinen vom Wein und vom Dienstreglement begrenzten Geist. »Abführen!« schrie er zornbebend. »Abführen! Damit soll sich der Statthalter befassen! Der weiß besser, wie man diese jüdischen Aufwiegler bändigt.«

Er fluchte noch lange vor sich hin, und so sollte ich vor Pontius Pilatus gebracht werden.

Mit zerfetzten Kleidern, blutverschmiertem Gesicht und schmerzenden Gliedern humpelte ich zwischen zwei römischen Soldaten durch Jerusalem – begafft, aber auch bewundert, denn meine »Heldentat« hatte sich schnell herumgesprochen. So, wie ich war, wollte ich vor den Statthalter treten, um ihm die Behandlung des Sohnes eines römischen Bürgers durch römische Soldaten vor Augen zu führen, doch da spielte der Centurio nicht mit. Mein verstocktes Schweigen half auch nichts, denn es genügte, nach dem Haus des Simon aus Chariot zu fragen, um bald den richtigen Weg zu finden.

Erschrocken und besorgt watschelten Philemon und Baucis um mich herum; ich wurde gebadet, gesalbt und neu eingekleidet, während draußen die römischen Soldaten Wache hielten.

Als ich meine schmerzenden Glieder in frische Kleider zwängte, zogen mir allerlei Gedanken durch den Kopf. Man weiß, daß die Jugend in ihrem Ungestüm nicht fähig ist, abzuwägen und ruhig bis zum Kern einer Sache zu dringen. Alles stellt sich einem in schwarzen und weißen Bildern dar, zwischen Gut und Böse bleibt kein Raum.

»Das also ist Rom«, murmelte ich voll Verachtung, »Rom, ein geißelschwingender Sklavenhalter, der seine Sklaven, die Provinzen, auspreßt und knechtet, dessen Soldaten straflos unbescholtene Mädchen entführen und schänden dürfen.«

Dieses Rom, dachte ich bestürzt weiter, liebt dein Vater Simon, der stolz ist, römischer Bürger zu sein, der Latein und Griechisch beherrscht und doch auch ein Jude ist... Liebte mein Vater ein anderes Rom?

Es blieb mir keine Zeit, diese Erwägungen fortzusetzen, denn ich mußte vor Pilatus erscheinen. Im Gegensatz zu manchen seiner Vorgänger, die es liebten, sich mit ägyptischem Prunk zu umgeben, bevorzugte Pilatus altrömische Einfachheit, ohne dabei einen gewissen Luxus zu verleugnen, den er seinem Amt schuldig zu sein glaubte.

Inzwischen war es Abend geworden, und das sanfte rotgoldene Licht des unter den Horizont tauchenden Tagesgestirns vergoldete die kostbaren Marmorsäulen im weiten Vorraum des Prätoriums (Statthalterpalastes), ließ die bunten Steine der Boden- und Wandmosaiken sprühend aufblitzen und hauchte einen warmen Schein über die bronzenen Paraderüstungen der statuengleich verharrenden Wachsoldaten. Dieser Palast war von dem älteren Herodes erbaut worden und zeugte von der Prunkliebe dieses mächtigsten Despoten unter den Trägern des Herodesnamens.

Ich glaubte schon, eine lange, demütigende Wartezeit hinnehmen zu müssen, wurde aber bald in einen kleinen Raum geführt, wo Pilatus an einem mit Schriftrollen bedeckten Tisch saß.

Ich will hier gleich die später von vielen geäußerte Meinung berichtigen, Pilatus sei ein kahlköpfiger Fettwanst gewesen. Den Beinamen Pilatus (= Kahlkopf) hatte er von seinem Vater geerbt, der wirklich kahl gewesen sein soll; er trug ihn wie einen Familiennamen.

Pilatus war damals ein schlanker, mittelgroßer Mann mit vollem dunklen Haar und einem fast schön zu nennenden Antlitz, das allerdings den häßlichen Stempel des hochmütigen Zynikers trug und sich im Zorn bis zur Fratze entstellen konnte.

Mit einem Ruck wandte er sein Haupt und sagte leise, mit sanfter Stimme: »Raus!«

Damit waren die mich flankierenden Wachsoldaten gemeint, die sofort kehrtmachten und verschwanden.

»Nimm Platz, Judas Ben Simon«, forderte er mich auf, doch ich blieb trotzig stehen. Ruhig betrachtete er mich eine Weile, ohne von meiner Weigerung weiter Notiz zu nehmen. »Dein Vater war ein Freund meines verehrten Vorgängers, nicht wahr? Ein Jude zwar, doch eine Stütze Roms, ein Bürger unseres Weltreiches.«

Ich nickte. »So ist es, Pilatus. Der Sohn dieses römischen Bürgers wurde heute von römischen Soldaten mißhandelt, als er einen von ihnen, der sinnlos betrunken war, an der Entführung und Schändung eines jüdischen Mädchens hindern wollte.«

Pilatus lächelte. »Jüdisches Mädchen – gewiß. Tochter eines Schankwirts und Zuhälters – also gewiß auch Hure. Du hast eine kleine Hure verteidigt, mein Judas. Wir wollen es vergessen. Trotzdem sollen die Soldaten wegen ihrer Trunkenheit bestraft werden. Bei einem hast du es ja schon selber besorgt, er liegt verletzt im Spital. Was weiter?«

Ich war so ratlos wie empört. »Hure ... ? Aber wie ... was sagst du da? Sie ist ein unbescholtenes Mädchen, zur Ehe versprochen ... eine Braut ...«

Pilatus stand langsam auf und ging ein paar Schritte auf mich zu. »Du bist jung, Judas, du bist einfältig, du darfst es sein, es ist das Recht der Jugend.« Damit trat er zum Fenster, drehte sich blitzschnell um und schrie mit schneidend-kalter Stimme: »Wer aber bin ich? Ich bin Rom, mein kleiner Judenbengel, Rom, das die Gnade besitzt, dieses dreckige, verlauste und aufsässige Volk zu kultivieren, ihm Frieden und Wohlstand zu bringen! Dein Volk, Judas! Man sollte euch ins Meer treiben und ersäufen wie Ratten; vielleicht gäbe es dann auch in diesem Teil der Welt endlich Frieden. Den römischen Frieden, den ihr nicht wollt und auch nicht verdient! Er wird euch aber trotzdem zuteil, die Gnade unseres göttlichen Kaisers leuchtet auch über Judäa, und diese Gnade verkörpere ich – ich bin des Kaisers Arm! Ich bin aber auch seine Faust, und diese Faust wird so lange auf eure Köpfe niedersausen, bis ihr begreift, was es heißt, ein Teil Roms zu sein.«

Ich war wie betäubt und konnte nichts erwidern.

Pilatus schlug mit dem Knauf eines auf dem Tisch liegenden Dolches heftig gegen ein Bronzebecken, worauf sofort die Wache eintrat. »Geh nach Hause zu deinem Vater, Judas, und überdenke meine Worte.«

So verlief meine Begegnung mit Pontius Pilatus, dem römischen Statthalter in Judäa.

4

Es mag seltsam klingen, wenn ich sage, daß die unerfreuliche Begegnung mit Pontius Pilatus mich schließlich auf den Weg zu Jesus Christus führte. Dieser Weg verlief freilich nicht in gerader Linie – eigentlich war es ein Umweg, und nicht nur ich bin ihn gegangen.

Nachdem ich meinem Vater die Erlebnisse in Jerusalem berichtet hatte, meinte er, Pilatus habe mich gnädig behandelt, denn ich habe mich wie ein dummer Junge und nicht wie ein Mann verhalten. Diese Worte kränkten und empörten mich; hatte ich doch von meinem Vater Verständnis und Zustimmung erwartet. Ich fand, daß er wie ein Römer und nicht wie ein Jude dachte, und mißbilligte es. Unsere Geschichte, unsere Kultur sei zehnmal älter, begehrte ich auf, und recht besehen seien die Römer, mit uns verglichen, Barbaren, auch wenn sie dieses Schimpfwort gerne gegen die eroberten Völker anwendeten. Mein Vater bewies viel Geduld und versuchte mich zu belehren:

»Wohl ist unsere Kultur älter, aber sie hat sich, wie du siehst, keineswegs als die stärkere erwiesen. Der griechisch-römische Geist ist es, der die Welt seit langem beherrscht und wohl noch lange beherrschen wird. Die zivilisierte Welt spricht griechisch und lateinisch, mein Judas, damit mußt du dich abfinden. Für deine Enkel wird unsere Sprache und die mosaische Lehre vielleicht nur noch eine ferne Erinnerung sein, ein Schulstoff, den man durcharbeitet und dann vergißt. Es ist kein Zeichen von Schwäche, sich auf die Seite des politisch und kulturell Stärkeren zu stellen, sondern ein Gebot der Klugheit. Wenn nicht jetzt, so wirst du dies doch später einsehen müssen.«

Ich wollte und konnte meinem Vater nicht recht geben, ich begehrte auf und fühlte plötzlich ein warmes Verlangen, tief und gründlich in die Geschichte meines Volkes einzudringen.

In Jerusalem hatte ich an einen Freundeskreis gleichaltriger junger Männer Anschluß gefunden. Meist waren es Söhne von Kaufleuten, Priestern, Gutsbesitzern und wohlhabenden Handwerkern, mit denen ich mich abends in den Schenken traf. Wir tranken, redeten und machten gelegentlich das nächtliche Jerusalem unsicher.

Woher wir auch kamen, wie immer unsere Eltern denken mochten – wir waren uns einig im Haß gegen die Römer und hätten für ein freies Judäa jederzeit zum Schwert gegriffen. Doch dazu war damals die Zeit noch nicht reif, und so redeten wir uns nur die Köpfe heiß, tranken mehr als uns guttat und besuchten nicht selten verschwiegene Häuser, wo schöne Mädchen, warme Bäder, erlesener Wein und köstliche Speisen auf gutgefüllte Börsen warteten.

Ich genoß diese Freuden sehr mäßig und begann sie mit der Zeit zu verachten, denn mein suchender Geist hatte sich mit jugendlicher Heftigkeit der Religion bemächtigt.

Mein Vater hatte es niemals an der genauen Beachtung aller jüdischen Gebräuche fehlen lassen, doch in seinem Sohn Judas fand er sich bald übertroffen. Ob es sich nun um Sabbatregeln handelte oder um das zeremonielle Anlegen der Gebetskleidung mit Mantel und Riemen bei der Morgenandacht – ich erwies mich als ein strenger Eiferer, der auch niemals versäumte, beim Betreten oder Verlassen des Hauses andächtig die Mesusa zu küssen. Hatte mein Vater mit besonderer Vorliebe den Gesängen Homers, Vergils oder Ovids gelauscht, wenn mein Lehrer Aulos sie uns mit klingender Stimme vortrug, so war ich es, der ihm jetzt mit langen Lesungen aus den Büchern der Propheten zu verstehen gab, daß ich Sprache und Geschichte unseres Volkes allem anderen voranstellte.

Besonders liebte ich das Lied der Lieder, den wunderschönen Gesang König Salomos. Wenn ich die Stelle vortrug, wo es heißt: Sie halten alle Schwerter und sind geschickt, zu streiten. Ein jeglicher hat sein Schwert an seiner Hüfte um des Schreckens willen in der Nacht …

Wenn ich dies las, dann gedachte ich haßerfüllt der Stunde, als ich vor Pilatus stand und mich schelten ließ.

Wenn ich aber vortrug:

Siehe, meine Freundin, du bist schön, schön bist du! Deine Augen sind wie Taubenaugen zwischen deinen Zöpfen. Dein Haar ist wie eine Herde Ziegen …

Wenn ich dies vortrug, stand mir Debora vor Augen.

Bei der Stelle:

Deine zwei Brüste sind wie zwei junge Rehzwillinge, die unter den Rosen weiden …

fühlte ich mein Herz zittern und mir war, als seien Debora und Judäa eines, als sei Salomos Liebeslied nicht einer Frau, sondern ganz Palästina zugedacht.

Mein Vater spürte wohl, welche Unruhe in mir war, und er wußte auch, wie wenig er mir helfen konnte. Oft glaubte ich, eine andere Sprache zu sprechen als er, fühlte mich einsam und unverstanden. Dann geschah es, daß ich mein Pferd aus dem Stall holte und weit über das Land ritt, ohne Ziel, ohne auf die Zeit zu achten. Manchmal überraschte mich dabei die Nacht, dann band ich mein Pferd an den nächsten Baum und legte mich daneben nieder zum Schlaf. Einmal kehrte ich erst nach drei Tagen zurück, nicht ohne Furcht vor meines Vaters Zorn.

Simon aber schwieg, und meine Mutter umarmte mich nur stumm mit Tränen in den Augen.

Schließlich war es mein Vater, der vorschlug, ich solle eine Reise durch Judäa unternehmen, um nachher, wie er hoffte, einsehen zu lernen, daß man auch in der Enge des Heimatortes Freiheit empfinden kann.

»Freiheit oder Beschränkung«, sagte er, »ist in dir selber verborgen, und an dir wird es liegen, welches davon dein Leben bestimmt. So mancher Gefangene mag in der Enge seiner Kerkermauern mehr Freiheit empfinden als ein König, der sich in seinem Palast wie ein Gefangener fühlt. Sei so frei, mein Sohn, wie Gott dich geschaffen hat, und bedenke, daß die wahre Freiheit ihre Grenzen hat wie unser Dasein auf Erden. Was dieses Dasein begrenzt, ist der Tod, der aber kennt keine Grenzen.«

Ich achtete nur wenig auf die Worte meines Vaters, denn ich war jung und fieberte meiner Reise entgegen wie die Braut dem Bräutigam.

Natürlich wurde mir ein zuverlässiger Diener mit auf die Reise gegeben, ein schweigsamer Mann in mittleren Jahren, dem mein Vater vertraute. Dieser Joel stammte aus Jamnia, einem Ort im Westen Judäas, nicht weit von der Küste entfernt. Ihn bewegte schon lange der Wunsch, seine Heimat wiederzusehen, ein Wunsch, der sich nun in Verbindung mit unserer Reise erfüllen sollte.

Ungeduldig ließ ich die Abschiedswünsche und den Reisesegen meiner Eltern über mich ergehen, als wir im Morgengrauen eines leuchtenden Frühlingstages aufbrachen.

Den ersten Aufenthalt nahmen wir in Hebron, der Kalebiter-Stadt. Durchdrungen von glühender Frömmigkeit, schaudernd vor dem Eishauch uralter Geschichte, erzitternd vor dem Klang heiligster Namen kniete ich vor der Höhle Machpela, die Abraham von dem Hethiter Efron als Grabkammer für sich und seine Familie erworben hatte. Dieser Stammvater unseres Volkes ruht dort mit seinem Weib Sarah und seinen Kindern und Enkeln. Etwas weiter von Hebron entfernt wanderte ich durch den Eichenhain Mamre, wo Abraham sich mit den Seinen die Heimstatt, Gott aber einen Altar errichtete.

Über Herodeion reisten wir nach Bethlehem, das ich ehrfürchtig durchwanderte, denn hier wurde König David geboren. Vielleicht bin ich auch an Josephs, des Zimmermanns, Haus vorbeigegangen, vielleicht ist Jesus mir schon damals begegnet – ich weiß es nicht.

Wir rasteten in Bethanien, umgingen aber Jerusalem, das ich verachtete, seit ich dort vor Pilatus gestanden hatte, und dessen ehrwürdiger Name mir so lange befleckt schien, als noch ein Römer in seinen Mauern weilte.

Viele Tage dauerte der Weg nach Westen, bis wir Joppe erreichten und ich zum ersten Mal die unendliche Fläche des Meeres schaute, dessen rauschende, an den goldenen Sand des Ufers brandende Wogen mir wie ein ewig währendes Ein- und Ausatmen erschienen. Während mein Diener Joel in Joppe Verwandte besuchte, lag ich im warmen Sand und betrachtete stundenlang den blauen, wie mit winzigen Silberschuppen bedeckten Riesenleib des Meeres, auf dessen Rücken die bunten winzigen Segel der Schiffe wie Kinderspielzeug tanzten. Ich selber aber – meine kecke Jugend möge es verzeihen – fühlte mich keineswegs klein vor dieser Unendlichkeit, sondern atmete in tiefen Zügen die frische salzige Luft, spürte, wie Brust und Seele sich weiteten, wie eine gewaltige Kraft mich durchdrang. Solch köstliche Freuden werden dem jungen tatenfrohen Menschen umsonst zuteil. Seine besten Gaben pflegt Gott zu verschenken, wenn er in ein junges, offenes Herz blickt. Im Alter mag man sich mit einem Krug guten Weines ein kleines Stückchen davon zurückkaufen können – um den Preis eines schmerzlichen Erwachens.

Von Joppe erreichten wir dann endlich Jamnia, das Ziel unserer Reise. Joel wurde von seinen Geschwistern freudig begrüßt; auch mich, seinen jungen Herrn, hieß man gastlich willkommen. Jeden Tag speisten wir als gefeierte Gäste in einem anderen Haus, jede Nacht empfing uns ein anderes Bett.

Dieses Städtchen war von einer heiteren, genußfreudigen Wohlhabenheit durchdrungen, die sich sehr von der bedächtigen, eher kargen Lebensart der Bergdörfer um Jerusalem unterschied.

Ich will nicht leugnen, daß sich mein frommer Sinn in diesen Tagen wandelte. Wer am Morgen in den Armen einer Frau erwacht, läßt die Gebetsriemen im Beutel, wer die Nächte bei süßem Wein und in froher Gesellschaft verbringt, den gelüstet es nicht nach heiligen Stätten.

Ich will aber auch nicht leugnen, daß ich während unserer Heimreise doch einige Reue empfand, denn vom Pfad eines strenggläubigen Juden war ich während der letzten Wochen um einiges abgewichen.

Was kann ich sonst noch von dieser Reise berichten? Aufregendes hatten wir nicht erlebt, die pax romana hüllte das ganze Land in ihren schützenden friedlichen Mantel, aber in Caesarea saß Pontius Pilatus, und der Mantel zeigte einige häßliche Löcher.

Ich sah, wie römische Soldaten eine Gruppe junger Männer mit Peitschenhieben einen Galgenberg hinaufjagten, wo das Kreuz auf sie wartete. Als ich nach ihrer Schuld fragte, hieß es, das seien gefährliche Aufrührer, die den römischen Frieden gestört hätten. Auf einen Juden mehr oder weniger käme es nicht an, meinte einer der Soldaten, und ich könne mich meinen Landsleuten ohne weiteres anschließen, wenn deren Schicksal mich so sehr bewege. War es Hochmut, war es Feigheit, was mich entgegnen ließ:

»Ich bin Jude und römischer Bürger, meine Steuern und Abgaben tragen dazu bei, daß Rom und seine Provinzen erhalten bleiben, also habe ich auch das Recht, Fragen zu stellen. Wem dies nicht paßt, der möge dem Statthalter meinen und meines Vaters Namen nennen!«

Diese stolzen Worte taten ihre Wirkung, denn die Soldaten zogen mit ihren Opfern weiter, ohne mich noch zu behelligen.

»Gut gesprochen, Judas«, meinte Joel, »aber vergiß nicht, daß du Jude bist, wie diese da, auch wenn dein ererbter Bürgerbrief dich schützt.«

Ich vergaß es nicht, konnte es nicht vergessen, wenn ich mit ansehen mußte, wie die römischen Soldaten sich auf ihren Märschen durch Judäa benahmen. Sie raubten nicht, sie mordeten nicht, sie wurden in der Regel sehr streng bestraft, wenn sie einen Juden ohne Grund belästigten – und doch war es, als fege ein eisiger Wind die Straßen leer, wenn eine Centurie waffenklirrend durch eine Ortschaft marschierte. Manchmal erlebte ich, daß die Soldaten Rast hielten, sich über ein Städtchen verteilten, immer in Gruppen zu fünf oder sechs. Dann schlugen sie sich nach Soldatenart in einer Schenke den Bauch voll, tranken mehr Wein, als ihnen erlaubt war, und sahen es hohnlachend, wenn die Schenke sich schnell leerte, denn es gab nur wenig Juden, die sich mit einem römischen Soldaten an einen Tisch setzten.

Es muß nun allerdings auch gesagt werden, daß es sich dabei meist nicht um Römer handelte, auch wenn ich die Bezeichnung römische Soldaten gebrauchte. Richtiger müßte es heißen nichtjüdische Soldaten im Dienste Roms, denn überwiegend waren es Syrer und Samariter, die in Judäa Dienst taten und gerade so viel Latein sprachen, daß sie die Befehle ihrer Führer verstanden. Diese allerdings waren Römer, und auch die gutwilligsten von ihnen kränkte es, wenn man ihre Soldaten wie Aussätzige behandelte. Zu Hause war ihnen gesagt worden, die Juden seien ein wunderliches und schwieriges Volk, dem man mit Vorsicht begegnen müsse, wenn es auch keinen Zweifel gebe, daß römische Kultur und Sitte der jüdischen weit überlegen seien. Nun mußten sie aber erfahren, daß die meisten Juden nicht im geringsten gesonnen waren, sich von dieser Kultur beeindrucken zu lassen.

5

Als ich von meiner Reise zurückkehrte, empfing mein Vater mich mit Tränen in den Augen, drückte und umarmte mich, als sei ich von den Toten auferstanden. Meine Mutter schaute mich nur lange stumm und glücklich an, streichelte immerzu meine Hände und wehrte meine Schwester Rachel ab, die hundert Fragen zugleich stellte und vor Freude durchs Haus tanzte, als ich ihr mein Geschenk, einen wundervoll ziselierten syrischen Armreif, überreichte. Rachel war in der letzten Zeit erblüht wie eine Lilie, wenn sie sich auch mit ihren elf Jahren noch wie ein rechtes Kind benahm. Übermut, Zärtlichkeit, Unbeholfenheit und eine herbe Lieblichkeit waren in ihrem Wesen vereinigt. Sie war gerade dabei, eine Frau zu werden, Körper und Geist begannen sich zu wandeln, was sie verwirrte und oft liebenswert hilflos machte. Ich fühlte mich als großer Bruder und wäre jedem an die Kehle gesprungen, der es gewagt hätte, sie zu berühren.

Und doch litt es mich nicht lange zu Hause, ich fühlte mich fremd und glaubte, meine Heimat anderswo suchen zu müssen. Auf meiner Reise war ich nicht bis zum großen Salzmeer gekommen, obwohl es gar nicht weit von Chariot entfernt im Osten lag. So preßte ich meinem Vater die Erlaubnis ab, eine zweite, kleinere Reise unternehmen zu dürfen, und zwar allein.

Es gediehen weder Fische noch Pflanzen in dem von wüsten Bergen umgebenen Salzmeer, an dessen Ufer die Städte Sodom und Gomorra lagen, die der Herr um ihrer Sünden willen ausgelöscht hat, wie die Bücher Moses berichten. Keine Spur kündet von ihrer Existenz, nur ihre Namen haben sich als ewige Warnung erhalten. Ob dies der geschichtlichen Wahrheit entspricht, möge dahingestellt sein; ich jedenfalls glaubte fest daran und verbrachte mehrere Tage an den öden, salzverkrusteten Ufern des westlichen Wüstenmeeres, um irgendwelche Spuren der verfluchten Städte zu entdecken. Ich werde nicht der erste gewesen sein, der vergeblich danach gesucht hat.

Schließlich rastete ich in dem kleinen Ort Masada, dessen Name damals noch nicht durch König Herodes' gewaltige Festung bekannt war. Hier wie auch in der weiter nördlich gelegenen Oase Engedi lebten kleinere Gruppen der Essener, doch kam ich mit ihnen nicht in Berührung. Ich wußte, daß ihr Hauptsitz am Nordende des Wüstenmeeres bei dem allgemein als »Salzstadt« bezeichneten Orte lag.

Nach einem anstrengenden Ritt in der glühenden Hitze des Spätsommers gelangte ich vor die Mauern des Klosters. Halb besinnungslos vor Durst glitt ich von meinem erschöpften Maulesel und klopfte an die Eingangspforte. Ich wurde empfangen wie ein hochwillkommener Gast, wurde so liebevoll gebadet, gespeist und getränkt, daß es mich ganz verlegen machte. Nach einem langen erquickenden Schlaf wurde mir am Morgen des nächsten Tages ein Führer zugeteilt, der mir die gesamte Anlage zeigen sollte. Erstaunt und erfreut, denn man war meiner Bitte zuvorgekommen, folgte ich dem ernsten jungen Mann durch die von einer gewaltigen Mauer umgebene Klosterstadt. Mein Begleiter beantwortete bereitwillig alle Fragen, doch was er sagte, klang wie eingelernt, und er psalmodierte, als seien es Gebete.

Der gesamte Klosterkomplex wirkte von außen eher wie eine wehrhaft befestigte Stadt denn als eine Stätte des Gebets und des Studiums der heiligen Schriften.

Während der wenigen Tage meines ersten Aufenthalts erfuhr ich nicht viel über das geistige Leben der Bruderschaft, wurde aber immer wieder eindringlich darauf hingewiesen, daß die wahre Lehre und das rechte Leben in Gott allein hier zu finden seien. Diese Andeutungen genügten damals, um einer aufgewühlten Seele Frieden zu bringen. Das ruhige, geregelte Dasein in Gebet und Arbeit, die feste Überzeugung, hier die Wahrheit zu finden, ließen meinen Entschluß schnell reifen. Solchermaßen gewappnet und fest entschlossen, jedem Widerstand zu begegnen, kehrte ich heim.

6

Ein eigensinniger Trotz versperrte mir in jener Zeit den Zugang zum Herzen meines Vaters. Um so seltsamer berührte es mich, daß er meinem Plan, in die Bruderschaft der Essener einzutreten, keinen Widerstand entgegensetzte. Er muß wohl gespürt haben, daß ich auch gegen seinen Willen mein Elternhaus verlassen hätte, und gab mir nur einen Rat mit auf den

Weg, einen Rat, mit dem ich damals noch wenig anzufangen wußte:

»Bleib immer du selbst, mein Sohn, treibe den Gehorsam niemals so weit, daß andere über dein Schicksal verfügen. Sei mit dem Herzen dabei, vergiß aber das Denken nicht. Sage nicht ja, wenn eine laute Stimme in deiner Brust nein, nein, nein ruft. Mehr vermag ich dir nicht zu sagen. Ich weiß, daß du zurückkehrst, und flehe zu Gott, daß wir uns an Leib und Seele gesund wiederfinden werden.«

Ich aber war voll Ungeduld und vernahm die Worte meines Vaters nur mit halbem Ohr. Ungeduld begleitete mich auch auf meinem Weg zur Salzstadt, wo ich wie ein Verdurstender an das Tor des Klosters pochte.

Ich wurde weder mit Freude, noch mit Ablehnung empfangen, es war, als sei ich an einen mir gebührenden Platz zurückgekehrt. Im Gemeinschaftshaus der Novizen erhielt ich einen Schlafplatz und wurde gleich für den nächsten Morgen zur ersten Belehrung befohlen. Meiner jugendlichen Begeisterung und Hingabe fiel es sehr schwer, zu verstehen, daß eine zweijährige Prüfung der Aufnahme in die Bruderschaft der Essener voranging. Die heute bei den Historikern übliche griechische Bezeichnung Essener für die Bruderschaft leitet sich vom aramäischen chasaja ab, das heißt: die Frommen.

Der freundliche alte Priester weihte mich in die Geschichte und Ziele der Bruderschaft ein, soweit es einem Novizen zukam. So erfuhr ich, daß vor nunmehr 170 Dezennien der Lehrer der Gerechtigkeit – sein Name wurde nur den Brüdern offenbart – die Gemeinschaft begründete. Er hatte seine Anhänger am Salzmeer versammelt, weil er den Tempelkult in Jerusalem als gottesfeindlich ansah und den amtierenden Hohenpriester Jonathan als Frevelpriester entlarvte. Getreu dem Bibelwort: »In der Wüste bereitet die Wege des Herrn« war er mit seinen Jüngern hierher in die Einsamkeit gezogen. Das Hauptanliegen des Lehrers der Gerechtigkeit war die von Gott befohlene Heiligung des Sabbats, die am Tempel zu Jerusalem längst mißachtet und durch den Sonne-Mond-Kalender unmöglich gemacht wurde. Der vom Lehrer der Gerechtigkeit neu gestaltete Sonnenkalender ließ sämtliche Jahresfeste auf Werktage fallen, wodurch die Sabbatruhe über das ganze Jahr gewahrt blieb. Ich verstand nur wenig von dem, was mir der alte Priester mitteilte, doch etwas blieb mir an diesem Tag im Gedächtnis, denn er ließ es mich Wort für Wort wiederholen:

»Eines mußt du geloben, ehe du als Novize bei uns aufgenommen wirst. Du mußt alles lieben, was Gott erwählt hat, und alles hassen, was er verworfen hat. Weiterhin mußt du die Söhne des Lichts, deren einer du werden willst, lieben und achten, jeden nach seinem Los in der Gemeinde Gottes, doch alle Söhne der Finsternis mußt du hassen, jeden nach seiner Schuld vor Gott.«

Freudig gelobte ich dies, doch der alte Priester dämpfte meine Begeisterung.

»Du bist jung und ungestüm, Judas Ben Simon, du hörtest meine Worte, sie drangen dir ins Herz, doch sie verwirrten deinen Geist. Die Wahrheit soll aber Herz und Geist erfüllen. Zwei Jahre hast du Zeit, die wahre Lehre in dir aufzunehmen, dich zu prüfen, aber auch von uns wirst du immerfort geprüft werden. Gehe mit Gott, mein Sohn.«

Der Tag eines Novizen war ausgefüllt mit Belehrung, Gebet und Arbeit, so daß wenig Zeit für eigene Gedanken blieb. Sofern man solche hegte – und ich tat dies trotz allem –, suchte man sich einen Freund unter den anderen Novizen und tauschte sie mit ihm aus. Mein Freund wurde Jehochanan, den ich zu seinem ewigen Ärger mit der griechischen Namensform Johannes ansprach. Noch heute sehe ich sein ernstes, hageres Antlitz mit den großen, leuchtenden Augen, dem schmalen, strengen Mund und der hohen, oft in grimmige Falten gelegten Stirn. Johannes trug sein Haar sehr lang, während er seinen Bart kurz hielt und häufig sorgsam stutzte. Er war einige Jahre älter als ich und stammte aus Enkarim. Als Sohn des Priesters Zacharias hatte er sich gegen den Willen seines Vaters den Essenern angeschlossen.

Erst als unsere Freundschaft enger geworden war, erzählte Johannes mir von den wunderbaren Umständen seiner Geburt. Die Ehe seiner Eltern war lange unfruchtbar geblieben, obwohl Zacharias täglich zu Gott flehte und es an Opfern nicht fehlen ließ. Sein Weib Elisabeth war schließlich in die Jahre gekommen, da man alle Hoffnung auf Kinder begraben muß. Während eines Rauchopfers im Tempel erschien dem Zacharias ein Engel, der ihm die Geburt eines Sohnes ankündigte, von dem er verhieß: Er wird groß sein vor dem Herrn, er wird sich niemals mit Wein berauschen, sondern voll sein des heiligen Geistes und wird viele Söhne Israels bekehren zu ihrem Gott.

Groß und dunkel glühten die Augen meines Freundes in seinem bleichen, hageren Gesicht, als er mir davon berichtete.

»So hielt mein Vater mich für den kommenden Messias und wurde nicht müde, mich in diesem Glauben zu bestärken. Ich widersprach ihm nicht, doch fühlte ich mich nicht von Gott dazu berufen.« Johannes schwieg, hob sein Gesicht zum gestirnten Himmel und flüsterte dann mit einer so beschwörenden Stimme, daß ich seine Worte wie Donner vernahm: »Jetzt aber, Judas, hat Gottes Ruf mich erreicht. Laß uns für diesmal davon schweigen und beten.«

Bald sollte ich mehr von ihm erfahren.

Johannes lebte schon einige Monate bei den Essenern, galt in Arbeit und Gebet als leuchtendes Vorbild, und doch spürte ich bald etwas von Aufruhr und innerem Widerstand in ihm, noch ehe er sich mir offenbarte.

Der essenische Tempeldienst unterschied sich wesentlich von dem in Jerusalem üblichen. Von den Priestern wurde Ehelosigkeit und strenge Keuschheit verlangt, Brand- und Schlachtopfer lehnten sie ab. Immer wieder wurden wir von unseren Lehrern darauf hingewiesen, daß die Söhne des Lichts verpflichtet seien, für Schuld und Verfehlung, Missetat und Sünde der gesamten Menschheit bei Gott Vergebung zu erflehen. Unser Kult in Form des Gotteslobs, des rechten Kalenders und des Speiseopfers finde als einziger Gottes Wohlgefallen in diesem Lande der Finsternis. So begannen wir, uns als Auserwählte zu fühlen, und so manches junge Herz wurde von Hochmut vergiftet.

In den ersten Monaten meines Novizentums umfingen mich

die täglichen Pflichten wie ein schützender Mantel, der jegliche Anfechtung abschirmt.

Römische, griechische, auch jüdische Historiker wußten später von geheimnisvollen Riten und schauerlichen Zeremonien der Essener zu berichten. Nichts davon ist wahr. Unser Tagesablauf war streng geregelt.

Bei Sonnenaufgang versammelten wir uns zum gemeinsamen Gebet, danach wurde vom diensthabenden Novizenmeister – diese wechselten oft, um Freundschaften und Bevorzugungen zu vermeiden – die Arbeit eingeteilt. Diese wiederum wechselte zwischen Hausarbeit und Feldarbeit. Der Abend bis zwei Stunden vor Mitternacht war allein dem Studium der heiligen Schriften bestimmt, das je zwölf Novizen gemeinsam mit einem Lehrer abhielten. Anfangs spürte ich noch nichts von der starren, bedingungslosen Buchstabengläubigkeit, die auf alles eine Antwort wußte und doch nicht zum Herzen drang.

Johannes war es, der die in mir schlummernden Zweifel sanft zu wecken begann.

»Sollte die Wahrheit tatsächlich im Unterschied der Kalender stecken?« fragte er mich einmal mit sanftem Lächeln und fuhr fort, ohne meine Antwort abzuwarten: »Judas, mein Freund, ich habe bald erkannt, daß du mit dem Herzen Gehorsam übst, während dein Geist wach und rege bleibt. Vielleicht hast auch du schon etwas in der strengen Lehre unserer Gottesbruderschaft vermißt. Es ist so viel und so oft von Haß und Rache und Gerechtigkeit die Rede, doch fandest du je die Liebe erwähnt? Ich rede nicht von der sicher achtenswerten Liebe zwischen Mann und Weib, der wir unser Leben verdanken, ich rede von der Liebe, die der Mensch dem Menschen schuldet, da doch der Haß allemal ein schlechter Begleiter ist. Hörtest du unsere gestrengen Lehrer je von Liebe reden? Da ihnen der rechte Kalender über alles geht: worin unterscheiden sie sich denn von den Pharisäern, die Gott im Buchstaben verehren, während ihre Herzen vertrocknen? Darüber denke nach, Judas, mein Freund.«

Ich hätte Johannes als Sünder im Geist erkennen und unseren Lehrern melden müssen. Doch tat ich es nicht und wägte seine Worte. Später fragte ich ihn, warum er nicht fortgehe, da er doch die Lehre der Gerechtigkeit anzweifle.

»Bald ist die Zeit reif, dann werde ich gehen«, war seine dunkle Antwort. Dann wandte er sich schroff ab, daß ich nicht weiterzufragen wagte. Tage später, als wir uns den Schweiß der Feldarbeit abwuschen, nahm er mich beiseite.

»Judas, mein Freund, ich werde unsere Gemeinschaft bald verlassen, was ich nur dir anvertraue, denn ich weiß, daß wir uns wiederfinden unter dem von Gott auserwählten Messias. Vor ihm ist der hier so vielgepriesene Lehrer der Gerechtigkeit nur ein Schatten, vor ihm wird die fromme Kalendergläubigkeit der Essener zum eitlen Wahn. Ich spreche von Jesus, dem Sohn Josephs aus Nazareth, der vorzeiten hier anpochte wie du und ich und wieder fortging, wie ich es tue und du es tun wirst. Er allein verkündet auf Erden Gottes Wort, er ist die Wahrheit und das Licht, das über dem rechten Weg leuchtet. Du lächelst, weil ich wie ein Prediger spreche. Aber ein Prediger will ich sein, für ihn, der erkannt hat, wovon ich dir kürzlich sprach. Als Jesus nach wenigen Wochen von hier fortzog, sprach er zu mir, wie ich jetzt zu dir spreche. Er sagte: ›Sie besitzen Mut und Eifer und dienen gewiß auf ihre Weise Gott, da ihnen aber die Liebe mangelt, besitzen sie nichts.‹ – Diese seine Worte, mein Judas, will ich verkünden, bis mir der Atem vergeht, und wer in diesen Worten Glauben findet, den will ich in seinem und damit in Gottes Namen mit Wasser taufen, reinigen und zum Kind unseres einzigen Vaters weihen.«

Während Johannes dies sagte, leuchtete sein hageres Antlitz in einem so heiligen Eifer, daß ich ergriffen war wie nie zuvor. Mir war, als gäbe es auch für mich nur noch einen einzigen Weg – den zu Jesus aus Bethlehem, der die Liebe predigte und nicht in Kalender und Tempelopfer den Weg zur göttlichen Wahrheit sah.

Eines Tages war Johannes verschwunden, worauf sein Name feierlich aus den Listen gestrichen und er zu den Söhnen der Finsternis gerechnet wurde.

Mögt ihr, meine Söhne, mir weitere Enthüllungen ersparen und euch damit begnügen: ich folgte ihm nach.

7

Während ich dies schreibe, feiert Kaiser Vitellius in Rom so gewaltige Feste, als wolle er Nero, seinen früheren Gönner, noch übertreffen. Eigentlich hätte die Hoffnung des Volkes auf einen würdigen Herrscher, auf eine Zeit der Gerechtigkeit und des inneren Friedens schon zunichte werden müssen, als dieser eitle tyrannische Fettwanst wie ein Triumphator in Rom einzog und nichts Besseres zu tun wußte, als eine prunkvolle Totenfeier für Nero abzuhalten. Doch Nero wird vom einfachen Volk noch immer geliebt, und so lieben sie den dicken Vitellius auch.

Zwischen den üppigen Mahlzeiten aber wird gefoltert und hingerichtet. Da es ja nur Senatoren, Kaufleute, Astrologen oder römische Patrizier sind, die dieser Kaiser täglich ermorden läßt, ficht es das Volk nicht weiter an. Ich habe lange genug in Rom gelebt, um zu wissen, daß dieses Scheusal schon das Todesmal an der Stirne trägt und daß Rom stark genug ist, einen Vitellius zu überleben. Unterdessen wird Judäa schon seit über zwei Jahren von schweren Unruhen heimgesucht, über die ich bis jetzt nichts Genaues erfahren konnte. Als Historiker sträube ich mich dagegen, mir aus Gerüchten ein Bild zu machen. Ich hoffe von Herzen, daß meine alte Heimat bald wieder Ruhe findet, doch muß ich aus verschiedenen Anzeichen schließen, daß eine entscheidende Auseinandersetzung bevorsteht.

Du, Philon, mein Ältester, wirst mehr darüber wissen, wenn du dies liest und dabei meiner Asche gedenkst. Sollten dich deine historischen Studien in Rom zum Beruf deines Vaters führen, so wäre es mir die größte Genugtuung, wenn meine Geschichte der römischen Provinzen aus deiner Feder ihre Fortsetzung fände. Fühle dich aber nicht von mir gedrängt! Wenn du dich, wie schon erwogen, nun doch zum Arztberuf entschließen wirst, so darfst du meiner Zustimmung sicher sein.

Was ich gelegentlich aus der Hauptstadt erfahre, kümmert meine Bauern wenig. Auch ich gestehe gerne ein, daß mir

Haus und Hof näher sind als der römische Stadtpöbel samt seinem Kaiser Fettwanst.

Gestern nahm ich an den Suovetaurilien der Landleute teil und mußte wieder die kindliche Gläubigkeit und feierliche Würde bewundern, mit denen die Bauern diesen uralten Brauch feiern. Mein guter Diener Eli weigerte sich wie immer, daran teilzunehmen; denn das sei eines Christen unwürdig. Obwohl er weiß, daß ich weder dem christlichen noch dem jüdischen Glauben anhänge, mißbilligt er doch streng meine Toleranz bei den »heidnischen« Zeremonien. Wenn er wüßte, daß ich es bin, der als Verräterapostel in die Legende einging, er würde wohl sofort die Flucht ergreifen. Oder nicht? Wer kennt schon die Menschen. Eigentlich hätte ich als der Grundherr die alten Gebete sprechen müssen, aber ich ließ mich wie seit vielen Jahren durch Rufus, meinen rüstigen Oberaufseher – er behauptet schon lange Zeit, neunzig Jahre alt zu sein –, würdig vertreten. Mir sind diese alten Frühlingsgebete zur Feldweihe so vertraut, daß ich sie leise mitsprach:

»Vater Mars, zu dir bete ich, sei mir gnädig und geneigt unserem Haus und Gesinde. Deshalb befahl ich, Schwein, Schaf und Stier um mein Gut, Feld und Land herumzuführen, daß du Krankheit, Mißernte und Verwüstung, Unheil und Unwetter fernhältst und vertreibst, daß du Früchte und Felder, Weinberg und Garten läßt wachsen und gedeihen, Hirten und Herde bewahrst, mir wie meinem Haus und Gesinde Kraft und Gesundheit gibst.«

Wen es verwundert, daß dieses Gebet an den kriegerischen Mars gerichtet ist, der möge sich vom Historiker sagen lassen, daß er den Römern ursprünglich als Schützer des Ackers und der bäuerlichen Arbeit galt.

Doch wer die Vergangenheit beschwören will, darf nicht zu lange bei der Gegenwart verweilen.

Wie bald darauf Jesus, war auch Johannes von einer gläubigen Jüngerschar umgeben, die ihn auf all seinen Wegen begleitete. Johannes aber tat keine Wunder, er sprach nur selten in Gleichnissen. Seine Predigten waren kurz und hatten stets denselben Inhalt, doch er redete mit solcher Überzeugungskraft, daß die einfachen Menschen ihm sofort zugetan waren, wo immer er auftrat. Wenn er auch nie darauf hinzuweisen vergaß, daß er nur ein Wegbereiter des Messias sei, so wurde das von vielen für Demut und wahre Bescheidenheit gehalten.

Johannes war kein Wanderer, er hielt sich meist in dem Dörfchen Bethanien am Jordan auf, und er predigte, wenn die Menschen es verlangten. Es strömte aber nicht nur das einfache Volk herbei, es kamen auch Pharisäer und Sadduzäer, die argwöhnisch das Wirken des Täufers verfolgten und ihn nur zu gerne der Gotteslästerung überführt hätten. Die sonst so feindlichen Parteien der freisinnigen Sadduzäer und der buchstabengläubigen Pharisäer vereinigten sich jetzt gegen den gemeinsamen Feind.

Johannes aber predigte mutig gegen die Eitlen und Selbstgerechten, wofür ihn das Volk bewunderte.

Als ich bald nach seinem Weggang von der Salzstadt aufbrach, um ihn zu suchen, wurde ich nach Bethanien verwiesen, wo ich von seinen Jüngern erfuhr, daß er allein in die Wüste gegangen war, um zu fasten und zu beten. Er tat dies von Zeit zu Zeit, um in der Einsamkeit Zwiesprache mit Gott zu halten und neue Kraft für sein Werk zu finden.

So wartete ich geduldig im Kreis seiner Jünger, bis er wiederkam. Ich fand Johannes nur wenig verändert, doch schien er mir noch knochiger, noch größer leuchteten seine sanften dunklen Augen aus dem von der glühenden Sonne fast schwarz gebrannten, hageren Gesicht. Sein früher sorgsam gestutzter Bart war jetzt lang geworden und umwucherte sein ganzes Gesicht, was ihm zusammen mit den lang herabwallenden Haaren ein wildes Aussehen verlieh. Er trug ein einfaches Gewand aus grob gewebten Kamelhaaren und schien allen leiblichen Bedürfnissen entrückt. Ich kann mich kaum erinnern, ihn essen gesehen zu haben, er verlangte nur manchmal nach einem Trunk frischen Wassers, den wir immer für ihn bereithielten.

Als ich vortrat, um ihn zu begrüßen, lächelte er leise und sagte: »Sieh da, mein Freund Judas hat dem Kalenderglauben entsagt und ist bereit, mit uns den Weg zu Gott zu finden. Sei willkommen!«

Später nahm er mich beiseite und sagte: »Da du nun auch zur Taufe bereit bist, so werden wir morgen zum Jordan hinabsteigen, wo sich meine Zeit erfüllt; denn Er wird wachsen und ich werde abnehmen.«

Diese dunklen Worte sollten sich für ihn bald auf traurige Weise erfüllen.

So wurde ich tags darauf mit vielen anderen im Jordan getauft, und unter den vielen befand sich auch Jesus, der damals noch wenig an die Öffentlichkeit getreten war, aber schon einige Jünger um sich scharte.

Schweigen senkte sich über die murmelnde Menge, als Jesus vor Johannes trat und um die Taufe bat.

Mit lauter Stimme begann Johannes zu verkünden: »Dieser ist es, von dem ich euch sagte, er ist stärker als ich. Seht das Lamm Gottes, das hinwegnimmt die Sünden der Welt. Der Geist Gottes ist über ihm, ihm sollt ihr folgen als dem Messias.«

Als Jesus sein Haupt zur Taufe beugte, zögerte Johannes und sprach in das ehrfürchtige Schweigen hinein: »Ich armer Sünder sollte von dir getauft werden und nicht du von mir.«

Jesus entgegnete ihm: »Um der Gleichheit und Gerechtigkeit willen soll mir geschehen wie den anderen.«

So wurde Jesus von Johannes im Jordan getauft. Danach hielt Johannes eine kurze Predigt.

»Meine Aufgabe ist erfüllt, meine Zeit ist um. Der Messias steht vor eurem Angesicht, hört seine Worte, und wer mir nachfolgte, folge nun ihm.«

Nicht alle gehorchten seiner Weisung, denn einige seiner Jünger zogen mit Johannes fort. Mich aber forderte er auf, bei Jesus zu bleiben. Als ich zögerte, sagte er: »Judas Ben Simon, erfülle mir diese letzte Bitte, denn ich trete zurück ins Dunkel und möchte dich an seiner Seite wissen.«

Betrübt nahm ich Abschied von diesem Prediger in der Wüste, den ich Freund nennen durfte. Heute, aus einem Abstand von vier Jahrzehnten, will es mir scheinen, daß die bedingungslos gläubige Zeit meiner ersten Jugend mit diesem Abschied von Johannes dahin war. Ich sah in Jesus den Messias, weil Johannes dies verkündete, und ich folgte ihm, weil Johannes mich darum bat.

Ehe ich von meiner Zeit als Jünger Jesu Christi berichte, möchte ich meine Pflicht als Historiker erfüllen und das weitere Schicksal des Johannes schildern.

Wenn er auch seine Aufgabe als erfüllt ansah und nicht mehr taufte oder vom Messias predigte, so hörte er doch nicht auf zu mahnen, wo er einen Grund dazu fand, und dieser fand sich auch in der Person des Königs Herodes Antipas, der am Weib seines Bruders Philippus Gefallen gefunden hatte. Sie hieß Herodias und fühlte sich nach Frauenart zu dem Mächtigeren hingezogen, der ein Fürst war und prächtige Paläste besaß. Johannes aber verkündete im ganzen Land das Gesetz Moses, in dem es heißt: Du sollst deines Bruders Weibes Blöße nicht aufdecken.

Herodes war auf seine Art ein gläubiger Mann und verehrte insgeheim, wie es hieß, Johannes als Gottes heiligen Propheten. Herodias aber wollte den Platz im Bett ihres Schwagers nicht kampflos räumen und brachte es so weit, daß Johannes in der düsteren Festung Machaerus östlich des Salzmeeres eingekerkert wurde. Herodes sorgte dafür, daß Johannes dort wie ein vornehmer Gefangener behandelt wurde. Er durfte sogar Freunde empfangen und konnte sich ungehindert im Innenhof der Bergfestung bewegen. Ich kann dies aus eigener Erfahrung berichten, weil ich ihn dort besuchte.

Johannes empfing mich mit heiterem Antlitz: »Hätte ich vor diesem Frevel schweigen dürfen? Soll der Zorn Gottes über unser Land kommen, weil der König beim Weib seines Bruders liegt? Sie hätte mich längst töten lassen, doch sie fürchtet den Zorn des Herodes. Er hat mich insgeheim schon mehrmals hier besucht und ist kein schlechter, sondern nur ein schwacher Mensch – wie wir alle. Judas, mein Freund, ich habe die Frauen immer gemieden, doch gilt für den König nicht, was dem Prediger frommt. Herodes aber ist vor Gott und den Menschen rechtmäßig vermählt. Nun hat er sein Weib verstoßen und mit

Herodias, seiner Bruderfrau, schändliche Hochzeit gefeiert. Hörtest du das Volk murren, Judas, wo blieben die Verdammungsrufe der Priester? Mußte nicht einer im Lande aufstehen und hinausschreien, was Unrecht und Sünde ist vor Gott? Ich hätte nicht mehr gewagt, mein Antlitz zum Himmel aufzuheben, wäre ich vor diesem Frevel stumm geblieben.«

Dann mußte ich ihm jede Einzelheit vom Wirken Christi berichten, dessen Apostel ich zu dieser Zeit schon über Jahresfrist war.

Furchtlos und voll heiterer Zuversicht in Gottes Willen nahm Johannes von mir Abschied. Ich sollte ihn nicht mehr wiedersehen.

Was weiter geschah, ist ein Beispiel von Herrscherwillkür und weiblicher Niedertracht.

Herodias sann Tag und Nacht auf eine Möglichkeit, den Störenfried zu beseitigen, um ihre Rache zu befriedigen. Sie bediente sich dazu ihrer Tochter Salome, die aus der Ehe mit Philippus stammte. Herodes schien das schöne Mädchen nicht nur mit väterlichen Augen zu betrachten und erfüllte der stolzen Prinzessin jeden Wunsch.

Ich muß hier einflechten, daß mir die ganze Wahrheit damals nicht bekannt war. Auf welche Weise Johannes zu Tode kam, konnte ich erst viel später erfahren, als Herodes und Herodias schon in ihrem von Kaiser Caligula bestimmten Verbannungsort in Gallien gestorben waren. Immerhin stammt, was ich berichte, von zuverlässigen Zeugen der damaligen Ereignisse.

Während Johannes in seiner Bergfestung gefangen saß, beschloß Herodes, den das Volk König nannte, obwohl Rom ihm diesen Titel verweigerte, seinen Geburtstag besonders festlich zu begehen. Er lud die Vornehmen aus allen Teilen des Landes zu sich, und es hieß, daß die Köche schon eine Woche vorher begonnen hatten, die Speisen und Getränke vorzubereiten.

Weil Herodias wußte, daß ihr Gemahl seine Stieftochter überaus schätzte, befahl sie Salome, bei dem Geburtstagsfest vor Herodes zu tanzen. Der Fürst hatte mit seinen Gästen schon gespeist und getrunken und erfreute sich nun mit geilem Wohlgefallen an Salomes Tanzkunst. Es schien, daß er die Gunst des schönen jungen Mädchens gewinnen wollte, denn er äußerte lebhaften Beifall, ließ ihr eine goldene Kette und ein großes Gefäß mit kostbarem Salböl überreichen und bat sie, irgendeinen Wunsch zu nennen, den er ihr erfüllen wollte.

Wenn später behauptet wurde, auch Salome sei auf Johannes zornig gewesen, weil sie ihn nicht zum Liebhaber gewinnen konnte, so habe ich dafür nirgends einen Beweis gefunden.

Johannes saß in Machaerus am Salzmeer gefangen, und Salome hat ihn vermutlich niemals gesehen. Sie wurde also nach ihrem Wunsch gefragt und wollte ihn gerade nennen, als Herodias sie beiseite zog und mit ihr flüsterte. Ein Augenzeuge hat mir versichert, daß Salome mehrmals heftig den Kopf schüttelte, während Herodias zornig auf sie einredete. Was die beiden sprachen, ist nicht schwer zu erraten. Herodias wußte, wie gefährlich ein im ganzen Land bekannter Prediger ihrer Verbindung mit Herodes werden konnte, und versuchte, Salome zu überzeugen, daß auch ihr glanzvolles Leben als Prinzessin im Palast des Landesfürsten von dieser Verbindung abhing.

So nannte sie ihren Wunsch: »Gib mir das Haupt des Johannes!«

Herodes erschrak, zögerte, blickte um sich und sah die Augen der Vornehmen seines Landes lauernd auf sich gerichtet. Konnte er sein Fürstenwort widerrufen? Konnte er Salome, an deren Gunst ihm viel lag, den Wunsch abschlagen? So handelte er nach Tyrannenart und sandte sogleich den Scharfrichter nach Machaerus. Dieser Henker stammte aus Hebron, wohin er im Alter zurückkehrte und starb. Während meiner Forschungen traf ich dort seinen Sohn, dem der Vater vom Ende des Johannes erzählt hatte.

Als man Johannes gegen die Mitternachtsstunde weckte, wußte er sogleich, was ihm bevorstand. Er empfing seinen Henker mit den Worten: »Ich muß dich als Freund empfangen, da du mir doch das Tor zum Paradies öffnest. Verrichte dein Werk schnell, denn ich bin voll Ungeduld, die schönste Reise meines Lebens anzutreten. Meinen Jüngern sollst du sagen, daß ich für sie Zeugnis ablegen werde vor Gottes Thron. Also tue dein Werk!«

So starb Johannes der Täufer, und sein Haupt wurde sogleich in den Palast des Herodes gebracht, der es Salome auf silberner Schüssel überreichen ließ. Herodias stand leuchtenden Auges daneben und genoß die Befriedigung ihrer Rache. Anderntags forderten einige Jünger des Johannes seinen Körper zur Bestattung, was Herodes sofort gewährte, denn er bereute längst, dem Wunsch seiner Stieftochter und damit den Rachegelüsten der Herodias nachgegeben zu haben.

Ich selbst kann an Salome kaum eine Schuld finden, denn sie war zu jung und auch zu abhängig vom Stiefvater und von ihrer Mutter, um sich dem Drängen der rachedurstigen Herodias widersetzen zu können. So wurde sie zum Werkzeug des liederlichen, von seinen Lüsten beherrschten Fürstenpaares.

Von da an verließ Herodes das Glück. Seine verstoßene rechtmäßige Gemahlin war eine Tochter des Araberfürsten Aretas, der sich nun rächte und die Länder des Herodes mit Krieg überzog. Als Kriegsherr feige und zaudernd, war Herodes schnell besiegt und konnte seinen Thron nur durch Vermittlung der Römer behaupten.

Von der eitlen Herodias angestiftet, reiste er später nach Rom, um dort bei Caligula zu erreichen, was ihm Augustus schon einmal abgeschlagen hatte: die Verleihung der Königswürde. Der junge Kaiser hatte gerade sein Amt angetreten und besaß damals noch Verstand genug, um zu erkennen, daß Herodes ein unwürdiger und unfähiger Herrscher war, der dem römischen Ansehen nur schaden konnte. So wurde sein Neffe, Herodes Agrippa, der ebenso unwürdig, aber ein Freund des Kaisers war, mit der Königswürde bedacht, während Herodes Antipas mit Herodias nach Lugdunum in die Verbannung gehen mußte. Später wurde bekannt, daß das ehebrecherische Paar sich mit endlosen Vorwürfen die Hölle bereitete und sie kurz nacheinander starben. Es wurde gemunkelt, die beiden hätten sich gegenseitig mit langsam wirkenden Giften zu Tode gebracht.

8

Als Jesus Christus in Galiläa zu wirken begann, soll Herodes gesagt haben: »Mir scheint, Johannes, den ich doch enthaupten ließ, ist von den Toten auferstanden.«

Schon von Anfang an sah das Volk in Christus den Nachfolger des Johannes, der ja immer wieder versichert hatte, nicht er sei der Messias, sondern ein Stärkerer, der nach ihm käme. Christus erwies sich bald als dieser Stärkere, und er hörte es gern, wenn ihn das Volk den Messias nannte.

In manchen Dingen schärft das Alter den Blick. Mir wurde in jenen unruhigen Jahren gar nicht so sehr bewußt, wie stark Johannes und Jesus sich im Wesen, aber auch in ihrem Äußeren unterschieden.

Johannes war stämmig und eher klein und hatte einen etwas bäuerisch stampfenden Gang; Jesus aber war schlank, hoch gewachsen und bewegte sich mit festen, anmutigen Schritten. Sein Blick konnte streng und abweisend werden, denn aus seinem Gesicht strahlten nicht die arglosen Kinderaugen des Johannes, sondern die eines Vaters und Lehrers, der seinen Kindern und Schülern mit Güte, aber auch mit Strenge begegnet. Nur wenn seine Augen zornig aufflammten, glichen sie denen des Johannes, denn diesen schnell auflodernden Prophetenzorn besaßen sie gemeinsam.

Wenn Jesus sprach, verstummten wir, die wir uns als seine Kinder und Schüler fühlten, augenblicklich, denn wir alle spürten die gewaltige Kraft seines Geistes. Christi Rede war geschliffen und gleichnishaft, seine Stimme klang wohllautend und stark. Johannes aber, in seiner Verkünderleidenschaft, hatte abwechselnd geflüstert und gebrüllt, wobei er keineswegs auf die Schönheit der Sprache achtete. Deshalb hatte er auch das einfache Volk so schnell für sich gewonnen, denn diese Menschen spürten die Leidenschaft und den Glauben aus seinen Worten, die für sie von dem Willen Gottes durchdrungen waren. Die Priester und Gelehrten aber lachten und spotteten und nannten Johannes in ihrem Hochmut einen Bauernpropheten.

Johannes tat keine Wunder, obwohl seine Jünger ihm oft vorhielten, daß ein Wunderrabbi im Volk, aber auch bei den Gebildeten mehr Glauben fände. Johannes wies solche Ansinnen jedesmal empört zurück.

»Soll ich Gott mit solch frevelhaftem Blendwerk versuchen? Nur er kann Wunder tun, und wenn es ihm gefällt, sie durch mich geschehen zu lassen, so wird er mir seinen Willen kundtun. Alles andere ist des Teufels oder Betrug von Taschenspielern. Wer solches sehen will, mag zu den Chaldäern laufen.«

Nicht zu Unrecht nannte Johannes die Chaldäer, denn diese waren als besonders geschickte Astrologen und Zauberkünstler weithin bekannt. In Rom bin ich ihnen oft begegnet und habe manches erlebt, wofür sich nur schwer eine Erklärung findet.

Auch Christus tat Wunder, von denen ich, soweit ich ihr Zeuge war, noch berichten werde. Diese Wundertaten nahm man in Galiläa unterschiedlich auf. Die Sadduzäer klatschten spöttisch Beifall, da Jesus für sie nur ein geschickter Taschenspieler war, der seine Lehre besser unter das Volk brachte, wenn er ein paar Kunststücke mit dreingab. Für die Pharisäer kamen diese Wunder vom Teufel, für das Volk aber war es Gott, der sie durch seinen Sohn bewirkte. Wenn auch manche dieser Wunder bei den heutigen Zusammenkünften der Christen ganz anders berichtet werden, als ich sie erlebte, so bin ich noch immer des Glaubens, daß die ungeheure Geistes- und Willenskraft Christi Dinge bewirkte, die ein mit normalen Kräften ausgestatteter Mensch nicht zustande bringt und wofür auch die Skeptiker keine vernünftige Erklärung wissen.

Wenn heute etwa, wie mein Diener Eli mir berichtete, in den Lesungen der Christen von der wunderbaren Brot- und Fischvermehrung am See Genezareth die Rede ist, so muß für jeden, der den wahren Ablauf der Ereignisse nicht kennt, damals ein großes Wunder geschehen sein. Ein kleines Wunder aber war es auch, daß ein reicher und als sehr geizig verschriener Pferdehändler, der sich für einige Tage in dieser Gegend aufhielt, mit den fünftausend um Christus versammelten hungrigen Menschen Erbarmen fühlte, insgeheim in Kapharnaum eine Wagenladung Brot und Fisch aufkaufen ließ und uns zur Verteilung übergab.

Niemand, auch Jesus nicht, wußte, woher dieser Segen eigentlich kam. Jesus fragte uns nicht weiter danach, während die fünftausend gespeisten Menschen ihn als großen Wundertäter priesen.

Ich bin den Ereignissen wieder einmal vorausgeeilt und will zu dem Tag zurückkehren, da Johannes uns nahelegte, Jesus Christus, dem von ihm angekündigten und im Jordan getauften Messias, als Jünger nachzufolgen. Wenn ich von Christi Jüngern spreche, so war dies noch lange ehe er zwölf davon auserwählte. Ihre Zahl unterschied sich von Ort zu Ort, denn manche, die seine Predigt gehört hatten, folgen ihm für viele Wochen, manche wieder zogen nur mit bis zum nächsten Ort, denn Broterwerb und Familienpflichten riefen sie zurück.

Wenige Tage nach meiner Trennung von Johannes wandte Jesus sich an mich:

»Judas aus Chariot, du bist eines reichen Mannes Sohn und weißt mit Geld und Geldeswert besser umzugehen als ich und die anderen. Sei du unser Kassenwart und verwalte, was uns gegeben wird in den Dörfern und Städten. Geben ist seliger als nehmen! Gilt dies, so gilt aber auch, daß wir den Bedürfnissen des Leibes gerecht werden müssen.«

Ich war über sein Vertrauen hocherfreut und übernahm die mir aufgetragenen Pflichten, wenn sie mir auch manchmal schwer wurden.

Bald nach der Taufe im Jordan zog Jesus sich allein in die Wüste zurück, um zu fasten und zu beten. Keiner durfte ihm folgen, und voll Ungeduld erwarteten wir seine Wiederkehr. Länger als einen Monat blieb er fort, und als er kam, erschien er uns wie ein Fremder, denn sein Gesicht war von der glühenden Sonne schwarz gebrannt, Bart und Haare standen wild um sein Haupt. Er ließ sich in unserer Mitte nieder, aß und trank mit uns und sprach mit ernsten Worten vom Versucher in der Wüste, der ihn mit all seiner Kraft vom Wege Gottes hatte drängen wollen.

Nach einigen Tagen der Stärkung ließ Jesus sich Haupt und Bart scheren, wusch seine Kleider und zog mit uns nach Kapharnaum, einem größeren Ort mit römischer Besatzung und regem Handel. Das Städtchen hat eine schöne Lage am Westufer des Sees, eingebettet in grünes, fruchtbares Hügelland und mit einem angenehmen Klima. Simon Petrus und sein Bruder Andreas, die aus dem Nachbarort Bethsaida stammten, besaßen hier ein Haus, denn beide hatten als Fischer gearbeitet, ehe sie sich Jesus anschlossen. Andreas war wie ich schon ein Jünger des Johannes gewesen. Ich schätzte ihn sehr, denn er war einfach, aufrichtig und immer hilfsbereit, wenn auch manchmal etwas heftig. Die schwere Arbeit mit den Fischernetzen hatte seinen Armen ungeheure Kraft verliehen, die er nicht immer zügeln konnte. Mit keiner allzu großen Geisteskraft gesegnet, folgte er dem Messias wie ein treuer Hund und bellte auch gleich, wenn einer seinem Herrn zu nahe kam. Ich erinnere mich eines brütend heißen Tages, als wir in einem Olivengarten bei Magdala nach langem Weg ermüdet im Schatten ruhten. Einige Bewohner des Ortes trieben sich in unserer Nähe herum und verlangten immer wieder: Rabbi Jesus, predige uns vom Reiche Gottes, doch Jesus, der schon halb schlief, vertröstete sie auf später. Als sie keine Ruhe gaben, sprang Andreas auf, griff sich einen der Bittsteller, trug ihn auf seinen kräftigen Armen zum See hinunter und warf ihn hinein wie einen Hund, der gebadet werden soll. »Andreas, Andreas!« rief Jesus tadelnd, und sogleich kam der Gute reuig und mit niedergeschlagenen Augen zurück.

Außer Andreas und Simon Petrus gehörten noch zwei Fischer zu den engsten Vertrauten Christi, nämlich Jakobus und sein Bruder Johannes, die von ihm angesprochen wurden, als sie gerade ihre Netze an Land zogen: »Laßt ab von eurer Arbeit, ich werde euch zu Menschenfischern machen.« Johannes war der Jüngste von uns, fast ein Knabe noch, doch ernsten Wesens und voll Hingabe. Ihm besonders begegnete Jesus wie ein Vater, was bei keinem von uns Neid oder Mißgunst erweckte, da wir seiner Jugend wegen wie ältere Brüder für ihn fühlten und er unser aller Schutz genoß.

In Kapharnaum bat Jesus den amtierenden Priester, am Sabbat in der Synagoge predigen zu dürfen. Sein Ruf war ihm vorausgeeilt, und nicht alle waren damit einverstanden, denn man fürchtete Aufruhr und Unruhen. Das Volk aber war auf seiner Seite, und so ertönte am Sabbat die wohlklingende, weithintragende Stimme Christi. Wie immer, wenn er in der Synagoge predigte, wo neben dem Volk auch die Priester und Schriftgelehrten zugegen waren, begann er seine Rede mit den Worten: »Glaubt ja nicht, daß ich gekommen bin, um die Gesetze oder die Worte der Propheten zu leugnen! Nicht aufheben will ich sie, sondern erfüllen, denn wer nur eines der geringsten Gebote mißachtet, wird auch im Himmelreich zu den Geringsten zählen.«

Diese Einleitung erregte stets das Wohlgefallen der Pharisäer, während die Sadduzäer, wie immer, wenn vom Buchstaben des Gesetzes und den Propheten die Rede war, spöttisch lächelten und auch sonst ihrer überlegenen Mißachtung Ausdruck verliehen.

Nach dieser so beruhigenden Einleitung mußten die streng blickenden Pharisäer erleben, daß er, der sich Sohn Gottes nannte, keineswegs gesonnen war, sich allen Gesetzen der Väter zu beugen. Mutig, kraftvoll und mit leuchtendem Antlitz schleuderte er ihnen seine Gesetze entgegen:

»Wer von nun an ein Kind Gottes geheißen werden will, wer sich zum neuen Bund bekennt und eingehen will in die Herrlichkeit Gottes, der spreche Ja! oder Nein! denn alles andere ist von Übel. Wer nach dem alten Gebot verfährt: Auge um Auge, Zahn um Zahn, dem sage ich: halt! Wer dir Böses tut, dem erweise dafür Gutes! Wer seine Freunde liebt und seine Feinde haßt, dem sage ich: Liebe auch deinen Feind, tu ihm Gutes und bete für ihn. Auch die Heiden lieben ihre Freunde – was ist da Besonderes? Helft jedem in seiner Not, ob Freund, ob Feind, gebt aus vollem Herzen, verschließt vor keinem euer Ohr. Versucht so vollkommen zu sein, wie euer himmlischer Vater es ist. Wer sein Weib verstößt, es sei denn der Untreue wegen, begeht eine Sünde und macht sie zur Ehebrecherin, und wer eine Verstoßene heiratet, bricht wieder die Ehe.«

Dies und vieles mehr verkündete Jesus im strengen Ton eines Lehrers und Propheten. Den Pharisäern vor allem klang es frevlerisch in den Ohren, da sie doch mit ihren verdorrten Herzen am Buchstaben hingen und kein Jota davon lassen wollten. So begannen sie Jesus mit ihrem Zorn zu verfolgen, wo immer er auftrat. Sie nannten ihn öffentlich einen Irrlehrer und Gotteslästerer, was ihn und uns wenig anfocht; denn wir waren fest davon überzeugt, daß Gott seine schützende Hand allezeit über ihn und uns halten würde.

Die Predigt in der Synagoge von Kapharnaum wurde vom lauten Gebrüll eines Besessenen gestört, den die Pharisäer insgeheim durch die Menge herbeischaffen hatten lassen. Der arme Mensch geiferte und spie, fluchte, betete und drohte in fast unverständlichen Worten, bis Jesus seine Predigt unterbrach. Er blickte dem Irrsinnigen fest ins Auge und sagte leise, doch weithin vernehmbar: »Sei ruhig und gehe in Frieden.«

Der Besessene war sofort still, atmete hörbar auf, wischte sich den Schweiß vom Gesicht und sagte laut: »Jetzt erkenne ich dich, du bist Gottes Sohn«, wandte sich um und ging weg.

Ich glaube, daß dies eine größere Wirkung tat als die Predigt zuvor. Jubelnd drängte sich das Volk heran: »Er hat ihn geheilt, Mathan ist geheilt, die Dämonen sind ausgefahren, dies ist wahrhaftig Jesus Christus, Gottes Sohn!«

9

Nach all dem bisher Geschilderten mag es scheinen, daß von mir, Judas Ben Simon, wenig zu berichten ist, da ich Jesus als gehorsamer Jünger folgte und kaum noch eigene Gedanken hegte. Ich gestehe es ein, diese Zeit war wie ein Rausch. Das Ich war ausgelöscht, es galt nur noch: Er und wir. Er, der Meister, und wir, seine Jünger, die einig waren in Gedanken, Worten und Werken.

Jesus predigte nicht jeden Tag, es vergingen oft Wochen, bis er wieder als Lehrer und Redner auftrat. Wir, seine Jünger, aber waren immer um ihn, und oft geschah es, daß er einen von uns beiseite nahm, um mit ihm zu reden. Jesus kannte genau die Herkunft eines jeden und wurde jedem von uns auf seine Weise gerecht.

Es war in Tiberias, der von Herodes Antipas gegründeten Stadt am See Genezareth. Die dort zwangsweise angesiedelten Juden hielten den Ort zuerst für unrein, weil man bei den Kellerausschachtungen auf alte Gräber stieß, doch Herodes machte Tiberias anstatt Sephoris, das weit im Landesinnern lag, zur Hauptstadt von Galiläa. In Tiberias siedelten sich vor allem Sadduzäer an, denn die Stadt war ganz nach römisch-griechischer Art errichtet worden, was den strenggläubigen Juden ein Greuel war. Da Jesus vor den Sadduzäern ohnehin nicht gerne predigte, nützten wir den Aufenthalt zur Ruhe und Erholung.

Während die meisten von uns zur Mittagsstunde schliefen, hatte Jesus im See gebadet, was er oft und mit Vorliebe tat, denn er meinte, einem reinen Geist gebühre auch ein reiner Körper.

Auch ich hatte Kühlung im See gesucht, und so saß ich neben ihm am Ufer, im Schatten einer Zeder, während unsere Kleider in der Sonne trockneten. Ich wußte, daß Jesus seine frühe Kindheit in Ägypten verbracht hatte, doch von dieser Zeit sprach er nur selten, und niemandem war etwas Genaueres bekannt. So war ich überrascht, als der Meister darauf zu sprechen kam.

»Du weißt, Judas, daß sich mein Vater bald nach meiner Geburt in Ägypten niederließ, weil er dort einen besseren Erwerb zu finden hoffte. Es leben viele Juden im Delta, vor allem im volkreichen Alexandria, und auch wir besitzen dort Verwandte. Ich war drei Jahre alt, als meine Eltern nach Nazareth zurückkehrten, und habe keine Erinnerung mehr an diese Zeit. Mein Vater fand dort sein gutes Auskommen, denn Ägypten ist reich, die Römer machten es zu ihrer Kornkammer, und gerade unter Kaiser Augustus wurde in den Deltastädten viel gebaut. Wir lebten in Sin, das die Ägypter Pelusion nennen, wo Joseph beim Ausbau des Hafens als Zimmermann arbeitete. Während dieser Zeit kam er mit vielen Ägyptern zusammen und hat so manches von deren Religion vernommen, was uns hier nicht bekannt ist, da wir Juden bei den Götzenanbetern gemeinhin keinen Unterschied machen. Ob Jupiter oder Amon, ob Isis oder Venus – ein frommer Jude wendet sich davon mit Schaudern ab, weil allein diese Namen ein Greuel sind vor dem einen Herrn und Gott, meinem Vater.«

Jesus schwieg mit geschlossenen Augen, während ich aus Respekt keine Frage stellte und den Weg seiner Gedanken nicht stören wollte. Verstohlen betrachtete ich seinen schlanken, wohlgestalten Körper, da er wie ich nur mit dem Lendenschurz angetan war.

»Weißt du, daß ich auch mit geschlossenen Augen sehe?« hörte ich plötzlich seine Stimme und erschrak sehr. Noch immer hatte er die Augen nicht geöffnet. »Da du mich betrachtest, mein Judas, so bedenke auch, daß unser vergänglicher Leib zu Gottes erhabensten Werken zählt. Um so vermessener scheint es mir, daß die Künstler der Griechen und Römer diesen Leib in Stein nachformen. Sie beleidigen damit Gott, der ihnen ihre Unwissenheit vergeben möge.«

Jesus öffnete die Augen, schaute mich lächelnd an und fuhr fort: »Da dein Vater dir eine gute Erziehung gab, so frage ich dich, ob du den Namen des Götzen Usar je vernommen hast?«

Ich mußte verneinen und war sehr verwundert, Jesus von solchen Dingen reden zu hören.

»Nein, Herr, ich kenne den Namen dieses Götzen nicht. Verehren die Syrer ihn oder die Römer?«

»Vielleicht ist er in Rom unter seinem griechischen Namen Osiris schon bekannt, doch ist es ein Gott der Ägypter, der besonders im Deltagebiet große Verehrung genießt. Mein Vater hat dort von ihm erfahren und mir davon erzählt. Ich würde den Namen dieses Götzen nicht in den Mund nehmen, wäre um ihn nicht der seltsame Glaube, er sei der König der Unterwelt und würde einst wiederkommen, um auf Erden ein Reich des Friedens und der Gerechtigkeit zu gründen. Wie Abel von

Kain wurde Osiris von seinem Bruder Seth getötet, worauf er in der Unterwelt zu neuem Leben erwachte. Seth aber verfiel wie Kain der ewigen Verdammnis. Die Ägypter verehren in Osiris den Totenrichter, der die Seelen wägt und den Gerechten ein ewiges Leben bereitet. Die Armen sehen in ihm ihre Hoffnung, da sie doch wenigstens nach dem Tod finden werden, was ihnen im Leben nicht vergönnt war: Gerechtigkeit und ewigen Frieden.« Jesus schwieg und sah mich fragend an, als erwarte er eine Antwort.

»Also verehren die Ägypter in Osiris ihren Messias, der einst kommen wird, um auf Erden sein Friedensreich zu errichten?«

»So ist es, Judas, und ich habe dir davon erzählt, damit du siehst, daß auch die Herzen der Heiden nicht ohne Glaube und Hoffnung sind, daß auch sie das Kommen des Erlösers erwarten. Mich hat mein Vater nur zu den verlorenen Schafen des Hauses Israel gesandt, ich werde es nicht mehr vollenden können. Ihr aber sollt hinausziehen und die Völker lehren in meinem Namen!«

Dann zogen wir in Nazareth ein, wo das Haus seiner Eltern stand und wo er seine Jugend verbracht hatte. Nazareth war und ist gewiß auch heute noch ein wenig bedeutsames Dörfchen auf halbem Wege zwischen dem See Genezareth und der Meeresküste, im Norden und Westen von steinigen Berghängen gesäumt. Die Menschen dort führen ein karges, entbehrungsreiches Leben.

Joseph, der Vater unseres Herrn, war ein würdiger Alter, der noch rüstig seine Arbeit tat und, wie er uns bald erzählte, keine Not leiden mußte, da er sich von dem in Ägypten Ersparten einige gute Äcker gekauft hatte. Maria, die Mutter des Herrn, hielt sich abseits und sprach nur wenig. Sie betrachtete ihren Sohn mit Blicken voll scheuer Ehrfurcht und wagte kaum das Wort an ihn oder uns zu richten. Sie war noch immer von Staunen umfangen, daß ihr Erstgeborener als wundertätiger Lehrer und Prediger durch Galiläa zog. Sonst aber schien unser Meister in seiner Heimat wenig Verehrung zu genießen, denn auf dem Weg zur Synagoge, wo er eine Sabbatlesung halten wollte, begleitete uns feindseliges Schweigen. Dies ärgerte ihn, und er trat schroff auf und gab scharfe Antworten auf die Fragen der Pharisäer.

»Bist du nicht Josephs Sohn, der seine Jugend in Nazareth verbrachte und die Gesetze ehrte?« So fragten sie.

Jesus antwortete: »Man schätzt den Propheten nicht in seiner Heimat.«

»Warum tust du bei uns nicht solche Wunder wie in Kapharnaum? Sind wir dir zu gering?«

Jesus antwortete mit treffenden Schriftstellen, was sie noch mehr erzürnte.

»Steinigt den Lästerer!« hörte man rufen, doch er schritt furchtlos durch die Menge und ging mit uns zum Haus seiner Eltern. Dort warteten inzwischen eingetroffene Verwandte des Herrn und sein jüngerer Bruder Jakob.

Jesus hatte seinen Bruder uns gegenüber mehrmals erwähnt als einen, der mit geschlossenen Augen auf dem falschen Pfad wandle. Jakob hatte sich nämlich den Pharisäern angeschlossen und galt trotz seiner Jugend als hervorragender Kenner der heiligen Schriften. Äußerlich glich er Jesus mit seiner hohen schlanken Gestalt und dem schmalen ernsten Gesicht, doch im Geiste war er damals sein Gegner. Erst einige Zeit nach Jesu Tod schloß er sich den Christen an und wurde von der Jerusalemer Gemeinde zum Führer bestimmt.

Jakob hatte wie Jesus das väterliche Handwerk erlernt und sollte später Josephs Werkstatt übernehmen. Zwar umarmte und küßte er seinen Bruder zur Begrüßung, doch dann hielt er sich fern und verharrte in trotzigem Schweigen. Mit uns redete er kein Wort, als seien wir es, die Jesus daran hinderten, in seiner Heimat zu bleiben und sein Handwerk auszuüben.

10

Jesus war zu stolz, um aus seinem Heimatort zu fliehen, doch als seine Mutter auf eine Hochzeit nach Kana geladen wurde, kaum zehn Meilen von Nazareth entfernt, richtete sie es ein, daß auch Jesus und wir daran teilnehmen konnten. Freilich kamen nicht alle von uns mit, sondern Jesus wählte seine Begleiter aus. Johannes, der junge, noch bartlose, war wie immer dabei, dann Andreas mit seinem Freund Philippus, den wir Bartholomäus nannten. Er stand unter dem besonderen Schutz des muskelstarken Andreas, denn er war eher schmächtig, doch ein zäher, ausdauernder Wanderer, dem Hitze und Kälte wenig anhaben konnten. Zuletzt wurden noch Petrus und ich als Begleiter erwählt, wobei mir die Aufgabe zufiel, in Kana ein Nachtquartier zu suchen, da im Hause der Hochzeitsfeier wenig Platz war. Da zu dieser Zeit die Nächte sehr kalt waren, brauchten wir ein Dach über dem Kopf, das ich dann auch bei einem Bauern fand, der uns seine Scheune überließ.

So kam ich später zur Hochzeitsfeier, wo mich der Brautvater mit den Worten empfing: »Koste diesen Wein und urteile selbst.«

Er reichte mir den Becher mit einem so stolzen Lächeln, daß ich annahm, er habe zur Hochzeit seiner Tochter sein bestes Faß angestochen. Ich trank – trank ein zweites Mal und schmeckte doch nur Wasser. Verwirrt setzte ich den Becher ab und wußte nicht recht, was ich sagen sollte, als Jesus seinen leuchtenden Blick auf mich richtete: »Nun, Judas, du mußt ein drittes Mal kosten, um auf den Geschmack zu kommen!«

War es ein Scherz? Ich trank nochmals und spürte den herben fruchtigen Geschmack eines edlen Weines. Andreas, der schnell trunken wurde, stand schwankend auf und rief begeistert: »Sieh nur, was unser Herr vermag. Dieser köstliche Wein kommt aus den Wasserkrügen, die draußen stehen! Lobet den Herrn!«

Und alle lobten ihn, denn es war ein armes Haus, dessen Weinvorräte für die vielen Gäste nicht ausgereicht hätten.

Solche Wunder sprachen sich schnell im Land herum, und

bald war es so, daß man in Jesus weniger den Prediger des neuen Bundes, sondern mehr den Wundertäter sah. Die Pharisäer aber achteten die Wunder gering, sie witterten in Jesus einen Aufrührer und Rebellen, der an den altehrwürdigen Gesetzen zu rütteln wagte. Sie hinderten und verfolgten ihn, wo sie konnten, besonders wenn sie glaubten, er habe die strengen Sabbatgesetze verletzt. Wenn mein alter Kopf sich recht erinnert, so muß es in der Gegend von Tiberias gewesen sein, als wir nach langem beschwerlichen Weg durch wüste Gegenden wieder die ersten sprudelnden Brunnen und die ersten lieblichen Kornfelder sahen. Prachtvoll stand der Weizen, seine Halme bewegten sich leise im kühlen Wind, der vom See herauf übers Land strich. Jakobus war es, der, ohne lange zu zaudern, einige der goldenen Ähren abbrach, die Körner herausrieb und sie aß. Ich und die meisten der anderen taten es ihm nach, auch Jesus nahm davon. Wir wurden dabei von einigen Männern beobachtet, die müßig vor ihren Häusern im Schatten standen und dann an uns herantraten.

»Es ist Sabbat, ihr guten Leute, doch euch scheinen die Gebote des Herrn fremd zu sein, die jegliche Arbeit an diesem heiligen Tag verbieten.«

Natürlich war es ein Pharisäer, der so sprach, aber Jesus erwiderte ihm sofort: »Da ihr die Schriften so gut kennt, müßt ihr auch wissen, daß David die Schaubrote aus dem Tempel nahm, als ihn hungerte. Ich bin Gottes Sohn und gebiete auch über den Sabbat, denn er ist für den Menschen gemacht und nicht der Mensch für den Sabbat. Euch aber sage ich: wer Not leidet, steht über solchem Gesetz, denn Gott ist die Liebe. Euer Gott aber ist der Buchstabe, und danach werdet ihr einst gerichtet.«

So etwas klang den Pharisäern nicht wohl in den Ohren, doch wagten sie nichts gegen Jesus zu unternehmen, da das Volk ihn liebte.

11

Noch jetzt schäme ich mich, wenn ich daran denke, wie sehr ich zu dieser Zeit meinem Elternhaus entfremdet war. Seit ich mich den Essenern angeschlossen hatte, war ich nicht mehr in Chariot gewesen, hatte ich meine Eltern ohne Nachricht gelassen.

Als wir durch Jericho zogen und uns dem Salzmeer näherten, wandte ich mich an Jesus: »Da wir nun in Judäa sind, möchte ich meine Eltern und meine Schwester wiedersehen, wenn du es erlaubst.«

Er antwortete: »Ich bin nicht gekommen, um die Gebote Gottes, wie Moses sie verkündet hat, aufzuheben. Mache dich auf den Weg und eile, denn über eine Woche sollst du zurück sein und mich hören.«

Ich ging geraden Wegs nach Chariot, wo meine Eltern mich empfingen wie einen wiedergefundenen Schatz. Meine Mutter weinte und lachte, mein Vater betrachtete mich liebevoll und ernst, denn er sah, daß ich zum Manne geworden war. Rachel, meine Schwester, versuchte mir mit Würde zu begegnen, denn sie war jetzt verlobt und nahm Abschied von ihrer Kindheit.

Ich aber küßte sie auf beide Wangen, hob sie hoch und sagte: »Du bist und bleibst meine kleine Schwester, auch wenn du nun bald Ehefrau und Mutter wirst. Ein Bruder hat ältere Rechte! Ich habe dir Puppen geschnitzt, da wußte dein Künftiger noch nichts von dir. Sind wir nicht ein Fleisch von den Eltern her? Bin ich dir nicht mehr als der fremde Mann, den du heiraten wirst?«

Ich meinte nicht ernst, was ich sagte, doch Rachel ließ sich nicht beirren: »Hast du nicht dein Elternhaus verlassen, um diesem Messias nachzufolgen? Ist er wirklich der Messias und Gottes Prophet? Sprechen nicht viele von ihm mit Verachtung und nennen ihn einen Irrlehrer und Gotteslästerer? Wenn ich das Haus unserer Eltern verlasse, so tue ich nach Recht und Gesetz, denn die Frau soll ihrem Mann nachfolgen.«

Sie war nun wirklich der Kindheit entwachsen, meine

Schwester Rachel, und hatte so unrecht nicht mit dem, was sie sagte.

Meinen Vater fand ich gealtert und sorgenvoll. Rom hatte ihn enttäuscht. Von Pontius Pilatus, dem Statthalter, war weiterhin nichts Gutes zu berichten. Er saß in Caesarea und war verhaßt im ganzen Land, beim Volk nicht weniger als beim Fürsten, denn Herodes Antipas fühlte sich von ihm bedrängt und bevormundet. Kaiser Tiberius genoß zwar einige Achtung, da er keine Willkür gestattete und den Juden ihre alten Rechte und Gebräuche niemals streitig machte. Doch nun erzählte mir mein Vater, daß der Kaiser, mißtrauisch und ängstlich geworden, sich auf die felsige Insel Caprea zurückgezogen hatte, wo er abwechselnd in zwölf prunkvollen Villen lebte, während sein Günstling Sejanus in Rom wie ein Tyrann regierte. Viel mehr wußte mein Vater auch nicht zu berichten, doch genügte es, mich in meinem Abscheu gegen die Römer zu bestärken. Wer kannte denn damals schon die ganze Wahrheit über Tiberius, wie sie erst viel später ans Licht drang?

Als Tiberius nach der langen goldenen Friedenszeit unter Augustus das Erbe seines Adoptivvaters übernahm, zweifelte niemand daran, daß der schon sechsundfünfzigjährige erfahrene Heerführer und Staatsmann nach der Weise seines Stiefvaters gerecht und besonnen regieren würde. Und so war es auch in den ersten Jahren. So schwer es gewesen sein mag, der Nachfolger eines Augustus zu werden, so sehr zeigte Tiberius sich seinem hohen Amt gewachsen, das er mit Umsicht, wenn auch mit einer gewissen Härte verwaltete. Seine Gerechtigkeit aber wandelte sich in Mißtrauen und Verfolgungswahn, seine Härte wurde zur Grausamkeit. Besonders von seiner eigenen Familie fühlte Tiberius sich hintergangen, wobei sein Günstling Sejanus Haß und Mißtrauen nach Kräften schürte. Nach und nach rottete dieser blutrünstige Kaiser seine gesamte Familie aus. Seinen Stiefsohn Germanicus ließ er durch Piso, den Legaten von Syrien, umbringen; dieser wurde zum Lohn dafür im Gefängnis erdrosselt. Sein leiblicher Sohn Drusus, ein lasterhafter Weichling, wurde von seiner eigenen Gattin Livilla mit Hilfe des Sejanus vergiftet. Davon hatte der Kaiser allerdings nichts gewußt. Sejanus nämlich wollte selber an die Macht und räumte aus dem Weg, wer ihn dabei zu stören versuchte.

Nach dem Tod seines einzigen Sohnes geriet Tiberius in eine solche Wut, daß er tagelang wahllos foltern und hinrichten ließ. Ein von ihm aus Rhodos nach Rom geladener Jugendfreund geriet aus Versehen auch in die Folterkammer, worauf Tiberius seinen Irrtum erkannte und den Freund sofort umbringen ließ, damit die Sache nicht ans Licht kam. Seine Schwiegertochter Agrippina wurde auf eine wüste Insel verbannt, wo sie sich freiwillig durch Verweigerung der Nahrung tötete. Nero, ein Enkel des Kaisers, wurde zum Selbstmord gezwungen, Drusus, einen anderen Enkel, ließ man verhungern. Sejanus, der dem Kaiser schließlich zu mächtig wurde, kam endlich zu Fall und verlor samt seiner Familie mit zahlreichen Anhängern in einem fürchterlichen Possenspiel von Gerichtsverhandlungen sein Leben. Daß dieser kaiserliche Henker ein überaus fähiger Staatsmann war und sämtliche Provinzen mit großem Geschick und Verständnis für die nationalen Eigenheiten verwaltete, sollte aber nicht vergessen werden.

Wir in Judäa wußten davon nichts – nichts von den ungeheuren Ausschweifungen, denen sich der Kaiser auf Caprea hingab, nichts von dem schwer über Rom lastenden Todesschatten. Mein Vater litt, ohne sich zu beklagen, doch ich spürte es, vermochte ihm aber nicht zu helfen. Er litt, weil Rom ihn zutiefst enttäuschte, und er litt, weil sein einziger Sohn einem Manne anhing, der sich Messias und Christus nannte und von dem mein Vater, wie von allen messianischen Propheten vor ihm, nichts hielt.

Was nun Rom betraf, so war allmählich in ganz Palästina bekanntgeworden, daß Tiberius ein Judenhasser war und unser Volk überall grausam verfolgte. Die Synagogen wurden verwüstet oder zu Tempeln römischer Götter gemacht. Aus Rom kam die Kunde, daß die jüdische Religion strengstens verfolgt und jeder, der sich dazu bekannte, aus der Stadt verbannt wurde. Tausende junger Juden ließ Tiberius in den Militärdienst pressen und sandte sie in die entferntesten Provinzen mit dem schlechtesten Klima, wo sie jämmerlich umkamen. Wer sich widersetzte, wurde getötet oder verfiel der Sklaverei. Allein Palästina blieb von alldem verschont, weil Tiberius hier Ruhe und Frieden, den römischen Frieden, bewahren wollte. Getreulich erfüllte er auch weiterhin das Vermächtnis des Augustus, der dem Tempel zu Jerusalem eine beträchtliche tägliche Opferspende gewährt hatte. So opferte dieser Kaiser also täglich unserem Gott, während er unser Volk im gesamten Reich grausam verfolgte.

Mein Vater wußte dies alles und schwieg. Er schwieg auch, als ich zu Jesus zurückkehrte. Schweigend gab er mir seinen Segen mit auf den Weg. Mir graut noch jetzt, wenn ich bedenke, welches Leid ich diesem verständigen und schwer geprüften Mann zugefügt habe. Mir graut, wenn ich an meine Mutter denke, die doppelt litt: um ihren Gatten und um mich.

Daß ihr, meine Söhne, mir bisher solches Leid erspart habt, ist eine unverdiente Gnade, für die ich mein Schicksal und den, der es fügte, nicht genug preisen kann.

Ich fand Jesus und seine Jünger auf einem Hügel am Salzmeer versammelt und freute mich von Herzen, als der Meister mich mit den Worten empfing: »Willkommen, Judas, in unserer Mitte, und höre, was ich euch zu sagen habe. Zwölf will ich erwählen, die sollen immer um mich sein, und ihnen will ich die Kraft verleihen, zu predigen, zu binden und zu lösen, Krankheiten zu heilen und böse Geister auszutreiben.« Dann nannte er die zwölf beim Namen. »Da ist Simon, den ich Petrus nenne, denn mein Vertrauen ruht auf ihm wie auf einem Felsen. Da sind Jakobus und sein Bruder Johannes, die mit Petrus zu meinen Eifrigsten und Getreuesten zählen. Du, Andreas, mein treuer, starker Wächter, sollst mit mir sein und auch dein Freund Philippus. Bartholomäus, Matthäus und Thomas erwähle ich, weil sie glauben, ohne zu fragen. Thaddäus soll wegen seines Mutes zu uns gehören und auch du, Jakobus, Sohn des Alphäus. Simon aus Kanaan, dich berufe ich zu den zwölfen, weil du die Römer mit einer solchen Inbrunst verachtest, daß ich dich nicht aus den Augen lassen kann. Du würdest dir und uns nur schaden, wenn ich dich ziehen ließe, und ich sage dir, dein Haß soll sich in Liebe wandeln. Judas Ben Simon aus Chariot, verzeih mir, wenn ich dich als letzten nenne. Du sprichst als einziger von uns Latein und Griechisch, bist vielseitig gebildet und kommst aus reichem Haus. Dies alles könnte dir zum Nachteil gereichen, wäre nicht dein fester Glaube. Vor allen anderen will ich an dich noch die Bitte richten, sei uns wie bisher ein getreuer Verwalter unseres irdischen Vermögens, während du mit uns himmlischen Lohn sammelst.«

Keiner der zwölf Erwählten wußte etwas zu erwidern, jeder war stolz und froh, Jünger Christi zu heißen.

12

Wir zwölf fühlten uns als Auserwählte, waren stolz und manchmal sogar hochmütig, als hätten wir eine Krone empfangen, die uns weit über die gewöhnlich Sterblichen hinaushob.

Ich bin sicher, daß Jesus dies nicht ohne besondere Absicht getan hatte. Er wird gespürt haben, daß die Zahl seiner Feinde wuchs, daß er vielerorts nicht mehr sicher war und allmählich damit zu rechnen hatte, daß man ihn gefangensetzte oder tötete, ehe sein Werk vollbracht war. Mit der Wahl seiner zwölf Getreuen schuf er sich einen festen Kreis von Vertrauten, die von nun an jedes seiner Worte hören würden und später in seinem Sinne weiterwirken konnten.

Zwölf Menschen aber, unterschiedlichen Alters und von unterschiedlichem Herkommen, werden manchmal die unterschiedlichsten Meinungen haben, auch wenn sie ein Glaube und ein Ziel einen. Jakobus der Ältere, Johannes, Petrus und Andreas waren Fischer am See Genezareth gewesen, dies verband und vereinigte sie. Sie hielten sich meist zusammen und wurden leicht unwillig, wenn man sich dazwischendrängte. Matthäus, dem ehemals reichen Steuerpächter, begegneten die meisten anderen mit Vorsicht und Mißtrauen, denn sie konnten nicht vergessen, was er früher gewesen war. Ich selbst wurde als einziger Judäer immer wie ein Fremder betrachtet. Daß ich Latein und Griechisch sprach, machte mir diese einfachen Menschen wenig geneigt. Daß Jesus sich manchmal mit mir besprach, ehe er den Priestern und Gelehrten gegenübertrat, erregte ihren Neid, obwohl es nie zu einem offenen Streit kam. Wenn Jesus spürte, daß irgendeine Unruhe zwischen uns entstand, brauchte er uns nur an die Pflicht der Nächstenliebe zu erinnern, so waren wir gleich beschämt und begruben schnell unseren Hader. Manchen von uns, vor allem Matthäus und mir, erschien es seltsam, daß Jesus gerade auf Simon so großes Vertrauen setzte und ihn Petrus, den Felsen, nannte.

Petrus nämlich war von überaus schwankendem Gemüt. Zwar gehörte er zu den eifrigsten Jüngern des Herrn, doch – um es in einem Gleichnis zu sagen – er lief entweder hastig einige Schritte voraus oder hinkte langsam hinterher. Sein Eifer schlug schnell in Zaudern um, sein Mut in Ängstlichkeit, seine feurige Rede in wortkarges Schweigen. Was Jesus aber damals besser erkannte als wir, das war Petrus' unwandelbare Treue zur Lehre des Herrn. Es entsprach seinem Charakter, daß er Jesus aus Angst verleugnete, später aber in Rom mutig aushielt und mutig starb.

Ich will jetzt nicht weiter von Predigten und Wundertaten berichten, deren viele meinem Gedächtnis schon entschwunden sind und die sich ebenso oft wiederholten, wie der Streit mit den Pharisäern in jedem Ort und in jeder Synagoge sich neu entfachte.

Nun soll von den Frauen die Rede sein, die sich den Jüngern meist in schweigender Verehrung anschlossen und die uns oft beherbergten und bewirteten. Wenn die Jüdin in öffentlichen Angelegenheiten oder in der Synagoge zum Schweigen verurteilt ist, so führt sie doch in ihrem Haus das Regiment und entscheidet, wer als Gast willkommen ist.

Einige der Apostel waren verheiratet, aber auch die meisten anderen hatten gewiß schon von den Freuden der Liebe gekostet, ehe sie Jünger Christi wurden. Nun aber wetteiferten sie miteinander, von den Frauen verächtlich zu reden oder sie schroff abzuweisen, wenn sie sich, ohne alt oder krank zu sein, dem Meister nähern wollten. Er, der – wie es hieß – noch kein Weib berührt hatte, sprach aber niemals schlecht von ihnen und wies keine ab, mochte ihr Anliegen noch so gering sein. Es ist freilich wahr, daß viele Frauen uns nur aus Neugierde folgten, kaum auf die Predigten unseres Herrn achteten und eben nur erproben wollten, ob wir Männer waren wie andere auch und was an uns Besonderes sei. Glaubten sie ihre Neugierde gestillt, so zogen sie wieder davon, kehrten zurück in ihre Dörfer, von denen sie sich ungern weit entfernten. Wir achteten nicht besonders auf sie, sondern duldeten sie, wie man ein Hündchen duldet, das einen beschnüffelt und ein Weilchen begleitet.

Schamvoll verdrängte ich meine Erinnerung an die schöne Debora; denn ich wäre gern so rein und frei von allen Begierden gewesen wie unser Meister. Den anderen schien es genauso zu ergehen, denn es galt als unschicklich, von Frauen zu reden, es sei denn von Müttern oder Schwestern.

In einer Zeit, als wir durch Galiläa zogen, heftete sich ein Weib an unsere Fersen, das, wie die Mutter Jesu, Maria hieß und aus Magdala am See Genezareth stammte. Sie schwieg nicht, sondern klagte und jammerte wegen ihrer Sünden, fiel vor Jesus auf die Knie, netzte sein Gewand mit Tränen und erflehte seine Vergebung. Jesus duldete nicht, daß wir sie fortschickten, sondern befahl ihr, Buße zu tun und ihre Sünden zu bereuen.

»Ich kann nicht, Herr, ich kann es einfach nicht«, klagte sie dann, schlug ihre Stirn auf den Boden und ging ungetröstet weg. Wie wir erfuhren, war ihr Gatte bald nach der Hochzeit gestorben und hatte sie als junge, kinderlose Witwe zurückgelassen. Ihr Ruf am See Genezareth war nicht der beste, man sprach von häufigen Männerbesuchen in ihrem Haus und von nächtlichen Trinkgelagen. Da sie noch jung, schön von Gestalt und Angesicht und eine Witwe war, wurde ihr Treiben geduldet, wenn sie auch keine Achtung genoß und die Männer, welche sie nachts besuchten, sich am Tage von ihr abwandten.

Sie folgte uns lange nach, tat kleine Dienste, machte Feuer, kochte und wusch unsere Kleider, wenn wir es gestatteten. Auf uns Jünger achtete sie wenig, ihre Augen hingen immer an Jesus, den sie auf ihre Art inbrünstig liebte und dessen freundliche Worte allein ihren Kummer durchdrangen.

Wenn er aber sagte: »Maria, du hast die rechten Gedanken noch nicht«, dann schlich sie traurig beiseite, schüttelte den Kopf und murmelte leise Worte.

So lagerten wir einmal am Ufer des Sees, als sie in unseren Kreis trat und zu Jesus sprach: »Magdala, wo mein Haus steht, ist nicht weit. Herr, ich lade dich und die Deinen dorthin und bitte dich und die Jünger, meine Gäste zu sein, solange es euch behagt.« Flehentlich blickte sie Jesus an, damit er ihre Bitte gewähre.

Jesus lächelte und schwieg eine Weile. Dann sagte er: »Der Tag beginnt sich zu neigen. Ich werde dich zu deinem Haus begleiten und mit dir reden. Du hast den Glauben, wenn dir auch die Reue fehlt, du liebst mich, aber du mußt die Sünde hassen lernen.«

Dann machte er sich mit Maria auf den Weg, doch forderte er keinen von uns auf, ihn zu begleiten, und keiner wagte es, ihn darum zu bitten. Christus war schon öfter gefragt worden, warum er eine solche Sünderin in seiner Nähe dulde, doch er hatte jedesmal geantwortet: »Der Gottessohn liebt den reuigen Sünder mehr als zehn Gerechte. Maria ist auf dem rechten Wege, und ich will nicht, daß man sie dabei ärgert.«

Kaum war Jesus mit dem Weib außer Hörweite, da begannen sie schon zu lästern.

»Es ist nicht recht, was unser Herr tut«, meinte Jakobus der Jüngere, »denn Größeres gilt es zu vollbringen, als eine Sünderin zu bekehren.«

Das konnte der schnell aufbrausende Petrus nicht hinnehmen: »Was unser Herr tut, ist immer wohl getan, und wir sollten sein wie er. Hat er uns nicht Menschenfischer genannt? Muß nicht den verirrten Seelen unsere größte Sorge gelten?«

Da widersprach freilich keiner.

Ich sagte: »Ob Mann oder Weib, ob Römer oder Grieche, ob Pharisäer oder Sadduzäer, vor Gott sind alle gleich.«

Matthäus meinte: »Wir bitten dich, den Verwalter unseres irdischen Besitzes, einmal von den Seelen abzusehen und an unsere Körper zu denken. Mich jedenfalls hungert und dürstet.«

Johannes, unser Jüngster, den wir alle liebten und mit Nachsicht behandelten, bot sich sogleich an, mit mir nach Magdala zu gehen, um Speise und Trank herbeizuschaffen.

Am Ende wollten alle mitkommen, doch der treue Andreas widersprach: »Der Herr hat uns nicht geheißen, dorthin zu gehen, und soll uns hier wiederfinden.«

So machte ich mich mit Johannes auf den Weg.

Bald erreichten wir Magdala, ein Dorf, das ganz vom Fischfang lebte, was man schon von weitem roch, denn dort wurden die Fische in Fässern eingepökelt und weithin versandt.

Ich reichte Johannes meinen Beutel und trug ihm auf, Salzfische und Brot zu kaufen. Ich wollte mir das Haus der Maria besehen und hoffte auch, Jesus dort anzutreffen, um mit ihm zurückzukehren.

Als ich einen Alten nach dem Weg fragte, flog ein spöttisches Lachen über sein verrunzeltes Gesicht. »Ah, mein Freund, du suchst die Trösterin der einsamen Männer? Ich fürchte, du wirst sie nicht antreffen, denn sie folgt einem Wunderrabbi, der das Feuer ihres Schoßes löschen soll. Da er Lahme heilt und Blinde sehend macht, wird ihm vielleicht auch dieses schwere Werk gelingen.«

»Du weißt nicht, was du redest, Alter«, gab ich schroff zurück und fragte nochmals nach dem Haus der Maria. Er wies mir den Weg, und ich fand es am Rande des Dorfes mit geschlossenen Läden und ohne eine Spur von Leben. Ich nahm an, daß Jesus mit Maria schon auf dem Rückweg sei, doch zwang mich die Neugier, näher zu treten. Hinter dem Haus standen ein paar Granatapfelbäume, und ich ging hin, um einige der reifen Früchte, die am Boden lagen, aufzuheben. Ein unverschlossenes Fenster an der Rückseite des Hauses zog mich wie durch Magie näher. Mir war, als hörte ich es flüstern:

Judas, komm näher, beuge dein Haupt und schärfe deinen Blick! Das von den Obstbäumen gedämpfte Licht des späten Nachmittags war stark genug, um den Raum zu erhellen, der sich jetzt meinen Blicken bot. Nahe am Fenster stand ein Tisch mit einem Weinkrug und zwei Bechern. An der Wand war ein behagliches Lager von Ziegenfellen bereitet, und darauf ruhten Jesus und Maria, die Sünderin, eng umschlungen. Beide waren sie nackt, ihre Gewänder lagen am Boden auf einem Haufen.

Ich kann heute noch nicht sagen, was ich dachte oder fühlte, denn Geist und Körper waren mir betäubt. So stand ich wie im Traum und betrachtete die beiden und sah, daß sie die Augen geschlossen hatten und lächelten. Umschlungen ruhten sie auf den weichen Ziegenfellen und lächelten. Wie lange ich so verharrte, kann ich nicht sagen. Als Maria sich träge zu regen begann, ihre weißen Arme um den Nacken Jesu schlang und ihn näher zog wie eine Riesenschlange, die ihr Opfer langsam erwürgt, trat ich sachte zurück in den Schatten der Bäume, wandte mich um und lief weg, als sei ein Verfolger hinter mir.

Im Dorf traf ich Johannes, der voll beladen war mit Brot und Fisch. Wir verteilten die Last und gingen zurück zum See, wo unsere hungrigen Genossen warteten.

Während die anderen behaglich ihr Mahl verzehrten, saß ich abseits und mochte nichts essen. Mein Erlebnis hatte mich so verstört, daß ich keinen klaren Gedanken fassen konnte. Nach Einbruch der Dämmerung kam Jesus zurück, Maria folgte in demütigem Abstand. Jesus nahm Speise und Trank und bot auch Maria davon an.

Die Sterne standen schon am Himmel und der Mond goß sein silbernes Licht über uns, als Maria mit verhülltem Haupt wie eine Schattengestalt in unsere Mitte taumelte und vor Jesus zu Boden sank. Sie zitterte wie im Fieber und rief: »Ich bereue, ich bereue! Verzeih mir, o Herr, verzeih! Verzeihst du mir? Ich nehme jede Buße auf mich, wenn ich deine Vergebung erlange! Verzeih mir!«

Niemand sprach ein Wort, bis wir die Stimme unseres Herrn vernahmen: »Du hast viel geliebt, Maria, so soll dir auch viel verziehen werden. Die größte Sünde erst hat dich zur Reue verführt. Ein kräftiger Wind reinigt die Luft und läßt uns frei atmen, ein starker Regen läßt die Erde grünen und bringt Frucht. Geh in Frieden, Maria, dir ist verziehen.«

Von da an gehörte Maria aus Magdala zu uns und folgte uns auf allen Wegen. Daß sie Christus auch auf seinem letzten und bittersten Weg begleitet hat, habe ich erst viel später erfahren.

Von meinem Erlebnis in Magdala habe ich bis heute zu niemand gesprochen. Wer nun glaubt, ich hätte an Christus zu zweifeln begonnen, der irrt. Dieses Geheimnis band mich noch fester an ihn, denn ich verehrte den Menschen mehr als den Gottessohn, und er hatte gehandelt wie ein Mensch. Aus übergroßer Liebe hatte er sich mit Maria vereinigt, um ihre Seele zu retten. Ihn, den Messias, mußte sie verführen, um endlich die so bitter ersehnte Reue zu fühlen. So jedenfalls deutete ich dieses Erlebnis, nachdem ich meinen Schrecken überwunden hatte. Zwar mochte ich es mir nicht eingestehen, doch insgeheim konnte ich keine große Sünde daran finden, daß Jesus wie ein Mann gehandelt hatte. Freilich zweifelte ich niemals, daß er zu keiner Sünde fähig sei und seine Reinheit bewahrte, wie er auch handelte.

Maria, die reuige Sünderin, diente dem Herrn auf all seinen Wegen wie eine Magd, und es schien ihr besondere Freude und Genugtuung zu bereiten, wenn sie sich dabei vor anderen demütigen konnte. Christus schalt sie deshalb niemals und ließ sie geduldig gewähren.

Es war in Galiläa, als uns Simon, ein reicher Pharisäer, zu Tisch lud. Sosehr die Pharisäer Jesus anfeindeten, so neugierig waren sie doch auch, ihn näher kennenzulernen und dabei allerlei verfängliche Fragen zu stellen. Simon war ein umgänglicher Mann, der uns gegenüber keine Feindschaft hegte, sondern Jesus nach einer Predigt aufgesucht hatte.

»Wer wie du, verehrter Rabbi, Liebe predigt und die Wunden der Seele und des Leibes heilt, muß Gott wohl gefallen. Wer aber darf hassen, was Gott gefällt?«

So gewann dieser verständige Pharisäer unser Vertrauen, und wir folgten seiner Einladung. Simon in seinem Eifer hatte nicht bemerkt, daß wir nach langer Wanderung staubig und verschmutzt waren, sondern führte uns um die Abendstunde eilig in sein Haus und ließ Speisen auftragen. Jesus mischte gerade Wasser in seinen Wein, als Maria mit zwei Tonkrügen hereintrat, niedersank und hingebungsvoll die Füße des Herrn zu waschen begann, wobei sie nach ihrer Gewohnheit vor Demut und Ergriffenheit leise schluchzte. Wir waren mit den Eigenheiten der reuigen Sünderin so vertraut, daß wir kaum darauf achteten, doch Simon, unser Gastgeber, zeigte sich höchst erstaunt, als Maria die Füße Christi mit ihren Haaren trocknete, sie küßte, um sie dann sanft und liebevoll mit Öl zu salben.

»Aber Rabbi, dies ist doch Maria aus Magdala, die weithin bekannte Sünderin! Wie kannst du dich von einer solchen waschen, salben und küssen lassen?«

Simon war gewiß kein schlechter Mensch und meinte es auch nicht böse, sondern sprach, wie eben Pharisäer sprechen. Jesus antwortete mit einem Gleichnis: »Höre, Simon! Ein Gläubiger hatte zwei Schuldner. Dem einen hatte er fünfzig, dem anderen aber fünfhundert Denare geliehen. Nun aber erließ er beiden die Schuld, und welcher, glaubst du, war ihm zu größerem Dank verpflichtet?«

Ohne lange zu zaudern, antwortete Simon: »Natürlich der mit der größeren Schuld!«

Christus nickte: »So ist es. Jetzt aber schau auf dieses Weib. Ich trat in dein Haus, und du hast mir kein Wasser für meine Füße gereicht, hast mir keinen Kuß gegeben und auch meine wunden Füße nicht mit Öl gesalbt. Sie aber hat mich gewaschen, geküßt und gesalbt. Sie liebt mich, und um dieser Liebe willen habe ich sie von ihren Sünden gereinigt. Wer viel sündigt, dem soll viel vergeben werden.«

Simon war ergriffen von dieser Rede, er senkte sein Haupt und schwieg.

Zu Maria, die noch immer gebeugten Hauptes am Boden kauerte, sagte Jesus: »Geh hin in Frieden, Maria aus Magdala, du hast recht getan.«

Ich aber wußte, daß die beiden seit jenem Tag in Magdala ein festes Band verknüpfte, das niemand zerreißen konnte.

13

Kaiser Fettwanst ist tot! Gestern traf die Nachricht hier ein, und ich spüre wieder einmal, daß ich noch nicht alt genug bin, der Gegenwart zu entsagen und mich wie eine verschreckte Maus ganz in der Vergangenheit zu verkriechen. Vor einigen Wochen habe ich diesem Zerrbild eines Herrschers ins Angesicht geblickt, als ich meinen Nachbarn besuchte, einen im Ruhestand lebenden kaiserlichen Beamten, der es seinem vaterländischen Gewissen schuldig zu sein glaubte, eine Büste des Vitellius aufzustellen. Man weiß, daß die Bildhauer ihren fürstlichen Auftraggebern schmeicheln und durchaus imstande sind, eine Jammergestalt aus Fleisch in einen Apoll aus Stein zu verwandeln. Ich weiß nun nicht, wieweit dies bei dem dicken Vitellius geschehen ist, jedenfalls entsprach sein marmornes Bildnis genau dem, was man aus Rom zu hören bekam. Dieses aufgedunsene Gesicht mit dem verkniffenen Mund, den kleinen, eng beieinanderstehenden Augen und der mißtrauisch gerunzelten Stirn ließ nichts Gutes hoffen und hat Entsetzliches beschert. Über ein halbes Jahr hat dieses blutrünstige und freßgierige Scheusal den römischen Kaiserthron entehrt. Seine Vorbilder waren Caligula und Nero, seine Regierung bestand aus einer Reihe von Schandtaten, sein Ende war grausam.

Kaiser Otho, sein Vorgänger, war auf seine Weise ein ehrenwerter Mann gewesen, der, obwohl Neros Günstling, sich als Statthalter von Lusitanien bewährt hatte und als Kaiser sein Bestes tat, Ruhe und Ordnung wiederherzustellen. Als die Truppen in Germanien sich für Vitellius erklärten, weil er sie mit Geldgeschenken und Versprechungen überhäufte, war der Bürgerkrieg nicht zu vermeiden. Warum Otho trotz einiger gewonnener Schlachten so schnell resignierte, kann niemand sagen, denn die Niederlage bei Betriacum hätte sich leicht korrigieren lassen, da die Hauptmacht auf seiner Seite stand. Jedenfalls zeigte er menschliche Größe, als er mit seinem Selbstmord den Zwist aus der Welt schaffen wollte. Die Nacht vor seinem Tod schlief Kaiser Otho, wie berichtet wird, tief und fest, und ebenso fest war sein Entschluß, sich nach dem Erwachen das Leben zu nehmen. Am Morgen stieß er sich den Dolch in die Brust, und sein Gegner Vitellius konnte als sieghafter Triumphator in die Hauptstadt einziehen. Schon sein Kommentar zum Bürgerkrieg hätte Mißtrauen erwecken sollen, denn der Fettwanst bemerkte zynisch angesichts der auf den Schlachtfeldern verwesenden Leichen: »Ein erschlagener Feind riecht gut, ein erschlagener Mitbürger noch besser.«

So zog Vitellius im Purpurmantel des siegreichen Feldherrn in Rom ein, machte sich flugs zum Oberpriester wie zum Konsul auf Lebenszeit und ordnete eine prunkvolle Totenfeier für Nero an, der ja immerhin vor kurzem vom Senat zum Staatsfeind erklärt worden war. Seinen Lustknaben Asiaticus, einen früheren Sklaven, ernannte er gleich am ersten Tag seiner Herrschaft zum römischen Ritter und umgab sich mit einem Haufen von Wagenlenkern und Schauspielern, nach deren Ratschlägen er zu regieren begann.

Dieses Regieren bestand in einer ununterbrochenen Folge von Sauf- und Freßgelagen, Folterungen und Hinrichtungen. Wie seine Grausamkeit war auch sein Appetit unmenschlich. Vitellius schien Tag und Nacht Hunger zu leiden, er fraß buchstäblich alles, was ihm unter die Augen kam. Als eine kaiserliche Großtat betrachtete er es, als auf sein Geheiß eine bronzene Riesenschüssel angefertigt wurde, zu deren Guß man einen eigenen Schmelzofen auf freiem Felde errichten mußte und deren Kosten auf eine Million Sesterzen geschätzt wurden. Zur feierlichen Einweihung dieser Schüssel hatten die kaiserlichen Köche riesige Mengen von Flamingozungen, Fischleber, Fasanen- und Pfauenhirne und dergleichen zubereiten müssen.

Wie so viele Despoten hatte auch Vitellius seinen Helfern und Gönnern goldene Berge versprochen, wenn er an die Macht käme. Diese Kumpane waren ihm jetzt im Wege, und er beseitigte einen nach dem anderen, wobei er sogar Phantasie bewies. Als einer seiner früheren Freunde und Mitwisser am Fieber erkrankte, reichte er ihm »zur Linderung« eigenhändig einen vergifteten Trank. Die beiden Söhne eines zum Tode Verurteilten ließ er gleich mit hinrichten, nur weil sie für ihren Vater um Gnade gebeten hatten.

Sämtliche Astrologen und Wahrsager ließ er zum ersten Oktober aus Rom verbannen, weil sie seiner Herrschaft ein schnelles Ende prophezeit hatten. Darauf verbreiteten die frechen Chaldäer anonyme Anschläge, worin sie mitteilten: Wenn wir ab Oktober nicht mehr in Rom verbleiben dürfen, so wird Vitellius zu dieser Zeit nirgends mehr sein.

Dabei hatten sie sich allerdings verschätzt, denn das Scheusal konnte sich noch zwei Monate länger behaupten. Schon im Juli hatten die römischen Truppen in Syrien und Judäa ihren Feldherrn Vespasian zum Kaiser ausgerufen, was Vitellius in solche Angst versetzte, daß er den gesamten Staatsschatz verschwendete, um Truppen auszuheben. Überall witterte er Abfall und Verrat, wußte nicht, wem er noch trauen oder mißtrauen sollte. Flavius Sabinus, dem Bruder Vespasians, versprach er abzudanken, wenn ihm sein Leben und eine Million Sesterzen zugesichert würden. Als dies geschehen war, faßte er wieder Mut und befahl seinen durch hohe Geldgeschenke gefügigen Truppen, den Sabinus mit seinen Leuten auf dem Kapitol zusammenzutreiben. Die völlig Verwirrten flüchteten sich in den Jupitertempel, der auf Vitellius' Befehl in Brand gesteckt wurde. Er selbst saß gegenüber im Palast des Tiberius bei einem Schlemmermahl und schaute zu, wie die Anhänger der flavischen Partei in den Flammen umkamen. Sabinus, der Bruder Vespasians, konnte mit einigen Getreuen aus der Flammenhölle flüchten, wurde aber gefangen und vor Vitellius gebracht. Als dieser ihn zaudernd begnadigen wollte, brüllte der Pöbel: »Tötet ihn, tötet ihn!«, worauf Vitellius sich abwandte. Flavius Sabinus, ein ehrenwerter Mann, der sich nicht wenig Verdienste um den Staat erworben hatte, wurde hierauf grausam getötet.

Hatte Vitellius bisher noch wie ein Despot gehandelt, der sich mit allen Mitteln behaupten will, so wandelte er sich zuletzt zum zaudernden, angstgeschüttelten Feigling. Entsetzt von seiner Schreckenstat trat er vor die Senatoren, schwor bei sämtlichen Göttern, daß er dies alles nicht gewollt habe und ihm nichts als das Wohl des Staates am Herzen liege. Wer dies nicht glaube, dem reiche er hiermit seinen kaiserlichen Dolch, um damit aller Macht zu entsagen. Da niemand den Dolch nehmen wollte, weihte er ihn dem Tempel der Concordia. Den Senat bat er, eine Abordnung von Vestalinnen den Truppen des Vespasian entgegenzusenden, um mit ihnen zu verhandeln. Dafür aber war es längst zu spät, und Vitellius flüchtete in sein Elternhaus auf dem Aventin. Einfältig wie er war, ließ er sich von dort auf das Gerücht hin, daß nun Friede sei, wieder hervorlocken. Er fand aber seinen Palast leer und von allen verlassen. Als er Soldaten kommen hörte, versteckte er sich im Pförtnerhäuschen, wo ihn die Truppen Vespasians schließlich aufstöberten. Da ihn niemand kannte, wäre er beinahe entkommen, hätte nicht einer seiner Diener gerufen: »Nicht der Pförtner ist es, ihr haltet Vitellius, den Kaiser!« Er wurde gebunden und an einem Strick halbnackt zum Forum gezerrt, vom Pöbel verspottet und mit Dreck beworfen.

Ich schäme mich, hier niederzuschreiben, daß ein römischer Kaiser um sein Leben jammerte, doch Vitellius tat es. Er, der so viele ehrenwerte und unschuldige Bürger Roms hatte foltern und hinrichten lassen, flehte und bettelte jetzt um Schonung und Gnade. Während seines letzten Ganges mußte er mit ansehen, wie man seine Statuen vor seinen Augen umstürzte und bespie. So schleppte man ihn zur Seufzertreppe, wo er mit vielen Dolchstichen zu Tode gequält wurde. Seine letzten Worte zeigten dann doch noch einen Funken Stolz, als er sagte: »Und doch bin ich euer Kaiser gewesen!«

Sein Leichnam wurde zum Tiber geschleift und von der Brücke ins Wasser gestürzt. Zwei Tage später wurde Titus Flavius Vespasianus vom Senat als Kaiser bestätigt.

Rom und dem gesamten Erdkreis wünsche ich von Herzen, daß mit diesem Herrscher Eintracht, Frieden und Gerechtigkeit zurückkehren mögen.

Es bleibt vielleicht noch nachzutragen, daß Vitellius seine Jugendjahre auf Caprea verbrachte und zu den bevorzugten Lustknaben des Tiberius zählte. Auch sollte erwähnt werden, daß er sich bei Caligula mit einer vorgetäuschten Leidenschaft für Wagenrennen einschmeichelte, daß er mit dem alten Claudius nächtelang Würfel spielte und Neros getreuer Kumpan in allen Lastern war. Dieser Vitellius nun verwaltete sein Amt als Proconsul in Afrika mit beispielhafter Pflichterfüllung und ohne sich, wie jedermann erwartet hätte, auf irgendeine Weise zu bereichern. Warum konnte er nicht ein ebenso guter Kaiser werden? Man mag für die Zwiespältigkeit der Menschennatur allerlei gescheite Erklärungen finden, worin sich besonders Seneca hervortat, aber ein Rätsel bleibt sie doch.

14

Im letzten Jahr seines Wirkens begann Jesus sich von der irdischen Wirklichkeit zu lösen. Er schien nicht wahrhaben zu wollen, daß nicht jedermann bereit war, das Leben einzig als Jammertal und als Wartezeit auf die himmlische Herrlichkeit anzusehen. In dieser Zeit geschahen immer häufiger Dinge, die uns von ihm entfernten, die uns ihm entrückten, anstatt ihn uns näherzubringen. Ich glaube, es war nach der Speisung der Fünftausend, wovon ich schon erzählte, als wir auf sein Geheiß über den See nach Bethsaida vorausfuhren, denn er wollte noch mit der versammelten Menge reden, um dann nachzukommen. Wir nahmen an, daß er den Landweg über Kapharnaum gehen würde, und setzten langsam bei Gegenwind mit einigen Booten über den See.

Der immer aufmerksame, wie ein Hund seinen Herrn witternde Andreas war es, der rief: »Er ist es! Seht nur, er wandelt übers Wasser wie ein Gespenst!« Und tatsächlich, wir alle sahen ihn auf der Fläche des Wassers mit sicheren Schritten wie auf festem Boden gehen. Mag man es Gaukelei nennen, mag man einwenden, er hätte dieser Mittel bei uns Gläubigen nicht bedurft, so schmälert es doch bis heute nicht meine Bewunderung für seine ungeheure Geistes- und Willenskraft, mit der er die Elemente bezwang.

Wir gingen damals vom Südufer des Sees nach Kapharnaum und wollten an Tiberias vorbeiziehen, weil Jesus am nächsten Tag in Magdala zu predigen gedachte. Eine Gruppe von Wollhändlern aber hielt uns auf und bat Jesus um eine kurze Predigt. Sie klagten über ihre Armut, die hohen Steuern und ihr schweres Leben, als Jesus sie heftig unterbrach: »Was strebt ihr nach Reichtum und irdischen Gütern? Ist Armut nicht ein Glanz vor Gottes Augen? Ich sage euch, eher wird ein Kamel sich durch ein Nadelöhr zwängen als ein Reicher ins Himmelreich eingehen.«

Darauf fragte einer der Wollhändler erstaunt: »Wie aber soll man selig werden können?«

Wie so oft, übernahm Petrus mit heftigem Eifer die Antwort: »Sieh uns an, wir sind Christus nachgefolgt, haben Haus, Eltern und Geschwister um höheren Lohn verlassen.«

Christus fügte noch hinzu: »Ob arm oder reich, ob hoch oder niedrig: vor Gottes Angesicht sind alle gleich, und bei ihm ist nichts unmöglich.«

Während dieser Worte hatte eine kostbar gearbeitete Sänfte bei uns haltgemacht. Den goldgewirkten Purpurvorhang zog eine feine, schlanke, mit schweren Ringen geschmückte Hand zurück, und das freundliche Antlitz eines älteren Mannes beugte sich heraus.

»Verzeih mir, Rabbi, ich habe deine letzten Worte vernommen und bin angenehm von ihnen berührt. Vor Gottes Angesicht, sagtest du, sind wir alle gleich. Nun frage ich dich: Gilt das auch für den Statthalter, ja, für den Kaiser? Gilt es auch für den geprügelten Sklaven oder für den Götzendiener im fernen Ägypten, der vor Isis oder der kuhgestaltigen Hathor kniet?«

»Wir werden nach unseren Werken gemessen!« sagte Jesus vorsichtig und etwas abweisend.

Der in seiner Sänfte lächelte:

»Eine gute Antwort, die jedermann beherzigen mag. So bitte ich dich, Rabbi Jesus, an mir ein gutes Werk zu tun und mir weitere Fragen zu gestatten. Doch in meinem Hause spricht es sich besser als im Staub der Landstraße, und so ersuche ich dich und deine Brüder, mir heute abend Gesellschaft zu leisten. Du mußt in Tiberias nur nach dem Haus des Jonas fragen.«

Noch ehe Jesus antworten konnte, fiel der Purpurvorhang zurück, und die Sänfte setzte sich, von vier kräftigen Dienern getragen, in eilige Bewegung.

Sofort begann ein heftiger Streit unter uns Jüngern, ob man der Einladung folgen solle oder nicht. Jesus hörte uns schweigend zu, um dann zu entscheiden: »Auch ein reicher Mann hat das Recht, an einer Quelle zu trinken, wenn ihn dürstet. In einem satten Leib wohnt oft eine hungrige Seele, und so wollen wir uns heute abend im Hause des Jonas versammeln.«

Was Jonas bescheiden sein Haus genannt hatte, erwies sich als der weitläufige Palast eines gewiß unermeßlich reichen Mannes. Lange Zimmerfluchten wechselten mit schattigen, von sprudelnden Brunnen gekühlten Innenhöfen, die Wände waren mit kostbarem Marmor verkleidet, schlanke Säulenreihen schimmerten und wurden von bronzenen Kapitellen gekrönt. Unsere staubigen Füße schritten über kunstvolle bunte Mosaikbilder, von den mit goldenen Kassetten eingelegten Decken hingen silberne Ampeln, in denen duftender Weihrauch schwelte, während in den Lampen wohlriechendes Öl reichlich Licht spendete.

Wer wie ich das Goldene Haus des Nero betreten hat, mag ein solches Haus als ärmlich empfinden; doch damals erschien mir der Palast des Jonas wie ein irdisches Paradies, durch das ich anfangs mit abfälligem Staunen schritt, das mich aber mehr und mehr mit Wohlgefallen erfüllte. Wenn auch, ich muß es sagen, schlechten Gewissens. Hatte Jesus uns nicht immer und immer wieder gepredigt, den Reichtum geringzuachten? Sollte dieses Gepränge in unseren Augen nichts weiter sein als eitler Tand? Ja, das sollte es wohl, und Petrus wie auch Jakobus und dem sonst so zaudernden Philippus war anzusehen, wie sehr dieser Glanz sie abstieß. Der einfältige Andreas wandte sich schaudernd von den wundervollen Marmorstatuen ab, die sich in den Wasserbecken spiegelten, während Simon der Eiferer leise Verwünschungen ausstieß und etwas von der verderblichen Pracht Luzifers murmelte, die ihn nicht blenden könne, ihn nicht!

Jesus aber schwieg. Er schwieg, als eilfertige Sklaven uns die Sandalen abnahmen, unsere Füße mit duftenden Wässern wuschen, uns heiße feuchte Tücher zur Reinigung von Gesicht und Händen reichten.

Schließlich wurden wir in den weitläufigen Speiseraum geführt, wo Jesus zwischen Jonas und dessen Gemahlin Platz nahm. Diese Gemahlin war von strahlender Jugend und hätte leicht die Tochter, wenn nicht die Enkelin des Jonas sein können, der sich in einem einfachen weißen Gewand anmutig in seinen prunkvollen Sessel schmiegte und uns lächelnd der Reihe nach musterte.

»Wie ihr seht, meine verehrten Freunde, habe ich mich sehr spät zum Ehestand entschlossen, denn Judith ist meine erste Frau, wenn auch ich – wie Gott es fügen mag – vielleicht nicht ihr letzter Mann sein werde.«

Worauf die schöne Judith strahlend lächelte und mit einem leisen Klatschen ihrer kleinen gepflegten Hände das Abendmahl eröffnete. Nicht weniger vielfältig als der Marmorschmuck seines Hauses war auch die unendliche, von leisen, wohlgeschulten Dienern aufgetragene Speisefolge. Jesus nahm nur etwas gebratenes Lamm, Brot und Wein, wobei die Jünger, abgesehen von Matthäus und mir, es ihm pflichteifrig nachtaten. Matthäus stopfte sich voll wie ein hungriger Lastträger, nahm aber nur von den Dingen, die er kannte, während ich aus Neugier von allem kostete, was mir die bösen Blicke besonders des von Jesus »Donnersöhne« genannten Dreigestirns Petrus, Johannes und Jakobus eintrug, die in ihrem heiligen Eifer am liebsten gar nichts gegessen hätten.

Nach dem Mahl wurde uns in silbernen Becken warmes Wasser gereicht, auf dem Rosenblüten schwammen und das nach köstlichen Essenzen duftete.

Während wir unsere Hände darin wuschen, sagte Jonas: »Ich hoffe, daß mein bescheidenes Mahl euch gestärkt hat, und bitte um Nachsicht für meine Ungeduld, wenn ich dem Rabbi jetzt einige Fragen stelle.«

Jesus neigte höflich sein Haupt, und Jonas begann: »Man nennt mich einen Sadduzäer, obwohl ich kein Priesteramt ausübe, andere schelten mich einen Heiden, obwohl ich an Gott glaube. Man nennt mich auch einen Wüstling, weil ich eine junge Frau zur Ehe nahm, man nennt mich einen Prasser, weil meine Tafel reich gedeckt ist. Doch bin ich meiner Frau treu und halte sie in Ehren, während ich meine üppige Tafel nur aus Gastfreundschaft pflege. Judith wird bestätigen, daß ich alleine sehr karg esse und trinke.«

Judith, die schöne junge Frau, nickte lächelnd.

»Jeder Arme«, fuhr Jonas fort, »der an meine Türe klopft, wird mit Nahrung und Kleidung reichlich versorgt. Worin also tue ich Unrecht? Wem schade ich? Wer darf mich also schelten?«

Jesus dachte nach und antwortete:

»Schwer ist es für den, der auf das Geld vertraut, in Gottes Reich einzugehen, denn wer Reichtum liebt, wird keinen Nutzen haben.«

Das ist nicht die rechte Antwort, dachte ich und schämte mich sofort meines Tadels.

Jonas aber schüttelte sein feines Gelehrtenhaupt. »Du tust mir Unrecht, Rabbi, denn weder vertraue ich auf meinen Reichtum, noch liebe ich das Geld. Doch liebe ich die schönen Dinge, mit denen Gott die Welt ausgestattet hat, um die Menschen zu erfreuen.«

Jesus sagte: »Was du schöne Dinge nennst, Jonas, ist eitler Tand, eine Versuchung Satans, uns auf den falschen Weg zu leiten.«

Jonas hob seine schlanken Hände: »Lesen wir nicht im Buch Hiob, daß Gott zu Satan sprach: ›Alles, was er hat, sei in deiner Hand, nur an ihn selbst lege deine Hand nicht.‹ Gott prüft uns also, wenn er uns den Reichtum nimmt, nicht wenn er ihn gibt. Was ich besitze, ist vom Vater ererbt, ich verwalte es für einige Jahre und gebe es dann, falls Judith mir einen Sohn schenkt, an diesen weiter oder überlasse es meinen Erben, darum zu streiten. Wie soll Satan mich auch versuchen, da ich nicht an ihn glaube?«

Jonas stellte diese Frage mit spöttischem Lächeln, und alle Jünger lauschten mit weit offenen Augen, wie ihr Meister nun dieser Frage begegnen würde.

»Ob du an ihn glaubst oder nicht – der Versucher ist allgegenwärtig.«

Ein hörbares Aufatmen ging durch unsere Runde, denn uns schien dies wieder eine wunderbar treffende Antwort.

Heute weiß ich freilich, daß Jonas und Jesus eine Welt trennte und eigentlich keiner den anderen verstand, obwohl sie doch beide aramäisch sprachen. Ich aber fühlte eine Bewunderung für den gelehrten, wortgewandten Mann in mir aufsteigen, eine Bewunderung, die sich im Grunde auch auf sein Haus, sein Weib und seine Lebensweise erstreckte. An diesem Abend begann mein Geist sich von Jesus zu lösen, wenn auch mein Herz ihm noch die von Johannes erbetene und anempfohlene Treue hielt. Schüchtern begann mein Verstand anzuklopfen und flüsterte mir ins noch widerstrebende Ohr, daß vielleicht beide – Jonas wie Jesus – auf ihre Weise recht haben könnten.

Ob der kluge Jonas davon etwas gespürt hat, weiß ich nicht, jedenfalls hielt er mich, als wir zur Ruhe gingen, einige Minuten zurück.

»Ich habe dich bei Tisch beobachtet, Judas aus Chariot, und sah, daß du als einziger jene Sitten beherrschest, die eine vornehme Erziehung verraten. Darf ich daraus auch schließen, daß dir die griechische Sprache geläufig ist?«

Als ich verwundert bejahte, sagte er: »Dann besorge dir die Schriften der Stoiker und prüfe dein Herz.«

Mein Lehrer Aulos hatte zwar die Lehre der Stoa erwähnt, war aber nicht näher darauf eingegangen. So bedankte ich mich für den Rat und versprach, ihn zu befolgen.

Für die Nacht wurden uns mehrere Schlafräume angewiesen; ich erhielt ein kleines Zimmer für mich allein, was mir ganz recht war, denn plötzlich schien die Müdigkeit aus meinem Körper gewichen, während meinen aufgewühlten Geist die widerstrebendsten Gedanken bewegten.

15

Ich ließ mich auf das ungewohnte, mit weichen Kissen bedeckte Ruhelager nieder und blickte hinaus auf einen kleinen Innenhof, wo ein Brunnen murmelte und marmorne Skulpturen sich im milden Licht des Mondes wollüstig badeten. Jetzt, da ich wieder mir selbst überlassen war, spürte ich reuevoll mein Herz klopfen und schämte mich meiner Bewunderung für die klugen Reden des Jonas und sein reiches Haus. Jesus hatte natürlich recht, wenn er dies alles als eitlen Tand und teuflische Versuchung abtat. Nicht den flüchtigen Wonnen dieses irdischen Lebens sollte unser Sinn zugeneigt sein, sondern einzig danach streben, den rechten Weg zu gehen. Plötzlich bekam ich Sehnsucht nach meinen Gefährten, fühlte mich in diesem stillen, kleinen Raum schutzlos und irgendwelchen schlimmen Mächten ausgeliefert. Was ich fürchtete, waren freilich nur meine eigenen Gedanken, eben weil sie eigen waren und nicht von außen gelenkt und geleitet wurden wie bisher.

Ich erhob mich also von dem weichen Ruhelager, öffnete leise die schön geschnitzte Zedernholztür und trat hinaus in die vom silbernen Mondlicht durchwobene laue Nacht. Da ich plötzlich Durst verspürte, näherte ich mich dem lieblichen Geräusch des plätschernden Wassers und fand auch schnell einen kleinen pausbäckigen Marmorfaun, der mit gespitzten Lippen den Wasserstrahl ins weißschimmernde Becken strömen ließ. Ich beugte mich vor, kühlte mein heißes Gesicht, öffnete den Mund und trank. Als ich beide Arme vorstreckte, um auch sie zu erfrischen, kam mir eine kleine weiße Hand zuvor, die den Wasserstrahl abfing. Erschrocken sprang ich auf, stieß an einen weichen Körper und fuhr zurück. Vor mir stand ein kleines schlankes Wesen in einer kurzen, weißen Tunika, und nach einem leisen Lachen hörte ich die griechischen Worte:

»Gönne doch auch mir etwas vom kühlen Wasser in dieser warmen Nacht, verehrter Unbekannter, der du sicher zu den zahlreichen Gästen zählst, die unser guter Herr tagaus, tagein beherbergt.«

Sanft erhellte das Mondlicht ein junges, schönes Mädchengesicht mit großen, etwas schrägen Augen. Dunkle, nach Sklavenart kurzgeschnittene Haare säumten ihre Stirn, um den langen schlanken Hals trug sie ein dünnes Lederband, woran ein silbern blinkendes Figürchen hing.

»Wer bist du?« stieß ich hervor, ungehalten über die Störung meiner gedankenvollen nächtlichen Einsamkeit. Meine Gefährten, die ich eben noch hatte suchen wollen, scheuchte mir dieses liebliche Bild schnell aus dem Sinn.

»Ich bin eine Dienerin des Hauses, ein Nachtgespenst, das ruhelose Gäste in ihre Betten zurückgeleitet.«

»Warum liegst du nicht in deinem eigenen Bett in der Sklavenkammer, wohin du vermutlich gehörst?« fragte ich grob.

Wieder tönte ihr leises helles Lachen durch die blausilberne Nacht. »Gerade dahin darf ich nicht, mein freundlicher Unbekannter, denn Jonas, unser guter Herr, sorgt auch des Nachts für seine Gäste. So durfte ich tagsüber schlafen, um als muntere Sklavin, wie du mich zu nennen beliebst, den nächtlichen Dienst zu versehen.«

»Bist du denn keine Sklavin?« fragte ich, von ihrem spöttischen Ton unsicher gemacht.

»Da Jonas mich auf dem Sklavenmarkt gekauft hat, muß ich wohl eine sein. So bin ich dir also zu Diensten, geehrter Gast. Nenne mir deine Wünsche!«

Die spöttisch-freundliche Sicherheit dieses lieblichen Wesens hatte mich so hilflos gemacht, daß mir nichts weiter einfiel als zu sagen: »Ich bin Judas aus Chariot und gehöre zu den Jüngern des Herrn Jesus Christus.«

»Es gibt so viele Herren ...«, sagte sie geheimnisvoll, und da ich schwieg, fuhr sie fort: »Behandelt der deine dich gut?«

Ich wußte keine rechte Antwort: »Unser Herr, Jesus Christus aus Nazareth ... er tut Wunder ... du kennst ihn nicht? Wir sind seine Jünger, nicht seine Diener ... Warum aber sprichst du griechisch? Und wie heißt du?«

Sie setzte sich auf den Rand des marmornen Brunnenbeckens, und ich blickte verwirrt auf ihre nackten schlanken Beine, deren Haut wie Seide im Mondlicht schimmerte.

»So viele Fragen auf einmal! Gut, ich werde sie dir der Reihe nach beantworten. Deinen Herrn, Jesus Christus, kenne ich nicht. Ich spreche griechisch, weil ich eine Ägypterin aus Alexandria bin. Mein Name ... Jonas, unser Herr, liebt es, neue Namen für seine Diener zu erfinden. Da meine Haut so weiß und zart ist wie das Blütenblatt einer Lilie, nannte er mich Susanna. Das ist Hebräisch und heißt Lilie.«

»Susanna ...«, brachte ich stockend heraus und wußte nicht weiter. Für den näheren Umgang mit jungen Mädchen hatten wir bei Jesus wenig gelernt.

Etwas ungeduldig nickte sie mit ihrem schönen Köpfchen. »Ja, Susanna, zu deinen Diensten! Soll ich dir ein Bad bereiten, Judas? Oder wünschst du einen Becher gewürzten Weines, um besser schlafen zu können? Ist dein Bett zu hart? Verspürst du Hunger, frierst du? Nenne mir deine Wünsche!«

Ich aber verspürte nur den Wunsch, mit ihr zu reden, dieses reizende Geschöpf näher zu ergründen. »Wie bist du von Alexandria in das Haus des Jonas gekommen?«

»Der Gast wünscht ein Gespräch, auch dazu ist Susanna bereit.«

Wieder dieser leise freundliche Spott, diese mädchenhafte Überlegenheit, der ich nichts entgegenzusetzen wußte.

Plötzlich sprang sie auf und faßte meine Hand. »Komm, Judas, wir werden uns einen bequemeren Platz zum Plaudern wählen.«

Von ihrer schnell entschlossenen und doch so lieblich mädchenhaften Art hilflos gemacht, ließ ich mich folgsam durch das nächtlich stille Haus führen. So kamen wir in einen großen, kühlen, durch einige Lichter schwach erhellten Raum, der sich zu einem mit Zypressen bepflanzten Garten öffnete. Wie riesige schwarze Dolche ragten die schlanken spitzen Bäume in den nächtlichen Himmel, während ihr balsamischer Duft die Luft würzte.

»Dies ist unser Baderaum für Gäste«, erklärte Susanna, drückte mich sanft auf eine gepolsterte Liege und verschwand ohne ein weiteres Wort.

Das weite Wasserbecken nahm einen großen Teil des Raumes ein. An den mosaikfunkelnden Wänden reihten sich bequeme Ruhebetten, neben jedem stand ein kleiner Tisch für Erfrischungen. So weit ich bei der schwachen Beleuchtung feststellen konnte, gab es in jeder der drei Wände eine tiefe Nische, worin eine lebensgroße Figur stand. Zur Linken erkannte ich Poseidon, den Herrn der Meere, mit seinem schimmernden Dreizack, die beiden anderen Statuen schienen weibliche Gottheiten darzustellen.

Susanna erschien wieder, stellte Krug und Becher auf das Tischchen neben mich und goß mir ein. »Ein ganz leichter Wein, eigens für unsere sehr jungen und sehr alten Gäste gekeltert, da doch diesen beiden Lebensaltern alles Schwere nicht bekommt.«

Ich nippte an dem herben, frischen Wein, lehnte mich bequem zurück und spürte, wie mich ein tiefes Wohlgefühl durchdrang. »Erzähle jetzt, Susanna, wie bist du eine – Dienerin geworden?« fragte ich und konnte gerade noch das weniger schöne Wort Sklavin verschlucken. Das Mädchen hatte auf einem Polster zu meinen Füßen Platz genommen.

»Du weißt bereits, daß ich aus Alexandria stamme, dieser schönen und gewaltigen Stadt. Mein Vater arbeitete als Diener in einem kleinen Hathortempel in der Soma, das ist die Gräberstadt unserer Ptolemäerkönige. Wir wohnten in Rhakotis, dem Ägypterviertel, und waren wenn zwar nicht wohlhabend, so doch auch nicht arm. Das Unglück meiner Eltern, denn meines möchte ich es nicht nennen, begann, als mein älterer Bruder an einem schleichenden Fieber starb. Die Arztkosten waren so hoch, daß mein armer Vater sich nicht mehr zu helfen wußte, in seinem Tempel etwas Weihrauch entwendete und verkaufte. Hathor, die sanfte Himmelsgöttin, hätte meinem Vater diese kleine Sünde wohl verziehen, die Menschen aber taten es nicht. Um einer Verurteilung zu entgehen, floh er aus der Stadt, wir, meine Mutter und ich, haben ihn nicht wiedergesehen. Meine Mutter versuchte als Straßenhändlerin unser Brot zu verdienen, wobei sie verunglückte. Sie glitt auf der Straße aus und fiel unter die Hufe eines scheuenden Pferdes, das ihren Schädel zertrümmerte. Da ich nun schutzlos und allein war, gingen die Gläubiger meines Vaters zu Gericht und erreichten, daß ich für seine Schuld als Sklavin verkauft wurde. Wie es mir anfangs dabei erging, mag ich dir nicht schildern, Judas, denn ich möchte von dir nicht für eine Lügnerin gehalten werden. Dabei wurde ich noch ziemlich gut behandelt, weil ein junges, wohlgestaltes Mädchen mit heller, zarter Haut besser zu verkaufen ist als eines mit von schwerer Arbeit verkrümmten Gliedern und mit Peitschenstriemen auf dem Rücken. Auch meinen Schoß haben sie verschont, da doch jeder weiß, daß Jungfrauen viel höhere Preise erzielen. Ich betete täglich zu Hathor, deren Bildnis du um meinen Hals hängen siehst, um die Gnade, an einen guten Herrn verkauft zu werden, da mir das Sklavendasein nun schon einmal beschieden war. Du darfst nicht glauben, daß ich die anderen Götter meines Landes deshalb vernachlässigt hätte! Meine flehentlichen Bitten stiegen auch zu Bastet, der Katzenköpfigen, empor, zu Isis, der heiligen Gemahlin des Totenrichters Osiris, und zu Horos, dem Sonnenfalken.«

Mit wachsendem Mißbehagen hatte ich dieser Aufzählung von Göttern gelauscht, die in meinen Augen doch nur üble Götzen waren, Ausgeburten des Teuflischen und ein Greuel im Auge des wahren und einzigen Gottes.

»Susanna«, unterbrach ich sie streng, »du darfst an diese falschen Götter nicht glauben, wenn du einmal die ewige Seligkeit erlangen willst. Das willst du doch? Jeder Mensch muß es wollen! So höre denn, daß es nur einen Gott gibt, einen einzigen, unsichtbaren, der hoch über uns im Himmel thront und von dem es kein Bildnis gibt. Ihn sollst du im Herzen tragen und nicht Statuen aus Stein oder Metall anbeten, die nichts weiter sind als Werke von Menschenhand.«

Susanna zeigte sich nicht im geringsten beleidigt.

»Aber, Judas, ich bete doch nicht den Stein oder das Metall an, auch ich richte meinen Blick zum Himmel, wo die unsterblichen Götter Ägyptens wohnen. Sie sind gewiß nicht schlechter als dein gestaltloser Gott, der Gott der Juden, den auch mein guter Herr verehrt.«

Da packte mich heiliger Eifer, und ich glaubte sprechen zu müssen wie Johannes der Täufer oder Jesus, der Messias:

»Mein Gott – deine Götter! So darfst du nicht reden, das ist Sünde! Es gibt nur den einen Gott, und ihn sollst du erkennen, nur ihn! Jesus Christus, der heute unter diesem Dach wohnt, ist sein Sohn, den er auf die Erde sandte zur Erlösung aller Menschen. Er ist ewig, allmächtig und allwissend. Unser Gespräch bleibt ihm genausowenig verborgen wie das unheilige Treiben in den Götzentempeln, denn er ist ein eifriger Gott, wie uns Moses berichtet. Wende dich ab, Susanna, von diesen dämonischen Blendwerken in Tiergestalt und bete zu Jehovah, dem alleinigen und einzigen!«

Susanna hatte mit großen, ernsten Augen gelauscht.

»Wenn er ein eifriger Gott ist, so bist du sein nicht minder eifriger Prophet. Kann es nicht sein, Judas, daß dieser Jehovah sich den Menschen in vielerlei Gestalt zeigt? Könnte es nicht sein, daß meine Gebete an Hathor und Osiris oder die der Römer an Jupiter und die der Syrer an Baal auch sein Ohr erreichen? Wenn er allwissend ist, so wird er ein frommes Gebet, wem immer es gelten mag, wohl von einem leeren Geschwätz zu unterscheiden wissen, und es wird ihm einerlei sein, ob die Menschen ihre Bitten an Baal oder Horus richten, wenn doch immer nur er gemeint ist. Ich bin kein Schriftgelehrter wie du, sondern nur ein einfaches Mädchen, aber diesen meinen Glauben wird mir niemand nehmen können.«

Obwohl mich damals nur der unbeirrbare blinde Glaube an die Unfehlbarkeit der jüdisch-christlichen Lehre erfüllte, empfand ich doch eine leise Unsicherheit vor den einfachen und einleuchtenden Überlegungen dieses Mädchens. Jedenfalls spürte ich, daß der Prediger in mir diesmal versagt hatte. So ließ ich mich tiefatmend in den weichen Pfühl zurücksinken und bat Susanna, nicht mehr von ihren Göttern, sondern weiter von ihrem Schicksal zu erzählen.

Sie lächelte mit leisem Spott und meinte dann: »Wer immer also mein Schicksal lenkte, mir wurde das Glück eines guten Herrn zuteil. Der Sklavenhändler setzte seine Ware, unter der auch ich mich befand, von Alexandria nach Tyrus über, weil er dort auf bessere Gewinne hoffte. Was ich dir jetzt berichte, will Jonas nicht verbreitet haben, weil er ein Mann ist, der sich seiner Güte eher schämt. Doch werde ich bei dir eine Ausnahme machen, damit du weißt, warum ich ihn immer nur meinen guten Herrn nenne.

In Tyrus, der syrischen Hafenstadt, wurden wir vom Schiff getrieben wie eine Herde Vieh. Die meisten waren seekrank geworden, so daß die Ware etwas verdorben aussah. Der Händler mußte uns einige Tage Ruhe gönnen, wobei wir sogar gutes Essen bekamen, das er uns fluchend und mit vielen Verwünschungen reichte. Dann wurden wir zum Markt geführt, wo schon eine Menge lüsterner Männer und Weiber wartete, um sich am Anblick unseres nackten Fleisches zu ergötzen. Die schwere Peitsche des Händlers klatschte auf viele Rücken, bis wir endlich so standen, wie er es sich dachte. Freilich traf es nur die Rücken der Männer und der älteren oder häßlichen Frauen, denn diese Arbeitstiere mußten nur kräftig, aber nicht schön sein. Die jungen Mädchen verschonte er, denn welcher Kaufmann wird schon mutwillig seine Ware verderben? Soweit wir nicht ohnehin nackt vor der Menge standen, wurden unsere Kleider heruntergerissen oder hochgehoben, damit die Käufer uns besser betrachten und betasten konnten. Als Jonas aus seiner Sänfte stieg und ich plötzlich seine Augen auf mich gerichtet sah, traf mich wie ein Blitz die Erkenntnis: das ist ein guter Herr! Ich drängte mich ungeduldig vor – ja, ich gestehe es, daß ich mich schamlos seinen Blicken darbot, nur um seine Aufmerksamkeit auf mich zu lenken.

Dies erregte den Händler so sehr, daß er mich anschrie: ›Du kleine Hure kannst es wohl nicht erwarten, bis du in ein weiches Bett fällst? Da! Wenn du es schon so eilig hast!‹ Mit einem häßlichen Lachen stieß er mich von der hohen Holzrampe, so daß ich auf allen vieren im Schmutz landete und mir Arme und Beine aufschlug. Als ich weinend mein Gesicht hob, blickte ich in gütige Augen und wurde von den Dienern des Jonas wieder auf die Füße gestellt. Ohne lange um den Preis zu feilschen, zahlte Jonas das Geforderte, blieb aber weiter stehen. Ursus, wie er jetzt von Jonas wegen seiner Stärke genannt wird, war der nächste. Der Händler trieb den aus seiner fernen Heimat verschleppten jungen Neger mit wuchtigen Peitschenhieben nach vorne. Schon auf dem Schiff war der Zorn des Händlers immer auf ihn gefallen, und seinen braunen Rücken bedeckten zahlreiche Narben und frische Wunden. Dabei war jede Widerspenstigkeit längst aus ihm herausgeprügelt, er war gefügig wie ein Lamm und gehorchte aufs Wort, so gut er konnte, denn er verstand nur weniges von unserer Sprache. Jonas kaufte auch ihn, blieb aber weiterhin schweigend auf seinem Platz. Der Händler glaubte wohl, Jonas fände an seinen rohen Späßen Gefallen, und freute sich des offenbar sehr reichen Kunden. Dann zerrte er eine ältere Frau an den Haaren herbei. ›Diese alte Kröte ist zu nichts mehr nütze, immerhin soll sie einmal gut gekocht haben. Ich verschenke sie für ein paar Denare! Als Fischfutter ist sie noch gut zu gebrauchen.‹

Viele lachten, doch Jonas blieb ernst. Plötzlich redete er den Händler an, und sofort wurde es still, denn viele kannten ihn als wohlhabenden und einflußreichen Mann. ›Sklavenhändler, ich frage dich, ob dieser da‹, dabei deutete er auf Ursus, ›mir in allen Dingen zu gehorchen hat, da er nun mein Sklave ist?‹

Eifrig erwiderte der Händler: ›Freilich, Herr, in allen Dingen! Er ist jetzt dein, und du wirst ihn, wie ich hoffe, schwer bestrafen, wenn er dir nicht blind gehorcht.‹

Jonas nickte freundlich, und ich sah, wie er zu Ursus trat und mit ihm flüsterte. Dann wandte er sich wieder zum Händler, der sich grinsend einen Spaß erhoffte. ›Gut, ich werde ihn auf die Probe stellen.‹

Jonas gab Ursus ein Zeichen, und dieser sprang geschickt wie eine Katze auf die Rampe, packte den Sklavenhändler und verprügelte den entsetzt schreienden Mann jämmerlich. Niemand mischte sich ein, niemand wagte ein Wort gegen Jonas oder für den Händler. Auf ein weiteres Zeichen hielt Ursus inne, sprang wie ein folgsamer Hund wieder herab und verneigte sich vor seinem neuen Herrn. Jonas nickte freundlich und rief zu dem Händler hinauf, der wimmernd und blutend auf dem Boden herumkroch: ›Du hast mir einen guten Sklaven verkauft, ich danke dir. Er gehorcht tatsächlich aufs Wort, und ich werde ihn nicht bestrafen, sondern belohnen müssen.‹

Darauf stieg Jonas in seine Sänfte und zog mit uns ab.«

Da Susanna schwieg, reichte ich ihr meinen Becher. Sie nahm einen winzigen Schluck, dankte und sagte: »Zuletzt sollst du noch wissen, Judas, warum die Dienerschaft dieses Hauses ihren Herrn wie einen guten Gott verehrt. Wir sind zwar Sklaven vor dem Gesetz, doch für jeden von uns liegt ein Freibrief bereit. Wenn Jonas diese Erde verläßt – mögen die Götter ihm ewiges Leben verleihen –, sind wir alle frei und bekommen je nach den Jahren unserer Dienstzeit eine schöne Summe ausbezahlt. Wir können aber auch jederzeit das Haus mit dem Freibrief verlassen, denn Jonas hält keinen zurück, der sich einen anderen Herrn oder eine andere Arbeit suchen will. Jeder Sklave dieses Hauses kann es jederzeit als freier Mensch verlassen.«

Ich war tief beeindruckt, denn selbst in den Häusern der frömmsten und gerechtesten Juden war mir solches noch nicht begegnet. »Wie viele haben dieses Haus schon als Freie verlassen?«

»So lange ich hier bin, nur zwei, und diese zwei wurden hinausgetragen, denn sie waren tot.«

Susanna erhob sich und streckte ihre schlanken Glieder. »Nur noch wenige Stunden, und ein neuer Tag beginnt. Du warst ein guter Zuhörer, Judas, ich danke dir.«

»Ich danke dir, Susanna«, sagte ich leise, denn ich war verwirrt und hätte ihr noch gerne viele weitere Stunden gelauscht.

Mit einem Lächeln wies sie auf das dunkel schimmernde Wasserbecken. »Jetzt hast du ein erfrischendes Bad verdient.« Sie streckte ihre Hände vor. Als ich sie erstaunt anblickte, meinte sie: »Reiche mir deine Kleider, Judas, ziere dich nicht.«

Gehorsam legte ich meine Tunika ab, stand im Lendentuch vor ihr und fühlte für einen Augenblick, wie es einem nackten Sklaven zumute sein muß. Dann stieg ich schnell die marmornen Treppen hinab ins kühle Wasser, planschte herum wie ein kleiner Junge und rief: »Komm auch ins Wasser, Susanna, es ist herrlich!«

»Ich darf nur, wenn der Gast es ausdrücklich befiehlt ...«

»Ich befehle es!«

Sofort trat sie auf die Stufen, streifte blitzschnell ihre kurze Tunika ab, und ich sah, daß sie darunter völlig nackt war. Ich sah es mit Vergnügen und war nach langer Zeit einmal wieder ein junger Mann, der sich ohne Nebengedanken am Anblick eines Mädchens erfreut. Wir bespritzten uns wie vergnügte Kinder, bis sie mich aufforderte, unterzutauchen, so lange ich es aushielte. Da ich in diesem Augenblick jeden ihrer Wünsche erfüllt hätte, tauchte ich sofort unter und hielt aus, bis mir fast die Lungen barsten. Als ich mich nach Luft schnappend wieder aufrichtete, war Susanna verschwunden. Triefend und fröstelnd stieg ich ins Trockene, da stand sie bekleidet, mit naß glänzendem Haar plötzlich vor mir, reichte mir ein Tuch zum Trocknen und streifte mir dann meine Tunika über. Danach legte ich meine Arme um ihren schlanken Leib, und wir küßten uns zuerst wie Bruder und Schwester, dann immer heftiger, bis sie spürte, wie mich das Begehren packte. Ich aber fühlte den harten Druck des kleinen silbernen Hathorfigürchens, das Susanna auf ihrer Brust trug. Dieser Götze, dachte ich flüchtig, trennt mich von dir, kleine Sklavin – dein Glaube und mein Glaube.

Sanft machte sie sich los, ihre schrägen, dunklen Augen funkelten wie liebliche Sterne, und ihr Körper duftete wie ein Frühlingstag. Schön ist sie wie eine heidnische Göttin, wie Isis ... dachte ich halb wonnevoll, halb schaudernd, und wieder drängten sich die Namen jener Götter in meinen Sinn.

»Nicht jetzt und nicht hier«, wies Susanna mich freundlich zurück.

»Wann sehe ich dich wieder – ich muß dich wiedersehen ...«

»Du mußt mit deinem Herrn und deinen Gefährten weiterziehen – das ist es, was du mußt. Ich weiß es.«

»Wann sehe ich dich wieder?« beharrte ich und verschlang das schöne Mädchen mit meinen Augen.

»Du findest mich entweder hier im Hause des Jonas oder in meiner Heimatstadt. Frage dann in Alexandria beim Pförtner des Serapeion nach Susanna, der Freigelassenen. Hier oder dort wirst du mich finden.«

Gedankenschnell küßte sie meine noch feuchte Hand und verschwand im Innern des Hauses. Fast wäre ich ihr nachgesprungen wie ein junger brünstiger Bock, doch mit ihrem Verschwinden kehrten die Gedanken an Jesus und meine Gefährten zurück, und ich fühlte, daß ich gebunden war, fest gebunden. Daß dieses Band sich seit jenem Tag im Hause des Jonas zu lockern begann, wurde mir erst später bewußt.

16

Einige Zeit nach unserem Aufenthalt bei Jonas erreichte mich eine Botschaft meiner Mutter, welche sie an die Synagoge in Kapharnaum gesandt hatte, weil sie wußte, daß wir uns dort oft aufhielten.

Mit Rührung und nicht ohne ein Gefühl der Schuld las ich ihre Zeilen: »Dein Vater weiß nichts von diesem Brief, denn er meint, Du müßtest Deinen Lebensweg selbst finden. Wir sind nun allein, da Deine Schwester Rachel sich vermählt hat und jetzt im Hause ihres Mannes zu Beth-Sur lebt. Daß Du nicht zu ihrer Hochzeit kamst, wird seine Gründe haben – vielleicht hat Dich unsere Botschaft nicht erreicht. Dein Vater ist alt und müde geworden, müde auch der Geschäfte, die er gerne Dir überlassen würde, wovon er zwar nicht spricht, doch bin ich sein Weib und spüre seine Gedanken. Nun bin ich es, die Dich bittet: kehre nach Hause zurück, sei Deinem Vater eine Stütze und gönne ihm etwas Rast im Alter. Was immer Dein Rabbi predigen mag, doch wird auch er nicht das vierte Gebot Gottes aufheben wollen. Gott beschütze Dich auf allen Deinen Wegen. Bleibe gesund!«

Ich trug diesen Brief und die von ihm verursachten Gedanken tagelang mit mir herum, ehe ich mich in meiner Not an Jesus wandte.

»Herr, meine Eltern wünschen, daß ich nach Hause zurückkehre, denn mein Vater ist alt und bedarf der Stütze. Mein Gewissen und die von dir getroffene Wahl aber binden mich an dich. Was soll ich also tun?«

Ich hatte mir von ihm, der immer die rechten Worte fand, einen klugen, sanften Rat erhofft und mußte nun erleben, wie der Zorn in ihm aufflammte.

»Judas, Judas, was sagst du da? Gilt es nicht das Himmelreich zu gewinnen um jeden Preis? Wer Vater oder Mutter mehr liebt als mich, ist meiner nicht wert! Wer sein Kreuz nicht aufnimmt und mir nachfolgt, ist meiner nicht wert!« Dann wandte er sich zu meinen Genossen, die bei unserem Gespräch beiseite getreten waren und rief ihnen mit lauter beschwörender Stimme zu: »Nicht um Geld, um Besitz, um Haus und Hof, um Vater und Mutter sollt ihr euch kümmern, sondern dem Volk Israel meine Lehre verkünden. Wenn jemand euch nicht aufnehmen und eure Worte nicht hören will, so kehrt ihm den Rücken. Seid klug wie die Schlangen und einfältig wie Tauben, denn ich sende euch aus wie Schafe zu den Wölfen. Doch nehmt euch in acht, denn sie werden euch vor die Richter schleppen, werden euch beschimpfen und aus ihren Städten jagen. Der Bruder wird seinen Bruder verraten und der Vater sein Kind, ihr aber werdet verhaßt sein um meines Namens willen. Glaubt nicht, daß ich gekommen bin, den Frieden zu bringen, sondern das Schwert! Ich bin gekommen, den Sohn zu entzweien mit seinem Vater und die Tochter mit ihrer Mutter. Wer aber mich verleugnet vor den Menschen, den werde auch ich verleugnen vor meinem himmlischen Vater. Wer von euch ausharrt bis zum Ende, der wird gerettet werden.«

Nach diesen schrecklichen Worten herrschte atemlose Stille unter den Jüngern. Sie waren tief betroffen, duckten ihre Köpfe, und jeder ging dann still beiseite, um das Gehörte zu überdenken. Auch ich war wie betäubt, denn diese gewaltige Rede dröhnte wie Donner in meinen Ohren.

Jeder wußte, daß es nur die Wahl gab zwischen unbedingtem Gehorsam, daß man sich beugen mußte unter seinen ehernen Gesetzen, oder man wurde abtrünnig und war verdammt. Einen anderen Weg gab es nicht. Ich bedachte dies wohl, bedachte aber auch, daß Jesus einmal zu den Pharisäern gesagt hatte: Glaubet nicht, daß ich gekommen bin, das Gesetz oder die Propheten aufzuheben!

Wie aber vertrug sich das mit seiner Antwort auf meine Frage? Sollte das vierte Gebot vor ihm seine Gültigkeit verloren haben, da er von mir die Verleugnung der Sohnespflichten verlangte, da er den Sohn mit dem Vater und die Mutter mit der Tochter entzweien wollte? Wo blieb da das Gebot der Liebe? Du sollst auch deinen Feind lieben, hatte er einstmals geboten und verlangte nun, die Eltern zu verleugnen.

Am nächsten Tag wagte ich es, ihm zu sagen: »Herr, du verlangst viel von uns.«

Worauf er ruhig antwortete: »Ich verlange viel, aber ich gebe auch viel.«

In diesem Augenblick erkannte ich, daß unsere Wege sich trennen mußten. Um diesen Preis war ich nicht gesonnen, das Himmelreich zu erlangen, dies schien mir nicht mehr der rechte Weg. Heute weiß ich, daß unendlich viele Wege zum Frieden der Seele und damit zu Gott führen.

Daß ich mir meinen Entschluß nicht leichtgemacht habe, mag man mir glauben.

17

Um die Stunde, da ich Jesus meinen festen Entschluß, ins Elternhaus zurückzukehren, mitteilen wollte, versammelte er die zwölf um sich und wies alle anderen fort. Ernst und mit leiser Stimme begann er seine Rede: »Meine lieben und getreuen Brüder, die Zeit ist gekommen, um ins Land Judäa aufzubrechen. Sie werden mich in Jerusalem zur Schlachtbank führen wie ein Lamm. Bespeien, geißeln und kreuzigen werden sie mich, damit das Wort der Propheten wahr werde. Am dritten Tage aber werde ich auferstehen in Herrlichkeit. Schweigt jetzt und betet mit mir zu Gott um Stärke auf diesem Weg.«

Obwohl Jesus schon öfter von seinem künftigen Leidensweg gesprochen hatte, waren alle traurig und niedergeschlagen. Auch ich war von diesen Worten so ergriffen, daß mir der Mut fehlte, jetzt die Trennung zu vollziehen, um so mehr, als wir ja ohnehin in meine Heimat, nach Judäa, zogen. So schwieg ich, betete und fastete mit den anderen am Tage vor unserem Aufbruch.

In langen Tagesmärschen wanderten wir den Jordan hinab, und es mochte kein rechtes Gespräch aufkommen. Alle waren traurig und bedrückt, und einmal stellte Matthäus die Frage: »Rabbi, was sind wir ohne dich? Wenn du uns verläßt, wird der Wind uns auseinanderwehen wie Spreu, und bald wird keine Spur mehr sein.«

Jesus antwortete mit fester Stimme: »Das sind törichte Worte, die meinen schweren Weg nicht erleichtern. Seid ihr nicht die von mir erwählten Jünger? Ihr seid ausgesandt zu predigen und nicht, um zu trauern! Ich gab euch die Kraft des Wortes und ihr sollt es ausstreuen in alle Winde, damit es Frucht trage und die Erde erfülle.«

Obwohl ich entschlossen war, auf dem schnellsten Wege nach Chariot zu gelangen, regte sich in mir das Gewissen, und ich schalt mich einen Feigling, hätte ich vor den Toren Jerusalems kehrtgemacht, um ihn auf seinem letzten und bittersten Weg zu verlassen.

Zuvor machten wir noch in Bethanien halt, wo Jesus im Hause des Lazarus ein gerngesehener Gast war. Doch diesmal wurden wir von Marta und Maria, den Schwestern des Lazarus, nicht freudig willkommen geheißen, da der Herr des Hauses schwer krank und offenbar dem Tode nah in seinem Bett lag. Mit leiser Stimme und immer wieder von Schluchzen unterbrochen, berichtete Maria von einem heftigen Fieber, das Lazarus vor wenigen Tagen befallen hatte und daß jetzt niemand mehr an seine Gesundung glaube.

»Es sei denn, du tust ein Wunder, Herr.«

Marta bat nicht und flehte nicht um Hilfe, sie stellte Jesus in aller Demut seine Entscheidung anheim. Jesus antwortete nur kurz: »An dieser Krankheit wird Lazarus nicht sterben.«

Nach einem Rasttag wollte Jesus mit uns weiterziehen, doch die Schwestern des Lazarus baten ihn flehentlich, dem Todkranken zuvor Heilung zu bringen. Jesus schüttelte lächelnd sein Haupt.

»Unser Freund Lazarus schläft, warum sollen wir ihn stören? Bei meiner Rückkehr werde ich ihn aufwecken.«

Darauf trat er ans Lager des Schwerkranken, der bleich, regungslos und mit geschlossenen Augen dalag, und betrachtete ihn lange.

»Seht«, sagte Jesus und wies auf den Kranken, »seht, er schläft.«

Vier Tage später kamen wir nach Bethanien zurück und fanden ein Trauerhaus. Lazarus sei, so wurde uns berichtet, wenige Stunden nach unserer Abreise gestorben und läge seitdem im Grab. Marta empfing uns weinend: »Herr, wärst du hier gewesen, so lebte mein Bruder noch. Ich weiß aber auch, daß Gott jede deiner Bitten erfüllt.«

Jesus tröstete sie mit den Worten: »Dein Bruder soll auferstehen! Habe ich nicht versprochen, ihn zu wecken?«

Dann führten sie uns hinaus zum Grab, das schon mit dem schweren Rollstein verschlossen war.

Jesus befahl: »Öffnet das Grab!« Worauf sich gleich einige junge Männer ans Werk machten.

Marta schien zwischen Hoffnung und Abscheu zu schwanken, denn sie stellte sich vor das Grab und rief: »Laßt diesen Toten doch ruhen, er beginnt schon zu verwesen und wird euren Ekel erregen.«

Jesus aber beharrte auf der Öffnung des Grabes und sagte traurig zu Maria: »Glaubst du nicht mehr an mich und die Kraft Gottes?«

Da öffneten sie das Grab. Ich stand nahe dabei und kann bezeugen, daß keinerlei Verwesungsgeruch aus der Öffnung drang. Ganz im Gegenteil spürte man den starken Duft der wohlriechenden Salben und Öle, mit denen man den Totgeglaubten eingerieben hatte.

Jesus rief mit lauter Stimme: »Lazarus, komm heraus!«

Es dauerte nicht lange, und Lazarus wankte ans Tageslicht.

Von seinem Körper hingen die mit Salben getränkten Tücher und Binden.

Viele der Anwesenden schrien auf vor Schrecken, einige liefen davon, andere sanken auf die Knie und beteten. Marta und Maria aber stützten ihren dem Leben wiedergeschenkten Bruder und befreiten ihn von seinen Leichentüchern.

Die Kunde von diesem Wunder drang schnell nach Jerusalem und trug – wie ich später erfuhr – nicht wenig zum Entschluß des Hohen Rates bei, sich dieses Wundertäters bald zu entledigen, da es allmählich zu viele geworden waren, die ihm anhingen und auf ihn hörten.

Wer mir nun die Frage stellt, ob es möglich sei, Tote aufzuerwecken, der findet trotz dieses geschilderten Ereignisses einen Ungläubigen. Ich glaube nicht, daß Lazarus tot war, sondern daß er nur, wie dies manchmal geschieht, in einer totenähnlichen Starre lag, aus der ihn die zwingende Willenskraft Christi befreite. Jesus hat ihn ja selbst nur als Schlafenden, niemals als Toten bezeichnet.

Ich glaube, es war am Sonntag vor der Osterwoche, als wir uns am Morgen auf den Weg nach Jerusalem machten.

Vor den Toren der Stadt wurde ihm eine weiße Eselin gebracht, worauf Jesus mit seinen Händen Schweigen gebot.

»Seht, so erfüllt sich das Wort des Propheten Zacharias, der da verkündet: Aber du Tochter Jerusalem, jauchze und freue dich, denn siehe, dein König kommt zu dir, hilfsbereit, gerecht und arm, und er reitet auf einem Esel.«

Ein ungeheurer Jubel erhob sich bei denen, die ihn begleiteten. Sie warfen ihre Kleider auf seinen Weg, winkten mit Palmzweigen und riefen: »Willkommen, du Sohn Davids! Unser Retter und Erlöser naht! Hochgelobt sei, der da kommt im Namen des Herrn!«

Mir entging es aber nicht, daß der ganze Jubel hauptsächlich von denen ausging, die ihn umringten und mit ihm gezogen waren. Sonst nämlich regte sich auch viel Unwille in den Straßen Jerusalems. Nicht zu überhören waren laute Rufe wie: »Was will der Unruhestifter? Wir brauchen keinen Wunderrabbi! Erschlagt den falschen Messias!«

Auch solches war zu hören und ich spürte, wie die ganze Stadt ihm feindlich gesonnen war. Ich bekam plötzlich Angst, um ihn und um uns, woraus man ersehen mag, wie sehr ich noch an Jesus und meinen Genossen hing, deren Schicksal ich jetzt schon im zweiten Jahr auf allen Wegen teilte.

Ich sandte einen Straßenjungen zum Stadthaus meines Vaters und ließ ausrichten, daß Judas mit einigen Freunden dort bald Quartier nehmen würde. Es gelang mir auch, Jesus zu überzeugen, daß es für diesen Tag genug sei. So zogen wir in das still und abseits am Berge Zion gelegene Haus, wo noch immer die beiden Alten, Philemon und Baucis, wie ich sie nannte, ihre Hüterpflichten erfüllten. Als ich ihnen eröffnete, daß ich auf dem Weg zu meinen Eltern sei, um endgültig in Chariot zu bleiben, begannen sie zu schluchzen und meine Hand zu küssen. Wenn es mich auch verlegen machte, ließ ich es doch geschehen, um das Glück dieser treuen Alten nicht zu trüben, die ihr Leben im Dienst meines Vaters verbracht hatten. Sie waren freilich auf die Bewirtung von einem guten Dutzend Gäste nicht vorbereitet, auch fehlte es am Geld. Der Beutel, den ich als Kassenwart trug, war, wie fast immer, leer, da wir auf unseren Wegen meist mit Speise, Trank und einem Nachtlager, ganz selten aber mit Geld beschenkt wurden.

So machte ich mich auf den Weg zu einem unserer Häuser, wo ein Geldwechsler, wie ich hoffte, noch immer sein Geschäft betrieb. Während ich – nur mein Ziel vor Augen – wie blind und taub dahineilte, hörte ich meinen Namen rufen.

»Judas, sehe ich recht! Doch, er ist's! Erkennst du deinen alten Freund nicht mehr?«

Freilich erkannte ich ihn, es war Joram, der erstgeborene Sohn des Hohenpriesters Kaiphas, ein eitler junger Nichtstuer. Ich möchte anmerken, daß er niemals mein Freund gewesen war, wenn ich auch damals, als ich die Geschäfte meines Vaters in Jerusalem führte, mit ihm manchen Becher geleert hatte. Sein dummes, feistes Säufergesicht glänzte vor Neugierde.

»Stimmt es, daß du mit diesem Wunderrabbi durch die Lande ziehst? Ist das nicht ein wenig mühsam, Judas, mein Freund?

Ihr sollt ja rechte Weiberfeinde sein und auch von einem guten Tropfen wenig halten, wie?«

Ich wollte mich von ihm losmachen, doch er wich nicht von meiner Seite, bis ich ihm erzählte, daß ich dringend etwas Geld benötigte. Gönnerhaft faßte er mich um die Schulter. »Den Weg kannst du dir sparen, ich helfe dir gerne aus.« Noch ehe ich ablehnen konnte, griff er in seinen Beutel und holte eine Handvoll Silbermünzen heraus. »Da, bediene dich. Zwei Dutzend guter römischer Denare werden es schon sein. Eines aber mußt du mir versprechen: Sobald dein Messias dich fortläßt, trinken wir zusammen einen Krug vom Besten und du erzählst mir alles, hörst du, alles!«

Die folgenden Tage stehen noch heute wie ein wirrer schrecklicher Traum in meiner Erinnerung.

Am nächsten Morgen gingen wir ohne großes Aufsehen nach Jerusalem und nahmen den Weg zum Tempel hinauf. Von der Neustadt zogen wir durch das Schaftor in den Vorhof des Tempels ein, von vielem Volk begleitet. Hier herrschte wie stets das rege Leben der Opfertierhändler, Geldwechsler, Kuchenverkäufer und Müßiggänger. Jedermann dachte, Jesus wolle eine Predigt halten, als er plötzlich einem Viehtreiber die Peitsche aus der Hand riß, auf die Reihe der Geldwechsler zulief, ihre Tische umwarf und sie mit Geißelhieben davontrieb. Sein Gesicht war bleich geworden, seine Haare flogen und seine Augen flammten in einem fürchterlichen Zorn.

»Satansbrut!« schrie er mit gellender Stimme. »So entehrt ihr das Haus meines Vaters! Ihr habt diese Stätte der Andacht und des Gebets zu einer wüsten Räuberhöhle gemacht! Ein Tempel ist kein Kaufhaus!«

Unbeschreiblich war der Lärm und das Entsetzen ringsum.

Schafe blökten, Ochsen brüllten, Tauben flatterten aus ihren umgestürzten Käfigen, und klirrend rollten die Münzen der Wechsler über den Boden. Seltsamerweise begehrte niemand auf gegen seinen Zorn, sondern sie nahmen es hin wie ein verdientes Strafgericht. Jammernd sammelten die Wechsler ihre Münzen ein, während die Opferviehhändler ihren Tieren nachliefen.

Als Jesus den wie immer herbeigeströmten Kranken Trost zusprach und seine Hände auflegte, traten einige Priester und Schriftgelehrte zusammen, um ihm ihre üblichen Fragen zu stellen. Diesmal aber ließ Jesus sich auf kein Gespräch ein, sondern wandte sich schweigend ab. Mir entging jedoch nicht, daß die Priester haßerfüllte Blicke auf Jesus warfen und flüsternd ihre Köpfe zusammensteckten.

Am Dienstag der Osterwoche sandte Jesus mich in die Stadt, weil er mit uns nach dem alten Kalender, dessen System mir von den Essenern her noch gut vertraut war, schon an diesem Tag das Ostermahl feiern wollte.

»Dein Haus, Judas, habe ich zu unserem letzten gemeinsamen Mahl ausersehen. So sorge du auch für das Osterlamm.«

Also eilte ich voraus nach Jerusalem, ließ im Speisesaal unseres Hauses die Plätze bereiten, schickte den Hausverwalter nach Wein und Brot und besorgte selbst das Osterlamm. Inzwischen erreichte mich ein Diener des Kaiphas, der mich sogleich zum Palast des Hohenpriesters bringen sollte. Mir blieb nichts anderes übrig, als mitzugehen, wenn ich es auch nicht gerne tat.

Was konnte der stolze und hochfahrende Kaiphas von mir wollen? Er empfing mich alleine in seinen Privatgemächern mit den freundlichen Worten: »Judas, ich kenne deinen Vater gut und bin in großer Sorge um dich, seinen Sohn. Da du doch ohnehin heimkehren willst, gebe ich dir den guten Rat: tue es gleich! Trenne dich von diesem falschen Messias, der unser Volk zu unrechten Taten verleitet, reise noch in dieser Stunde ab!«

Woher Kaiphas von meinen Plänen wußte, kann ich mir bis heute nicht sicher erklären. Noch ehe ich antworten konnte, fuhr er fort: »Mein Sohn Joram hat dir Geld geborgt, du kannst es gleich mir zurückbezahlen.«

Im Drange der letzten Ereignisse hatte ich vergessen, mir die Summe zu besorgen, und dann ärgerte mich auch die Bevormundung dieses Priesters.

»Dein Sohn erhält das Geld noch heute oder morgen zurück. Was meine Heimreise betrifft, so ist sie zwar längst beschlossen, doch werde ich den Tag selber wählen. Jesus, den du einen falschen Messias nennst, hat bisher nur Gutes getan und niemals das Volk zu schlechten Taten verleitet. Er ist ein frommer und gesetzestreuer Mann, und kein Gericht dieser Welt könnte ihm ein Unrecht beweisen. Darf ich mich jetzt verabschieden?«

Kaiphas stand auf, raffte seine prächtigen Gewänder und schaute mich finster an.»Ich kann dir nur raten, nicht befehlen. Tue, wie du meinst.« Damit war ich entlassen.

Am Abend kam Jesus mit den Aposteln in mein Haus, um das Ostermahl zu feiern. Ich bat ihn um ein kurzes Gespräch und hatte nun endlich den Mut, ihm meine Absicht mitzuteilen. So redete ich von Sohnespflicht und vom vierten Gebot, bat um Verzeihung und um Verständnis. Jesus zeigte sich keineswegs überrascht.

»Judas, ich weiß längst, daß du mich verlassen willst. Ich heiße es nicht gut, will dich aber auch nicht hindern. Du wirst mit uns heute abend das Osterlamm essen, und dann gebe ich dich frei. Viele Wege führen zu Gott, warum nicht auch der deine.«

Mit diesem Trost verließ er mich, und ich bewahre diese Worte noch heute in meinem Herzen wie einen großen Schatz.

So saßen wir dann am Abend bei Tisch, und es war kein fröhliches Ostermahl, denn wir wußten, daß es ein Abschiedsmahl war. Es war, als wehe ein eisiger Hauch durch den Saal; ein jeder würgte an seinem Bissen und blickte traurig auf den Herrn. Nur Jesus aß und trank wie immer, doch lag auch auf seinem Antlitz ein tiefer Ernst. Plötzlich brach er unser Schweigen.

»Einer von euch wird mich heute verlassen.«

Ich erschrak, während ihn die anderen fragend und bestürzt anblickten.

»Wer ist's?« fragte Petrus, und dann fielen auch die anderen ein: »Wer ist's? Wer ist's?«

Jesus schwieg und blickte mich an, nicht traurig, nicht zornig, nur als wolle er mich auffordern: sag du es ihnen.

»Ich bin es«, bekannte ich mit leiser, doch fester Stimme,

denn mein Entschluß war nach reiflicher Überlegung schon lange gefaßt. Ehe die anderen noch etwas erwidern konnten, nahm Jesus einen Laib Brot und brach für jeden ein Stück davon ab.

»Nehmt und eßt, als sei es mein Leib.« Dann erhob er seinen Weinbecher und sagte: »Trinkt alle daraus, als sei es mein Blut.«

Als wir stumm und ergriffen gegessen und getrunken hatten, erhob sich Jesus.

»Tut dies zu meinem Andenken, wenn ich nicht mehr bei euch bin.«

Dann dankte Jesus mir für die Gastfreundschaft und sagte: »Wir werden die Nacht am Ölberg im Gethsemane-Garten verbringen – willst du uns noch begleiten und mit uns beten?«

»Gerne, Rabbi. Ich ordne noch mein Haus und werde nachkommen.«

Die anderen maßen mich mit feindlichen Blicken, keiner sprach ein Abschiedswort, nur Johannes, der Jüngste von uns allen, nickte mir verstohlen zu. Mit ihm hatte ich mich immer gut verstanden. Mißtrauen, Neid oder gar Feindschaft waren ihm fremd.

Inzwischen hatte der hohe Rat beschlossen, Jesus in dieser Nacht festzunehmen und anderntags vor Gericht zu stellen. Wir alle wußten davon freilich nichts. Ich wußte auch nicht, daß Kaiphas mich beobachten ließ, denn er befürchtete offenbar, ich könnte mit dem Geld seines Sohnes aus der Stadt verschwinden.

Kurz nachdem ich mich auf den Weg zum Ölberg gemacht hatte, sandte Kaiphas einen Knecht zu meinem Haus. Der erfuhr dort vom Verwalter, wohin ich gegangen war. Vorsorglich hatte ich noch einen Diener mit zwei Maultieren gemietet, der am nächsten Morgen beim Essenertor auf mich warten sollte, auch die zwei Dutzend von Joram entliehenen Denare trug ich bei mir.

Der Diener des Kaiphas aber erstattete Bericht, wohin ich ging, und wurde sogleich mit einigen Knechten auf meine Spur gesetzt, wovon ich freilich damals nichts wußte. Mir war so traurig und weh ums Herz, als ich während der ersten Nachtstunden zum Ölberg hinaufwanderte, daß ich auch hundert Soldaten hinter mir nicht bemerkt hätte.

Am Ölberg fand ich mich nur schwer zurecht und rief mehrmals leise: »Rabbi, wo bist du?« bis ich seine vertraute Stimme hörte.

»Hier, Judas, hier sind wir.«

Ich trat auf ihn zu, umarmte und küßte ihn und konnte nur immer »Rabbi, Rabbi« stammeln, während mir die Tränen über das Gesicht liefen.

Da stürzten die Knechte des Kaiphas wie ein Schwarm Ungeziefer über uns her, stießen mich beiseite, nahmen Jesus fest und banden seine Hände.

»Du hast ihn verraten!« rief Petrus, riß einem der Knechte das Schwert aus der Hand und begann wild um sich zu schlagen.

Da rief Jesus mit lauter Stimme: »Laß das Schwert fahren, Petrus, denn ich muß den bitteren Kelch bis zur Neige trinken, den mein Vater mir gereicht hat.«

Als sich der Tumult wieder gelegt hatte, wurde Jesus zum Hohenpriester Hannas geführt, der ihm einige Fragen stellte, die ich nicht verstand, denn es wurde uns verwehrt, näher heranzutreten.

Verwirrt und verängstigt lief ich nach Hause, um mich niederzulegen, zu schlafen – um alles zu vergessen. Es gelang mir aber nicht, mir in einer einzigen Nacht die zwei Jahre mit ihm, dem Lehrer, Prediger und Freund aus dem Herzen zu reißen. Kaum daß der Morgen graute, kleidete ich mich rasch an und lief in die Stadt zurück. Da hörte ich es schon von allen Ecken und Enden raunen: Jesus wird von Kaiphas verhört, auch Pilatus soll gefragt werden.

So stand auch ich mit vielen anderen im Vorhof des Kaiphaspalastes und mußte mit anhören, wie zahlreiche Zeugen gegen Jesus aufstanden und die unsinnigsten Beschuldigungen vorbrachten. Als Gotteslästerer und dämonischer Zauberer wurde er angeklagt, sie nannten ihn einen falschen Messias und Volksverhetzer, bis Kaiphas Schweigen gebot.

»Nennst du dich Christus und Gottessohn?«

Jesus sagte nur: »Ich bin's« und schwieg auf jede weitere Frage.

Da zerriß dieser alte Heuchler Kaiphas sein prunkvolles Gewand und rief mit schriller Stimme: »Was bedarf es da der Zeugen? Ihr alle habt die Gotteslästerung vernommen!«

»Er ist des Todes! Kreuzigt ihn! Schlagt ihn tot! Reißt dem Lästerer die Zunge aus! Zuerst soll er die Peitsche kriegen! Nein, gleich ans Kreuz.« So brüllten sie durcheinander, und ihre Gesichter waren zu Fratzen des Hasses verzerrt.

Dies geschah am Mittwoch der heiligen Osterwoche.

Petrus aber, der mit dem Schwert so mutige Petrus, stand zitternd im Hof des Gerichtshauses und wärmte sich am Feuer der Wachsoldaten. Als eine Magd des Hohenpriesters vorbeiging, hörte ich sie haßerfüllt sagen: »Warst du nicht auch einer von denen? Bist du nicht ein Jünger des falschen Propheten?«

Petrus schüttelte zitternd sein Haupt, und der Angstschweiß perlte von seiner fahlen Stirne.

Da meinte ein Wachsoldat: »Freilich ist er einer von denen, ich habe ihn galiläisch reden hören.«

Ich blickte Petrus in die Augen, doch sein Blick war blind vor Angst, er schien mich gar nicht wahrzunehmen.

»Nein! Nein! Nein!« rief er zornig, doch der grinsende Wachsoldat ließ nicht locker: »Und doch gehörst du zu ihm.«

»Ich kenne diesen Menschen nicht, ich schwör's!«

So sprach die Todesangst aus dem oft so mutigen, aber auch wankelmütigen Simon Petrus, und ich meine, daß niemand ihm daraus einen Vorwurf machen sollte.

Für mich wäre es nun an der Zeit gewesen, mein Maultier zu besteigen und mich davonzumachen, doch es war, als hielten mich tausend Stricke in Jerusalem fest. Da am nächsten Morgen das Urteil von Pilatus bestätigt werden sollte, beschloß ich zu warten. Mich beseelte plötzlich die Hoffnung, alles würde sich aufklären und zum Guten wenden. Erst wenn Jesus frei war und mit den anderen glücklich davonziehen konnte, wollte ich mich endgültig verabschieden. So gab ich dem Diener mit seinen Maultieren Bescheid, mich erst am Donnerstagmorgen zu erwarten.

Wie unsinnig meine Hoffnung war, sollte ich bald erfahren.

Als Jesus vor den Palast des Statthalters geführt wurde, dessen Entscheid gehört werden sollte, stand auch ich unter dem Volk auf der Straße und sah Pilatus ein zweites Mal, wenn auch nur aus der Ferne.

Mit lauter, wohlklingender Stimme, damit auch alle es vernahmen, stellte Pilatus an Jesus die Frage: »Bist du der Juden König?«

»Du sagst es«, antwortete Jesus mit ebenso lauter Stimme, worauf die Menge zornig aufbrüllte.

Pilatus gebot mit einer Handbewegung Schweigen. »Nun, da ihr ihm das Leben absprechen wollt, so habe auch ich einen zum Tode verdammt, nämlich Barabbas, den Raubmörder. Zu eurem Osterfest will es der Brauch, daß ich einen freigeben soll. Welcher soll es sein – Jesus oder Barabbas?«

Da riefen die einen: Gib Jesus frei!

Die meisten aber brüllten: »Begnadige den Barabbas – und Jesus ans Kreuz!«

Immer wieder und immer lauter schrien sie: »Jesus ans Kreuz!« Bis sich Pilatus wieder Gehör verschaffte und mit harter, höhnischer Stimme ins Volk rief: »Das soll nun eure Sache sein! So nehmt den Propheten und kreuzigt ihn – ich will damit nichts zu schaffen haben!«

Bei allem, was man Pilatus nachsagen kann, paßte es doch nicht in seine Vorstellung von Gerechtigkeit, daß ein überführter Raubmörder freikommen sollte, während man einen harmlosen religiösen Eiferer – und nichts anderes konnte Jesus in seinen Augen sein – ans Kreuz schlug.

Mir aber trübte der Zorn über dieses schändliche Urteil den Verstand und tilgte jede Angst, wie damals, als ich auf die römischen Soldaten losging.

Kaiphas war der Urheber dieses Unheils, an Kaiphas mußte ich mich wenden. Ich rannte zu seinem Haus, stieß die Diener beiseite und fand den Hohenpriester inmitten seiner Genossen, wie sie ihren traurigen Sieg feierten.

»Warum wollt ihr Jesus töten?« rief ich zornentbrannt. »Warum nicht Barabbas, der es verdient hat? Seid ihr von Sinnen? Gibt es keine Gerechtigkeit mehr in Judäa?«

Kaiphas würdigte meine Fragen keiner Antwort und fragte nur höhnisch: »Noch immer in Jerusalem, Judas Ben Simon? Willst du deinen Meister gar bis zum Kreuz begleiten? Oder soll ich dich von meinen Knechten nach Chariot bringen lassen, damit dein Vater dir das Fell gerbt, was er anscheinend bisher versäumt hat?«

Da wurde mit einemmal mein Sinn wieder klar, und ich erkannte, daß von diesen Männern keine Gnade, kein Recht, kein Einsehen zu erwarten war.

»Ihr verdient, daß euch die Aasgeier bei lebendigem Leibe vertilgen!« schrie ich in ihre spöttischen Gesichter. Dann fiel mir das von Joram geliehene Geld ein. Ich holte den Beutel aus der Tasche und warf ihn dem Kaiphas vor die Füße, daß die silbernen Denare zwischen die Beine der Priester rollten. Dann lief ich hinaus, verfolgt von ihren zornigen Stimmen, lief, bis ich das Essenertor erreichte, wo der Diener mit den Maultieren wartete.

Zweites Buch
Athen und Alexandria

1

Immer wenn ich, meist mit meinem Freund Petronius, bei Seneca zu Gast sein durfte, versuchte ich, alle wichtigen Aussprüche dieses Dichters und Philosophen festzuhalten. So finde ich jetzt unter meinen Notizen die folgenden Sätze:

»Was aber bildet eine Ausnahme im ewigen Wandel der Dinge? Weder Himmel noch Erde, nicht einmal das von Gott geschaffene und geleitete Universum. Nichts geht ewig den gleichen Gang, denn einmal kommt der Tag, da alles aus seiner Bahn gerät. Der Wandel der Zeiten ist dem Gesetz des Werdens, Wachsens und Vergehens unterworfen. Die Gestirne über unseren Häuptern wie auch die Erde, auf der wir so fest zu stehen glauben, auch sie müssen einmal vergehen. Allem ist eine bestimmte Zeit zugemessen.«

Ich stelle diese unerbittlichen, von den meisten Menschen nur ungern wahrgenommenen Gesetze an den Anfang meines kurzen Berichtes vom Untergang des jüdischen Reiches und der Zerstörung Jerusalems. Ja – Jerusalem ist zerstört und entvölkert, der Tempel Salomos in Schutt und Asche gesunken. Vor kurzem erreichte mich diese Nachricht, und ich muß gestehen, daß ich dabei als römischer Bürger keinen Stolz und als geborener Jude keine Trauer empfand. Der Konflikt des römischen Imperiums mit seiner schwierigsten Provinz stand nun schon seit einigen Jahren im Zeichen des Mars. Was jetzt geschehen ist, kann einen erfahrenen Historiker nicht überraschen, so sehr es mich als friedliebenden Mann betrübt. Als Pompejus vor etwa einhundertdreißig Jahren Palästina eroberte und dem Römischen Reich angliederte, wird er wohl nicht geahnt haben, daß die pax romana über dieser neuen Provinz nur immer ein dünner Schleier über schwelender Glut sein würde.

Der eigentliche Konflikt begann in Caesarea mit dem Streit zwischen Griechen und Juden um das Bürgerrecht, wobei zahlreiche Juden niedergemetzelt wurden. Dieser Funke sprang auf Jerusalem über und entfachte einen verheerenden Brand. Die schwache römische Besatzung in Jerusalem wurde von den sich stolz Messermänner nennenden Verbrecherbanden niedergemacht und die Stadt in eine Festung verwandelt. Daß die zunehmend fanatisierte Bevölkerung sich einige Jahre gegen die Römer halten konnte, muß im Zusammenhang mit den politischen Wirren in Rom gesehen werden, die uns Neros Ende und ein Vier-Kaiser-Jahr bescherten.

Titus Flavius, der Sohn unseres neuen Kaisers Vespasian, eroberte schließlich nach einem blutigen fünfmonatigen Kampf das von Parteienstreit zerrissene und halbverhungerte Jerusalem. Was Christus in den Tagen vor seinem Tod geweissagt hatte, trat nun ein: Der wundervolle Tempel wurde zerstört und geplündert. Damit hat das Herz des jüdischen Volkes aufgehört zu schlagen.

Mag man dies und die vielen Toten beklagen, so steht doch fest, daß Rom sich diesen Dorn aus dem Fleisch ziehen mußte, um nicht selber geschwächt zu werden. Wer darüber Trost sucht, mag ihn in Senecas Worten finden: Nichts ist ewig und scheint es auch noch so festgefügt.

2

Am Abend des Donnerstags in der Osterwoche stieg ich vor meines Vaters Haus vom Maultier. Wann das Gerücht aufkam, ich sei aus Trauer über meinen angeblichen Verrat in den Tod gegangen, weiß ich nicht. Da Jesus beim Ostermahl vor sämtlichen Jüngern meine Absicht, ihn und sie zu verlassen, bekanntgegeben hatte, kann es nur einer von ihnen gewesen sein, der später in seine Predigten einflocht: Wir alle hielten dem Herrn die Treue – nur Judas nicht. Judas, der Verräter. Ich, der ich mir selber treu bleiben wollte, bin so zum Sündenbock der christlichen Legende geworden. Da dies, wie auch Christi Lehre und sein bitterer Tod am Kreuz in fünfzig oder hundert Jahren vergessen sein wird, ist es wohl einerlei, welch traurige Rolle mir dabei angedichtet wurde. Euch meinen Söhnen, möchte ich aber doch noch einen Bericht vom Ende des Jesus aus Nazareth geben, den sie Christus und Messias nannten. Er war nicht der erste und wird auch nicht der letzte sein, über den sie herfallen wie eine Meute Wölfe, weil er in ihre gebleckten Rachen hinein beharrlich vom Frieden und von der Liebe predigt.

»Im Gutestun und in der Eintracht soll das menschliche Leben bestehen, denn nicht durch Schrecken, sondern durch gegenseitige Liebe wird es zu einem Bunde gemeinschaftlicher Hilfeleistung gemacht.«

So könnte auch Jesus gesprochen haben, doch diese Worte stammen von Seneca, der die Menschen besser verstand, der kein Messias sein wollte und nichts Unmögliches von ihnen verlangte. Die Ironie des Schicksals wollte es, daß dieser unermeßlich reiche Mann, den die ganze Welt als großen Dichter und Philosophen verehrte, aus demselben Grunde ums Leben kam wie Johannes, der arme, im Leben und Denken so einfache Prediger. Beide waren sie einem Fürsten der Pfahl im Fleisch, und so verband sie, die nichts voneinander wußten, das gleiche Schicksal. – Was ich über die letzten Stunden Christi weiß, stammt, so seltsam es klingen mag, von Herophilos, dem Arzt, der meiner Mutter das Leben rettete. Ich gebe jetzt wieder, was er mir erzählte, als ich ihm viele Jahre später in Alexandria begegnete, wovon auch noch die Rede sein wird. Zur Zeit Christi aber lebte er noch in Jerusalem und war dort einer der beliebtesten Ärzte.

Sein Ruf war schließlich an den Hof des Herodes Antipas gedrungen, der, wie so viele Fürsten, ständig auf der Suche nach einem Wunderarzt war, um für seine vielen, vom Wohlleben verursachten Leiden Linderung zu finden. Herophilos, dessen ärztliche Kunst nicht zuletzt darin bestand, daß er die Schwächen seiner Patienten sofort erkannte, schilderte mir seine erste Begegnung mit dem Fürsten, der über Appetitlosigkeit, Leib-, Kopf- und zahlreiche andere Schmerzen klagte.

Nachdem Herophilos seinen Patienten schweigsam und sehr lange untersucht hatte, sagte er: »Mein Fürst, dein Leben scheint sich dem Ende zuzuneigen. Ich gebe dir bestenfalls noch eine Frist von fünf oder sechs Monaten.«

Herodes, der ohnehin in ständiger Todesangst lebte, warf sich stöhnend auf sein Ruhebett und wimmerte: »Ich bitte dich um alles in der Welt, teurer Herophilos, rette mein Leben! Mein Volk, mein Land – mein Weib – sie brauchen mich –, ich begrabe dich in Gold, du wunderbarer Arzt, ich schlucke die bitterste Arznei ...«

So jammerte Herodes fort, bis der ungerührte Herophilos vorschlug: »Immerhin, wir können es versuchen.«

Herodes, dem im Grunde nichts fehlte, als daß er an seinem üppigen Leben litt, mußte sich einem wochenlangen strengen Fasten unterwerfen und fühlte sich bald so wohl wie nie zuvor. Herophilos wurde reich entlohnt und zum Leibarzt ernannt. Als solcher war er zugegen, als Jesus am Freitag der Osterwoche vor Herodes gebracht wurde, der sich gerade einige Tage in Jerusalem aufhielt, das er sonst wenig schätzte und wo er, der Tetrarch von Galiläa und Peräa, keine Macht besaß. Da aber Jesus aus Galiläa stammte und Herodes ihn, den Nachfolger des Johannes, schon längst einmal sehen wollte, wurde Jesus vor den Fürsten gebracht.

Herodes schien sich von dem Wunderrabbi eine wohlfeile Unterhaltung zu versprechen, denn er forderte ihn sogleich auf: »Zeige deine Kunst! Verwandle meinen Hund in eine Taube, laß uns einen Blick in den Himmel tun, oder gib meinem Leibdiener das Auge zurück, das ihm sein liebes Weib bei einem Streit ausgeschlagen hat.«

Als das devote Lachen von Herodes' Begleitern verklungen war, trat eine erwartungsvolle Stille ein, denn jedermann war neugierig auf die Antwort des Wunderrabbi. Jesus aber wandte sich ab und schwieg.

Herodes, schon ungeduldig geworden, drängte ihn: »Du bist deinem Fürsten eine Antwort schuldig! Johannes, dein Vorgänger, war weniger schweigsam! Der predigte so eifrig gegen mich, daß ich ihn festsetzen mußte. Nun?«

Als Jesus weiter beharrlich schwieg, begannen die anwesenden Priester und Pharisäer durcheinanderzureden, überboten sich in Vorwürfen und Anklagen, als wollten sie auch von Herodes das Todesurteil bestätigt haben. Herophilos empfand – wie er mir sagte – bei diesem unwürdigen Schauspiel einen solchen Ekel, daß er sich zum Gehen wandte, doch Herodes hielt ihn zurück: »Gerade du, mein teurer Arzt, solltest glücklich über die Verurteilung dieses Mannes sein! Hat er nicht Lahme gehend und Blinde sehend gemacht? Hat er nicht Aussätzige geheilt und sogar Tote zum Leben erweckt und damit die ganze ehrsame Zunft der Ärzte um Brot und Ansehen gebracht? Also bleib und freue dich!«

Herophilos blieb, doch was er sah, freute ihn keineswegs, denn die Leibwächter des Herodes begannen jetzt mit den flachen Klingen ihrer Schwerter auf Jesus einzuschlagen, um ihn zum Reden zu bringen.

Herodes ließ sie eine Weile gewähren, um dann zu spotten: »Sieh da, unser Wundertäter, der so vielen die Sprache wiedergegeben hat, ist selber keines Wortes mächtig. Gebt ihm ein frisches Gewand, damit keiner sagen kann, Herodes hätte einen Galiläer in der Fremde unbeschenkt ziehen lassen. Für seinesgleichen ist kein Platz unter uns, da er das Volk nur verwirrt und von seinen Pflichten ablenkt. Immerhin finde ich nichts Todeswürdiges an ihm, denn ich halte ihn für einen Tor, der nicht weiß, was er tut. Würde man alle seinesgleichen hinrichten wollen, so wären nicht genug Henker in diesem Land. Schafft ihn aus der Stadt. Dies ist mein Rat.«

Herodes war von Natur aus keineswegs grausam und zeigte sich, wo es ihn nichts kostete, gerne großmütig.

Herodes und Pilatus schätzten einander wenig, doch in diesem Fall war der römische Statthalter mit dem jüdischen Fürsten einer Meinung. Beide hielten sie Jesus für einen harmlosen Prediger, wie es sie bei den Juden dutzendweise gab. Wie schon berichtet, wurde aber Pilatus dazu gedrängt, den Barabbas freizulassen und das Todesurteil für Jesus zu bestätigen.

Als Herodes davon erfuhr, wurde er zornig, befahl Herophilos, der Hinrichtung beizuwohnen und zu versuchen, wie er sich ausdrückte, »die Sache nach Möglichkeit abzukürzen«. Im übrigen finde er es frech und anmaßend, einen seiner Untertanen ohne erwiesene Schuld wie einen Sklaven zu kreuzigen.

Herophilos gehorchte der Weisung, doch danach hatte er, wie er mir freimütig gestand, genug von den Juden und ihren verwickelten Angelegenheiten.

Jesus mußte nach der üblichen Geißelung sein Kreuz auf den Galgenhügel schleppen und wurde dort mit zwei Wegelagerern, denen derselbe Tod beschieden war, an das Holz geschlagen. Obwohl ich aus seinem Munde weiß, daß er dieses Schicksal gesucht hat und seinen, wie er glaubte, ihm von Gott bestimmten Weg zu Ende gehen wollte, zittert meine Hand, wenn ich dies niederschreibe. Er, der immer nur Liebe gepredigt und, aus welchen Gründen auch immer, leidenden Menschen geholfen hat, mußte solchen Dank ernten.

Das weitere möchte ich Herophilos selbst erzählen lassen:

»Auch wer wie ich den Eid des Hippokrates geschworen hat, muß manchmal um der Barmherzigkeit willen die Aufgabe des Arztes ins Gegenteil verkehren – nämlich den Tod zu geben anstatt das Leben zu erhalten. Was nun diesen Jesus betrifft, so ging er gefaßt und fast immer schweigend seinen schweren Weg. Auch als er am Kreuz hing, konnte es der Pöbel nicht lassen, ihn zu verspotten. ›Steig doch herab vom Kreuz!‹ verhöhnten sie den Sterbenden, ›das muß dir, der den Tempel in drei Tagen wieder aufrichten wollte, doch ein leichtes sein!‹

Währenddessen standen einige seiner Freunde und Angehörigen weinend und erschüttert um das Kreuz, auch seine Mutter soll dabeigewesen sein. Anscheinend hatte Jesus über Durst geklagt, denn ich hörte einen Wachsoldaten rufen: ›So gebt ihm doch Essig zu saufen!‹

Ein anderer zog seine Feldflasche hervor, roch daran und meinte: ›Da wäre noch ein Rest sauren Weines, das soll mein Geschenk an den König der Juden sein.‹

Das war nämlich sein Spottname, der auf einem Schild über dem Kreuz geschrieben stand.

Ich zog einen Schwamm aus der Tasche, goß schnell die Schierlingsessenz darüber und drängte mich nach vorne, wo die Soldaten standen.

›Hier, damit könnt ihr ihm den sauren Wein verabreichen‹, schlug ich vor und streckte den Schwamm hin. Der mit der Feldflasche schüttete auch gleich lachend den Wein darüber, und ein anderer steckte den Schwamm auf seine Lanze und hielt ihn Jesus an den Mund. Ich fühle noch jetzt die Erleichterung, als ich sah, wie Jesus an dem Schwamm saugte.

Danach sprach er einige Worte, die ich nicht verstand, und ich bemerkte, wie sein Körper sich entspannte und sein Haupt nach vorne sank.

Man weiß, daß Gekreuzigte oft tagelang zu leiden haben, vor allem, wenn sie jung und kräftig sind. Wie ich später erfuhr, zerschlugen sie den beiden anderen Gekreuzigten die Knochen, weil sie am Abend des Freitag noch immer lebten. Dies geschah aber nicht aus Mitleid, sondern weil man am hochheiligen Ostersabbat keine Leichen begraben wollte.

Herodes zeigte sich sehr erfreut über mein Eingreifen und meinte dann: ›Du bist Grieche, Herophilos, und wirst es noch schwerer verstehen als ich, der Fürst eines jüdischen Landes. Doch dieses Volk neigt zur Selbstzerfleischung. Ich sehe den Tag kommen, da die Römer ihre Geduld verlieren, und dann wehe dir, Jerusalem!‹«

Damit will ich den Bericht des Herophilos abschließen.

Was nach dem Glauben der Christen weiter geschah, habe ich in Ephesus erfahren, als ich Paulus, den fanatischen Verbreiter der Christenlehre dort predigen hörte. Was er verkündete, wird noch heute bei den heimlichen Gottesdiensten der Christen feierlich verlesen. Wie seltsam berührte es mich zu hören: »Dann ging Judas hinaus vor die Stadt und erhängte sich.« Hätte ich laut gerufen: Paulus irrt, dieser Judas steht mitten unter euch, so wäre ich für verrückt erklärt worden. Die Fabel von meinem Selbstmord hätte sofort nach Jesu Tod keinen Glauben finden können, da ich mich in diesem Jahr noch mehrmals wegen verschiedener Geschäfte in Jerusalem aufhielt. Sie wird also erst viel später und kaum in Jerusalem entstanden sein, wo noch viele lebten, die mich nach der verhängnisvollen Osterwoche gesehen und gesprochen hatten.

Weiter wird berichtet, daß man Jesus in einem Grab bestattete, das einer seiner heimlichen Anhänger zur Verfügung stellte. Maria aus Magdala soll es dann gewesen sein, die am nächsten Morgen das Grab besuchte und es leer fand. Maria holte sogleich die anderen, und sie standen ratlos vor der Grabkammer, bis Petrus das Gewölbe betrat, wo er nur noch die vom Salböl getränkten Leichentücher vorfand. Schließlich gingen sie alle wieder nach Hause, bis auf Maria Magdalena, die nicht weichen wollte und sich mit den Worten: »Vielleicht bringen sie unseren Herrn zurück« vor dem Grab niederkauerte. Sie berichtete dann später von einem Mann, der vorbeiging und sie fragte, warum sie weine.

Sie hielt ihn für den Gärtner und bat ihn flehentlich: »Herr, wenn du ihn weggetragen hast, so sage mir, wo er jetzt ist, und ich werde ihn holen.«

Als der Mann dann näher trat und sie mit vertrauter Stimme beim Namen nannte, erkannte Maria in ihm Jesus.

Soweit scheint mir die Sache glaubhaft, da Maria offensichtlich aus Erschöpfung eingeschlafen war und den im Traume sah, dem ihr ganzes Denken galt.

Es scheint aber noch mehrere Versionen dieser Geschichte zu geben, denn mein christlicher Diener Eli erzählte mir, Maria aus Magdala sei von Maria, der Mutter des Jakobus, begleitet gewesen. Die beiden Frauen wollten Salböle zum Grab bringen, als eine Lichtgestalt erschien und ihnen mit Donnerstimme verkündete: Euer Herr ist nicht mehr im Grabe, denn er ist auferstanden.

Nahezu das gleiche spielt sich in der Osirislegende ab, da Isis und Nephtys, die Schwestern des getöteten Gottes, Balsam an sein Grab bringen.

Vielleicht haben die Christen das fehlende Wissen einfach durch ältere Legenden ersetzt.

Weiter wird berichtet, daß die Apostel mit etlichen Jüngern

am Abend des Ostersonntag beim Mahl saßen und die traurigen Ereignisse der vergangenen Tage besprachen, als plötzlich Jesus in ihrer Mitte stand. Sie hielten ihn zuerst für einen Geist, doch er forderte sie auf, ihn zu berühren, ja er speiste sogar mit ihnen. Später ging er mit ihnen auf den Ölberg und wurde vor ihren Augen in den Himmel entrückt.

So berichtet es die Legende der Christen, so steht es in der unter ihnen verbreiteten Schrift »Das Leben Jesu Christi«.

3

Nun aber kehre ich zu dem Abend zurück, als ich erschöpft von meinem Maultier stieg und mein Elternhaus betrat. Fand ich meine Mutter nur wenig verändert wieder, so hatte die Axt der Zeit meinem Vater schwere Kerben geschlagen. Sein Haar war weiß und dünn geworden, er ging gebeugt und besaß nicht mehr die stattliche Erscheinung seiner früheren Jahre. Wie ich bald erfuhr, hatte aber weniger sein Alter dies bewirkt, sondern eine Krankheit in seinem Innern, mit der die Ärzte nichts anzufangen wußten. Vielleicht hätte Herophilos sie erkannt, doch der war mit Herodes zurück nach Galiläa gegangen.

Simon redete mit mir ganz offen, als wir alleine waren: »Ich fühle seit langem, daß mir nicht mehr viel Lebenszeit beschieden ist. Meine Geschäfte in Jerusalem führt ein Verwalter, der mich nicht ärger betrügt als es schicklich ist. Ich kann also zufrieden sein und lege die weitere Entscheidung darüber in deine Hände.« Dann stand mein Vater langsam auf und wies mit liebevoller Gebärde auf die hohen, mit Schriftrollen vollgestopften Regale. »Das da und meine Äcker draußen sind meinem Herzen näher gerückt als die Geldgeschäfte in dieser von feilen Priestern beherrschten Stadt. Wenn ich die Reben reifen sehe, wenn ich den Honigduft der sommerlichen Weizenfelder einatme oder die Mägde beim Brotbacken beobachte, so sind dies die Freuden des Tages. Meine schlaflosen Nächte aber haben die Schriften unserer Dichter, Philosophen und Geschichtsschreiber nicht nur verkürzt, wie man so zu sagen pflegt, sondern sie sind mir oft genug zu kurz geworden. Die Sorge um deine Mutter und meine Bibliothek hinterlasse ich dir als mein kostbarstes Erbe. Du weißt, daß es auch an Geld und Gut nicht mangelt, doch dies achte ich gering. Genieße es, aber laß dich nicht davon beherrschen!«

Mir gingen die Worte meines Vaters so zu Herzen, daß ich keine rechte Erwiderung fand, sondern nur mein Versprechen stammeln konnte, alles so zu halten, wie er es sich wünschte. Nie bin ich meinem Vater näher gewesen als in dieser letzten Zeit seines Lebens, nie haben wir uns besser verstanden. Alles Vergangene war ausgelöscht – wir sprachen nicht davon. Jeder auf seine Art waren wir beide enttäuscht worden und mußten es verwinden – jeder für sich. Stundenlang saßen wir bei gutem Wetter im Atrium unseres Hauses. Um uns häuften sich die Schriftrollen. Wir lasen zusammen Herodot, den griechischen Geschichtsschreiber, der von seinen weiten Reisen so viel Seltsames zu berichten weiß, wir diskutierten die Philosophen, verglichen die griechischen Dichter mit den römischen und vertieften uns in die Geschichte des jüdischen Volkes, die so bewegend und ereignisreich ist, daß ein Menschenleben kaum hinreicht, sich mit allen ihren Einzelheiten zu befassen. An einem dieser beschaulichen, ganz dem Studium und dem Gespräch gewidmeten Tage fand ich meine wahre Bestimmung. Ich beschloß, Historiker zu werden. Dies war nun nicht mehr eine unreife Knabenlaune, sondern der Entschluß eines Mannes, der endlich seinen Weg vor sich sieht – seinen eigenen Weg. Der nicht mehr gesonnen ist, in die Fußspuren anderer zu treten.

Mein Vater wollte nun auch eine Reise nach Beth-Sur unternehmen, wo meine Schwester Rachel mit einem Kaufmann verheiratet war und gerade ihre erste Niederkunft erwartete.

Für den schwach gewordenen Körper meines Vaters war es ein beschwerlicher Weg in dies hoch in den Juda-Bergen liegende uralte Städtchen. Doch er klagte nicht und bewahrte eine stoische Heiterkeit bei aller Mühsal.

Freudig und liebevoll wurden wir aufgenommen und bewirtet wie Fürsten. Die Frauen fanden kein Ende mit ihren Geschichten von Vettern und Basen, Geburten und Todesfällen, Kindererziehung und Angelegenheiten des Hauses.

Simon traf im Vater des jungen Ehemannes einen ergiebigen Gesprächspartner, weil dieser vom Freisinn meines Vaters wenig hielt und deshalb in einem fort aus den Schriften zitierte, welche für ihn Wort um Wort die göttliche Wahrheit verkörperten. Ich wanderte viel in den Bergen umher und unterhielt mich mit den reisenden Kaufleuten, die von ihren mühsamen und manchmal auch gefährlichen Wegen nicht genug zu berichten wußten. Bei ihren Erzählungen erwachte in mir die Lust zu reisen – zu reisen, wie Herodot, der große Geschichtsschreiber, unbeschwert von irgendwelchen Geschäften oder Pflichten, mit offenen Augen und wachen Sinnen. Schon damals keimte in mir der Gedanke, die Vergangenheit all jener Länder zu erforschen, die jetzt zu den Provinzen des Römischen Reiches zählen. Mir schien, als habe die Geschichtsschreibung sich bisher eher zuviel mit den Römern und zuwenig mit den von ihnen eroberten Völkern befaßt. Sallust und Livius, die großen Geschichtsschreiber, waren mir verehrte Vorbilder und zugleich der Ansporn, ihren fast nur von Rom handelnden Werken eine Geschichte der Provinzen entgegenzustellen. Erst später erfuhr ich, daß Claudius, der spätere Kaiser, damals gerade seine Geschichte der Etrusker und Karthager veröffentlichte. Daß dieser hochgebildete und vielerfahrene Gelehrte dann als Kaiser die Juden verfolgte und fremde Kulte verbot, kann nur den Einflüssen schlechter Ratgeber zuzuschreiben sein.

Meine kühnen Zukunftsträume mußten der lebendigen Gegenwart weichen, als meine Schwester Rachel ihre schwere Stunde erwartete, von sämtlichen Frauen der Familie liebevoll betreut. Wir alle flehten zu Gott um eine leichte Geburt, Rachels Schwiegervater betete zudem noch um einen männlichen Enkel.

Die Geburt verlief leicht und schnell, doch es war ein Mädchen. Wer immer davon enttäuscht sein mochte, niemand zeigte es, auch nicht der Schwiegervater. Mein Vater war so erfreut und gerührt, daß ihm Tränen in die Augen traten, als man das kleine Mädchen in seine Arme legte.

»Jetzt habe ich noch einen Enkel gesehen«, hörte ich ihn leise und ergriffen flüstern. Gleich danach begann er auf die Heimreise zu drängen.

Ich, der ich jetzt älter bin, als es mein Vater damals war, kann mich auch nur schwer der Tränen erwehren, wenn ich die folgenden Ereignisse niederschreibe. Da ich euch schon mehrmals davon erzählt habe, meine lieben Söhne, so werde ich mich jetzt kurz fassen.

Kaum waren wir zu Hause angelangt, als mein Vater sich im Bibliothekszimmer auf sein bequemes Ruhelager streckte, um nicht mehr aufzustehen.

Wir holten einen Arzt, wir fragten den Vater stündlich nach seinen Wünschen, wollten wissen, ob er Schmerzen fühle, doch er lächelte nur immer und meinte: »Ich danke euch für eure Fürsorge, doch mir ist wohl.« Als er unsere besorgten und ungläubigen Gesichter sah, wiederholte er mit fester Stimme: »Ihr dürft es schon glauben, mir ist wohl, ich habe keine Wünsche.«

Am fünften Tag fanden wir ihn des Morgens tot im Bett. Nicht einmal meiner Mutter, die neben ihm geruht hatte, war sein Hinübergehen bewußt geworden.

Ich hielt die Totenwache und sprach die vorgeschriebenen Gebete, wie es dem erstgeborenen Sohn nach jüdischem Brauch zukommt.

Von dir, mein Philon, werde ich solches nicht verlangen, denn ich gebe nichts darauf. Ihr sollt mich in meinem Garten auf duftenden Hölzern verbrennen und meine Asche auf den Äckern verstreuen. So sollt ihr es mit mir halten, so will ich es. Es bedarf keiner besonderen Zeremonie, um in die Hand des Schöpfers zurückzukehren. Der Körper ist nur ein irdischer Rest, mit dem man die Erde düngen mag.

4

Nach Ablauf der Trauerzeit besprach ich mit meiner Mutter unsere Zukunft. Sie wußte schon längst, daß ich nicht gesonnen war, das Leben eines Gutsbesitzers zu führen, und hatte sich deshalb entschlossen, Chariot zu verlassen, um in Beth-Sur bei meiner Schwester zu leben. Dieser Entschluß freute mich, denn ich wußte sie dort gut aufgehoben und war endlich so frei, wie ich es mir wünschte. Zuerst ging ich nach Jerusalem, um dort unsere Besitzungen aufzulösen. Ich weiß nicht, ob ich dabei über das gewöhnliche Maß hinaus betrogen wurde, jedenfalls konnte ich mich nun als reichen Mann betrachten. Unseren Besitz in Chariot wollte meine Mutter zu ihren Lebzeiten nicht verkauft wissen, so daß ich die Äcker und Weinberge verpachtete. Die Erträge aus unseren Gütern sollten meiner Mutter zufließen, so lange sie lebte.

Über diesen Geschäften verging fast ein Jahr, denn ich mußte auch mehrmals nach Beth-Sur reisen, um dort die Übersiedlung vorzubereiten.

So sehr ich Mutter und Schwester liebte, so schwer es mir fiel, mein Elternhaus in Chariot aufzugeben, so groß war doch meine Erleichterung, als ich mich endlich frei fühlen durfte. Nun galt es, die Freiheit zu nützen, ihr Sinn und Inhalt zu verleihen. Mein erstes Ziel sollte Griechenland, sollte Athen sein, doch ich wollte mich darauf vorbereiten.

So ließ ich mich zunächst in Caesarea nieder, das Herodes der Große zu Ehren des Augustus gegründet hatte.

Diese Stadt war wie ein kleines Rom, besaß prunkvolle Tempel und gewaltige Thermen; hier blühte ein lebhafter Handel, hier legten die Frachtschiffe aus allen Weltgegenden an, hier wurden die Waren für ganz Palästina umgeschlagen. Hier gab es auch eine berühmte Bibliothek, die der eigentliche Grund meines Aufenthalts war.

In Caesarea residierte der Statthalter Pontius Pilatus, nach wie vor im ganzen Land verhaßt. Auch bei den Griechen und Römern war er wegen seiner stolzen und hochfahrenden Art wenig beliebt.

Für mich war es eine Zeit der Vorbereitung und der Studien. Fast jeden Tag verbrachte ich in der berühmten Bibliothek, die alles enthielt, wonach ich damals verlangte. Noch die Werke der unbedeutendsten griechischen und römischen Historiker waren hier zu finden. Dort erst lernte ich Griechisch und Lateinisch so gründlich, wie man es von einem Geschichtsschreiber erwarten darf. In Caesarea führte ich das Leben eines Gelehrten ohne jedoch – warum soll ich es verschweigen – die leiblichen Freuden des Daseins zu verschmähen. Ich besuchte regelmäßig die Thermen, genoß die schweißtreibenden Dampfbäder, sprang glühend heiß ins eiskalte Wasserbecken, ließ mich massieren, salben und frisieren. Manchmal, wenn ich mich dann wohlig müde und nach guten Ölen duftend auf meinem Lager im Ruheraum ausstreckte, mußte ich meiner Gefährten, der Jünger Jesu, gedenken. Wie hatten sie doch jede Art des Wohllebens verachtet, wie wenig hatten die meisten von ihnen auf die Pflege des Körpers gegeben, der ihnen ja nur ein schäbiger Ballast war, den es durchs irdische Leben mitzuschleppen galt. Ich selbst hatte, wenigstens in der ersten Zeit, ihre Ansichten geteilt, hatte nachgeplappert und nachgelebt, was sie mir vorredeten und vorlebten.

Es ist seltsam, daß sie damit keineswegs Jesus nacheiferten, denn er nahm seine Bäder, wann immer dies möglich war, er zierte sich niemals, wenn wir an heißen Tagen am Seeufer lagerten, schnell seine Kleider abzuwerfen, um sich im Wasser gründlich zu reinigen und zu erfrischen. Er ging auch niemals in Lumpen oder ließ sein Gewand schmutzig werden. Freilich kann ich mich auch nicht erinnern, daß er die Jünger wegen fehlender Reinlichkeit oder unordentlicher Kleidung getadelt hätte. Mein jetziges Leben hätte ihm aber gewiß mißfallen.

Nun, mir gefiel es, und ich nutzte alle Möglichkeiten dieser großen und lebhaften Stadt. Es gab deren viele, und ich hatte viel nachzuholen. Wie lebendig wurden mir jetzt die Werke der großen Dichter durch das vorzügliche, überwiegend von griechischen Schauspielern beherrschte Theater.

Auch Caesareas Freudenhäuser waren mir nicht fremd. Ich zog die syrischen Mädchen allen anderen vor. In dem Völkergemisch dieser Stadt waren die Juden nur eine Minderheit und lebten abgeschlossen in einem eigenen Stadtteil. So herrschten die lockeren griechisch-römischen Sitten, und kein Mann konnte so alt, arm oder häßlich sein, daß er nicht eine Frau fand, die ihm nachts sein Bett wärmte. Was die Schriften unserer Väter so anschaulich ein Fleisch werden nennen, kann recht vielgestaltig und vergnüglich sein.

Ich versäumte auch nicht, mir in Caesarea mein römisches Bürgerrecht bestätigen zu lassen, und es erfüllte mich mit seltsamer Freude, daß dieses Dokument die Unterschrift des Pontius Pilatus trug. Die Zeit dieses unbeliebten und wenig erfolgreichen Statthalters ging zur Neige, als er eine Anzahl Samaritaner auf dem Berg Garizim niedermetzeln ließ, weil sie einige harmlose und durchaus berechtigte Wünsche geäußert hatten. Lucius Vitellius, der Vater des späteren Kaisers, war damals Legat von Syrien und ließ Pilatus nach Rom beordern, wo er sich für seine schlechte Amtsführung verantworten sollte. Als die Entscheidung des Kaisers Tiberius, der damals in Caprea kaum noch ansprechbar war, auf sich warten ließ, vollführte Pilatus eine der wenigen ehrenhaften Handlungen seines Lebens. Kurz vor meiner Abreise aus Caesarea wurde bekannt, daß er sich in Rom das Leben genommen hatte. Es ging das Gerücht um, daß Claudia Procula, seine Gattin, ihn erst dazu bewegen konnte, als sie selbst mit geöffneten Pulsadern ins Dampfbad ging.

Sein kaiserlicher Herr sollte den Statthalter nicht lange überleben. Tiberius, der nun schon zehn Jahre wie eine ferne Sagengestalt einsam, alt und von vielen gehaßt auf Caprea lebte, hatte sich ganz der Astrologie ergeben. Während dieser Zeit rang er sich zweimal den Entschluß ab, Rom einen Besuch abzustatten. Die erste Reise unternahm er zu Schiff, kehrte aber aus unerfindlichen Gründen auf dem Tiber vor den Toren der Stadt wieder um. Beim zweiten Mal kam er auf dem Landwege bis sieben Meilen vor die Stadt, als er sein Lieblingstier, eine kleine ungiftige Schlange, in ihrem Käfig von Ameisen aufgefressen fand. Dieses böse Vorzeichen bewog ihn wieder zur Umkehr und versetzte ihn in solche Erregung, daß er krank wurde. Um sich nichts anmerken zu lassen, ließ er in Circei anhalten und Militärspiele veranstalten, denen er bei scheinbar guter Gesundheit beiwohnte. Dann aber, von Angst und bösen Vorahnungen gepeinigt, wollte er schleunigst in sein sicheres Caprea zurückreisen. Bei einer Rast in Misenum fühlte Tiberius sich so schlecht, daß sein Arzt Charides gerufen wurde. Doch der Kaiser lehnte jede Behandlung ab und blieb bis spät in die Nacht beim Mahl sitzen, wohl um zu zeigen, daß ihm nichts fehle. Charides teilte der Umgebung des Kaisers mit, daß das Ende nahe sei. Caligula, des Kaisers Neffe und Adoptivsohn, war inzwischen herbeigeeilt, um zur rechten Zeit am rechten Ort zu sein. Als Tiberius schließlich in den letzten Zügen lag und Caligula schon die Glückwünsche seiner Anhänger entgegennahm, erholte sich der Greis wieder, rief nach seinen Dienern und verlangte nach Wein. Ob Caligula ihn daraufhin, wie das Gerücht sagt, mit Decken ersticken ließ, ist nicht verbürgt. Nachdem heute die Schandtaten der vierjährigen Schreckensherrschaft Caligulas allgemein bekannt sind, mag es durchaus für wahrscheinlich gelten, daß er seine Herrschaft mit einem Mord begann.

5

Gaius Caesar Augustus Germanicus, den sie mit seinem kindlichen Spottnamen Caligula, Stiefelchen, bezeichneten, weil er als Kind in Soldatenstiefeln herumlief, wurde vom ganzen Römischen Reich mit freudigem Jubel begrüßt. Von dem fünfundzwanzigjährigen Jüngling wurde erwartet, was von dem neunundsiebzigjährigen Tyrannen Tiberius längst nicht mehr zu erhoffen war – ein goldenes Zeitalter in Freiheit und Gerechtigkeit. Daß Caligula bald alles an grausamer Herrscherwillkür in den Schatten stellen würde, was die Geschichte jemals überliefert hat, sollte nur zu bald deutlich werden.

Später auf das Gerücht angesprochen, daß er Tiberius auf

seinem Krankenlager getötet habe, leugnete Caligula zwar die Tat, gab aber stolz bekannt, daß er mit dem Dolch im Gewand den Raum betreten habe, wo sein Onkel mit dem Tode rang, um, wenn es sein mußte, Rom von diesem Tyrannen zu befreien. Dafür wurde er nun wie ein Held gepriesen und als Retter des Vaterlandes geehrt.

Caligula zog von Misenum durch jubelnde Städte und Dörfer nach Rom, wo ihn weihrauchschwingende Priester und eine sich vor Begeisterung heiser brüllende Menge empfingen. Während der folgenden wochenlangen Freudenfeste sollen über hunderttausend Opfertiere geschlachtet worden sein. In den ersten Monaten schien der junge Kaiser auch alle Hoffnungen zu erfüllen. Er setzte sämtliche von Tiberius Verbannten und Verurteilten, soweit diese noch lebten, in ihre alten Rechte ein, schlug noch laufende Prozesse nieder und wollte die ganze berüchtigte Schar von Tiberius' Lustknaben in Caprea im Meer ertränken lassen. Als er sie dann nur verbannte, wurde er wegen seiner Milde gepriesen. Um aber zu zeigen, daß er den verstorbenen Kaiser trotzdem zu ehren wisse, hielt er eine tränentriefende Leichenrede und erfüllte getreulich sämtliche Bestimmungen des Testaments. Der begeisterte Senat verlieh ihm daraufhin einen goldenen Ehrenschild und beschloß, den Tag seiner Thronbesteigung alljährlich feierlich zu begehen.

Circus-, Gladiatoren- und Theaterspiele wurden in den ersten Monaten seiner Herrschaft in fast ununterbrochener Folge veranstaltet, später geschah dies immer seltener. Im Taumel dieser ersten Begeisterung übersah man die mehr und mehr zutage tretende hinterhältige Grausamkeit dieses Kaisers. Schauspieler, die ihm mißfielen, mußten sogleich wie Sklaven mit wilden Tieren kämpfen, bis sie starben, Väter wurden gezwungen, die Hinrichtung ihrer Söhne mit anzusehen, mißliebige Senatoren verschwanden und wurden später als Selbstmörder bezeichnet, obwohl Caligula sie hatte umbringen lassen.

Dies war aber nur der Auftakt. Den wahren Caligula lernte die Welt kennen, als er, von einer schweren Krankheit genesen, im Reich verkünden ließ, er sei nun in die Reihen der unsterblichen Götter aufgenommen. Ganze Schiffs- und Wagenladungen der berühmtesten und hervorragendsten Götterstatuen wurden aus allen Provinzen herbeigebracht, ihrer Köpfe beraubt, mit dem göttlichen Antlitz Caligulas versehen und wieder zurückgeschickt. Sogar der altehrwürdige olympische Jupiter mußte sich diese Behandlung gefallen lassen.

Ich selbst habe in Athen erlebt, daß Dutzende von Jupiter-, Apoll-, Mars- und Dionysosstatuen mit ausgewechselten Köpfen nebst eigens gefertigten Kaiserbildnissen in die Stadt gebracht und überall aufgestellt wurden. Wohin man auch ging, man wandelte immer unter den Augen des Gaius Caesar Augustus, den auch die Griechen nur mit seinem Spottnamen Caligula nannten. Wie sehr die Tag und Nacht tätigen Bildhauer dem Kaiser auch geschmeichelt haben mochten, so hatten sie doch meist ein redliches Abbild geliefert. Es verriet jedem scharfen Beobachter den wahren Charakter dieses Wahnsinnigen. Unter der fast krankhaft breiten Stirne blickten große kalte, tiefliegende Augen. Die wie eingedrückt wirkenden Schläfen und der schmale, grausame Mund verhießen nichts Gutes. Was die Bildhauer vertuschen mußten, waren der lange, dürre Hals, die teilweise Kahlheit und die vom maßlosen Leben immer unförmiger werdende Gestalt dieses noch jungen Fürsten.

In Rom ließ er seiner göttlichen Majestät einen eigenen prachtvollen Tempel erbauen, worin sein lebensgroßes Standbild aus purem Gold aufgestellt war. Anstatt sich dieses Scheusals schnell zu entledigen, duckten die Senatoren ihre Köpfe, die von Tag zu Tag lockerer saßen, und überboten sich in feigen Schmeicheleien. Es fanden sich zahlreiche Speichellecker, die Caligula mit dem Götternamen Jupiter anredeten und ehrfürchtig auf die Knie sanken, wenn der Kaiser sein Gespräch plötzlich unterbrach, beiseite trat und sich leise mit unsichtbaren Gottheiten unterhielt. Tag für Tag fanden die grausamsten Hinrichtungen statt, niemand war mehr seines Lebens sicher – ob hoch oder niedrig. Ein falsches Wort, ein Lächeln zur unrechten Zeit, eine geplante Reise oder ganz einfach ein großes Vermögen genügten schon, um auf die von Woche zu Woche umfangreicheren Hinrichtungslisten gesetzt zu werden. Wer das Unglück hatte, mit einer schönen Frau verheiratet zu sein, auf die das kaiserliche Auge gefallen war, der wurde vom Kaiser zu Tisch geladen. Caligula betastete dann schamlos vor aller Augen den Körper der Auserwählten, zog sie in einen Nebenraum und kehrte zurück um, noch atemlos, die Vorzüge der Unglücklichen zu rühmen, die sich für solche Ehre noch bedanken mußte. Mit seinen sämtlichen Schwestern trieb der Kaiser Unzucht und rühmte sich dessen laut. Caligula hatte eine große Vorliebe für ägyptische Götterkulte und erbaute in Rom den ersten Isistempel. Da er sich in seiner angemaßten Göttlichkeit den früheren ägyptischen Pharaonen verwandt fühlte, ließ er die Geburt seiner Tochter Julia nach ägyptischem Ritual tagelang feiern. Caesonia, die Mutter dieses Kindes, hatte Caligula ihrem Mann weggenommen und bald darauf zur göttlichen Gemahlin erklärt. Eine unerklärliche Leidenschaft verband ihn mit dieser wenig schönen, ihm aber charakterlich sehr ähnlichen Frau, und er hat sie zeitlebens trotz seiner zahllosen Liebschaften nie verstoßen.

Viel Übles wäre noch von diesem Kaiser zu berichten, doch soll vorerst nur noch erwähnt werden, wie sich seine Herrschaft auf Palästina auswirkte. Die Rücksicht eines Augustus und Tiberius gegenüber der besonderen Probleme dieser Provinz kannte Caligula nicht. Der Befehl, seine Götterstatuen im ganzen Reich aufzustellen, sollte natürlich auch für Judäa gelten, obwohl man dem Kaiser dringend davon abriet.

Der unselige Publius Petronius bekam als Legat von Syrien den Befehl, in Jerusalem einzumarschieren, um dort im Tempel die Kaiserbildnisse aufzustellen. Man kann sich denken, welchen Aufruhr es verursachte, als dieser Befehl in Judäa bekannt wurde. Ich selbst habe die Ereignisse nur aus der Ferne miterlebt, da ich damals schon in Athen lebte, doch mein späterer Freund Gaius Petronius, ein Neffe des syrischen Legaten, hat es mir berichtet. Sein Onkel war ein ehrbarer römischer Beamter von der alten Art und hätte wohl eher Selbstmord als ein Unrecht begangen. Mit dem kaiserlichen Befehl in der Tasche war er nun allerdings im Recht, doch brachte er es nicht übers Herz, ihn auszuführen. Die Juden aus halb Palästina strömten nämlich in Tiberias zusammen, lagen Tag und Nacht vor dem braven Mann auf den Knien und flehten ihn an, einen Ausweg zu finden. Sie wollten nach der üblichen halsstarrigen Art meines Volkes lieber sterben als diese Schmach mit anzusehen. Man mag darüber denken wie man will, doch soll man über religiöse Gefühle nicht richten.

Petronius' Antwort auf die immer dringlicher werdenden Bitten der Juden ist wörtlich überliefert: »So will ich denn lieber meine Person in Gefahr bringen, da ich entweder den Kaiser mit Hilfe der Götter umstimmen und so mit euch zusammen gerettet werden kann, oder er gerät in Zorn – dann will ich mein Leben opfern für so viele Menschen.«

Nach diesem Bescheid gingen die Juden halbwegs beruhigt in ihre Städte und Dörfer zurück, während Petronius mit seinem Heer nach Antiochien marschierte. Von dort aus teilte er dem Kaiser mit, wie die Sache stand und riet ihm dringend, den Bitten der Juden nachzugeben, wenn diese Provinz nicht zugrunde gehen sollte.

Inzwischen hatte Herodes Agrippa, ein Enkel des großen Herodes, seinen Jugendfreund und Saufkumpan Caligula halbwegs zur Einsicht bewegen können, worauf der Kaiser seinen Befehl wenigstens für den großen Tempel in Jerusalem widerrief.

Petronius aber sollte für seine Nichtbeachtung des göttlichen Befehls zum Selbstmord aufgefordert werden. Der aufrechte Mann hatte jedoch das Glück, daß der betreffende kaiserliche Brief durch Meeresstürme erst mit einer Verspätung von drei Monaten eintraf. Siebenundzwanzig Tage vorher hatte aber Petronius bereits die Nachricht von der Ermordung des Caligula erhalten. Ich selbst erfuhr es in Athen und werde noch ausführlicher davon berichten. Petronius wurde von Claudius, dem Nachfolger des wahnsinnigen Caligula, ehrenvoll nach Rom zurückberufen, wo er als enger Vertrauter des neuen Kaisers noch einige Jahre lebte.

6

Ich hatte das dreißigste Lebensjahr gerade überschritten, als ich meine erste Schiffsreise antrat. Sie verlief so ruhig und ereignislos, daß es nichts von ihr zu berichten gibt. Weder erlebte ich einen Sturm, noch litt ich an der Seekrankheit. Untertags saß ich meist in einem bequemen Stuhl an Deck, genoß die frische Brise, verfolgte den Flug der Seevögel und ergötzte mich am Spiel der Delphine, die unserem Schiff während mehrerer Tage folgten.

Der Kapitän, ein kleiner, fetter Grieche mit braungebranntem Kahlschädel und schlauen, flinken, immer nur spaltbreit geöffneten Augen, befuhr seit vielen Jahren die Ägäis und das östliche Mittelmeer. Gern kam er ins Erzählen.

»Zu Zeiten meines Vaters, der auch schon ein Schiff besaß, war die Seefahrt noch ein gefährliches Geschäft. Nirgends war man vor den Piraten sicher, die mit ihren flinken, wendigen Seglern blitzschnell aus versteckten Buchten hervorstießen. Dann gab es für die schweren und langsamen Handelsschiffe kein Entkommen mehr. Wer sich wehrte, wurde niedergemacht, alles Wertvolle schleppten sie davon, und die reichen Passagiere kamen erst gegen Lösegeld frei. Seit Kaiser Augustus, möge er glücklich sein unter den Göttern, ist es damit vorbei. Zwischen Spanien und Palästina ist unser Meer heute so sicher wie die Agora in Athen. Das haben wir allein Rom – die Götter mögen es ewig dauern lassen – zu verdanken.« Er nickte mir freundlich zu und schaute dann prüfend zum Himmel. »Du wirst diese Seereise in glücklicher Erinnerung behalten, Herr, denn Poseidon und Zeus scheinen in ihren olympischen Gefilden selig zu schlummern. So haben Wasser und Himmel ihre Ruh – und wir dazu.«

Der Kapitän behielt recht. Wäre nicht bei unserer Ankunft in Piräus ein Matrose ins Wasser gefallen, so gäbe es von dieser Reise gar nichts zu berichten. Seit Themistokles diesen Ort zum Hafen Athens bestimmte, entwickelte Piräus sich zur bedeutenden Stadt mit gewaltigen Hafenanlagen. Wenn auch Sulla sie bei seinem Griechenlandfeldzug zum großen Teil zerstörte, so wurde doch bald wieder aus ihr, was sie noch heute ist: Athens Tor zur Welt.

Ich muß gestehen, daß Rom mich später nicht so tief beeindrucken konnte wie damals Athen, die gewaltigste Stadt des Ostens, Sitz und Herkunft aller Kultur – auch der römischen.

Nachdem ich eine vorläufige Herberge gefunden hatte, wanderte ich Tag um Tag mit offenen Augen und Ohren zwischen Tempeln, Theatern und Palästen umher, fiel jeden Abend todmüde auf mein Lager, um dann am Morgen wie durch Magie wieder hinausgetrieben zu werden in das wirre, bunte und laute Leben dieser wundervollen Stadt.

Von römischer Herrschaft war in Athen nichts zu spüren, da es den Status einer freien Stadt besaß und jede politische Bedeutung verloren hatte. Man kann sagen, daß die ganze Provinz Achaia, also im wesentlichen das Gebiet der früheren griechischen Stadtstaaten, von den Römern gehätschelt und gepflegt wird wie keine andere Provinz.

Es war mir immer wieder eine Freude, die römischen Reisenden in Athen zu beobachten, wenn sie mit vorsichtigen Schritten zwischen den Säulen uralter Tempel wandelten und mit ehrfurchtsvollem Schweigen die von den Fremdenführern aufgetischten faustdicken Lügen schluckten.

Meine Wohnung in der Fremdenherberge begann mich bald zu beengen, und ich sehnte mich nach einem eigenen Heim, das ich nach meinem Geschmack ausstatten konnte, wo ich Platz für meine Bücher fand und wo es möglich war, Freunde zu empfangen und zu bewirten. Die von meinem Vater ererbte Bibliothek war bisher in Chariot geblieben, doch in Athen wollte ich sie bei mir haben.

Die Griechen sind ein sehr geschäftstüchtiges Volk, so daß es mir nicht schwerfiel, schnell eine geeignete Wohnung zu finden. Ich hatte beim Nachtmahl in der Gaststube meiner Herberge nur kurz die Bemerkung fallenlassen, daß ich ein ruhiges, aber nicht zu abseits gelegenes kleineres Haus mieten wollte, als mein Tisch kurz darauf schon von zahlreichen Vermittlern und Agenten umlagert war. Ich entschied mich schließlich für ein gutgebautes, fast etwas zu großes Gebäude in der Nähe des Dipylontores. Nach außen wirkte es eher bescheiden, doch sein Inneres war in einen großen Speisesaal, drei kleinere Räume und eine mit allem Nötigen versehene Küche wohlgegliedert. Im Obergeschoß befanden sich noch einige Dienerkammern, dazu gab es einen angenehm kühlen Kellerraum für die Vorräte. Der Vermittler wollte mir auch gleich einen ausgezeichneten Koch sowie zwei Haussklaven aufschwatzen, aber ich lehnte ab, denn mit dieser Suche gedachte ich mich selber zu befassen.

Man hielt in Athen aufs Essen große Stücke und jagte sich gegenseitig die berühmten Köche und Köchinnen ab. Es war auch schwierig, in dieser Stadt den vielfältigen Verlockungen raffiniert zubereiteter Speisen zu entgehen. Selbst einfachere Leute leisteten sich einmal am Tag eine Mahlzeit mit mehreren Gängen, die allgemein um die Stunde des Sonnenuntergangs eingenommen wurde und wozu man sich gerne gegenseitig einlud. Um diese Zeit duftete die ganze Stadt nach Gesottenem und Gebratenem.

Athen war berühmt für seine vielen Brotsorten, die von flaumleichten Gebilden aus mehrfach gesiebtem Weizenmehl bis zu den billigen, steinharten Fladen aus schwerem Gerstenmehl reichten. Kuchen wurden in jeder nur möglichen Form und Geschmacksrichtung angeboten. Jeder größere Bäcker führte zumindest Sesam-, Mohn-, Honig-, Mandel-, Rosinen-, Kümmel-, Anis- und Topfenkuchen. Sehr beliebt, aber auch ziemlich teuer waren die wundervoll gewürzten, mit Fleisch, Käse und Honig gefüllten Kandyloskuchen, die man ofenfrisch, aber auch kalt essen konnte. Ich habe später in Rom nicht annähernd diese Vielfalt an Mehlgebackenem gefunden. Eine besondere Vorliebe besaßen die Athener für das mir als Juden wenig vertraute Schweinefleisch, das gekocht, gebraten, gepökelt, süß, sauer, salzig und raffiniert gewürzt bei kaum einem Mahl fehlte. Daneben überboten sich die Metzger in zahlreichen Wurstsorten, in denen sie oft Rind-, Ziegen-, Hammel- und sogar Eselsfleisch vermischten. Eine noch größere Rolle aber spielten die Fische, und damit trifft sich der römische mit dem griechischen Geschmack. Von den ägäischen Inseln und den Hafenstädten am Hellespont gelangten täglich riesige Wagenladungen unzähliger Fischsorten in das hungrige Athen.

Begehrt und teuer waren die zarten Aale vom Strymon, vom Maiandros und aus dem Kopais-See. Billige Fische lieferte das Meer, von den Makrelen, die nur ein paar Kupfermünzen kosteten, bis zu dem teuren Thunfisch, dessen Brust man als besonderen Leckerbissen schätzte. Der kleine graublaue Glaukos galt als erlesene Delikatesse, die man nur seinen besten Freunden anbot. Tintenfische, Seeigel, Kamm- und Miesmuscheln wurden roh oder gekocht gegessen und zählten zur gewöhnlichen Kost der ärmeren Leute, die sogar den schwerverdaulichen und stinkenden Rochen aßen, der nur nach stundenlangem Kochen und mit entsprechender Würze genießbar ist.

Noch ein Wort zum Geflügel, dessen kleinere Arten wie Drosseln, Wachteln, Ammern und Trappen als Vorspeise sehr beliebt waren. Mastgänse und -enten waren wohlfeil und bei den körperlich arbeitenden Menschen, die das Fett besser vertrugen, recht beliebt, während die Reichen ihre Tafeln mit zarten Zuchthühnern aus Delos und Tanagra oder paphlagonischen Fasanen und Rebhühnern zierten.

Den besonderen Stolz berühmter Köche aber bildeten die Soßen. Irgendeine würzige Tunke lieferte fast jede Garküche, doch der aus stundenlang gekochten Fischen und Fleisch gewonnene und mit vielerlei Gewürzen verfeinerte Absud war die Freude wohlhabender Feinschmecker, die gerne von einem Stadtende zum anderen pilgerten, um diese Genüsse aufzuspüren.

Wenn ich hier einen kleinen Teil der in Athen gebotenen Gaumenfreuden schilderte, so will ich damit der in Rom noch immer herrschenden Meinung entgegentreten, Athen bestände nur aus Schulen, Bibliotheken und streitenden Philosophen, die sich abends wie Diogenes mit Fladenbrot und Wasser in einer Tonne zur Ruhe legen.

7

Athen war eine lebensfrohe, gelegentlich laute und sehr geschäftige, aber äußerst gesittete Stadt. Etwas mit dem untätigen, vom Kaiser ernährten römischen Pöbel Vergleichbares habe ich dort nicht angetroffen. Noch ein Unterschied fiel mir auf, als ich später nach Rom übersiedelte. Rom wimmelt von Sklaven; jeder Handwerker, jeder Kaufmann besitzt einen oder mehrere. Man kann ruhig sagen: körperliche Arbeit ist in Rom Sklavenarbeit, und mit Sklaven verfährt man trotz der neuen Gesetze zum Teil noch immer sehr übel. In Athen fand ich Sklaven nur in den Häusern der Reichen, bei den Gutsbesitzern, in den großen Töpfereien und Webereien und bei den wohlhabenden Handwerkern. Dort wurden sie durchweg gut behandelt, saßen häufig mit ihren Herren bei Tisch, nahmen an allen religiösen Festen teil und waren gut genährt und gekleidet. Sklaven zu prügeln galt allgemein als unschicklich, Sklavinnen gegen ihren Willen beizuschlafen, verbot das Gesetz. Schon Epikur erhob die Forderung, Sklaven nicht zu bestrafen, sondern sich ihrer zu erbarmen. Zenon, der Stoiker, tat den Ausspruch: »Wenn ich krank bin, will ich nicht anders behandelt werden als meine Sklaven.«

Natürlich gab es auch in Athen einen Sklavenmarkt, doch war ich anfangs nicht gesonnen, mir dort einen Hausdiener zu besorgen. Man hatte mir geraten, mich an einen der Vermieter von Dienstpersonal zu wenden. Dies hatte den Vorteil, daß man den Diener so lange auswechseln konnte, bis ein wirklich geeigneter gefunden war, während der Kauf eines Sklaven wesentlich mehr Verpflichtungen mit sich brachte. Ich hatte mein Erlebnis bei Jonas in Tiberias nicht vergessen und wollte ein ebenso guter Herr werden wie er. Mit der Absicht, mich nach einem jungen, gut ausgebildeten, auch im Kochen erfahrenen Hausknecht umzusehen, spazierte ich eines Morgens zum römischen Markt, wo man mir mehrere Namen von Sklavenverleihern genannt hatte. Auf der weiten Fläche dieses Platzes hatte sich gerade eine Gruppe von Gauklern breitgemacht, die mit syrischen Musikinstrumenten einen Höllenlärm vollführte, um möglichst viele Zuschauer herbeizulocken. Feuerschlucker, Seiltänzer, Schlangenbeschwörer und ein Rudel winziger dressierter Hunde liefen bunt durcheinander, ohne daß einer den anderen behinderte. Es schien als sei diese so verwirrende Szene vorher sorgfältig einstudiert worden.

Etwas am Rande zeigte eine Gruppe von Akrobaten ihre Künste, wobei mir ein junges Mädchen mit feinen, doch kräftigen Gliedern auffiel, das offensichtlich von den schwierigen Künsten des Gliederverrenkens noch wenig gelernt hatte, aber wegen seiner Jugend und der anmutigen Gestalt vom Leiter der Gruppe immer wieder unsanft in den Vordergrund gedrängt wurde. Sie trug eine kurze Tunika aus ungefärbtem Leinen, die kaum ihre Oberschenkel bedeckte, und sollte offensichtlich zum Gaudium des lüsternen Publikums einen Kopfstand machen, um ihren schönen Leib zu entblößen. Da sie sich störrisch zeigte, zerrte ihr Peiniger sie an den Haaren und begann sie schließlich, als er nichts erreichte, mit einem Rohrstock kräftig auf Schenkel und Waden zu schlagen. Einige lachten und feuerten den Mann mit Rufen an: Nur zu! kräftiger! Die wird's auch noch lernen! Andere aber zeigten ihren Unwillen, denn die Athener lehnen im allgemeinen Gewalt und Grausamkeit ab.

Mich übermannte schließlich der Zorn, und ich drängte mich durch die Menge, bis ich dicht vor dem Schläger stand, dessen kräftige Glieder so stark behaart waren, daß er mit seinen krummen Beinen einem Affen ähnelte.

Wütend riß ich dem Überraschten seinen Stock aus der Hand, versetzte ihm einen Schlag ins Gesicht und warf den Stock mit weitem Schwung in die Menge. Begeistertes Klatschen belohnte mich für diese Tat, als gehöre ich zu den Akrobaten und habe ein besonders schwieriges Kunststück vollbracht. Dem Krummbeinigen schoß das Blut aus der breiten Nase, er sprang zurück, maß mich mit böse glitzernden Augen, grunzte wie ein Eber und schien bereit, mich anzugreifen. Ich tat das einzig richtige, holte schnell eine Drachme aus meiner Tasche und warf sie ihm zu, wie man ein wildes Tier mit einem Leckerbissen beruhigt. Sogleich huschte ein Grinsen über das blutverschmierte Gesicht, und eine behaarte Pranke fing das blinkende Geldstück geschickt aus der Luft.

»Dafür lasse ich mich auch prügeln!« rief es laut aus der Menge und alle lachten, auch der Krummbeinige mit seinen Akrobaten. Dann zog er mich beiseite. Mir wurde fast übel von seinem Bocksgestank. Das aus seinem Munde kommende Grunzen hatte wenig Ähnlichkeit mit dem attischen Griechisch, doch war ich auch in den Dialekten bewandert, so daß ich ihn halbwegs verstand.

»Was soll ich machen, Herr? Sie stammt aus Lampsakos und hat mich tausend Drachmen gekostet. Ich werde dir den Kaufbrief zeigen. Tausend Drachmen! Ich wollte sie zur Akrobatin ausbilden – sie hat einen biegsamen Leib, du verstehst, sie ist jung, das bringt Geld – doch vergebens, sie ist störrisch wie eine Eselin, lernt nichts, versteht nichts, auch Prügel helfen nichts, du hast es ja selber gesehen. Da habe ich mir etwas Schönes eingehandelt! Tausend Drachmen!«

Ich ließ ihn reden, mein Gehirn arbeitete fieberhaft. Dann ermahnte ich mich und dachte: warum nicht? Warum auch nicht ...? »Sage deinen Leuten, sie sollen auf dich warten; ich habe mit dir zu reden.«

Wir nahmen in einer Schenke Platz und ich wartete, bis zwei Becher Wein vor uns standen.

»Ich kaufe dir das Mädchen ab. Was soll sie kosten?«

Seine kleinen schwarzen Augen begannen begehrlich zu glitzern, seine behaarten Klauen zuckten, als griffen sie schon nach dem Beutel. »Ich will nichts an ihr verdienen, für mich ist sie wertlos, das sagte ich schon. Gib mir, was ich selbst bezahlte: tausend Drachmen, und sie ist dein.«

»Zeige mir den Kaufbrief!«

Da verdrehte der Akrobat seine Augen und meinte betrübt: »Der Kaufbrief – ja, ich hatte ihn, doch o Unglück! Poseidon war uns nicht wohlgesonnen, es gab einen Sturm, ein Teil unserer Habe ging über Bord – ein schweres Unglück!«

»Du hast das Mädchen also geraubt?« Ich stand auf. »Das ist ein Fall für die Gerichte, damit will ich nichts zu tun haben.«

Der Behaarte zog mich heftig auf meinen Sitz zurück.

»Herr, du kennst die Richter! Es wird eine tagelange Verhandlung geben, was hätten wir davon? Frage sie selbst! Ich habe sie ihrem Vater – der Arme war mit fünf Töchtern geschlagen – ganz ehrlich abgekauft. Hermes rufe ich zum Zeugen an!«

Ich lachte. »Ist Hermes nicht auch der Gott der Diebe? Ich zahle dir fünfhundert Drachmen, und wir lassen den Richter aus dem Spiel. Nun?«

Da begann er zu jammern, goß seinen Wein auf den Boden, schlug die Hände vors Gesicht und raufte sich seine verfilzten Haare. »Achthundert, Herr, gib mir wenigstens achthundert, damit mein Verlust nicht zu groß wird!«

Wir einigten uns auf sechshundert. Der Behaarte stank so entsetzlich, daß ich zu weiteren Verhandlungen nicht mehr fähig war.

Er holte das Mädchen und wir gingen zu meinem Geldhändler, der ein Bank- und Wechselgeschäft betrieb. Auch er wollte den Kaufbrief sehen, doch ich versicherte ihm, daß die Sache rechtens sei.

So ging das Mädchen als Sklavin in meinen Besitz über.

Im Kaufbrief stand: Stratonike aus Lampsakos, etwa fünfzehn Jahre alt, helle Haut, graue Augen, glattes schwarzes Haar, Jungfrau.

»Soll ich ihre Jungfräulichkeit prüfen lassen?« fragte mein Geldhändler.

»Nein, sie hat es selber bestätigt.«

Mir war seltsam zumute. Einen Diener hatte ich mir besorgen wollen, eine junge, hübsche, jungfräuliche Sklavin brachte ich nun in mein Haus. Schweigend und mit gesenktem Kopf schritt sie hinter mir her, bis wir am Ziel waren.

Ich zeigte ihr die Küche und das angrenzende Zimmer. »Dies ist jetzt dein Reich, Stratonike. Kannst du kochen?«

Zum ersten Mal blickte sie mich voll an. Ihre großen grauen Augen waren so klar wie schimmernde Bachkiesel. Mit ihrem vollen, eher großen Mund, der schmalen geraden Nase und der etwas niedrigen Stirn war sie das Urbild frischer bukolischer Weiblichkeit.

Noch ehe sie eine Antwort fand, fragte ich weiter: »Wer waren deine Eltern? Wurdest du geraubt oder gekauft?«

Lampsakos, das wußte ich, war eine bedeutende Stadt am Hellespont. Der Philosoph Anaximenes hatte sie durch seine Fürbitte einst vor der Zerstörung durch Alexander gerettet.

Stratonike sprach ionischen Dialekt, den ich gut verstand. Sie redete mit leiser, dunkler und etwas rauher Stimme: »Mein Vater, Herr, war Bauer. Ich wurde nicht geraubt, sondern verkauft, doch haben sie meinen Vater dabei betrogen. Meine Eltern sind sehr arm – ich habe zwei Brüder und vier Schwestern – so kam ich – so wurde ich –«

Sie schwieg, und ihre grauen Augen schwammen in Tränen. Um sie abzulenken, fragte ich: »Was trägst du da um den Hals?«

Sofort schloß sich ihre Hand schützend um das kleine, an einem dünnen Lederband hängende Figürchen. Blitzschnell kam mir meine Begegnung mit Susanna in Erinnerung. Hatte die Sklavin im Hause des Jonas nicht auch etwas am Hals getragen?

»Es ist das Zeichen des Priapos, der unsere Stadt gegründet hat.«

Ich beugte mich vor und erkannte einen winzigen, aus schwarzem Stein gefertigten Phallos. Die Griechen, besonders die Landleute verehren diesen Gott als Fruchtbringer und erflehen seinen Segen für Weinberge, Gärten, Felder, Ziegen, Schafe, Fischfang und Bienenzucht. Nur selten wurden ihm Tempel erbaut, man errichtete ihm Opferstätten auf freiem Feld. Seine Gestalt war die eines alten Mannes mit übergroßem steil aufgerichtetem Phallos. Er galt aber auch als Gott der Geschlechtslust.

»Ist Priapos nicht ein Sohn des Dionysos und der Aphrodite?«

Sie nickte, als sei es ganz selbstverständlich, dies zu wissen.

»Ich frage dich ein zweites Mal: Kannst du kochen?«

»Ich kann kochen, kann auch alle Haus- und Feldarbeit verrichten.«

»Bei mir gibt es keine Feldarbeit, Stratonike. Du sollst mir den Haushalt führen, meine Kleider in Ordnung halten, zum Markt gehen, kochen, und wenn ich Gäste habe, sie bewirten.«

»Was ich nicht kann, werde ich lernen.«

»So ist's recht.« Ich stand auf und murmelte noch: »Und ich werde dir ein guter Herr sein.«

8

In Athen gab es mehrere ausgezeichnete Bibliotheken, deren ständiger Gast ich war. Ich begann meine »Geschichte Griechenlands« mit dem Trojanischen Krieg und wollte sie mit der Epoche des Augustus beenden. Auch wer wie ich das zurückgezogene Leben eines Geschichtsforschers führte, kam in Athen nicht umhin, sich einem Freundeskreis anzuschließen. Man traf sich in den Bibliotheken, auf der Agora oder abends beim Mahl. Neben gutem Essen und einem feurigen Wein liebt der gebildete Athener nichts so sehr wie das Gespräch, besser gesagt: das Streitgespräch. Kaum ist ein Thema gefunden, hagelt es schon Thesen und Antithesen. Nur mit der Synthese hat es seine Not, denn sich allzuschnell einigen hieße allzuschnell das Gespräch beenden. Soll ich aus dem Abstand der vielen Jahre meine damaligen Freunde nennen, so fällt mir zuerst Theron, der Bibliothekar, ein. Er arbeitete in der großen Stadtbibliothek und galt als lebendiges Lexikon. Ich brauchte nur zu fragen: Wo finde ich etwas über Perikles oder den Perserkrieg, und er wußte sogleich, wer darüber geschrieben hatte, wie zuverlässig es war und wo es lag. Theron war einige Jahre jünger als ich, lebte im Haus seiner Eltern und bewährte sich als treuer, immer pünktlicher Freund, auch wenn er mir später großen Kummer bereitete. Seinem von einem Philosophenbart umrahmten Gesicht war jeder Mißmut fremd. Wenn er auch gewöhnlich ein ernstes Gesicht zur Schau trug, lachte er doch gern und fand kein Ende, wenn es um sein Spezialgebiet, die griechische Götterwelt, ging. Er vertrug nicht allzuviel Wein und war Frauen gegenüber sehr schüchtern. Als ich ihm Stratonike vorstellte, kam er ins Stottern, lachte verlegen und fragte: »Du hast – hast du sie – ich meine – also – geheiratet?«

Alle lachten.

»Lieber Theron, sie ist meine Sklavin, ich habe sie gekauft. Diese ungeflügelte Nike ist mein guter Hausgeist.«

Von da an blieb der Name Nike an dem Mädchen haften.

Am lautesten lachte Haimos, ein junger Arzt, der in allem Therons Gegenteil war. Er ging nach römischer Mode glattrasiert, bekannte sich zur stoischen Lehre, glaubte nicht an die Götter und kannte in jedem Athener Freudenhaus jedes Mädchen. Äußerlich gab er sich ernst und würdig, weil das seinen Patienten, wie er meinte, Respekt einflößte. Er war ein Anhänger der alexandrinischen Schule und vertrat die Ansicht, Medizin bedeute unablässige Forschung. Jedes Dogma lehnte er ab, weil, wie er meinte, für den einen Patienten gut sei, was dem anderen schlecht bekomme, auch wenn sie an der gleichen Krankheit litten. Wenn er auch die Historia, also das überlieferte Erfahrungswissen nicht ablehnte, so forderte er doch dessen ständige kritische Prüfung.

»Da laufen diese Pseudo-Ärzte mit Büchern herum, die irgendwelche Kurpfuscher vor zweihundert Jahren verfaßt haben, und bezeichnen es als Ratschluß der Götter, wenn sie ihre bedauernswerten Patienten zu Tode kuriert haben.«

Haimos rühmte sich gerne, Hunderte von Leichen seziert und dabei jedesmal etwas Neues gelernt zu haben. Seine Götter waren nicht Zeus, Poseidon oder Ceres, sondern Diät, Hygiene und Prophylaxe.

»Vorbeugung ist der beste Arzt«, war sein Wahlspruch. Schien ihm das Essen zu üppig oder der Wein zu schwer, dann schalt er uns Selbstmörder, die sich in ihrem Magen das eigene Grab schaufeln. Was aber nicht heißen soll, daß Haimos den Freuden der Tafel abgeneigt gewesen wäre.

Einmal sagte er zu mir: »Du mußt das ganz individuell betrachten, lieber Fulvius. Dem einen dienen fünf Becher zur Gesundheit, den anderen bringen zwei Becher um. Dies zu entscheiden, sind wir Ärzte da.«

Er selber hielt sich allerdings eher an die fünf Becher.

Eine Woche, nachdem Nike in mein Haus gekommen war, lud ich einige meiner Freunde zu einem Symposion. Haimos betrachtete sich das Mädchen genau und flüsterte mir dann zu: »Ein Liebesakt pro Nacht ist für einen Mann deines Alters genug – ich hoffe, du weißt das, mein Freund. Solltest du zu einem zweiten imstande sein, so mußt du einen Tag aussetzen. Dies rät dir dein Freund und Arzt.«

Ich blieb ganz ernst und antwortete: »Sie ist noch Jungfrau, lieber Haimos, und wird es wohl auch bleiben, da ich, wie du weißt, mehr der Knabenliebe zuneige.«

Auch Haimos blieb ernst. »Du mußt auch an ihre Gesundheit denken. Vom Standpunkt des Arztes wäre zu bemerken, daß der regelmäßige Beischlaf für ein mannbar gewordenes Mädchen im Sinne der Hygiene unbedingt erforderlich ist. Wer wäre dazu besser geeignet als ein junger gesunder Arzt? Ich selbst werde mich des Mädchens annehmen.«

Mit Haimos zu reden war mir immer eine Quelle der Freude.

Nike gab kaum einen Anlaß zum Tadel. Ihre anfangs bescheidenen Kochkünste verbesserten sich von Woche zu Woche, da ich ihr immer neue Rezepte besorgte. Sie konnte weder schreiben noch lesen, aber es genügte, ihr ein Rezept zweimal langsam vorzusagen. Sie vergaß nichts und wußte von Gewürzen, Soßen, Fisch- oder Fleischzubereitung bald ebensoviel wie jede Athenerin. Ihre natürliche Anmut, ihr Lerneifer, ihr Bemühen, mir alles recht zu machen, versüßten mir die häuslichen Stunden.

Mir wurde aber auch mehr und mehr bewußt, daß ein anmutiges, junges weibliches Wesen Nacht für Nacht unter meinem Dach schlief und daß ich fordern konnte, was der Herr von einer Sklavin in der Regel erwarten, aber nicht erzwingen durfte.

Nike ging ganz in ihren häuslichen Pflichten auf, schien aber nicht geneigt, in ihrem Herrn auch einen Mann zu sehen.

Ich wiederum hatte mir geschworen, keinen Zwang auf sie auszuüben, wenn ich mir auch im Laufe der Zeit eingestehen mußte, daß sie mir von Tag zu Tag besser gefiel. Ich schämte mich nicht, in ihr Küchenreich einzudringen, um sie dort schweigend bei ihrer Arbeit zu betrachten. Es war ihr leicht anzusehen, daß sie solches nicht schätzte, doch sah ich manchmal ihre klaren grauen Augen – wie Kiesel in einem Bergbach – mit einem, wie mir schien, liebevollen Ernst auf mich gerichtet, als wollte sie sagen: Du bist der Mann, du bist der Herr, an dir ist es, den ersten Schritt zu tun.

Als ich diesen ersten Schritt schließlich tat, fiel er recht jämmerlich aus.

Theron, der vielwissende Bibliothekar, hatte unsere Freundesrunde zu einem Nachtmahl geladen, da seine Eltern einige Tage außer Haus waren. Wir alle wußten, daß Therons Beutel meist an Magersucht litt und brachten die Speisen mit, so daß er nur für den Wein zu sorgen hatte. So fanden wir zu unserer Freude die stattliche Amphore eines fünfjährigen Chiosweines neben der Tafel. Feierlich löste Theron das dicke Wachssiegel, wies uns den Stempel und füllte unsere Becher.

Weil es Abend war, tranken wir den schweren dunklen Wein unvermischt. Nach Athener Sitte mußte jeder Becher mit einem Trinkspruch auf irgend jemand geleert werden, wobei sich besonders Haimos, unser junger Arzt, hervortat, der mehr weibliche Namen wußte, als er imstande war, Becher zu leeren. Theron, der nichts vertrug, beflügelte der starke Wein zu klangvoller Rede. Er zitierte pausenlos aus den klassischen Büchern sämtlicher Dichter und Historiker, die er auswendig zu kennen schien. Bald begann seine Zunge zu stolpern, und mit schwerer Stimme lallte er das Zitat:

»Seht Freunde, das ist hellenisches Trinken:
Wer aus mittelgroßen Bechern trinkt,
sich gern unterhält in vernünftiger Rede.
Wer anderes tut, trinkt nicht, sondern
ist unmäßig wie ein Barbar.«

Alexis, der kunstreiche Töpfer und Maler, den wir alle liebten, mußte daraufhin so lachen, daß er sich verschluckte, blau anlief und pfeifend nach Luft rang. Vielleicht wäre er tatsächlich erstickt, hätte nicht Haimos seine Luftröhre durch dröhnende Schläge auf den Rücken wieder freigemacht.

Auch ich war zuletzt so trunken, daß mir der Wein beinahe aus den Ohren lief.

Haimos, der in meiner Nähe wohnte, begleitete mich nach Hause, wobei wir einander stützten und laut grölend sapphische Liebeslieder sangen.

Vor meinem Haus gebot er mir flüsternd Schweigen. »Du wirst die holde Nike wecken, mein Freund – aus dem Schlafe wecken –, vielleicht zum Weib erwecken –?« Er kicherte, machte obszöne Gebärden, wand sich und stöhnte wie in Liebeslust: »Oh, mein Fulvius, oh, oh – Fulvius ...«

»Du geiler Esel!« schalt ich ihn, stieß ihn beiseite und versuchte, meine Tür zu öffnen.

»Der Esel«, zitierte Haimos mit feierlicher Stimme, »ist dem Priapos heilig!«

Als die Türe von innen geöffnet wurde, fiel ich in gestreckter Länge in mein Haus. Lachend und torkelnd machte Haimos sich davon. Nike half mir auf die Beine und geleitete mich in meinen Schlafraum. Ich aber wollte nicht schlafen, ich setzte mir plötzlich ein kühles Bad in den Kopf.

»Mit Wasser, teure Nike, mit Wasser sollst du mich erfrischen.«

Ich streifte meine Kleider ab, trat hinaus in den Hof und forderte die kopfschüttelnde und noch etwas schlaftrunkene Nike auf, mir Wasser übers Haupt zu gießen, was sie schließlich tat.

»Ich bin nicht nur ein Freund des Weins, auch das Wasser lieb ich sehr ...«, sang ich laut in die Nacht, bis Nike mich anflehte, still zu sein.

»Herr, ich bitte dich! Du wirst Streit mit den Nachbarn bekommen, bitte sei still.«

Das kalte Wasser hatte mich erfrischt und etwas ernüchtert. Ich hielt Nike, die wieder ins Haus gehen wollte, am Arm zurück. »Schau mich an, Nike, jetzt bin ich Priapos! Sehe ich nicht aus wie dein Gott? Freilich, sein steinerner Phallos ist größer und höher, doch meiner ist lebendig, warm und feurig. Da, fühle einmal!«

Nike senkte ihren Kopf und schwieg.

»Ah – so ist das!« schrie ich zornig oder besser gesagt: der Wein schrie es aus mir. »So ist das also! Du trägst ihn um den Hals, deinen seltsamen Gott, betest des Nachts in deiner Kammer zu ihm wie ich weiß, und wenn du ihm wahrhaft dienen sollst, mit deinem Leib, durch mich, deinen Herrn, dann stehst du da, versteckt und mit starren Gliedern!«

Nackt wie ich war, zerrte ich das nur schwach widerstrebende Mädchen ins Haus, vor mein Bett und deutete darauf.

»Du wirst dich jetzt hierhin legen, meine jungfräuliche Nike, und wirst mir aus freiem Willen schenken, was ich mit deinem Kaufpreis bezahlt habe!«

Da setzte sich Nike langsam auf mein Lager, hob ihr Gesicht und blickte mich traurig an.

»Herr, ich wußte, daß dieser Tag kommen wird. Ich bin deine Sklavin und muß dir in allem gehorsam sein, das weiß ich und ich will es auch. Stehen aber nicht die Götter über uns? Ihm bin ich schuldig, was ich dir verweigern muß!«

Dabei umfaßte sie den steinernen Phallos an ihrem Hals, küßte ihn und sagte noch einmal:

»Du verstehst mich doch? Ihm bin ich es schuldig, zuerst ihm!«

Ich verstand nicht, was sie meinte, doch sie sprach so ernst, so dringlich, daß mein Zorn verrauchte und meine Geilheit sich legte. Nike umfaßte mich mit ungeschickter Zärtlichkeit, drängte mich auf das Lager, streichelte mich und küßte mich, erweckte meine Lust von neuem und stillte sie mit ihrer kleinen festen Hand, worauf ich schnell einschlief.

9

Am nächsten Morgen erwachte ich mit schwerem Kopf, ließ mir von Nike ein heißes Bad mit belebenden Kräutern bereiten und begann, während ich mich im warmen Wasser entspannte, nachzugrübeln.

Nach dem Mahl hieß ich sie, sich bei mir niedersetzen.

»Ich habe mich gestern schlecht benommen und bedauere es, doch jetzt bist du mir Aufklärung schuldig. Wie ist das mit deinem Gott? Was schuldest du ihm?«

Nike schien meine Frage erwartet zu haben.

»Du mußt wissen, daß die Bürger von Lampsakos, meiner Heimatstadt, den Gott Priapos so sehr verehren wie die Athener ihre Stadtgöttin. In jedem Haus steht sein Bildnis, an den Feiertagen opfern wir ihm die Früchte des Feldes, Wein, Honig, Ziegen und Lämmer. Wir opfern ihm aber noch auf eine besondere Weise. Um Priapos für Haus und Hof, Acker und Herden günstig zu stimmen, weihen viele Väter ihm die Jungfräulichkeit ihrer Töchter. Auch mein Vater hat mich dazu bestimmt. Verstehst du mich jetzt?«

Ich schüttelte meinen Kopf. »Nur halb verstehe ich dich, Nike, nur halb. Wie soll ein steinerner Gott dich entjungfern? Tun dies die Priester an seiner Stelle?«

Nike wurde eifrig: »Nein, Herr, nicht die Priester. Sie sind zwar zugegen, doch der Gott selbst führt es aus. Mehr kann ich dir nicht sagen. Geh zum Dionysos-Tempel und sprich mit den Priestern. Sie werden es dir erklären.«

Mehr war aus Nike nicht herauszubekommen.

Ich aber ging nicht zum genannten Tempel, sondern zur öffentlichen Bibliothek. Mein Freund Theron, der alles über die griechische Götterwelt wußte, sollte mich aufklären.

Wenige Worte genügten, und er wußte Bescheid.

»Nun, Fulvius, die Sache ist einfacher als du denkst. Hier in Athen genießt Priapos wenig Ansehen, was nicht heißen soll, daß man ihm nicht auf mancherlei Weise dient.« Dabei zog ein verlegenes Lächeln durch Therons bärtiges Gesicht. »In Lampsakos aber, woher deine Nike stammt, ist Priapos der Herr der

Stadt und man weiht ihm gerne die Hymen der Töchter. Dabei geht es folgendermaßen zu. Nachdem das Mädchen sein fünfzehntes Jahr vollendet hat, führt man sie feierlich in den Tempel, wo die Priester sie in ihre Mitte nehmen, um sie ins Allerheiligste zu geleiten. Dort steht ein steinernes Bildnis des Priapos in Lebensgröße, nackt, nun, du weißt es ja – in der üblichen Art. Während die Priester ihre uralten Hymnen singen, wird der – nun ja –, der Phallos des Gottes mit heiligem Öl bestrichen. Die zwei obersten Priester entkleiden dann die Jungfrau mit den Worten: Dir, Priapos, heiliger Fruchtbringer, Gott der Weinberge, Herden und Felder, opfern wir das Hymen dieser Jungfrau. Nimm dieses Opfer gnädig an, sei uns allen geneigt, schütze diese Stadt! Heil dir, Priapos, heil! Dann heben die beiden Priester das Mädchen hoch und – nun ja – du kannst es dir denken ...«

Unbarmherzig forderte ich den vor Verlegenheit stammelnden Theron auf: »Nur weiter, mein Freund! Du bist der Gottesgelehrte, nicht ich. Sie heben also die nackte Jungfrau hoch und –?«

Fast wurde Theron wütend. »Ich hätte dir schon mehr Einbildungskraft zugetraut! Oder willst du mich nur ärgern? Also gut, sie heben sie hoch und – während die heiligen Hymnen ertönen – wird ihr Schoß langsam auf den steinernen Phallos gesenkt, bis der Gott sie entjungfert hat. Bist du jetzt zufrieden?«

»Besten Dank, guter Theron, für die gründliche Aufklärung. Nur noch eines. Da es in Athen meines Wissens keinen Tempel des Priapos gibt, wohin soll sich Nike also wenden?«

Wieder ganz eifrig geworden, belehrte mich Theron: »Du weißt, daß Priapos der Sohn des Dionysos und der Aphrodite ist. In jedem größeren Dionysostempel gibt es einen Altar für Priapos, wo sein Bildnis steht. Auch in Athen findest du es. Die Gestalt des Gottes ist nur halb lebensgroß, doch das, worauf es ankommt – sei beruhigt – besitzt die natürliche Größe.« Theron kicherte boshaft. »Führe also Nike zu ihrem Gott, und sie wird dir eine willige Geliebte sein.« Er gluckste vor Lachen und fügte noch hinzu: »Aus zweiter Hand. Du bist der Nebenbuhler eines Gottes, mein Fulvius, wer kann das schon von sich behaupten?«

Ich schüttelte ernst mein Haupt. »Theron, Theron, mit dir wird es ein böses Ende nehmen. Da du die Götter verspottest, solltest du bedenken, daß in Athen darauf die Todesstrafe steht!«

Theron liebte ironische Wortspielereien und gab zurück, wobei er seine Stimme senkte: »Ich glaube nicht an die Götter, doch ich verehre sie aus ganzem Herzen. Priapos sei mein Zeuge!«

Wie liebte ich meine griechischen Freunde und wie gerne gedenke ich der fröhlichen Jahre in Athen.

Am Tag darauf ging ich zum Tempel des Dionysos.

Meine jüdische Erziehung, aber auch die Lehre Jesu waren nicht so spurlos an mir vorübergegangen, daß mich nicht ein leiser Widerwille erfaßt hätte, als Theron mich über die Riten des Priaposkultes aufklärte. Es war aber offensichtlich, daß Nike sich lieber in Stücke schneiden ließ, als das Gelübde ihres Vaters zu mißachten. So machte ich mich auf den Weg zum Dionysos-Heiligtum, das mit seinem riesigen Theater und den beiden Tempeln einen weiten Bereich im Süden der Akropolis umfaßt. Die Wohnstätten der Priester liegen beim größeren neuen Tempel, der aber auch schon fünfhundert Jahre alt sein soll.

Dieser von einer Mauer umgebene Bezirk des Dionysos zählt zu den altehrwürdigsten heiligen Stätten der Athener und wurde während der Herrschaft des Peisistratos gegründet. Man darf auch nicht vergessen, daß das Athener Dionysos-Theater die Sternstunden der griechischen Dichtkunst erlebte, als Sophokles, Äschylos, Euripides und Aristophanes hier ihre Werke zum ersten Mal aufführten und um die Siegespalme stritten.

Wie man weiß, benötigt der Kult dieses Gottes keine großen Priesterscharen, da das eigene unmittelbare Erleben der dionysischen Ekstase keines Mittlers bedarf. Ich will später noch von einem Kultfest berichten, dem ich beiwohnte, möchte aber schon jetzt bemerken, daß der biedere römische Weingott Bacchus mit seiner griechischen Entsprechung wenig gemein hat. Frauen sind es vor allem, die den Dionysos in Griechenland verehren, denn nur Frauen sind zu einer solchen Hingabe, einer so völligen Loslösung vom Ich fähig, wie dieser Gott sie verlangt.

Ich wurde ins Haus des amtierenden Priesters geführt, eines dicken, asthmatischen Alten, der mich mit freundlichem Lächeln empfing und mir einen niederen Hocker zum Sitz wies.

»Ein Römer, wie? Athen genießen? Unsere Tempel, Bibliotheken, Bordelle und Gasthäuser sind schon eine Reise wert ... Nun, mein verehrter Gast, was führt dich zu mir?«

Ich lächelte höflich. »Ein Römer, ehrwürdiger Vater, der Rom noch niemals betreten hat, ein römischer Bürger aus Palästina, der demütig und dankbar die Wunder Athens genießt.«

Etwas wie Neugier trat in die Augen des Alten. »Ein Jude, ein Beschnittener? Mit eurem unsichtbaren einzigen Gott wissen wir wenig anzufangen, er ist uns zu weit entfernt. Dionysos ist immer nah, er wohnt in jedem Menschen, man muß ihn nur wecken.«

»Auch ich verehre das Göttliche, mein Vater, ich ehre es in jeder Form. Diesmal aber führt mich ein eher häusliches Problem zu dir. Meine aus Lampsakos stammende Sklavin Stratonike wurde von ihrem Vater dem Priapos geweiht. Sie ist in allem eine brauchbare Dienerin, doch mir scheint, daß dieses Gelübde sie belastet, und ich möchte ihr bei dessen Erfüllung behilflich sein.«

Der alte Priester schien sich zu freuen.

»Lampsakos!« rief er krächzend. »Ein heiliger, ein ehrwürdiger Ort, von Priapos selbst gegründet. Ich war dort, ich kenne den Tempel des Gottes. Freilich kann deine Stratonike das Gelübde auch hier erfüllen, denn in unserem alten Tempel steht sein Altar. Die Zeremonie ist allerdings geheim – nun, ich müßte mit dem Oberpriester sprechen, vielleicht, daß eine Naturalien- oder Geldspende? – Nun, man wird sehen.«

Ich winkte höflich ab.

»Ich beabsichtige keineswegs, die heilige Handlung durch

meine ungläubige Anwesenheit zu entweihen. Ich möchte aber, daß zwei Tempeldiener Stratonike in meinem Hause abholen und wieder dorthin zurückbringen. Für die Kosten komme ich auf.«

Ich legte fünf Drachmen auf ein kleines Tischchen, murmelte: »Zur Erhaltung des Theaters« und verabschiedete mich mit einer tiefen Verbeugung. Wie sehr die Priester aller Götter und Länder sich doch gleichen …

Als Nike das Nachtmahl auftrug, erzählte ich ihr von meinem Besuch im heiligen Bezirk.

Zuerst stand sie wie vom Donner gerührt, dann sank sie auf die Knie, küßte schluchzend meine Hände und stammelte: »Mein guter Herr … mein guter Herr … dafür will ich dir mein Leben lang dankbar dienen, werde tun, was immer dein Wille ist … verspreche dir …«

Ich entzog ihr meine Hand und unterbrach sie: »Versprich mir nicht zuviel in deiner großen Freude. Warum sollst du mir dein ganzes Leben lang dienen? Möchtest du nicht eines Tages frei sein?«

Sie blieb zu meinen Füßen hocken und dachte lange nach. »Frei sein … ? Weiß ich denn, was das ist? Zuerst gehörte ich meinem Vater, dann den Gauklern, und jetzt gehöre ich dir. Was sollte ich anfangen mit meiner Freiheit?«

»Aber, Nike, du willst doch einmal heiraten und Kinder haben wie jede Frau. Oder zieht es dich zu den Hetären ins Freudenhaus? Das ist freilich auch ein lustiges Leben, aber doch nur solange man jung ist. Später – später kannst du dir dann als Pförtnerin oder Hausdienerin dein Gnadenbrot verdienen, und das scheint mir weniger erstrebenswert.«

»Die meisten Hetären heiraten aber reiche Männer«, hielt Nike mir entgegen.

»Einige wohl, aber viele enden in der Gosse. So sieht die Wahrheit aus. Genug davon, heute über eine Woche, eine Stunde nach Sonnenaufgang, werden dich zwei Tempeldiener abholen und zu deinem geliebten Priapos geleiten. Ich hoffe, du vergißt nicht, daß auch dein Herr gerne diesem Gott opfern möchte – hier und mit dir!«

»Ich vergesse es nicht«, sagte sie leise, stand auf und ging an ihre Arbeit.

Schon tat es mir leid, sie so schroff an meine Wünsche erinnert zu haben. Ob Jonas, als er jung war, auch seine Sklavinnen in sein Bett gezwungen hatte? Jonas aus Tiberias, der mir das Vorbild eines guten Herrn war. Doch nicht zwingen wollte ich sie, ihr freier Wille sollte es sein, wie meiner. Was sollte einer Sklavin auch anderes übrigbleiben, als dem Herrn, mit dem sie unter einem Dach lebte, wenn er es wünschte, in allem den Willen zu tun? Was meine Nike betraf, so konnte es mir nur zum Vorteil gereichen, daß sie Priapos verehrte, den Gott der Wollust.

Am nächsten Tag traf ich Haimos in dem kleinen privaten Badehaus, das wir oft aufsuchten, obwohl es ziemlich teuer war, doch seine prächtige Ausstattung rechtfertigte den Preis. Hier gab es junge hübsche Badedienerinnen, das Wasser wurde oft gewechselt und duftete nach kostbaren Essenzen. Der Besitzer hatte vor kurzem Heißlufträume eingerichtet, wo man auf hölzernen Rosten nach Herzenslust schwitzen konnte. Das kleine Tauchbecken aus schönem grünen Marmor wurde mehrmals täglich mit Eisbrocken abgekühlt. Auch Alexandria und später Rom boten mir solche Genüsse, doch habe ich mich niemals wieder so wohl gefühlt wie damals in dem kleinen Athener Badehaus. Natürlich gab es noch ein großes Kaltwasserbecken, ein kleineres mit erwärmtem Wasser und sogar ein Meerwasserbecken, weil viele Ärzte diese salzigen Bäder bei verschiedenen Leiden verordneten.

Haimos lag gerade stöhnend auf der Massagebank, wo ihn ein kleiner stämmiger Mazedonier mit Armen wie ein Gladiator so kräftig durchwalkte, daß die Bank hin und her schwankte.

»Gnade, lieber Philippos, Gnade! Du siehst, mein Freund Fulvius ist gekommen und will mich noch lebend antreffen.«

Philippos verabschiedete seinen Kunden, wie das die Masseure gerne tun, mit einem klatschenden Hieb aufs Gesäß. Haimos richtete sich ächzend auf.

»Für diese Tortur bezahlt man noch teures Geld! Wenn ich als Arzt nicht am besten wüßte, wie nötig unsere Körper diese

Behandlung von Zeit zu Zeit haben, so würde ich sie nur meinen ärgsten Feinden gönnen.«

Ich kleidete mich aus, schwamm mit Haimos eine Runde im warmen Becken, um die Poren der Haut zu öffnen, und ging dann mit ihm in den Schwitzraum. Als ich meinem Freund von dem Besuch im Dionysosheiligtum erzählt hatte, lachte er schallend und schlug mich auf den Rücken.

»Beim nichtexistierenden Zeus und den genausowenig existenten anderen Göttern! So hast du deine Nike also doch diesem fragwürdigen Gott geopfert, anstatt die schöne Frucht selber zu pflücken. Da gibt es nur drei Erklärungen: Du bist dumm, göttergläubig oder verliebt. Da ich dich kenne, entscheide ich mich für letzteres. Du bist verliebt, mein Fulvius, und ein Verliebter tut die tollsten Dinge. Er liefert zum Beispiel sein Mädchen schmierigen Priestern aus, die in wallenden Kleidern alte Lieder singen und dabei an ihre Einnahmen denken. Er liefert sie einem steinernen Götzen aus, dessen kalter Marmorphallos das verrichtet, was man besser selber besorgen sollte. Jetzt glaube ich fast doch, daß du auch dumm bist – dumm aus Verliebtheit.«

Meinem guten Freund nahm ich solche Worte nicht übel.

»Was hätte ich denn tun sollen? Soll ich den Sklavenschinder spielen, der mit den Körpern seines lebendigen Eigentums nach Belieben umgeht? Gerade in Athen schätzt man so etwas nicht, und du selbst wärst der letzte, es gutzuheißen. Sie glaubt nun einmal an diesen Priapos und findet ihren Seelenfrieden erst wieder, wenn das Gelübde erfüllt ist.«

Haimos, dem schon die dicken Tropfen vom Gesicht rannen, stöhnte: »Ach, Fulvius, du siehst, ich schwitze schon vor Ungeduld, dir meine Meinung begreiflich zu machen. Natürlich hättest du sie nicht in dein Bett zwingen sollen! Ganz schlicht und einfach verführen hättest du sie müssen, verfahren nach der guten alten, erprobten Art. Hätte sie deinen lebendigen Phallos erst einmal dort gespürt, wo er hingehört, sie hätte den kalten marmornen ihres Götzen augenblicklich vergessen. Augenblicklich! Glaube mir!«

Ich schüttelte den Kopf. »Haimos, du kennst sie nicht. Du

bist ein Mann der Wissenschaft, ein Freigeist und geborener Athener. Sie ist ein Landmädchen, gläubig und in alten Vorstellungen befangen. Für sie lebt dieser Gott wie du und ich. Sein Gebot oder das, was sie dafür hält, ist ihr heiliger als alle Gebote der Menschen. Soll ich ihren Glauben mißachten, nur weil er nicht der meine ist? Ich als geborener Jude weiß, was der Glaube vermag, ich weiß, was mein Volk zu dulden bereit war, um des Glaubens willen.«

Haimos schnaufte. »Jetzt halte ich es nicht mehr aus – die Hitze hier und dein Geschwätz dazu.«

Wir liefen hinaus und stürzten uns ins Tauchbecken mit dem Eiswasser. Die barbarische Kälte drang wie Nadeln durch die Haut und erfrischte den glühenden Körper. Danach trockneten wir uns gründlich ab und gingen in den Salbraum, wo die fast nackten Badedienerinnen über ihren Fläschchen und Tiegeln saßen.

»Ah – Tyche, Königin meines Herzens!« rief Haimos begeistert, worauf sich ein zierliches Mädchen mit dunklen Haaren und Augen wie schwarze Oliven erhob.

»Sieht sie nicht aus wie die Königin von Saba? In ihr sind die berühmten Hetären der Geschichte wieder auferstanden. Tyche, salbe mich mit deinen Aphroditehänden!«

Tyche lächelte geschmeichelt, auch wenn sie dergleichen von meinem Freund schon oft gehört haben mochte.

Verliebt seufzend legte Haimos sich auf ein fellbedecktes Lager und überließ sich den geschickten Händen des schönen Mädchens. Der Duft in diesem Raum war betäubend und erfrischend zugleich.

»Dich soll Hedyle bedienen, sie ist neu und gleicht deiner Nike.«

Tatsächlich glich dieses Mädchen in Gestalt und Aussehen etwas meiner Sklavin, doch ihrem Gesicht fehlte der herbe bukolische Liebreiz meiner Dienerin. Hedyle wirkte von Gestalt und Angesicht feiner, ihre Bewegungen waren von geschulter Eleganz. Der Besitzer dieser Thermen lehnte es ab, Sklavinnen zu beschäftigen. Seine Mädchen waren frei, ausgesucht und erprobt. Sie mußten lange lernen, sich zu bewegen, deutlich und klangvoll zu sprechen, sie waren im Gesang geschult und beherrschten mehrere Musikinstrumente. Sie wurden gut bezahlt, so daß sie ihre Arbeit gerne taten. Keine war jünger als fünfzehn oder älter als fünfundzwanzig. Meistens wurden sie weggeheiratet, noch ehe sie die Fünfundzwanzig erreicht hatten, denn es gab genug wohlhabende Männer, die ein solchermaßen ausgebildetes Mädchen zu schätzen wußten. Es stand den Mädchen völlig frei, sich mit den Männern in eine der abgeschlossenen, geschmackvoll eingerichteten Kammern zurückzuziehen, die ihnen der Besitzer stundenweise gegen eine feste Summe vermietete. Was sie dort taten und wieviel sie einnahmen, kümmerte ihn nicht. So war an dieser erholsamen Stätte alles wohlgeordnet, und ich habe niemals erlebt, daß es zu Streit oder irgendwelchen Mißhelligkeiten gekommen wäre.

Ich gestehe, daß sämtliche priapischen Geister in mir erwachten, als Hedyle mit kundigen Händen die feinen Öle in meine Haut einmassierte. Ihre spinnwebfeine Tunika verbarg oben nichts und unten wenig, der Duft ihres Körpers vermengte sich mit dem des Salböls. Als dann noch eines der Mädchen leise auf seiner Kythara zu spielen begann und zwei andere einen lieblichen Wechselgesang anstimmten, fühlte ich mich wie zu den Göttern erhoben.

»So läßt es sich leben ...«, hörte ich Haimos neben mir flüstern. Ich konnte ihm nur von Herzen beistimmen. Es ergab sich wie von selbst, daß ich Hedyles schlanke Beine zu streicheln begann, während sie über mich gebeugt das duftende Öl auf meinen Lenden verrieb.

Als zwei weitere Kunden den Raum betraten, erhob sich Haimos und zog Tyche mit sich fort. Er nickte mir zu und meinte: »Tyche und ich werden ein wenig plaudern ... ohne Zeugen ...«

»Das sollten wir auch tun«, schlug Hedyle vor, und ich fügte mich gerne. Mit ihr betrat ich zum ersten Mal eine der verschwiegenen Kammern, deren schmale Fenster auf einen schön angelegten Garten mit Lorbeer, Wacholder, Zypressen und Rosenbüschen blickten.

Im Augenblick der höchsten Lust muß ich den Namen Nike gestammelt haben, denn später meinte Hedyle mit einem spöttischen Lächeln: »Du scheinst ein frommer Mann zu sein, Fulvius, da du beim Liebesspiel die geflügelte Göttin anrufst. Ist es, weil du mich zweimal besiegt hast?«

Ich nickte. »Du kennst uns ja gut genug, schöne Hedyle. Wir Männer wollen immer die Sieger sein: im Kampf, vor einem vollen Weinkrug, beim Dichter-Wettstreit, beim Buhlen um die Gunst einer Frau – den Beistand der Siegesgöttin haben wir allezeit nötig.«

10

Athen kann im Winter recht kalt werden, wenn die eisigen Winde von den Parnassosbergen herabfegen und sich jeder in sein Haus verkriecht, der nicht unbedingt auf die Straße muß. Zum Glück war meine Küche groß genug, um dort, in der Wärme des Herdes, auch Freunde empfangen zu können. Nike zog sich dann in einen Winkel zurück – besserte Kleider aus, putzte Gemüse oder schlummerte ein wenig.

Wenn ich mich recht erinnere, war es die erste Dezemberwoche, als die Diener vom Tempel des Dionysos feierlich an unser Tor pochten.

Nike, die schon seit dem Morgengrauen mit bleichem ernsten Gesicht gewartet hatte, legte sich einen wollenen Mantel über das lange weiße Gewand, küßte meine Hand und trat hinaus auf die Straße. Ich fühlte großes Mitleid, obwohl es doch eigentlich ihr Freudentag war. Um die Mittagsstunde kam sie zurück, mit glücklich leuchtendem Gesicht und von der Kälte geröteten Wangen.

Die Tempeldiener forderten fünfzig Drachmen, doch ich bezahlte nur vierzig, worauf sie mit fröhlich feixenden Gesichtern schnell verschwanden, was mich vermuten ließ, daß sie zwanzig zu fordern hatten.

Ich habe Nike niemals über die Zeremonie ausgefragt, und sie hat niemals darüber gesprochen.

»Du sollst heute keine Arbeit tun, Nike. Ich esse abends mit meinen Freunden und habe mich jetzt mit Theron verabredet. Lebe wohl und sei glücklich!«

Sie nickte feierlich und dankte mir.

»Der alte Priester, mit dem du gesprochen hast, läßt dich grüßen und fragt, ob du am Zenaion teilnehmen willst.«

Das erweckte meine Neugier. »Zenaion? Was ist das?«

»Es ist das heiligste Fest des Dionysos, am Tag der Wintersonnenwende. Zwar nehmen an ihm fast nur Frauen teil, doch ist es den Männern nicht verboten.«

Ich sagte, ich würde es mir überlegen. Zuerst wollte ich den viel wissenden Theron fragen, um zu erfahren, worum es ging.

Therons Arbeitstag endete um die Mittagsstunde, da die Stadtbibliothek schon bald nach Sonnenaufgang öffnete.

Mit ihm traf ich mich oft in den öffentlichen Thermen, die jetzt im Winter allerdings ziemlich überfüllt waren, denn die meisten Athener besaßen keine Heizung in ihren Häusern, so daß sie wie Hühner im Becken des Caldariums hockten, um sich aufzuwärmen. Hier gab es ein Dampfbad, das aber nie so heiß wurde wie der trockene Schwitzraum des von Theron wegen der hohen Kosten gemiedenen Privatbades.

Theron lachte, als ich ihm meine Frage stellte.

»Ich dachte immer, die Geschichtsschreiber forschen nach Schlachten, Tyrannen und Stadtgründungen, während du mich ständig über den Olymp befragst. Nun, die Zenaia sind die Feste des Dionysos während der Monate Dezember und Januar. Die Reihe der Feste wird mit dem Tag der Wintersonnenwende begonnen. Im Januar gibt es dann noch Umzüge durch die Stadt mit Tanz und Gesang, aber dabei geht es sehr gesittet zu. Viel empfehlenswerter ist die Prozession hinauf in die Berge. Da wird so manche brave Athenerin zur rasenden Mänade, die den Gott orgiastisch feiert. Gehe also hin und sieh es dir an, doch vergiß die warme Kleidung nicht, denn auf dem Kithairon liegt um diese Zeit viel Schnee und du mußt, was dir an Ekstase fehlt, durch einen dicken Mantel ersetzen.«

In den nächsten Tagen lockerte sich die Wolkendecke, und eine fahle Sonne erwärmte ein wenig das frostzitternde Athen.

Als ich eines Nachts nach langer ermüdender Schreibarbeit in meinen Schlafraum ging und schaudernd an mein kaltes Bett dachte, fand ich Nike darin schlafend. Ich betrachtete lächelnd ihr frisches, junges Gesicht und dachte, siehe da, sie will ihr Versprechen erfüllen. Als ich behutsam unter die Decke kroch, erwachte sie und murmelte schlaftrunken: »Ich wollte dir nur das Bett wärmen, Herr, und muß dabei eingeschlafen sein.«

Wieselflink schlüpfte sie aus meinen Armen und lief hinaus. Ich war zu müde, um irgend etwas zu tun, und schlief in meinem behaglich vorgewärmten Bett schnell ein.

Am Morgen stellte ich sie zur Rede: »Nun, da dein Gelübde erfüllt ist und du dich mit deinem Gott vereinigt hast, wäre es wohl an der Zeit, auch an mich zu denken. Wolltest du mir nicht in allem zu Willen sein?«

Nike nickte heftig mit dem Kopf. »Gewiß, Herr, gewiß, doch die Priester befahlen mir, mich dreimal sieben Tage nach meiner Hochzeit mit Priapos von den Männern fernzuhalten. Ein während dieser Zeit empfangenes Kind gilt nämlich als vom Gott gezeugt und muß dem Tempel geweiht werden. Ich bitte dich also noch um ein wenig Geduld.«

Um ihre frommen Gefühle nicht zu verletzen, fügte ich mich.

Allmählich rückte der Tag des Dionysosfestes näher, und ich suchte den alten Priester auf, um ihm meine Teilnahme anzukündigen. Sein asthmatisches Keuchen war diesmal besonders stark.

»Ich selbst bin leider zu hinfällig, um noch die Zenaia mitzufeiern, doch freut es mich, daß du dich dazu entschlossen hast. Juden sind seltene Gäste bei unseren heiligen Festen.«

»Mich leitet allein die Neugier des Wissenschaftlers.«

»Uns ist jeder willkommen. Am Morgen des Sonnwendtages mußt du dich vor dem Tor des heiligen Bezirks einfinden. Die Prozession zieht hinauf zum Kithairon, die Feier beginnt eine Stunde vor Mitternacht. Deine Sklavin, die Braut des Priapos, wird gewiß auch teilnehmen?«

Daran hatte ich noch nicht gedacht. »Wenn sie es wünscht, soll sie dabeisein.«

Der alte Priester lachte rasselnd. »Sie wünscht es, da bin ich ganz sicher.«

Wieder einmal küßte Nike meine Hände und stammelte ihren Dank. »Nach dem Fest ist auch die Zeit meiner Enthaltsamkeit abgelaufen. Du wirst mit mir zufrieden sein, Herr.«

Als sie dies sagte, spürte ich, daß ich niemals imstande sein würde, diesem Mädchen irgendeinen Zwang anzutun. Wenn sie ihre großen kieselgrauen Augen mit kindlichem Vertrauen auf mich richtete, waren unsere Rollen vertauscht. Dann war ich der Sklave und sie meine Herrin.

Als wollte die Sonne zeigen, daß sie von nun an wieder die Herrschaft antreten würde, blickte sie am Morgen des Festtages von einem Himmel, der sich wie blaue Seide über die feiertäglich erregte Stadt spannte.

Die Prozessionsteilnehmer sammelten sich am großen Tor des heiligen Bezirks. Sie gliederten sich in drei Gruppen. Vorne gingen die Priester in ihren mit Efeu und Weinlaub geschmückten wallenden Gewändern. Ihnen folgten die Musikanten und die Tempeldiener mit der lebensgroßen Statue des Gottes, einer uralten, mit Goldblech beschlagenen Holzfigur. Andere Diener trugen schwer an den zahlreichen Weinschläuchen oder mühten sich mit den zur Opferung bestimmten Rehkitzen, Ziegenböcken und Jungstieren.

Die zweite und größte Gruppe bildeten die Frauen. Vorne gingen die Mädchen in langen weißen Gewändern, unter ihnen befand sich meine Nike. Dann folgten die Frauen mit efeuumwundenen Stäben und langen, zum Schlachten der Tiere bestimmten Dolchen.

Die letzte und kleinste Gruppe waren die Männer – eigentlich nur geduldete Anhängsel an diesem Festtag der Frauen.

So bewegten wir uns langsam nach Nordwesten in Richtung auf die Kithaironberge, wo das nächtliche Fest seit alters her stattfand.

Dann sah ich zum ersten Mal in meinem Leben Schnee. Schnee, der auf den Berghängen in der Sonne gleißte und der Luft eine unvergleichliche Frische und Reinheit verlieh.

Wäre der Weg nicht so steil gewesen, hätten wir wohl alle vor Kälte gezittert. Als wir ankamen, senkte sich schon eine purpurne Dämmerung über die Berge und Täler. Schnell wurden zahlreiche Holzstöße aufgerichtet und die Fackeln entzündet. Becher mit heißem, stark gewürztem Wein gingen reihum und wärmten uns, die wir in der schneidenden Kälte der Gebirgsnacht ohne die riesigen, immer wieder nachgeschürten Holzfeuer erfroren wären. Eine Stunde vor Mitternacht begannen die Musikanten mit Flöten und Handpauken ihre seltsame, altüberlieferte Musik, deren monotoner Rhythmus auch mich gefangennahm. Zuerst hatten nur wenige Instrumente zu spielen begonnen, dann setzten immer mehr ein, und es war gespenstisch, die schon etwas vom Wein berauschten Frauen zu beobachten, wie sie ins flackernde Feuer starrten, dann wieder mit glühenden, entrückten Augen die stumm und ahnungslos harrenden Opfertiere suchten. Diese gesitteten Töchter und gehüteten Gattinnen, diese folgsamen Dienerinnen und tüchtigen Händlerinnen verschmolzen jetzt zu einer alle Schranken der Gesellschaft niederreißenden Einheit. Sie wurden zu Bacchantinnen, zu gottbesessenen Mänaden, die nur noch auf das Zeichen der Priester warteten, um eins zu werden mit ihrem Gott. Welch ein Gegensatz zu den Frauen, die stumm und demütig mit Jesus gezogen waren – das kam mir plötzlich in den Sinn – und zugleich wußte ich, daß es kein Gegensatz war. Waren diese hier nicht auch zur Hingabe und Aufopferung bereit? Bereit, ihr kleines Ich auszulöschen, um ganz in der Gottheit aufzugehen?

Die Musik steigerte sich zur Raserei und brach dann plötzlich mitten im Dröhnen der Pauken mit einem schrillen Flötenton ab. Einige Atemzüge lang herrschte Stille. Dann, als seien sie ein einziger Leib mit Hunderten von Gliedern, rissen die Frauen sämtliche Fackeln an sich, entzündeten sie an den lodernden Holzstößen und rannten, schrille ekstatische Schreie ausstoßend, hinaus ins eisige Dunkel der Gebirgsnacht. Nur ganz wenige der jungen Männer folgten ihnen nach, wir anderen blieben bei den Feuern stehen. Ich weiß nicht, ob es Nike war, die ich mit fliegenden Haaren vorbeirasen sah, es kann auch ein anderes Mädchen gewesen sein.

So liefen sie hinaus und weckten die Natur, damit sie wieder blühe und Frucht bringe im neuen Jahr.

Trunken vom heißen Wein, setzte ich mich auf einen Baumstamm, lauschte den in der Ferne verhallenden Schreien der herumtobenden Frauen und verfolgte die tanzenden Lichter der Fackeln.

Ich kann es auch heute noch nicht als schrecklich empfinden, was dann geschah. Allmählich setzte die Musik wieder ein. Die Frauen kehrten tanzend mit wild zuckenden Häuptern und Gliedern zurück, stürzten sich mit geschwungenen Dolchen auf die Opfertiere und metzelten sie nieder. Das war kein Schlachten oder Abstechen, das war ein wildes Zerstückeln der dampfenden Tierleiber, aus denen sie das noch zuckende Fleisch rissen und roh verschlangen. Man sagt, daß früher auch Menschen geopfert wurden.

»Ihr habt mein Fleisch gegessen und mein Blut getrunken ...«

Warum kamen mir jetzt die Worte Jesu beim letzten Abendmahl in den Sinn?

Ich spürte die Verwandtschaft dieses Tuns, spürte den süßen Zwang des gläubigen Menschen, sich mit der Gottheit, welchen Namen auch immer sie trägt, zu vereinigen. Entgegen der in Rom verbreiteten Meinung, bei den griechischen Dionysien sei es zur Vermischung der Geschlechter, zur orgiastischen Paarung gekommen, kann ich als Zeuge dieses Geschehens versichern, daß ich nichts davon bemerkte. Die Frauen waren ganz mit sich und ihrer Verzückung beschäftigt, wir Männer spielten eigentlich nur die Rolle der Zuschauer. Ich weiß natürlich, daß die in Italien gefeierten Bacchanalien sich auf den Weingenuß und das Liebesspiel beschränken, doch mir scheint, daß der ursprüngliche Sinn dabei verlorenging.

Zuletzt lagen die Frauen völlig erschöpft um die noch glimmenden Holzstöße und schliefen bis zum Morgengrauen. Nach langem Suchen fand ich Nike in ihren Mantel gehüllt, die erloschene Fackel noch in der Hand, schlafend, mit dem Kopf auf einem halbleeren Weinschlauch. Im Morgengrauen wanderten wir zurück, ganz ungeordnet, Frauen, Männer und Priester vermischt, müde und schweigend.

11

Aus Rom trafen so ungeheuerliche Nachrichten ein, daß man hier im ruhigen, friedlichen Athen nur schwer daran glauben mochte. Auch mehrten sich die Flüchtlinge, denen es durch Geld und gute Beziehungen oft buchstäblich in letzter Minute gelungen war, sich in Sicherheit zu bringen. Ich lernte durch Haimos einen hohen römischen Staatsbeamten kennen, der unter falschem Namen in Athen lebte, während sein echter Name in Rom die lange Liste der Todeskandidaten schmückte. Was er mir in einigen Gesprächen erzählte, habe ich später in Rom bestätigt gefunden.

Caligula ließ sich jetzt ganz offiziell als Gott verehren und hatte sich in einem Wahn gesteigert, dem jedes Maß fehlte. Tagtäglich ließ er, gewissermaßen zum Zeitvertreib, Menschen ohne erkennbaren Grund foltern und hinrichten. Niemand war mehr vor ihm sicher, ob Senator, Ritter oder Bürger. Er vergriff sich auch, was Nero später niemals tat, an Leuten aus dem Volk, die aus irgendwelchen, oft unerfindlichen Gründen sein Mißfallen erregten. Dreimal im Monat unterschrieb er die langen Listen der zum Tode Verurteilten und versicherte dabei häufig, wie sehr er sich jedesmal auf diesen Tag freue.

»Hätte doch ganz Rom nur einen Hals!« war einer seiner Lieblingssprüche.

Er beklagte sich auch über die Langeweile seiner Regierungszeit und erhoffte sich ständig irgendwelche Katastrophen, wie Erdbeben, Hungersnot, Seuchen oder eine riesige

Feuersbrunst, damit die Zeit seiner Herrschaft in ewiger Erinnerung bleibe. Er sorgte dann allerdings auf andere Weise dafür, daß man ihn nicht vergaß. Alles, was er tat, zeugte von einer solch erbärmlichen Gesinnung, daß man sich fragen muß, wie Senat und Volk dieses Scheusal immerhin fast vier Jahre lang ertrugen.

Er schlief abwechselnd mit Schauspielern, Ehefrauen von Senatoren, mit seinen Schwestern und mißbrauchte Kinder beiderlei Geschlechts. Caligulas Verschwendungssucht nahm solche Formen an, daß es ihm gelang, den von Tiberius aufgehäuften riesigen Staatsschatz in kurzer Zeit zu verprassen. Er badete häufig in Parfüm, ließ die unsinnigsten Gerichte zubereiten, errichtete sich an allen Ecken und Enden zwischen Rom und Neapel riesige Paläste und befuhr das Meer mit Schiffen, zu deren Ausschmückung tonnenweise Gold, Marmor und Edelsteine verwendet wurden.

»Man ist entweder Kaiser oder ein sparsamer Mann«, begründete er diese Verschwendung. Dabei plagte ihn ständig der Neid auf alle, die ihm vom Schicksal bevorzugt schienen. Senatoren mußten sich kahlscheren lassen, weil auch er fast kahl war. Esius Proculus, einen großen und schön gewachsenen Mann, ließ er in der Arena kämpfen und – als er siegte – später erdrosseln, nur weil er ihn um sein Aussehen beneidete. Daß Caligula seine Gastmähler manchmal mit Folterungen und Hinrichtungen »würzte«, wurde später von vielen bestätigt. Diese Frechheit, Grausamkeit und Mißachtung jedes Menschen paarte sich bei Caligula mit maßloser Feigheit. Seine hochbezahlte Leibwache mußte ihn auf allen Wegen begleiten. Bei Blitz und Donner kroch er vor Angst unter das Bett.

Wer auf irgendeine Weise seine Mißgunst erregte, wurde verbannt oder mußte sterben. Ptolemäus, den König von Mauretanien, lud Caligula nach Rom ein und veranstaltete für ihn im Circus Maximus festliche Spiele, zu denen der König festlich gewandet erschien. Caligula ärgerte sich so sehr über den prächtigen Purpurmantel des mauretanischen Fürsten, daß er ihn gleich darauf umbringen ließ.

Dieses Zerrbild eines Herrschers mag als Beispiel dafür gelten, daß unumschränkte Macht oft schwache Menschen in reißende Bestien verwandelt. Zweifellos war Caligula kein glücklicher Mensch. Gerade weil er ungestraft alles tun konnte, verwirrte sich sein Geist und ließ ihn Tag und Nacht nicht ruhen. Es war bekannt, daß er sehr schlecht schlief und unter schrecklichen Träumen litt. Nachts lief er oft ruhelos durch seinen Palast, unterhielt sich laut mit den Göttern, lachte, schrie und tobte so entsetzlich, daß alles sich verkroch, aus Angst, ihm zu begegnen.

Ein Mensch wenigstens schien dieses Ungeheuer tatsächlich zu lieben, nämlich Caesonia, die Frau des Kaisers. Sogar Caligula wunderte sich darüber, denn er bemerkte einmal, er müsse Caesonia wohl foltern lassen, um zu erfahren, warum sie ihn so sehr liebe und noch immer in seiner Gunst sei.

Diese aus Rom eintreffenden und von vielen Flüchtlingen bestätigten Schreckensnachrichten verursachten bei den gesitteten Athenern ungläubiges Staunen. Man scherte sich hier nicht allzuviel um römische Politik und hoffte nur, daß Caligula nicht auf den unseligen Gedanken verfiel, die Stadt mit seinem Besuch zu beehren.

Ich muß gestehen, daß auch mich damals diese Nachrichten nicht allzusehr bekümmerten, denn ich fühlte mich in Athen geborgen und dachte noch keineswegs daran, die Reise nach Rom anzutreten. Ja, ich genoß die schrecklichen Berichte aus dem fernen Rom sogar mit einem gewissen wohligen Schauder, ohne zu ahnen, daß ich einmal im Rom eines nicht weniger schrecklichen Kaisers den Tod meiner Freunde und meine eigene Verfolgung würde erleiden müssen. Es ist eben ein Unterschied, ob man dem Spiel nur als Zuschauer beiwohnt oder selbst in eine Rolle gedrängt wird.

Ich nutzte die stille Winterzeit, um meine vielen Notizen zu ordnen, und zur Niederschrift meiner Geschichte Griechenlands.

Nike beobachtete mich oft mit großen verwunderten Augen bei meiner Arbeit, bis ich sie einmal fragte: »Du möchtest wohl auch gerne schreiben können?«

Sie nickte heftig und meinte: »Ich möchte schon, aber wozu soll eine Sklavin diese Kunst beherrschen?«

Freilich – wozu? Doch mir ließ der Gedanke, dieses Mädchen zu bilden, keine Ruhe. Schließlich gewann ich Theron als Lehrer und mußte oft lächeln, wenn die beiden steif und förmlich nebeneinander saßen und das Alphabet übten. Nike lernte leicht und schnell, solange es um das Lesen ging, doch wenn sie selber den Griffel in die Hand nahm, um die Buchstaben nachzuzeichnen, dann war des Seufzens kein Ende.

Einige Tage nach dem Dionysosfest in den Bergen fragte ich sie: »Nachdem du nun die Braut des Priapos geworden bist und seinen Vater Dionysos in der nächtlichen Feier geehrt hast, wäre es da nicht an der Zeit, deinem irdischen Herrn gefällig zu sein?«

Nike lächelte mich an und schwieg. Ich beschloß, mir die Antwort in ihrem Bett zu holen, doch da hörte ich dann:

»Herr, ich habe meine unreinen Tage und bitte dich um etwas Geduld.«

Geduld – Geduld, bewies ich nicht schon seit Monaten meine Geduld? Dieses Mädchen saß in meinem Kopf, es stak in meinem Fleisch wie ein Dorn, sie die Sklavin, mein Eigentum – ich Fulvius Judas, ein römischer Bürger, ihr Herr –

Ich stürzte zwei Becher Wein hinunter, griff meinen Mantel und lief hinaus in die Nacht. Plötzlich stand ich vor dem Haus meines Freundes Haimos und bemerkte verwundert, daß ich mit beiden Fäusten an seine Tür klopfte.

»Fulvius, du? Bist du krank? Was ist los ... ?« Er zog mich ins Haus.

»Ja!« rief ich erbittert. »Ich bin krank! Nicht am Leib, krank ist mein Kopf, der die unsinnigsten Gedanken hegt. Wie lange sind unsere Thermen geöffnet? Sind die Mädchen noch verfügbar?«

Haimos klopfte beruhigend auf meinen Rücken. »Sie schließen nach Sonnenuntergang. Beruhige dich, mein Freund, beruhige dich und berichte. Zum Beruf des Arztes gehören ein offenes Ohr und ein weites Herz, zudem bist du mein Freund – also erzähle!«

Es hätte dieser Ermunterung nicht bedurft, ich sprudelte alles heraus, was mich bewegte, und trank dabei einen Becher nach dem anderen. Als ich schwieg, sagte Haimos: »Wie ich sehe, weißt du genau, was dir fehlt. Was soll ich da noch raten? Deine Therapie heißt Nike, nur sie kann die Krankheit heilen. Dränge sie nicht, zwinge sie nicht – laß ihr Zeit. Erfreue sie mit kleinen Geschenken, laß sie spüren, daß du in ihr nur die Frau siehst, nicht die Sklavin. So und nur so wirst du sie gewinnen. Erzähle ihr ausführlich von den Mädchen unseres Badehauses, schildere ihre Künste, ihre Liebenswürdigkeit und glaube mir – Nike wird dir bald in den Schoß fallen wie eine reife Frucht.«

Ich blieb die Nacht über bei Haimos und blieb auch noch während des nächsten Tages bei ihm. Er selbst hatte mich dazu aufgefordert.

»Da du schon ein Wissenschaftler bist«, sagte er, »und die Geschichte der Völker schreibst, kann es dir nicht schaden, auch einmal ihre Krankheiten zu betrachten. So ernenne ich dich für heute zu meinem Gehilfen.«

Wie vielfältig die Formen menschlichen Leidens sein können, erlebte ich bei Haimos an einem einzigen Vormittag. Da klagte ein fetter, aufgedunsener Schlemmer über tagelange Verstopfung und wurde von Haimos mit einem Kräutereinlauf erleichtert. Da wurde eine Wöchnerin hereingeführt, deren Schoß seit der Geburt nicht aufhören wollte zu bluten, da gab es Schmerzen im Kopf, im Bauch, in den Beinen. Gegen Mittag wurde ein stöhnender junger Mann hereingetragen. Ihm war ein schwerer Wagen über das Bein gerollt. Das Bein war gebrochen und fast im rechten Winkel abgebogen, der Knochen ragte spitz durch die blutverkrustete Haut. Haimos schickte mich in seinen Arzneiraum, um das Gefäß mit dem Absud der Mandragorawurzel zu holen. Er goß einiges davon in einen Becher und mischte es mit schwerem Wein. Wir stützten den Verletzten beim Trinken, Haimos sprach beruhigend auf ihn ein, und es dauerte nicht lange, bis der junge Mann in betäubenden Schlaf sank. Dann legten wir ihn auf ein besonderes, mit Lederschlingen versehenes Lager und banden ihn fest.

Haimos flüsterte mir zu: »Leider ist kein Betäubungsmittel so stark, daß wir bei solchen Verletzungen nicht mit dem plötzlichen Erwachen rechnen müßten. Da hilft nur eine schnelle, geschickte Hand.«

Haimos begann das gebrochene Bein behutsam zu betasten, es sachte zu drehen und zu wenden. Dann befahl er den Freunden des Verletzten, diesen an beiden Armen festzuhalten, packte das Bein am Fuß und riß es mit einer schnellen Bewegung in die Gerade. Der Verletzte erwachte mit einem tierischen Schrei und wand sich wie besessen in den Lederschlingen.

»Festhalten!« rief Haimos, zog und drehte an dem Bein, bis es richtig gelagert war. Schnell legte er die hölzernen Schienen an und umwickelte sie fest mit harzgetränkten Binden.

Um die Mittagsstunde wusch Haimos lange seine Hände, zog sich um und sagte: »So also sieht mein Alltag aus. Du wirst nun besser verstehen, wie nötig mir die erholsamen Stunden im Badehaus sind. Begleitest du mich?«

Ich begleitete ihn, weil meine Sorgen plötzlich klein geworden waren, weil ich froh war, gesund zu sein und weil ich an Hedyle dachte. Sie war da und lächelte mir freundlich zu, während sie einen fetten Alten im Salbraum durchknetete. Mich packte der Zorn, als ich sah, wie dieser Fettwanst sie angrinste, wie er ihre Glieder betätschelte und mit ihr tuschelte.

»Nur ruhig!« flüsterte Haimos, drückte mich auf ein Lager und ging zur Aufseherin, die wachsamen Auges in ihrem Sessel thronte. »Alles ist geregelt, mein Freund, du mußt nur deine Börse ein wenig schröpfen.«

Der dicke Alte verschwand, und Hedyle gehörte mir. Ich drückte ihr ein Goldstück in die Hand, und wir zogen uns in eine der verschwiegenen Kammern zurück.

»So eilig hast du es heute, Fulvius? Ein Mann wie du sollte heiraten.«

Wieder war es, als nähme ich Nike in Besitz, doch diesmal hütete ich meine Zunge.

Wenn ich an eure ersten Schreibversuche denke, meine Söhne, so muß ich zugunsten Nikes sagen, daß sie, die aus einer bäuerlichen Familie stammte, fast ebensoschnell die Kunst der Schrift erlernte wie ihr. Philon war flinker, doch du, Demetrios, führst, wie ich weiß, noch immer einen heroischen Kampf mit der griechischen Schrift. Ich weiß, du fühlst dich als Römer und hörst dich lieber nach mir Fulvius als mit deinem griechischen Namen gerufen. Bedenke aber, woher Rom sein ganzes Wissen um Kunst und Dichtung bezog und laß dir nicht einreden, alles sei von den Etruskern gekommen!

Voll Stolz wies Nike mir eines Abends das Wachstäfelchen mit den ersten selbstgeschriebenen Sätzen. Ich lobte sie und meinte: »Wenn dir die Unterrichtsstunden mit Theron vielleicht manchmal zur Last werden, dann bedenke, daß ein Mensch, der schreiben und lesen kann, den anderen viel voraus hat.«

Nike legte ihr Köpfchen schief und lächelte etwas spöttisch. »Falls du mich einmal verkaufen oder verstoßen solltest, Herr, so kann ich mir mein Brot leicht als gebildete Hetäre verdienen.«

Ich wurde ärgerlich. »Nike, du weißt, daß ich dich sofort freigebe, wenn ich Athen verlasse. Das gilt ebenso für den Fall meines Todes.«

Sie wehrte erschrocken ab: »Die Götter sollen dir ein langes gesundes Leben schenken! Wenn du nun aber doch für immer in Athen bleibst?«

»Ich bin Historiker«, erklärte ich geduldig, »und gedenke noch weite Reisen zu unternehmen. Wenn ich dir auch nichts versprechen kann, so glaube ich doch, daß du innerhalb von fünf Jahren frei sein wirst.«

Plötzlich begann sie zu weinen, fast lautlos flossen die Tränen über ihr frisches, liebliches Gesicht.

»Was soll ich dann tun?« stieß sie schluchzend hervor. »Was soll ich denn tun mit meiner Freiheit? Wer wird mich beschützen und ernähren? Man wird mich herumstoßen, wird – wird ...«

Sie wußte nicht mehr weiter. Nike rührte mich so sehr in ihrer hilflosen Trauer, daß ich meinen Arm um sie legte, ihre Tränen mit dem Ärmel meines Hausgewandes trocknete und beruhigend auf sie einredete.

»Nichts wird dir geschehen, mein Mädchen, nichts. Du wirst heiraten oder dich für gutes Geld in einem vornehmen Haus verdingen – vielleicht als Lehrerin? Du wirst den Töchtern reicher Kaufleute Schreiben und Lesen beibringen, das ist eine geachtete, gutbezahlte Tätigkeit.«

Nike schien zufrieden mit meinen Zukunftsprognosen, denn sie nickte, lächelte wieder und sagte: »Du wirst wohl recht haben, Herr. Ich bin eine dumme Gans und sollte den Göttern täglich für einen so guten Herrn danken.«

»Nicht den Göttern, Nike, sondern mir solltest du deinen Dank erweisen ...«

Ich umfaßte sie sacht, führte die sanft Widerstrebende in meinen Schlafraum, zog sie auf meinen Schoß, küßte sie und streichelte ihre kleinen festen Brüste. Sie versuchte sich wie ein des Streichelns schnell überdrüssig gewordenes Hündchen aus meinen Armen zu winden, doch ich hielt sie nur um so fester umschlungen.

»Hat dein Priapos nicht bekommen, was er wollte? Habe ich nicht auch nachher noch die Geduld eines Lammes bewiesen, als du mich batest, eine bestimmte Zeit abzuwarten, um deinen seltsamen Gott nicht zu erzürnen? Nun?«

Nike gab ihren Widerstand auf. Sie machte ihren Körper schlaff wie eine Tote und hauchte mit ergebener Stimme: »Du hast recht, Herr – verfüge über deine Sklavin nach deinem Belieben.«

Ihre Duldermiene, ihr schlaffer Körper und ihre geschlossenen Augen ertöteten in mir jede Liebesbereitschaft. Wütend stand ich auf, ging ohne mich umzusehen in meinen Arbeitsraum und betrank mich mit Chios-Wein.

12

Ich litt unter diesem Zustand so sehr, daß ich Haimos auf eine Reise nach Epidauros begleitete, die er studienhalber unternahm. Dort, im Heiligtum des Asklepios, gab es viel Seltsames zu sehen, doch meine Augen waren blind – blind vor Sehnsucht. Haimos bemerkte kopfschüttelnd: »Eigentlich sollte ich dich hier unter der Obhut der Ärzte lassen, doch ich fürchte fast, daß in deinem Fall ihre Heilkünste versagen.« Er hatte recht, denn es gab für mich nur ein Heilmittel, und das war in meinem Haus zu finden.

Nike empfing mich, als sei ich von den Toten auferstanden. Sie schluchzte und lachte durcheinander, küßte mehrmals ihren Priapos und versicherte: »Meine Gebete haben dich wohlbehalten heimgebracht, lieber Herr. Wir rechneten schon mit dem Schlimmsten, da du so lange wegbliebst.«

»Wer ist wir?« fragte ich sofort.

»Dein Freund Theron und ich. Er hat mehrmals nach dir und Haimos gefragt und wartet dringend auf Nachricht.«

Der gute Theron – so nannte ich ihn damals noch – hatte sich also Sorgen um uns gemacht. So luden wir ihn gleich am nächsten Tag in die Thermen, um unsere Rückkehr mit einem ausgiebigen Bad nebst opulentem Mahl zu feiern. Etwas steif und verlegen saß der bärtige Bibliothekar zwischen mir und Haimos, ließ sich unsere Reiseabenteuer berichten und war voll des Lobes für Nike, die mein Haus so gut gehütet hatte. Dann sagte er noch: »Mit ihrer Schreibkunst ist sie ein wenig steckengeblieben, da ich während deiner Abwesenheit aus Schicklichkeit nicht mit ihr unter deinem Dach weilen wollte. Wir sollten aber jetzt den Unterricht fortsetzen.«

Ich gab ihm recht. »Natürlich, Theron, du sollst Nike so lange beistehen, bis eine Schriftgelehrte aus ihr geworden ist.«

Dies schien ihn zu erleichtern, denn erst jetzt wurde er fröhlich, trank und scherzte mit uns bis in die Nacht hinein.

Meine schöne, zartgliedrige Hedyle gab ihre Freude dadurch zu erkennen, daß sie mir ihre Gunst ganz ohne klingenden Lohn schenkte.

»Mein weitgereister Fulvius«, sagte sie, »ich bin ja so stolz auf dich! Unsere Athener neigen etwas zur Trägheit, wie auch zu der Ansicht, daß außerhalb ihrer Stadt wenig Gutes zu finden sei. So werden sie fett und wissen wenig zur Erheiterung von uns Mädchen beizutragen – abgesehen von ihren Ehestreitigkeiten. Also erzähle!«

So fand ich schnell in mein behagliches Athener Leben zurück, und die Zeit verstrich im Flug.

Nike in mein Bett zu locken, hatte ich fürs erste aufgegeben, wenn mich auch ihre tägliche jugendfrische Gegenwart mein Vorhaben nicht vergessen ließ. Eifrig und genau erfüllte sie ihre häuslichen Pflichten, nicht weniger eifrig studierte sie mit Theron die Schreibkunst. Mir fiel es nicht auf, daß die beiden oft in meiner Abwesenheit ihre Studien pflegten, denn ich vertraute Theron wie mir selbst.

Nike war mir längst so lieb wie eine Tochter geworden, doch hegte ich für sie eher die Gefühle eines werbenden Liebhabers als die eines Vaters. Oft überraschte ich sie mit kleinen, manchmal auch mit größeren Geschenken, die sie mit freundlichem Dank entgegennahm, sie schien aber vergessen zu haben, daß sie mir das sehnsüchtig erwartete Gegengeschenk noch immer schuldete. Ohne die stets für mich bereite, mir auf ihre Art wohlgesonnene Hedyle, deren zarte Hände und frohes spöttisches Lächeln ich keine Woche missen wollte – ohne sie hätte ich vielleicht mit Gewalt bei Nike geholt, was sie freiwillig bis jetzt nicht zu geben bereit war.

Dann kam diese Sommernacht, die mir immer in Erinnerung bleiben wird.

Am Abend war ich über den römischen Markt geschlendert, um mir nach einem arbeitsreichen Tag etwas Bewegung zu machen. Die abendliche Kühle lockte viele Athener ins Freie, man begrüßte und unterhielt sich, saß bei einem Becher Wein in den Schenken und freute sich auf das von Gattin, Köchin oder Wirt zubereitete Nachtmahl.

Langsam spazierte ich durch die helle Mondnacht nach Hause und fand Nike in unserem kleinen Garten am Brunnen sitzend. Sie hielt es für ihre Pflicht, mich jederzeit, auch spät nachts, zu erwarten und ging erst zu Bett, wenn ich nichts mehr benötigte.

Wir führten noch ein belangloses Gespräch, dann ließ ich sie Wein herbeiholen und bot ihr davon an. Sie trank, lachte grundlos, trank wieder und fragte mich: »Warum leben wir eigentlich, Herr? Du bist gescheit, hast viele Schulen besucht, schreibst gelehrte Bücher – du müßtest also die Antwort kennen. Leben wir zu unserer eigenen Freude oder zum Vergnügen der Götter?«

Ich betrachtete das herbe, liebliche Gesicht meiner Sklavin und sah ihre kräftigen, wohlgeformten Beine hell im Mondlicht schimmern.

»Diese Frage haben sich die Menschen seit jeher gestellt, und sie haben viele Antworten darauf gefunden. Mich aber kann keine davon befriedigen. Ich glaube, es gibt keine Antwort, wie es die Götter nicht gibt. Sicher existiert eine göttliche Macht, jenseits unseres Begreifens, zu groß für unsere kleinen Köpfe. Freue dich also deines Lebens, genieße es, ohne nach seinem Sinn zu fragen, und versuche, dabei niemand zu schaden.«

Nike schwieg und trank ihren Becher schon zum dritten Mal leer. »Ja«, sagte sie mit weicher Stimme, »sich freuen und anderen Freude bereiten ...«

Wir erhoben uns gleichzeitig, als seien wir eines Sinnes. Ich nahm Nike bei der Hand, wir gingen in meinen Schlafraum, den das blausilberne Mondlicht überflutete. Wortlos streifte Nike ihre Tunika ab und stand da wie Aphrodite, von Lunas sanftem Licht übergossen. Wortlos schenkte sie mir diese Nacht, und ihr Leib war so herb und kühl wie ein Bergbach. Mit geschlossenen Augen gab sie sich mir hin, schweigend und willig, als opfere sie ihrem Gott.

»Gibst du mich frei, wenn ich dich darum bitte?« fragte sie dann im Morgengrauen.

Alles in mir drängte danach, ja zu sagen, ja, ja, du bist frei. Ich ahnte und wußte, daß ich Nike verlor, wenn ich sie freigab, und sagte dennoch: »Ja, du bist frei – noch heute, wenn du willst.«

»Ich möchte Theron heiraten, wir lieben uns.«

So mußte Ikarus empfunden haben, als er sich hinauf durch die Luft zur Sonne schwang und im selben Augenblick spürte, daß seine Flügel zerbarsten und er zur Erde stürzte.

»Theron ...«, stammelte ich, »du und Theron ...?«

Nike blickte mich fest an mit ihren großen kieselgrauen Augen. »Ja, Theron und ich. Er ist dein Freund, er ist arm, es fehlt ihm an Mut, dich zu fragen, es fehlt ihm an Geld, dir eine Kaufsumme zu bieten.«

Ich wollte mich aufrichten, doch wie gelähmt blieb ich liegen.

»Aber warum gerade Theron? Was kann er dir bieten, ohne Besitz, mit seinem geringen Einkommen?«

»Er hat ein Haus – das seiner Eltern –, er hat sein Amt, er ist ein guter Mensch ...«

»Dann war diese Nacht – dein Abschiedsgeschenk. Wolltest du mich kaufen damit – mich gefügig machen?«

Nike richtete sich auf. »Nein, Fulvius, nein! Nach Theron bist du mir der liebste Mensch auf Erden. Du warst mir immer ein guter Herr, der beste, den eine Sklavin sich wünschen kann. Du, der du nicht an die Götter glaubst, hast meine heilige Hochzeit mit Priapos ermöglicht. Du hast mich beschenkt, genährt und gekleidet – in deinem Haus gab es weder Stock noch Peitsche. Aber du hast mir auch die Freiheit versprochen, von Anfang an. Ich kann sie nicht von dir fordern, ich kann dich nur bitten. Und du hast recht: Diese Nacht war mein Geschenk an dich. Was anderes hätte ich dir geben können?«

Da kam mir wieder Jonas in den Sinn und was Susanna mir von ihm erzählte. Ich zwang mich zu einem Lächeln. »Du bist frei, werde glücklich!«

Nike bot sich an, mir so lange den Haushalt zu führen, bis ich Athen verließ, doch ich wollte es nicht. Einige Wochen später nahm Theron, der Bibliothekar, die freigelassene Stratonike aus Lampsakos zur Frau. Ich war zur Hochzeitsfeier geladen, doch ich sagte ab. Statt dessen unternahm ich meine lange geplante Reise zum heiligen Orakel von Delphi.

13

Man hatte mir geraten, für den Besuch Delphis ein Empfehlungsschreiben mitzunehmen, da dies vieles erleichtern könne. Was lag näher, als mich an den alten Dionysospriester zu wenden, dem ich Nike zur mystischen Hochzeit mit Priapos zugeführt hatte? Galt zwar Apollon als der Herrscher des delphischen Orakels, wo ihm schon zu Urzeiten ein Tempel geweiht worden war, so hatte doch auch Dionysos dort seine Wohnstätte in den drei Wintermonaten. Während dieser Zeit glaubte man Apollon abwesend und der Päan, das Preislied an Apollon, wurde durch den Dithyrambos, den dionysischen Festgesang ersetzt. Apoll weile dann im Norden bei dem glücklichen Volk der Hyperboreer. Dies erklärte mir geduldig und etwas weitschweifig der alte Priester, während ein Tempelschreiber den Empfehlungsbrief aufsetzte.

Auf der Hinreise nahm ich den Seeweg, weil ich am Isthmos von Korinth mir den berühmten Diolkos ansehen wollte. Diese auf dem Land angelegte Schleifbahn für Schiffe verbindet die Häfen Kenchreai und Lechaion. Kaiser Nero wollte vollenden, was vor sechshundert Jahren der Despot Periander schon versucht hatte, nämlich einen Kanal durch den Isthmos zu graben. Der Aufstand in Gallien und Neros Tod brachten aber diesen Plan zum Erliegen, so daß man bis heute die Schleifbahn benutzt, die den kürzesten Landweg zwischen Kalamaki und Posidonia darstellt. Die eigens dafür gebauten breiten, flachen Schiffe werden von Ochsen über die mit glatten Steinen gepflasterte Rinne gezogen, während ein am Schiffsbug stehender Mann in gewissen Abständen Öl auf die Bahn gießt, um das Gleiten zu erleichtern. Die Passagiere reiten auf bereitgestellten Maultieren nach Posidonia voraus, wo sich die Wirte schon auf die neuen Gäste freuen, da man das Warten bekanntlich mit einer guten Mahlzeit am angenehmsten verkürzt.

Am Nachmittag legte unser Schiff im Hafenstädtchen Kirrha an. Von dort ging es mit dem Maultier steil bergan in das hochgelegene Delphi. Es gibt in Griechenland gewaltigere Tempel als den des delphischen Apolls, doch die Lage dieses

Heiligtums in dem zerklüfteten Gebirgstal zu Füßen des hochaufragenden Parnassos ist unvergleichlich. Über steile Bergterrassen erstrecken sich die zahlreichen Gebäude von der Kastalischen Quelle bis hinauf zum Theater. In grauer Vorzeit war diese Stätte der Erdgöttin geweiht, später dem Poseidon, den aber Apollon nicht ganz verdrängen konnte. Dem dreizackschwingenden Herrn der Gewässer sind noch jetzt einige Altäre geweiht. Ich habe während meines Athener Aufenthalts viele kleine und größere Reisen durch Hellas unternommen, doch Delphi hat in mir den tiefsten Eindruck hinterlassen. Der heilige Ort war wie in einen Dunst von Blut und Weihrauch gehüllt. Aus allen Richtungen hörte man das Brüllen der Opfertiere – das Muhen der Rinder, das Blöken der Schafe und das Meckern der Ziegen. Nur diese Tiere durften geopfert werden, und sie mußten von makellosem Körperbau und bei bester Gesundheit sein. Deshalb prüfte man ihre Freßlust, indem man den Rindern Gerste und den Schafen Erbsen reichte. Die Ziegen aber wurden mit kaltem Wasser übergossen, und ihre Probe galt als bestanden, wenn sie zitterten. »Das heilige Zittern vor Apoll« nannten es die Priester, wenn die armen Tiere in der dünnen kühlen Bergluft ihr nasses Fell schüttelten.

Doch dies alles gehörte zu Delphi. Hier vergaß ich meinen Kummer um Nike, ich vergaß die schlimmen Nachrichten aus Rom, vergaß die noch vor mir liegende gewaltige Arbeit – wanderte nur herum, schaute, bewunderte und verstand die in Athen umlaufende Rede, daß so mancher Ungläubige in Delphi wieder fromm geworden sei. Wenn es in dieser kriegerischen Welt je eine unberührte Stätte des Friedens gegeben hatte, so gebührt Delphi die Krone. Dieser Ort war den Griechen inmitten ihrer ständigen Zwiste heilig, hier wandelten die Abgesandten der verfeindeten Städte einträchtig nebeneinander, denn sie alle verehrten Apollon und befragten das Orakel. Heute hat es seine Bedeutung verloren und ist nicht viel mehr als eine altehrwürdige Stätte, die jeder Hellasreisende gesehen haben muß. Die berühmten Schatzhäuser sind leer, alles Gold und ein großer Teil der kunstvollen Marmor- und Bronzestatuen wurden nach Rom entführt, wo sie die Gärten der Reichen schmücken. Auch Nero, der große Freund griechischer Kultur, hat sich nicht gescheut, Delphi wie ein Eroberer auszuplündern, wenn es zwar so aussehen mußte, als mache man dem Kaiser Geschenke.

Wie alle Besucher stieg ich hinab zur Kastalischen Quelle, die zwischen zwei hochaufragenden Felskegeln entspringt, dem Phlembukos und dem Rhodini. Vom Phlembukos, den die Alten Hyampeia nannten, wurde einst der Fabeldichter Äsop in den Tod gestürzt, weil er die Bürger Delphis als habgierige Parasiten bezeichnet hatte, die von den Opfergaben der Pilger lebten. So wurde ihm bei seiner Abreise eine heilige Vase ins Gepäck gesteckt, nach deren »Entdeckung« der Unselige wegen Diebstahls zum Tode verurteilt wurde. Diese feige Mordtat haftete lange als böser Makel an Delphi – doch wer spricht heute noch davon?

Ich trank von der Kastalia, erfrischte meine Glieder und blickte hinauf zum Parnassos, dem Sitz Apollons. Tief unten in der Felsschlucht hörte ich den Pleistos rauschen, dessen silberklares Wasser zwischen Oliven, Zypressen und Lorbeer in der Sonne blitzte. Von Sokrates ist das Wort überliefert: »Wahrhaftig – göttlich scheint dieser Ort zu sein.« Ich mußte dem großen Philosophen von Herzen zustimmen.

Später umwanderte ich den Tempel und las neben dem Tor die berühmten Inschriften: ›Erkenne dich selbst‹ und ›Nichts im Übermaß‹. Das Tempelinnere sah ich erst später beim Befragen des Orakels. In alten Zeiten hatten nur Fürsten, große Feldherrn oder Städte diese Möglichkeit gehabt, später stand die Promanteia, also das Recht eine Frage an Pythia zu stellen, auch Privatpersonen zu, wenn sie sich um Delphi auf irgendeine Weise verdient gemacht hatten. Jetzt genügt eine Geldspende und die formelle Versicherung, daß man reinen Herzens und ohne böse Absicht nach Delphi gekommen sei.

In meinem Empfehlungsschreiben wurde ich als Historiker eingeführt, der die delphische Geschichte besonders ausführlich darzustellen gedachte und sich außerdem als frommer und eifriger Verehrer Apolls und des Dionysos erwiesen hatte.

Klingendes Gold auf den Altar des Athener Dionysostempels hatte den alten Priester zu diesem Schreiben inspiriert. Es tat seine Wirkung.

»Ehre wem Ehre gebührt!« – »Glück und Segen dem Diener des Apoll!« – »Apoll und Dionysos mögen deine Arbeit fördern und leiten!«

Mit solchen Worten wurde ich im Haus der Tempelverwaltung herumgereicht, bis ich den Bescheid erhielt, mich zur dritten Morgenstunde des übernächsten Tages am Tempel einzufinden. Inzwischen sollte ich für reichliche Opfergaben sorgen und die vorgeschriebenen Gebete sprechen. Nicht gerade zum Mißfallen der Priester gab ich zu bedenken:

»Ihr heiligen Hüter des Apollon, verzeiht einem unwissenden Fremden, wenn er an Euch die Bitte zu richten wagt, die geeigneten Opfer in seinem Namen zu bringen.«

Wie überall auf der Welt in den Tempeln der Götter, empfanden auch hier die Priester den Klang des Goldes als heilige Musik. Ich wurde mit vielen Segenswünschen entlassen, nachdem sie meine Frage an das Orakel niedergeschrieben hatten.

Sie lautete: »Wie soll ich handeln?«

Zu keiner Zeit war es gestattet, die Pythia bei ihrem heiligen Tun zu beobachten, doch durften die Fragesteller immerhin in das Adyton hinabsteigen, das Allerheiligste des Tempels, wo Apollons goldenes Kultbild stand – und steht. Denn nicht einmal Caligula oder Nero haben es gewagt, sich diese kostbare, vom Glauben so vieler Griechen geheiligte Statue anzueignen.

Im Megaron, der inneren Tempelhalle, wo ich mit anderen wartete, bis mein Name aufgerufen wurde, brannte das von reinen Jungfrauen Tag und Nacht gehütete Feuer. Feierlich geleitete mich einer der fünf Orakelpriester in das an der Stirnwand des Raumes gelegene, hinter schweren Purpurvorhängen verborgene Adyton, wobei er mir zuflüsterte: »Schweige und warte.«

Ich mußte in einem schmalen, von schlanken Säulen getragenen Raum stehenbleiben, während der Priester eine altertümliche, geschnitzte Holztür öffnete. Er winkte mich näher heran, hielt mich aber an der Schwelle zurück.

»Der Orakelraum«, flüsterte er kaum hörbar, und ich erblickte nun im mystischen Dämmerlicht die jedem Griechen aus Erzählungen bekannten heiligen Gegenstände. Rechts stand der marmorne Omphalos unter einem schlanken Säulenbaldachin. Zwei goldene Adler hockten auf diesem von den Griechen als Nabel der Welt betrachteten eiförmigen Steinkegel, den ein grobes, mit Edelsteinen geschmücktes Stoffnetz bedeckte. Nach der Legende sandte Zeus zwei Adler aus, um die Erdmitte zu bestimmen, und hier am Omphalos trafen sie zusammen.

Neben dem Omphalos schimmerte die lebensgroße Goldstatue Apollons, flankiert von einem plump geschnitzten altertümlichen Holzbildnis des Gottes, das aber den Griechen noch viel heiliger ist.

Der als Grab des Dionysos bezeichnete Steinwürfel und der heilige Lorbeerbaum verdeckten die Erdgrube, wo Pythias Dreifuß über dem Erdspalt stand, den, wie auch die Pythia selbst, kein profanes Auge sehen durfte. Doch wurde in Delphi jedem Pilger versichert, daß der aus dem Spalt aufsteigende Brodem, wie schon in alten Zeiten, die Pythia in einen heiligen Rausch versetzte, der sie dann für Apollons Botschaften bereit mache. Auch erfuhr ich, daß die Inhaberin dieses heiligsten Amtes in Delphi meist eine Frau in mittleren Jahren und von einfacher Herkunft ist. Der Name Pythia leitet sich von Pytho, dem alten Namen Delphis, ab. Sie hatte ihr Amt als Seherin bis zum Tode inne und lebte in strengster Absonderung in einem eigenen Haus an der Rückwand des Tempels. Ehe sie sich auf dem Dreifuß niederließ, kaute die Pythia einige Lorbeerblätter, um ihren Mund, durch den Apollon sprach, mit der ihm heiligen Pflanze zu reinigen.

Nachdem mir der Priester einige Zeit zum Schauen gegeben hatte, zog er die Tür hinter sich zu. Wer behauptet, er habe Pythias Stimme vernommen, war glücklicher als ich, denn ich hörte keinen Laut, glaubte aber deutlich den Duft des Lorbeers zu spüren.

Ich hatte das Kommen des Priesters nicht bemerkt, denn er stand plötzlich vor mir, drückte mir ein einfaches Wachstäfelchen in die Hand und schob mich in die Tempelhalle zurück.

Ich trat zu dem mit duftenden Hölzern genährten heiligen Feuer und las die Worte:

»Schreite voran und blicke zurück.«

Die Priester wußten von meiner Arbeit als Historiker, sie hatten den Orakelspruch geschickt gewählt.

Bei meiner Rückkehr fand ich ein Schreiben meiner Schwester Rachel aus Beth-Sur:

»Gruß und Gesundheit meinem lieben Bruder. Unsere Mutter ist in den Frieden des Herrn eingegangen. Sie hat sich noch an der Geburt meines Sohnes erfreut und ist einige Wochen darauf, nachdem die Krankheit sie lähmte und sprachlos machte, friedlich verstorben.«

Bei diesen Zeilen füllten sich meine Augen mit Tränen, so daß ich nicht weiterlesen konnte. Reue befiel mich, Reue zerfraß mir das Herz. Hätte ich nicht eine Reise in die Heimat unternehmen sollen, anstatt meine Kraft mit dem Versuch zu vergeuden, eine junge Sklavin zu verführen? Griechenlands Geschichte und seine heiligen Stätten hatte ich erforscht und meine Heimat darüber vergessen. Heute, aus dem Abstand vieler Jahre, weiß ich, daß es nötig war, diesen und nur diesen Weg zu gehen. Um mich selbst zu finden, mußte ich die Nabelschnur durchtrennen, mußte – wie es das Orakel aussprach – voranschreiten in meiner Arbeit, indem ich zurückblickte auf die Geschichte der Völker.

Des weiteren teilte Rachel mir mit, daß ich nun der Erbe unserer Güter in Chariot sei und ihr Gemahl mir den Vorschlag mache, diese an ihn zu verkaufen oder zu verpachten. Die entsprechenden Summen waren genannt, und ich entschloß mich zum Verkauf. So würde der Besitz auf die Kinder Rachels übergehen, was ganz meinem Wunsch entsprach, denn ich hatte nicht die Absicht, nach Judäa zurückzukehren.

Ruhelos lief ich in meinem leeren Haus herum, ersann neue Reisepläne, erwog Athen zu verlassen, um nach Rom oder

Alexandria überzusiedeln und rannte schließlich durch die Straßen der Stadt, bis ich vor den Thermen stand. Da fiel mir Haimos ein, und ich ging zu seinem Haus, doch er war für einige Tage verreist. Wieder beim Badehaus angelangt, fragte ich nach Hedyle und mußte erfahren, daß ein reicher Kaufmann von der Insel Andros sie aus ihrem Vertrag freigekauft und als seine Ehefrau heimgeführt hatte. So etwas geschah häufig, doch mir erschien es wie ein böswilliger Verrat – ich fühlte mich von allen verlassen.

Dann tat ich, was ich mir geschworen hatte, nicht zu tun: ich besuchte Theron und Nike. Mir wird noch heute warm ums Herz, wenn ich mich des herzlichen Empfangs erinnere.

Sie waren beide voll Eifer und Dankbarkeit, boten mir an, in ihrem Haus zu wohnen, da Therons Vater vor kurzem gestorben war und seine Mutter nun bei einer Schwester lebte. Ich fand die beiden als glückliches Paar und bemerkte gleich, daß Nike das Szepter fest in Händen hielt. Theron, den ich bis dahin nur in nachlässiger Kleidung und mit wild wucherndem Bart gekannt hatte, schritt nun gepflegt einher und sah ständig aus wie frisch gebadet. Sein Verdienst wanderte jetzt nicht mehr in Schenken und Badehäuser, sondern in Nikes sparsame Hände, was freilich nur zu seinem Vorteil war.

Nike bereitete mir ein Fußbad, kredenzte gewürzten Wein und tischte ihre besten Speisen auf.

Lächelnd wandte ich mich an Theron: »Solchen Eifer hat sie als Sklavin nie gezeigt. Du siehst, was der Ehestand bei einer Frau vermag. Mögen unsere kundigen Hetären noch so sehr das Gegenteil beweisen – ich jedenfalls glaube, daß die meisten Frauen erst in der Ehe ihre wahre Bestimmung finden.«

Theron stimmte mir zu: »So ist es, mein Freund, und auch du tätest gut daran, einen Hausstand zu gründen. Wie denkst du dir deine Zukunft? Wer soll für dich kochen und waschen? Wer soll dein Erbe sein, wenn nicht ein Sohn?«

»Viele Fragen auf einmal, mein lieber Theron. Meine Arbeit ist ohnehin bald abgeschlossen, ich werde Athen verlassen, und ihr werdet Fulvius vergessen.«

»Niemals!« beteuerte Nike, während sie eine würzige Soße

über den Hammelbraten goß. »Niemals wird Theron seinen Freund, werde ich meinen guten Herrn vergessen können!«

Ich spürte, daß es ihr vom Herzen kam, und war gerührt, um so mehr, als ich ja eigentlich der Schmied ihres Glückes war. So blieb ich einige Tage als Gast in Therons Haus und betrachtete nicht ohne Wehmut das Glück dieser Eheleute, die mich liebevoll umsorgten, als hätten sie eine Schuld zu begleichen.

14

Eines Tages traf in Athen die Nachricht ein, der Kaiser sei tot. Gestorben an einer Krankheit? Ermordet? Selbstmord? Niemand wußte etwas Genaues, auch schienen die Athener davon wenig betroffen. Die Kaiser kamen und gingen, das Römische Reich wurde groß und zerfiel – Hellas aber blieb ewig. So dachten die Griechen, so empfanden auch die Athener. Die römische Kolonie aber summte wie ein umgeworfener Bienenkorb. Viele von ihnen waren Flüchtlinge, die sehnsüchtig Tag für Tag auf den Tod des wahnsinnigen Ungeheuers gehofft hatten, um wieder in ihre Heimat zurückkehren zu können.

Gerade sie aber waren voll Mißtrauen und wagten es vorerst nicht, dieser Nachricht Glauben zu schenken. Konnte es sich nicht um einen von Caligulas Scherzen handeln? Er ließ sich für tot erklären, wartete die Reaktionen ab, um dann jeden, der nur einen Funken Freude oder Erleichterung gezeigt hatte, auf seine Hinrichtungslisten zu setzen.

Tage vergingen, reihten sich zu Wochen, genauere Nachrichten trafen ein, Caligula war am 24. Januar um die Mittagsstunde im Theater ermordet worden. Tiberius Claudius, sein schon einundfünfzigjähriger Onkel, ein bekannter Gelehrter und Historiker, wurde vom Senat zum Nachfolger bestimmt.

Nach fast vierjähriger Schreckensherrschaft hatte Rom sich endlich dieses Scheusals entledigt, und der ganze Erdkreis atmete auf. Zwei Männern war diese Befreiungstat vor allem zu verdanken, den beiden Prätorianertribunen Cassius Chaerea und Cornelius Sabinus.

Caligula wäre wohl noch einige Zeit am Leben geblieben, geschützt von seiner mächtigen und hochbezahlten Prätorianergarde, hätte er diese mit seinen schrecklichen Scherzen verschont. So kann man sagen, daß er sich sein Leben »verscherzte«.

Cassius Chaerea, ein schon älterer Tribun der Prätorianer, war monatelang die Zielscheibe des kaiserlichen Spottes gewesen. Caligula demütigte den alten Offizier bei jeder Gelegenheit, indem er ihn vor allen anderen einen Weichling und Schlimmeres nannte. Wenn Chaerea dem Kaiser Meldung zu erstatten hatte, verdrehte Caligula wie ein Lustknabe die Augen, sprach mit hoher Stimme und machte obszöne Gebärden. Mit jedem anderen hätte er sich solches erlauben können, nur nicht bei den Prätorianern, die sein Leben zu schützen hatten.

Schnell fand Chaerea Mitverschworene, wie den ebenso gedemütigten Tribunen Cornelius Sabinus und den Freigelassenen Julius Callistus, einen ehemaligen Günstling des Kaisers, der aber jetzt, wie so viele andere, um sein Leben fürchtete. Caligula nämlich war zu diesem Zeitpunkt in ein Stadium der Geistesverwirrung gelangt, da er in jedem einen Feind vermutete, der ihm nach dem Leben trachtete. Um unter diesen vermeintlichen Feinden Verwirrung zu stiften, tat er die tollsten Dinge. Einigen sandte er den Henker, um sie dann in letzter Sekunde huldvoll zu begnadigen, andere zog er an seine Tafel, lobte sie, beschenkte sie und ließ sie Stunden später umbringen. Ganz Rom lag wie unter einem Leichentuch, niemand wagte sich mehr zu regen, viele zitterten schon, wenn nur der Name des Kaisers fiel. Hunderte, ja Tausende, hofften Tag für Tag auf den Tod dieses erst neunundzwanzigjährigen blutdürstigen Tyrannen.

Den Vormittag des 24. Januar hatte Caligula im Theater verbracht. Er überlegte, ob er sich zum Mittagsmahl begeben sollte, da ihm von einer nächtlichen Schwelgerei noch übel war.

Schließlich erhob er sich doch und ging, von seiner Leibwache umringt, durch die rückwärtigen Räume des Theaters, wo er bei einer Gruppe ausländischer Schauspieler stehenblieb, um ihren Proben zuzusehen. Da trat Sabinus von vorne auf den Kaiser zu, während sich Chaerea von hinten näherte.

Dann rief Chaerea wie ein Opferpriester die Worte: »Tu es!« und hieb sein Schwert in den Nacken des Kaisers, während Sabinus ihn von vorne durchbohrte. Caligula stürzte schreiend zu Boden, krümmte sich und rief: »Noch lebe ich!« Darauf stürzten die Mitverschworenen herbei und hieben auf das Scheusal ein, bis es sich nicht mehr regte.

Inzwischen war die völlig ahnungslose germanische Leibwache herbeigeeilt und erschlug einige unbeteiligte Senatoren wie auch vier der Verschwörer.

Wenig später wurde auch Caesonia, die Frau des Kaisers, mit ihrer Tochter umgebracht.

Claudius, der Onkel des Kaisers, hatte sich während des Aufruhrs im Palast hinter einem Vorhang versteckt, denn er argwöhnte, daß man Caligulas ganze Verwandtschaft ausrotten wollte. Diesen stillen Gelehrten, den Caligula oft wegen seines Stotterns und seiner körperlichen Schwerfälligkeit verhöhnt hatte, zerrten die Prätorianer nun aus seinem Versteck hervor und erhoben ihn gegen seinen Willen zum Kaiser. Rom hat seine dreizehnjährige Herrschaft im ganzen nicht zu bereuen gehabt.

Claudius war es zu verdanken, daß die Welt erfuhr, mit welchen Plänen Caligula sich getragen hatte. So fand man in seinem Geheimarchiv zwei Notizhefte mit den Aufschriften »Dolch« und »Schwert«. Darin waren Hunderte von Namen der angesehensten Ritter und Senatoren mit ihren angeblichen Verbrechen aufgezeichnet. Nach deren Ermordung wollte Caligula seine Residenz nach Antium oder Alexandria verlegen. Das eingezogene Vermögen der »Verbrecher« sollte dazu dienen, nach seiner Umsiedlung prächtige Paläste zu errichten.

Nachdem die Stadtväter Athens durch eine offizielle Abordnung vom Regierungsantritt des neuen Kaisers unterrichtet worden waren, kehrten viele römische Flüchtlinge in ihre Heimat zurück.

Auch ich beschloß, Athen endgültig zu verlassen und nach Rom zu reisen.

Ich gestehe, daß mir der Abschied sehr schwer fiel. Hier hatte ich gute Freunde gewonnen, hatte gute Arbeit geleistet und mit der Freilassung Nikes eine gute Tat vollbracht, auf die ich stolz war. Nike weinte, nannte mich ihren guten Herrn und kochte tagelang meine Lieblingsgerichte.

Ich schwor meinen Freunden, daß Athen mich wiedersehen würde, und habe diesen Schwur gehalten.

Haimos begleitete mich nach Piräus bis auf mein Schiff, umarmte mich, küßte mich und schlug seinen gewohnten spöttischen Ton an, als er sagte: »Der nichtexistierende Poseidon schenke dir eine glückliche Überfahrt, und sämtliche anderen nichtexistenten Götter mögen dich sicher geleiten auf allen deinen Wegen. Lebe glücklich, mein Freund!«

»Wir sehen uns wieder, Haimos, ich weiß es – lebe auch du glücklich!«

So schieden wir voneinander, und der nicht existierende Poseidon war mir tatsächlich gnädig, denn ich erreichte Brundisium ohne Zwischenfall.

15

Es wäre gewiß weniger beschwerlich gewesen, mit dem Schiff durch die Meerenge von Messana nach Ostia zu segeln, doch ich wollte Rom auf dem Landweg erreichen, um einen Teil Italiens kennenzulernen.

So fuhr ich von Brundisium die appische Straße über Tarentum, Venusia und Capua und lernte die Kunst der römischen Straßenbauer nicht weniger bewundern als die Zuverlässigkeit des gutgefederten Reisewagens, dem ich mich und mein Gepäck anvertraut hatte.

Mein Wagen machte an der Porta Appia halt, und ich betrat zum erstenmal die Stadt der sieben Hügel, das Herz der Welt, das ewige Rom.

Ich mietete mir einen Träger und nannte den Namen des Bankhauses, dem mich mein Athener Geldwechsler empfohlen hatte. Von dort wurde ich an einen Wohnungsvermittler verwiesen und verbrachte die nächsten Tage mit der Suche nach einer geeigneten Unterkunft. Zuerst dachte ich an ein kleines Haus, doch dann schien mir eine Wohnung fürs erste geeigneter. Schließlich fand ich eine geräumige Wohnung beim Mons Oppius am Esquilin, die sich mit zwei anderen in einem schönen Haus zwischen den Gärten herrschaftlicher Paläste befand. Erst später erfuhr ich, daß der Esquilin noch am Beginn der augusteischen Zeit ein höchst verrufener Ort gewesen war, wo Sklaven hingerichtet wurden und sich die Gräberfelder der Armen erstreckten. Jetzt war davon nichts mehr zu bemerken. Als hätten die Leiber dieser vielen Namenlosen den Boden besonders fruchtbar gemacht, gediehen hier die üppigsten Gärten, und wo einst die Sklaven am Kreuz hingen, erhoben sich jetzt schimmernde Paläste, sprudelten marmorne Brunnen, und das Lied der Vögel klang von Pinien, Palmen und Zypressen. Das Haus war von einem gepflegten Garten umgeben, jede Wohnung besaß einen eigenen Brunnen und wurde im Winter mit Warmluft geheizt.

Ich ruhte zuerst einige Tage aus, kaufte Möbel, richtete meine Bibliothek ein und nahm gelegentlich ein kühles Bad in dem kleinen marmornen Wasserbecken, das den Wohnungsinhabern zur Verfügung stand. Vom Hausverwalter erfuhr ich, daß meine beiden Nachbarn nur den Winter in Rom verbrachten, während sie sonst auf ihren Landgütern lebten und nur gelegentlich zu kurzen Besuchen in die Hauptstadt kamen. Ich sah sie während der folgenden Zeit so selten, daß ich ihre Namen vergessen habe.

Während der Frühsommer mit seinen heißen Tagen und den ersten Gewittern ins Land zog, bemühte ich mich, diese gewaltige Stadt nach und nach zu erforschen.

Mein Beruf führte mich zuerst in die Bibliotheken, die alle

meine Erwartungen übertrafen. An erster Stelle muß ich die des Augustus am Palatin nennen, wo fast jedes Werk in lateinisch und griechisch vorhanden war und wo man den bedeutendsten Gelehrten und Schriftstellern begegnen konnte. Ehe ich ernsthaft zu arbeiten begann, durchwanderte ich Rom von einem Ende zum anderen. Von der Porta Ostiensis im Süden bis zu den Gärten des Lucullus im Norden, vom Janiculum bis zum Esquilin gab es bald kein Stadtviertel mehr, das ich nicht gründlich erforscht hätte.

Was mich am römischen Straßenleben besonders erstaunte, waren die zahlreichen prächtig gekleideten Frauen. Wenn in Judäa eine ehrbare Frau mit ihrer Dienerin zum Markt ging, so war sie in schwere dunkle Wollstoffe gekleidet und kehrte nach ihren Einkäufen sofort wieder ins Haus zurück. Niemals wäre sie des Vergnügens wegen, oder nur um sich zu zeigen, auf die Straße gegangen. Ähnlich verhielt es sich in Athen, wo sogar die angesehenen Hetären selten ihre Häuser verließen. Daß es früher in Rom nicht anders war, berichten uns die alten Schriftsteller. Nun aber war die Zeit der züchtigen römischen Matronen für immer dahin. In bunten Stolen aus kostbaren, durchscheinenden Stoffen spazierten die Frauen Roms an der Seite ihrer Männer oder von Dienern begleitet – manchmal sogar allein – durch die Straßen und zeigten stolz unter dem feinen Gespinst ihrer Kleidung straffe Brüste und schlanke Beine.

Leider taten dies auch Frauen, die sich besser von Kopf bis Fuß hätten verhüllen sollen. Ausgiebig wurde auch dem alten Brauch gehuldigt, Reichtum und hohe Stellung des Ehemannes durch kostbaren Schmuck zu zeigen, dessen Menge mit dem Alter seiner Trägerin zunahm. Ohr- und Fingerringe, Armbänder, Hals- und Fußketten, Haarspangen, Gewandnadeln – das gleißte, funkelte und klirrte sinnverwirrend. Diamanten, Smaragde, Rubine, Opale und andere Edelsteine blitzten bunt in der Sonne, taubeneigroße Perlen zogen die Ohrläppchen so lang, daß es schmerzen mußte. Welche Frau aber hielte solchen Schmerz nicht gerne aus?

Seneca bemerkte einmal spöttisch: »Unsere putzsüchtigen

Frauen tragen manchmal ein doppeltes oder dreifaches Erbgut im Ohr.«

Ich will nicht sagen, daß mir die römischen Frauen deshalb mißfallen hätten, nur mutete es mich eben fremd an.

Ich ließ mich gleich zu Anfang in die römischen Bürgerlisten eintragen, wobei mich der Beamte fragte, ob ich die jüdische Religion ausübe. Ich verneinte, was ihn zu erleichtern schien, wenn ich auch damals noch nichts von der römischen Abneigung gegen den jüdischen Kult bemerkte. Kaiser Claudius war – wie jeder wußte – mit König Herodes Agrippa befreundet und den Juden während der ersten Jahre durchaus günstig gesonnen. Man hörte überhaupt nur Gutes von diesem Kaiser, der sich als ein Muster römischer Gerechtigkeit erwies und die Staatsgelder für den Ausbau des Hafens von Ostia, für die Tiberregulierung und für eine neue Wasserleitung verwendete.

Daß er Chaerea, den Mörder Caligulas, hinrichten ließ, mag insofern verständlich sein, als dieser auf einer bei ihm gefundenen Todesliste auch Claudius aufgeführt hatte. Ansonsten aber erklärte er alle Verfügungen Caligulas für ungültig und gab den Familien der unschuldig Hingerichteten die beschlagnahmten Vermögen zurück. Mich kümmerten diese Dinge zu jener Zeit wenig. Ich war froh, in Rom zu leben, freute mich am Fortschritt meiner Arbeit und entdeckte so nach und nach die Eigenheiten der riesigen Stadt. Die letzte Volkszählung hatte über eine Million Einwohner ergeben, wovon fast dreihunderttausend dem Sklavenstand angehörten.

Mir gefiel nicht, wie viele Römer ihre Sklaven behandelten, denn von Athen war ich anderes gewöhnt. Man konnte keine Stunde durch Rom laufen, ohne aus irgendeinem Haus das Geschrei geprügelter Sklaven zu vernehmen, doch niemand störte sich daran. Für die Römer war dies ein so vertrautes Geräusch wie die Rufe der Straßenhändler. Wehrlos und machtlos war der Sklave jeder Willkür seines Herrn ausgesetzt, ob der ihn nun totprügelte oder an eine Tretmühle vermietete. Freilich wurde ein Sklave selten so hart gestraft, daß er bleibenden körperlichen Schaden genommen oder gar den Tod gefunden hätte, denn welcher kluge Mann zerstört schon mutwillig sein Eigentum? Doch der Sklave war rechtlos. Er durfte keine gültige Ehe eingehen, konnte mit einer anderen Sklavin nur immer wieder Sklaven zeugen, die sein Herr dann oft mit Gewinn verkaufte.

Zum Schlimmsten aber, was den Römern vorgeworfen werden kann, zählen die grausamen Circusspiele. Seneca hat sie vergebens angeprangert – er stand damit ziemlich allein. Der Pöbel liebt sein blutiges Schauspiel, und die Kaiser bieten es ihm kostenlos, um ihn bei guter Laune zu halten. Wer einmal gesehen hat, wie Gladiatoren einander abschlachten, wie ausgehungerte Bären, Löwen und Tiger auf Menschen gehetzt werden, der muß schon ein geborener Römer sein, um daran Gefallen zu finden.

Auch wenn es zum Tode verurteilte Verbrecher sind, denen man zum Ergötzen der Menge im Theater eine tödliche Rolle zuteilt, so finde ich doch, daß ihre Strafe ein rasches Werk des Henkers sein sollte und nicht das langsame grausige Sterben vor johlenden Menschen. Seneca hatte versucht, Nero zu einem Verbot dieser Schaustellungen zu bewegen, worauf der Kaiser ihm antwortete: »Als Künstler und Ästhet schätze ich dergleichen nicht, aber als Kaiser bin ich es meinen Römern schuldig.«

Trotzdem – und dies muß zu Neros Ehre gesagt sein – durfte bei einem von ihm veranstalteten Gladiatorenkampf niemand getötet werden, nicht einmal die verurteilten Verbrecher. Zum Ausgleich für diese Enttäuschung bot er seinem Volk den köstlichen Anblick von vierhundert Senatoren und sechshundert Rittern, die mit dem Schwert gegeneinander kämpfen mußten. Nicht zuletzt wegen solcher Demütigungen der Höhergestellten vor aller Augen wurde Nero vom Volk verehrt und geliebt.

Doch genug davon. Was mich damals in Rom besonders beeindruckte, waren die Wagenrennen im Circus Maximus, dessen Ausmaß mich wie jeden Fremden überwältigte. Hundertachtzigtausend Menschen fanden in ihm Platz, und ebenso viele Kehlen brüllten bei großen Rennen die Namen ihrer Favoriten. Der etwa halb so große flaminische Circus und der von Caligula angelegte vatikanische hatten aber auch keinen Mangel an Besuchern. Seit langem sind die Römer an derlei Vergnügungen gewöhnt, und kein Kaiser hat es bisher gewagt, damit zu geizen.

Noch viel mehr gab es zu bewundern. Das Augustusforum, die alten Tempel an der Via Sacra, die Kaiserpaläste auf dem Palatin mit ihrer unermeßlich kostbaren Ausstattung, das Kapitol mit seinem ehrwürdigen Jupitertempel und dem Forum Julius Caesars zu Füßen.

Ihr, meine Söhne, habt dies alles vor Augen und kennt es. Was ihr aber nicht mehr kennt, das waren die alten Stadtviertel vor dem großen Brand, von dem ich noch berichten werde.

Wer diese oft schnell und schlecht gebauten, engen und ungesunden Häuser gesehen hat, bedauert nicht, daß sie zum großen Teil verschwunden sind. Fast jede Woche brach eine dieser elenden Hütten zusammen und begrub ihre Bewohner samt Hab und Gut. Es gehört zu Neros wenigen guten Taten, daß er den Wiederaufbau strengen Gesetzen unterwarf.

Mit Vergnügen nahm ich meine alte Gewohnheit des regelmäßigen Thermenbesuchs wieder auf und hatte dabei wie alle Römer die Wahl zwischen den großen, meist überfüllten, dafür fast kostenlosen öffentlichen Thermen, die von mittags bis Sonnenuntergang geöffnet waren – bei strenger Trennung der Geschlechter – und den kleineren privaten Bädern, die meistens vom Morgen bis spät in die Nacht zugänglich waren. Von ihnen gab es damals einige hundert, und es werden inzwischen nicht weniger geworden sein. Manche davon boten gegen teures Geld einen unvorstellbaren Luxus mit ihren kalten, warmen und heißen Becken aus kostbarstem Marmor, ihren mit Statuen und leuchtenden Mosaiken geschmückten Ruheräumen, Bibliotheken, Schreib- und Lesezimmern, Massage-, Speise- und Salbräumen, ihrem Dienstpersonal aus schwarzen, braunen und weißen, ausgesucht schönen Sklaven und Sklavinnen. Jedes Verlangen von Körper und Geist konnte hier befriedigt werden, ob man nun lesen, schlafen oder Musik hören, ob man sich junges weibliches oder männliches Fleisch, das zu jedem Dienst bereit war, kaufen wollte.

Was soll ich euch noch schildern? Ihr kennt Rom nicht schlechter als ich, wenn euch auch ganz selbstverständlich sein mag, was mich damals in Staunen versetzte.

16

Mein Leben wäre wohl auch in Rom ohne größere Aufregungen verflossen, hätte ich nicht Gaius Petronius kennengelernt, dessen Name zur Zeit Neros als Petronius Arbiter fast jedem Kind bekannt war. Mir steht der Tag unseres ersten Zusammentreffens noch heute in allen Einzelheiten vor Augen.

Ganz in der Nähe meiner Wohnung gab es ein eher bescheidenes, doch sehr sauberes Badehaus, das ich vor allem an kühlen Tagen wegen seines geräumigen Schwitzraums aufsuchte.

Dort saß ich eines Nachmittags allein im Laconicum und freute mich meines in Bächen herabrinnenden Schweißes, da uns ja die Ärzte immer wieder versichern, daß dies den Körper von allen schlechten Säften reinige.

Ein schlanker Mann, etwa meines Alters, betrat den Raum, kletterte etwas schwankend auf den obersten Rost und legte sich nieder. Kurz darauf wollte ich den Schwitzraum verlassen, um mich abzukühlen, als ich hinter mir einen leisen Schrei vernahm. Ich wandte mich um und sah, daß der andere Besucher stöhnend am Boden lag. Ich beugte mich über ihn und fragte: »Bist du gestürzt? Ist dir übel geworden?«

Er schien nicht ganz bei Sinnen, murmelte Undeutliches und war im Gesicht so fahl geworden, daß ich ihn packte und aus dem Laconicum schleppte. Mit Hilfe eines Badedieners legte ich ihn auf ein Ruhebett, bespritzte ihn mit kaltem Wasser und sah, wie er wieder zu sich kam. Sein schöngeschnittenes, glattrasiertes Gesicht mit schmaler Nase und feingeschwungenen Lippen war noch bleich, von seiner Stirn perlte das Wasser.

Etwas mühsam richtete er sich auf. »Was ist geschehen? Bin ich gestürzt?« Erwandte sich zum Badediener. »Hole mir etwas Wein mit sehr kaltem Wasser!« Dann blickte er mich an. »Dir aber sage ich Dank für deine Mühe. Nicht jedesmal falle ich im Bade um, glaube mir. Die letzten Tage waren ein wenig anstrengend – nachts die Freunde und des Tags – wo man schlafen sollte – die Geschäfte.« Inzwischen hatte ihm der Diener das Getränk gereicht. »Ah, das tut gut. Man sollte nur Wasser trinken, ganz ohne Wein. Leider halten wir es zu oft umgekehrt und trinken den Wein ganz ohne Wasser.«

Er schwieg eine Weile, rieb seinen Körper mit einem Tuch ab und fuhr dann fort: »Ich heiße Gaius Petronius. Da gerade vom Wein die Rede ist: Würdest du gelegentlich mit mir einen Becher leeren?«

Ich nannte meinen Namen und sagte: »Gerne, wann und wo du willst.«

Petronius überlegte. »Morgen bin ich in der Augustusbibliothek, danach habe ich mich in den Agrippathermen verabredet – wenn du willst, treffen wir uns nachmittags dort. Meine Freunde werden dir gefallen, lauter gescheite Leute, Dichter, Buchhändler, Schauspieler ... Wozu zählst du dich?«

»Ich bin Historiker und schreibe eine Geschichte der römischen Provinzen.«

Petronius nickte anerkennend und schien erfreut. »Ein Historiker! Endlich! Das hat uns bis jetzt noch gefehlt. Es ist freilich leichter, jeden Tag ein paar Gedichte oder Epigramme hinzukritzeln, als mühsam die Vergangenheit zu erforschen. Ich gebe gerade die Gedichte unseres großen Catullus neu heraus und darf mich rühmen, einige bisher unbekannte Verse aufgestöbert zu haben. Du glaubst nicht, welche Mühe es mich gekostet hat, sie in Verona bei seinen Erben aufzuspüren. Davon später.« Er klatschte einen Diener herbei. »Hole meine Kleider, ich muß nach Hause!«

Beim Ankleiden bemerkte ich den schmalen Purpurstreifen, das Abzeichen des römischen Ritters, an seiner Toga.

Das war meine erste Begegnung mit Petronius, der mein bester Freund wurde, wenn ich auch hinzufügen muß, daß ich selbst nur einer unter vielen Freunden dieses seltsamen und vielfältig begabten Mannes war.

Am nächsten Tag fand ich mich gegen die Mittagsstunde auf dem Marsfeld ein, das seit langem zu den Lieblingsaufenthalten aller römischen Müßiggänger zählte. Ich empfand den Gang dorthin immer wie eine Wanderung aus dem Schattenreich ins Elysium, wenn man vom lauten und betriebsamen Forum in die dunkle Enge der Straßen taucht, um dann plötzlich ans Licht zu treten, wo sich die weite, von Feigen, Zypressen, Steineichen und blühenden Büschen gesäumte Fläche des Marsfeldes erstreckt. Dieses vom Tiber halbkreisförmig umschlossene Areal mit seinen Stadien, Theatern, Thermen, Gärten und endlosen Säulengängen schien mir immer wie eine von Künstlern allein zur Freude und Erholung geschaffene eigene Stadt. Bis in die Nachmittagsstunden verbrachte ich meine Zeit nur mit Schauen und müßigem Herumwandern. Dort wurden junge Pferde zugeritten, hier machte ein Lehrer mit seinen Schülern athletische Übungen, während vom Exerziergelände das Befehlsgebrüll der Centurionen schallte, die ihre Soldaten drillten. Von solchem militärischen Treiben hat das Marsfeld seinen Namen, wenn es inzwischen auch längst mehr dem Apoll als dem Mars zugehört.

Ich fand Petronius im Frigidarium der Agrippathermen im eifrigen Gespräch mit seinen Freunden.

»Da kommt Fulvius, der Historiker, sei uns gegrüßt!« rief Petronius mir entgegen und hatte mich damit den anderen gleich vorgestellt. »Kennst du schon die ganz Rom erschütternde Neuigkeit?« Noch ehe ich antworten konnte, fuhr Petronius fort: »Claudius hat Seneca nach Korsika verbannt!«

Ich wußte freilich, wer Seneca war, dessen Werke schon damals weit verbreitet waren, doch von der Verbannung wußte ich nichts. Ein anderer meinte: »Seneca hat Caligula überlebt, er wird auch die Verbannung überstehen.«

»Wofür ist er denn bestraft worden?« fragte ich ahnungslos.

Alle redeten durcheinander, bis Petronius Ruhe gebot.

»Laßt mich es unserem römischen Neubürger erklären. Seneca hat sich, so heißt es, mit Julia Livilla, der Schwester unseres seligen Caligula, zusammengetan, um sie in das Bett des Kaisers zu schmuggeln, was freilich Messalina wenig gefiel.« Flüsternd und mißtrauisch um sich blickend, fuhr Petronius fort: »Messalina scheint zwar gewillt, ihr Bett mit zahlreichen kräftigen Jünglingen zu teilen, während sie das Bett ihres Claudius lieber ungeteilt sieht. Du verstehst?«

Zwar verstand ich es nur zum Teil, doch ich wollte mir keine Blöße geben und nickte.

»Senecas schwache Lunge wird das rauhe Korsika wohl kaum überstehen«, gab ein anderer zu bedenken.

»Warten wir es ab«, sagte Petronius, »Claudius ist kein Caligula, dem das Rollen der Köpfe bekanntlich die liebste Musik war.«

So floß das Gespräch munter fort, und ich war stolz, daran teilzuhaben.

Petronius forderte uns zu einem Wettschwimmen im langgestreckten Becken des Frigidariums. Er sprang auf, zog sich im Lauf die Tunika über den Kopf, flitzte wie ein Pfeil ins kalte Wasser und war schon am anderen Ende, noch ehe seine Freunde ihm folgen konnten.

Schon damals fiel mir auf, daß Petronius, wo immer er sich befand, ganz selbstverständlich als Mittelpunkt akzeptiert wurde. Was er vorschlug, wurde gemacht, und wer nicht mittun wollte, ging eben seine eigenen Wege, doch die meisten fügten sich.

So war es auch an diesem Nachmittag. Nachdem Petronius sich abgetrocknet hatte, sagte er zu seiner Freundesschar: »Verzeiht mir, aber ich bin müde und muß einige Stunden ruhen. Wir treffen uns nach Sonnenuntergang im Weißen Pfau – einverstanden?«

Alle stimmten zu und gingen dann bald auseinander.

Petronius zog mich beiseite. »Den Weißen Pfau findest du hinter dem Forum Boiarum am Tiberufer. Eine einfache Schenke, doch der Wein ist ausgezeichnet, und die Wachteln mit Kräutersoße vergißt man auch nicht so schnell. Also lebe wohl!«

Ich weiß nicht mehr, warum ich der Einladung nicht folgte, jedenfalls lernte ich den Weißen Pfau erst später kennen.

In den folgenden Wochen lebte ich ganz meiner Arbeit, bedauerte aber doch, Petronius nicht nach seiner Wohnung gefragt zu haben.

In der Augustusbibliothek am Kapitol traf ich ihn wieder. Ich saß über Bücher gebeugt und schrieb eifrig an meinen Notizen, als ich eine Hand auf meiner Schulter spürte und dazu ein Flüstern vernahm.

»Kein Aufsehen, lieber Freund, hier an dieser Stätte papierner Gelehrsamkeit. Hörst du nicht die Gedanken auf leisen Flügeln herumschwirren wie Fledermäuse in einer dämmrigen Höhle? Wir sollten hier nicht weiter stören; ich lade dich zu einem Mittagsmahl in eine von mir eben entdeckte Garküche.«

Ohne mein Einverständnis abzuwarten, ging Petronius langsam zum Ausgang, so daß ich gerade noch meine Notizen zusammenraffen und ihm folgen konnte. Draußen blieb er stehen, blickte zum Himmel und meinte: »Es liegt ein Gewitter in der Luft. Ich weiß nicht, warum ich heuer so lange zögere, diese Stadt zu verlassen; denn Rom ist im Sommer eine Hölle – du wirst es erleben. Und dieser Gestank! Mit jedem neuen Einwohner, der hier geboren wird oder zuwandert, wird es ärger. Alexandria soll noch schlimmer stinken, wie man hört, ich möchte es aber trotzdem einmal kennenlernen. Du nicht?«

Ich stimmte zu. »Ich habe mir fest vorgenommen, während der nächsten Jahre dorthin zu reisen.«

Petronius raffte seine Toga, wir überquerten eine Straße und gingen hinüber zum Circus Maximus. »Gleich sind wir da – du bist doch hungrig?«

Zwar verspürte ich keinen Hunger, wie immer, wenn ich lange gearbeitet hatte, doch aus Höflichkeit bejahte ich seine Frage.

Die Garküche sah wenig einladend aus, wenn auch ein köstlicher Duft aus ihren Fenstern und der offenen Türe drang.

Petronius ging voraus, rief nach dem Wirt, packte ihn am

Arm und sagte mit fast drohender Stimme: »Ich bin Titus! Dies ist mein Freund Fulvius! Geleite uns zu deinen besten Plätzen! Oder gibt es hier ein ruhiges Nebenzimmer?«

Später erlebte ich noch oft, was die Freunde des Petronius als den »Auftritt des Titus« bezeichneten.

Gaius Petronius pflegte diesen ihm nicht zugehörigen Namen mit barscher und einschüchternder Stimme zu nennen, wann immer er auf Ämtern, in Schenken oder Thermen bevorzugt behandelt werden wollte, und zu unser aller Erstaunen hatte er damit jedesmal Erfolg. Niemand wagte es, diesem offenbar sehr hochstehenden Titus etwas abzuschlagen, und alle taten so, als wüßten sie, wer er sei. Auch diesmal erhielten wir in der Schenke sofort einen für bessere Gäste reservierten Platz. Petronius lächelte.

»Du siehst, es tut seine Wirkung. Diese Römer sind so leicht zu beeindrucken, und wie wankelmütig sie sein können, lehrt unsere Geschichte, worüber du vermutlich besser Bescheid weißt als ich. Nützen wir diese behagliche Stunde, erzähle mir von deiner Heimat. Wo kommst du her? Wer sind deine Eltern?«

Bereitwillig gab ich ihm Auskunft, erwähnte aber meine Zeit mit Jesus nicht. Wir aßen mit frischen Feigen gefülltes und mit Garum beträufeltes Huhn, das vorzüglich schmeckte.

Wer Rom und die Römer kennenlernt, wird bald auf dieses seltsame, aus verfaulten Fischen zubereitete Gewürz stoßen, ohne das, abgesehen von den Süßigkeiten, keine Speise auf den Tisch kommt. Dieses Garum wird in Fabriken hergestellt und überall in kleinen Tonkrügen verkauft. Schließlich gewöhnte auch ich mich so sehr daran, daß ich auf meinen späteren Reisen bei jedem Fleischgericht seinen unverwechselbaren Geschmack vermißte.

Petronius erzählte von sich selbst nicht viel, doch ich erfuhr, daß er aus einer in Rom und Perusia ansässigen patrizischen Familie stammte.

»In Perusia habe ich meine Kindheit verbracht, doch mit der Männertoga sandte mich mein Vater nach Rom. Jetzt sind meine Eltern tot, und hier lebe ich nun und verbringe meine Zeit mit lebenden und toten Dichtern. Kennst du Lucretius? Sein ›Über die Natur der Dinge‹ hat man bis heute unterschätzt, doch mir scheint, er ist tiefer gedrungen als alle anderen. Ich glaube fast, er hat Selbstmord begangen, um auch die allerletzte Erfahrung mit vollem Bewußtsein zu erleben. Vielleicht wollte er nicht im Schlaf sterben, was so vielen als das kostbarste Geschenk der Götter erscheinen mag. Ich stelle mich auf seine Seite, denn der Tod gehört zum Leben wie essen, trinken, lieben, reisen, lesen. Diese Dinge genießen wir, warum nicht auch den Tod? Nur weil er das letzte ist, weil er sich oft unter Schmerzen naht? Aber gerade deshalb scheint es mir so bedeutsam, daß wir unser Sterben jederzeit selbst bestimmen und gestalten können. Ich jedenfalls wünsche mir nicht, als gichtgepeinigter Greis, der auf Frauen, Wein und gutes Essen verzichten muß, langsam abzusterben.«

Wir diskutierten noch lange hin und her, während der herbe, junge Falerner zumindest beim letzten Becher unvermischt durch unsere Kehlen rann.

17

Es ist in allen Residenzstädten unserer Welt so, daß das Volk aufmerksam seinen Fürsten beobachtet und ausführlich alles beredet, was ihn betrifft, ob es nun seine Frauen sind, sein üppiges oder karges Leben, seine Kleidung, seine Gesetze, seine Reden.

Als Kind war Claudius häufig krank, und niemand prophezeite ihm ein langes oder gar erfolgreiches Leben. Sein Vater starb früh, seine Mutter Antonia hatte so wenig Freude an ihm, daß sie gerne spöttisch bemerkte, Claudius sei von der Natur begonnen, aber nicht vollendet worden. Besonders dumme Menschen bezeichnete sie als »dümmer als Claudius«.

Weder unter Augustus noch unter Tiberius bekam Claudius eine wirkliche Aufgabe, denn die Familie schämte sich seines

Stotterns, seines hinkenden Ganges, seiner Unbeholfenheit. Diesen Gebrechen und dem an ihm fest haftenden Ruf, dumm zu sein, verdankte aber Claudius letzten Endes sein Überleben unter Caligula. Dieser verschaffte seinem Onkel zwar das Konsulat, hielt ihn aber im übrigen für einen harmlosen Trottel und behandelte ihn als eine Art von Hofnarren. Bei Caligulas schauerlichen Gastmählern, die sich in einer Atmosphäre ständiger Angst abspielten, schlief Claudius häufig ein, was eine willkommene Ablenkung war, denn Caligula ließ ihm dann oft die Füße zusammenbinden, bewarf ihn mit Tafelobst oder zog ihm Frauenschuhe über die Hände. Daß Claudius' Müdigkeit von seiner nächtlichen Arbeit als Historiker herrührte, war nur wenigen bekannt.

Als Claudius dann nach Caligulas Ermordung zu seiner eigenen und ganz Roms Überraschung auf den Thron gelangte, zitterten alle, die ihn vorher gedemütigt hatten, um ihr Leben. Sie ängstigten sich umsonst, denn Claudius nahm nicht nur keine Rache, sondern befahl, alles Geschehene zu vergessen – und hielt sich auch selber daran. Als man vorschlug, seine Thronerhebung künftig als Festtag zu begehen, lehnte er ab.

In seiner Rechtsauffassung zeigte er sich sehr schwankend; neigte einmal zu großer Milde, dann wieder zu unverständlicher Härte, doch all dies wog leicht im Vergleich zu seinen sonstigen Taten. Seine Bautätigkeit habe ich schon erwähnt, seine Neuordnung der Ämter, der Finanzen, des Gesundheitswesens und vieler anderer Dinge, die unter Caligula vernachlässigt wurden, verschafften ihm bald einen gewissen Respekt beim Senat und beim Adel. Das Volk versuchte er nach alter Sitte mit Spielen und Lebensmittelverteilung zu gewinnen, doch wirklich populär wurde er nie. Wer den römischen Pöbel kennt, wird dies eher als Kompliment auffassen.

Daß ich Claudius einmal vorgestellt wurde, habe ich Petronius zu verdanken. Ich erwähnte schon die Rolle von Publius Petronius, einem Onkel meines Freundes, bei dem Wahnsinnsbefehl Caligulas, seine Standbilder im Tempel von Jerusalem aufzustellen. Das tapfere Verhalten dieses aufrechten

Mannes wurde nun von Claudius mit einem einträglichen Hofamt belohnt, und bald sprach es sich herum, daß der frühere Legat von Syrien die Freundschaft des Kaisers genoß. Publius Petronius nahm sofort Verbindung mit seinem Neffen auf und erreichte es, daß dieser öfters an den kaiserlichen Hof geladen wurde. Daß er damit auf Umwegen das Todesurteil über seinen Neffen Gaius Petronius gesprochen hatte, konnte damals niemand ahnen.

Ich bin den Ereignissen etwas vorausgeeilt und muß noch davon sprechen, wie sich meine Freundschaft zu Petronius im Laufe der Zeit vertiefte.

Was in den Thermen begonnen hatte, setzte sich zunächst dort fort, denn es wurde auch mir zur lieben Gewohnheit, mehrmals in der Woche die Nachmittage am Marsfeld zu verbringen, wo Petronius fast täglich in den Agrippa-Thermen im Kreis seiner Freunde zu finden war. Durch unsere schriftstellerische Arbeit ergab es sich, daß wir oft zusammen die Bibliotheken aufsuchten. Dort ging jeder seiner Tätigkeit nach, woran sich dann nicht selten das gemeinsame Nachtmahl anschloß.

Inzwischen wußte ich, daß Petronius ganz in meiner Nähe am Mons Cispius ein Haus besaß.

Nach einem gemeinsamen Nachtmahl in einem bekannten, aber meist überfüllten Gasthaus schlug ich ihm vor, bei mir zu Hause noch einen Becher Wein zu trinken.

Petronius bedankte sich und sagte:

»Ich reise in einigen Tagen auf mein Landgut bei Cumae, so daß wir uns erst im Herbst wiedersehen. Laß mich einen anderen Vorschlag machen: Leiste du mir heute nacht in meinem Haus Gesellschaft.«

Obwohl ich wußte, daß Petronius sehr wohlhabend war, setzte mich sein Haus am Mons Cispius in Erstaunen. Schon der von schlanken Marmorsäulen gestützte Porticus und das weiträumige Vestibulum ließen die Ausdehnung dieser prachtvollen Villa ahnen. Kostbare farbige Marmorsorten, Mosaiken, wundervolle griechische Skulpturen, Möbel aus edelsten Hölzern und kunstreiche apulische und griechische Vasen schmückten Atrium und Peristyl. Dahinter erstreckte sich ein weiter, mit alten Bäumen und blühenden Büschen bestandener Garten, aus dem das erfrischende Plätschern der Brunnen zu hören war. Zahlreiche Diener bemühten sich um ihren Herrn, der mit ihnen leise und freundlich sprach, als rede er zu Seinesgleichen. Ironie oder Herablassung zeigte Petronius nur bei Gleich- oder Höhergestellten, während er seinen Sklaven mit vertrauter Freundlichkeit begegnete.

Petronius stellte mir seinen Privatsekretär Kleitos vor, einen kleinen, wieselflinken Griechen, dem die Klugheit aus den schwarzen Augen blitzte. Im Gegensatz zu den gebildeten Römern, die auf ihr gutes Griechisch stolz sind und sich mit griechischen Kunstwerken umgeben, besaß Kleitos eine besondere Vorliebe für alles Römische. Er sprach ein vollendetes Latein, wollte Cletus genannt werden und war höchst betrübt, daß für ihn, als Freigelassenen, der Bürgerbrief nicht zu erlangen war.

Als Cletus sich mit einer Verbeugung entfernt hatte, setzten wir uns in den Garten und genossen nach der Hitze des Julitages die Abkühlung der von einem leisen Wind durchwehten Nacht.

Wein, Obst und Nüsse wurden gebracht, wir aßen, tranken und hielten uns ganz still, als eine Nachtigall zu schlagen begann. Später flüsterte Petronius mir zu: »Ich habe schon gut ein Dutzend dieser Sänger gekauft und hier ausgesetzt, doch erst diese ist geblieben. Nicht nur um ihretwillen liebe ich die Nächte ...«

Er schwieg, und schweigend tranken wir unsere Becher leer. Dann sprach Petronius weiter.

»Ich weiß nicht, wie du es empfindest, aber ich lebe nachts viel intensiver. Die Helligkeit und der Lärm des Tages mögen uns zerstreuen, die Nacht aber sammelt und verdichtet die Kräfte des Geistes. Ob ich schreibe, lese oder mich mit einem Freund unterhalte: nachts erhält es doppeltes Gewicht.«

Petronius schlug seinen Becher an ein silbernes Becken. Sogleich erschien ein Diener.

»Laß Lucilla kommen.« Petronius wandte sich zu mir: »Lucilla ist ein Hirtenmädchen aus den Albanerbergen. Sie ist keine Sklavin, sondern lebt in meinem Haus, so lange es ihr gefällt – du wirst gleich verstehen, warum.«

Lucilla erschien, gekleidet in eine einfache leinene Tunika, weder hübsch noch von besonders zarter Gestalt. Petronius nickte ihr zu und sie setzte eine Pansflöte an die Lippen.

Wer jemals ihr Spiel hörte, wird es nie vergessen. Diese süßen auf- und abschwellenden Töne waren wie ein Klang aus uralten Zeiten. Sie spielte eine einfache Melodie, die sie immer wieder verschieden modulierte, doch lag so viel Kraft und Leidenschaft in ihrem Spiel, daß ich atemlos lauschte. Nach einiger Zeit setzte sie ihre Flöte ab und verschwand.

»Dieses Mädchen ist ein Juwel, unbezahlbar. Ich hoffe, daß sie noch lange bleibt.«

Wir unterhielten uns dann bis zum Morgengrauen über die verschiedensten Dinge, schwiegen oft lange, tranken, aßen Feigen und Nüsse und wurden erst in dieser Nacht richtige Freunde.

Das Vorhaben, nach Cumae zu reisen, mußte Petronius verschieben, als sein Onkel ihm die Einladung an den kaiserlichen Hof zugehen ließ.

Der als Privatmann so zurückhaltende und zurückgezogen lebende Claudius entwickelte als Kaiser eine große Vorliebe für prunkvolle Festmähler, bei denen manchmal an die sechshundert Gäste geladen waren. Davon abgesehen, lebte er aber sehr bescheiden, wohnte im Palast seines Vorgängers und gab nur Geld für öffentliche Bauten aus. Nun hatte er kürzlich geäußert, er wolle die Vertreter des römischen Geisteslebens bei Hofe sehen, worauf Publius Petronius an seinen Neffen und dieser an mich dachte. So ließen wir uns eines Abends in einer Doppelsänfte zum Palatin tragen.

Caligula hatte den Palast seines Vorgängers Tiberius durch verschiedene überflüssige Anbauten erweitert, die deutlich von seinem Größenwahn zeugten. So erstreckte sich der neue Bau den ganzen palatinischen Hügel hinab bis zum alten Tempel von Castor und Pollux, der dadurch eine Art Pförtnerhaus wurde. Ebenso konnte Caligula von seinem Palast auf einem eigens errichteten Laufsteg, hoch über den Dächern, hinauf zum Kapitol bis ans Ohr der großen Jupiterstatue spazieren, wo er dann dem Göttervater seine Wahnideen ins Ohr flüsterte. Diesen Laufsteg ließ Claudius nach seinem Regierungsantritt sofort entfernen.

Nach unserer Ankunft wurden wir mit anderen Gästen von höflichen Prätorianern in einen Nebenraum gebracht und sorgfältig auf versteckte Waffen untersucht.

»Du zerstörst mir meine schönen Togafalten«, bemerkte Petronius ärgerlich, während der offenbar nicht auf den Mund gefallene Prätorianer zurückgab: »Besser die Falten einer Toga zerstört als den römischen Frieden.«

Der große, hell erleuchtete Festsaal summte wie ein Bienenkorb. Ich schätze, daß sich so nach und nach etwa dreihundert Menschen dort versammelten, von denen Petronius mindestens die Hälfte kannte. Dichter, Historiker, Grammatiker, Verleger und einige bekannte Kunstmäzene unterhielten sich angeregt und lautstark über viele Tische hinweg, bis ein gewaltiger Gongschlag sie augenblicklich verstummen ließ. Auf einem erhöhten Podest waren das purpurne Ruhelager und der goldene Tisch des Kaisers zu sehen. Helle Fanfaren ertönten. Langsamen Schritts marschierten die kaiserlichen Lanzenträger herein, hochgewachsene kraftvolle Männer in funkelnden Rüstungen. Sie stellten sich im Halbkreis um des Kaisers Tisch. Wieder feierlicher Fanfarenklang und Kaiser Claudius erschien, begleitet von seinen fast allmächtigen Privatsekretären Narcissus, Pallas und Kallistos. Der Kaiser trug eine schmucklose, nachlässig geraffte Purpurtoga und ging etwas schwankend. Von seiner oft beredeten Häßlichkeit war nichts zu bemerken. Sein ebenmäßiges Gesicht, die vollen weißen Haare, der stämmige, doch schlanke Körper fügten sich zum Bild eines würdigen älteren Mannes. Wir waren alle aufgestanden, der Kaiser hob grüßend die Hand und ließ sich auf seinem Sitz nieder. Nach einer Höflichkeitspause machten auch wir es uns auf den mit Fellen und kostbaren Stoffen bezogenen Sitzen bequem.

Vergeblich hatten wir gehofft, Valeria Messalia, die dritte Frau des Kaisers, zu sehen, doch war das heutige Festmahl anscheinend nur für Männer bestimmt.

Claudius war kein guter Stegreifredner. Er sprach nicht gerne vor vielen Menschen. So hielt er auch diesmal keine Rede, ließ aber von Zeit zu Zeit einzelne Gäste zu sich holen, um sich mit ihnen zu unterhalten. Zu dieser Ehre gelangten der berühmte Geograph Pomponius Mela, der Historiker Curtius Rufus und natürlich der alte Fabeldichter Phaedrus, ein aus Mazedonien stammender Sklave, den Augustus freigelassen und gefördert hatte. Unter Tiberius wegen angeblicher Anspielungen in seinen Fabeln zum Schweigen verurteilt, wurde er später viel gelesen und war jedem Römer vertraut. Ich weiß nicht, ob sein Name noch heute diesen Klang besitzt. Nach ihm wurde mein Freund Petronius zum Kaiser befohlen, und bald darauf holte man mich.

»Historiker pflegen sich nicht gar so tief vor einander zu verneigen«, redete Claudius mich an, als ich mich von meiner Verbeugung aufrichtete. Petronius schien ihm also von meiner Arbeit erzählt zu haben. »Wann bekommen wir sie denn zu lesen, deine Geschichte der römischen Provinzen?«

Claudius sprach ein vollendetes Griechisch und liebte es, sich in dieser Sprache zu unterhalten.

»Eher als ich dachte«, gab ich keck zur Antwort. »Denn du, Augustus, hast mir die Geschichte Etruriens und Karthagos erspart. Ich könnte es nur schlechter machen. Deine Arbeit war mir immer ein Vorbild.«

Mir flossen diese Schmeicheleien so glatt von den Lippen, als hätte ich sie eingeübt, doch sie entsprachen im Grunde der Wahrheit, denn Claudius ist bis heute als vorzüglicher Historiker anerkannt. Der Kaiser nahm meine Worte mit Wohlgefallen auf: »Gut gesprochen, Fulvius.« Dann wandte er sich an seine Sekretäre und spottete: »So angenehme Reden bekomme ich von euch kaum zu hören. Sagt Polybios Bescheid, er möge dem jungen Mann Einblick in die Archive gewähren.«

Pallas verbeugte sich mit den Worten: »Wir dienen unserem Kaiser mit allen Kräften – jeder auf seine Art.«

Claudius winkte ab. »Ich weiß, ihr tut euer Bestes. Auch dich, Gaius Petronius, muß ich loben, denn du stellst dein eigenes Werk zurück, um die alten Dichter lebendig zu erhalten. Fortuna sei mit euch und eurer Arbeit.«

Wir waren entlassen und gingen gemeinsam auf unseren Platz zurück.

»Das ist mehr wert als ein Beutel Gold, lieber Fulvius. Wir sind in des Kaisers Gunst, ich sah, wie Kallistos alles notierte.«

Flüsternd fügte Petronius hinzu: »Nütze es und eile dich, denn Claudius ist alt. Wer weiß, welche Prüfung das Schicksal danach für Rom bereithält.«

An diesem Abend zog sich der Kaiser bald zurück, nachdem er seine Gäste wieder wortlos mit erhobener Hand gegrüßt hatte. Petronius hatte reichlich getrunken, lachte und redete viel, ohne dabei an Eleganz und Haltung zu verlieren.

»Wir beenden den Abend bei Porphyria«, schlug er vor und zog mich von meinem Sitz, noch ehe ich fragen konnte, wer Porphyria sei. Erst draußen klärte er mich auf. »Sie hat kürzlich beim Vicus Patricius eine Lupanaria eröffnet. Es gibt dort Ägypterinnen, Negerinnen, Germaninnen, Griechinnen ...«

»Du brauchst es nicht anzupreisen, ich komme gerne mit«, unterbrach ich ihn, denn auch ich war in dieser warmen Nacht und nach reichlichem Weingenuß den priapischen Freuden nicht abgeneigt.

Porphyria, eine gepflegte Syrerin mittleren Alters, zeigte sich vom »Auftritt des Titus« beeindruckt oder tat zumindest so.

»Ich bin Titus«, flüsterte ihr Petronius zu, als verrate er ein Geheimnis. »Wir wollen nicht gesehen werden, du verstehst?«

Porphyria verstand und führte uns in einen behaglichen kleinen Raum, dessen Wände mit erotischen Malereien geschmückt waren.

Zuerst wurde uns Wein gereicht, dann führte Porphyria ihre Mädchen vor. Petronius wählte eine dralle, blonde Germanin mit langem, goldenem Haar, das bis zu ihrem wohlgerundeten Gesäß wallte.

Ich nahm eine nußbraune Äthiopierin, weniger ihrer Schönheit wegen, sondern weil mich ihr fremdartiges Aussehen reizte. Sie war freundlich und beherrschte das Gewerbe Aphrodites vorzüglich, doch blieb sie ernst und ohne ein Lächeln. Im übrigen war sie eine Frau wie jede andere, denn wer da glaubt, mit der dunklen Haut seien besondere Liebesgeheimnisse verbunden, der wird eine Enttäuschung erleben.

Es blieb nicht bei dem einen Besuch. Schon bald zählten »Titus« und Fulvius zu den Stammgästen in Porphyrias reinlichem, wohlausgestattetem, wenn auch teuerem Haus der Freuden.

18

Wenige Tage später reiste Petronius nach Cumae ab.

»Wenn dir Rom zu heiß wird, besuche mich dort, es ist Platz genug für ein Dutzend Gäste. Ich zeige dir Baiae, Puteoli und Neapolis, wir besuchen die Inseln Caprea und Aenaria, schwimmen im Meer, nehmen Schwefelbäder ...«

Ich bedankte mich und versprach, Anfang August nachzukommen.

Wer Rom im Hochsommer erlebt hat, weiß, daß selbst der Aufenthalt im Orcus angenehmer sein muß. In diesen heißen Tagen dringt der Gestank aus der Subura bis in die äußeren Bezirke, auch die üppigsten Gärten unterscheiden sich kaum noch von den Dampfbädern. So brachte ich meine laufenden Arbeiten ins reine, übergab meinen Schlüssel dem Hausverwalter und bestieg in Ostia das Schiff.

Obwohl Petronius mir die Lage seiner Sommervilla genau beschrieben hatte, benötigte ich einige Zeit, sie zu finden. Ein Bauer, der auf seinem Esel heimwärts ritt, gab mir schließlich die gewünschte Auskunft. Hinter hohen Pinien versteckt, auf einer Klippe über dem Meer hatte Petronius sich sein prächtiges Landhaus erbaut – ein Ort tiefster Stille, noch vor den Toren Cumaes und weitab vom lebhaften Baiae mit seinen berühmten Bädern.

Ich nannte dem Hausdiener meinen Namen, worauf dieser zur Meeresküste hinabwies: »Unser Herr pflegt vor dem Abendessen zu schwimmen. Du findest ihn dort unten zwischen den Klippen.«

Eine in den Felsen gehauene Treppe führte hinunter ans Meer, wo eine kleine von Pinien gesäumte Sandbucht im milden Abendlicht golden erglänzte. Ich warf meine Kleider ab und traf schwimmend meinen Freund Petronius, der dem Ufer zustrebte.

»Fulvius!« rief er erfreut. »Du bist gekommen!« Übermütig drückte er meinen Kopf unter das Wasser, bespritzte mich und schwamm, als ich mich rächen wollte, mit kräftigen Zügen davon.

Hier in seinem Landhaus lernte ich einen Petronius kennen, der früh zu Bett ging und früh aufstand, der regelmäßig gymnastische Übungen betrieb, häufig im Meer schwamm, einfache Mahlzeiten bevorzugte und seinen Wein mit viel Quellwasser mischte.

»So erhole ich mich von Rom, das mich mehr Kraft kostet, als ich mir selbst eingestehen mag, ohne das ich aber auch nicht leben kann. Du siehst also, wie eines ins andere greift. Was ich hier an Gesundheit einheimse, muß ich Rom wieder opfern. Du aber sei von Herzen willkommen und halte es wie ich: Schone den Geist, pflege den Körper, vergiß deine Arbeit, vergiß die Bücher und Bibliotheken, genieße die stille Natur, die reine Luft. Öffne Augen, Ohren und Nase, laß das Rauschen des Meeres, den Harzduft der Pinien, den Gesang der Zikaden und das Sonnenlicht in dich eindringen, bis du ganz erfüllt bist davon. Unsere Zeit ist kurz, vom Reich der Schatten trennt uns nur eine Spanne. Carpe diem! Nützen wir den Tag!«

Ich war nicht der einzige Sommergast im Haus meines Freundes, wie ich beim gemeinsamen Nachtmahl feststellen konnte. Sextus, den Buchhändler, Silanus, den Bildhauer, und Quirinus, einen entfernten Verwandten des Petronius, kannte ich bereits von Rom, andere Gäste, die ebenfalls Landhäuser in der Umgebung besaßen, wechselten von Tag zu Tag. Es war ein ungezwungenes Leben, da jeder untertags seinen Neigungen folgte und manche sich nur zum Schlafen einfanden. Petronius hatte es selbst so gewünscht, getreu seinem Grundsatz, die persönliche Freiheit über alles zu stellen. Dabei fehlte es aber keineswegs an Abwechslung, denn jeden dritten oder vierten Tag machte Petronius uns verschiedene Vorschläge zu Ausflügen in die Umgebung. Ich war vor allem auf das berühmte Baiae neugierig, wo sich halb Rom im Sommer aufhielt. Hier besaßen die Reichen ihre prächtigen Landvillen, hier trafen sich die Eitlen und Schmarotzer, hier herrschte ein heiteres, lockeres Leben. Petronius prägte das oft nachgesprochene Wort: Wer die Frau seines Herzens in Baiae nicht verführen kann, dem wird es nie gelingen.

Die Badeanlagen waren von einem solchen technischen Raffinement und mit so maßlosem Luxus ausgestattet, daß sie alle anderen Badeorte im gesamten Römischen Reich in den Schatten stellten. Das milchig trübe, nach Schwefel riechende Wasser kam fast kochend heiß aus der Erde und wurde in den Becken und Wannen zum Gebrauch entsprechend abgekühlt. Außerdem hatte man Stollen in die Erde getrieben, in denen der heiße Schwefeldampf zu Schwitzbädern verwendet wurde. Gicht, Gliederschmerzen, schwer heilende Wunden, Hautkrankheiten und Knochenbrüche fanden in den heißen Schwefelquellen schnelle und gründliche Heilung. Freilich waren die wenigsten der Sommergäste krank; sie waren nur aus dem stickig heißen Rom in das milde Küstenklima geflohen, suchten Unterhaltung und pflegten – nicht anders als in Rom – den heiteren Müßiggang.

Glücksritter, Huren, wucherische Geldverleiher, Kuppler, die junges Fleisch beiderlei Geschlechts feilboten, Betrüger, Diebe und Bankrotteure, die ihren alten Schulden neue hinzufügten – auch daran war in Baiae kein Mangel.

»Wer die Menschen mit all ihren Lastern gründlich studieren will, der braucht nur einen August in Baiae zu verbringen; das reicht dann für mindestens zwanzig Bände Satiren und Komödien«, bemerkte Petronius, als wir am Hafen standen und die prächtigen bunten Schiffe betrachteten.

Während ich im Haus meines Freundes lebte, fiel mir auf, daß seine Sklaven ihn verehrten wie einen Vater und ihm offenbar gerne dienten. Petronius strafte und lobte selten; er ließ sein Hausgesinde frei schalten und walten, bevorzugte keinen und behelligte die jungen Sklavinnen nie.

Silanus, sein Verwandter, sagte einmal: »So viel frisches junges Weiberfleisch – du brauchtest nur zugreifen. Deine Sklavinnen beten dich an, merkst du das nicht?«

»Ich merke es wohl, aber ich kümmere mich nicht darum. Wenn ich eine von ihnen in mein Bett hole, wird sie bei den anderen Unfrieden stiften, und für alle reicht meine Kraft nicht aus. Dieses Sommerhaus bewohnt ein anderer Petronius als der, den ihr in Rom kennt. Macht es wie ich – laßt Geist und Körper ausruhen und Frieden finden, laßt nachwachsen, was Rom uns weggefressen hat.«

Hier sprach Petronius zum ersten Mal mit mir über seine schriftstellerischen Arbeiten und erläuterte mir den Plan eines großen satirischen Zeitgemäldes.

»Ich möchte in einer Folge von Geschichten und Episoden die Menschen unserer Zeit und ihre Sitten schildern. Was Catull in seinen Gedichten kurz und treffend abhandelte, will ich in meinen Erzählungen ausführlicher darstellen.« Fast verschämt fügte er noch hinzu: »Was nicht heißen soll, daß mir bisweilen nicht auch Gedichte aus der Feder fließen ... Willst du eines hören? Heute nacht habe ich es geschrieben. Also höre:

Träume, welche die Sinne mit
flatternden Schatten betören,
senden uns nicht die Tempel, noch Himmelsgeister,
Denn jedermann schafft sie sich selbst,
wenn vom Schlafe bezwungen,
Hingestreckt ist der Leib und der Geist
ohne Hemmung kann schweifen,
Dann gaukelt er nach, was am Tage geschah.«

»Ein schönes Gedicht, aber was ist mit den undeutbaren Träumen? Mir jedenfalls erscheinen die meisten meiner Träume keineswegs als ein Abbild der Wirklichkeit oder ein Nachklang des Erlebten. Ich glaube eher, sie stellen eine Welt für sich dar, die wir staunend erleben dürfen, doch ist es uns verwehrt, in sie einzudringen.«

»Verzeih dem Dichter«, bat Petronius und lächelte etwas spöttisch. »Auch ein Gedicht ist kein Abbild der Wirklichkeit, sondern gibt oft nur ein Gefühl, eine ganz persönliche Meinung oder ein Erlebnis wieder.«

Dabei fiel mir der Traum ein, den ich in der ersten Nacht unter meines Freundes Dach geträumt hatte. Um Petronius nicht zu beunruhigen, hatte ich ihn bisher verschwiegen, doch jetzt schien er mir in unser Gespräch zu passen.

»Wie sollte etwa der Traum zu deuten sein, den ich vor einigen Tagen hatte? Ich stieg die Treppen zum Meeresufer hinab, um dich zu suchen, rief deinen Namen, vernahm aber keine Antwort und konnte dich zuerst nirgends entdecken. Plötzlich sah ich dich aus dem Wasser steigen, das sich blutrot verfärbt hatte. Auch von deinem Körper tropfte es herunter, rot wie Blut, doch du schienst es nicht zu bemerken. ›Ein Meer von Blut ...‹, sagte ich fassungslos. Dich aber kümmerte es nicht, denn ich hörte dich lachend sagen: ›Blut ist Leben!‹ Dann verschwand dieses Bild, und ich sah ein brennendes Schiff weit draußen auf dem Meer treiben, glaubte auch aus der Ferne Hilferufe zu hören, doch dann erwachte ich.«

Petronius dachte eine Weile nach. »Vor allem möchte ich wissen, ob du mir den Traum verschwiegen hast, weil du glaubtest, mich zu ängstigen oder zu erschrecken?«

Zögernd gab ich es zu.

»Ja – doch, vor allem deshalb.«

Petronius winkte ab.

»Sei unbesorgt. Ich gehöre zu den wenigen Römern, die nicht an Vorzeichen oder die Bedeutung von Träumen glauben. Eben das wollte ich in meinem Gedicht ausdrücken. Ich bin kein Traumdeuter, und das ehrwürdige Orakel von Cumae ist auch schon seit Augustus verstummt. Begnüge dich also mit der einfachen Erklärung deines skeptischen Freundes Petronius. Du hast mich am Tag deines Eintreffens im Meer badend vorgefunden, und die Fläche des Wassers war von der sinkenden Sonne purpurn gefärbt. Diese unbestreitbaren Tatsachen kehren in deinem Traum etwas verändert wieder. Und das brennende Schiff? Nun, jeder von uns hat im Traum schon brennende Häuser oder Schiffe gesehen. Vielleicht drückt sich irgendeine Angst in solchen Traumbildern aus, oder dich hat schlafend am Morgen ein Sonnenstrahl getroffen, den dein Traum in Feuer verwandelte.«

So war Petronius, nichts konnte ihn ängstigen. Weder glaubte er an die Götter noch an irgendwelche Vorzeichen. Er fürchtete auch nicht Krankheit oder Tod.

»Bei der Krankheit siegt entweder das Leben oder Tod. Siegt das Leben, so freue dich, siegt der Tod, so bist du auch von der Krankheit befreit und fühlst nichts mehr. Wer aber den Tod verneint, der verneint auch das Leben, denn eines ist nicht möglich ohne das andere. Schmerzen? Wer schätzt sie schon, doch so lange ich sie fühle, lebe ich und kann hoffen. Wenn aber die Schmerzen bleiben und die Hoffnung schwindet, so steht es mir frei, den Tod zu rufen, wann es mir gefällt. Wie glücklich dürfen wir Menschen uns preisen, denn dies haben wir den Tieren voraus. Hilflos und stumm müssen sie leiden, ohne zu verstehen, ohne sich selbst erlösen zu können.«

Von diesen seinen Grundsätzen ist Petronius niemals abgewichen – im Leben nicht und nicht in der Stunde seines Todes. Viele, die Petronius nur flüchtig kannten, mochten ihn für einen weichlichen Müßiggänger halten, dem die Sorge um raffinierte Mahlzeiten und um eine in makellose Falten gelegte Toga der Inhalt des Lebens bedeutete. Das war aber nur seine Oberfläche. Ich habe ihn als treuen Freund, furchtlosen Mann und vorzüglichen, rastlos schaffenden Schriftsteller kennengelernt.

Um die Mitte des Septembers reisten wir gemeinsam nach Rom zurück. Dort wurde Petronius von seinem am Hof lebenden Onkel mehr und mehr bedrängt, die Ämterlaufbahn einzuschlagen. Petronius konnte sich unter höflichen Ausflüchten diesen Forderungen so lange entziehen, bis sein Onkel starb. Sein nicht unbeträchtliches Vermögen hatte der kinderlose Mann zu gleichen Teilen dem Kaiser und seinem Neffen vermacht. Kaiser Claudius verlieh Petronius bald darauf den latus clavus, also den Purpurstreifen an der Toga, was ihn dazu berechtigte, sich um ein Senatorenamt zu bewerben. Einmal in diese Rolle gedrängt und um den Kaiser nicht zu verärgern, nahm Petronius die Ehre an, erbat sich aber – ehe er in den Senat aufgenommen wurde – einen Aufschub, um vorher noch die lange geplante Alexandriareise unternehmen zu können. Wie man weiß, hatte schon Augustus ein strenges Gesetz erlassen, daß römische Ritter und Senatoren nur mit kaiserlicher Genehmigung nach Ägypten reisen durften. Augustus wußte, wieviel von der Ruhe in dieser Getreidekammer des Reiches abhing, und mochte nicht riskieren, daß politische Abenteurer das ewig unruhige Alexandria in Aufruhr versetzten.

Petronius erhielt die kaiserliche Erlaubnis ohne weiteres, was er mir auf seine Weise beibrachte: »Fulvius, wir reisen! Alexandria will von uns erobert werden, und wir wollen dies mit kaiserlicher Genehmigung auf friedliche Weise tun.«

Nach seiner Art hatte er nicht abgewartet, ob ich einverstanden war, sondern setzte sogleich voraus, daß ich freudig dafür bereit sei.

19

Euer Besuch in diesen Tagen, meine lieben Söhne, hat mich erfreut. Daß mein Philon sich nun doch zum Beruf des Arztes entschlossen hat, kann ich nur billigen, wenn ich auch hoffe, daß er seine historischen Studien trotzdem weiter betreibt. Was ihr mir aus Rom berichtet habt, klingt erfreulich, denn nun scheint endlich eingetreten, was man von den letzten Kaisern vergeblich erhoffte: Nicht Willkür und Wahnsinn herrschen, sondern Ordnung und Gerechtigkeit. Allein die Tatsache, daß Vespasian bei Nero in Ungnade fiel, weil er dessen würdeloses Auftreten als Sänger und Schauspieler mißbilligte, wirft schon ein gutes Licht auf diesen alten Feldherrn, der nun den kaiserlichen Purpur trägt, ohne seine Herkunft aus einfacher Familie je zu verleugnen.

Rachegelüste scheint Vespasian nicht zu kennen, denn bisher hat er keinen seiner früheren Gegner zur Rechenschaft gezogen. Die Tochter des dicken Vitellius stattete er mit einer reichen Mitgift aus, so daß sie sich vorteilhaft verheiraten konnte. Eines besonders setzt ganz Rom in Erstaunen: die Vorliebe dieses alten Kriegers, der sein halbes Leben im Feldlager verbrachte, für Kunst und Literatur. Seine erste Sorge galt der Wiederherstellung des abgebrannten Kapitols.

Alte, vermögenslose Dichter, Rhetoren und Schauspieler erhalten aus seiner Privatkasse Renten; für Künstler und Architekten hat er eine stets offene Hand. Daß Vespasian mit neuen Steuern die unter seinen Vorgängern völlig geleerte Staatskasse auffüllen will, hat ihm beim Pöbel den Ruf der Habgier eingebracht. Daß er sich im Veranstalten kostenloser Spiele ziemlich zurückhält, erregt natürlich auch das Mißfallen des arbeitsscheuen Gesindels. Seine Soldaten aber vergöttern ihn, die Senatoren achten ihn ganz ohne Furcht, die Beamtenschaft wetteifert untereinander in altrömischen Tugenden. Möge dieser Kaiser zu unser aller Nutzen noch lange leben!

Ich möchte noch nachtragen, daß mein christlicher Diener Eli den Kaiser in sein tägliches Gebet einschließt, denn Vespasian verfolgt weder Juden noch Christen. Flavius Josephus, der jüdische Geschichtsschreiber, gehört zu den Freunden Vespasians. Es heißt, er habe dem Feldherrn Vespasian während des jüdischen Krieges den Kaiserpurpur prophezeit.

Hätten nur Petronius und Seneca diese Zeit erleben dürfen!

Von unserer ruhigen und friedlichen Gegenwart wieder zurück in die bewegte Vergangenheit.

Ehe wir unsere Reise nach Alexandria antraten, schlug

Petronius vor: »Laß uns ein paar Tage in Ostia verbringen, das du, wie ich zu meinem Erstaunen höre, noch nicht kennst. Ich zeige dir die Stadt, und wir suchen uns ein zuverlässiges Schiff für die Reise.«

Ich hatte mir den römischen Hafen ähnlich wie Piräus vorgestellt und war verblüfft zu sehen, daß ich von einer Großstadt in die andere gekommen war. Seit Claudius hat Ostia einen ungeheueren Aufschwung genommen und ist so recht eine Stadt der Händler und Agenten geworden. Im Hafen waren Tausende von Arbeitern am Werk, breite Molen ins Meer hinaus zu errichten, während mutige und gutbezahlte Taucher zu Hunderten den stinkenden Schlamm in Körben heraufholten, um das Hafenbecken zu vertiefen. Der gewaltige fünfstöckige Leuchtturm war damals erst im unteren Drittel fertig, doch ganz Rom bewunderte die Idee der Ingenieure, das riesige Lastenschiff des Caligula zu versenken, um es als Fundament zu benützen. Dieses Schiff hatte Caligula anfertigen lassen, um damit den großen Obelisken von Ägypten nach Rom zu bringen.

Ansonsten war diese rege Hafenstadt auch für den Römer eine fremde Welt. Mit Petronius wanderte ich staunend durch ein ungeheueres Labyrinth von Kanälen, Brücken, Docks, Lagerhäusern, Schiffsagenturen, Handelskontoren, Schenken, Bordellen, vielstöckigen Mietshäusern, Tempeln und öffentlichen Brunnen, deren frischer Hauch aber den über der ganzen Stadt lastenden Gestank nicht tilgen konnte. Mit blinden Augen würde ich noch heute diese teils erregende, teils abstoßende Geruchsmischung aus Brackwasser, faulem Obst, Fisch, Teer, Latrinen, Aas, Rauch und vielem anderen erkennen.

Tag und Nacht landeten in Ostia die Schiffe aus allen Teilen der Erde, warfen ihre Fracht in den gefräßigen Rachen der Millionenstadt. Allen voran natürlich die Getreideschiffe aus Ägypten, deren goldene Kornflut in den riesigen Bauch Roms strömte und deren Ausbleiben in kurzer Zeit eine gewaltige Hungersnot heraufbeschwören würde, da die Äcker Italiens nur zum geringsten Teil liefern können, was Rom an Nahrung benötigt. Zugleich mit diesen, deren Last die Armen füttert, treffen andere, kleinere Schiffe für die Wohlhabenden ein, und sie enthalten alles, was auf dieser Welt als begehrenswert gilt: Gold, Silber, Marmor, Edelsteine, Edelhölzer, Seide, Wolle, kostbare Essenzen für die Salbölherstellung, Glaswaren, Bronze- und Marmorstatuen, Weihrauch, wohlschmeckende seltene Fische, Obst und Nüsse, begehrte Weinsorten, wilde Tiere für die Arenen, Sklaven in allen Hautfarben, sorgsam gemästetes Schlachtvieh, wertvolle Pferde und noch Hunderte anderer Waren, die hier umgeschlagen werden.

Petronius zeigte mir das von Agrippa, dem Freund und Schwiegersohn des Augustus gestiftete Theater. Dann traten wir auf einen weiten Platz, in dessen Mitte sich ein kleiner Tempel erhob.

»Hier schlägt Ostias Herz«, sagte Petronius, und wir schritten die Säulenkolonnaden entlang, hinter denen die Büros der wichtigsten Reedereien, Agenturen und Handelsgesellschaften lagen. Alle hatten außen ein buntes Mosaikwappen angebracht, über dem Name und Art des Unternehmens geschrieben stand. Gut die Hälfte der etwa achtzig Kontore trug römische Namen, daneben aber gab es Gesellschaften aus Ägypten, Griechenland, Syrien, Gallien, Spanien, Mauretanien, Afrika, Illyrien, Palästina und vielen anderen Provinzen des Reiches. Sämtliche Sprachen dieser Erde schwirrten durch die auch hier von allerlei Gerüchen durchzogene Luft.

Petronius wies mit einer Handbewegung in die Runde: »Wann immer du ein sicheres Schiff suchst – tue es hier. Wann immer du eine wertvolle Fracht übers Wasser senden willst – komme hierher. Hier ist alles teurer, dafür aber auch so sicher, wie es auf dieser unsicheren Welt eben sein kann. Willst du Geld in Getreide, Wein oder Tonwaren anlegen? Vertraue dich hier dem nächstbesten Geschäft an, und du wirst ehrlich beraten. Jede dieser Firmen hat einen guten und oft auch sehr alten Ruf zu verlieren. So wollen auch wir beiden vornehmen, wohlhabenden und auf unsere Sicherheit bedachten Römer hier und nirgends anders unsere Überfahrt buchen.«

Nach diesen feierlich-spöttischen Worten zog Petronius mich in eines der Büros. Ganz nahe beugte er sein Haupt dem geschäftig herbeieilenden jungen Mann entgegen und flüsterte vernehmlich: »Ich bin Titus! Du verstehst? Für die Schiffsliste bin ich Titus, und dies hier ist mein Begleiter Fulvius.«

Schon die Purpurstreifen an der Toga meines Freundes hatten eine tiefe Verneigung bewirkt, doch vor dem kaiserlichen Erlaubnisschreiben wurde der eifrige junge Mann ganz klein. Mit vor Ehrfurcht flüsternder Stimme bat er uns in ein Nebenzimmer, bot uns Platz an und klatschte in die Hände. Erfrischungen wurden gereicht, Duftessenzen versprüht, kühles Wasser für die Handwaschung gereicht.

Petronius grinste mich fröhlich an: »Das kaiserliche Siegel ist eben doch wertvoller als Gold und gute Worte. Wir werden reisen wie die Götter.«

Und so war es dann auch. Auf einem schlanken, schnellen Schiff hatten wir den Ehrenplatz unter einem weißleinenen Sonnensegel inne; mehrere Diener achteten auf den kleinsten Wink, Speisen und Weine waren ausgezeichnet, die Kajüten geräumig, sauber und prächtig ausgestattet.

Was Susanna mir in Tiberias beim Abschied gesagt hatte, war mir immer im Gedächtnis geblieben. »Frage in Alexandria beim Pförtner des Serapeion nach Susanna, der Freigelassenen.«

Weder in Athen noch in Rom hatte ich diese Worte vergessen, und jetzt auf dem Schiff klangen sie mir so stark im Ohr, als hörte ich Susannas Stimme.

Ob sie noch am Leben war? Jonas mußte nach menschlichem Ermessen bereits tot sein, und dann war Susanna frei. Vielleicht hatte sie in Galiläa geheiratet, Kinder geboren und ihre Heimat längst vergessen?

Ich gab Petronius meine Gedanken nicht preis. Sollte ich Susanna in Alexandria finden, so würde er sie ja ohnehin kennenlernen.

20

Anders als Athen und Rom, die einige Stunden vom Meer entfernt liegen, wurde Alexandria unmittelbar an die Küste gebaut. Der unter den Ptolemäern immer wieder vergrößerte Hafen sucht auf der Welt seinesgleichen. Schon aus weiter Ferne ist der etwa dreihundertachtzig Fuß hohe Leuchtturm auf der Insel Pharos zu sehen, und je näher man kommt, desto gewaltiger wächst er in den Himmel. Nachts soll das Licht auf seiner Spitze bereits aus einer Entfernung von dreihundert Stadien erkennbar sein. Dieses weltberühmte Bauwerk und Wahrzeichen Alexandrias ließ König Ptolemäus Soter vor etwa dreihundertfünfzig Jahren von seinem Architekten Sostratos errichten. Von den zahlreichen Legenden, die über den Turm und seine Baugeschichte erzählt werden, will ich eine der merkwürdigsten berichten. Der stolze Feldherr des großen Alexander und Begründer der griechischen Pharaonendynastie Ptolemäus I. Soter wollte natürlich den Ruhm des wunderbaren Bauwerks auf ewig mit seinem Namen verbunden wissen und befahl seinem Architekten, auf dem Sockel des Leuchtturms eine Marmortafel mit dem Königsnamen nebst ausführlicher Huldigung einzulassen. Sostratos aber schrieb in den Marmor die Worte: »Sostratos, Sohn des Dixiphanes aus Knidos, im Namen aller Seeleute den rettenden Göttern.«

Diese Schrift überzog der schlaue Mann mit einer festen polierten Gipsschicht, und in diese schrieb er den Namen des Königs. Im Laufe der folgenden Jahrzehnte zerstörte die salzige Meeresluft den weichen Gips und legte die Tafel mit dem Namen des Architekten frei, worüber ganz Alexandria lachte. Da heute auch von ihr nichts mehr zu sehen ist, muß man annehmen, daß ein späterer Ptolemäus die Inschrift entfernen ließ. Den Ruhm des Architekten konnte er damit allerdings nicht tilgen, denn jedes Kind in Alexandria kennt den Namen des Sostratos aus Knidos.

Alexander der Große ließ die von ihm gegründete Stadt nach griechischer Weise gitterförmig mit einer Achse von Ost nach West anlegen, so daß sich die beiden vierzig Fuß breiten

Hauptstraßen im rechten Winkel schneiden. Die längere der beiden, die Canobische Straße, ist von prächtigen Säulenreihen eingefaßt und erstreckt sich vom Sonnentor im Osten bis zum Mondtor im Westen über eine Länge von fast fünf Meilen.

Mich erinnerte die Stadt auf den ersten Blick an Athen, doch als ich sie näher kennenlernte, sah ich, daß dieser Vergleich falsch war. Freilich, hier wie dort wird Griechisch gesprochen, hier wie dort gibt es berühmte Tempel, Schulen und Bibliotheken. Alexandria aber ist lauter, bunter, schmutziger und entbehrt die Athen auszeichnende Gesittung, was hauptsächlich daran liegen mag, daß drei in ihrem Wesen sehr unterschiedliche Völker hier eng beieinander leben. Diese Stadt schillert in vielen Farben wie das Pflaster vor einem Färberladen. Rhakotis im Südwesten mit dem weiten Tempelbezirk des Serapeion gehört den Ägyptern, also den Ureinwohnern des Landes. Das Deltaviertel im Nordosten ist von Juden bewohnt; dazwischen liegt Neapolis, das Stadtviertel der Griechen. Daran grenzt Brucheion, die ehemalige Königsstadt. Sie gilt als das vornehmste Viertel, weil sich hier die prunkenden Paläste der früheren Herrscher erheben. Im Zentrum des Brucheion bildet der Sema, nämlich die um das Grab Alexanders gewachsene Nekropole der Ptolemäer, ein Stadtviertel für sich. Bis heute wird das Grab des großen Alexander mit einem feierlichen, von zahlreichen Priestern geführten Kult verehrt. Ursprünglich war Alexanders einbalsamierte Leiche in einem Sarg aus purem Gold bestattet gewesen, doch Ptolemäus XI., der wie fast alle seines Geschlechts mit List und Mord um den Thron kämpfen mußte, ließ aus dem Gold Münzen prägen, und Alexander mußte mit einem gläsernen Sarg vorliebnehmen. Dies hat den Vorteil, daß der Besucher des Grabes, allerdings nur mit besonderer Erlaubnis, dem großen Eroberer ins Antlitz blicken kann.

Mein Freund Petronius machte gleich in den ersten Tagen den vorgeschriebenen Besuch beim römischen Statthalter, während ich mich in einer Sänfte durch die schmutzigen, meist ungepflasterten Straßen tragen ließ. Wie es sich für einen Historiker gehört, führte mein erster Weg zum Museion, einer prächtigen, weitläufigen Anlage mit schattigen Gärten, Wandelhallen und der berühmten Bibliothek.

Was ich dort vorfand, übertrifft noch immer die Bibliotheken Athens und Roms. Ich vertiefte mich schon in den ersten Tagen so sehr in meine Studien, daß Petronius einmal spöttisch bemerkte: »Ich glaubte mit einem Freund nach Alexandria zu reisen und stelle nun fest, daß ich mir einen Bücherschrank aufgeladen habe. Erwache wieder zum Leben, mein Fulvius, denn ich hätte dir einige Vorschläge zu unterbreiten.«

Damit hatte Petronius freilich recht, ich fegte alle gelehrten Gedanken beiseite und lauschte den Vorschlägen meines Freundes.

»Ich habe beim Statthalter für uns gleich die Erlaubnis zum Besuch der Gräberstadt eingeholt, doch er meinte, wir sollten zuerst, wie alle vornehmen Römer, bei Julius Ptolemäus einen Anstandsbesuch machen. Falls dieser an uns Gefallen findet, könnte es sein, daß er selbst uns durch den Sema führt.«

»Julius Ptolemäus?« fragte ich erstaunt. »Ich dachte, die Ptolemäer sind längst ausgestorben ...«

Petronius nickte. »Das dachte ich auch, doch irgendein entfernter Vetter der Kleopatra scheint überlebt zu haben, und dieser, glaube ich, ist sein Enkel. Obwohl er unter den Ägyptern noch viele Anhänger besitzt, hielt ihn sogar unser mordlustiger Caligula für so harmlos, daß er ihn huldvoll in Rom empfing und ihm den Namen Julius verlieh, den Caligula bei seiner Thronbesteigung ablegte. Die Römer hätscheln ihn, weil er keinen politischen Ehrgeiz besitzt, aber jederzeit imstande ist, im Notfall seine unruhigen Landsleute zu beruhigen. Wie mir der Statthalter seufzend versicherte, vergeht in Alexandria kein Tag ohne einen Streit zwischen Juden und Griechen, Ägyptern und Juden, Griechen und Ägyptern – und so fort.«

Während Petronius sich um eine Audienz bei diesem Ptolemäus bemühte und einige Besuche bei hier ansässigen Römern machte, fand ich endlich den Mut, an das Tor des Serapeion zu klopfen. In diesem heiligsten und wichtigsten Tempel der Stadt werden Isis, Serapis und der kindliche Horus verehrt.

Beim Pförtnerhaus atmete ich ein paarmal tief ein und aus,

um mein klopfendes Herz zu beruhigen, holte dann mit zitternden Fingern ein viel zu großes Geldstück aus der Tasche und reichte es dem mürrisch und mißtrauisch blickenden Alten. Der Anblick des Geldes entlockte ihm schließlich ein grämliches Lächeln, und er fragte in schauderhaftem Griechisch nach meinen Wünschen. Etwas stotternd nannte ich ihm meinen Namen und fragte, ob Susanna, die Freigelassene, für mich eine Nachricht hinterlegt habe.

»Eine Nachricht? Wann soll dies geschehen sein?«

Das wußte ich freilich nicht. Dies konnte gestern gewesen sein oder vor zehn Jahren – oder gar nicht …

»Irgendwann in den letzten Jahren …«, gab ich zur Antwort, was dem Alten ein höhnisches Gemecker entlockte.

»Irgendwann … Isis und Horus sollen mir beistehen! Irgendwann! Nun gut, ich werde nachsehen, das wird aber eine Weile dauern … also dann …«

Er öffnete einen großen Schrank aus dunklem Holz und begann schimpfend in irgendwelchen Papieren zu kramen. »Da ist nichts!« hörte ich ihn ausrufen. »Da auch nicht … In den letzten Jahren! Oh, Isis und Horus …«

Geduldig wartete ich und war schon bereit, noch ein Geldstück zu opfern, als ich ihn rufen hörte: »Da ist es! Diese alten Geschichten! Also bitte, hier: Susanna für Judas. Ich wohne im Ägypterviertel beim großen Kanal in der Tuchweberstraße. Frage nach dem Geschäft des Amasis.«

Ich prägte mir die Worte ein und ging fort wie im Traum.

Sie hatte mich also nicht vergessen. Geschäft des Amasis?

Arbeitete sie dort? Inzwischen waren fast fünfzehn Jahre vergangen – ein Jahrzehnt und ein halbes. War sie verheiratet, hatte sie Kinder? Nutzlose Fragen, die sich aber leicht beantworten ließen, wenn ich mich dorthin aufmachte, ins Ägypterviertel, zur Tuchweberstraße. Sollte ich dies alles nicht lieber vergessen? Eine vielleicht dick und häßlich gewordene Susanna mit schweren Brüsten und drei Kindern am Rockzipfel …

Ich fand vorerst nicht den Mut zu einem Besuch.

21

Da die Audienz bei Julius Ptolemäus erst in einer Woche stattfinden sollte, durchstreifte ich mit Petronius die Stadt nach allen Richtungen. Wir unternahmen auch eine mehrtägige Reise nach Bubastis und Heliopolis, den ehemals so heiligen Städten der alten Ägypter. In Bubastis, dieser der katzenköpfigen Göttin Bastet geweihten Stadt, besuchten wir den riesigen Friedhof mit den Mumien der heiligen Katzen. Petronius, der selbst einige dieser in Rom sehr seltenen Tiere besaß, rümpfte zwar seine Nase, als uns der Priester durch die weiten unterirdischen Hallen führte, wo uralte bindenumwickelte Katzenmumien vermoderten, doch hörte er sich geduldig die weitschweifigen Erklärungen unseres Begleiters an. Als Petronius fragte, ob die von Herodot geschilderten großen Feiern zu Ehren der Bastet noch stattfänden, schüttelte der Priester nur traurig den Kopf.

»Nein, Herr, damit ist es vorbei. Zwar wird unsere heilige Beschützerin der beiden Länder im Volk noch immer verehrt, doch sieh dir unsere Stadt nur an! Über die Hälfte der Häuser steht leer, weil alles Volk nach Alexandria auswandert. Nicht anders ist es in Memphis und Heliopolis. Die Tempel verfallen, die Gräber sind längst ausgeraubt, die Priester finden keinen Nachwuchs mehr. Die große Zeit unseres herrlichen Landes ist dahin ... Rom beherrscht die Welt, griechische Götter verschmelzen mit den unsrigen, die alte heilige Schrift wird nur noch von wenigen Priestern verstanden. Alles ist im Wandel ...«

Immerhin fanden wir den großen Tempel noch wohlerhalten und spürten schon von weitem den Gestank der heiligen Katzen, die den Tempelhof bevölkerten. Das schöne Kultbild der Bastet aus dunklem Stein war in dem lichtlosen Raum von Fackeln beleuchtet und gewann dadurch ein seltsames Leben. Die katzenköpfige Göttin der Freude und der fruchtbringenden Sonne hielt ein Sistrum in der rechten Hand, während die Linke ein mit der Sonnenscheibe gekröntes Löwenköpfchen umfaßte. Zu ihren Füßen kauerten mehrere aus Stein geformte Kätzchen. Ich war bei meinen historischen Forschungen auf den Fall gestoßen, daß zur Zeit des Augustus ein römischer Soldat mutwillig eine Katze getötet hatte. Die Bevölkerung war darüber so aufgebracht, daß seine Hinrichtung nicht zu umgehen war. Als ich dies Petronius erzählte, zuckte er nur die Schultern.

»Rom war immer bereit, Opfer zu bringen, wenn es dadurch die Ruhe der Provinzen sichern konnte. Die alten Religionen fordern Zugeständnisse, ohne selbst welche zu machen. Du als Jude kennst das Problem aus deinem Land und weißt, wohin starre Religiosität führen kann. Niemand sollte glauben, im Besitz der Wahrheit zu sein. Es gibt eine römische, eine griechische, eine ägyptische Wahrheit, und eine jüdische dazu. Wahr ist, woran ein Mensch glaubt, doch das sollte jeder beim anderen respektieren.«

In Heliopolis, der dem Gott der aufgehenden Sonne – Re-Harachte – und der untergehenden – Re-Atum – heiligen Stadt, sah es weit schlimmer aus. Nur wenige Häuser waren noch bewohnt, die Tempel standen leer und verfielen, da ihre Kultbilder schon vor Jahren nach Alexandria und Rom entführt worden waren. Dieses einstmals von der ganzen Welt bewunderte Zentrum ägyptischer Religion und Weisheit ist heute nur noch eine traurige, zerfallende Ruinenstätte. Zwar wurden in einem kleinen Tempel noch Kultfeiern abgehalten, und es gab einige Läden, die Skarabäen in allen Größen feilboten, doch scheint das nur noch für neugierige Reisende des Gewinnes wegen zu geschehen. Ich erwarb für wenig Geld einen schön geschnittenen nußgroßen Skarabäus aus blauem, goldgesprenkeltem Lapisstein.

Ich forschte bei einem jungen aufgeschlossenen Priester nach Einzelheiten des Sonnenkultes von On – dies ist der alte Name der Stadt – und mußte wieder feststellen, daß die ägyptische Religion in ihrer ungeheuren Vielfalt, Geistigkeit und Symbolschwere mit dem dagegen fast barbarisch anmutenden griechisch-römischen Olymp nicht verglichen werden darf.

Es gibt sehr viele Erscheinungsformen des göttlichen Sonnengestirns, und viele ägyptische Gottheiten tragen die Sonnenscheibe als Symbol, was verschiedene Sinngehalte ausdrücken soll.

Am schönsten erschien mir das Bild des Sonnengottes, der als Weltenlenker in seiner Barke über den blauen Himmelsozean gleitet. Dabei wird die Barke jeden Morgen und jeden Abend von der Apophisschlange – dem Symbol des Bösen – angegriffen. Sie unterliegt jedesmal dem mächtigen Gott Re und vergießt dabei ihr Blut, das am Himmel als Morgen- und Abendröte sichtbar ist.

Damals in Heliopolis faßte ich den Entschluß, mich neben der Geschichte auch näher mit der altägyptischen Religion zu beschäftigen.

Am Tage vor unserer Audienz kehrten wir nach Alexandria zurück. Tags darauf legten wir unsere besten Kleider an, bestellten zwei Sänften und ließen uns zur Halbinsel Lochias bringen, wo Ptolemäus in einem ehemaligen Königspalast lebte. Der eher kleine, doch in edlen Proportionen erbaute Palast war erlesen ausgestattet. In mit bunten Malereien geschmückten Nischen war die gesamte altägyptische Götterwelt in all ihren menschlichen und tierischen Erscheinungen versammelt. Wir wurden vor eine hohe Tür aus Ebenholz geführt, wo zwei muskulöse Wächter mit nackten Oberkörpern standen, dunkelhäutige Nubier, deren rechte Hand sich auf ein breites funkelndes Schwert stützte.

Die Tür schwang lautlos zurück, wir traten ein und verbeugten uns vor Julius Ptolemäus, der lässig neben einem goldglänzenden thronartigen Sessel stand. Ich hatte einen dicken alten Mann in prunkvollen Kleidern erwartet und blickte nun staunend auf eine hohe schlanke Gestalt in einem einfachen, hellen Gewand.

Wir verneigten uns tief und traten näher. Auch Ptolemäus verneigte sich leicht, zuerst vor Petronius, der seine purpurgesäumte Toga trug, dann vor mir. Der Kopf des ägyptischen Fürsten war fast kahl, aus dem schmalen Gesicht mit honigfarbener Haut blickten große dunkle Augen, seine Nase war breit und flach, die Lippen etwas wulstig. Die ganze Weisheit dieses alten Landes schien in seinen Augen zu liegen. Als einzigen

Schmuck trug Ptolemäus einen schmalen Goldreif mit der Uräusschlange um die Stirn. In wundervollem Griechisch hieß er uns willkommen, lächelte und sagte zu Petronius: »Ein römischer Senator in Alexandria? Das nenne ich einen seltenen Gast!«

Ich erwartete fast, daß Petronius jetzt nahe an den Ägypter herantreten würde, um mit beschwörender Stimme zu flüstern: Ich bin Titus ... Er tat es freilich nicht, sondern antwortete: »Nur von senatorischem Rang, mein Fürst, und mit kaiserlicher Erlaubnis.«

»Ich weiß, ich weiß – hätte ich dich sonst empfangen können?« Dann wandte er sich zu mir. »Du, Fulvius Judas, stammst aus Judäa, wie ich höre. Du wirst hier mehr deiner Glaubensgenossen finden als in Jerusalem, unter ihnen berühmte Gelehrte, womit ich dir vermutlich nichts Neues sage. Ihr nehmt doch Erfrischungen?«

Ohne unsere Antwort abzuwarten, schlug er mit einer kleinen Bronzefigur an ein großes Metallbecken. Sogleich öffnete sich die Tür, einige nur mit Lendenschurzen bekleidete Sklavinnen kamen herein und kredenzten Wein, Obst, Nüsse, kleine Kuchen, getrocknete Datteln und Feigen.

Ptolemäus war ein höflicher, geschickter Plauderer, der alle unsere neugierigen Fragen beantwortete, jedoch ohne sich festzulegen, ohne auf heikle Themen näher einzugehen. Viele Wochen später sollte ich mit ihm lange offene Gespräche führen, doch bei dieser ersten Begegnung gab er nichts von sich preis, da er ja nicht wußte, ob uns Rom nur geschickt hatte, um ihn auszuhorchen. Er hatte Tiberius und Caligula überlebt und schien gesonnen, auch mit allen künftigen Kaisern gut auszukommen. Angeregt plauderte er von seinen Vorfahren, den fünfzehn Ptolemäerkönigen, worauf Petronius ihn höflich bat, uns einen kundigen Führer durch die Gräberstadt zu empfehlen. Was wir erhofft hatten, erfüllte sich jetzt, denn Ptolemäus selbst bot sich an, uns zu begleiten.

Unser Besuch im Semaviertel verlief wie ein feierlicher Staatsakt. Als Ptolemäus aus seiner goldstrotzenden Prunksänfte stieg, warfen sich die Grabwächter in den Staub, sanken die Priester demütig auf die Knie und beugten tief ihre kahlgeschorenen Köpfe. Für sie war dieser Mann nach wie vor der eigentliche Herrscher Ägyptens.

Es ist schwer, diese alte Gräberstadt mit ihren zahllosen unterirdischen Gängen und Kammern zu beschreiben, da sie dem Unkundigen wie ein Labyrinth erscheinen muß. Am Rande dieses Bezirks erhob sich das Mausoleum der Kleopatra, ein außen schmuckloser quadratischer Turm, doch im Innern mit prachtvollen Malereien, edlen Hölzern und kostbarem Marmor geschmückt. Es berührte uns seltsam, hier den Sarkophag des Marcus Antonius zu finden, der, nach ägyptischer Art gefertigt, neben dem weitaus prunkvolleren der großen Königin stand. In Ägypten war Antonius der rechtmäßige Gemahl der Königin gewesen und hatte als solcher Anrecht auf diesen Platz.

Stundenlang schritten wir an der Seite unseres vornehmen Führers durch die endlose Reihe der Grabkammern, hörten die Namen der zahlreichen Könige, Prinzen und Prinzessinnen und vergingen vor Neugier nach dem Alexandergrab, das den erhabenen Mittelpunkt der in eine Hügelkette gegrabenen Nekropole bildet. Dann endlich standen wir vor den mit Gold beschlagenen Toren, auf denen die Feldzüge des großen Eroberers in kunstvoller Arbeit dargestellt waren. Der purpurgewandete Oberpriester sank vor Ptolemäus auf die Knie, während er uns kaum eines Blickes würdigte. Für ihn waren wir offensichtlich nur lästige Eindringlinge, die er empfangen mußte, weil sein Fürst sie begleitete. In der Mitte des mit Fackeln erleuchteten Raumes stand auf einem hohen Steinsockel der gläserne Sarkophag Alexanders. Ehrfürchtig traten wir näher und blickten in das schwärzlich verfärbte, doch wohlerhaltene Antlitz des mazedonischen Prinzen, der die Welt erobert hatte. Sein Leib war in einen Purpurmantel gehüllt, die Brust bedeckte eine goldene Rüstung. Wir wußten zwar, daß Caligula den goldenen Panzer abnehmen und nach Rom hatte bringen lassen, wo er damit herumstolzierte, wagten aber nicht zu fragen, ob und wie dieser wieder zurückgekommen war. Später erfuhr ich, daß Ptolemäus gleich nach dem Eintreffen des kaiserlichen Befehls von geschickten Goldschmieden eine Kopie anfertigen ließ. Ob Caligula nun diese Kopie oder das Original erhielt, wird wohl für immer ein Geheimnis bleiben.

Während des ersten Gesprächs mit Ptolemäus hatte ich unsere Reise nach Bubastis und Heliopolis erwähnt, worauf Ptolemäus erstaunt fragte: »Und die Pyramiden habt ihr nicht gesehen? Ihr seid nicht in Memphis gewesen?«

Wir wußten natürlich, daß es die Pyramiden gab, doch daß Heliopolis nur einige Meilen davon entfernt war, hatten wir damals nicht bedacht.

Später sagte Petronius zu mir: »Wir müssen sie gesehen haben, ehe wir abreisen! Ganz Rom wird über uns lachen, wenn wir aus Ägypten kommen und nichts von den Pyramiden erzählen können.«

Ich hatte gegen eine neuerliche Reise nichts einzuwenden, da sie mir einen guten Vorwand lieferte, den Besuch bei Susanna aufzuschieben.

Diesmal reisten wir auf einer breiten Nilbarke, deren mächtige Segel sich im Nordwind blähten. Durch diesen in den Wintermonaten ständig vom Delta herabwehenden Wind können die Nilschiffe mühelos stromaufwärts segeln. Viel Bequemlichkeit gab es nicht auf solchen Booten, und es ging nur langsam voran. Doch wir saßen behaglich unter unserem leinenen Sonnensegel, tranken den süßen Dattelwein, schliefen oft untertags, weil es nachts bitter kalt wurde. Regenfälle waren im Innern des Landes so gut wie unbekannt – alle Fruchtbarkeit, alles Gedeihen hing am Nil mit seinen Zeiten der Überschwemmungen, die Jahr für Jahr regelmäßig eintrafen. Zwar soll es, wie wir hörten, in ganz seltenen Fällen vorgekommen sein, daß die Überschwemmung ausblieb oder nicht stark genug einsetzte, um den fruchtbaren Nilschlamm auf die Felder zu tragen. Dies wurde dann dem Zorn der Götter zugeschrieben und brachte viel Not ins Land.

Das berühmte Gräberfeld mit den Pyramiden erstreckt sich westlich von Memphis, wo wir unser Boot verließen. Die große Zeit dieser Stadt war längst dahin, die meisten Wohnhäuser standen leer und verfielen, in den zahlreichen großen Tempeln herrschte Schweigen, als seien sie in tiefen Schlaf versunken. Unter den ersten ägyptischen Königen, den Erbauern der Pyramiden, war Memphis eine glänzende, volkreiche Stadt gewesen, sie soll sogar noch unter den Ptolemäerkönigen geblüht haben. Hier wurde der Schöpfergott Ptah verehrt, der nach dem Glauben seiner Priester alle Dinge und Wesen, auch alle anderen Götter erschaffen hat. Ptah galt auch als der Gründer sämtlicher Städte und Provinzen des alten Ägypten.

Petronius wollte zuerst die römische Verwaltung aufsuchen, um seine und meine Anwesenheit dort registrieren zu lassen. Es lag nur eine kleine Besatzung in der fast ausgestorbenen Stadt, und es schien uns, als sei dies für die Soldaten eine Art Strafposten. Immerhin fand sich schnell ein kundiger Führer, der sogar etwas Griechisch sprach und auch gleich die Maultiere für uns mitbrachte. Zuvor hatte er uns Dromedare als Reittiere angeboten, doch diese langbeinigen, buckligen Wesen haben einen derart schwankenden Gang, daß wir fürchteten, seekrank zu werden.

»Ich weiß, daß ihr Römer unsere Dromedare nicht schätzt«, bemerkte der Führer, »doch auf langen Wüstenstrecken reist man mit ihnen am sichersten.«

»Wir nehmen die Maultiere und meiden die Wüste«, entschied Petronius.

Schon von weitem sahen wir die mächtigen Pyramiden der Könige Cheops, Chephren und Mykerinos in den Himmel ragen. Niemand weiß genau, wie alt diese Grabmäler sind, da die von Herodot gemachten Berechnungen als unsicher gelten und sogar die ägyptischen Priester unterschiedliche Angaben machen. Man ist sich jedoch einig, daß sie schon mindestens zweitausend Jahre überdauert haben. Unser Führer erklärte dazu, daß diese Bauten in Wahrheit viel höher seien, weil ihr unterer Teil vom Flugsand bedeckt sei. Nicht anders verhält es sich mit der großen Sphinx bei der Cheopspyramide. Von ihr ist nur der Menschenkopf sichtbar, während ihr Löwenkörper im Sand begraben liegt. Die Grabkammern im Innern dieser gewaltigen Steinmassen sind leer. Sie wurden schon vor vielen hundert Jahren ihrer Schätze beraubt, oder die Priester haben sie an geheimen Orten in Sicherheit gebracht.

Als die Sonne sich dem westlichen Horizont zu neigte, drängte unser Führer zum Aufbruch und war höchst erstaunt, als wir ihm mitteilten, daß wir hier im Schatten dieser Riesenmonumente die Nacht verbringen wollten.

»Ihr Herren!« rief er entsetzt aus, »nachts ist dieses Gräberfeld ein Hort der Geister, die euch plagen und vielleicht sogar töten werden!«

Wir beruhigten ihn, gaben ihm reichlichen Lohn und versicherten, daß wir gegen alle Geister gefeit seien. Doch er gab nicht auf. »Mögt ihr auch gegen die Geister einen Zauber haben, so wird euch die Kälte der Nacht um den Schlaf bringen.«

Wir hatten natürlich auch daran gedacht und zeigten ihm unsere Ziegenfelle und die dicken Wolldecken. Da die Nacht hereinbrach und er sich zu fürchten begann, wurden wir ihn schließlich los.

Wir breiteten unsere Felle unter dem Haupt der Sphinx in den Sand, rückten nahe zusammen und schlüpften unter die schweren Wolldecken. Das einfache Mahl aus Brot, Käse und Datteln war schnell verzehrt. Jeder von uns nahm seinen Becher zur Hand und bediente sich aus dem mitgebrachten Weinschlauch. Kalt glitzerten die Sterne vom samtschwarzen Firmament, dazwischen schwamm der silberne Sichelmond wie eine schlanke Barke.

Petronius wies zum Himmel und brach unser langes Schweigen. »Was sind dagegen unsere Riesenstädte, unsere Tempel und Bibliotheken, was ist die Macht des römischen Kaisers gegen die da oben?«

Ich fragte ihn: »Sprichst du von den Sternen oder meinst du die Götter?«

Er lachte leise. »Nun gut, ich kann auch fragen: Was sind dagegen die Götter? Menschenwerk, altehrwürdig gewiß, doch eben nur Menschenwerk. Ich weiß, mein Fulvius, du bist Jude und glaubst an den Einen Unsichtbaren über den Sternen. Mag es ihn vielleicht geben, so ist er doch so fern – so fern.«

»Du mußt ihn nicht über den Sternen suchen, sondern in

deinem Herzen. Gott ist nicht oben oder unten, er ist in allem. Wer an ihn glaubt, findet ihn in einer Blume genauso wie in den Steinen, im Wasser, in einer weidenden Kuh und im armseligsten Sklaven. Du findest ihn überall – oder nirgends.«

Petronius schien lange nachzudenken und sagte dann: »Ich empfinde das anders. Freilich glaube auch ich an ein göttliches Wirken im Weltenplan, doch ist es für uns Menschen nicht faßbar. Ihm nachzuspüren halte ich für sinnlos. Etwas davon zu ahnen, ist schon viel, und mehr wird auch keinem Menschen zuteil. Das ist wie bei einem einfachen Soldaten, der in die Schlacht zieht, den Befehlen gehorcht, kämpft und fällt. Er hat zwar gewußt, daß es irgendwo einen Feldherrn gab, der einen Schlachtplan entworfen und die Schlacht geleitet hat, doch von den Einzelheiten ist ihm nichts bekannt geworden. Er hat an seinem Platz gestanden, hat gekämpft und ist gefallen. Nicht anders verläuft unser Leben. Wir wissen, daß irgendwo ein Schicksalsplan existiert, der unser Dasein bestimmt, doch niemand weiht uns in seine Geheimnisse ein, und den großen Feldherrn lernen wir auch nicht kennen. Wir müssen uns damit abfinden und versuchen, das Beste daraus zu machen.«

»Ein treffender Vergleich«, gab ich zu, »nur wird ihn nicht jeder gutheißen. Der gläubige Jude in seinem Tempel glaubt sich im Besitz der göttlichen Wahrheit, wie sie in den Schriften überliefert ist, und der gläubige Ägypter, der seinem widdergestaltigen Sonnengott Weihrauch streut und ihm Opfergaben spendet, geht auch getröstet von dannen, weil er meint, auf diese Weise die Gottheit, also das Schicksal, für sich günstig gestimmt zu haben. Letzten Endes sind sich die Menschen in ihren Sorgen, Nöten und Hoffnungen alle gleich; es unterscheiden sich nur die Mittel, mit denen sie versuchen, ihr Schicksal zu meistern.«

Petronius, der sich seinen Becher häufig gefüllt hatte, redete schon mit schwerer Zunge. »Du hast recht – eigentlich hat jeder auf seine Weise recht. Mein Mittel, das Schicksal zu meistern, ist im Augenblick dieser vorzügliche, süße rote Wein, und ich muß sagen, er ist ein rechter Sorgenbrecher. Trink, mein Freund, trink, da sich der Schlauch noch immer beträchtlich wölbt.«

So tranken wir, und unser Atem wölkte in die kalte, sternenhelle Nacht. Unter den schweren Wolldecken und vom nicht minder schweren Wein war uns so warm geworden, daß wir ohne Beschwerde einschliefen.

22

Wir hatten geplant, noch einige Tage in Memphis zu verbringen, um dann wieder mit dem Schiff nach Alexandria zurückzufahren. Ich aber war vom Zauber des alten Ägypten so gepackt, daß ich Petronius vorschlug, die Reise auf dem Landweg noch etwas nach Süden fortzusetzen. Mein Freund war sofort einverstanden.

»Da es für mich die einzige Reise in dieses Land sein wird, will ich sie auch nutzen.«

So ritten wir auf unseren Maultieren gemächlich südwärts und hielten bei der Stufenpyramide des Königs Djoser. Wie unser Führer erzählte, sei dies die erste Pyramide gewesen, die in Ägypten errichtet wurde, und zwar von Imhotep, dem Oberpriester und Architekten des Königs. Diesem vielseitigen Gelehrten, der auch als Arzt und Richter wirkte, wird die Erfindung des Kalenders zugeschrieben, der in nur wenig abgeänderter Form noch heute gilt. Imhoteps Leistungen auf allen Gebieten waren so erstaunlich, daß man ihn später als Gott verehrte.

Nach der zweiten Tagesreise begann unser Führer zu murren. Wie weit wir noch zu reisen gedächten? Warum wir als vornehme Römer keine bewaffnete Begleitung angefordert hätten? Ob wir nicht wüßten, daß Diebe und Wegelagerer, je weiter wir uns von Memphis entfernten, je schlimmer ihr Unwesen trieben?

Wir versuchten den Mann zu beruhigen, doch es half nichts,

er wollte umkehren. So kauften wir ihm die beiden Maultiere ab, was den Guten sehr erleichterte.

»Wegelagerer!« rief Petronius verächtlich. »Wegelagerer in einer römischen Provinz, daran glaube ich einfach nicht.«

Ich glaubte auch nicht daran, und so zogen wir sorglos weiter. Jeder von uns trug einen langen Dolch an der Seite, doch wir rechneten nicht ernsthaft damit, eine Waffe zu gebrauchen.

In Krokodilopolis am Südufer des Moerissees machten wir halt. Hier wurden noch wie in alten Zeiten die heiligen Krokodile in einem Tempel gehalten. Gegen eine Spende durfte man sie mit Fleisch füttern, doch die schwerfälligen, offenbar übersättigten Tiere waren nicht aus ihrer trägen Ruhe zu bringen. Früher, so versicherte uns ein Priester, wurden den Krokodilen auch Menschenopfer gebracht.

Petronius horchte auf. »Wer wurde ihnen geopfert – Männer, Frauen, Kinder?«

»Das ist lange her ...«, sagte der Priester, unsicher geworden, »doch man erzählt, daß es meist Kinder und Jungfrauen waren.«

Petronius nickte zornig. »Die Schwächsten also, Mädchen und Kinder! Warum habt ihr Priester nicht euch selber dem Krokodilgott dargebracht? Man mag uns Römern einiges vorwerfen, doch an Kindern vergreifen wir uns nie. Bei uns sind es starke, erwachsene Männer, die man dem Pöbel opfert – als Gladiatoren. Mir scheint das weniger verwerflich!«

Der Priester setzte zu einer langen Erklärung an, doch Petronius winkte ab. »Lassen wir es gut sein. Ziegen, Schafe, Stiere, Kinder, Mädchen, Gladiatoren – vielleicht ist es einerlei. Immer muß lebendiges Fleisch vor irgendwelchen Altären geopfert werden, damit die Götter oder das Volk zufrieden sind.«

Als Petronius dies mit bitterem Spott aussprach, hörte ich den Pöbel in Jerusalem schreien: Kreuzigt ihn! Kreuzigt ihn! Und ich mußte Petronius recht geben. Der Priester aber wollte das letzte Wort haben, wie dies bei seinesgleichen auf der ganzen Welt so ist: »Noch heute gilt es im ganzen Krokodilgau als besondere Gnade, wenn ein Mensch durch ein Krokodil umkommt. Ein solches Ereignis wird von der Familie als Freudenfest begangen.«

»Anderswo ist man darüber weniger glücklich«, murmelte Petronius spöttisch.

Trotzdem führte uns der Priester noch in das Allerheiligste des unmittelbar am Seeufer liegenden Tempels. Hier lebte in einem riesigen Marmorbecken das als Inkarnation des Gottes Sobek angesehene Krokodil, ein uraltes, riesiges Tier, das wie ein knorriger Baumstamm unbeweglich im seichten Wasser lag. An seinen Ohren und an den Vorderbeinen funkelte kostbarer Goldschmuck, blitzten edle Steine. Es durfte nur an bestimmten Festtagen von den Pilgern gefüttert werden, wobei es als besondere Gnade galt, wenn das Tier die Nahrung annahm.

Wir jedenfalls durften es nur kurz betrachten und mußten uns leise entfernen, um seine heilige Ruhe nicht zu stören. Einen Besuch des Friedhofs, in dem alle verstorbenen Krokodilgötter einbalsamiert und beigesetzt wurden, lehnten wir ab. Wir zogen es vor, das berühmte, von König Amenemnes III. angelegte Labyrinth zu besichtigen.

Dieser sehr jung auf den Thron gelangte König regierte sechsundvierzig Jahre und schätzte das Gebiet am Moerissee so sehr, daß er hier Paläste erbauen und sein Grab errichten ließ. Dazu wurden in einem einzigen Gebäudekomplex sechsunddreißig kleine Tempel errichtet – einer für jeden Gau des alten Ägyptens, womit der König eine Art zentrales Heiligtum für das ganze Land schuf. Seine letzten Regierungsjahre verbrachte Amenemnes in seinen Palästen am Moerissee, den er mit einer komplizierten Schleusenanlage versehen ließ.

Die ins Gigantische gewachsene Anlage aus Tempeln und Palästen mit zahlreichen Verbindungsgängen war schließlich so unübersichtlich geworden, daß sich niemand ohne Führer zurechtfand.

Gemächlich ritten wir weiter nach Süden durch das grüne fruchtbare Niltal mit seinen schlanken Dattelpalmen und den endlosen Kornfeldern. Wir übernachteten in dem Städtchen

Oxyrhynchos, wo ein bestimmter Nilfisch als heilig verehrt wird. Froh, der elenden Herberge entronnen zu sein, machten wir uns im Morgengrauen auf den Weg. Wir hatten beschlossen, noch einen Tag nach Süden zu reisen, um dann mit einem Nilschiff zurückzukehren. Dieser Entschluß kam uns teuer zu stehen.

Die heißen Mittagstunden verbrachten wir im Schatten einiger Dattelpalmen am Nilufer. Petronius war eingeschlafen und schnarchte leise, während ich mir einige Notizen machte.

Sie waren auf ihren schlanken, schnellen Dromedaren so leise herangekommen, daß ich zuerst glaubte, es sei ein Traum. Doch die langen hölzernen Lanzen mit funkelnden Metallspitzen, die sich uns drohend entgegenreckten, waren kein Traum.

Ich stieß Petronius sachte an, er erwachte sofort, sah die Reiter, griff nach seinem Dolch und ließ die Hand gleich wieder sinken. Die Männer trugen nach Art der Wüstenvölker weiße Gewänder und hatten ihre Gesichter bis auf die Augen verhüllt. Einer von ihnen, es schien ihr Anführer zu sein, sprang von seinem Tier, trat vor uns hin und redete in einer kaum verständlichen Mischung von Griechisch und Ägyptisch auf uns ein. Petronius blickte mich fragend an, da er wußte, daß ich mir etwas von der Landessprache angeeignet hatte.

»Wir sollen mitkommen ...« Mehr hatte ich nicht verstanden.

Von einem guten Dutzend der Reiter umringt, bestiegen wir unsere Maultiere und fügten uns der Gewalt.

Petronius schien unbeeindruckt, in seinem glattrasierten Römergesicht regte sich keine Miene. »Lateinisch werden sie jedenfalls nicht verstehen«, flüsterte er mir zu.

Wir ritten nach Westen und kamen bald vom fruchtbaren Niltal ins hügelige, sonnendurchglühte Wüstengebiet. Nach drei oder vier Stunden sprengten uns einige Reiter entgegen, sprachen mit unseren Bewachern und ritten schnell wieder davon.

Die Zelte der Wüstenbewohner bestanden aus einem sandfarbenen Filzstoff und waren so geschützt in eine Senke gesetzt, daß man sie erst aus nächster Nähe als menschliche Behausungen erkannte. Da und dort wehte eine bläuliche Rauchsäule in die Luft, Frauen und Kinder betrachteten uns von ferne und verschwanden zwischen den Zelten, als wir in das Lager ritten.

»Soll hier unsere Reise für immer zu Ende sein?« fragte Petronius nachdenklich.

»Das wird auch von uns abhängen. Wir sind mittellose römische Gelehrte, die das Land erforschen wollen. So oft man uns auch fragt, es darf keine andere Antwort geben.«

Petronius nickte. »Unser Geld sind wir jedenfalls los, und die Maultiere vermutlich auch.«

»Laß mich reden und vergiß für eine Weile, daß du ein Römer bist ...«

Noch während ich dies sagte, wurden wir ins Innere eines großen Zeltes geführt, das in mehrere nur schwach erhellte Räume aufgeteilt war. In einer kleinen Kammer durften wir uns auf den mit bunten Teppichen belegten Boden setzen. Es wurden Erfrischungen angeboten. Man stellte einen Korb mit getrockneten Datteln vor uns hin, dazu reichte man große Becher mit kühler säuerlicher Milch, die wir durstig tranken. Sogar ein Kupferkessel mit Wasser wurde gebracht, um Hände und Gesicht zu erfrischen.

»Man mästet das Opfer, ehe man es schlachtet«, scherzte Petronius, denn ihm schien das Abenteuer ziemlichen Spaß zu bereiten.

»Laß mich mit ihnen verhandeln«, bat ich ihn nochmals, »ich bin Jude und verstehe mich besser darauf.«

Petronius nickte. »Gut, gut – ich lege mein Leben in deine Hände.«

Ich konnte seine Zuversicht vorerst nicht teilen.

Es mochten mehrere Stunden vergangen sein, als wir in einen großen hellen Raum gebracht wurden, der mit Teppichen, Fellen, Kissen und niedrigen Holztischen behaglich eingerichtet war.

Plötzlich ertönte aus dem Hintergrund des Raumes eine hohe, greisenhafte Stimme in einem harten, doch gut verständlichen Griechisch. »Ich heiße meine Gäste willkommen! Tretet näher und nehmt Platz.«

Wir wurden nach vorne geschoben und sanft auf zwei Lederkissen niedergedrückt. Vor uns saß ein kleiner, ganz in weiße Gewänder gehüllter, offenbar sehr alter Mann, dessen Haupt ein riesiger bunter Turban bedeckte.

»Ich muß meine verehrten Gäste um Verzeihung für die Unannehmlichkeiten bitten, doch von nun an wird es euch nicht an Bequemlichkeit fehlen. Ihr sollt den Wüstensöhnen eine freundliche Erinnerung bewahren. Darf ich euch einige Fragen stellen?«

Ich sah es Petronius an, daß er aufbrausen wollte und zischte ihm zu: »Ruhig! Laß mich reden!«

Ich verneigte mich leicht vor dem Alten und sagte: »Wir danken für den freundlichen Empfang. Eigentlich sind wir es, die zu fragen hätten, doch wir ehren das Alter und sind zur Auskunft gerne bereit.«

»Gut gesprochen! Ihr seid also römische Kaufleute aus Alexandria?«

»Römer wohl, doch keineswegs Kaufleute. Wir sind Geographen auf einer Reise durch Ägypten, um in Büchern über Land und Leute zu berichten. Wir hatten auf eine friedliche Reise im Schutz der römischen Verwaltung gehofft.«

»Mit Wegelagerern haben wir nicht gerechnet!« warf Petronius zornig ein.

Der Alte schien nicht beleidigt zu sein.

»Wegelagerer? Ein hartes Wort. Wir sind freie Berber, die gelegentlich einen Tribut von den Reisenden nehmen, denn Ägypten gehört den Römern, die Wüste aber gehört uns. Ich habe jedenfalls in den langen Jahren meines Lebens noch keinen römischen Soldaten durch den Wüstensand marschieren sehen.«

»Auch dies ist römisches Gebiet! Ägypten endet nicht am Nil!« Zornentflammt war Petronius aufgesprungen.

Ich zog ihn auf sein Kissen zurück und sagte: »Verzeih das Ungestüm meines Freundes, doch mir scheint, er hat recht. Du bezeichnest uns als deine Gäste, doch wir wurden mit Gewalt hierhergebracht. Wir sind nicht reich, wir sind keine Kaufleute, wir sind auch keine Soldaten. Was also forderst du von uns?«

Der Alte wiegte sein Haupt und ließ sich mit der Antwort lange Zeit. Schließlich fragte er: »Eure Familien leben in Alexandria?«

»Nein, wir stammen beide aus Rom, und unsere Eltern sind lange tot. Wir leben von unseren Büchern, und du darfst mir glauben, dies ist ein hartes Brot. Welchen Gewinn sollen wir dir also bringen?«

Ich hörte den Alten leise lachen. »Wer sagt mir, daß du die Wahrheit sprichst?«

»Schau uns doch an! Sieh unsere einfache Kleidung, unsere Maultiere, unser Gepäck. Wo findest du da irgendeinen Reichtum? Unsere Mittel reichten nicht einmal aus, um einen Führer zu mieten. Mit uns hast du einen schlechten Fang gemacht.«

»So muß ich euch töten lassen, um jede Gefahr von meinem Stamm zu wenden – oder wollt ihr uns als Sklaven dienen?«

Petronius bebte vor Ungeduld und Zorn. »Töte uns! Töte uns schnell! Als Sklaven sind wir nicht zu gebrauchen, Geld besitzen wir keines, also töte uns!«

Der Alte lächelte und fragte mich: » Und du – suchst auch du einen schnellen Tod?«

»Du hast uns als deine Gäste willkommen geheißen, also behandle uns auch danach. Gib uns Bedenkzeit!«

Der Alte nickte und gab unseren Bewachern kurze Befehle. »Geht!« sagte er dann, »wir sprechen morgen weiter.«

Wir erhielten ein kleines Zelt zugewiesen, das nachts bewacht wurde.

Flüsternd berieten wir die halbe Nacht, was zu tun sei. Die Maultiere und das Gepäck hatte man uns längst abgenommen, doch was wir am Leib trugen, war bisher nicht berührt worden. Ich gab zu bedenken:

»Es hat wenig Sinn, darauf zu pochen, daß wir römische Bürger sind und uns in einer römischen Provinz bewegen. Hier in der Wüste hört die Macht des Kaisers auf, und wenn er tausend Legionen in Bewegung setzte. Sieh dir doch unsere Landkarten an! Auch auf den neuesten wirst du nur immer die Bezeichnung Terra incognita finden, für alles, was im Süden zwischen Cyrene und Ägypten liegt. Sie aber kennen sämtliche Oasen und Wasserstellen, und der Alte hatte ganz recht, als er sagte: Wir sind die Herren der Wüste. Wir müssen auf jeden Widerstand verzichten und versuchen, uns in aller Freundschaft mit ihm zu einigen.«

Petronius schien überzeugt. »Du hast recht. Was schlägst du vor?«

»Ich schlage vor, dem Alten ein Geschenk zu machen. Kein Wort von Lösegeld oder Freikauf. Wir haben seine Gastfreundschaft genossen und machen ihm ein Geschenk. Es sollte weder zu bescheiden noch zu großzügig ausfallen. Wir haben zum Glück einige Goldstücke in unsere Kleidung eingenäht, und eine Handvoll Denare tragen wir auch bei uns. Ich schlage also vor, daß wir etwas Gold in das Silber mischen und es ihm in einem Beutel feierlich als Geschenk überreichen.«

Petronius kratzte seinen sprießenden Bart, der seinem sonst glattrasierten Gesicht mit der gebogenen Römernase etwas Verwegenes verlieh. »Gut!« stimmte er zu. »Ich sehe auch keinen anderen Weg. Wir müssen ganz einfach unsere Rolle als geehrte Gäste zu Ende spielen.«

Den Rest der Nacht schliefen wir fest bis in den späten Morgen hinein. Niemand behelligte uns, als wir vor das Zelt traten, nur eine alte Frau kam herbei, deutete auf ihren Mund und machte kauende Bewegungen.

Hungrig, wie wir waren, nickten wir eifrig zu ihrer Zeichensprache. Sie verschwand und kam bald mit zwei irdenen Gefäßen zurück, die einen mit Honig gesüßten, wohlschmeckenden Milchbrei enthielten. Solchermaßen gestärkt, schlenderten wir durch das Lager und stellten fest, daß Frauen wie Männer sich hier unverhüllt bewegten, während sie sich sonst auf ihren Ritten durch die Wüste, wie wir gesehen hatten, bis auf die Augen vermummten. Dies geschah wohl weniger, um sich unkenntlich zu machen, als zum Schutz vor dem feinen Wüstensand und vor der sengenden Sonne.

Mein Freund betrachtete das Treiben dieser Menschen mit großer Aufmerksamkeit. »Für dich als Historiker«, sagte er, »kann unser Abenteuer von großem Wert sein. Vielleicht wäre es ganz reizvoll, einige Zeit mit diesen Wüstenbewohnern zu leben.«

Ich gab ihm recht, doch im Grunde hofften wir beide, uns bald wieder verabschieden zu dürfen. Bei Sonnenuntergang ließ der Alte uns zu einem Gastmahl bitten. Ich trug den Beutel mit unserem Geldgeschenk sichtbar in der Hand. Wieder führte man uns in das hohe Zelt mit dem festlichen, durch mehrere Öffnungen erhellten Raum. Der Alte thronte auf seinem Kissenberg, wackelte mit dem Kopf unter dem hohen Turban und setzte eine feierliche Miene auf. Zu beiden Seiten des Raumes hockten Musikanten und vollführten einen rhythmischen Lärm mit Flöten und Handpauken. Im Halbkreis um den Thron des Alten standen unbeweglich wie Statuen etwa zehn Männer, vermutlich die Sippenältesten des Stammes. Sie hatten allesamt sehr würdevolle Mienen aufgesetzt und taten, als sähen sie uns nicht.

Mir fiel wieder auf, was ich schon beim Gang durch das Zeltlager bemerkt hatte, daß es sich durchweg um schöne, hochgewachsene Menschen mit kühnen, hageren Gesichtern handelte. Alle trugen kurze gepflegte Bärte, ihre Häupter waren mit verschiedenfarbigen Tüchern bedeckt, in ihren breiten, verzierten Ledergürteln staken prunkvolle Dolche.

Plötzlich schwieg die Musik, und wir hörten die hohe Stimme des Alten. »Tretet näher, verehrte Gäste, und laßt euch zu einem bescheidenen Mahl laden.«

Ich verneigte mich tief vor ihm und legte den gefüllten Beutel zu seinen Füßen nieder. »Du wirst uns gestatten, dir für die erwiesene Gastfreundschaft ein Gegengeschenk zu machen.«

Wieder verbeugte ich mich und trat an Petronius' Seite zurück, der spöttisch flüsterte: »Er wird es gerne gestatten, und ich hoffe nur, daß sein Appetit dadurch nicht wächst.«

Der Alte nickte gnädig zu meinen Worten und klatschte mehrmals mit den Händen. Diener liefen herbei, verteilten lederne Sitzkissen, breiteten bunte Tücher auf den Boden und ließen auch gedankenschnell das Geldsäckchen verschwinden, dessen Inhalt vermutlich sofort geprüft und dem Alten mitgeteilt wurde. Von zwei seiner Würdenträger gestützt, verließ der Stammesfürst mühsam seinen Thron, setzte sich auf ein besonders hohes Kissen und gebot uns mit einer Handbewegung, zu seiner Seite Platz zu nehmen. Daraufhin ließen sich auch die anderen nieder. Während die Speisen aufgetragen wurden, setzte die ohrenbetäubende Musik wieder ein, was jede Unterhaltung unmöglich machte.

Mit schnellen, geschickten Fingern griff unser greiser Gastgeber in den Fleischberg eines gebratenen und bereits zerteilten Hammels, holte zwei Stücke heraus und stopfte sie Petronius und mir geschwind in den Mund. Auf dieses Zeichen schienen die anderen nur gewartet zu haben, da sie jetzt alle gleichzeitig zugriffen, um in erstaunlich kurzer Zeit die riesigen Berge von Fleisch, Brotfladen, Hirsebrei und Datteln zu vertilgen. Bei dem dazu gereichten süßen, mostartigen Getränk schien es sich um Dattelwein zu handeln.

Von Zeit zu Zeit wurden wir wie kleine Kinder von dem Alten mit Fleisch, Hirsebrei und klebrigen Datteln gefüttert, was Petronius eine ziemliche Überwindung kostete, doch er bezwang sich und sperrte jedesmal willig seinen Mund auf. Ich begann mich allmählich wie eine Mastente zu fühlen, schüttelte freundlich meinen Kopf, als sich die Hand des Alten mit einem vor Fett triefenden Stück Hammelfleisch näherte, und deutete auf den Weinkrug.

Der Alte grinste, seine kleinen, immer halbgeschlossenen Augen glitzerten vergnügt, als er mir eigenhändig den Becher füllte. Und er füllte ihn immer wieder. Plötzlich fühlte ich, wie berauschend der schwere süße Wein wirkte. Das Zelt schwankte um mich herum, die inzwischen entzündeten Pechfackeln begannen vor meinen Augen zu kreisen und ich umklammerte krampfhaft meinen immer vollen Becher. Petronius saß aufrecht, trank, lächelte von Zeit zu Zeit hochmütig in die Runde und schaute mich besorgt an. Ich kann mich nicht erinnern, wie ich in unser Zelt gelangte. Petronius versicherte mir später, daß ich getragen werden mußte. Doch war auch er berauscht und schlief sofort ein.

Dies nützten unsere Gastgeber zu einer gründlichen Durchsuchung unserer Kleider, wobei sie mit ihren geschickten Fingern sofort die eingenähten Goldmünzen entdeckten und heraustrennten. Die zweite Geldbörse leerten sie bis auf einige Silberstücke.

Immerhin wurden uns am nächsten Morgen die Maultiere gebracht, dazu ein Wasserschlauch und zwei Körbe mit getrockneten Datteln. Einer der Männer deutete auf die im Osten heraufsteigende Sonne und sagte mehrmals: »Nil! Nil!« Daß dort der Nil fließen mußte, wußten wir freilich auch.

»Das waren kostspielige Tage!« bemerkte Petronius. »Für dieses Geld hätten wir uns in Rom wochenlang in den teuersten Thermen vergnügen können – Speise, Trank und die schönsten Mädchen inbegriffen.«

Ich sagte: »Das kann jeder tun, sofern er Zeit und Geld hat. Einen räuberischen Wüstenstamm aber lernen nur die wenigsten Römer kennen, und von diesen wenigen verlieren noch etliche mit dem Geld auch ihren Kopf.«

»Ein überstandenes Abenteuer ist ein gutes Abenteuer«, bemerkte Petronius abschließend.

23

Die Wüstensöhne hatten uns gerade so viel Geld gelassen, daß wir nach dem Verkauf der Maultiere auf einem Nilschiff zurückreisen konnten.

»Genug von Ägypten mit seinen Krokodilgöttern, Katzenmumien und Wüstenräubern – genug auch von Alexandria! Laß uns zum Hafen gehen und ein Schiff für die Heimreise auswählen.«

Petronius sehnte sich nach Rom zurück, während mir der bisher unterlassene Besuch bei Susanna wie ein Stein auf dem

Herzen lag. Ich konnte mich hundertmal fragen, was mich eigentlich hinderte, den Besuch einfach zu unterlassen, doch brachte ich damit eine leise, beharrliche Stimme in meinem Innern nicht zum Schweigen, die wieder und wieder flüsterte: Du mußt sie sehen, ehe du abfährst! Du wirst keine Ruhe finden, wenn du es nicht tust!

Einen kleinen Aufschub brachte noch das von Julius Ptolemäus für uns vorgesehene Abschiedsfest.

Die Tage zuvor hielt ich mich noch oft im Museion auf, wo ich auch bei gründlicher Erforschung der Bibliothek feststellen mußte, daß zu meiner geplanten Geschichte Ägyptens als römische Provinz die in Rom aufbewahrten Bücher und Dokumente besser geeignet waren.

Was hielt mich also noch in Alexandria? Petronius kehrte nach Rom zurück, dort besaß ich ein Heim, dort lagen meine Bücher, dort hatte ich Freunde gewonnen. »Ich werde sie besuchen!« hörte ich meine eigene Stimme laut sagen. »Ich werde diese Stadt nicht verlassen, ohne Susanna gesehen zu haben!«

Julius Ptolemäus hatte zu unserem Abschied noch etwa ein Dutzend Gäste geladen: Griechen, Juden, Ägypter, die sich alle kannten und in herzlicher Freundschaft miteinander verkehrten.

»Von der berüchtigten Abneigung der drei alexandrinischen Volksgruppen ist hier wenig zu spüren«, sagte Petronius zu unserem Gastgeber.

Ptolemäus, der ein prachtvolles Gewand aus dunkelblauer Seide und einen funkelnden Goldkragen nach altägyptischer Art trug, entgegnete ernst: »Wo Geist und Bildung herrschen, spielt die Herkunft keine Rolle. Beim einfachen Volk sieht es leider anders aus. Die Griechen fühlen sich den anderen überlegen, weil Sprache und Sitte ihres Volkes unsere heutige Welt geprägt hat. Die Ägypter pochen auf ihre Herkunft als Urbewohner dieses Landes, sind maßlos stolz auf ihre alten Götter und ihre lange Geschichte. Die Juden glauben sich den anderen überlegen, weil sie ihren einen und unsichtbaren Gott verehren, der, wie sie glauben, die Welt und das Universum beherrscht. Im Grunde hätten nur die Römer alle Ursache, sich überlegen zu fühlen, denn ihnen gehört die Macht, und so gehört ihnen auch die Welt.«

Petronius vernahm es mit Befriedigung.

Nach einer langen und erlesenen Speisefolge wurden edle Weine gereicht, denen Petronius und ich nach gewohnter Art kräftig zusprachen.

Der Palast unseres Gastgebers lag unmittelbar am Meer, dessen kühlen Hauch man von einer weiten Terrasse genießen konnte. Nach einigen Stunden redeten alle betrunken durcheinander, es wurde diskutiert und gelacht; griechische und lateinische Verse wurden zitiert, wobei sich Petronius besonders hervortat, da er seinen Catull auswendig kannte. Als draußen der Morgen graute, deklamierte er:

»Hesperus kommt! Erhebt Euch, ihr Männer!
Hesperus führt nun endlich herauf
am Olympos das sehnlich erwartete Licht.
Zeit ist's, aufzubrechen und
den üppigen Tisch zu verlassen!«

Während alle den klingenden Catullversen lauschten – vermutlich ohne viel davon zu verstehen –, fühlte ich mich sanft am Arm gepackt. Ptolemäus war es, der mich in eine stille Ecke zog.

»Fulvius Judas, du gefällst mir, denn ich habe bemerkt, daß du nicht zu den schnellen, leichtfertigen Schreibern zählst, die eine Geschichte Galliens oder Griechenlands in wenigen Monaten aus dem Ärmel schütteln wie Taschenspieler. Ich möchte dir einen Vorschlag machen – oder laß es mich nur eine Anregung nennen. Warum schreibst du nicht die Geschichte meines Landes? Den Einwand, sie sei schon mehrfach geschrieben worden, lasse ich nicht gelten. Du darfst mir glauben, daß ich alles kenne, was es auf diesem Gebiet gibt und ich sage dir: es wiegt leicht – zu leicht. Legenden und Halbwahrheiten sind keine Geschichtsschreibung. Ich habe alle Möglichkeiten, dir die echten Quellen zugänglich zu machen, und in dir sehe ich die Kraft und den Willen, sie zu nützen. Du bist zwar römischer

Bürger, stammst aber aus Judäa, du bist Jude, scheinst aber den Glauben deiner Väter nicht über alles andere zu stellen; du hast unsere seltsamen Gottheiten mit ihren Tierkörpern kennengelernt, doch ich hörte dich nicht darüber spotten. Mit einem Wort: du bist ein echter Historiker, der die Wahrheit erforschen, nicht aber seine Vorurteile verkünden will.«

Ich leugne nicht, daß die Worte des edlen Ägypters mir schmeichelten. »Gibt es nicht schon eine Geschichte Ägyptens in fünf Büchern von Apion, der in Rom sehr geschätzt wird – auch vom Kaiser?«

Ptolemäus lachte spöttisch. »Apion! Oh, Isis, ausgerechnet Apion mußt du nennen, diesen lächerlichen Judenhasser und maßlos eitlen Schreiberling, der ganz Alexandria jahrelang mit seinen gelehrten Vorträgen gelangweilt hat und den Caligula nur schätzte, weil er ständig über die Juden und Ägypter lästerte. Was dieser Pseudogelehrte unter dem Namen einer Geschichte Ägyptens veröffentlicht hat, läßt sogar die Statuen Imhoteps, des Gottes der Schreiber, erröten. Was er nicht von Herodot, dem alten Flunkerer, abgeschrieben hat, stammt aus dem dürftigen Wissen obskurer Priester, die für ein paar Münzen alles aus Ägyptens Vergangenheit zusammenlügen, was man hören will. Nein, mein Freund, die Geschichte dieses Landes ist in Wahrheit noch nicht geschrieben worden. Überlege dir meinen Vorschlag gut! Solange du in Alexandria bleibst, bitte ich dich, mein Gast zu sein. Verfüge über mich, mein Haus und meine Diener!«

Die mir von Ptolemäus gebotenen Möglichkeiten waren so verlockend, daß mein Entschluß während dieses Gesprächs schon gefaßt war. Ich zog den vom Wein beschwingten Petronius beiseite und teilte ihm mit, daß er ohne mich reisen müsse.

Er hielt es zuerst für einen Scherz, doch dann sagte er: »Du kennst meine Ansicht, daß jeder sein Schicksal selber gestalten muß. So gebe ich dir auch keinen Rat und äußere keine Bitte. Freilich bedauere ich es, ohne dich abreisen zu müssen, und ich weiß auch, daß du mir in Rom fehlen wirst. Trotzdem wünsche ich dir von Herzen Glück auf allen deinen Wegen. Wir werden lange Briefe wechseln und uns in Rom wiedersehen.«

Das waren die Worte eines echten Freundes. Wir umarmten uns und vergossen einige Tränen, was sonst nicht unsere Art war und woran der Wein seinen reichlichen Anteil hatte.

Ich begleitete Petronius zu seinem Schiff, wünschte ihm eine glückliche Heimkehr und stand am Hafen, bis die bunten Segel am Horizont verschwanden. Danach ging ich in unsere Herberge und ließ mein Gepäck in den Palast des Ptolemäus schaffen. Mein freundlicher Gastgeber stellte mir einen Arbeitsraum zur Verfügung, wies mir einen persönlichen Diener zu und führte mich feierlich in seine aus mehreren Räumen bestehende Bibliothek.

»Seit vielen Jahren lasse ich alle erreichbaren Bücher und Dokumente aufkaufen, welche die Geschichte meiner Familie und meines Landes betreffen. Dies alles steht zu deiner Verfügung, und ich werde dir helfen, wo ich kann.«

Daß dies nicht nur freundliche Worte waren, bewies Ptolemäus während der folgenden Monate. Meine sechsbändige Geschichte Ägyptens wäre ohne die Hilfe des Julius Ptolemäus nicht geschrieben worden. Mag man seine edle Hilfsbereitschaft nicht ganz uneigennützig nennen, da auch ihm, dem Ptolemäer, diese Arbeit am Herzen liegen mußte, so kann es meine dankbare Erinnerung nicht trüben.

Eine Woche nach Petronius' Abreise – ich hatte mir diese Frist gesetzt – ließ ich mich in einer Sänfte zum Ägypterviertel Rhakotis bringen, wo ich in der Nähe des großen Kanals ausstieg.

Die Tuchhändlerstraße hatte ich bald gefunden, den Laden des Amasis wies mir eine vor einem Berg goldener Orangen sitzende Obsthändlerin. Sein Name stand in hieratischer und griechischer Schrift über der Tür des mittelgroßen, schmucken Hauses. Das ängstliche Zögern der vergangenen Zeit war von mir abgefallen und mir schien, als sei es ein ganz anderer Judas, der mit ruhigen Schritten auf das Haus zuging und an die Tür pochte.

Um niemand zu begegnen, hatte ich die Mittagszeit gewählt, wo ganz Alexandria sich während der heißesten Tagesstunden in die Häuser zurückzog.

Ich mußte mehrmals kräftig anklopfen, bis die Tür einen Spalt geöffnet wurde. Eine weibliche Stimme – die von Susanna konnte es nicht sein – fragte etwas auf ägyptisch, das ich nicht verstand. Ich verlangte auf griechisch den Herrn des Hauses, da ich nicht wußte, wie Susanna in ihrer Heimat genannt wurde.

Jetzt öffnete sich die Türe ganz, und ich stand einer älteren Frau gegenüber.

»Der Herr ist verreist«, sagte sie auf griechisch.

»Und deine Herrin?«

»Nephris ruht und öffnet den Laden erst um die Abendstunden.«

»Nephris? Ist Nephris deine Herrin? Ist sie die Frau des Amasis?«

Meine Fragen trafen die rasch wieder geschlossene Tür. Ich pochte noch einmal und streckte der Frau schnell eine Silbermünze hin.

»Ich bin weit gereist, um deinen Herrn zu treffen. Da er nun nicht zu Hause ist, melde deiner Herrin, Judas sei gekommen.«

Sie ließ die Münze eilig verschwinden, führte mich in einen dämmrigen Raum mit hohen Regalen und sagte: »Warte hier.«

Als meine Augen sich an das schwache Licht gewöhnt hatten, erkannte ich die gestapelten Rollen mit Stoffen. Ich kann nicht sagen, wie lange ich gewartet hatte, da die verschiedensten Gedanken durch meinen Kopf wirbelten. Als die Dienerin wieder erschien, winkte sie mir schweigend, ihr zu folgen. Wir durchquerten einen langen, dunklen Gang, der sich plötzlich erhellte, als die Frau einen Vorhang beiseite schob. Mein vom Tageslicht geblendeter Blick fiel auf einen lieblichen kleinen Garten.

»Nephris erwartet dich.«

Ich schritt in den Garten hinein, sah zur Linken eine überdachte Terrasse, und dort stand sie, aufrecht, schlank, mit straff gekämmten, hochgesteckten Haaren, in einem einfachen hellen Gewand, das ein blauer Gürtel umschloß.

Schnell ging ich auf sie zu. »Susanna! Erkennst du mich wieder? Erinnerst du dich?«

Als ich vor ihr stand und in ihr liebliches Gesicht mit den etwas schrägen, dunklen Augen blickte, waren die Jahre plötzlich ausgelöscht. Judas stand vor Susanna im Hause des Jonas zu Tiberias, stand vor der kleinen, freundlichen Sklavin, blickte in ihre spöttischen Augen, sah die kuhköpfige Hathor auf ihrer Brust.

»Judas ...«, hörte ich ihre etwas rauhe Stimme, während sie ungläubig den Kopf schüttelte, »Judas, du bist gekommen.«

Ich ergriff ihre Hand. »War die Botschaft im Serapeion nicht an mich gerichtet? War ein anderer Judas gemeint ...?«

Sie lächelte, musterte mich, entzog mir sacht ihre Hand. »Nach so langer Zeit ... Ich hätte dich kaum wiedererkannt. Du bist jetzt bartlos, bist größer ... deine Haare, deine Kleidung ... wie ein Römer ...«

»Ein Römer war ich auch damals schon, durch Simon, meinen Vater, und in Rom lebe ich jetzt. Aber auch du hast dich verändert, bist eine Nephris geworden, trägst lange Haare, und deine Hathor hat ein goldenes Kettchen bekommen. Ist Amasis dein Mann?«

»Ja, er ist mein Mann – seit einigen Jahren, und er ist ein guter Mann.«

»Wieviel Kinder ... Ich meine ... habt ihr ...?«

»Nein, Kinder haben uns die Götter bis jetzt noch nicht geschenkt. Oh, verzeih! Du willst ja nichts hören von den Göttern! Hathor, Isis, Osiris und Horos, der Falkenköpfige, sind dir ein Greuel – ich habe es nicht vergessen. Hat nicht dein Herr und Meister sie allesamt verflucht? Nur den Judengott, den einzigen und unsichtbaren, durftet ihr verehren. Wo lebt dein Meister jetzt?«

»Jesus ist tot, die Juden haben ihn gekreuzigt, und mir scheint, dies sei vor hundert Jahren geschehen, während ich dich wiederfinde, als hätte ich gestern das Haus des Jonas verlassen. Susanna ...«

Sie unterbrach mich. »Auch Susanna ist tot, du sollst ihren Namen vergessen. Vor dir steht Nephris, die Frau des Tuchhändlers Amasis.«

»Nephris tönt so fremd in meinen Ohren, Susanna war mir

immer ein vertrauter Klang, vertraut während vieler Jahre. Doch werde ich dich Nephris nennen, wenn du es wünschst.«

Noch immer standen wir einander gegenüber und versuchten mit Worten, die langen Jahre zu überbrücken. Schließlich setzten wir uns auf eine mit bunten Kissen belegte Steinbank, und Nephris – so werde ich sie künftig nennen – wies auf ein niedriges Tischchen mit Erfrischungen.

»Ich möchte nur etwas trinken, doch keinen Wein um diese Stunde.«

Schweigend beobachtete ich, wie sie mit ihren schlanken schmalen Händen einige Zitronen halbierte, ihren Saft in einen hohen Silberbecher preßte und aus einem Krug Wasser dazugoß. »Soll ich es mit Honig süßen?«

Ich verneinte. »Du sollst mir von den vergangenen Jahren erzählen, von Jonas, von deiner Rückkehr nach Alexandria ... von deinem Mann ...«

Nephris nahm einen Schluck Wasser, neigte ihren Kopf und sagte: »Das will ich gerne tun.«

Während sie zu erzählen begann, betrachtete ich sie genau und stellte erstaunt fest, daß Gesicht und Gestalt sich nur wenig verändert hatten. Freilich war sie mit den Jahren ein wenig fülliger geworden, trug jetzt ihr damals kurzes Haar lang und hochgesteckt, während mir ihre Haut etwas heller schien.

»Jonas lebte nach deinem Besuch in seinem Haus noch sechs Jahre. Seine Frau gebar ihm zwei Kinder, wovon der Sohn bald starb, während das Mädchen zu unser aller Freude lieblich heranwuchs. Die Götter – Gott schenkte ihm einen raschen Tod. Am Abend hatte er noch ein warmes Bad genommen, um danach etwas zu ruhen. Als seine Gemahlin ihn zum Nachtmahl holen wollte, fand sie ihn wie schlafend auf seiner Ruhebank ausgestreckt. Ich glaube, daß dieser gute und gerechte Mann von eurem Gott augenblicklich ins Paradies geholt wurde. Wie du weißt, waren damit alle Diener des Hauses frei und entlassen. Die meisten blieben bei der Herrin, einige aber zogen fort, darunter auch ich. Mit meinem Freibrief und der im Testament genannten Summe reiste ich sogleich nach Alexandria, obwohl – das will ich nicht verschweigen – mir der oberste Gärtner des Hauses mehrmals die Ehe angetragen hatte. Stärker aber war die Sehnsucht nach meiner Heimat. In Alexandria fand ich Verwandte meiner Mutter, die mich um so lieber aufnahmen, als ich für meinen Unterhalt bezahlen konnte. Hier erfuhr ich zu meiner Überraschung, daß mein Vater zurückgekehrt war, zwei Jahre nach meiner Mutter Tod und meinem Verkauf als Sklavin. Du erinnerst dich vielleicht, was ich dir damals erzählte? Mein Vater war Tempeldiener in der Soma gewesen, hatte etwas Geld unterschlagen und fliehen müssen. Er ist später als Viehhändler im Süden unseres Landes ein wohlhabender Mann geworden und kam zurück, um sich von seiner Schuld freizukaufen. Als er vom Tod meiner Mutter erfuhr, versuchte er, meine Spur zu finden, doch es gelang ihm nicht. Nur ein Jahr vor meiner Rückkehr ist er in Alexandria gestorben und hinterließ sein Vermögen zur Hälfte dem Hathortempel, zur anderen Hälfte seiner Tochter, falls sie während der nächsten zehn Jahre gefunden werden sollte. Auf diese Weise war ich wohlhabend geworden, worauf sich bei meinen Verwandten bald die Freier einstellten. Manche Männer scheinen das Geld aus der Ferne zu riechen, wie Wüstenkamele eine Wasserstelle. Ich wies sie alle ab, vielleicht weil ich wartete ...«

Ich unterbrach sie. »Worauf, Susanna – verzeih! – Nephris, worauf? Hattest du damals schon deine Botschaft an mich im Serapeion hinterlegt?«

Nephris ging nicht auf meine Fragen ein. Ein seltsames, entrücktes Lächeln lag auf ihrem Gesicht. »Nun, ich wartete eben. Schließlich nahm ich Amasis zum Mann, weil ich von ihm wußte, daß er nicht des Geldes wegen um mich warb, weil – nun weil er mir gefiel, auch wenn er schon viel älter war. Er ist ein guter Mann, und eines Tages werde ich ihm auch Kinder schenken, ich weiß es.«

Sie spielte mit dem Hathorfigürchen auf ihrer Brust, hob den Kopf, blickte mich fest an und sagte nochmals: »Ich weiß es!«

Ich fragte sie: »Du bist glücklich, als Frau des Amasis, als Tuchhändlerin?«

Sie zögerte etwas. »Glücklich ...? Nun, ich bin zufrieden

mit meinem Leben ... er ist ein guter Mann – das sagte ich schon.« Sie schwieg einen Augenblick und sagte dann mit heftiger Stimme. »Glücklich werde ich erst sein, wenn ich Kinder habe, erst dann!«

Ich wußte nicht recht, was ich antworten sollte und streichelte gedankenlos ihren nackten Arm. Sie ließ es geschehen, wandte sich dann zu mir und sagte lebhaft: »Jetzt erzähle du! Wie ist es dir ergangen? Hast du eine Frau in Rom, hast du Kinder?«

Ich erzählte ihr in großen Zügen von meinem Leben, verschwieg auch nicht meine vergebliche Liebe zu Nike in Athen, schilderte ihr meine Arbeit im Hause des Ptolemäus.

»Du kennst ihn!« rief Nephris überrascht. »Alle Ägypter lieben und verehren ihn und wünschen sich, er wäre ihr König.«

Ich schüttelte betrübt den Kopf. »Darauf dürft ihr nicht hoffen. Das werden die Römer niemals zulassen, und es ist besser für ihn und euch, wenn ihr solche Wünsche nicht laut äußert. Es wird in Ägypten keinen König mehr geben, glaube mir.«

Längst war der Abend hereingebrochen, längst hatte die Dienerin bei ihrer Herrin wegen des Ladens angefragt.

»Heute bleibt der Laden geschlossen! Sage allen, sie sollen morgen früh wiederkommen.«

Als sich die Nacht wie blauer Samt über Haus und Garten senkte, erhob sich Nephris von der Bank.

»Es schickt sich nicht für die Hausfrau, einen Mann, der kein Verwandter ist, in Abwesenheit des Gatten über die erste Nachtstunde hinaus zu bewirten. So lebe wohl, Judas, und sei mir immer willkommen als Gast. Ich werde dich bei meinem Mann als Freund meines früheren Herrn einführen, falls du einverstanden bist.«

»Ich wollte, ich wäre sein Freund gewesen und nicht nur ein flüchtiger Besucher. Dich aber nehme ich beim Wort! Du wirst mich noch oft als Gast empfangen müssen.«

24

Mir war leicht und froh ums Herz, daß ich Susanna – nein, Nephris – wiedergefunden hatte. In den folgenden Wochen ging mir die Arbeit so schnell von der Hand, als führe die Muse meine Feder. Von Tag zu Tag hoffte ich auf eine Nachricht aus der Ägypterstadt, wobei ich mir immer wieder eine Frist setzte, nach der ich Nephris besuchen wollte. Schließlich kam doch der erwartete Bote ins Haus. Amasis selbst teilte mir mit, daß er mich bitte, ihm und seiner Frau die Ehre eines Besuchs zu erweisen. Hatte ich zwar insgeheim gehofft, daß Nephris mich lieber in Abwesenheit ihres Gatten sehen würde, so war ich doch sehr froh über diese Einladung.

Amasis war ein angenehmer und höflicher Mann, der – obwohl an der Schwelle des Greisenalters – noch in aller Frische seinen Geschäften nachging. Da er die Stoffe selbst bei den Webereien einkaufte, war er oft tagelang unterwegs.

»Judas gehörte zu den Gästen meines früheren Herrn«, stellte Nephris mich vor, wobei sie keine Lüge aussprach. Dadurch kam ich auf Jesus zu sprechen und war, ehe ich mich versah, mitten im Erzählen von meinen Wanderjahren.

Was ich meinen Freunden Haimos, Theron und Petronius immer verschwiegen hatte, floß mir nun leicht von den Lippen – vielleicht gerade, weil Amasis ein Fremder war, der keine lästigen Fragen stellte und vor dem ich mich nicht rechtfertigen mußte.

Meine Blicke suchten immer wieder Nephris, die mir mit gesenkten Augen gegenübersaß und mir je reizender erschien, je länger ich sie betrachtete.

Als Amasis davon sprach, daß er demnächst eine Romreise unternehmen wolle, um Seide einzukaufen, bat ich ihn, einen Brief für Petronius mitzunehmen.

Beim Abschied war ich einen Augenblick mit Nephris allein. Ich flüsterte ihr zu: »Ich muß dich wiedersehen! Wann? Wann?«

Sie aber schüttelte den Kopf. »Du vergißt, wer ich bin. Alle in unserem Viertel kennen und achten mich als die Frau des

Amasis. Ich möchte meinen guten Ruf nicht verlieren, Judas, auch nicht um deinetwegen.«

»Besuche mich im Haus des Ptolemäus! Das läßt sich leicht einrichten, da dich im Brucheion niemand kennt ...«

Ich schwieg, denn Amasis trat auf mich zu, um sich zu verabschieden. »Besuche uns, wenn ich aus Rom zurück bin und Nachricht von deinem Freund bringe.«

Ich aber beschloß, seine Abwesenheit zu nützen und wußte sogleich, daß ich, ohne zu zögern, diesen ehrlichen Mann hintergehen würde, um Nephris zu gewinnen. In welche Gefahr ich mich als Jude und Römer dabei begab, konnte ich an einem der nächsten Tage ermessen, als Ptolemäus mir einen blutigen Straßenkampf zwischen Ägyptern und Juden schilderte:

»Kein Monat vergeht ohne diese unseligen Zwiste. Sie schlagen sich die Köpfe ein und niemand weiß so recht, warum. Diesmal wurden die Juden beschuldigt, eine der Hathor heilige Kuh getötet zu haben, was allerdings niemand beweisen konnte. In solchen Fällen genügt das bloße Gerücht, um halb Alexandria in Aufruhr zu versetzen. Für unsere Griechen ist das wieder einmal der Beweis, wie sehr es den Juden und Ägyptern an der rechten Gesittung fehlt, da ihnen die heiligen Kühe so wenig bedeuten wie der gestaltlose Judengott. Alexandria ist wie ein riesiger Haufen glimmender Kohle. Sobald jemand hineinbläst, lodert die Flamme auf. Ich hoffe, du gewinnst keinen zu schlechten Eindruck von unserer Stadt.«

Ich konnte Ptolemäus mit der Versicherung beruhigen, daß auch der römische Pöbel leicht entflammbar sei.

Als Amasis mir den Tag seiner Abreise mitteilte, schrieb ich einen langen Brief an Petronius. Nun wußte ich auch, daß Nephris die nächsten Wochen allein war und begann verschiedene Pläne zu entwerfen. Ich fragte Ptolemäus, ob ich eine Freundin empfangen dürfte, und glaubte ihn aufatmen zu sehen. Lebhaft versicherte er mir: »Du kannst empfangen, wen immer du willst. Mein Haus ist das deine – du weißt es, also verfüge darüber.«

Als ich von Ptolemäus erfuhr, daß eine Reihe ägyptischer Festtage bevorstand, machte ich mich auf den Weg zu Nephris.

»Als fromme Ägypterin wirst du deine Geschäfte für einige Tage ruhen lassen. Ich lade dich ein zu einer Reise durch Alexandria, das ich inzwischen besser kenne als du, da du Rhakotis kaum jemals verläßt.«

Für einen Augenblick gewann ich den Eindruck, daß mein Vorschlag sie erfreue, doch dann geriet sie in Zorn. »Fulvius Judas, du scheinst nicht zu wissen, was sich schickt! Soll die Frau des Amasis mit dir durch die Stadt ziehen wie ein käufliches Mädchen? Wie stellst du dir das vor? Wenn dies römische Sitte ist, so gilt es doch nicht für Alexandria.«

So ganz ernst schienen ihre Worte doch nicht gemeint, denn schließlich erklärte sie sich unter der Bedingung einverstanden, daß ich sie nicht im Ägypterviertel abholen durfte. So trafen wir uns im Brucheion an der Soma-Pforte, wohin ich eine schön ausgestattete Doppelsänfte bestellt hatte. Ich konnte Nephris aber erst dazu bewegen, diese Sänfte zu besteigen, als ich ihr zeigte, daß sie mit Vorhängen ausgestattet war.

Wir zogen auf unserem schaukelnden Gefährt durch Alexandria, das ich, der römische Jude, weit besser kannte als sie, die Ägypterin. Wir kamen am Palast des Ptolemäus vorbei, wo ich wohnte, hielten beim großen Poseidontempel, wo Nephris ein kurzes Gebet verrichtete und bewunderten das von Antonius für Kleopatra erbaute Timonium, ein ringsum vom Meer umgebenes Lustschloß.

Auf dem großen Markt herrschte ein solches Gedränge, daß sich unsere Sänftenträger fluchend und Püffe austeilend einen Weg bahnen mußten. Nephris zog rasch den Vorhang zu, denn sie fürchtete, von jemand erkannt zu werden. Ohrenbetäubend drang das laute Geschrei der Händler, das Blöken der Schafe, das Gackern der Hühner und die schrillen Rufe der Gaukler in unsere Sänfte. Ich zog an meiner Seite den Vorhang etwas zurück und ergötzte mich an dem bunten Bild der lauten Marktszene – so laut und so bunt, wie man sie weder in Athen noch in Rom erleben konnte.

Nephris protestierte, als wir ins Judenviertel kamen, zog wieder die blauen Seidenvorhänge zu und wollte weder sehen noch gesehen werden. So tief eingewurzelt war die Abneigung der Ägypterin gegen die Juden.

»Aber, Nephris«, wandte ich ein, »auch ich bin Jude, und dies ist mein Volk. Niemand wird dich behelligen, du darfst ganz beruhigt sein.«

Fast mußte ich sie zwingen, vor einer Synagoge auszusteigen, doch dann siegte ihre Neugier. Wir betraten den Tempel des Herrn, und Nephris blickte suchend um sich. »Wo ist euer Gott? Ich sehe ihn nicht. Verbirgt sich das Bildnis hinter dem Vorhang?«

»Nein, auch hinter dem Vorhang findest du kein Bildwerk. Die Juden verehren den einen und unsichtbaren Gott, der unserem Propheten Moses geboten hat: Du sollst dir kein Bildnis machen! Deshalb findest du auch keine Malereien mit der Darstellung von Menschen oder Tieren.«

Nephris schüttelte bedauernd ihren Kopf. »Mir scheint, das kann die Frömmigkeit nicht fördern: leere Tempel, ohne ein Abbild des verehrten Gottes. Nein, mir gefällt das nicht.«

»Wie sollte er denn aussehen, da er doch als unsichtbarer, aber allgegenwärtiger Herr des Universums gedacht ist? Jeder gläubige Jude trägt ihn im Herzen, betet hier zu ihm und bringt seine Opfer dar.«

Nephris schüttelte hartnäckig ihren Kopf. Sie konnte es einfach nicht verstehen. »Du mußt dir einmal unsere Isisfeiern anschauen. Ich gehöre zwar nur einem ganz niedrigen Weihegrad an, doch darf ich bei der Prozession mitziehen. So etwas wird es nicht einmal bei euch in Rom geben!«

Ich wollte ihre Freude nicht dämpfen und so verschwieg ich, daß Caligula der Isis einen Tempel auf dem Marsfeld errichtet hatte, der bei den Römern sofort großen Zulauf gewann. Vermutlich aber waren die Feiern zur Ehre dieser Göttin in Alexandria weit prunkvoller.

Für diesen Tag hatte ich mir noch etwas ganz Besonderes ausgedacht.

Wir durchquerten das Kanobische Tor und hielten bei dem vor der Stadt gelegenen Dörfchen Eleusis, das von den vielen auf dem Kanal nach Kanobis fahrenden Müßiggängern reich geworden ist. Ich wählte eine schön geschnitzte, anmutig mit Blumen und bunten Teppichen geschmückte Barke, in der wir uns auf schwellenden Kissen niederließen. Die beiden Ruderer hatten nur wenig zu tun, da ein leichter Wind das kleine Segel unseres Bootes genügend blähte, um gute Fahrt zu machen.

Der Bootsführer versprühte duftende Essenzen und reichte uns auf einem silbernen Tablett Wein, Obst, Datteln und Nüsse. Endlich schien Nephris ihre bisherige Zurückhaltung aufzugeben. Durstig trank sie von dem leichten Wein, kaute Nüsse und blickte mich mit leuchtenden Augen an.

»Eine solche Idee hat Amasis bisher noch nicht gehabt. Ich werde ihm davon erzählen. Du hast mir damit eine große Freude gemacht, Judas, und ich sage dir von Herzen Dank.« Sie ergriff meine Hand und drückte sie fest an ihre glatte kühle Wange. »Wohin geht die Reise?« fragte sie dann.

»Nach Kanobos, wo ein herrliches Mahl auf uns wartet.«

Nephris zeigte Bedenken. »Der Ort genießt keinen guten Ruf. Es heißt, daß dort gewisse Leute aus Alexandria die wüstesten Feste feiern. Amasis hat einmal davon gesprochen.«

Ich beruhigte sie. »Das soll uns nicht stören, da diese Stadt auch den Ruf der vollendeten Gastlichkeit genießt. Es heißt, daß man dort tausend verschiedene Fischgerichte kennt.«

Unter solchen Gesprächen glitt unser Boot dahin, auf dem breiten, im Licht der späten Sonne golden glitzernden Kanal. Andere Boote mit lachenden, schmausenden, trinkenden, singenden und manchmal fröhlich winkenden Menschen zogen vorbei, begleitet vom leise plätschernden Schlag der Ruder. Ich hatte einen Arm um Nephris' Schultern gelegt, sie lehnte, vom Wein und vom Gespräch müde geworden, ihren Kopf an meine Brust. Wir schwiegen und genossen die schöne Stunde. Mir war, als zöge auf diesem Kanal mein bisheriges Leben an mir vorbei. Mein Elternhaus, Jerusalem, die Zeit mit Jesus, Caesarea, Athen, Rom, Alexandria. Alles mündete nun in diesen Tag, diese Stunde mit Nephris. Hatte ich nicht in Nike, Hedyle und all den anderen Frauen nur immer sie gesucht? Übervollen Herzens zog ich die schweigende und kaum widerstrebende Nephris an meine Brust, nahm sanft ihren Kopf in beide Hände und küßte ihre warmen Lippen, die sich zögernd öffneten. Um solcher Augenblicke lohnt es sich, gelebt zu haben, was immer die Stoiker, Epikureer, Pharisäer, Christen, Platoniker und wer noch sonst darüber Gelehrtes zu sagen haben.

In Kanobos herrschte ein reges heiteres Treiben. Die Stadt bei der westlichen Nilmündung ist wegen ihres wundervoll frischen Klimas, ihrer guten Gasthäuser, aber auch wegen ihres prächtigen Serapistempels seit der Ptolemäerzeit ein beliebtes Ausflugsziel der Alexandriner.

Der immer maßvolle Seneca bemerkte zwar einmal: »Wer an ländliche Zurückgezogenheit denkt, wird sich niemals Kanobos zum Aufenthalt wählen, obwohl Kanobos keinem verbietet, mäßig zu sein.«

Damit hatte er freilich recht, doch wäre einzuwenden, daß hier niemand Zurückgezogenheit sucht und es auch sehr schwerfällt, in Kanobos mäßig zu sein.

Wir, Nephris und ich, waren es jedenfalls nicht. Ptolemäus hatte mir ein bestimmtes Gasthaus empfohlen und geraten, dort seinen Namen zu nennen.

»Freunde des Ptolemäus!« rief der dicke Wirt entzückt. »Seid mir darum doppelt willkommen. Ich hatte schon mehrmals die Ehre, den hohen Herrn bewirten zu dürfen, und ihr sollt nicht schlechter bedient sein.«

So war es dann auch. Eine lange, erlesene Speisenfolge mit alten samtigen Weinen beschäftigte uns mehrere Stunden aufs angenehmste. Zu meiner Freude aß und trank Nephris mit großem Vergnügen, versuchte die Zutaten und Gewürze herauszufinden, mußte sich aber vor dieser raffinierten Vielfalt geschlagen geben. Spät in der Nacht tranken wir den letzten Schluck und erhoben uns mühsam von der Tafel.

Kein Boot fuhr nachts nach Alexandria zurück, und so nahmen wir bei unserem freundlichen Wirt gleich Quartier.

»Meine Diener werden in Sorge sein …«

»Du besitzt doch irgendwelche Verwandte in oder um Alexandria?«

Nephris nickte. »Eine Tante lebt noch in Eleusis – wir müssen sie morgen besuchen – bestimmt?«

»Ja, wir besuchen sie, sorge dich nicht.«

In dieser Nacht wurde Nephris meine Geliebte, und ich zögere nicht zu sagen: sie wurde meine Frau. Sie wurde es in allen Ehren, weil sie mir niemals ein flüchtiges Abenteuer bedeutete, weil ich von dieser Nacht an alles daransetzte, sie ganz für mich zu gewinnen.

25

Die Zeit in Alexandria verfloß rasch. Kaum ein Tag verging, ohne daß ich mehrere Stunden über meiner Arbeit saß. Einmal in der Woche hatte ich ein langes Gespräch mit Ptolemäus, ohne den – ich muß es immer wieder sagen – meine Geschichte Ägyptens nicht entstanden wäre.

Nephris sah ich nicht allzu oft, weil ich alles vermied, um sie in Schwierigkeiten zu bringen. Mit Einverständnis meines Gastgebers hatte ich sie und Amasis zu einem Festmahl geladen, das von Ptolemäus' berühmtem Koch zubereitet wurde. Meiner Gäste wegen bat ich noch einige gelehrte Ägypter aus dem Museion zu dem Schmaus. Als Ptolemäus sich auf einen Becher Wein zu uns gesellte, war es für mich ein seltsamer, fast rührender Anblick, zu sehen, wie meine Gäste vor ihm auf die Knie sanken, um seine Hand mit dem Königsring zu küssen.

Als er bemerkte, daß in seiner Anwesenheit das Gespräch vor Ehrfurcht fast versiegte, empfahl er sich bald wieder, nicht ohne mir einen kaum merkbaren Blick des Einverständnisses zuzuwerfen. Ich verstand, daß er damit sagen wollte: Sieh, Judas, diese Menschen verehren mich und ich achte sie deswegen, denn sie und mich umfängt das alte heilige Band unserer Geschichte.

Einige Wochen später machte ich bei Amasis einen Gegenbesuch, vor allem, um Nephris zu sehen. So saß ich denn als ein Ehebrecher an der Tafel dieses ehrsamen Mannes und fühlte doch keine Schuld in mir. Beim Abschied konnte ich Nephris zuflüstern: »Wann sehe ich dich wieder? Allein ...«

»Ich gebe dir Nachricht«, flüsterte sie zurück, und ich las in ihren Augen, daß sie es ebenso sehnlich wünschte. Schnell fügte sie noch hinzu: »Vielleicht siehst du mich nächste Woche beim großen Isisfest; frage Ptolemäus nach den Einzelheiten.«

Das tat ich dann auch bei nächster Gelegenheit. Ptolemäus zeigte sich hilfsbereit.

»Ich wollte ohnehin mit dir darüber reden. Es wäre am besten, du siehst dir den Festzug an, wenn er beim Tempel eintrifft. Ich nehme selbst daran teil, doch dir werde ich einen guten Aussichtsplatz verschaffen.«

Ptolemäus hielt Wort. Ich saß am Festtag in einem bequemen Sessel am Fenster einer Priesterwohnung nahe beim Tempel und sah wesentlich mehr als die Prozessionsteilnehmer. Nephris hatte recht: Eine solche, sichtlich von tiefer Frömmigkeit und gläubiger Hingabe getragene kultische Feier hatte Rom auch an den hohen Festtagen nicht zu bieten. In Rom haben sämtliche Feiern des staatlichen Festkalenders etwas Steifes und Offizielles. Man ehrt die alten Bräuche, doch die tiefe Geistigkeit einer echten Religionsausübung ist längst verlorengegangen. Auch sind die römischen Tempel nur an ganz wenigen Jahrestagen zu eben diesen Staatsfesten geöffnet, während im Isistempel Tag für Tag Kulthandlungen abgehalten werden, bei denen jeder zugelassen ist. Täglich öffnen sich die Tore zum Isisheiligtum mit der feierlichen Zeremonie des »Weckens der Göttin« durch Darbringung von Feuer und Wasser, und ihre Statue wird jeden Morgen mit frischen Blumen, kostbaren Stoffen und goldenem Zierrat geschmückt.

Gewiß, das mögen nur Äußerlichkeiten sein, doch der Isisanbeter kann sich in die Mysterien der Göttin einweihen lassen und steigt Grad um Grad höher. Im Gegensatz zu den römischen Göttern, die nur für irdische Nöte zuständig sind, winkt dem Isisgläubigen ein glückseliges Fortleben nach dem Tod, und das macht ihn schon zu Lebzeiten heiter und froh. So war auch mein Eindruck bei dieser Prozession – sie schien von einer feierlichen Heiterkeit durchdrungen. Ihre Teilnehmer trugen etwas vom Glanz dieser Göttin auf ihren Gesichtern. Alle waren in leuchtend weiße Gewänder gekleidet. Voran schritten mit Blüten bekränzte Mädchen, die aus Körben Blumen streuten oder aus Krügen wohlriechende Wasser versprühten. Ihnen folgte eine Gruppe Frauen und Männer mit Fackeln, Lampen und Kerzen, was auf Isis als Herrin der Gestirne hinweisen soll.

Eine Musikkapelle begleitete mit Pfeifen, Flöten und Trommeln den Gesang eines aus Knaben und Mädchen gemischten Chores. Mit wohltönenden Stimmen sangen sie die alten heiligen Weisen zu Ehren der Göttin. Kahlgeschorene, in langen weißen Gewändern feierlich einherschreitende Priester trugen die der Isis heiligen Symbole, nämlich eine Lampe in Schiffsform, kleine vergoldete Holzaltäre, den goldenen Palmzweig, den geflügelten Schlangenstab, eine aus Holz gefertigte linke Hand, ein goldenes Gefäß in Form einer weiblichen Brust, eine Getreideschwinge und einen Wasserkrug. Was diese Symbole im einzelnen bedeuten, bedürfte einer ausführlichen Erklärung, für die hier nicht der rechte Platz ist. Hauptsächlich sollen sie die Erde und Gestirne umfassende Macht der Göttin verdeutlichen. Die Priester waren von Sistren schwingenden Mädchen und Jünglingen begleitet, die ihre goldenen, silbernen und bronzenen Geräte unermüdlich klingend bewegten.

Darauf folgte in großem Abstand eine Gruppe als Götter verkleideter Priester. Einer trug die hundsköpfige Anubismaske, ein anderer – oder war es eine Frau? – wandelte als kuhköpfige Hathor, die seit neuerer Zeit auch als Erscheinungsform der Isis gedeutet wird. Zudem wurde noch ein Kultbild der Hathor mitgeführt.

Zwei Priester hielten mit feierlicher Gebärde die Hauptinsignien der Göttin in ihren Händen, nämlich den goldenen Korb mit Mondsichel und Uräusschlange, sowie den goldenen Krug mit dem Nilwasser – das Lebenssymbol von ganz Ägypten.

Es dauerte alles sehr lange und war sehr beeindruckend, doch Nephris konnte ich nicht entdecken. Vielleicht gehörte sie zu einer Gruppe von verschleierten Frauen, die schwelende Weihrauchgefäße hin und her schwangen.

Die schlanke Gestalt des Ptolemäus erkannte ich sofort in einer Gruppe alter, würdiger Priester. Wie sie war er weiß gekleidet, um sein Haupt wand sich der schmale Goldreif mit der Uräusschlange.

Den Tempel durften nur die Eingeweihten betreten, während das übrige Volk die kleinen, im Tempelhof feilgebotenen Isisfigürchen aus glasiertem Ton kaufte. Die weniger Frommen drängten sich um die vielen hier versammelten Wurst-, Obst- und Weinverkäufer, da ja auch diese guten Dinge von Isis, der großen Nährmutter, stammen.

Etwas betrübt, weil ich Nephris nicht gesehen hatte, begab ich mich nach Hause, wo inzwischen der längst erwartete Brief meines Petronius eingetroffen war.

Während ich dies schreibe, liegt er vor mir mit seinen vertrauten eigenwilligen Schriftzügen, die ich aus Hunderten herausfinden würde.

Petronius hat seine Briefe, mit ganz wenigen Ausnahmen, immer eigenhändig verfaßt, während er seine Bücher dem flinken Cletus diktierte, der – wie Petronius oft scherzend bemerkte – sich im Lateinischen mit Vergilius messen könne.

Petronius schrieb mir aus Rom:

»Meinen Gruß zuvor und Gesundheit auf allen deinen Wegen.

Lieber Freund, dieses Rom ist im Grunde jeder geistigen Tätigkeit feind und sei es auch nur ein längst fälliger Brief, den man zu schreiben hat. Nicht umsonst lebten unsere größten Dichter auf stillen Landgütern, denn Rom, dieser gefräßige Moloch, verschlingt seine Bewohner mit Leib und Seele, Herz und Hirn.

Claudius hat mich gleich nach meiner Rückkehr zum Senator ernannt – also ade Ägypten für immer. Ich stolziere in meiner purpurgesäumten Toga zwischen Kapitol und Palatin umher und muß immer wieder feststellen, wie wenig Respekt der vom Kaiser durchgefütterte Pöbel vor uns Standespersonen hat und wie tief sich jene verneigen, die auf irgendeine Weise von Kaiser oder Senat abhängen. Man soll aber die Menschen deswegen nicht verachten, denn Rom hat sie so geformt, ob sie uns nun als Speichellecker oder zynische Ignoranten das Dasein verleiden.

Kaiser Claudius ist ein umgänglicher Mann, der auf mich die Zuneigung überträgt, die er meinem verstorbenen Onkel schenkte. Die Ämterlaufbahn steht mir jederzeit offen, doch ich berufe mich auf meine Jugend und lasse anderen den Vortritt. So wird man beliebt, entwaffnet die Neider und führt ein viel unbeschwerteres Leben. Am kaiserlichen Hof macht man sich einige Sorgen wegen Valeria Messalina, denn außer dem Kaiser scheint ganz Rom zu wissen, daß jede Nacht ein anderer in ihrem Bett liegt. Von Woche zu Woche steigert sich ihre Herrsch- und Rachsucht, und wer ihr Mißfallen erregt oder sich gegen sie stellt, ist bereits ein toter Mann. Wie sehr ihr der Kaiser vertraut, zeigte sich neulich, als bekannt wurde, daß er ihr sein Siegel zur beliebigen Verwendung überließ. Sie kann also jetzt nach Gutdünken belohnen und bestrafen, wobei freilich die Gerechtigkeit auf der Strecke bleibt. Claudius ist zwar der Kaiser unseres Römischen Reiches, doch er regiert durch seine allmächtigen Sekretäre, während diese mit Messalina den Kaiser regieren. Warum schenken uns die Götter nicht noch einmal einen Augustus? Man muß aber Claudius auch gerecht werden, denn er sucht weder persönliche Bereicherung noch neigt er zu Willkür oder Hochmut und hält sich auch nicht für einen Gott wie sein Vorgänger. Er ist schwach, doch darf man nicht vergessen, daß ihm sein hohes Amt aufgezwungen wurde. Er mißbraucht es nicht und versucht zum Nutzen Roms sein Bestes – das ist mehr, als man erwarten darf. Ich bitte dich, dieses Blatt nach dem Lesen zu vernichten, da ich vermeiden will, daß es in unrechte Hände fällt.«

Hier muß ich einfügen, daß Petronius seinen Brief als Buchrolle getarnt an mich sandte, wie wir es vorher besprochen hatten. Freilich konnte ich mich nicht entschließen, das Blatt mit den kaiserlichen Hofgeschichten zu verbrennen, worüber ich jetzt froh bin. Zurück zum Brief:

»Eine tragikomische Begebenheit muß ich kurz berichten.

Apicius, unser berühmter Schlemmer, ist tot. Du wirst dich erinnern, daß wir ihn eines Abends auf seiner Tiberbarke schmausen sahen. Eine Mahlzeit, die weniger als zehntausend Sesterzen kostete, pflegte er als Schweinefraß abzulehnen. In letzter Zeit war wenig von ihm zu hören. Einige meinten, er sei gestorben, andere versicherten, daß er auf seinem sizilianischen Landgut eine Krankheit auskuriere. Nun, plötzlich war er wieder da, und bald flog das Gerücht durch die Stadt, er wolle ein Festmahl von nie gesehenen Ausmaßen für seine sämtlichen Freunde veranstalten. Da jeder Geladene einen Gast mitbringen durfte, dachte Marcus – du kennst ja den halbkahlen Weiberhelden – an mich, der ich nicht geladen war. Apicius war nur noch ein Schatten seines Selbst. Verschwunden sein rundes Bäuchlein, faltig seine Wangen, bleich die Lippen, dahin der freßlüsterne Glanz in seinen Augen. Ein schwerkranker Mann verabschiedete sich von der Welt – so sah die Sache aus, wenn auch niemand darüber redete. Dir das Mahl zu schildern, hieße meinen Brief aufs Doppelte ausdehnen, doch will ich dir einige der wichtigsten Gerichte nennen, da ich weiß, daß dich dergleichen interessiert.

Unter den Vorspeisen befanden sich: Schwarzmeersardellen vom Faß, Seeigel, Austern, Salat aus zwölferlei Muscheln, mit Singvögeln gefüllte Poularden, Purpurschnecken, Haselmäuse, Honigmaronen, Feigenschnepfen in Dattelsoße und noch zwanzig verschiedene Fischsorten, teils gekocht, teils gebraten oder süßsauer eingelegt.

Von den Hauptgängen möchte ich dir nur die seltsamsten nennen: Am Spieß gebratener Strauß, Ragout aus gekochten Flamingos und Papageien, Wachteleier und Trüffeln in Weinsauce, Hirsch, Eber, Steinbock, Ziege, Schwein und Lamm auf dutzend verschiedene Arten zubereitet – doch das gehört ja bereits zu jedem römischen Festmahl. Von den Nachspeisen möchte ich schweigen, da ich diese süße Flut von Mehlgebackenem, Honig, Datteln, Nüssen, Melonen, Feigen, Eiern und dergleichen ohnehin nicht schätze. Nach alter Tradition wurde zu Beginn ein von Apicius erfundenes und eigenhändig bereitetes Gericht serviert, diesmal war es eine Sala Cattabia, deren Rezept Apicius verteilen ließ. Ich habe es für dich abgeschrieben, vielleicht wird der berühmte Koch deines Gastgebers sich seiner annehmen.

Man nehme Selleriesamen, frischen Koriander, getrocknete Minze, getrocknetes Flohkraut, Ingwer und Rosinen, zerstampfe sie im Mörser und mische sie mit Honig, Essig, Öl und Wein zu einer Sauce. Lege picentinisches Brot in einen irdenen Topf und schichte darüber gekochtes Ziegenbries, gekochtes Hühnerfleisch, vestinischen Käse, Pinienkerne, Gurken und gehackte Zwiebeln. Darüber gieße man die Sauce, kühle in Schnee, bestreue mit Pfeffer und serviere.

Was hältst du davon, mein Freund? Ich kann dir versichern, diese Vorspeise schmeckt köstlich, belastet kaum den Magen und macht Appetit auf weiteres.

Was soll ich dir vom armen Apicius noch erzählen? Er war zu Tränen gerührt, als wir sein Festmahl überschwenglich lobten, küßte seine alten Freunde, trank – wie wir glaubten – einen Becher Würzwein auf unser aller Wohl und zog sich zurück. Erst einige Tage später wurde bekannt, daß er einen Schierlingstrank genommen hatte, sich darauf ins Dampfbad begab, wo sein Arzt ihm noch die Adern öffnete. Zu ihm soll er gesagt haben: »Nun ist mein Vermögen bis auf zehn Millionen Sesterzen verbraucht, als armer Mann möchte ich nicht weiterleben.« Dies ging wie ein Lauffeuer durch die Stadt und wurde als sehr originell empfunden – du weißt ja, wie die Römer sind. Ich aber habe durch Freunde die Wahrheit erfahren. Apicius litt an Magenkrebs. Da die Schmerzen immer schlimmer wurden und er kaum noch mit Genuß essen konnte, wählte er den Tod. Friede seiner Asche!

Da du nun doch länger in Alexandria zu bleiben gedenkst, habe ich – deinem Wunsch entsprechend – deine Wohnung aufgelöst und deine Bücher in meinem Haus untergebracht. Der gelehrte Cletus hat sie mir sorgfältig geordnet, so daß du vermutlich nichts wiederfinden wirst. Wenn ich dich um etwas beneide, dann um deine Bibliothek! Ich habe tagelang nur gelesen und bin dabei, ein gebildeter Mann zu werden.

Zuletzt will ich dir, wie es sich bei einem guten Freund gehört, auch noch Intimes berichten. Ich habe auf dem Landsitz eines Vetters bei Perusia – meiner Heimatstadt – eine junge Sklavin entdeckt, die seitdem mein Herz gefangenhält. Lydia stammt aus Sizilien und kam schon als Kind zu meinem Vetter. Sie ist etwa sechzehn Jahre alt, mittelgroß, schlank und sieht aus wie eine ägyptische Göttin – du wirst wissen, was ich meine. Mein Vetter schenkte sie mir; vermutlich, weil er dachte: wenn schon ein Senator in der Familie ist, so muß man sich auch gut mit ihm stellen.

Lydia spricht ein so reizendes Griechisch, daß mir jedesmal vor Rührung die Augen übergehen. Gleich in der ersten Nacht unter meinem Dach kletterte sie in mein Bett, denn, wie sie sagte, einen solchen Herrn habe sie sich seit je gewünscht. Was genau sie damit meinte, wollte sie nicht erklären.

Ich habe ihr zwei Zimmer eingerichtet, sie von jeder Arbeit befreit und werde nicht müde, ihr zuzusehen – ob sie sich nun kämmt, schminkt oder ankleidet, ob sie ißt, spazierengeht oder im Garten Blumen pflückt. Sollte ich in sie verliebt sein? Es wäre das erste Mal, daß mir solches zustößt. Mein guter Cletus ist schon ganz eifersüchtig, und er langweilt sich, da sein Herr in diesen Tagen keine Arbeit für ihn hat.

Ich habe vor, Lydias Zuneigung – Liebe möchte ich es vorerst nicht nennen – auf die Probe zu stellen. Höre meinen Plan und schreibe mir, was du davon hältst. Ich werde ihr den Freibrief ausstellen und werde ihn mit einem Beutel Denare in ihr Zimmer legen. Sobald sie glaubt, nicht mehr mit mir zusammenleben zu können, soll sie verschwinden und als freier Mensch ihr Glück woanders suchen. Wie du weißt, hasse ich es, mit der Lüge zu leben. Lieber die Wahrheit, auch wenn sie, wie meist, ein häßliches Gesicht hat.

Bleibe gesund, mein Fulvius, und reiße dich bald los von Alexandria, denn in Rom warten deine Bücher und dein getreuer Freund Gaius Petronius.«

Tatsächlich packte mich, nachdem ich den Brief zweimal gelesen hatte, eine große Sehnsucht nach der Siebenhügelstadt, wo ich, das spürte ich jetzt, doch schon Wurzeln geschlagen hatte. Beim Gedanken an Nephris aber verflog diese Sehnsucht wieder – oder besser gesagt, sie nahm eine andere Richtung. Vergeblich suchte ich den Gedanken zu verdrängen, ich könnte mit Nephris nach Rom zurückkehren. Warum eigentlich nicht? Auch in Ägypten ließ eine Ehe sich auflösen. Kinder, die Nephris an Alexandria fesseln könnten, gab es nicht, ihre Eltern lebten nicht mehr. Warum also nicht? Der Gedanke war so verlockend, daß er mich ständig begleitete und meine Arbeit empfindlich störte. Mit aller nur möglichen Willensanstrengung schob ich diese Überlegung beiseite. Die Zeit würde eine Lösung bringen, doch vorerst mußte ich meine Arbeit abschließen.

Eines Tages ließ Nephris mich wissen, daß sich Amasis wegen eines Erbstreites für einige Wochen ins Landesinnere begeben hatte. Wir nützten diese Zeit nach Kräften, wir genossen unser Glück wie junge Liebesleute, wenn auch unter erheblichen Schwierigkeiten. Meine Zimmer im Palast des Ptolemäus wären der bequemste und sicherste Aufenthalt gewesen, doch eine fast religiöse Scheu hielt Nephris davor zurück. Unter dem Dach eines Mannes, den viele Ägypter noch immer wie ihren König verehrten, wollte sie keinen Ehebruch begehen. Ich versuchte, ihr die Bedenken auszureden.

»Du begehst keinen Ehebruch, Nephris! Gott, die Natur oder, wenn du willst, die Götter, haben uns füreinander geschaffen. Durch unsere Liebe erfüllen wir nur ein höheres Gebot, und ich hielte es für frevelhaft, dagegen anzugehen.«

Nach Männerart versuchte ich sie mit spitzfindigen Argumenten zu überzeugen, doch sie gehorchte ihrem Gefühl und meinte nur: »Unter dem Dach des Fürsten müßte ich mich unserer Liebe schämen. Verstehe mich, ich kann nicht anders.«

Da Nephris das Tuchgeschäft zu führen hatte, war es für sie äußerst schwierig, sich davon loszumachen.

So erfand sie eine Krankheit ihrer Tante in Eleusis und – welch seltsame Fügung – als Nephris auf dem Weg nach Canobus die alte Frau besuchte, war sie tatsächlich gerade krank geworden. Es handelte sich um nichts Ernstes, doch Nephris hatte einen Vorwand, einige Tage Alexandria fernzubleiben. In Canobus hatte ich ein versteckt gelegenes Haus gemietet, wo wir unsere Liebe genossen wie ein kostbares Geschenk, das uns nur selten zuteil wurde.

Mir war inzwischen ein Leben ohne Nephris unvorstellbar geworden. Nephris aber hatte mir schon mehrmals zu verstehen gegeben, daß sie den von Hathor gesegneten Ehebund mit Amasis nicht brechen könne, ohne die Götter zu erzürnen. Da jedes Argument sinnlos wurde, wenn Nephris die Götter, vor allem ihre geliebte Hathor, ins Spiel brachte, schwieg ich.

Ich lebte schon fast zwei Jahre in Alexandria, als ich eines Morgens auf dem Weg zum Museion von rasch laufenden Sänftenträgern unsanft zur Seite gestoßen wurde.

»Platz für Herophilos, den Arzt!« riefen sie atemlos und rannten weiter. Noch halb erzürnt von dem rauhen Stoß, rief ich erstaunt »Herophilos!«, worauf die Sänfte anhielt. Ich trat näher und blickte in das Gesicht des Arztes, der meine Mutter geheilt und den ich niemals vergessen hatte. Sein Haar hatte sich gelichtet, sein Körper war voller geworden, doch ich erkannte ihn sofort, während er mich fragend musterte und schließlich sagte: »Nun, mein Herr, ich bin auf eiligem Weg zu einem Kranken, was kann ich für dich tun?«

»Ich bin Judas aus Chariot, Sohn des Simon. Du hast vor vielen Jahren meine Mutter geheilt, als sie im Wochenbett lag.«

Herophilos erinnerte sich sofort.

»Judas, welche Überraschung! Was tust du in Alexandria? Wie geht es deinen Eltern?« Er musterte mich von Kopf bis Fuß. »Bartlos und in römischer Kleidung? Mir scheint, dies bedarf einer längeren Unterhaltung. Verzeih, aber ich bin tatsächlich in Eile, da einer meiner Patienten sich wieder einmal dem Tod nahe glaubt. Besuche mich! Tue es bald! Komme nach Sonnenuntergang!«

Er nannte mir sein Haus und zog eilends weiter.

Mir war, als hätte ich in ihm ein Stück meines alten Lebens wiedergefunden. Da er nicht allzuweit vom Haus des Ptolemäus entfernt wohnte, machte ich mich schon am Abend des nächsten Tages auf den Weg. Er bewohnte ein prächtiges Haus in einer stillen Seitenstraße.

»Judas!« rief er erfreut und zog mich durch das Peristyl. »Komm, wir setzen uns in den Garten und genießen die Abendluft. Hast du schon gegessen? Nun, wir werden sehen.«

Dann überhäufte er mich mit Fragen und ließ mir kaum Zeit, sie zu beantworten. Schließlich kam die Reihe an mich, Fragen zu stellen, und so erfuhr ich, wovon ich schon früher berichtete, nämlich, daß Herophilos Leibarzt des Herodes Agrippa gewesen war und Christi Tod miterlebt hatte. Danach reiste er in seine Heimat, hielt sich einige Zeit in Athen auf, um dann, wie er sagte, »in Alexandria noch etwas dazuzulernen«.

Ich erzählte ihm von meinem Freund Haimos und dessen ärztlichen Methoden.

»Genau diese Richtung vertrete ich auch. Keine Zauberkunststücke, keine Wunderkuren mit Amuletten und gekochten Skorpionen. Diät, Bäder, reine Luft, erprobte Kräuter, guter Zuspruch – damit lassen sich schon die meisten Leiden aus dem Weg schaffen. Medicus curat, natura sanat, wie die Römer ganz richtig sagen. Im übrigen gilt es zu forschen und zu lernen, immer wieder zu lernen.«

»Ein guter Weg, der dich, wie ich sehe, zu Ansehen und Wohlstand gebracht hat.«

Herophilos blickte stolz um sich. »Nun ja – ein schönes Haus, ein gutes Auskommen, doch reich bin ich dabei nicht geworden, und immer mangelt es mir an der Zeit, dieses kurze Leben zu genießen. Noch nicht einmal zum Heiraten habe ich Zeit gefunden. Wie steht es mit dir?«

Ich vertraute ihm so sehr, daß ich ihm, ohne irgendwelche Namen zu nennen, mein Liebesverhältnis schilderte.

»Judas, tröste dich – es ist immer dasselbe. Die Götter lassen uns nicht zu glücklich werden, damit wir uns ihrer stets erinnern, denn Sorgen, Not und Unglück sind es im allgemeinen, welche uns zu Gebet und Opfer treiben. Der glückliche Mensch fühlt sich den Göttern zu nahe und erweckt sogleich ihre Aufmerksamkeit, womit sein Glück ein schnelles

Ende findet. Sogleich läuft er zum Tempel, streut Weihrauch, schlachtet Lämmer und fleht zu den Unsichtbaren, die eine glückliche Menschheit brotlos machen würde. So ist es um unsere Welt bestellt, mein Freund, und niemand kann es ändern.«

Ich wandte ein: »Immerhin könnt ihr Ärzte so manches Leid beheben oder doch lindern.«

»Mit Hilfe der Götter – ja«, entgegnete Herophilos und zwinkerte mir zu.

Während meiner Zeit in Alexandria habe ich ihn noch oft besucht; auf seinen Wunsch führte ich ihn bei Ptolemäus ein, zu dessen Hausarzt er später wurde.

26

Petronius hielt mich über die Ereignisse in Rom getreulich auf dem laufenden. Er gehörte zum engeren Kreis des kaiserlichen Hofes und wurde von Claudius schließlich zum Quästor ernannt. Wer der Sonne so nahe kommt, läuft Gefahr, sich zu verbrennen – diese alte Weisheit bekam auch Petronius zu spüren. Ich gebe die entsprechende Stelle in einem seiner Briefe wieder.

»Ob du deinen alten Freund in Rom wiedersehen wirst, scheint mir nun nicht mehr so sicher. Für diesmal bin ich der Gefahr noch entronnen, doch beim nächsten Mal ...? Nun höre. Valeria Messalinas Auge ist schließlich auch auf mich gefallen, so sehr ich das Gegenteil hoffte und ihr, so gut ich konnte, aus dem Wege ging. Das Schicksal kam in Form eines der von Claudius so geliebten Gastmähler auf mich zu. Schon mehrmals hatte ich mich wegen Unpäßlichkeit entschuldigt, doch diesmal bestand der Kaiser auf meiner Anwesenheit. Er scheint in mir so etwas wie eine jüngere Ausgabe seines verstorbenen Freundes Publius Petronius zu sehen. Dieser unselige Onkel wirkt noch aus dem Grabe auf mein Schicksal ein, und ich bin neugierig, wie dies alles ausgehen wird. An jenem Abend erhielt ich einen Platz in der Nähe des Kaisers, an dessen Seite Valeria Messalina thronte, in großer Abendkleidung, mit dem kaiserlichen Diadem im Haar und ihrem gefährlichen Sphinxlächeln auf den Lippen. Ihr Auge fiel auf mich. Ich konnte mich noch so sehr ducken, es blieb längere Zeit an mir haften. Dabei kam mir das jüngste Gerücht von ihrem letzten Liebhaber, einem strammen Prätorianer, in den Sinn. Er durfte einige Nächte der göttlichen Gemahlin versüßen und wurde bald darauf tot aus dem Tiber gefischt. Wie so viele seiner Vorgänger war sie seiner überdrüssig geworden, oder er hatte vielleicht unbillige Forderungen gestellt – wer kann es wissen. Jedenfalls scheint auch er Locustas Gast geworden zu sein, wie man das in Rom jetzt zu nennen pflegt. Messalina läßt nämlich von der berühmten Giftmischerin häufig einen Abschiedstrunk für ihre Liebhaber bereiten.

Wie dem auch sei, ich wurde eines Tages zur Kaiserin bestellt – von Amts wegen, denn schließlich bin ich Quästor, und Messalina hält die Reichsgeschäfte fest in ihren zarten Händen. Freilich war dann weniger von Geschäften die Rede, sondern die Göttliche sprach unverhüllt von ihren einsamen Nächten, meinte, ihr fehle ein wahrer Freund, dem sie vertrauen könne, und da der Kaiser mich offenbar so schätze, betrachte auch sie mich als Freund. Sie erbat meinen Rat für belanglose Dinge, zeigte mir ihre wirklich beachtliche Gemmensammlung und lud mich zu einer kleinen intimen Gesellschaft an einem der nächsten Abende. Da ich nicht gut ablehnen konnte, sah ich im wesentlichen drei Möglichkeiten. Ich konnte mich gleich umbringen, ich konnte mich ihr verweigern und fiel dann ihrer Rache zum Opfer, oder ich wurde für einige Nächte ihr Geliebter und durfte dann Locustas Würzwein trinken. Dein noch keineswegs lebensmüder Freund erprobte einen vierten Weg. Ich nahm ein scharfes Messer, brachte mir an den Beinen mehrere Stichwunden bei und rieb sie mit Schmutz ein. Zwei Tage später zierten mich einige häßliche Eiterbeulen, die ich mit Binden umwickelte. Wie zu erwarten, bestand die kleine Abendgesellschaft aus Messalina und mir.

Ich schmachtete sie an, spielte den Schüchternen, küßte sie und brach dann in Tränen aus. Ja, mein Freund, wenn es ums eigene Leben geht, fließen die Tränen ganz leicht. Ich warf mich ihr zu Füßen, stammelte etwas von heißer, doch leider unerfüllbarer Liebe, da ich mich lieber töten würde als die Gesundheit meiner göttlichen Kaiserin zu gefährden. Als sie, wie nicht anders zu erwarten, sofort mißtrauisch wurde, entblößte ich meine Beine, riß die Binden ab und wies ihr meine gräßlichen Eiterbeulen.

»Siehe, welches Unglück mir ein grausames Schicksal bereitete! Diese gräßliche Krankheit ist ansteckend! Ich bin verurteilt, mit Sklavinnen oder Huren freudlose Nächte zu verbringen, und würde doch dir so gerne die Glut meiner Liebe schenken.«

Messalina verbarg ihren Ekel, so gut sie konnte, und entließ mich in Gnaden. So konnte ich diese gefährliche Klippe umschiffen und darf hoffen, daß ihre Wollust längst neue Opfer gefunden hat. Wir alle zittern dem Tag entgegen, da der einzige Römer, der nichts vom Treiben dieser geilen Blutsaugerin ahnt, die Wahrheit erfährt. Ich spreche von Kaiser Claudius, ihrem Gemahl.«

Hätten solche Nachrichten mich auch kaum gehindert, nach Rom zurückzukehren, so war es meine Arbeit, die mich noch immer an Alexandria fesselte und natürlich Nephris, von der ich mich nicht trennen wollte. Mit der Zeit wurde es immer schwieriger, sie zu treffen. Amasis begann sich allmählich von seinen Geschäften zurückzuziehen, zumindest unternahm er kaum noch längere Reisen. Ein schwerwiegender Grund hielt ihn jedenfalls zurück: Nephris war schwanger geworden. Als sie einen Sohn gebar, war Amasis närrisch vor Freude. Er opferte sämtlichen Göttern, überhäufte Nephris mit kostbaren Geschenken und wich nicht mehr von ihrer Seite. Als Nephris sich vom Wochenbett erhob, war auch ich zu einem Freudenfest geladen.

Das quiekende kleine Bündel wurde zur Bewunderung herumgereicht, während der gute Amasis einen Weinkrug nach dem anderen öffnete. Nephris, noch bleich von der Geburt, saß mit offenen Haaren und großen, wie fiebrig glänzenden Augen in ihrem Sessel, gehüllt in kostbare Seidendecken, funkelnd von erlesenem Schmuck, den Amasis ihr geschenkt hatte.

Während ich mich vor ihr verneigte, sah ich, wie ihre bleichen Lippen sich bewegten, doch ich verstand ihre Worte nicht. Sie erschien mir lieblicher und begehrenswerter denn je, und ich hätte am liebsten die ganze lärmende Gesellschaft hinausgejagt, um ihr geliebtes Haupt an meine Brust zu betten und ihr zärtliche Worte ins Ohr zu flüstern. Ein hilfloser Zorn übermannte mich so sehr, daß ich mich unter einem Vorwand bald verabschiedete. Da Amasis wußte, daß ich gerne Kochrezepte sammelte, fand er nichts dabei als Nephris mir einen Zettel in die Hand drückte und laut sagte:

»Hier, Fulvius, das gewünschte Rezept für Huhn auf numidische Art. Erprobe es bald.«

Draußen las ich dann die Worte:

»Es ist dein Sohn, mein Geliebter.«

Da faßte ich den festen Entschluß, Nephris mit ihrem, mit unserem Kind nach Rom zu entführen. Doch das Schicksal hatte es anders bestimmt.

Ich weiß bis heute nicht, wann Amasis Verdacht schöpfte. Es gelang mir kaum noch, Nephris allein zu treffen, doch wenn sie in meinen Armen lag, redete ich ihr dringlich zu, mit mir die Flucht zu unternehmen. Sie lehnte den Plan nicht eigentlich ab, doch sie zauderte, sah unüberwindliche Schwierigkeiten, fürchtete die Götter zu erzürnen. Da wurde ich zornig.

»Ich will dich ganz für mich, du bist meine Frau, hast mein Kind geboren. Amasis ist alt, er hat sein Leben gelebt, jetzt müssen wir allein an uns denken!«

Als ich ihr endlich das Einverständnis abgerungen hatte und daranging, den Fluchtplan in allen Einzelheiten durchzudenken, war Amasis mir zuvorgekommen. Er verschwand mit Frau und Kind spurlos aus der Stadt. Ich stand wie vor einer Mauer. In Nephris' Haus am großen Kanal wohnten fremde Menschen, die vorgaben, nichts zu wissen. Von den Nachbarn wurde mir höflich mitgeteilt, daß Amasis sein Geschäft aufgegeben und sich in seine Heimat zurückgezogen hatte. Wohin? Sie wußten es nicht. Irgendwo im Landesinneren, er hatte nie davon gesprochen. Ich stellte Ermittlungen an, verschwendete viel Geld und gute Worte, doch die Ägypter gaben nichts preis, vielleicht wußten sie es tatsächlich nicht. Wochenlang irrte ich durch die Stadt, fragte beim Hathortempel, beim Serapeion, forschte bei den Tuchhändlern und stieß überall nur auf höfliches Kopfschütteln.

Verzweifelt schloß ich mich im Hause des Ptolemäus ein und vergrub mich in meine Arbeit. Nachdem sie abgeschlossen war, verließ ich Alexandria.

Drittes Buch
Rom

1

Ehe ich daranging, mit meinem Lebensbericht fortzufahren, habe ich nochmals die letzten Blätter überlesen und erwogen, ob ich sie nicht besser vernichten soll. Bis jetzt konnte ich mich nicht dazu entschließen – ich werde abwarten. Sollten sie doch in eure Hände gelangen, meine lieben Söhne, so bedenkt, daß von eurer Mutter die Rede war. Zumindest Philon wird es geahnt haben, denn er hat vielleicht noch eine dunkle Erinnerung an die Zeit in Ägypten. Amasis war nicht euer Großvater, wie eure Mutter und ich es immer dargestellt haben, Amasis war der erste Mann eurer Mutter – ich bin ihr zweiter Mann und habe euch in Liebe gezeugt. Ihr habt nun auch den früheren Namen eurer Mutter erfahren, denn erst seit wir in Rom vereint sind, nannte ich sie Fulvia. So hört auch, was der Name Nephris bedeutet. Er ist eine griechische Form des ägyptischen Wortes nefer und das bedeutet: schön. Noch immer ist sie schön, meine Fulvia, sie war zu jeder Zeit schön wie Isis, die strahlende Göttin ihrer Heimat.

Nachdem ich Alexandria verlassen hatte, packte mich ein fast krankhaftes Reisefieber. Vielleicht wollte ich nur meinem Schmerz entfliehen und meine Trauer über den Verlust der Geliebten betäuben. Ich handelte dabei freilich töricht, denn es war nichts anderes als der Versuch, mir selbst davonzulaufen.

Mein erster Weg führte mich nach Rom, wo Petronius mich in seinem Haus so freudig willkommen hieß, als sei ich von den Toten auferstanden.

»Willkommen im Zentrum der zivilisierten Welt! Rom hat dich endlich wieder und wird dich hoffentlich behalten dürfen. Deine geliebten Bücher wurden so gehegt und gepflegt, als seien es meine Kinder. Ich werde ein Bett zu ihnen stellen lassen, und du kannst bei mir wohnen, bis du wieder ein eigenes Heim gefunden hast. Jetzt aber erzähle.«

Diesmal verschwieg ich Nephris meinem guten Freund nicht, und er erfuhr, was mich so schmerzlich bewegte. Petronius hieb zornig seine Faust auf den Tisch.

»Du hättest dich an den Statthalter wenden sollen! Wie kann es dieser Amasis wagen ...«

Ich unterbrach ihn. »Petronius, beruhige dich und bedenke die Situation in Alexandria. Dort haben Juden, Griechen und Ägypter in ihren Stadtvierteln eine eigene autonome Verwaltung mit eigener Gerichtsbarkeit. Rom tat gut daran, ihnen ihre Rechte zu belassen, da diese Stadt ohnehin wie ein siedender Topf ist, der jederzeit überkochen kann. Nephris ist mit Amasis nach dem Gesetz verheiratet, und er kann über Frau und Kind verfügen. Ich habe die Ehe mit seiner Gattin gebrochen, da kann mir auch der römische Statthalter nicht helfen.«

Petronius war klug genug, dies schließlich einzusehen. »Du mußt sie aber finden, du willst sie doch finden ...?«

Ich konnte nur hilflos nicken. »Freilich gäbe ich alles darum, sie hier in Rom zu haben, doch fürs erste habe ich aufgeben müssen.«

Dann lernte ich Lydia kennen, die inzwischen längst vor dem Gesetz freigelassen war und als unbestrittene Herrin im Haus meines Freundes regierte. Ich verneigte mich vor dem hübschen, zierlichen Mädchen, aus dessen Augen Kraft, Klugheit und Lebensfreude funkelten.

»Petronius hat mir alle deine Briefe vorgelesen und mir so viel von dir erzählt, daß du mir längst ein vertrauter Freund bist. Ich freue mich mit Petronius, dich unter unserem Dach zu wissen.«

Petronius war in Liebesdingen gerne unstet; ihn konnte eine schöne Frau schnell entflammen oder richtiger gesagt: er war es, der stark auf Frauen wirkte, weil sie spürten, daß er sie um ihrer selbst willen verehrte und achtete. Petronius behandelte eine Badesklavin, die ihm gefiel, ebenso liebe- und rücksichtsvoll wie die Frau eines Senators. Daran konnte auch Lydia nichts ändern, und sie war klug genug, dies gar nicht zu versuchen, denn sie spürte, daß ihr der erste Platz in seinem Herzen sicher war. Daran hat sich nichts geändert, so lange Petronius lebte, und für Lydia war Petronius das Leben. Als er starb, folgte sie ihm mit einer lächelnden Selbstverständlichkeit, wie eben eine Gattin – die sie vor dem Gesetz niemals war – ihren Mann etwa auf einer Reise begleitet.

Mich aber konnte Rom nicht halten. Ich bereiste Gallien, die älteste und treueste Provinz des Reiches, und nahm von dort den Weg durch Raetia, Noricum und Illyricum. Da die Wege – auch wegen der beginnenden herbstlichen Regenzeit – immer unwirtlicher wurden, nahm ich ein Schiff und fuhr nach Athen. Von dieser langen Reise gäbe es viel zu berichten, doch haben andere diese Länder besser beschrieben, als ich es könnte – auch hielt ich mich nirgends lange genug auf, um eine umfassende Kenntnis zu gewinnen. Was ich bis zum Überdruß kennenlernte, waren die vielfältigen Arten, im Römischen Reich zu reisen.

Ich holperte auf dem Plaustrum, dem schwerfälligen und langsamen Ochsenwagen über steinige Wege, ich freute mich, wenn ich eine Birota erwischte, doch diese schnellen zweirädrigen Reisewagen verkehren nur zwischen nahgelegenen größeren Orten. In Gallien fuhr ich einmal mehrere Tage mit einer Carruca dormitoria, was uns Reisenden die Herbergssuche ersparte, denn diese Art Wagen wurde nachts flugs in eine Schlafstätte verwandelt. Bei gutem Wetter benützte ich gerne ein Maultier, da diese geduldigen ausdauernden Wesen weitaus angenehmere Reisebegleiter sind als knoblauchduftende, geschwätzige Provinzkaufleute, die einem in den ratternden Wagen die Ohren vollbrüllen.

Auf solch verschiedene Art die Länder zu durchstreifen, kann recht unterhaltsam sein, doch meist ist es mühselig und der Gesundheit nicht förderlich. So wäre vielleicht noch zu erwähnen, daß ich einmal schwer an einem Fieber erkrankte und wochenlang in der dalmatinischen Hafenstadt Salona zu Bett lag. In dieser schönen, wohlhabenden Stadt gab es vorzügliche Ärzte und saubere Herbergen, was mein Krankenlager etwas angenehmer machte.

Als ich spürte, daß mein Lebenslicht zu verlöschen drohte, klammerte sich mein Wille an den einen Gedanken: Du mußt Nephris wiederfinden! Du mußt! Dieses unerbittliche »du mußt« hat den Engel mit der gesenkten Fackel in die Flucht getrieben. Dies ist mein fester Glaube. Im übrigen lehrte mich diese längste und anstrengendste Reise meines Lebens vor allem eines: die innere Ruhe und das Gefühl der Zufriedenheit oder des Glücks ist nur wenig von äußeren Umständen abhängig. Wochenlang durchzog ich sehr karge Landstriche, wo nur arme, einfache Bauern und Hirten lebten, die mir auch für viel Geld nichts anderes geben konnten als Brot, Käse, Zwiebeln und einen Becher frisches Quellwasser. Ich schlief in Ställen neben meinem Pferd, nächtigte manchmal unter freiem Himmel oder in bescheidenen Herbergen, wo das Ungeziefer mich oft wieder ins Freie trieb. Ich spürte mit Stolz, daß mir dieses einfache, harte Leben nichts ausmachte. Ein Stück knuspriges Brot kann unter solchen Umständen mit genausoviel Genuß verzehrt werden wie ein Schlemmermahl, und ein morgendliches Bad im kühlen Meerwasser kann vergnüglicher sein als ein Nachmittag in römischen Thermen.

Nach meiner Genesung fuhr ich mit dem Schiff von Salona nach Piräus.

Mein erster Weg in Athen führte mich zu Theron und Nike. Als ich von ihren Küssen und Umarmungen erschöpft auf einen Stuhl sank, wurden mir die Kinder vorgeführt. Es waren drei, zwei Mädchen und ein Knabe. Helena, die Erstgeborene, erwies sich als ein liebliches kleines Abbild der Mutter mit rundem Gesicht und klaren grauen Augen wie Bachkiesel.

Theron hatte sich einen bescheidenen Wohlstand geschaffen, da er mit einem Gehilfen und seiner inzwischen vollendet schriftkundigen Nike Bücherkopien anfertigte.

Meine Frage nach Haimos, dem Arzt, begegnete zuerst verlegenem Schweigen, bis ich schließlich erfuhr, daß Theron ihn nur noch höchst selten sah, weil Haimos, wie Nike spöttisch meinte, eine etwas strenge Frau geheiratet hatte.

Ich wollte mir ein eigenes Bild machen und klopfte an die Pforte meines alten Freundes. Äußerlich fand ich Haimos unverändert, doch seine einstmals spöttische Heiterkeit war einer gewissen steifen Würde gewichen, die er sich wohl im ständigen Umgang mit hilfesuchenden Patienten angeeignet hatte und die ihm jetzt anhaftete wie eine zweite Haut. Daß seine Gattin Hestia – nicht umsonst trug sie den Namen der herdschützenden, hausbeherrschenden Göttin – ihn darin bestärkte, erkannte ich schnell. Sie war eine rundliche, gepflegte Erscheinung, deren scharfen Augen nichts entging, was die Würde ihres Gatten beeinträchtigen konnte. Sie zupfte ihm jeden Faden vom Gewand, wachte über seine Frisur, zählte seine Weinkrüge und achtete streng darauf, daß er seine Abende zu Hause verbrachte.

»Alles zu meinem und meiner Patienten Wohl«, wie Haimos etwas säuerlich bemerkte. Trotzdem schien er mit seinem Dasein zufrieden:

»Weißt du, Fulvius, ich bin froh, daß ich sie gefunden habe. Du kennst ja meine Art, die Nachmittage in den Thermen zu verbringen und lieber einen reichen als drei wohlhabende Patienten zu behandeln. Wer es aber als Arzt zu etwas bringen will, darf nicht allzu wählerisch sein. Der Patient muß spüren, daß er in ein wohlgeordnetes Haus kommt, sonst schwindet sein Vertrauen.«

Immerhin brachte ich es fertig, ihn für ein paar Stunden aus Hestias strenger Hut zu entführen. Wir leerten mehrere Weinkrüge und redeten von den alten Zeiten, von unseren Reisen und den erquicklichen Nachmittagen in den Thermen.

»Doch, doch, es gibt sie noch, und die Mädchen sind dort so schön wie ehedem. Ich lerne sie zwar höchstens noch als Patientinnen kennen, aber dich hindert nichts, sie an Ort und Stelle aufzusuchen.«

Freilich – mich hinderte nichts, nur fehlte mir die Lust dazu. Seit mir Nephris genommen war, hatte ich keine Frau mehr berührt.

So lebte ich einige Zeit sehr zurückgezogen in Athen, führte meine Studien fort, besuchte meine Freunde und gewann langsam meinen Seelenfrieden zurück. Ich kann jetzt nicht mehr sagen, wie es geschah, doch eines Morgens erwachte ich mit der absoluten Gewißheit, daß ich Nephris wiedersehen würde – Nephris und meinen Sohn. Ich vergaß zu erwähnen, daß ich vor meiner Abreise aus Alexandria im Hathortempel für Nephris Nachricht und Geld hinterlegt hatte. Eines Tages, dessen war ich gewiß, würde sie den Tempel ihrer Lieblingsgöttin aufsuchen, dort meinen Brief finden und wissen, wohin sie sich zu wenden hatte. Meistens ist es so, daß das Schicksal, ungeachtet unserer Pläne, seine eigenen Wege geht; manchmal gelingt es uns aber doch, es auf die Bahn unseres Willens zu zwingen.

Meiner Studien wegen und um meine Heimat wiederzusehen beschloß ich, nach Judäa zu reisen.

An Petronius schrieb ich, er möge seine nächsten Briefe nach Caesarea richten, von wo ich nach dem Besuch bei meiner Schwester nach Rom zurückkehren wollte.

Von Piräus nahm ich ein Schiff nach Antiochia, da ich diese Hauptstadt der Provinz Syria meiner Studien wegen aufsuchen wollte. Wie man weiß, hat die Stadt unter einem Erdbeben im April des Jahres, da Caligula Kaiser wurde, schwer gelitten. Weil Caligulas Vater dort gestorben war, ließ der Kaiser ihr besondere Hilfe zukommen, baute die fast völlig zerstörte, prachtvolle Kolonnadenstraße wieder auf, ließ Tempel und Forum neu erstehen und gewährte der Stadt für einige Jahre Steuerfreiheit. Eines Tages ging das Gerücht um, daß ein berühmter jüdischer Prediger eingetroffen sei. Wie in allen Großstädten gab es auch in Antiochia zahlreiche Müßiggänger, die nur darauf warteten, daß irgend etwas ihre Langeweile vertrieb, sei es ein Trupp Gaukler auf dem Forum, ein kostenloses Theaterspiel, eine Hinrichtung, eine Auspeitschung oder eben, wie in diesem Fall, ein Prediger, der irgendeine neue Lehre verkündete.

So schlenderte auch ich zum Forum, wo die Anhänger des Predigers ein hölzernes Podest errichtet hatten, damit man ihn besser hören und sehen konnte. Zu meinem großen Erstaunen hörte ich einen stämmigen, mittelgroßen Mann, der etwa meines Alters, aber schon fast kahl war, die Lehre Jesu verkünden. Er nannte sich Paulus aus Tarsos und war von einem Jünger namens Barnabas begleitet, der zuerst sprach. Ich kann diese Reden nicht wörtlich wiedergeben, doch was sie sagten, war mir in den Grundzügen vertraut, wenn mir auch schien, daß dieser Paulus die Worte Christi auf eine eigenwillige, um nicht zu sagen, eigensinnige Art auslegte. Paulus sprach ein sehr reines, von guter Bildung zeugendes Griechisch, offenbar versuchte er aber seine Rede auch einfachen Menschen verständlich zu machen. Aus ihm, so verkündete er, rede Christus, dessen Gegner er einst gewesen sei, den er aber nun im Herzen trage und dessen Wahrheit allein selig mache. Im übrigen schien mir vieles, was er sagte, etwas wirr und nicht geeignet, Unwissende über die Lehre Christi aufzuklären. Ich erinnere mich noch seiner Worte:

»Christus ist mein Leben und Sterben, ist mein Gewinn. Ich habe Lust, dies irdische Leben zu verlassen, um bei ihm zu sein, was auch viel besser wäre, doch scheint es mir um euretwillen nötiger, am Leben zu bleiben.«

Dann berichtete er vom Leidensweg Christi, und plötzlich hörte ich meinen Namen nennen, als Paulus sagte: »Wie es im Psalm verheißen war: Auch mein Freund, dem ich vertraute, der mein Brot aß, tritt mich unter seine Füße, so geschah es, als Judas, einer der zwölf Jünger unseres Herrn, ihn um dreißig Silberlinge verriet.«

Dann schilderte er, wie ich Jesus im Gethsemane-Garten durch einen Kuß begrüßte, um ihn den Häschern auszuliefern, und wie ich später aus Reue das Blutgeld zurückgab.

»Und er warf die Silberlinge in den Tempel, lief davon und erhängte sich.«

Dies war nun zum ersten Mal, daß ich von meinem angeblichen Verrat und meinem Tod erfuhr. Paulus, der nach seinen eigenen Berichten Jesus zu Lebzeiten nicht gekannt hatte, konnte diese Lügen auch nicht erfunden haben. Von wem aber hatte er diese üble Legende übernommen? Von Petrus? Von Jakobus? Oder von Simon, dem fanatischen Zeloten, der mich nie leiden konnte, weil ich lateinisch und griechisch sprach? Ich weiß es bis heute nicht und habe auch kein Interesse mehr an dieser Frage.

Zuletzt schalt Paulus noch jene Juden, die es nicht lassen konnten, nach Daphne hinauszuwandern, »diesem Treffpunkt der Götzenanbeter, wo die Heiden ihren Lastern frönen«.

Mir war das ein willkommener Hinweis, den berühmten Zypressen- und Lorbeerhain südlich der Stadt zu besuchen, wo ein prächtiger Tempel der Artemis und des Apollon stand. Ich fand in Daphne tatsächlich etwas wie ein irdisches Paradies.

Paulus war offenbar ein Mensch, der in jeder irdischen Freude ein Hindernis und eine Gefahr sah. Er schien zu vergessen, daß Gott auch diese Dinge geschaffen hatte. Die süßen Stunden in den Armen einer Frau, ein Becher feurigen Weins am Abend, eine vom Tau glitzernde Rose, der kühle Wind im Schatten duftender Zypressen, das Funkeln eines edlen Steines, das Ebenmaß eines marmornen Tempels, der Wohllaut einer Flöte – ist dies nicht auch ein Teil der Schöpfung Gottes? Wer solches verachtet, der verachtet auch Gott. Ich zweifle nicht daran, daß Paulus im guten Glauben redete und handelte, doch in meinen Augen war es so falsch wie die Geschichte meines Verrates und meines freiwilligen Todes.

Da ich mich nicht allzu lange in Ephesus aufgehalten hatte, beschloß ich, einen kleinen Umweg zu machen, den mir mein Herz eingab. So nahm ich ein Schiff nach Caesarea und reiste von dort zum Genesaret-See, um die alten Stätten meines Wanderlebens im Kreise der Jünger noch einmal zu sehen. Kapharnaum, Bethsaida, Magdala, Tiberias und noch viele andere Orte suchte ich auf. In Tiberias beschaute ich mir von Ferne das Haus des Jonas, der mir ein Vorbild gewesen war, und mußte die Tränen niederkämpfen, als ich dabei an Susanna – an Nephris – dachte.

Manchmal fragte ich die Menschen nach dem Rabbi Jesus und mußte erfahren, daß die meisten ihn vergessen hatten; andere verwechselten ihn oder wußten nicht, daß er tot war. Gelegentlich hörte ich davon, daß seine wunderbaren Heilungen nicht lange wirksam blieben, daß man seiner mit Enttäuschung und Verbitterung gedachte. In Nazareth freilich erinnerte sich jeder an ihn. Joseph war inzwischen gestorben, Maria hatte das Haus verkauft und war weggezogen, niemand wußte wohin.

Von Jakob, dem Bruder Jesu, nahm man an, daß er in Jerusalem lebte. Anhänger oder Verteidiger von Christi Lehre fand ich hier nicht. Der ganze Ort schien froh, daß man mit der Sache nichts mehr zu tun hatte.

Danach reiste ich auf geradem Wege nach Beth-Sur, ohne in Jerusalem halt zu machen. Daß ich unterwegs durch Zufall den Sohn von Johannes' Henker traf und von ihm Näheres über den Tod des Täufers erfuhr, ist schon erzählt worden.

Als weitgereister Mann, als Jude, der sich römisch kleidete und vom Glauben seiner Väter abgekommen war, doch immerhin als ein enger Verwandter, wurde ich mit einer Mischung aus Freude, Neugier und Scheu in Beth-Sur empfangen. Meine Schwester Rachel hatte nun auch einen Sohn geboren und herrschte als stolze Mutter und treue Gattin über Haus und Familie. Aus der Familie ihres Mannes lebte allein noch dessen Vater, ein zäher, hagerer Greis, der – wie schon damals vor vielen Jahren – eigensinnig seinen pharisäischen Buchstabenglauben verteidigte und noch immer mit großer Freude stundenlang darüber diskutierte.

Nach einigen Tagen des Aufenthalts mußte ich erkennen, wie klein und eng mir dieses Dasein zwischen Familie, Marktplatz und Synagoge jetzt erschien. Rachels Mann redete immerzu von seinen Geschäften, Rachel wußte endlose Geschichten von den Kindern zu erzählen und hörte nur mit halbem Ohr hin, wenn ich meine Reisen in Ägypten, Athens Tempel oder Roms gewaltige Ausdehnung schilderte. Wir lebten in zwei verschiedenen Welten und hatten einander nichts mehr zu sagen, es sei denn, wir redeten von unserer Kindheit in Chariot.

Einen neugierigen, unersättlichen Zuhörer hatte ich aber doch gefunden, nämlich Eli, einen schlanken, etwas zart wirkenden Burschen von sechzehn Jahren, den meine Schwester aus Barmherzigkeit ins Haus genommen hatte, wo er verschiedene kleine Arbeiten verrichtete. Er war der Sohn eines Bauern, von dem Rachel häufig ihr Korn bezogen hatte und der mit seiner Frau bei einem Steinschlag in den Bergen umgekommen war.

Dieser Eli nun staunte mich an wie ein Wunderwesen, als er hörte, daß ich Länder bereist hatte, von denen er nicht einmal die Namen kannte. Rom, Athen, Antiochia und Alexandria waren ihm vertraut, weil er in der Synagogenschule gehört hatte, daß es dort große Judengemeinden gab. Eli wurde mir während meines Aufenthalts als Diener zur Verfügung gestellt, was ihn so stolz und glücklich machte, daß sein Eifer, es mir in allem recht zu machen, keine Grenzen kannte. Ich aber sah, daß er ein höchst aufgeweckter Junge war, dem der rege, lernbegierige Geist aus den Augen funkelte. Zu Rachel bemerkte ich, wie schade es sei, daß Eli als Hausdiener in einer Kleinstadt verkümmern müsse, worauf sie beleidigt schwieg. Später meinte sie spöttisch, wenn mir an diesem Bauernjungen so viel gelegen sei, dann solle ich ihn doch mit mir nehmen. Warum eigentlich nicht? dachte ich bei mir, ein treuer, vertrauter Diener ist Goldes wert und wird mir auch in Rom nützlich sein. So fragte ich Eli, ob er mitkommen wolle.

»Ich soll mit dir nach Rom reisen?« fragte er fassungslos.

Ich nickte und fügte hinzu: »Und dort auch für immer bleiben, falls es dich nicht wieder in die Heimat zieht. Du bist schließlich kein Sklave und kannst deine eigenen Wege gehen. Bedenke aber auch, daß du in eine unermeßlich große, fremde Stadt kommst, und bedenke weiterhin, daß ich dort wie ein Römer und nicht wie ein Jude leben werde. Falls du also die Synagoge nicht entbehren kannst, falls dir der Sabbat nach Art der Pharisäer heilig ist, falls du die jüdischen Feste mit deinesgleichen begehen willst – so bleibe besser in Beth-Sur. Dein Leben wird sich von Grund auf ändern, also überlege es dir wohl.«

Schon am Abend teilte er mir seinen Entschluß mit: »Du mußt wissen, Herr, daß mein Vater als Landmann nicht allzu streng auf die religiösen Gebote achtete. Du wirst mir doch gestatten, am Freitagabend die Gebete zu sprechen und am Sabbat keine schwere Arbeit zu tun?«

Das konnte ich ihm gerne versprechen, und so wurde Eli mein Diener und ist es bis heute geblieben. Wie es kam, daß er sich in Rom den Christen anschloß, soll später erzählt werden.

Ich muß gestehen, daß mir der Abschied von Beth-Sur nicht sehr schwer wurde. Man wahrte im Hause meines Schwagers die einem Verwandten zustehende Höflichkeit, meine Schwester begegnete mir freundlich und aufmerksam, doch blieb der unausgesprochene Vorwurf bestehen, daß ich, Judas Ben Simon, durch meine Lebensweise zum Abtrünnigen geworden war.

2

Wie erwartet, fand ich im Hafenamt in Caesarea einen vor kurzem eingetroffenen Brief von Petronius. Dem Umfang nach hielt ich das Schreiben zuerst für ein Buch, was Petronius gleich zu Anfang erklärte:

»Glaube nicht, mein Fulvius, ich habe dir ein selbstverfertigtes Theaterstück oder eine Geschichte der Stadt Rom übersandt. Ich will weder den Dramatikern noch den Historikern das Brot wegnehmen, doch die Ereignisse in Rom zwingen mich zu solcher Ausführlichkeit. Ich hatte schon erwogen, diesen Brief wegen seines Umfangs Cletus zu diktieren, aber ich will meinen Sekretär nicht mit Hofgeheimnissen belasten, die ihm eines Tages gefährlich werden können.

Zuerst eine Zahl, die dich als Historiker interessieren wird.

Nach der neuesten Zählung gibt es genau 5 984 672 Bürger im Römischen Reich. Damit sind freilich nur wir gemeint, denn wer zählt schon die Sklaven und Freigelassenen, die Einwohner der Provinzen und die Barbaren in ihren nebligen Wäldern?

Zwei weitere Neuigkeiten vorweg: Messalina ist tot, und Senecas Verbannung wurde aufgehoben. Du kannst dir denken, daß durch ersteres letzteres möglich wurde. Nun zu den Einzelheiten. Nachdem die unersättliche Messalina kaum einen der jüngeren Männer am kaiserlichen Hof ungeschoren gelassen hatte, wodurch einige an Vermögen und Ansehen gewannen, andere aber ihren Kopf verloren, fiel ihr Gaius Silius in die Hände, ein recht ansehnlicher Bursche aus guter Familie, glücklich verheiratet mit Junia Silana. Messalina zog den eitlen Mann in ihren Freundeskreis, verschaffte ihm Ämter, Ehren und Einfluß, um den Preis der Scheidung von seiner Frau.

Wir alle spürten, daß sich etwas zusammenbraute, denn Messalina hatte jede Zurückhaltung und Vorsicht aufgegeben. Sie sprach ganz offen davon, daß der gute alte Claudius wohl nicht mehr sehr lange leben würde und man sich schon besser jetzt auf die Seite ihres Liebhabers schlagen solle.

Diese Rechnung hatte sie nun allerdings ohne des Kaisers noch immer allmächtige Sekretäre gemacht, die, sonst einander mißtrauend, plötzlich einig waren, was zu tun sei. Messalina lieferte ihnen dazu selber die Waffe. Als Claudius für einige Tage nach Ostia ging, heiratete sie ihren Silius in aller Form vor Priestern und Zeugen. Narcissus, der Kanzleisekretär, überredete Calpurnia, des Kaisers Lieblingsmätresse, diesen über alles aufzuklären.

Claudius fiel aus allen Wolken. Seine geliebte tüchtige Messalina eine freche Ehebrecherin, eine Bigamistin? Nein! Er wollte es nicht glauben. Als Dutzende von Zeugen, darunter seine engsten Vertrauten, die Sache bestätigten und ihn beschworen, schnell zu handeln, fragte Claudius verwirrt, ob er überhaupt noch Kaiser und ob Silius noch Privatmann sei. Messalina, um das Maß voll zu machen, feierte in ihrem Palast das herbstliche Bacchusfest und raste selber als betrunkene Mänade durch den Garten, an ihrer Seite der efeubekränzte, völlig verblendete Silius.

Da dem verstörten Kaiser kein eindeutiger Befehl abzuringen war, handelte Narcissus schnell und tatkräftig. Er ließ Silius samt seinen Anhängern verhaften und – als diese sich vor dem Kaiser schuldig bekannten – sofort hinrichten. Messalina wurde von den Soldaten in den Lucullusgärten aufgestöbert, wo sie sich zitternd an ihre Mutter klammerte. Da sie so feig wie geil war und den ihr gereichten Dolch nur heulend an

Kehle und Brust setzte, ohne zuzustoßen, stach der Tribun sie nieder.

Claudius wurde die Nachricht von ihrem Tod bei Tisch überbracht, ich war selber zugegen. Ohne eine Gefühlsbewegung zu zeigen, aß und trank er weiter. War es Selbstbeherrschung, oder hatten ihm seine Ärzte ein Beruhigungsmittel gegeben? Am nächsten Tag beschloß der Senat, Messalinas Namen auszutilgen und ihre Bildnisse zu zerstören. Claudius erhob keinen Einspruch.

Von den eben geschilderten Ereignissen hast du vielleicht während deiner Reisen schon einiges gehört, doch jetzt zum Neuesten. Kaiser Claudius hat sich mit Julia Agrippina, der Schwester Caligulas, also mit seiner eigenen Nichte, vermählt. Ganz Rom begann nach dem Bekanntwerden dieser Heirat zu sieden wie ein riesiger Wasserkessel. Blutschande! riefen die einen, er hat recht getan, die anderen. Sie bringt einen zwölfjährigen Sohn, nämlich Nero Lucius Domitius, mit in die Ehe und soll große Pläne für ihn haben.

Nun aber zum Erfreulichsten. Agrippina konnte Claudius gleich nach der Hochzeit dazu bewegen, Seneca aus dem unwirtlichen Korsika zurückzuholen. Es heißt, daß Claudius ihn zum Prätor ernennen will, während sich Agrippina den großen Denker zum Erzieher ihres Sohnes wünscht. Dies waren nun wirklich die allerneuesten Nachrichten.

Was willst du über mich selbst hören? Mein Amt als Quästor läßt mir viel Zeit für meine literarische Arbeit. Ja, ich habe jetzt ganz ernsthaft zu schreiben begonnen, was aber nicht heißen soll, daß es ernst ist, was ich schreibe. Ich hege nämlich den kühnen Plan, unsere römische Gesellschaft in satirischen Geschichten zu schildern. Mündlich darüber mehr. Lydia läßt dich grüßen und dir Gesundheit wünschen. Du sollst dich von den Barbarinnen fernhalten und deine Manneskraft lieber für die Römerinnen aufsparen. Ja, meine verehrte Lydia ist sehr frei in ihren Äußerungen. Durch sie bin ich häuslich geworden, benütze mein eigenes Bad, speise zu Hause und sehe nur noch einige meiner besten Freunde, wenn sie mich zu Hause besuchen. So verläuft mein Leben zwischen Palatin und Esquilin, aber ich bin es ganz zufrieden. Soll ich dir eine Wohnung besorgen, lieber Fulvius? Ich hoffe doch, daß du bald erscheinst oder mir zumindest schreibst, wann ich damit rechnen kann. Glück und Gesundheit mögen dich begleiten!«

Beim Lesen dieses Briefes empfand ich Heimweh nach Rom. Ich wollte Petronius wiedersehen, freute mich auf meine Bücher und sehnte mich nach einem geordneten Hauswesen. Auch neigte meine Arbeit sich ihrem Ende zu, und ich brauchte Ruhe und Sammlung für die endgültige Niederschrift. Ich möchte nicht unerwähnt lassen, daß ich einen Umweg über Alexandria erwogen hatte, aber dann nahm ich doch ein Schiff nach Rom.

Eli stand so sehr unter dem Bann der vielen neuen Eindrücke, daß er als Diener noch wenig brauchbar war, doch während unserer ruhigen Seefahrt besann er sich auf seine Pflichten. Er sorgte für meine Bequemlichkeit, kümmerte sich um unser Gepäck, holte mich zu den Mahlzeiten und wurde dabei nicht müde, mir immer wieder Fragen zu stellen, die ich nach bestem Wissen beantwortete. Hatte schon Caesarea den guten Eli so beeindruckt, in Ostia wäre er beinahe vom Schiff gestürzt, so sehr erstaunte ihn der gewaltige Hafen mit den zahlreichen riesigen Fracht- und Passagierschiffen. Rom aber verwirrte ihn.

»Hat diese Stadt überhaupt ein Ende?« fragte er mehrmals zaghaft.

Petronius empfing mich mit seinem üblichen Gleichmut, doch sah ich die Freude durch die Maske des Stoikers schimmern. Er umarmte mich.

»Endlich, Fulvius, endlich! Rom hat dich wieder. Ich habe auch gleich eine gute Nachricht für dich. Du bist ein reicher Mann geworden, mein Fulvius, und das hast du mir zu verdanken.«

Dazu muß ich erklären, daß ich Petronius während meiner Abwesenheit als Sachwalter meines Vermögens eingesetzt hatte. Für den Fall, daß mir auf meinen Reisen etwas zustoßen sollte, hatte ich ihn gebeten und ermächtigt, meine Arbeit ordnen und veröffentlichen zu lassen. Nun erfuhr ich, daß Petronius einen Teil meines Geldes zur Getreidespekulation verwendet und einen großen Gewinn erzielt hatte.

»Sei unbesorgt«, beruhigte er mich, »durch mein Amt habe ich Einblick in viele Dinge. Die Sache war ohne jedes Risiko, auch ich habe mich beteiligt.«

Was blieb mir, als ihm vielmals zu danken, wenn auch nicht ohne ein leises Unbehagen. Doch ich wußte, daß Petronius einen etwaigen Verlust mit seinem Vermögen gedeckt hätte.

Für Petronius bedeutete Geld nur wenig. Er stammte aus einer seit Generationen wohlhabenden Familie und hatte sich nie um sein Auskommen sorgen müssen. Diese Getreidespekulation war für ihn nur ein amüsantes Spiel, an dessen Gewinn er mich jetzt teilhaben ließ. Von einem Verlust hätte ich vermutlich nie etwas erfahren.

Für ihn war das ganze Leben nur ein Spiel – sein Amt, seine Vergnügungen, vielleicht auch seine Schriftstellerei. Einmal hatte er zu mir gesagt:

»Wir werden unser Dasein niemals ganz ergründen können. Wir können es uns durch mancherlei Dinge angenehmer gestalten, doch Sinn und Zweck bleiben uns verborgen. Es halbwegs anständig zu Ende zu bringen, so daß wir uns nicht zu schämen brauchen, vor unseren Freunden nicht und auch nicht vor uns selber, das ist alles, was zu tun bleibt.«

Ich überlegte lange, ob ich mir in Rom ein Haus oder eine Wohnung mieten oder kaufen sollte und entschied mich schließlich für das ruhige, luftige Tibur in den Sabinerbergen, wo Horatius, Tibullus, Propertius, Maecenas, Catullus und viele andere sich von dem Moloch Rom erholt hatten.

Ich kannte den Ort schon von früher und war erstaunt, wie anmutig er sich mit zahlreichen neuen Villen und herrlichen gepflegten Gärten entwickelt hatte. Auch im Hochsommer strich dort ein kühler Hauch durch die Pinien und Zypressen, und Rom war so fern, daß es nicht störte, doch nahe genug, um es, wenn nötig, schnell zu erreichen. Ich erwarb dort ein kleines, schon etwas verfallenes Bauernhaus, das etwas abseits lag und zu dem einige Äcker und Weinberge gehörten. So reifte in mir der Plan, dort Weinbau und Landwirtschaft auf bescheidene Art zu betreiben.

Der von Rom etwas niedergedrückte Eli blühte in dieser ländlichen Umgebung wieder auf.

»Freue dich nicht zu früh«, warnte ich ihn, »wir werden uns oft in Rom aufhalten, und du wirst mich als mein Leibdiener begleiten. Befasse dich vor allem mit der Landessprache, denn ich werde dich zu mancherlei Besorgungen brauchen.«

Eli lernte dann tatsächlich das Lateinische sehr schnell, während das Griechische ihm fremd blieb. Doch spreche ich mit ihm bis heute aramäisch, die liebe und vertraute Sprache unserer Heimat.

Durch Petronius' Vermittlung wurde einer der kaiserlichen Architekten zu günstigen Bedingungen für mich tätig. Überraschend schnell wuchs ein mittelgroßes, schön gefügtes Landhaus aus dem Boden, während ich das frühere Bauernhaus erweitern ließ und zum Aufenthalt meiner Landarbeiter bestimmte. Ich glaube, es gehört zu den schönsten Erlebnissen unseres Daseins, das eigene Haus langsam entstehen zu sehen. Gedanken und Vorschläge nahmen unter den geschickten Händen der Bauarbeiter Gestalt an, in Stein, Holz, Marmor und Metall.

Seit Seneca wieder in Rom lebte, wurden seine Schriften eifrig verbreitet und von aller Welt gelesen. Ich fand darin so faszinierende Lebensweisheiten, daß ich einige davon in die Mosaikböden meines Hauses einlegen ließ:

»Wie man leben sollte, muß man so lange lernen, als man lebt.«

»Das Haupthindernis ist, daß wir zu schnell mit uns zufrieden sind.«

Für mein Arbeitszimmer wählte ich die Worte:

»Der Fehler liegt nicht in den Dingen, sondern in uns selbst.«

Und: »Was du für den Gipfel hältst, ist nur eine Stufe.«

Während in Tibur mein Haus entstand, bewohnte ich ein Gastzimmer bei Petronius. Wenn ich sah, mit welcher Liebe und Achtung er und Lydia sich begegneten, dann wurde mein

Herz beim Gedenken an Nephris schwer und mein Geist unruhig. Die abenteuerlichsten Pläne zogen mir durch den Kopf. So erwog ich allen Ernstes, nach Ägypten zu reisen, um dort systematisch Ort um Ort nach Nephris abzusuchen, bis ich sie gefunden hatte. Nach einigen Tagen siegte dann wieder mein nüchterner Verstand, bis mir von neuem die unsinnigsten Gedanken kamen.

Mein Haus war fertig, meine Bücher lagen wohlgeordnet im großen kühlen Bibliotheksraum, die Möbel wurden gebracht, Eli räumte meine Kleider ein. Während dies geschah, kam ein Bote aus Rom mit einer Nachricht von Petronius. Er bat wegen einer sehr wichtigen Angelegenheit, die er jetzt nicht näher erläutern wolle, dringend um meinen Besuch.

3

Petronius empfing mich mit den Worten: »Das Schicksal meint es gut mit dir, mein Freund. Sollte der Judengott, dieser geheimnisvolle Gestaltlose, doch mächtiger sein als alle anderen? Also erschrick nicht. Für dich ist Besuch eingetroffen, und ich hoffe, er ist dir willkommen.«

Die Zeiten vollkommenen Glücks im menschlichen Leben sind kurz und höchst selten; sie lassen sich leicht an den Fingern abzählen. Mir war an diesem Tag der glücklichste Augenblick meines Lebens beschieden, denn Nephris trat ein. An der Hand führte sie meinen Sohn, nämlich dich, Philon.

Ein scheues Lächeln huschte über ihr geliebtes Gesicht, dann trat sie näher und sagte: »Nun bin ich gekommen ...«

Petronius hatte den Raum verlassen, doch ich bemerkte es kaum.

»Nephris, Nephris«, sagte ich nur, zog sie in meine Arme, küßte sie, ließ sie wieder los und hob meinen Sohn in die Höhe, der mich ernst und etwas ängstlich anblickte.

»Er heißt Philon«, sagte Nephris.

»Philon, ich bin dein Vater, endlich habe ich dich, endlich gehörst du mir.«

»Er spricht noch sehr wenig Griechisch, du mußt Geduld haben.«

»Und Amasis?« fragte ich. »Hast du ihn verlassen?«

»Er hat mich verlassen und ich ihn. Judas, ich muß dir viel erzählen. Ich fand deine Nachricht im Hathortempel, sonst wären wir nicht nach Rom gekommen. Ich konnte ja nicht wissen ... die vielen Jahre ... Philon ist jetzt fünf ...«

In dieser Stunde spürte ich, was die Menschen dazu treibt, ihrem Gott ein Dankopfer zu bringen. Meine Brust barst fast vor Glück. In solchen Augenblicken ist man imstande, sein Vermögen zu verschenken, sämtliche Sklaven freizulassen oder andere unsinnige Dinge zu tun.

Da ich mich im Hause meines Freundes befand, erwachte in mir das dringende Bedürfnis, dieses ganze Haus glücklich zu sehen. Ich rief nach Petronius und Lydia, umarmte sie beide und bat meinen Freund, sämtliche Diener und Sklaven herbeizurufen.

»Alle sollen sich mit mir freuen, alle sollen heute glücklich sein. Laß ein paar Weinkrüge bringen und leihe mir einen Beutel Gold!«

Petronius gab Cletus einen Wink. »Du hörst, was unser Freund gesagt hat. Wir wollen ihm den Willen tun, auch wenn ich als Stoiker solchen Überschwang höchst bedenklich finde.«

Ich winkte fröhlich ab. »Nicht alle können Stoiker sein. Ich glaube, daß sich bei Petronius auch manchmal ein Epikureer zwischen den Falten seiner Toga versteckt.«

Schließlich waren alle im Triclinium versammelt, vom grauhaarigen, würdevollen Haushofmeister bis zum mageren, ängstlich blickenden Küchenjungen. Jedem ließ ich einen Becher Wein reichen, ausnahmsweise unvermischt, und jedem wurde eine Goldmünze in die Hand gedrückt.

»Freut euch mit mir«, rief ich fröhlich, »denn ich habe heute mein Liebstes wiedergefunden.«

Alle umdrängten mich, wünschten mir und Nephris Glück, manche wollten mein Gewand küssen, doch ich wehrte ab.

»Ich habe Grund, dem Schicksal Dank zu sagen, ihr sollt nur glücklich sein und euch mit mir freuen.«

Am Abend saßen Nephris, Lydia, Petronius und ich im Atrium beieinander, genossen die laue Nacht und lauschten Nephris' Bericht.

Amasis war von aufmerksamen Nachbarn unterrichtet worden, daß Nephris während seiner Abwesenheit oft lange fortblieb. Er stellte sie zur Rede, und sie war zu stolz, um zu leugnen. In seinem Zorn wollte er sie zuerst verstoßen, überhäufte sie mit Vorwürfen und Drohungen, bis er wieder vernünftig wurde und andere Entschlüsse faßte. Er verkaufte sein Geschäft, erwarb ein Landgut bei Hermopolis im mittleren Teil Ägyptens und verbot Nephris, das Haus ohne seine Erlaubnis zu verlassen. Sie wurde wie eine Gefangene gehalten und hatte keine Möglichkeit, mir eine Nachricht zukommen zu lassen. Zwar versuchte sie es mehrmals, doch Amasis kam dahinter und warf ihr höhnisch die Fetzen der Briefe vor die Füße.

»Da tat ich so, als fügte ich mich, kümmerte mich um das Haus und um den Jungen, bis Amasis mich auf die Probe stellte. Er ging für einen Tag außer Haus und gebot seinen Dienern, mich nicht zu behindern. Ich blieb, wo ich war, schrieb auch keine heimlichen Briefe mehr und wartete ab. Doch ich verweigerte Amasis mein Bett.«

»Wie grausam und listenreich Frauen doch sein können«, warf Petronius ein.

Nephris nahm die Bemerkung ernst. »Glaubt ja nicht, daß mir ein solches Verhalten leichtfiel! Amasis war mir immer ein guter Mann gewesen; auf seine Art hat er mich geliebt und ich habe ihn geachtet. Doch das andere war stärker, und es war dein Sohn, Judas, der unter meinen Augen heranwuchs. Ich verschwieg auch Amasis diesen Umstand nicht, doch er stellte sich taub. Philon habe nur einen Vater, und das sei er, Amasis, und er habe nur einen Sohn, und der heiße Philon. Schwer aber traf es ihn, daß mein Schlafgemach ihm verschlossen blieb. Er bat, er drohte, und er tat schließlich das, worauf ich gewartet hatte: er holte sich eine andere Frau ins Bett. Um sich nicht viel Mühe zu machen, verfiel er auf meine Zofe, ein junges dummes Ding, die Tochter des Hausverwalters. Da sie aber auch an mir, ihrer Herrin, hing und ich sie immer gut behandelt hatte, wußte sie nicht recht, was tun. Sollte sie mir die Treue halten oder dem Herrn des Hauses nachgeben? Ich selber riet ihr nachzugeben und versicherte ihr nachdrücklich, daß ich ihr deshalb nicht böse sei. Amasis wollte damit meinen Zorn, vielleicht sogar meine Eifersucht erwecken, doch was wissen die Männer schon vom Herz einer Frau ...«

Lydia nickte eifrig. »Ganz recht, Nephris, ganz recht! Wir gebären sie, wir nähren sie, wir ziehen sie auf, wir lieben sie und teilen Tisch und Bett mit ihnen, doch sie verstehen nichts. Sie verstehen ihre Mütter nicht und noch weniger ihre Frauen.«

Nephris lächelte Lydia voll Einverständnis zu, während Petronius und ich uns nachsichtig anblickten.

Nephris fuhr fort: »Längst vertraute mir Amasis wieder soweit, daß ich mit einer Dienerin zum Markt gehen durfte, und dieser Markt grenzte an den kleinen Hafen, wo die Nilschiffe anlegten. Es dauerte längere Zeit, bis ich einen Schiffseigner fand, der verständlich Griechisch sprach und den ich auf die Probe stellte. Er befuhr den Nil in Abständen von mehreren Wochen zwischen Hermopolis und Alexandria und legte auch bei unserem Dorf an. Zweimal schon hatte ich mich zur Fahrt angemeldet und sagte jedesmal unter einem Vorwand wieder ab. So konnte ich prüfen, ob Amasis davon etwas erfuhr, denn er war ein reicher Mann und hatte überall seine Späher. Da der Schiffseigner auch mit verschiedenen Waren handelte und ich ihm jedesmal etwas abkaufte, schöpften die mich begleitenden Diener keinen Verdacht. Von unserem schnell gesprochenen Griechisch verstanden sie ohnehin kein Wort. Beim dritten Mal nahm ich Philon mit, um, wie ich sagte, für ihn Ledersandalen zu kaufen. Wieder traf ich den Schiffsführer am Markt, sagte ihm, daß ich diesmal mitfahren wolle und befahl meiner Dienerin, inzwischen verschiedenes einzukaufen, denn Philon wolle so gerne das Schiff ansehen. Ich hatte mir eine einfältige Küchenmagd als Begleitung ausgesucht, die keinen Verdacht schöpfte. Daß Amasis nicht vor Abend zurückkam, wußte ich, doch ich wußte auch, wie leicht selbst ein Nil abwärts fahrendes Schiff mit einem schnellen Pferd einzuholen ist. Dieses Wagnis ging ich ein, doch ich sorgte auch vor. Nachdem wir einige Stunden auf dem Wasser waren, bat ich den Schiffsführer zu mir und erzählte ihm eine rührende Geschichte von einem Gelübde, das ich im Serapeion zu Alexandria erfüllen wolle, wofür aber mein Gatte kein Verständnis habe. Ich drückte ihm ein Goldstück in die Hand und nahm ihm das Versprechen ab, mich und Philon zu verleugnen, wo immer an den verschiedenen Hafenplätzen nach mir gefragt werden sollte. Zwei weitere Goldstücke stellte ich ihm in Aussicht, wenn wir in Alexandria anlegten. Wer widersteht schon der Sprache des Goldes?

In Herakleopolis, der Stadt des widderköpfigen Harsaphes, machte unser Schiff für einen Tag und eine Nacht halt, und hier war es, wo zwei berittene Knechte des Amasis auf sämtlichen Schiffen nach mir forschten. Ich saß unterdessen mit Philon im stickig heißen Frachtraum und beruhigte den Kleinen mit vielen Versprechungen, denn er war nahe daran, in Tränen auszubrechen. Meine flehentlichen Bitten an Hathor, die sanfte kuhköpfige Helferin der bedrängten Frauen, fanden Gehör. Der Schiffseigner hielt Wort. Zwar versuchte er mir später einzureden, die Knechte hätten ihm im Auftrag meines Gatten fünf Goldstücke und mehr geboten, doch davon glaubte ich kein Wort. Ich fragte ihn, ob er den Fluch des Serapis auf sich und sein Schiff laden wolle, denn mit einem Gelübde sei nicht zu spaßen. Schließlich nahm er in Alexandria die zwei Goldstücke, und wir schieden im besten Einvernehmen. Im Hathortempel fand ich deine Botschaft, Judas, und den Beutel mit Geld. Hättest du nichts für mich hinterlassen, ich wäre auch dann niemals zu Amasis zurückgekehrt. Lieber hätte ich mich in Alexandria als Magd verdingt, um mich und deinen Sohn zu ernähren.«

Nach diesem Bericht war ich tief beschämt.

»Ach, Nephris, du hast so viel für mich gewagt und auf dich genommen, und ich konnte so wenig tun.«

»Dafür wirst du ihr in Zukunft jeden Wunsch von den Augen ablesen!« sagte Petronius, und während er es sagte, begann im Garten eine Nachtigall ihr süßes Lied. Wir lauschten, bis sie verstummte, tranken vom Wein und waren glücklich.

Mein zaghafter Vorschlag, den Abend, jetzt wo er am schönsten sei, zu beschließen, stieß bei Petronius auf energischen Widerstand.

»Nein, mein lieber Fulvius, nein! Du wirst Nephris noch ein ganzes Leben lang für dich haben – heute gehört sie auch uns. Ich weiß deinen Faunsblick schon zu deuten, doch ich bitte dich, deine priapischen Gelüste zu zügeln, denn:

Häßlich und kurz nur ist die Freude des Beischlafs
und uns ekelt davor, sobald er vollzogen.
Wir wollen doch nicht wie brünstiges Vieh
uns jäh aufeinanderstürzen,
sondern so – ja so ohne Ende feiernd
wollen küssend wir beieinander liegen.
Dies strengt nicht an und bringt kein Erröten,
sondern erfreut uns nur – verlängert die Freude,
die, stets sich erneuernd, nimmer soll enden.«

»So häßlich sind die Freuden der Liebe auch wieder nicht«, widersprach Lydia.

Petronius küßte sie und sagte: »So wörtlich hat der Dichter es auch nicht gemeint.«

»Ein schönes Gedicht, von Catullus?« fragte ich.

Petronius rief empört: »Von mir! Eben erdacht!«

»Mir gefällt es, schreibst du es uns auf?« bat Nephris.

Welcher Dichter gehorcht nicht gerne solcher Bitte? Petronius schrieb es sogleich nieder und überreichte es Nephris. Dies waren nicht die ersten Verse meines Freundes, die ich hörte, und es sollten noch viele folgen. Ich habe sie alle getreulich gesammelt und mit denen, die er in seine satirischen Bücher einstreute, später herausgegeben. Ich weiß, daß nicht sie seinen Namen berühmt machten, sondern die sechzehn Bücher seiner Satiren, doch man darf die Gedichte auch nicht unterschätzen.

Petronius, der sich mehr und mehr daran gewöhnt hatte, die Nächte zu durchwachen und dafür bis weit in den Tag hinein zu schlafen, wurde nicht müde, uns immer wieder zuzutrinken, unsere Freundschaft zu feiern, die schöne Nacht zu preisen und Lydia zu küssen. Ich trank wacker mit, küßte Nephris, die längst mit dem Schlaf kämpfte, bis wir lange nach Mitternacht endlich in unsere Betten fanden. Zuvor hatten wir noch Pläne für den kommenden Tag gemacht. Nephris wollte, von Lydia begleitet, verschiedene Einkäufe erledigen, ehe wir nach Tibur gingen. Mir schlug Petronius vor, den Tag bei ihm zu Hause zu verbringen, da er mit mir wegen der Veröffentlichung meiner Bücher einiges besprechen wollte.

Zuviel Wein ist ein Feind der Liebe. Ich schlief an Nephris' Seite sofort ein, und als ich am Morgen meine Arme nach ihr ausstreckte, war ihr Bett leer, während die Sonne schon hoch am Himmel stand. Meinen Freund Petronius fand ich nackt am Rande des Schwimmbeckens bei gymnastischen Übungen.

»Wir werden nicht jünger, Fulvius, und müssen gegen die Trägheit unserer alternden Körper etwas tun. Also hinein mit dir ins Wasser und mindestens zehnmal auf- und abgeschwommen!«

Ich fügte mich, stieg in das noch kühle Wasser und schwamm mehrmals hin und her.

Als wir dann angekleidet und wunderbar erfrischt im Schatten beim Frühstück saßen, das eigentlich schon ein Mittagsmahl war, sagte Petronius: »Ich habe eine Überraschung für dich, komm mit!«

Er führte mich in den rückwärtigen Teil seines Gartens, wo zu meinem Erstaunen ein prächtiger, von einem Säulengang gesäumter Pavillon entstanden war.

»Du gehörst zu den ersten Besuchern meines privaten Museums – ich bitte einzutreten!«

Wir betraten eine lange, lichte Halle mit einem wunderschönen Mosaikboden, auf dem Taten des Herkules dargestellt waren. An den Wänden reihten sich auf marmornen Säulen zahlreiche Büsten von Dichtern und Philosophen, beginnend mit Homer und Sokrates, und mit Seneca bei der Gegenwart endend. Die großen griechischen Tragiker waren genauso vertreten wie die römischen Dichter Propertius, Sallustius, Catullus, Tibullus, Ovidius, Vergilius und Horatius.

»Bei den Historikern fehlt mir noch ein gewisser Fulvius Judas und bei den Satirikern ein Gaius Petronius, doch es ist genug Platz für weitere Büsten. Jetzt wirf noch einen Blick auf meine besondere Kostbarkeit.«

Er führte mich in ein kleines, von einem schmalen Fenster erhelltes Nebengemach, wo auf einem kunstvoll geschmiedeten, vergoldeten Bronzegestell eine herrliche, rötlichweiß schimmernde Achat-Vase in einer edlen altertümlichen Form stand. Das durchs Fenster einfallende Licht erzeugte ein seltsames Schimmern und Leuchten auf dem durchscheinenden Material. Außen waren in kunstvoll geschnittenen Bildern die Taten des Herkules dargestellt. Stolz wies Petronius auf das Prachtstück.

»Das ist meine murrinische Vase, sie soll aus dem Schatz des Mithridates stammen. Kaiser Claudius hat sie meinem Onkel für treue Dienste verehrt, und so ist sie durch Erbschaft an mich gekommen. Es gibt nur wenige davon in Rom, und sie sind sehr begehrt. Ein Kunsthändler hat mir 300 Talente dafür geboten, kannst du dir das vorstellen? Nun, ich werde sie behalten und meinen Kindern vererben, falls mir die Götter welche bescheren sollten. Schau dir diesen Glanz an! Sie wechselt ihr Aussehen zu jeder Tageszeit, das ist wie Magie. Claudius soll noch zwei ähnliche besitzen, doch niemand hat sie bis jetzt gesehen. So etwas hat Bestand. Paläste, Völker und Reiche vergehen, doch diese Vase wird in tausend, ja in fünf- oder zehntausend Jahren noch unverändert sein – falls niemand sie absichtlich zerstört. Bedenke das, Fulvius – zehntausend Jahre! Dagegen sind wir ein unbedeutendes Nichts, ein kurzes Aufflackern nur im steten Fluß der Zeit. Ich finde diese Vase so schön, daß ich sie am liebsten mit ins Grab nähme. Doch wem ist damit gedient? Man sollte solche Wunderwerke lange betrachten und dann zerschlagen. Vielleicht zerschlage ich sie einmal – oder mein Sohn tut es oder mein Enkel – wer weiß?«

Heute weiß ich, wie prophetisch diese Worte waren, denn er selber sollte dieses Wunderwerk zerstören – er selbst! Und ich war zugegen …

Damals aber stand ich staunend vor dem Kunstwerk und beglückwünschte Petronius zu seinem Besitz.

Dann gingen wir zurück in den Büstensaal, wo Petronius mich auf die Wandfresken aufmerksam machte: »Ein junger, noch wenig bekannter Künstler hat sie gemalt – Ornamente, Figuren, Landschaften, Tempel und statuengeschmückte Gärten. Sein Pinsel bewältigt jedes Thema. Der Maler heißt Fabullus und stammt aus Praeneste. Ich scheue mich nicht, ihm eine große Zukunft zu prophezeien!«

Auch damit sollte Petronius recht behalten, denn Fabullus schuf später den Wandschmuck für Neros Goldenes Haus, was durch Petronius' Vermittlung geschah.

Danach gingen wir zum Haus zurück.

»Nun zum wichtigeren Thema! Du brauchst einen Verleger. Schreibst du deine Arbeiten selber ins reine oder diktierst du sie gleich mehreren Kopisten?«

Ich zuckte die Schultern. »Beides wäre möglich. Mir fiele es allerdings leichter, zuerst die Sache ganz allein fertigzustellen. Um die Kopien soll sich dann der Verleger kümmern. Wen schlägst du vor?«

»In Frage kämen eigentlich nur Tryphon oder Atrectus. Tryphon hat mehr Einfluß, er kennt sämtliche Bibliothekare und hat einen großen Kundenstamm. Wenn du soweit bist, werde ich mit ihm reden. Jetzt aber schlage ich vor, daß wir uns für ein Stündchen aufs Ohr legen und ruhig abwarten, bis unsere Frauen uns wecken.«

4

So zog ich mit Nephris und meinem Sohn Philon in das neuerbaute Landhaus bei Tibur. Nephris stellte natürlich nach Art der Frauen alles wieder um, schied manches aus und kaufte vieles hinzu. Ich erwarb eine Anzahl kräftiger Sklaven als Landarbeiter, stellte erfahrene Aufseher an und überzeugte mich, daß diese Menschen in ihrem Wohnhaus menschenwürdig untergebracht waren. Ich habe die bei Jonas erhaltene Lehre immer beherzigt und kann nur sagen, daß sie mir niemals zum Nachteil gereichte. Jedem meiner Sklaven wurde versichert, daß er nach fünf Jahren ohne Gegenleistung die Freiheit erhalte. Wer dann für den üblichen Lohn bei mir weiterarbeiten wollte, der könne dies tun, falls der Aufseher damit einverstanden sei. Nicht jeder eignet sich zur Landarbeit, einer meiner früheren Sklaven führt jetzt in Rom ein beliebtes Gasthaus.

Es folgten glückliche Jahre, und Nephris wurde vor dem Gesetz meine Frau. So kam sie zu ihrem dritten Namen und ist bis heute meine geliebte Fulvia geblieben. Ich habe mir reiflich überlegt, ob ich es verantworten könne, mit der Frau eines anderen die Ehe zu schließen, und ich bekenne ganz offen, daß ich, gegen Fulvias Wunsch, ohne irgendwelche Bedenken den Ehekontrakt unterzeichnete. Meine späteren Nachforschungen ergaben, daß Amasis vier Jahre nach unserer Heirat starb. Übrigens hatte auch er nochmals geheiratet, und zwar seine von Fulvia erwähnte junge Geliebte.

Meine Fulvia gebar mir zehn Monate nach ihrer Ankunft in Rom ein Mädchen, das schon wenige Wochen später aus unseren Händen in die des Schöpfers zurückglitt. Dann kam Demetrius, mein zweiter Sohn, zur Welt, und er wuchs zu unserer Freude kräftig und gesund heran. Warum aber soll ich euch, meinen Söhnen, euer eigenes Leben schildern? Ihr sollt das eueres Vaters weiter kennenlernen.

In ruhiger, stetiger Arbeit vollendete ich in Tibur meine Geschichte der römischen Provinzen und übergab sie dem Verleger Tryphon zum Kopieren und zum Verkauf.

Mit Stolz und Freude durfte ich erleben, wie die Frucht so

vieler Arbeitsjahre in die Bibliotheken gelangte, hörte Lob und Tadel, erfuhr Neid und Anerkennung, mußte mir angebliche und tatsächliche Fehler vorhalten lassen und hatte doch erreicht, was ich als mein Ziel sah: In Rom sprach man von dem Historiker Fulvius Judas, man zitierte aus meinen Büchern, und andere Historiker benutzten sie für ihre eigenen Arbeiten.

Petronius sah ich in dieser Zeit selten, doch wenn er nach Tibur kam, blieb er einige Tage als mein lieber Gast, und wenn ich mich in Rom aufhielt, wohnte ich unter seinem Dach. Von ihm erfuhr ich dann immer die wichtigsten Neuigkeiten.

Eines Tages empfing mich Petronius mit den Worten: »Jetzt hat es Agrippina endlich erreicht. Der Kaiser hat vor zwei Tagen die Adoptionsurkunde unterzeichnet. So ist nun aus Lucius Domitius Ahenobarbus ein Nero Claudius Drusus Germanicus Caesar geworden. Ich kann dir sagen, dieses dreizehnjährige Bürschchen ist ungeheuer begabt, liebenswürdig, schlau und durchtrieben zugleich. Ein würdiger Sohn seiner Mutter. Noch dazu genießt er den Vorzug, Seneca als Lehrer zu haben. Manchmal leert eben die ansonsten recht zurückhaltende Fortuna ihr ganzes Füllhorn über einen einzigen Menschen aus. Ob Claudius' eigener Sohn, der sanfte und gutmütige Britannicus, dabei nicht zu kurz kommt? Nun, wir werden sehen.«

Petronius hielt mich auch sonst über alle Geschehnisse am kaiserlichen Hof auf dem laufenden, und es zeigte sich immer mehr, daß Claudius bei all seinen Vorzügen doch der alten kaiserlichen Krankheit nicht entging: dem Mißtrauen. Appius Silanus, den Vater seines Schwiegersohnes Lucius Silanus, den Verlobten seiner Tochter Octavia, Pompeius, den Mann seiner Tochter Antonia und noch weitere entfernte Verwandte, dazu über dreißig Senatoren und etwa dreihundert Ritter ließ er bedenkenlos aufgrund vager Anschuldigungen hinrichten. Im Grunde war es so, daß Messalina oder einer seiner Sekretäre nur einen Verdacht zu äußern brauchten, worauf der willenlose und zerstreute Kaiser sogleich die ihm vorgelegten Todesurteile unterschrieb. Mit fortschreitendem Alter wurde immer deutlicher, daß Claudius seinem hohen Amt nicht gewachsen war. Mehr und mehr schien er der Gegenwart entrückt. Nicht selten lud er zu den ihm teuren großen Gastmählern Leute ein, deren Todesurteil er schon vor Wochen unterschrieben hatte. Einige Tage nach Messalinas Tod fragte er, warum sie nicht zum Essen erscheine. Agrippina, seine neue Gemahlin, beherrschte ihn völlig. Von scharfer, durchdringender Intelligenz, gab diese Frau – im Gegensatz zu Messalina – sich keine Blöße. Sie war so herrschsüchtig wie Messalina sittenlos, so geldgierig und hochmütig wie ihre Vorgängerin verschwenderisch und bedenkenlos gewesen war. Ihr eigentliches Ziel wurde schnell durchschaut: Nero sollte Claudius' Nachfolger werden.

Sie wurde dabei von vielen unterstützt, da Nero sich überall beliebt zu machen verstand, während Britannicus wie ein undeutlicher Schatten im Hintergrund blieb, denn ihm, als des Kaisers leiblichem Sohn, fehlte die Fähigkeit, sich Anhänger und Freunde zu schaffen. Er litt gelegentlich an epileptischen Anfällen und neigte dadurch eher zu einem zurückgezogenen Leben, was einem künftigen Herrscher nicht förderlich sein kann.

Petronius und die meisten der jüngeren Senatoren standen mit ganzem Herzen auf Neros Seite, in den sie alle Hoffnung für die Zukunft setzten. Wie ahnungslose Lämmer wählten sie einen reißenden Wolf zu ihrem Hirten. Agrippina, der Claudius ebenso verfallen war wie ihrer Vorgängerin, setzte Schritt um Schritt ihre Pläne durch. So wurde Nero auf ihr Betreiben vor der Zeit für mündig erklärt. Bei diesem feierlichen Akt hielt Nero auf dem Forum eine mitreißende Rede, versprach dem Volk eine Naturalspende und den Soldaten ein Geldgeschenk, hielt mit den Prätorianern eine glänzende Parade ab, die er selber kommandierte. Leuchtenden Auges blickten alle zu dem kaum dem Kindesalter entwachsenen Jüngling auf, der seine Rolle so gut spielte, daß alle begeistert waren. Im Grunde war Nero der geborene Schauspieler und hätte, wäre er nicht Kaiser geworden, in diesem Beruf leicht sein Brot verdienen können. Natürlich versäumte er es nicht, vor dem Senat eine geschliffene, vermutlich von Seneca ausgearbeitete Dankesrede an Claudius zu halten. Wenig später heiratete er Octavia, die Tochter von Claudius und Messalina, also seine eigene Stiefschwester.

Claudius aber stand im Widerstreit der Interessen und verlor allmählich die Übersicht. In lichten Momenten schien er seine Heirat mit Agrippina und Neros Adoption zu bereuen, ließ häufig seinen eigenen Sohn kommen und bezeichnete Britannicus auch mehrmals als den künftigen Kaiser. Damit war für Agrippina der Zeitpunkt zum Handeln gekommen. Während der Kaiser wegen seiner verschiedenen Leiden die Heilquellen von Sinuessa aufsuchte, spann Agrippina ihre tödlichen Pläne. Es ist auch heute noch nicht mit endgültiger Sicherheit zu sagen, wie Claudius wirklich starb. Jedenfalls besteht kein Zweifel mehr, daß Agrippina ihn umbringen ließ. Die wahrscheinlichste Version scheint mir diese, daß Agrippina dem Kaiser nach seiner Rückkehr aus Sinuessa ein von Locusta bereitetes Gift in einer seiner Lieblingsspeisen verabreichte. Der Vorkoster Halotus, ein Eunuche, war mit im Bund und praktizierte das Gift in die Mahlzeit, worauf Claudius bewußtlos wurde. Als er aber wieder zu sich kam, wurde sein ebenfalls eingeweihter Arzt Xenophon geholt, der dem Kaiser, um ihm scheinbar das Erbrechen zu erleichtern, eine mit Gift bestrichene Feder in den Schlund einführte.

Während Claudius im Sterben lag, umarmte Agrippina weinend Britannicus, wodurch sie ihn und die Schwestern des Kaisers im Sterbezimmer zurückhielt. Nero aber war mit Burrus, dem Prätorianerpräfekten, schon auf dem Weg ins Soldatenlager, gab mit betrübter Miene bekannt, daß der Kaiser eben verstorben sei, und versprach beträchtliche Geldgeschenke. Einige fragten nach Britannicus, doch die meisten jubelten ihm zu und begrüßten ihn als neuen Augustus.

Heute kennt man die Zusammenhänge und darf sie gefahrlos schildern, damals aber wurden Senat, Prätorianer und Volk geschickt getäuscht. Auch war man des wankelmütigen, von seinen Sekretären beherrschten Claudius schon überdrüssig geworden und begrüßte Nero, von dem nur Gutes bekannt war, als die neue Hoffnung des Reiches.

Seneca, der damals noch glauben durfte, daß aus seinem Schüler ein vorbildlicher Herrscher werden würde, schrieb das bekannte Huldigungsgedicht:

»Er wird der leidenden Menschheit
die glücklichen Jahrhunderte wiedergeben …«

Dieser festen Meinung war auch Petronius, der uns in Tibur wenige Tage nach Claudius' Tod besuchte. Er lachte und strahlte.

»Ich bin glücklich, Rom ist glücklich, und ihr sollt es auch sein. Fulvius, jetzt beginnt wirklich das Goldene Zeitalter. Ein Schüler unseres Seneca wird Kaiser! Nero ist allen schönen Künsten zugetan, besonders aber der Dichtung – er selber schreibt Verse, malt, bildhauert, spielt mehrere Musikinstrumente und ist jetzt schon der Abgott des Volkes. Kein neuer Caligula, da seien die Götter vor, ein neuer Augustus ist uns geschenkt. Er hat für seine Regierung das Losungswort bekanntgegeben und es lautet: Clementia! Ja, Milde und Gerechtigkeit werden von nun an durch ihn herrschen, nicht aber ein paar ehemalige Sklaven und geile, ehrgeizige Weiber. Claudius hat viel getan für Rom, doch seine letzten Jahre waren schlechte Jahre. Also freuen wir uns!«

Auch ich ließ mich mitreißen, holte meinen besten Wein aus dem Keller und trank mit Petronius auf ein langes Leben des neuen Kaisers.

Während Caligula, an dessen Herrschaft sich ähnliche Hoffnungen knüpften, schon bald sein wahres Wesen gezeigt hatte, schien Nero in seinen ersten Regierungsjahren alle in ihn gesetzten Erwartungen zu erfüllen.

Er verfügte spürbare Steuererleichterungen, ließ an Bedürftige Getreide verteilen, sprach leutselig mit jedermann, ließ keine Bittschrift unbeantwortet und rief, als er seine ersten Todesurteile zur Unterschrift vorgelegt bekam: »Ach, könnte ich nur nicht schreiben.« Für alle Gebildeten war in diesem Verhalten ganz deutlich der Einfluß Senecas zu erkennen.

Ich muß allerdings gestehen, daß mich damals die Ereignisse in Rom nur wenig berührten. Fulvia und ich führten das ruhige, ausgeglichene Leben sorgloser Gutsbesitzer, die sich täglich mit dem heiteren Bewußtsein schlafen legten, daß an den Ölbäumen die Frucht reifte, daß die Weinstöcke grünten und das Gemüse, sorgsam bewässert, ausgezeichnet gedieh.

Petronius aber wurde vom Hofleben immer stärker in Anspruch genommen. Nero hatte ihn von Anfang an in seinen engeren Kreis gezogen, weil er in ihm den Dichter und weitgereisten Mann schätzte. Mein Freund bot mir an, mich durch seinen Einfluß an den Hof zu ziehen, mir irgendein Amt zu verschaffen, doch ich lehnte ab.

»Habe keine Bedenken«, suchte Petronius mich zu gewinnen, »Nero ist ohne Vorurteile und sogar ausgesprochen judenfreundlich eingestellt. Auf deine Geschichtswerke werde ich ihn bei nächster Gelegenheit hinweisen. Du mußt unbedingt dabeisein, wenn wir das neue Rom schaffen. Und vergiß nicht: Seneca, den du nicht weniger verehrst als ich, ist der vertrauteste Ratgeber des Kaisers, der ohne ihn nichts unternimmt.«

Ich bedankte mich bei Petronius für das Angebot:

»Es ist sehr freundlich von dir, mich am Kaiserhof einführen zu wollen, doch du weißt, daß mein Ehrgeiz seine Grenzen hat. Meine Familie, mein Landgut, meine Arbeit – darüber hinaus habe ich keine Wünsche. Falls du dem Kaiser meine Bücher empfiehlst, so habe ich nichts dagegen und bedanke mich. Laß uns Freunde bleiben wie bisher – das ist mir genug.«

Petronius umfing liebevoll meine Schultern. »Dächten nur alle wie du! Seit man weiß, daß der Kaiser mich zu seinen Vertrauten zählt, besitze ich mehr Freunde als Haare auf dem Kopf.«

»Du wirst Freunde von Freunden unterscheiden können. Hat eigentlich Claudius' leiblicher Sohn noch Anhänger?«

Petronius hob die Schultern. »Über ihn weiß man wenig. Britannicus ist erst vierzehn und wäre schon deshalb als Nachfolger nicht in Frage gekommen. Es heißt, er sei nicht gesund und lebe sehr zurückgezogen. Nero spricht immer sehr liebevoll von ihm und versäumt es nur selten, zumindest einmal täglich mit ihm die Mahlzeiten einzunehmen. Man munkelt, daß die Ärzte ihm kein langes Leben geben.«

Petronius konnte damals freilich nicht wissen, daß Nero selbst diese Gerüchte in Umlauf gesetzt hatte, um seinen Mordplan leichter ausführen zu können. Als die Wahrheit ans Licht kam, war sie schrecklich genug.

Nero hatte wieder einmal die vielfach erprobte Locusta zu sich bestellt. Der klug erdachte, heimtückische Plan gelang. Britannicus nahm auf Anordnung der Ärzte zum Abendessen regelmäßig einen heißen Stärkungstrank aus Wein und Honig zu sich. An diesem Abend ließ Nero den Trank so heiß servieren, daß Britannicus sich vom Vorkoster kaltes Wasser zugießen ließ. In diesem Wasser aber befand sich das Gift, so daß niemand auf den Gedanken kam, das vom Vorkoster schon erprobte heiße Getränk könnte schädlich gewesen sein. Britannicus sank vom Stuhl und krümmte sich am Boden mit blutigem Schaum vor dem Mund. Nero blieb völlig gelassen, erwähnte die gelegentlichen epileptischen Anfälle seines Bruders und meinte, dieser werde sich gewiß schnell wieder erholen. Doch Britannicus starb und wurde noch in derselben Nacht bei strömendem Regen verbrannt und im Augustusmausoleum beigesetzt.

Neros Mutter Agrippina war in den Mordplan nicht eingeweiht, hatte Britannicus auf ihre Art sogar geliebt und zürnte deshalb ihrem Sohn, dem sie die Tat sofort auf den Kopf zusagte. Britannicus' Schwester Octavia, Neros Frau, schwieg aus Furcht. Von da an mißtraute Nero seiner Mutter, richtete ihr eine eigene Hofhaltung ein, um sie zu isolieren und dadurch besser überwachen zu können, wenn er auch der Öffentlichkeit, glänzender Schauspieler, der er war, den besorgten und liebenden Sohn vorgaukelte. Ich muß immer wieder erwähnen, daß außer einigen unbestimmten Gerüchten nichts von Neros wahrer Natur während der ersten fünf Jahre seiner Herrschaft in die Öffentlichkeit drang. Das Volk liebte diesen Herrscher, und Nero tat, von Seneca maßvoll und gut beraten, alles, um sich diese Liebe zu erhalten.

Kein Herrscher vor ihm hatte so eifrig öffentliche Spiele

veranstaltet, hatte so häufig Geschenke an das Volk verteilt. In Rom löste eine Lustbarkeit die andere ab, wobei Kosten und Mühen nicht gescheut wurden. Neros Einfall, bei von ihm veranstalteten Theater- und Circusspielen Gutscheine zu verteilen, wurde so begeistert aufgenommen, daß der junge Kaiser dabei jedes Maß verlor. Anfangs gab es nur Getreide, Kleider, Vieh oder ein paar Sesterzen zu gewinnen, später wurden sogar Sklaven, Edelsteine, Goldbarren, silbernes Tafelgeschirr, ja sogar ganze Schiffe und Mietshäuser verschenkt. Dann führte er die nach ihm benannten Neronischen Spiele ein, die aus Gymnastik, Pferderennen und musischen Wettbewerben bestanden. Der Kaiser selbst trat mit der Leier auf die Bühne, trug seine Dichtungen vor und trat als Bewerber in Beredsamkeit auf. Aus Freude, Dankbarkeit und natürlich auch aus Liebedienerei wurden ihm in allen Disziplinen Siegeskränze zuerkannt.

»Ich weiß, daß dies vielen mißfällt«, sagte Petronius, als ich ihn in Rom besuchte, »doch wem schadet es? Nero vernachlässigt darüber keineswegs die Staatsgeschäfte, was du an den vielen neuen und meist recht guten und notwendigen Gesetzen erkennen kannst. Erst kürzlich hat er eine Dankadresse des Senats mit den Worten zurückgewiesen: ›Erst wenn ich es mir verdient habe.‹ So etwas hat Gewicht, daran magst du den Unterschied zu einem Caligula erkennen. Aus solchen Worten spricht der Geist des Augustus. Ich bin dem Kaiser oft nahe und beobachte seine Umgebung genau. Ich versichere dir bei meiner Ehre, daß er jedem offen und frei ins Gesicht blickt, daß jeder in seiner Gegenwart fröhlich und ohne Furcht ist. Agrippina hat leider einen Klüngel Unzufriedener um sich geschart, doch Nero duldet es, denn sie ist seine Mutter, und er liebt sie. Was immer sonst darüber geschwätzt wird, glaube es nicht, vertraue mir, deinem Freund.«

Ich blickte Petronius erstaunt an.

»Aber warum verteidigst du Nero denn immer? Habe ich jemals einen Verdacht geäußert, ein böses Wort über ihn gesagt? Du weißt, daß mir Haus, Familie und Arbeit alles bedeuten. Was Rom betrifft, so freut es mich vor allem, die Bibliotheken jedesmal an ihrem Platz zu finden und dich gesund wiederzusehen.«

Jetzt war es an Petronius, erstaunt dreinzublicken.

»Eigentlich hast du recht. Warum nur verteidige ich ihn ständig, da gerade er es doch nicht nötig hat? Vielleicht tue ich es, um Senecas Erziehung und meine Anwesenheit bei Hof zu rechtfertigen. Wer einem schlechten Herrn dient, ist selber schlecht, darauf geht es hinaus. Wenn ich also Nero verteidige, verteidige ich zugleich auch mich und mein Amt.«

»Eine gute Erklärung und sie leuchtet ein. Wie geht es Lydia?«

Petronius seufzte: »Die Arme sieht mich leider recht selten, da der Kaiser mich gerade oft nachts zu sehen wünscht. Nero schläft häufig weit in den Tag hinein, weil er meist erst nach Sonnenuntergang für seine Liebhabereien Zeit und Muße findet. Dabei hat er dann gerne seinen Freundeskreis um sich.«

Ich muß dazu bemerken, daß Petronius damals noch nicht zu Neros engstem Kreis zählte. Erst nachdem er Proconsul von Bithynien gewesen war und einige Monate das Konsulat innehatte, wurde er zum Vertrauten des Kaisers. Er wußte, wie gefährlich dieser Weg war, und betrat ihn doch: furchtlos und unbekümmert.

Um Neros Charakterbild abzurunden, soll noch von seiner vielgerühmten Leutseligkeit die Rede sein und von dem im Volk verbreiteten Glauben, der Kaiser kenne wunderbarerweise die Namen der meisten Römer. Mit einem Blick auf spätere Ereignisse möchte ich bemerken, daß weder Muttermord noch sonstige Schandtaten dieses gute Verhältnis zum einfachen Volk trüben konnten. Es waren nicht nur die unter seiner Regierung überreichlich an das Volk verteilten Geschenke, es war vor allem auch seine schlaue Regel, sich niemals am einfachen Bürger zu vergreifen. Der Pöbel ist ja weit eher geneigt, Beifall zu spenden, wenn ein Senatorenkopf in den Sand rollt oder ein Centurio der Leibgarde seinen angeblichen Verrat mit dem Leben bezahlen muß, als eine solche »Gerechtigkeit« anzuzweifeln oder gar die Betroffenen zu bedauern. Der niemals bewiesene Brudermord an Britannicus war schnell vergessen, der spätere Mord an der allgemein verhaßten Agrippina galt dem Volk als ein Akt der Gerechtigkeit, denn sie war es ja, die ihrem Sohn nach dem Leben trachtete, was vielleicht gar nicht einmal falsch war. Und sonst? Nun, schließlich war es des Kaisers gutes Recht, sich gegen Anschläge und Verrat zu wehren, traf es doch fast immer nur irgendwelche hohen Herren, die jeder, der unten war, gerne stürzen sah.

Der respektlose römische Pöbel ließ es freilich seinem kaiserlichen Wohltäter gegenüber an Spottreden und Schmähungen nicht fehlen. Dies ging manchmal so weit, daß Straßenkomödianten vor dem grölenden Volk Neros watschelnden Gang, seine Freßlust und seine Kurzsichtigkeit pantomimisch nachahmten und ihn in langen Spottgedichten das nannten, was er später tatsächlich war: einen sich in Unzucht wälzenden, mit zahlreichen Mordtaten befleckten Verbrecher. Caligula hätte solche Verunglimpfungen grausam gerächt, selbst Claudius war dagegen sehr empfindlich. Nero aber hat diese Dinge gleichmütig, ja sogar mit verständnisvollem Spott hingenommen. Was einigen der schlimmsten Lästerer gelegentlich zustieß, war eine milde kurzfristige Verbannung. Ich möchte bei dieser Gelegenheit daran erinnern, daß Caligula den Verfasser eines harmlosen Spottgedichtes im Amphitheater lebendig verbrennen ließ.

Auf dem Weg in den Circus oder ins Theater geschah es häufig, daß Bittsteller sich vor Neros Sänfte zu Boden warfen, ungeachtet der von den Prätorianern mit flacher Klinge reichlich ausgeteilten Hiebe. Ich wurde selber einmal Zeuge eines solchen Vorfalls.

Nero ließ anhalten, fiel seiner Leibwache in den Arm, tadelte sie laut wegen ihrer Roheit und ging dann furchtlos unter das herandrängende Volk. Er wußte recht gut, daß er unter diesen Menschen sicherer war als in seinem Palast, sicherer als im Senat oder im Circus.

Ich sah, wie ein verwahrlostes altes Weib sich mit schrillen Rufen einen Weg bahnte, vor Nero zu Boden sank und wirre Klagen ausstieß, über die Hartherzigkeit ihrer Kinder, die sie, eine arme Witwe, verhungern ließen, die hohnlachend zusahen, wie ihre Mutter am Bettelstab ging.

Nero hörte sich alles ruhig an und sagte schließlich mit weithin vernehmbarer Stimme: »Steh auf, Sabina, du bist eine Römerin und sollst vor deinem Kaiser nicht knien. Wenn der König von Armenien dies tun muß oder der Fürst von Judäa, so gilt es doch nicht für euch, ihr Kinder unseres stolzen Reiches, ihr Söhne und Töchter unserer glänzenden Stadt. Erhebe dich also, Sabina, und sei gewiß, daß der Kaiser alle Not von dir nimmt.«

Nero sprach mit tönender, weithin tragender Stimme, deren gründliche Schulung ihm jetzt zugute kam, und er unterstrich seine Worte mit beredten Gesten, nicht anders als bei seinen Bühnenauftritten.

Im Volk, das vor Ehrfurcht verstummt war, hub jetzt ein Raunen an. Wie konnte der Kaiser den Namen der Alten wissen? Wie liebevoll hatte er ihr zugehört, wie schnell Hilfe versprochen!

Heil dir, göttlicher Augustus! Heil! Heil! So donnerte es bald von allen Seiten, und Nero schritt würdevoll zu seiner Sänfte zurück.

Petronius erzählte mir später, daß diese Auftritte sorgsam einstudiert waren, wobei die durchaus echten Bittsteller unbewußt zu Akteuren einer solchen Komödie wurden. Daß Nero wunderbarerweise immer die Namen der Leute kannte und somit den Eindruck erweckte, das Volk von Rom sei für ihn wie eine große geliebte Kinderschar, war nicht einer göttlichen Eingebung, sondern flinken Leibgardisten zu verdanken, die schnell den Namen eines sich mühsam herandrängenden Bittstellers in Erfahrung brachten und wenn sie sicher waren, gerade nur diesen durchließen, während dem Kaiser der Name blitzschnell ins Ohr geflüstert wurde. Auch hatte Nero Anweisung gegeben, möglichst sehr alte oder sehr junge, also besonders hilflos erscheinende Bittsteller vorzulassen.

Solche Auftritte beeindruckten das Volk weit mehr als die Circusspiele. Für das Volk wurde Nero wirklich zum Gott, ohne daß es eines Senatsbeschlusses oder irgendwelcher Befehle bedürft hätte. Es ist deshalb nicht verwunderlich, daß viele Menschen noch immer zu seinem Grabmal pilgern, um dort Blumen niederzulegen oder Gebete zu verrichten. Für sie ist Nero kein blutrünstiges Scheusal, sondern ein göttlicher Wohltäter gewesen, dessen man sich dankbar erinnert.

5

Bis heute rechne ich es zu den wunderlichsten Ereignissen meines Lebens, daß mir in Rom meine unvergessenen Jahre an der Seite Jesu Christi wieder lebendig wurden.

Eli, mein vertrauter Diener aus Judäa, gab dazu den Anstoß. Er hatte sich vorbildlich in unser friedliches Landleben eingefügt, diente mir wie Fulvia treu und ergeben, war zum unentbehrlichen Helfer in allen häuslichen Dingen geworden. Kam der Regen durchs Dach, stieg Eli hinauf und behob den Schaden. Ging der Honig zur Neige, schaffte Eli in wenigen Stunden neuen herbei. Begab sich Fulvia zum Markt, war Eli an ihrer Seite. Alle Welt beglückwünschte uns zu diesem treuen Sklaven, und ich mußte aller Welt versichern, daß Eli ein freier Mann war und uns aus freien Stücken diente. Dann aber kam eine Zeit, da er Sehnsucht nach der Glaubenswelt seiner Väter empfand und mich schließlich bat, ihn gelegentlich nach Rom zu beurlauben, damit er wenigstens die hohen Festtage nach jüdischer Weise feiern konnte. Ich hatte keineswegs die Absicht, ihn zum freien Denken nach meiner Art zu erziehen, da ich sein tiefes und echtes Bedürfnis nach Religion spürte und achtete.

So verbrachte er die Osterwoche, das Purim- und das Laubhüttenfest in Rom bei seinen Glaubensgenossen. Als er eines Abends von einem solchen Fest zurückkehrte, suchte er mich sogleich auf.

»Herr, ich habe bei den Juden Seltsames erlebt. Nicht alle

feiern die Feste nach alter Art und erwarten in naher oder ferner Zeit die Ankunft des Messias. Eine kleine Gruppe von ihnen hält den Messias schon für gekommen und lehrt ganz neue Dinge! Sie nennen sich Christen nach einem unter Pilatus gekreuzigten Jesus Christus, der vom Tod auferstanden sein soll und den sie für den Messias halten. Wer sich zu seinen Lehren bekennt, wird in Wasser getaucht, was ihn von allen Sünden reinigt und in ihre Gemeinschaft aufnimmt. Das Seltsame dabei ist, daß sie jeden aufnehmen, ob Jude, Römer oder Grieche, ob Sklave oder Freigelassener, denn, wie sie sagen: vor Gott sind alle Menschen gleich – Herr und Knecht, arm und reich. Die gläubigen Juden wenden sich von ihnen ab, verbieten ihnen die Synagoge und behandeln sie wie Ausgestoßene. Der mich aufklärte, war vor kurzem ein heimlicher Christ geworden und sprach mit solchem Eifer, daß ich es dir deiner Wissenschaft wegen erzählen wollte.«

Ich weiß nicht, ob es mir gelang, mein Erstaunen zu verbergen, denn ich hatte niemals daran gedacht, daß die Lehre Jesu in Rom Fuß fassen könnte. Eli aber dankte ich für seinen Bericht.

»Du hast mir wirklich einen Dienst erwiesen; denn was du mir erzählst, ist tatsächlich von Wert für meine Forschungen, die sich ja auch auf die Religionen der Völker erstrecken. Falls es dir möglich ist, bleibe in Verbindung mit diesem Mann und versuche, Weiteres zu erfahren. Du kannst in dieser Sache nach Rom gehen, wann immer du willst.«

Eli, der meinen Forscherdrang kannte und auf die Bücher seines Herrn nicht weniger stolz war als dieser selbst, freute sich meines Auftrags und versprach weitere Nachrichten.

Um es kurz zu machen: Eli wurde Christ. Ich weiß nicht genau, wann und wie es geschah, doch hatte es ihm die Lehre von der Gleichheit der Seelen vor Gott angetan. Er wurde Christ, doch er blieb auch mein treuer Diener und hegte lange die Hoffnung, mich für die neue Lehre zu gewinnen.

»Glaube ja nicht, daß nur Sklaven und kleine Leute zu uns gehören! Die Frau eines Ritters ist dabei, ein Beamter und ein sehr reicher Salbenhändler. Sie alle vertrauen auf Christus und wollen das Himmelreich gewinnen. Gewinne du es doch auch!«

Meine lächelnde Abwehr konnte ihn nicht beirren, er wollte die Seele seines Herrn retten.

Ein anderes Mal sagte er betrübt: »Ich mag es kaum aussprechen, doch der Verräter unseres Herrn Jesus Christus hieß Judas, wie du, und er stammte aus Chariot. Kanntest du ihn?«

Zum Glück wußte Eli nichts von der Herkunft meiner Familie, denn ich hatte immer nur Jerusalem oder Judäa als meine Heimat bezeichnet, und im Hause meiner Schwester hatte er offenbar nichts davon erfahren. So antwortete ich: »Judas ist, wie du weißt, in unserer Heimat ein sehr häufiger Name.«

Eifrig pflichtete er mir bei: »So ist es! Auch ein anderer Jünger Christi hieß Judas, er gehörte zu den zwölfen, die der Herr sich auserwählte.«

Ich bat Eli zu erkunden, ob es möglich sei, daß ich einer Zusammenkunft der Christen beiwohnen dürfe.

»Ich bin noch nicht getauft, aber sowie ich's bin, habe ich das Recht, dich einzuführen. Es soll mit Freuden geschehen!«

Mein guter Eli sah mich schon als neues Mitglied seiner Gemeinde und hat seine Hoffnung bis heute nicht aufgegeben.

Einige Zeit später verschaffte mir Eli Zutritt zu einer christlichen Versammlung. Er führte mich auf meinen Wunsch unter dem Namen Fulvius Simon ein und nannte mich einen aus Jerusalem stammenden römischen Bürger. Da ich ungetauft war, durfte ich am Herrenmahl, also der eigentlichen Kultfeier, nicht teilnehmen, doch zum Freundschaftsmahl war ich zugelassen.

Um Ungleichheiten zu vermeiden, steuerte jeder nach Kräften mit Brot, Wein, Fisch, Käse und Fleisch dazu bei. Die Armen waren auch ohne Gabe willkommen. Das Mahl fand in einem niedrigen, doch sehr weitläufigen unterirdischen Raum oder Keller statt, der verborgen unter einem bescheidenen Wohnhaus an der Appischen Straße lag. Etwa vierzig Personen nahmen daran teil, überwiegend Frauen, auch einige Kinder. Eli saß mir gegenüber an der langen Tafel und blickte mich stolz an, als wollte er sagen: Sieh nur, wie schön es bei uns ist, und freue dich dabeizusein. Während des Essens wurde ungezwungen über vieles gesprochen, was die junge Christengemeinde beschäftigte. Häufig war von Paulus die Rede, der offenbar einige Briefe an die römischen Christen gerichtet hatte, aus denen immer wieder einzelne Stellen zitiert und diskutiert wurden.

Ein älterer Mann rief empört: »Paulus hat schon mehrmals gegen die Beschneidung gepredigt! Was unterscheidet uns dann von den Heiden?«

Ein bleicher, schlanker und noch sehr junger Mann, den sie Linus nannten, antwortete ihm ruhig: »Der Glaube an Christus, mein Freund. Er unterscheidet uns von den Heiden wie auch von den Juden, und wir sollten es deshalb auch halten wie die in Ephesus und Antiochia: Wir sollten unseren Feiertag auf den Sonntag verlegen. Mögen doch die Juden weiterhin ihren Sabbat feiern.«

»Die Griechen!« warf ein anderer erregt ein. »Die Griechen feiern den Sonntag, weil es der Tag des Helios ist, ihres alten Sonnengottes. Soll nun deshalb unser heiliges Herrenmahl nicht mehr am Sabbat stattfinden, wie heute und seit je? Petrus hätte gewiß nichts dagegen. Wir müssen ihn sogleich fragen, wenn er eintrifft. Immerhin war er es, der den Herrn zu Lebzeiten begleitet hat, und nicht Paulus, der Grieche!«

»Ihr gebt unserem Gast ein schlechtes Beispiel«, meldete sich eine Frau zu Wort und blickte mich freundlich an.

Nun schien man auch meine Meinung hören zu wollen. Ich erhob mich und sagte: »Liebe Freunde, zuerst möchte ich euch für die Einladung danken. Euren Reden entnehme ich, daß in manchen äußeren Dingen Uneinigkeit herrscht. Gestattet einem Fremden, der euch freundlich gesinnt ist und aus der Stadt stammt, wo Jesus Christus am Kreuz starb, einige offene Worte. Ist es denn so bedeutsam, ob einer beschnitten ist oder nicht, wenn er euren Glauben an Jesus teilt? Scheint es euch nicht unerheblich, ob ihr den wöchentlichen Festtag am Sabbat oder am Sonntag feiert? Den Griechen ist nun einmal der Tag des Helios als Feiertag vertraut wie den Juden der Sabbat. Ihr aber wollt doch weder zu Helios beten noch auf alte jüdische Art den Sabbat begehen. Hat Christus oder einer seiner Jünger darüber eine besondere Weisung gegeben?«

Jetzt redeten alle durcheinander, bis Linus, der offensichtlich große Autorität genoß, Ruhe gebot. »Unser Gast hat recht. Christus sollen wir dienen; denn hat nicht Paulus einmal geschrieben: Christus ist des Gesetzes Ende, wer an ihn glaubt, der ist gerecht. Ich weiß, daß einige von euch Petrus und Paulus gegeneinander abwägen, doch bedenkt, daß sie beide in allen wichtigen Dingen einig sind. Paulus hat uns geschrieben: Es soll kein Unterschied sein zwischen Juden und Griechen, da nur ein Gott über allen ist, die ihn anrufen. Hat aber Petrus in Caesarea zu Cornelius, den er taufte, mit anderen Worten nicht dasselbe gesagt? Erinnert euch! Petrus sagte: ›Es ist in Wahrheit so, daß Gott die Person nicht ansieht. Jeder, aus welchem Volk er auch stamme, ist dem Herrn angenehm, wenn er ihn fürchtet und recht tut.‹

Wollt ihr noch mehr hören? Muß ich wirklich noch die eigenen Worte unseres Herrn anführen? Ihr kennt das Gleichnis gut: ›Ich habe noch andere Schafe, die nicht aus diesem Stall kommen. Auch sie muß ich herführen, sie werden meine Stimme hören, und es wird ein Hirte und eine Herde sein.‹«

Danach herrschte tiefe Stille und jeder bedachte das Gesagte.

Nach der Mahlzeit wurde noch einiges aus Briefen des Paulus vorgelesen und nochmals die frohe Nachricht verkündet, daß Petrus, der Jünger des Herrn, bald in Rom zu erwarten sei.

Zum darauffolgenden Herrenmahl war ich nicht zugelassen, doch Eli hat es mir oft genug geschildert. Zwar hätte er es nicht zu tun brauchen, denn ich war ja selber beim letzten Abendmahl zugegen gewesen. Dieses wurde beim Herrenmahl von den Christen feierlich wiederholt. Sie aßen Brot, tranken Wein und der den Vorsitz führte, sprach dabei die Worte Jesu nach.

6

Kaiser Nero zog Petronius immer stärker in seinen engsten Kreis, so daß ich meinen Freund nur noch wenig sah. Seltsamerweise trat aber dadurch keine Entfremdung zwischen uns ein, sondern eher das Gegenteil. Je seltener wir uns sahen, um so stärker empfanden wir unsere Zuneigung, um so vertrauter und intimer wurde unser Gespräch. Petronius berichtete mir offen und ohne Vorbehalt über die Vorgänge am kaiserlichen Hof, denn er wußte, daß ich niemals unrechten Gebrauch davon machen würde. Er hat sein Vertrauen auch nicht bereuen müssen, da ich nicht einmal Fulvia davon erzählte, solange Petronius lebte. Für Fulvia war Petronius mehr als nur der vertraute Freund ihres Gatten, für sie war er auch – vor allem später, als Statthalter und Consul – eine Respektsperson, die täglich mit dem Kaiser verkehrte und der man ehrerbietig begegnen mußte. Ägypter besitzen ein feines Empfinden für Rangunterschiede, daran konnte auch meine enge Vertrautheit mit Petronius nichts ändern. Fulvia empfing ihn jedesmal wie einen Fürsten. Selten genug war nun Petronius unser Gast in Tibur; der Hofdienst ließ ihm wenig Zeit für Privates. Wenn er aber kam, war die Freude groß. Einmal bemerkte er zu mir und Fulvia:

»Ist es nun die frischere Luft in Tibur, ist es die Freundschaft, die mich in eurem Haus umgibt – jedenfalls atme ich hier freier und kann fröhlich sein, ohne behutsam jedes meiner Worte zu wägen. Der Palatin ist ein goldener Käfig. Dort klingt jedes Lachen so hohl wie ein gefälschter Denar aus Blei, dort spüre ich in den tiefen Verneigungen die Mißgunst und in den tönenden Lobreden den Neid, aber auch die Angst – und dies alles, weil ich des Kaisers Freund bin. Ohne den wohltätigen Einfluß von Seneca und Burrus würde sich vieles zum Schlechten wenden – das ist nicht nur meine Ansicht.«

Ich kannte Afrianus Burrus, den Prätorianerpräfekten, nur aus den Erzählungen meines Freundes, doch hatte sein Name in ganz Rom einen guten Klang. Burrus war seinem ganzen Wesen nach Soldat. Wortkarg und geraden Sinnes, fiel es ihm sehr schwer, sich zu verstellen oder den listenreichen Höfling zu mimen. Anfänglich galt er als der Geliebte von Neros Mutter und setzte sich für Neros Thronerhebung ein, doch später stellte er sich gegen Agrippina, weil er spürte, daß ihr Einfluß auf den Kaiser schlecht war. Daß Nero seine Mutter mehr und mehr isolierte und entmachtete, habe ich schon erwähnt. Wie er sich ihrer entledigte, will ich jetzt berichten, da ich durch Zufall den Ereignissen ganz nahe war.

Petronius verbrachte die Sommermonate wie immer in seinem geliebten Cumae, doch waren die Aufenthalte nicht mehr so unbeschwert und ungestört wie früher, weil Nero ihn häufig in Baiae, wo er in seiner Sommervilla wohnte oder bei Piso zu Gast war, zu sehen wünschte. Immer wenn der Kaiser Langeweile verspürte, rief er nach Petronius, der damals den Beinamen »arbiter« erhielt. Dies bedeutet ja nun eigentlich »Richter«, war aber im Sinne eines »arbiter elegantiae« zu verstehen, also eines Richters in allen Fragen des Luxus und der erlesenen Unterhaltung.

Oft genug hatte Petronius mich und Fulvia für den Sommer nach Cumae geladen, doch meine geliebte Gemahlin fand tausend Vorwände, um höfliche Absagen zu erteilen. Später hat sie mir ihre wahren Gründe gestanden. Solang Amasis lebte, gestattete ihr gerader und aufrechter Sinn es nicht, in die Öffentlichkeit zu treten, da sie als sozusagen illegitime Gattin ihren Platz im Hause bei ihren Kindern sah – und nur dort. Nun hatten meine diskreten Nachforschungen mit Hilfe des Ptolemäus jedoch den Nachweis von Amasis' Tod erbracht.

»Jetzt erst bin ich vor den Göttern und vor der Welt deine Frau«, war Fulvias Reaktion auf diese Botschaft.

Im selben Jahr wiederholte Petronius seine Einladung nach Cumae mit dem Hinweis, daß wir zumindest für zwei Wochen ungestört seien, da der Kaiser ihn so lange beurlaubt habe. Welchen entsetzlichen Umständen dieser Urlaub zu verdanken war, sollten wir bald erfahren.

Nero hatte nämlich die Absicht, Anfang August in Baiae an den fünftägigen Minervafeiern teilzunehmen. Diese Göttin stellte die römische Entsprechung der Athene dar, deren

Hauptfest, die Panathenäen, nach griechischer Sitte im August gefeiert wurde. Die Römer begingen ihr Minervafest, den Quinquatrus, im März. Nero, der leidenschaftliche Verehrer griechischer Kultur und Sitte, fühlte sich natürlich mehr Athene als Minerva verbunden, zudem liebte er sein prächtiges Landhaus in Baiae über alles und hielt sich häufig dort auf. Daß es diesmal aber noch einen gewichtigen Grund gab, sollte erst später ans Licht kommen.

Wir hatten uns mit Petronius und Lydia schon Ende Juli auf den Weg nach Cumae gemacht. Petronius war so fröhlich und unbeschwert, wie ich ihn zu dieser Zeit selten erlebt hatte. Während unserer Schiffsreise scherzte er mit den Frauen und erregte immer wieder ihre Heiterkeit, wenn er den soldatisch-trockenen Burrus nachahmte oder die ängstlich-respektvollen Mienen der zu Neros Gastmählern geladenen Senatoren. In Cumae gab es diesmal keine Gäste außer uns, da Petronius, wie er sagte, sich einmal nur erholen wolle, wozu wir und wir allein die rechte Gesellschaft seien. Fulvia und Lydia verstanden sich gut, wenn sie auch in manchem verschiedener Auffassung waren. Während Lydia ohne Scheu ihre Kleider abstreifte und ins Meer hinausschwamm, saß meine Fulvia züchtig am Ufer im Schatten einer Pinie und hütete unsere Söhne. Philon war freilich kaum vom Wasser wegzubringen, da er schon schwimmen konnte und nicht müde wurde, das vielfältige Leben der Meerestiere zu bestaunen. Geduldig sammelte er am Strand die Muschelschalen, brachte uns stachelige Seeigel und setzte es durch, daß er Petronius' Fischer am Morgen bei ihren Fängen begleiten durfte. Der kleine Demetrius beneidete seinen Bruder heftig, doch ihm flößte das Wasser noch Angst ein. Ihn beschäftigte weit mehr das von Petronius aus Alexandria eingeführte Katzenpärchen. Cleopatra, die Katzendame, hatte gerade vier Junge geworfen, und Demetrius war der einzige, der sie streicheln durfte, ohne durch zorniges Fauchen oder schmerzhafte Prankenhiebe vertrieben zu werden. Später wurde die Sitte, Katzen zu halten, von vielen wohlhabenden Römern nachgeahmt, doch damals gehörte Petronius zu den wenigen, die im Besitz dieser possierlichen kleinen Raubtiere waren. Ramses, der Kater, zeigte wenig Familiensinn und durfte der von ihm gezeugten Brut nicht sehr nahe kommen, da Cleopatra offenbar die Anwesenheit ihres Gatten während des Wochenbettes wenig schätzte. In Fulvia aber erwachte wieder die Ägypterin, denn ihr waren diese Tiere als Erscheinungsform der Göttin Bastet heilig.

In diese heiteren, unbeschwerten Tage brach wie ein Donnerschlag die Nachricht vom Tod Agrippinas. Es hieß, sie habe einen Anschlag auf ihren Sohn geplant und sei nach dessen Entdeckung freiwillig in den Tod gegangen. So ließ Nero es verbreiten, und so wurde es lange von vielen geglaubt. Petronius sagte nur kopfschüttelnd: »So weit hätte er nicht gehen dürfen, so weit nicht ...«

»Du glaubst, daß ...?« Ich wagte nicht, es auszusprechen.

Petronius nickte stumm und sagte: »Diese Anschuldigung ist lächerlich! Was wäre sie ohne ihn gewesen? Er aber fühlte sich durch Agrippina immer stärker belastet. Sie stellte Ansprüche, verlangte, forderte – ließ ihn die unbequeme Tatsache niemals vergessen, daß er ohne ihren Ehrgeiz nicht Kaiser geworden wäre. Das verzieh seine Eitelkeit, sein eigensinniger Stolz ihr nie. Solange sie am Leben war, durfte er sich nicht frei fühlen, glaubte er seine Herrschaft durch sie bedroht. Immerhin wäre es möglich, daß sie freiwillig in den Tod ging. Daran sollten wir uns halten, solange Neros Schuld nicht erwiesen ist.«

Petronius hatte mehr zu sich gesprochen und schien meine Anwesenheit nicht mehr wahrzunehmen. Ich konnte mir denken, wie sehr ihn, den Vertrauten des Kaisers, die Sache beschäftigte. Eine dunkle Wolke war aufgezogen, und sie lastete über uns, sosehr wir auch versuchten, unser fröhliches Ferienleben fortzusetzen.

In Wahrheit aber war folgendes geschehen:

Ob Nero nun allein den Entschluß faßte, seine Mutter zu beseitigen, oder ob Anicetus, sein früherer Erzieher und späterer Befehlshaber der Flotte von Misenum, ihn aus Haß gegen Agrippina dazu ermuntert hatte, ist nicht sicher. Jedenfalls heuchelte Nero Versöhnungswünsche und lud Agrippina zu einem festlichen Mahl nach Baiae. Dort umschmeichelte er sie wie ein liebender Sohn, küßte und umarmte sie herzlich, als sie spät nach Mitternacht aufbrach, um mit einem Schnellsegler in ihre Villa Bauli bei Misenum zurückzukehren. Der Schnellsegler aber war nach den Plänen des Anicetus für ihre Ermordung hergerichtet worden und sollte auf hoher See auseinanderbrechen. Dieser Plan mißlang kläglich. Zwar stürzte das mit Blei beschwerte Dach der Kajüte herab und erschlug Agrippinas Vertrauten Gallus, doch sie selbst blieb unversehrt. Ihre Dienerin Acerronia rief laut um Hilfe mit den Worten: »Rettet die Mutter Neros«, worauf man sie für Agrippina hielt und mit Rudern erschlug. Agrippina aber war unbemerkt ins Wasser gesprungen und hatte schwimmend die nahe Küste erreicht, wo sich ihre Villa befand. Von dort sandte sie unverzüglich einen Diener nach Baiae und ließ Nero mitteilen, sie habe durch die Gnade der Götter ein schweres Schiffsunglück überstanden. Damit wollte sie offenbar zu ihrer eigenen Rettung eine Brücke bauen und es Nero ermöglichen, ihr entgegenzukommen. Nero aber war schon zu tief in seinen schändlichen Plan verstrickt und verging vor Angst, daß Agrippina den Senat und das Volk gegen ihn aufbringen könnte. Und wieder war Anicetus zur Stelle. Nero rief pathetisch: »Erst am Tage von Agrippinas Tod beginnt meine wahre Herrschaft! Und dies habe ich dann einem Freigelassenen zu verdanken!«

Damit war Anicetus gemeint, der sich sofort mit einigen Soldaten auf den Weg zu Agrippinas Villa machte. Dort ließ er mit dem Ruf: »Auf Befehl des Kaisers!« das Tor aufbrechen, trieb die Sklaven auseinander und drang in Agrippinas Schlafzimmer ein.

»Wenn mein Sohn dich schickt, so melde ihm, daß es mir besser geht!« rief Agrippina ihm angstvoll entgegen, denn sie ahnte bereits, was der Besuch bedeutete.

Auf Anicetus' Wink wurde die Mutter des Kaisers erschlagen und sofort darauf im Garten ihres Hauses verbrannt. Agrippinas Freigelassener Mnester, der als ihr Geliebter galt, erdolchte sich vor ihrem Scheiterhaufen.

Nero verbrachte diese Nacht in schlaflosem Entsetzen. Erst

jetzt schien ihm bewußt zu werden, was er getan hatte. Als ihn aber dann am Morgen die Centurionen und Tribunen seiner Prätorianer zu der überstandenen Gefahr beglückwünschten, erwachte der kaiserliche Mörder zu neuem Leben. Sämtliche Städte der Campagna sandten in den nächsten Tagen Ergebenheitsadressen, während in allen Tempeln den Göttern geopfert wurde. Nero aber vergoß reichlich Tränen und beteuerte immer wieder, daß – trotz allem! – lieber er sein eigenes Leben geopfert hätte, um dieses Unheil abzuwenden.

Inzwischen wurde eine offizielle Nachricht verbreitet, in der es hieß, Agrippina habe einen bewaffneten Aufstand vorbereitet, um sich zur Mitregentin zu machen. Da dies mißlungen sei, habe sie unter dem Vorwand einer dringenden Nachricht ihren Freigelassenen Agerinus zu Nero gesandt, um diesen zu ermorden. Nach dem Mißlingen ihres schändlichen Plans sei sie freiwillig in den Tod gegangen.

Viele glaubten es, manche nicht. Der immer willfährige Senat ordnete Dankgebete in den Tempeln an und ließ ein goldenes Standbild der Minerva zusammen mit einer Statue Neros aufstellen, zur ewigen Erinnerung an die wunderbare Errettung des Kaisers während des Minervafestes.

Trotz alledem zögerte Nero die Rückkehr nach Rom hinaus. Unter allerlei Vorwänden fuhr er zwischen Neapel und Antium hin und her, besuchte ergebene Freunde, die dort ihre Villen hatten, oder hielt sich in seinen eigenen Landhäusern auf, von denen er zwischen seinem Geburtsort Antium und seinem Lieblingsort Baiae zahlreiche besaß. Glücklicherweise verschonte er Petronius in Cumae mit seinem Besuch, so daß wir unsere Ferientage halbwegs friedlich zu Ende brachten. Zwar erwog Petronius, Nero wenigstens einen Besuch abzustatten, um ihn wissen zu lassen, daß er in diesen kritischen Tagen auf seiner Seite stand, und ich riet ihm sogar zu, da wir ja damals alle noch Agrippinas Umsturzplan und ihren Selbstmord für möglich hielten, Petronius aber blieb in seinem Haus.

»Er soll mich nicht für allzu willfährig halten. Weder bin ich sein Prätorianerpräfekt noch sein politischer Berater. Diese beiden, Burrus und Seneca, waren ja sofort zur Stelle. Er soll wissen, daß mir mein Privatleben ebensoviel bedeutet wie das Hofleben. Zu dir gesagt: Es bedeutet mir noch mehr – zumindest in diesen Tagen. Nero will mir das nächste frei werdende Proconsulat übertragen. Nun, ich werde es nicht ablehnen, doch ich habe ihn auch nicht darum gebeten. Also, mein Freund, warten wir in Ruhe ab. Ich bin Stoiker und halte nichts im Leben für so wichtig, daß es mich aus der Ruhe bringen könnte. Immerhin, manches will erwogen sein, und dies ist nun geschehen. Warten wir ab!«

Die übelsten Speichellecker in Neros Umgebung redeten ihm schließlich ein, Agrippinas Name sei in Rom so verhaßt (und er werde dort nach ihrem Tod um so mehr geliebt), daß er sich unbesorgt auf den Weg machen könne.

Tatsächlich hatten eifrige Höflinge, deren Wohl und Wehe mit Nero untrennbar verbunden war, inzwischen durch entsprechende Geschenke, aber auch durch Drohungen Senat, Priester und Volk so günstig oder willfährig gestimmt, daß Nero wie ein Retter in Rom willkommen geheißen wurde und weihrauchumwölkt und mit Blumen überschüttet einziehen konnte. Sogar Petronius ließ sich täuschen.

»Vielleicht hat sie ihm doch nach dem Leben getrachtet? Der Weg dieser Frau war seit jeher mit Leichen gesäumt, und sie sah ihre Macht schwinden. Immerhin blieb der Frieden gewahrt, und das ist nicht wenig. Ein Bürgerkrieg hätte uns noch gefehlt!«

Nero vergaß am Ende seinen Petronius doch nicht und ließ ihn durch Eilboten zu sich beordern, während er auf dem Weg nach Rom war. Auf Petronius' Wunsch reisten wir erst ab, als er uns aus Rom dazu aufforderte.

Daß dem römischen Volk die Wahrheit nicht lange verborgen blieb, bewiesen die da und dort auftauchenden satirischen Epigramme, die Nero unverblümt einen Bruder- und Muttermörder nannten. Nero unternahm nichts, die Verfasser ausfindig zu machen, und als ihm einige davon bekannt wurden, verhinderte er ihre strenge Bestrafung. Petronius war selber zugegen, als der Kaiser gegen den Senatsbeschluß anordnete:

»Zum Tod wollt ihr sie verdammen? Warum? Es ist Neros

unwürdig, sich an Lügenmäulern zu rächen. Gebt sie der Lächerlichkeit preis, das ist Strafe genug.« So wurden diese »Lügner« nur aus Rom verbannt, und das Volk pries die Milde und Klugheit seines Kaisers. Ohne solch geschickte Nachgiebigkeit hätte Nero wohl kaum fast vierzehn Jahre regieren können.

Bald nach Agrippinas Tod wurde Gaius Petronius von Nero zum Proconsul in Bithynien ernannt. Da sein Vorgänger überraschend gestorben war, mußte Petronius sich unverzüglich auf den Weg machen.

In seinem Haus am Mons Cispius feierten wir Abschied. Es waren etwa ein Dutzend Gäste geladen, die gegen Mitternacht aufbrachen, während Fulvia und ich wegen des weiten Heimwegs bei unserem Freund übernachteten. Petronius trank mit mir im Atrium noch einen letzten Becher.

»Nero glaubte, mir einen großen Gefallen damit zu tun und stellte es als ein schweres Opfer hin, das er damit bringe, weil er nun lange Zeit meine Gesellschaft entbehren müsse. Viel Ehre, ohne Zweifel, viel Ehre, doch mir ist nicht recht wohl dabei. Fort von Rom, von Lydia, der ich, gegen ihren Willen, diese Reise nicht zumuten will, fort von dir und allen meinen Freunden? Kein ordentliches Theater, schäbige Thermen, schlechtes Klima, miserables Essen – kann dies alles die Ehre, Proconsul gewesen zu sein, aufwiegen?«

Ich versuchte, es ihm leichter zu machen: »Aber du kennst doch Bithynien noch gar nicht! Nicomedia, wo du residieren wirst, soll keine üble Stadt sein, und das Klima ist, nach allem, was ich weiß, dort wesentlich gesünder als hier. Bedenke auch, du wandelst auf den Spuren unseres verehrten Catullus, der dort das Grab seines Bruders besuchte.«

»Der dort vermutlich aus Sehnsucht nach Rom und am schlechten Essen gestorben ist. Ach, Fulvius, mir fällt der Abschied nicht leicht. Nero meinte zwar, daß er mich nicht länger als ein Jahr entbehren könne, doch er ist launenhaft und kann einen Menschen schnell vergessen. Nun, ich hätte ja auch ablehnen können, ich hätte sagen können: Dir, mein Kaiser, nahe zu sein, bedeutet mir mehr als ein Proconsulat in Bithynien.

Ich habe es nicht gesagt, habe mich tief verneigt und mich herzlich bedankt. Warum wird man nur so feige vor dem Herrn der Welt? Er ist doch ein Mensch wie wir, ißt und trinkt gerne, hat Launen, schätzt den regelmäßigen Beischlaf mit wechselnden Favoritinnen und fühlt sich bis jetzt, was als gutes Zeichen zu werten ist, noch nicht als Gott. Die Macht ist es, Fulvius, diese unbegrenzte, absolute Macht, die hinter einem solchen Menschen steht. Er ist Herr über Leben und Tod, kann die kühnsten Pläne verwirklichen, kann jede seiner Launen befriedigen. Viele zittern, wenn sie vor ihm stehen. Er kann sie noch so höflich und zuvorkommend behandeln, kann lachen und scherzen – sie zittern, als stünden sie vor einem lebendig gewordenen Götterbild. Ich allerdings zittere nicht vor ihm. Du kennst mich und weißt, daß ich die Wahrheit sage. Ich fürchte keinen Menschen auf dieser Welt, wer immer er ist. Und doch überfällt auch mich in seiner Gegenwart diese Lähmung des Willens, auch ich neige zu Willfährigkeit und Schmeichelei. Was hättest du an meiner Stelle getan?«

Ich trank meinen Becher leer und überlegte die Antwort.

»Das ist schwer zu sagen. Ich bin kein Hofmann, strebe nach keinem Amt, bin zwar Römer, aber auch Jude. Ich stehe auf einem ganz anderen Platz. Das ist, als würdest du einen Bauern fragen, welches Thema er als Dichter behandeln würde. Im Grunde ist es doch so, daß du schon unter Claudius den ersten Schritt auf einem Weg getan hast, den du nun weitergehst – gehen mußt. Als ich Historiker wurde und mir vornahm, die Geschichte der römischen Provinzen zu schreiben, tat auch ich damit den ersten Schritt. Alles weitere ergibt sich zwangsläufig, oder man stellt sein ganzes Leben in Frage. Du verstehst, was ich damit sagen will?«

Petronius nickte.

»Ich verstehe es und sehe es im Grunde nicht anders. Trotzdem bleiben die Zweifel. Den Luxus zu zweifeln, kann ich mir nicht versagen, das gebietet mir die Selbstachtung. Nun, die Würfel sind gefallen, und falls das Schicksal mir wie dem Bruder des Catullus ein Grab in Bithynien zugedacht hat, so hast du einen Grund, dorthin zu reisen. Vom lebenden Petronius darfst du ausführliche Briefe erwarten, wie er solche von dir erhofft.«

Schon bald nach Petronius' Abreise traf ein Brief aus Nicomedia ein.

Ich will einiges daraus zitieren:

»Seit ich hier bin, lerne ich Neros Probleme besser verstehen. Im Grunde bin ich in Bithynien der absolute Herrscher – Rom ist fern, der Kaiser ist fern. Wer etwas von Rom oder vom Kaiser will, der wendet sich an mich, den Statthalter. Hätte ich den Charakter eines Caligula, ich würde mich allmächtig fühlen, doch als Schüler Senecas und der stoischen Lehre fühle ich mich nur erbärmlich. Laß es mich abschwächen: Ich fühle mich oft ratlos, versuche zu ordnen, zu schlichten, bemühe mich um das auf Erden mögliche Maß an Gerechtigkeit – und ich sage dir, dieses Maß ist gering. Todesurteile gilt es zu überprüfen, Streitfragen der unsinnigsten Art zu schlichten, Schmeicheleien zu durchschauen, Hinterhältigkeiten zu begegnen, Forderungen gerecht zu werden. In Rom hieß es oft, das Proconsulat sei der sichere Weg zum Reichtum. Ich merke davon nichts, oder Bithynien ist dafür nicht geeignet. Nicomedia ist weniger schlimm, als ich es mir ausmalte, doch immer noch schlimm genug, mit einem Wort: es ist Provinz. Das Klima ist angenehm, du hattest recht, vom Pontus Euxinus weht meistens ein frischer Wind, der auch die Sommertage erträglich macht.

Grüße mir Fulvia, grüße Rom, sei du selber von Herzen gegrüßt.«

Nero aber hielt Wort. Etwa ein Jahr war vergangen, als er Petronius nach Rom rückrief. Im Jahr, als der Prätorianerpräfekt Burrus starb – mit Neros Nachhilfe, wurde gemunkelt –, ernannte der Kaiser Petronius zum römischen Consul. Viel Ehre und wenig Macht war mit diesem hohen Amt verbunden, das Petronius für sechs Monate ausübte.

Bei Petronius' feierlicher Amtseinführung war ich mit mehreren seiner Freunde zugegen.

Nachdem, wie es alter Brauch verlangte, zuerst die Auspicien eingeholt waren, legte Petronius in seinem Haus vor dem Altar seiner Familiengötter die purpurgesäumte Toga praetexta an. Danach formierte sich vor dem Haus der Processus consularis in festgelegter Ordnung. Vorne schritten die zwölf Liktoren mit ihren Rutenbündeln, gefolgt von den Musikern, die eine altertümliche monotone Weise spielten. Die Mitte des Zuges bildete der neue Consul mit seinen Freunden. Voraus gingen die Ritter, neben und hinter ihm die Senatoren, zuletzt die einfachen Bürger, darunter ich.

Langsam und feierlich bewegten wir uns hinauf zum Kapitol, wo nach alter Sitte der neuernannte Consul das von seinem Vorgänger gelobte Tieropfer, nämlich weiße Rinder, dem Jupiter darbrachte und dabei selber wieder ein Opfer gelobte.

Petronius unterwarf sich diesen Zeremonien mit ernster Würde, denn er glaubte zwar nicht an die Götter, doch er glaubte an ein ewiges Rom und ehrte die alten Bräuche.

Während seines Konsulats sah ich Petronius selten. Sein hohes Amt brachte viele Verpflichtungen mit sich und isolierte ihn von seinen Freunden. Zeigte er sich in der Öffentlichkeit, so begleiteten ihn zwölf Liktoren. Vor seinem Haus war ständig eine Ehrenwache aufgestellt. Lydia meinte einmal, es käme noch so weit, daß sie schriftlich ein Audienzgesuch einreichen müsse, wenn sie Petronius sehen und sprechen wolle. Die Zeit, da ich mit ihm ein neues Gasthaus aufspürte und er dem Wirt sein geheimnisvolles »Ich bin Titus ...« ins Ohr flüsterte, war nun für immer dahin. Ein gewesener Proconsul und Consul durfte sich solche Scherze nicht mehr erlauben. Immerhin, die wenigen Male, da ich Petronius während seiner Amtszeit traf, schien er ganz der alte. Den Gleichmut des Stoikers konnte nichts erschüttern. Petronius wäre auch als Bettler Petronius geblieben. Verzeiht mir, meine lieben Söhne, wenn jetzt so viel von Petronius und den Ereignissen am Kaiserhof die Rede ist und so wenig von unserem häuslichen Leben. Doch sollt ihr in diesem Bericht von Dingen erfahren, die damals außerhalb eures Lebens lagen, die aber für mich von größter Bedeutung waren und schließlich auch in unser privates Leben eingriffen.

7

Ein aufrechter, unbestechlicher Mann war mit Burrus dahingegangen. Nero hatte allen Grund, ihm nicht nachzutrauern, da Burrus ihm oft widersprochen hatte und nicht gesonnen schien, sich den Launen des jungen Kaisers zu fügen.

Als Nero ihn kurz vor seinem Tod am Krankenlager besuchte und sich nach seinem Befinden erkundigte, sagte Burrus nur kurz und vorwurfsvoll: »Ich befinde mich wohl ... Die Betonung lag auf dem ich, womit Burrus seine Kritik an vielem ausdrücken wollte, was er mißbilligte.

Nach Burrus ernannte Nero Faenius Rufus und Ofonius Tigellinus zu Prätorianerpräfekten. Über ersteren ist nur zu sagen, daß er ein ehrenwerter Mann war und schon bald in den Tod getrieben wurde. Mit Tigellinus aber heftete sich ein böser Schatten an Neros Fersen. Tigellinus stammte aus Sizilien und war einige Zeit der Geliebte von Neros Mutter Agrippina. Kaiser Claudius verbannte ihn nach Griechenland, wo er sein Leben als Fischhändler fristete, bis Nero ihn zurückholte und in seinen engeren Freundeskreis zog. Ich kannte Tigellinus vor allem aus der Schilderung Petronius', der ihn von Anfang an durchschaute. Tigellinus war ein intriganter Speichellecker, dem es nach und nach gelang, Neros blindes Vertrauen zu gewinnen. Wer nicht für ihn war, den verfolgte er sogleich als Staatsfeind und schwärzte ihn beim Kaiser an, bis er zur Strecke gebracht war.

Er haßte Petronius vom ersten Augenblick an, weil dieser vertrauten Umgang mit dem Kaiser pflegte, weil er aus einer Ritter-Familie stammte, weil er humorvoll, geistreich und gebildet war. Mit nichts davon konnte Tigellinus aufwarten. So trug er ständig ein finsteres Gesicht zur Schau, hatte seine flinken, stechenden Augen überall und ließ jeden, dem er mißtraute, durch Spitzel überwachen.

Petronius sagte einmal zu mir: »Dieser Mensch besteht aus Bosheit, Mißtrauen, Hinterlist, Rachsucht und rüpelhafter Unbildung, die sich mit einer durchtriebenen Fischhändlerschlauheit paart. Ich unterschätze ihn keineswegs, er ist ein gefährlicher Feind. Er haßt Rufus, er haßt Seneca, er haßt Octavia, er haßt mich und alle, die Neros gute Seiten zu fördern versuchen. Wenn sie mich eines Tages aus dem Tiber fischen oder eine Speise mir sehr schlecht bekommt, dann weißt du, wer dahintersteckt.«

Ich wiederholte meine schon so oft geäußerte Bitte.

»Petronius, ich bitte dich von Herzen und im Namen unserer Freundschaft: Löse dich vom Hof, erfinde eine ansteckende Krankheit, bestich einen Arzt, spiele den Nervenleidenden, gebrauche alle Listen, aber steige heraus aus diesem Sumpf!«

»Ach, Fulvius, du meinst es gut mit mir, ich weiß. Von Lydia höre ich oft dieselben Worte. Es ist nur leider so, daß ich schon bis zum Hals in diesem Sumpf stecke und – ich habe es nie geleugnet – mich auch darin wohl fühle. Nero braucht mich, wie er Seneca und alle anderen braucht, die es gut mit ihm meinen. Manchmal scheint er diesen Tigellinus selber zu fürchten. Erst kürzlich bemerkte er im Scherz: ›Ich glaube, Tigellinus läßt auch mich bespitzeln und wird mir eines Tages mitteilen: Nero konspiriert gegen den Kaiser.‹ Alle lachten, aber dieses Lachen klang grell und falsch, denn man weiß, welch große Stücke Nero auf seinen Prätorianerpräfekten hält. Diese Stinkmorchel wird uns noch alle vergiften, wenn wir sie nicht bald unschädlich machen. Aber wie? Keiner wagt ein Wort gegen des Kaisers Liebling. Die Gesellschaft dieses ungewaschenen Sizilianers beginnt auch schon auf den Kaiser abzufärben. Meine ganzen Bemühungen um anständige Kleidung, um elegante Tischsitten, um gebildete Unterhaltung bei den Symposien macht dieser Unflat zunichte. Nero läuft neuerdings ständig in einer Art schmuddeligem Schlafrock herum, geht barfuß, stopft wahllos irgendwelches Essen in sich hinein und kann einen Falerner nicht mehr von Chioswein unterscheiden. Er hält das für rauh, männlich und soldatisch, womit er diesem zum Präfekten gewordenen Fischhändler imponieren will. Hast du seine Villa auf dem Pincius gesehen? Nun, das Haus ist schön, die Gärten sind prachtvoll, das war ja immerhin ein Werk von Neros Baumeister Severus – aber das Innere! Eine solche Anhäufung von Geschmacklosigkeiten muß man im

Römischen Reich lange suchen. Ägyptische Sphingen werden von griechischen Statuen flankiert, und dazwischen stehen billige apulische Vasen. Die griechischen Statuen hält natürlich nur er für echt, und sein bronzener Herakles aus Kreta ist noch warm vom Brennofen eines römischen Fälschers.

Nero, der sonst nur selten eine Einladung annimmt, versäumt kaum ein Symposion im Hause seines Lieblings, und ich konnte nicht umhin, diese Qual schon zweimal durchstehen zu müssen. Du kennst mein ›Gastmahl des Trimalchio‹ aus dem 15. Buch und geruhtest zu bemerken: Satirische Übertreibung, doch ausgezeichnet gelungen. Mein Freund, ich habe untertrieben! Tigellinus stellt unseren guten Trimalchio an bombastischer Geschmacklosigkeit weit in den Schatten! Aber was ereifere ich mich? Im Grunde amüsiert mich dieser als Präfekt verkleidete Fischhändler, und ich hoffe, daß auch Nero eines Tages merkt, welchem Abschaum er seine Gunst und sein Vertrauen geschenkt hat.«

»Eifersüchtig?« konnte ich mich nicht enthalten, mit leisem Spott zu fragen.

Petronius aber blieb ernst. »Nein, nicht eifersüchtig – so gut solltest du mich eigentlich kennen – nur enttäuscht. Du weißt, wieviel ich mir von Neros Herrschaft erwartete, und kannst nicht bestreiten, daß sich einiges davon erfüllt hat. Jetzt aber sehe ich unseren Kaiser auf Irrwege geraten, von denen wir ihn abbringen müssen. Bisher konnte Seneca das schlimmste Unheil abwenden, doch er ist alt, nicht sehr gesund und verbirgt auch in letzter Zeit seine Enttäuschung nicht mehr. Übrigens: Kommst du zu Senecas nächstem Symposion? Er lädt alle seine Freunde und Freundesfreunde dazu ein.«

Ich sagte gerne zu. Seneca hatte in den letzten Jahren solche Symposien öfters veranstaltet, um, wie er sagte, sich vom Hofdienst zu erholen. Neben seinen engsten Vertrauten waren dazu nur Wissenschaftler und Literaten geladen, jedoch niemand vom Hof. Auf solche Weise war ich mit dem großen Mann bekannt geworden und hatte auch schon mehrmals die Ehre eines Gesprächs gehabt.

Seneca, der das fünfundsechzigste Lebensjahr gerade überschritten hatte, war in den letzten Jahren häufig krank gewesen und zeigte deutliche Spuren seines Alters. Wegen einer schmerzhaften Rheumaerkrankung hinkte er stark und mußte oft von seinen Sklaven gestützt werden. Sein Gesicht war von scharfen Falten zerkerbt, doch seine Augen blickten wach und lebendig, sie allein waren jung geblieben. Kräftig und wohltönend klang auch seine in vielen Reden geschulte Stimme, die uns allen so vertraut war.

Diesmal ging es etwas steif und feierlich zu, denn Seneca hatte uns wissen lassen, er wolle eine wichtige Erklärung abgeben. Ich habe seine Worte notiert und kann sie getreulich wiedergeben.

»Meine lieben Freunde, ihr wißt, was ich von Worten halte wie ›unsägliches Leid‹, ›sinnloser Zorn‹ oder ›wahnsinnig vor Freude‹. Wer sich solchen Gefühlen hingibt, betritt einen gefährlichen Weg. Was immer auch einem Menschen zustoßen mag, in meinen Augen sind es nur Wechselfälle des Lebens, denen man mit Gleichmut begegnen soll. Wer vielerlei betreibt, gibt dem Schicksal auch vielerlei Gewalt über sich. Wir sollten aber auch die Worte des Stoikers Attalus nicht vergessen: ›Ich will lieber, daß mich das Schicksal dort hinstellt, wo es zu kämpfen gilt, statt an eine Stätte weichlicher Lust.‹ Ich habe, wie ihr wißt, immer versucht, das rechte Maß in allen Dingen zu finden. Unserem Kaiser, dem ich in diesem Geiste ein Lehrer war, hat es gefallen, mich im Übermaß mit Ämtern und Gütern zu belohnen. Ich habe ihn nicht darum bedrängt, habe nie etwas für mich erbeten, da ich wohl wußte, daß ein Übermaß an Besitz auch ein Übermaß an Mißgunst erregen wird.

Laß ihn nicht noch mächtiger werden, laß dich nicht weiter von ihm gängeln! Höre nicht auf das Gemecker eines ehrgeizigen Greises!

Solches hat man dem Kaiser ins Ohr gezischelt, und mir blieb es nicht verborgen. So bat ich den Fürsten um eine Audienz und sagte das Folgende:

›Mir scheint, für uns beide ist das Maß nun voll. Für dich, wieviel ein Fürst seinem Freund schenken darf, und für mich, wieviel der Freund von seinem Herrscher annehmen kann.

Was darüber hinausgeht, vermehrt nur den Neid, der dich nicht trifft, mich aber belastet. Nimm also zurück, was du mir gegeben hast, und mache mir dafür ein größeres Geschenk: Befreie mich von allen Ämtern und Würden, laß mich als Privatmann die letzten Jahre meines Lebens fern von Rom auf einem bescheidenen Landgut verbringen.‹

Der Kaiser wandte ein: ›Nicht deine Mäßigung, wenn du mir deinen Besitz überträgst, nicht dein stilles Leben, wenn du deinen Fürsten verläßt, wird in aller Munde sein, sondern meine angebliche Habsucht und die Furcht vor meiner vermeintlichen Grausamkeit. Sei bedankt für alles und lebe ungestört, doch erspare mir eine Tat, die mich in üblen Ruf bringt.‹

Danach hat der Kaiser mich huldvoll mit Kuß und Umarmung verabschiedet. Ich finde sein Handeln wohlüberlegt und werde, da er mir nicht widersprach, meine Ämter leichten Herzens aufgeben. Es gibt noch so viel zu lesen, so viel zu schreiben, so viel zu reden mit euch, meinen Freunden. So laßt uns trinken auf die Weisheit und die Gnade unseres Fürsten.«

Wir tranken und spürten deutlich, was unausgesprochen blieb.

Von da an lebte Seneca sehr zurückgezogen, empfing keine offiziellen Besuche mehr, schrieb und veröffentlichte dagegen zu unserer großen Freude eine Reihe wichtiger Arbeiten. In Rom wurde gemunkelt, Nero habe Seneca vom Hof entfernt, um sich die Volksgunst zu erhalten, an der ihm mehr lag als an allem anderen. Man warf nämlich Seneca vor, er habe einem britannischen Volksstamm Geld zu Wucherzinsen geliehen und durch dessen fristlose Rückforderung den britannischen Krieg ausgelöst. Neros neue Geliebte Poppaea und Tigellinus griffen diese Verleumdung sofort auf, um Seneca bei Nero anzuschwärzen; denn – so sagten sie zum Kaiser –, da das Volk weiß, daß Seneca dein engster Ratgeber und Vertrauter ist, wird es auch dir einen Teil der Schuld an diesem Krieg zuschieben. Wie sehr diese Verleumdung ihre Wirkung tat, sollte sich bald erweisen.

Ganz Rom wußte, daß Seneca – als eine Art unterhaltsames Spiel – spekulative Geldgeschäfte betrieb, die ihm oft genug

Verlust brachten. Er sagte einmal: »Andere wetten beim Wagenrennen oder bei den Gladiatoren, ich setze mein Geld in komplizierten Geschäften ein und habe – wie die anderen – meinen Spaß daran.«

Der wahre Anlaß zum britannischen Aufstand war ein ganz anderer, auch wenn es in Rom lange vertuscht wurde.

Prasutagus, einer der britannischen Stammeskönige, war gestorben und hatte in seinem Testament vorsorglich auch Nero eingesetzt, um sein Land und seine Familie damit zu sichern. Es kam aber dann ganz anders: Kaum war der König tot, wurde sein Land von der römischen Besatzung geplündert und verwüstet, seine Witwe Budicca mißhandelt, die beiden Töchter vergewaltigt. Kann man es der britannischen Königin verdenken, daß sie daraufhin die Volksstämme ihrer Heimat gegen die Römer aufwiegelte? An die siebzigtausend Römer und Verbündete sollen bei diesem Aufstand umgekommen sein. Paulinus Suetonius siegte dann, wie wir wissen, in der Entscheidungsschlacht, Budicca nahm Gift. So stellten die Römer den von ihnen selbst gebrochenen Frieden wieder her.

Seneca aber die Hauptschuld an dem Aufstand zuzuschieben war eine böswillige, von Tigellinus ausgeheckte Verleumdung. Doch sie tat ihre Wirkung.

Mit dem Ende von Senecas Einfluß schwanden Neros letzte Hemmungen. Die Senatoren Plautus und Sulla wurden wegen angeblichen Hochverrats ermordet, ihre Vermögen eingezogen. Das nächste Opfer war Neros Frau Octavia. Von seiner Geliebten, Poppaea Sabina aufgehetzt, verstieß der Kaiser Octavia wegen angeblichen Ehebruchs und ließ sich wegen Unfruchtbarkeit von ihr scheiden. Die völlig Unschuldige wurde auf die wüste Insel Pandateria verbannt und wenig später dort ermordet. Poppaea Sabina, jetzt Neros Gattin, schämte sich nicht, das Haupt ihrer Vorgängerin nach Rom bringen zu lassen, wo sie es mit haßvoller Genugtuung und höhnischen Worten herumzeigte. Jetzt hatte Nero die zu ihm passende Frau gefunden. Seinen Sekretär Doryphorus ließ Nero töten, weil er sich der Heirat mit Poppaea widersetzt hatte; der alte Pallas, schon seit Claudius in Amt und Würden, mußte sterben, weil Nero, wie er offen zugab, sich dessen riesiges Vermögen aneignen wollte.

Petronius war Zeuge dieser Ereignisse und litt darunter so sehr, daß er endlich ernsthaft erwog, den Hof zu verlassen. Einmal bekannte er mir verwirrt:

»Ich verstehe den Kaiser nicht mehr. Manchmal habe ich den Eindruck, als gäbe es zwei Neros. Der eine ist ein gebildeter, freundlicher Mann, liebt alle Künste, schreibt talentvolle Gedichte, schätzt gutes Theater und wacht eifersüchtig über das Wohlergehen des Volkes. Seine Sklaven vergöttern ihn, er hat für ihre Sorgen immer ein offenes Ohr und läßt keine Bittschrift unbeantwortet. Der andere aber rottet seine Familie aus, läßt reiche Senatoren unter lächerlichen Vorwänden hinrichten und rühmt sich dann noch, wieder einmal eine fette Erbschaft gemacht zu haben, wenn die Unglücklichen, um ihre Familien zu retten, ihm große Teile ihres Vermögens vermachen. Er hurt, frißt und säuft in einem jede Toleranz übersteigenden Maß, hält sich einen Knabenharem und läßt seinen Liebling Sporus entmannen, um dann zu verkünden: Nero kann aus Knaben Mädchen machen!

Diesem Sporus ließ er kürzlich eine »Mitgift« auszahlen und ihn, wie eine Braut gekleidet, feierlich zum Palast geleiten.

Das dumme Volk hält alles für einen Scherz und klatscht begeistert Beifall, der Senat schweigt und zittert, Tigellinus sorgt grimmig für Ruhe und Ordnung. Wäre Nero wenigstens ein ganzer Caligula, so könnte man ihn guten Gewissens wie ein Ungeziefer vertilgen, aber da ist eben wieder der andere Nero, ein Wohltäter des Volkes, ein Freund der Kunst und auf seine Art doch so etwas wie ein Vater des Vaterlandes.«

Ich versuchte, Petronius zu beruhigen. »Nero ist erst fünfundzwanzig, er kann sich noch ändern. Bedenke, wie Octavian wütete und wie dann ein Augustus aus ihm wurde. Man kann den Herrn der Welt nicht mit der gewöhnlichen Elle messen. Das höchste Amt erfordert höchste Kraft, auch die Kraft der Selbstbeherrschung. Wir können nicht ausschließen, daß Neros gute Seiten mit den Jahren wieder mehr ans Licht treten.«

Petronius hörte solche Worte nur allzu gerne, wenn er wohl

auch im Grunde seines Herzens skeptisch blieb und so wenig wie ich an eine Wendung zum Besseren glaubte.

Maßlos, wie Nero in allem war, zeigte er sich auch bei der Geburt seiner Tochter Claudia, die in seiner eigenen Geburtsstadt Antium zur Welt kam. Schon während Poppaeas Schwangerschaft hatte der Senat sich in kriecherischen Huldigungen übertroffen. Sämtliche Tempel wurden mit Opfergaben überhäuft, zahlreiche Gelübde wurden abgelegt. So sollten etwa am Thron des Kapitolinischen Jupiter eine Anzahl goldener Statuen aufgestellt werden, wenn die Geburt glücklich verlief. Kaum lag das kleine Mädchen in seiner Wiege, erhielt es den Titel Augusta wie seine Mutter. Nero ließ Münzen auf Claudia prägen, bestellte bei Skylax, einem der glänzendsten Gemmenschneider Roms, eine Anzahl Kameen, die Poppaea mit ihrem Kind darstellten und an Neros Günstlinge verteilt wurden. Als das Kind schon vier Monate später starb, war Neros Trauer so maßlos wie zuvor seine Freude. Der Senat beantragte sofort eine Vergöttlichung des Kindes und schlug die Erbauung eines Tempels nebst Bestellung der Priesterschaft vor. Nero lief unterdessen heulend in Trauerkleidern herum und empfing die zur Kondolation nach Antium pilgernden Senatoren wie ein antiker Tragöde, wobei er aber ganz genau registrierte, wer nicht erschien. Wahrscheinlich setzte Tigellinus diese Mutigen sofort auf seine Liste der Staatsfeinde und Majestätsverbrecher.

Petronius fand dieses ganze Treiben höchst unwürdig, während Seneca erkennen mußte, daß er sich vergeblich abgemüht hatte, aus dem kaiserlichen Schmierenschauspieler einen in Freude und Leid das rechte Maß kennenden, gerechten und verantwortungsbewußten Fürsten zu machen.

8

Eli hielt mich über die Ereignisse in seiner Christengemeinde auf dem laufenden. So erfuhr ich auch sofort die große bewegende Nachricht: Simon Petrus war in Rom eingetroffen. Atemlos und eifrig teilte mir Eli alles Nähere mit: »Petrus hat aus Jerusalem fliehen müssen, weil die Pharisäer wieder einmal ein Opfer suchten. Sie hatten ihn schon einmal ins Gefängnis werfen lassen, doch Gott der Herr schickte seine Engel und ließ ihn befreien. Zuletzt war er in Caesarea Freude und Stütze der dortigen Christengemeinde, und nun endlich haben wir ihn für uns! Er ist in Rom!«

»Beruhige dich, Eli, ich teile deine Freude, wenn es auch mehr Neugierde ist, was mich bewegt. Du erwähntest einmal Andreas, den Bruder dieses Petrus. Was ist mit ihm, kommt er auch nach Rom?«

Eli machte ein betrübtes Gesicht. »Andreas ist tot, gestorben als Blutzeuge für Jesus Christus. Sie haben ihn in Patras ans Kreuz geschlagen, weil er nicht müde wurde, ihre Götzendienerei zu verdammen. Sein Lohn im Paradies wird groß sein; ihm wollen wir nacheifern.«

»Eli, mäßige dich! Du weißt, daß ich deinen Glauben wie jeden anderen schätze, doch möge dir das Los eines christlichen Märtyrers erspart bleiben. Für mich bist du zuallererst mein Diener, der mir lieb ist und den ich behalten will.«

»Ach, Herr, du weißt, daß ich dir treu und ergeben bin. Sollen wir aber nicht vor allem unserem himmlischen Herrn dienen? Himmlischer Lohn geht vor irdischem Lohn!«

Ich klopfte dem guten Eli auf die Schultern. »Bleibe nur deinem Glauben treu, doch hüte dich vor blindem Eifer. Wenn Petrus für die Gemeinde predigt, laß es mich wissen.«

Mir aber stand das Bild des Andreas vor Augen. Wie gut entsann ich mich seiner kräftigen, etwas plumpen Gestalt, seiner einfachen, gutmütigen Art. Er konnte recht gewalttätig werden, wenn er Jesus bedroht sah, doch genügte ein Wort seines Herrn, und er kuschte wie ein Hündchen. Aus diesem einfältigen, wortkargen Kraftprotz sollte nun ein eifriger und gewandter Prediger geworden sein? Von Petrus konnte ich es mir eher vorstellen, da dieser in seiner aufbrausenden Art oft schnell die richtigen Worte fand, doch andererseits war er auch schnell einzuschüchtern, was ich damals selbst miterlebte, da eine Magd ihn als Jesu Begleiter erkannte und er es aus Angst dreimal leugnete. Doch seitdem waren viele Jahre vergangen, und er mochte sich völlig verändert haben.

Es bestand kein Zweifel, daß Petrus von der römischen Christengemeinde weit höher geschätzt wurde als Paulus. Die römischen Christen waren zum großen Teil Juden, und Petrus hatte in Jerusalem einer rein jüdischen Gemeinde vorgestanden. Einige Wochen darauf nannte Eli mir Zeit und Ort von Petri Auftreten. Die Predigt sollte im Gebiet der vatikanischen Gärten stattfinden. Dort gab es ausgedehnte unterirdische Gräberfelder noch aus den Zeiten der Republik. Diese Stätten wurden von den Römern gemieden, was sie für die Christen um so sicherer machte.

Wie immer fand die Zusammenkunft nach Sonnenuntergang statt, und wir strebten mit verhüllten Gesichtern dem Versammlungsort zu. Diesmal war es ein großer, in den Tuffstein gehauener Saal, der offenbar früher aus vielen einzelnen Grabkammern bestanden hatte, die man jetzt zu einem einzigen Raum erweitert hatte. Ein mächtiger Haufen aus Steinen und menschlichen Knochen neben dem geschickt versteckten Einstieg zeugte von der früheren Bestimmung des Ortes.

Petrus war so sehr verändert, daß ich ihn nicht wiedererkannt hätte. Seinen fast kahlen Schädel umgab ein spärlicher weißer Haarkranz, während ein dichter grauer Prophetenbart sein Gesicht umrahmte. Er wirkte gehetzt und zerfahren, seine früher kräftige und aufrechte Gestalt war jetzt hager und gebeugt. Verfolgung und Gefangenschaft hatten ihre Spuren hinterlassen.

Petrus sprach aramäisch, was vor einer fast nur aus Juden bestehenden Zuhörerschaft nicht ungewöhnlich war. Später wiederholte ein anderer in gedrängter Form seine Predigt in Griechisch.

Petrus predigte Vernunft, denn er wußte, wie gefährdet die

römische Christengemeinde war. Zwar hatte es seit den von Claudius erlassenen Judenedikten keine eigentliche Verfolgung von Staats wegen gegeben, denn Nero verhielt sich bis jetzt großzügig, wie ja auch die eigentliche Gefahr von den Juden selbst kam, die keine Christen unter sich dulden wollten.

Petrus blieb von da an, bis zu seinem Tod, in Rom. In ihm sahen die Judenchristen ihren unbestrittenen Führer. Als später Paulus in Rom auftauchte, gelang es ihm nicht, eine größere Anhängerschaft um sich zu scharen, was ihm auch durch seinen von den Gerichten verfügten Hausarrest erschwert wurde.

In dieser Zeit kursierte bei den Christen eine ›Das Leben Jesu Christi‹ genannte Schrift, die ich mir von Eli beschaffen ließ. Darin war von Wundern die Rede, die Jesus nicht getan, und von Worten, die er niemals gesprochen hatte. Oder täuschte mich meine Erinnerung, hatte ich diese Dinge vergessen?

Ganz richtig war wiedergegeben, wie ich Jesus im Gethsemane-Garten nachts aufsuchte und mit einem Kuß begrüßte, doch dann hieß es, so habe Judas, der Verräter, die Häscher auf die Spur des Herrn gebracht. Auch daß ich Kaiphas das von seinem Sohn geliehene Geld vor die Füße geworfen hatte, war nicht vergessen, aber nun sollte es auf einmal Sündengeld, der Lohn für meinen angeblichen Verrat, gewesen sein. Diese ganze Schrift bestand aus Halbwahrheiten, Entstellungen, Erfindungen und falsch wiedergegebenen Ereignissen. Wer die Schrift verfaßt hatte, wußte Eli nicht. Es heiße, Jünger Jesu hätten sie verfaßt, damit die Christengemeinden in aller Welt sie bei ihren Zusammenkünften verlesen konnten.

Ich durfte Eli nichts sagen von dem, was ich wußte und dachte. Wie aber konnte Petrus, der doch Zeuge der wahren Ereignisse gewesen war, ein solches Pamphlet dulden? Hatte auch ihn die Erinnerung verlassen, oder wußte er nichts davon, da er doch als Prediger und nicht als Vorleser auftrat? Wenn schon jetzt die Wahrheit so verfälscht wurde, wie mochte es damit in zehn oder dreißig Jahren bestellt sein, falls bis dahin überhaupt noch etwas von Christi Lehre übrig war?

Immer häufiger wurden die Christen von Juden und Römern angefeindet und argwöhnisch bei ihrem Tun beobachtet.

Bald aber sollte es zu einer wirklichen blutigen Verfolgung der römischen Christen kommen. Einer Verfolgung, an der sie keine Schuld trugen und die man eher als eine tragische Verkettung der Umstände bezeichnen muß.

Zu dieser Zeit bereitete ich eine zweite Herausgabe meiner Geschichtsbücher vor, die ich zum Teil ergänzt und erweitert, an manchen Stellen aber auch gestrafft hatte.

Da ich wußte, wie gerne mein Buchhändler und Verleger Tryphon gelegentlich seiner hektischen Tätigkeit in Rom entfloh, lud ich ihn zur Besprechung wegen der Neuausgabe auf ein paar Tage nach Tibur. Tryphon war damals schon ein alter Mann, doch er konnte sich nur schwer entschließen, die Geschäfte seinem Sohn, der nicht minder tüchtig war, zu überlassen. Er wurde immer dicker, atmete schwer und klagte über Gichtschmerzen, die ihn besonders im Winter quälten.

In diesen Julitagen war es so heiß, daß man sich sogar im hochgelegenen Tibur auf die kühlen Abendstunden freute. Ich saß mit Tryphon im Garten, wir tranken einen leichten Weißwein, lauschten den Zikaden und pflegten ein leichtes, lockeres Gespräch, da wir alles Geschäftliche bereits erledigt hatten. Tryphon äußerte sich lobend über Lucanus, Senecas Neffen, der seit einigen Jahren als talentierter Dichter von sich reden machte.

»Gewiß, er genießt die Protektion seines Onkels, doch er verdient sie auch. Das sage ich nicht nur, weil ich sein Verleger bin. Ich bringe gerade das vierte Buch seiner Pharsalia heraus und kann dir versichern, es hält, was die anderen versprachen, ja, ich sehe sogar eine Steigerung. Wie er mit Caesar abrechnet, wie er ihn als großen Feldherrn schildert und ihn doch als dunklen Schicksalsdämon zeichnet, der die alte Republik abwürgt – das hat Größe!«

Tryphon unterbrach sich, blickte zum sternfunkelnden Himmel – wir saßen im Atrium – und meinte dann: »Verzeih mir, wenn ich dich bitte, unseren luftigen Platz aufzugeben, doch ich fürchte sogar in dieser Julinacht meine Gicht, denn sie schlummert nur und wird vom kleinsten kühlen Hauch zum Leben erweckt.«

So erhoben wir uns, machten auf meinen Wunsch noch einen kleinen Spaziergang im Garten, um uns dann ins Haus zu begeben. Fast gleichzeitig bemerkten wir den rötlichen Schein am nördlichen Himmel.

»Das scheint mir ein größerer Brand zu sein«, meinte Tryphon, doch wir waren nicht besonders beunruhigt, da es in Rom häufig brannte, vor allem in den Armenvierteln mit ihren Holzhäusern.

Ich beruhigte meinen Gast: »Die römischen Löschtruppen sind tüchtig und haben noch immer jedes größere Unglück verhindert. Morgen werden wir mehr erfahren.«

Der Morgen war klar und sonnig, doch was wir selbst aus der Entfernung von Tibur sahen, beunruhigte uns doch. Über Rom stand eine gewaltige grauschwarze Rauchsäule wie eine dunkel drohende Riesenwolke, die bereits weite Teile der Stadt bedeckte.

Tryphon war nicht mehr zu halten. »Ich muß nach Hause, und zwar schnell.«

Trotz seiner gichtigen Glieder nahm er eines unserer Pferde. Ich entschloß mich im letzten Augenblick, ihn zu begleiten.

Am Aventinus trennten wir uns. Ich stellte mein Pferd ein und ging den Tiber entlang in Richtung auf den Circus Maximus, wo – wie sich später herausstellte – der Brand ausgebrochen war. Die zweistöckigen hölzernen Aufbauten der Zuschauertribüne entwickelten so gewaltige Flammen, daß im Sog dieses Feuersturms, den ein starker Wind noch anfachte, jedes menschliche Bemühen zunichte wurde. Ich fand den Circus nur noch als rauchenden Trümmerhaufen, da das Feuer sich inzwischen nach Norden und Osten hin ausgebreitet hatte. Wer nicht unmittelbar betroffen ist, wird durch eine so gewaltige Feuersbrunst auf seltsame Weise gefesselt. Das schauerliche Wüten eines tosenden Flammenmeeres bringt in unserer Seele gewisse verborgene Saiten zum Klingen, bis wir erkennen müssen, daß Tod, Unglück und Vernichtung – auch wenn wir selber nicht betroffen sind – nicht lüsterne Neugier, sondern Mitleid und tätige Hilfsbereitschaft erwecken sollten.

Etwas zwang mich, dem Feuer zu folgen, entgegen dem

Strom der entsetzt flüchtenden Menschen, die ihre Habe davonschleppten, die auf Bahren Alte, Kranke und Verletzte trugen, während weinende Frauen, weinende Kinder zu trösten versuchten und rußgeschwärzte Männer wie aus dem Orcus entsprungene Dämonen hin und her eilten. Zweimal wurde ich zu Boden gestoßen, mehrmals mit lauten Rufen darauf hingewiesen, daß ich in die falsche Richtung, dem Feuer entgegenlaufe. Dann war ich plötzlich von Flammen umgeben, stand wie gelähmt im Krachen der zusammenstürzenden Häuser und wich entsetzt zurück, als ein Mensch mit brennenden Kleidern schreiend vorbeirannte, niederstürzte, wieder aufsprang, einen Augenblick stehenblieb, verstummte und dann langsam zu Boden sank. Fast im selben Moment fiel ein brennender Balken vor meine Füße und übersprühte mich mit einem Funkenregen. In dieser Sekunde kehrte mein Verstand zurück, ich erwachte aus meinem feuersüchtigen Taumel und kehrte schleunigst um.

Ich kann mich nicht erinnern, wie ich vor Petronius' Haus gelangte, ich weiß nur, daß ich plötzlich atemlos und schweißüberströmt dastand, bis mich die Diener ins Vestibulum zogen. Petronius riß mir die halbverkohlten Kleider vom Leib, ließ seinen heilkundigen chaldäischen Sklaven kommen, der mich genau untersuchte. Dieser stellte nach einiger Zeit fest: »Mehrere leichte Brandwunden, ein tiefer Schnitt an der linken Ferse, sonst kann ich nichts finden.«

Ich wurde gesalbt, verbunden, neu eingekleidet und mit einem Becher Wein versorgt.

»Jetzt siehst du meinem Fulvius wieder etwas ähnlicher«, sagte Petronius. »Anfangs dachte ich, Vulcanus persönlich sei in mein Haus gekommen. Wie bist du eigentlich mitten ins Feuer geraten? Meines Wissens ist der Brand noch nicht bis Tibur gedrungen.«

Ich stattete einen kurzen Bericht ab und fragte dann: »Wäre es nicht besser, dein Haus zu räumen? Wer weiß, wie lange der Brand noch wütet und wohin der Wind das Feuer treibt.«

Petronius war wieder der durch nichts zu erschütternde Stoiker. »Hier stehen die Häuser so weit voneinander entfernt, mit Brunnen, Gärten und Wasserbecken dazwischen, daß keine Gefahr droht. Sollte es aber doch dazu kommen, dann werde ich meine Sklaven hinaustreiben, werde in der einen Hand meine gebündelten Schriften tragen und in der anderen die murrinische Vase. Was bleibt, darf ruhig verbrennen. Ich werde in Cumae wohnen, bis alles wieder aufgebaut ist. Übrigens war der Kaiser in Antium, als der Brand ausbrach, und soll während der nächsten Stunden in Rom eintreffen. Warten wir alles weitere in Ruhe ab.«

Das Feuer wütete sechs Tage und kam am Fuße des Esquilin zum Stehen, weil man ganze Häuserreihen niedergerissen hatte, um den Flammen die Nahrung zu entziehen. Kurz darauf brach ein neuer Brand am Campus Agrippae beim Marsfeld aus und dauerte nochmals fast drei Tage. Da in diesem Gebiet einige Besitzungen des Tigellinus lagen, folgerten böse Zungen, er habe das Feuer selber gelegt, um alles auf Staatskosten noch prächtiger aufbauen zu lassen.

Am Ende waren von den vierzehn inneren Stadtvierteln drei völlig und sieben überwiegend zerstört. Der gesamte Palatin mit Neros eben fertiggestellter Domus Transitoria war ein Raub der Flammen geworden, was den Kaiser aber wenig betrübte, denn er entwarf sofort die kühnsten Baupläne. Zuallererst aber – und dies war wieder der andere Nero – entwickelte er ein großzügiges Hilfsprogramm für die obdachlos gewordene Bevölkerung. Er ließ provisorische Unterkünfte errichten, stellte seinen Privatpark am Vaticanus, Teile des Marsfelds und verschiedene Villen zur Verfügung und ließ die Getreidepreise herabsetzen. Tat er es aus schlechtem Gewissen? Jedenfalls eilte sehr schnell, schneller als der Brand, das Gerücht durch die Stadt, Nero habe Feuer legen lassen, um Platz für seine verstiegenen Bauprojekte zu gewinnen. So unsinnig dieser Vorwurf auch gewesen sein mag – er fand offene Ohren.

Der Kaiser konnte und durfte es nicht gewesen sein, also galt es, einen Schuldigen zu finden. Tigellinus schlug vor, einfach die Juden zu bezichtigen, da sie ohnehin in ganz Rom verhaßt seien. Damit war wieder Poppaea nicht einverstanden, da sie viele jüdische Freunde besaß und ihre Familie zum Teil von Juden abstammte. Um die Gefahr von sich abzuwenden und gewiß auch aus wohlüberlegter Berechnung schoben die Juden alle Schuld den Christen zu. Waren diese nicht Feinde Roms und des ganzen Menschengeschlechts? Ihnen war eine solche Schandtat wohl zuzutrauen. Nero griff die Anregung dankbar auf, und Tigellinus veranlaßte alles weitere. So begann eine beispiellose Jagd auf alle, die sich zum Christenglauben bekannten.

Eli wollte natürlich sofort nach Rom eilen, um, wie er sagte, »in dieser Stunde der Gefahr bei meinen Brüdern zu sein«.

Ich sah recht wohl, daß ich den Wirrkopf vor sich selber schützen mußte, und verbot ihm ganz einfach, das Haus zu verlassen. Er jammerte und versuchte, mich zu erweichen, doch dann fügte er sich. Was daraufhin in Rom geschah, war mehr das Werk des Tigellinus, denn Nero widmete sich Tag und Nacht seinen kühnen Aufbauplänen. Und der römische Pöbel hatte wieder einmal seine große Stunde.

Hätten die Christen sich allerdings ruhig verhalten und in ihren Schlupfwinkeln den schlimmsten Sturm abgewartet, so wäre es nicht zu diesen grausigen Massenhinrichtungen gekommen. Täglich wurden sie zu Dutzenden gekreuzigt, geköpft, lebendig verbrannt und in den Arenen vor die wilden Tiere getrieben. Solche Schauspiele waren den Römern nicht neu, doch das seltsame Verhalten der Christen erregte ziemliches Aufsehen. Kaum waren nämlich die ersten von ihnen festgenommen und verurteilt, strömten andere freiwillig nach, klagten sich selber an und verlangten ihre Hinrichtung. Nero soll sich darüber zu Freunden geäußert haben:

»Ihr seht, daß die Brandstiftung nur einen Teil ihrer Schuld ausmacht. Diese Christen sind Feinde des Staates, der Götter, der Menschen – ja des Lebens selbst. Wer drängt sich schon zur eigenen Hinrichtung? Nun, sie sollen ihren Willen haben.«

Petronius erzählte mir kopfschüttelnd von diesen Dingen und überredete mich schließlich, ihn zu einer Circusvorführung zu begleiten. Ich möchte anmerken, daß ich die Begeisterung der Römer für Tierhetzen und Gladiatorenkämpfe nie teilen konnte und nur ein einziges Mal aus Neugierde während meines ersten römischen Aufenthalts den Circus besuchte. Allein vom Gestank der johlenden Menge und von dem alles durchdringenden süßlichen Blutgeruch war mir schon übel geworden.

»Wir müssen es uns einfach ansehen, schon aus Gründen der Wissenschaft. Diese Art, den Tod zu suchen, ist sogar in Rom neu. Die Christen sollen ja an ein zweites Leben nach dem Tod glauben, an eine Art paradiesischen Daseins bei ihren Göttern. Deshalb begehren sie wohl auch so heftig den Tod.«

Ich korrigierte Petronius: »Nicht an Götter glauben die Christen, sondern an einen Gott, wie die Juden. Jesus Christus war ihr Lehrer, und nach ihm nennt man sie Christen. Zu seinen Hauptgrundsätzen gehörten die Gebote: Liebe deinen Nächsten wie dich selbst, und tue Gutes deinen Feinden. Vergilt nicht Gleiches mit Gleichem. Schätze Armut höher als Reichtum.«

Petronius meinte darauf: »Das könnte auch von unserem Seneca stammen. In Rom aber redet man, wie du weißt, noch anderes von ihnen. Sie hassen den Staat und die Götter, trinken Menschenblut bei ihren geheimen Riten und warten darauf, daß ihr Jesus wiederkommt, den Kaiser verjagt und die Weltherrschaft antritt.«

»Man muß nicht allen Gerüchten Glauben schenken. Auch kommen Tote nicht wieder, wo also soll die Gefahr sein?«

Wie hätte ich ihm die Wahrheit sagen sollen über Jesus, seine Lehre und seine jetzigen, untereinander zerstrittenen Anhänger?

Die Sehnsucht, schnell ins Paradies zu gelangen, schien jetzt alle Christen, ob jüdischer, griechischer oder anderer Herkunft, zu vereinigen.

Da Petronius inkognito den Spielen beiwohnen wollte, hatte er einfache Kleidung angelegt und saß neben mir auf einem der mittleren Plätze. Es handelte sich um eine der kleineren Veranstaltungen, ohne den großen Aufwand der vom Kaiser besuchten Aufführungen. Das Programm sah zuerst Gladiatorenkämpfe vor, dann Kämpfe von wilden Tieren gegeneinander und schließlich zum Tode verurteilte Christen zusammen mit den wilden Tieren.

Als die schmetternden Rufe der Tubabläser ertönten, wurde es still, nur ein erwartungsvolles Raunen zog durch die Sitzreihen.

Nachdem sich eine Reihe von Schwert- und Netzkämpfern gegenseitig abgeschlachtet hatten und ihre zerfleischten Körper von sinnigerweise als Charon verkleideten Helfern ins Spoliarium geschleift worden waren, trieb man die wilden Tiere herein. Ich kann nicht leugnen, daß auch ich gespannt den Kampf der Tiger gegen Wölfe und Eber, der Löwen gegen riesige Bären und schließlich das erbitterte Ringen eines mächtigen Löwen mit zwei Panthern verfolgte. Was aber dann geboten wurde, konnte ich nur grausam und erbärmlich finden, wobei sogar Petronius meiner Meinung war.

Eine Gruppe von Christen, Männer, Frauen, Mädchen und Knaben – fast Kinder noch – wurde hereingeführt und sogleich vom Pöbel mit den Rufen empfangen:

»Brandstifter! Blutsäufer! Kinderschänder! Verbrecherisches Judenpack! Ausrotten, diese Brut!«

Die verurteilten Christen wurden nach einem gewissen Schema in der Arena verteilt. Dort band man eine junge Frau an einen Pfahl und stellte einen Mann neben sie, dem ein Schwert in die Hand gegeben wurde, da wurde ein Dutzend dieser Unglücklichen mit Stricken lose zusammengebunden, einige schlug man an niedrige Kreuze und stellte diese im Halbkreis auf. So waren vielleicht vierzig bis fünfzig dieser Menschen in der Arena verteilt, als sich die Klappen der Tierkäfige öffneten. Ich habe zuvor das Wort Unglückliche gebraucht, was nicht den Tatsachen entspricht. Die meisten der Christen zeigten keine Angst, sondern trugen eine Art entrückter Fröhlichkeit zur Schau. Viele beteten laut, einige sangen fromme Lieder oder hatten die Augen geschlossen und harrten ihres Schicksals wie stumm ergebene Lämmer. Die durch tagelanges Fasten in lichtlosen Käfigen wild und hungrig gemachten Löwen, Tiger und Panther schienen zuerst etwas ratlos, beäugten einander höchst mißtrauisch und schlichen mit geduckten Köpfen nur zögernd aus ihren Käfigen. Atemlose Stille herrschte in der Arena, bis sich einer der Löwen fauchend der zusammengebundenen Menschengruppe näherte. Hungrig witterte er den Geruch des so greifbar nahen Menschenfleisches und sprang schließlich einen der Gefesselten an. Als habe er damit das Zeichen gegeben, sprengten auch die anderen Löwen in langen Sätzen herbei, während zwei Tiger die an Pfähle Gefesselten umkreisten. Damit begann ein grausiges Schlachtfest. Schnaubend und knurrend hieben die Raubtiere auf ihre wehrlosen Opfer ein, gruben ihre messerscharfen Zähne in zuckendes Fleisch. Kaum einer der mit Schwertern versehenen Christen konnte oder wollte sich gegen den Ansturm der heißhungrigen Raubkatzen verteidigen.

Vor Zorn und Mitleid brach mir der Schweiß aus allen Poren, ich sprang auf und schrie meine Empörung aus mir hinaus, doch das Johlen der Menge hatte eine solche Lautstärke erreicht, daß vermutlich nicht einmal Petronius neben mir etwas davon verstanden hätte. Dann lief ich hinaus, lief, bis ich die nächste Schenke erreichte, ließ mich keuchend auf einen Stuhl fallen und stürzte mehrere Becher Wein hinunter.

Später sagte Petronius zu mir: »Wenn ich auch deine Empörung nicht teilen kann, so doch deinen Abscheu. Wehrlose Menschen, auch wenn sie Verbrecher sind, auf eine solche Weise abzuschlachten, halte ich für wenig stilvoll, obwohl die meisten dieser Christen freiwillig in den Tod gegangen sind.«

Seltsam war nur, daß der in der Arena im Blutrausch johlende Pöbel es Nero verübelte, als dieser in seinem Park ein nächtliches Wagenrennen veranstaltete und dabei ein paar Dutzend Christen als lebende Fackeln mit Pech übergossen verbrennen ließ. Dieses Privatvergnügen, bei dem der Kaiser selbst als Wagenlenker auftrat, wurde ihm als persönliche Grausamkeit angelastet, und plötzlich regte sich Mitleid mit den zuvor so erbarmungslos verfolgten Christen. Nero stellte daraufhin die Verfolgungen ein und widmete sich wieder ganz dem Bau seines Goldenen Hauses.

Auch Simon Petrus ereilte diesmal das Schicksal, er wurde im Neronischen Circus ans Kreuz geschlagen und büßte so nach vielen Jahren seine damalige Verleugnung Jesu. Als Führer der römischen Christen folgte ihm Linus, ein Freigelassener, dem ich bei meinem ersten Besuch in der Christengemeinde begegnet war.

Eli erzählte mir, daß Petrus schon dabeigewesen sei, auf Drängen seiner Anhänger Rom zu verlassen. Als er aber hörte, wie todesmutig die Christen in den Arenen starben, stellte er sich den römischen Behörden. Simon, der Fischer vom See Genezareth, war einen weiten, dornigen Weg gegangen, ehe er seinem Herrn als Blutzeuge in den Tod folgte. Wir hatten uns nie so recht verstanden, Petrus und ich; unsere Herkunft, unsere Erziehung waren zu verschieden.

»Wird man jetzt Paulus zum Führer der römischen Christengemeinde machen?« fragte ich Eli.

Er schüttelte den Kopf. »Ich glaube nicht. Paulus hätte es zwar verdient; denn er hat auf seinen langen Reisen mehr Menschen für Christus gewonnen als irgendein anderer, doch die Römer lehnen ihn ab. Er hat Rom nach seinem Freispruch im vorigen Jahr sofort verlassen und missioniert jetzt in Griechenland. Wahrscheinlich wäre ihm gar nicht daran gelegen, die römischen Christen zu führen, denn sie verehren ihn zwar als eifrigen Prediger des Herrn, doch sein Streit mit Petrus ist nicht vergessen. Ich glaube nicht, daß Paulus jemals wieder nach Rom kommt.«

Mir war es im Grunde gleichgültig. Ich muß gestehen, daß mich die Angelegenheiten der Christen kaum noch bewegten, wenn mich auch jetzt ihre grausame Verfolgung empörte.

Eli hat es mir lange nachgetragen, daß ich ihn hinderte, ein Märtyrer zu werden, und noch heute bekomme ich seinen milden Tadel zu spüren. Ich kenne ihn aber gut genug, um zu wissen, daß er im Grunde seines Herzens froh ist, diese schlimmen Zeiten überlebt zu haben, und daß er jetzt unter unserem toleranten und milden Kaiser Vespasian ungehindert seine Religion ausüben kann. Doch konnte er es nicht lassen, immer wieder mit den Märtyrern der Neronischen Verfolgung zu prahlen: »Keine dieser lästerlichen Götzenreligionen hat solche Blutzeugen aufzuweisen, niemals wurde ein Glaube so auf die Probe gestellt! Das Christentum wird alle Zeiten überdauern.«

Ich dämpfte seine Begeisterung. »Eli, du irrst. Als in den Zeiten der Republik der aus Griechenland eingeführte Dionysoskult vom Senat verboten wurde, gab es Hunderte von Anhängern dieses Gottes, die sich stolz zu ihm bekannten und dafür hingerichtet wurden. Es gibt eben kaum etwas Neues unter der Sonne.«

Doch Eli war nicht zu beirren. Er glaubte, und ich habe seinen Glauben immer respektiert.

9

Petronius ging ganz im Hofleben auf, denn Nero ließ ihn jetzt, da Rom neu erstand, kaum noch von seiner Seite. Mit Windeseile hatte es sich herumgesprochen, daß der Kaiser sich einen neuen Palast von noch nie dagewesenen Ausmaßen erbauen wollte. Mit dem Bau waren die berühmten Architekten Severus und Celer beauftragt, und es wurde sofort nach dem Brand damit begonnen. Nero bewohnte seit einiger Zeit eine Villa im Servilianischen Park, die er in jenen Tagen nur selten verließ.

Mein Leben floß unterdessen im Kreis der Familie ruhig dahin; ich kümmerte mich um meine Äcker und Weinberge und sah euch, meine Söhne, mit Freude und Dankbarkeit gesund heranwachsen. Es war die Ruhe vor dem Sturm. Fulvia hatte schon mehrmals den Wunsch geäußert, dem berühmten Fortunatempel in Praeneste einen Besuch abzustatten, und so machten wir uns in den ersten warmen Frühjahrstagen auf den Weg.

Für den Historiker ist Praeneste ein bedeutsamer Ort, denn hier unterlag in einer letzten Entscheidungsschlacht Marius gegen Sulla. Marius nahm sich das Leben, während Sulla alle männlichen Bürger von Praeneste umbringen ließ und den

Fortunatempel zerstörte. Nachdem dieser grausame und zwiespältige Mann in Rom die Diktatur angetreten hatte, ließ er den Tempel in solcher Pracht und Größe wieder aufbauen, daß er bis heute im ganzen römischen Reich nicht übertroffen wurde.

Fulvia verstummte vor Erstaunen und Bewunderung, als wir am Fuße des in gewaltigen Terrassen aufsteigenden Tempels standen. Hier soll in alten Zeiten ein gewisser Numerius Sufficius, durch einen Traum geleitet, die Höhle der Geschicke entdeckt haben, wo auf Tafeln aus Eichenholz das Schicksal der Menschheit aufgezeichnet war. Im innersten Heiligtum steht das alte Bildnis der Fortuna Primigena, die ihre Kinder Jupiter und Juno an die nährende Brust hält. Hier wird alljährlich im April das Fest des Jupiterkindes mit Umzügen und Kulthandlungen feierlich begangen.

Praeneste ist ein angenehmer, luftiger Ort, umgeben von grünen, bewaldeten Hügeln. Wir hielten uns mehrere Tage dort auf, durchwanderten die endlosen Säulengänge des Tempels und ließen uns das Orakel erklären, ohne es in Anspruch zu nehmen. Ein Knabe mischt die Holztafeln mit den geheimnisvollen Inschriften und läßt den Fragesteller eine davon herausziehen, worauf ihm die Priester eine Antwort erteilen.

Durch Zufall wurde uns etwas außerhalb der Stadt eine kleine Landvilla zum Kauf angeboten. Mir gefiel das alte, festgebaute Landhäuschen in seinem mit Oliven, Zypressen und Steineichen bestandenen Garten so sehr, daß ich es zu einem günstigen Preis erwarb und Fulvia schenkte.

»Dein künftiger Witwensitz in luftiger Höhe, der Fortuna benachbart – was willst du mehr?«

Fulvia aber verstand keinen Spaß. »Du versuchst die Götter! Wir werden Fortuna mit einem angemessenen Opfer versöhnen müssen. Dein Geschenk freut mich sehr und ich danke dir. Es soll uns beiden Zuflucht sein, wenn wir der Ruhe bedürfen; wir wollen es geheimhalten und niemand davon erzählen.«

Fulvia konnte nicht ahnen, wie wertvoll diese Zuflucht später sein sollte.

Nach unserer Rückkehr fand ich eine Nachricht von Petronius, der seinen Besuch mit Seneca und Lucanus ankündigte.

Marcus Annaeus Lucanus, Sohn von Senecas jüngerem Bruder Annaeus Mela, hatte sich mit seinem geschichtlichen Versepos Pharsalia in Rom schon einen berühmten, besser gesagt, einen berüchtigten Namen gemacht. Bei einer öffentlichen Lesung aus diesem Werk war auch Nero zugegen, der mit anhören mußte, daß er als vergöttlichter Toter bereits im Jenseits weilte. Nero lief mitten im Vortrag davon und verbot Lucanus, weitere Werke zu veröffentlichen. Lucanus rächte sich dafür mit einem ätzenden Spottgedicht auf Nero, worauf dieser ihn vom Hof verbannte. Von seinem Onkel Seneca beraten, wollte Lucanus sich in Tibur, quasi vor den Toren Roms, niederlassen, um dort die weitere Entwicklung abzuwarten.

Als ich Seneca mit Petronius und Lucanus durch mein Haus führte und er über den Mosaikfußboden schritt, auf dem seine eigenen Worte zu lesen waren, klopfte mir das Herz. Wird er sie entdecken? Wie wird er es aufnehmen?

Mein vorlauter Petronius konnte natürlich seine Zunge nicht im Zaum halten. »Gib acht, Seneca, denn du trampelst auf deinen eigenen Worten herum!«

Seneca blickte zuerst uns erstaunt an und richtete dann seinen Blick auf den Boden. Sorgfältig las er die mit dunklen Steinen eingelegten Sprüche, lächelte und sagte: »Fulvius, du beschämst mich. Doch du kennst meine Schriften, du weißt, wie ich denke. Philosophie lehrt handeln, nicht schwatzen, und die Rede eines Menschen entspricht seinem Leben.« Er wies mit einer anmutigen Gebärde seiner schlanken, von Altersflecken gesprenkelten Hände auf den Boden. »Wenn diese Worte dir dasselbe bedeuten wie mir, so laß uns Freunde sein – Freunde im Geist.«

Wäre nur Seneca Kaiser gewesen und nicht Nero!

Lucanus, ein feingliedriger junger Mann mit offenem, ausdrucksvollem Gesicht, sprach nur wenig. Was er aber sagte, verriet scharfe Beobachtungsgabe und gründliches Wissen. Als Schüler des berühmten Stoikers Cornutus und Verfasser mehrerer Epen, einer Tragödie und zahlreicher kleinerer Werke, war er vor allem durch sein Geschichtsepos ›Pharsalia‹ bekannt geworden, das die Schlacht bei Pharsalos und den Bürgerkrieg zwischen Caesar und Pompeius zum Inhalt hatte. Nero hatte ihn zum Quaestor und Auguren ernannt und ihn mit Gunstbeweisen überhäuft. Nach dem Bekanntwerden des Spottgedichtes schlug die kaiserliche Gnade ins Gegenteil um; plötzlich besaß Lucanus fast keine Freunde mehr in Rom. Als echtem Stoiker schien ihm das wenig auszumachen. Ohne sich im geringsten um eine Versöhnung mit Nero zu bemühen, lebte und arbeitete er ruhig weiter. Als auch sein Onkel Seneca in Ungnade fiel, beschloß Lucanus, sich vorläufig von Rom fernzuhalten.

»Du bist mir als Gast willkommen, bis du ein geeignetes Heim in Tibur gefunden hast«, bot ich Lucanus an, denn er war mir sofort sympathisch.

Seneca warnte mich spöttisch: »Gib acht, Fulvius, was du tust! Lucanus ist beim Kaiser in Ungnade, und jedermann weiß, wie gefährlich so eine Ungnade werden kann. Versuche diesen dreisten Burschen schnell wieder loszuwerden! Wäre er nicht mein Neffe, ich hätte es gar nicht gewagt, dich mit ihm zu behelligen. In meinem Tusculaner Haus zu wohnen, lehnt er ab, denn er will mit den Musen allein unter seinem eigenen Dach leben.«

Petronius warf ein: »Aber sie sind doch Kollegen. Fulvius ist Historiker und Lucanus auf seine Art auch. Dein Neffe, Seneca, ist sogar ein Geschichtsschreiber ganz besonderer Art; denn er teilt uns die Ereignisse in Versen mit. Das geht schnell von der Hand, klingt gut, läßt sich angenehm vortragen und hinterläßt bei jedermann einen tiefen Eindruck. Nero war von der ›Pharsalia‹ so ergriffen, daß er den Saal verließ. Und nun scheint für Lucanus die kaiserliche Sonne nicht mehr. Umgekehrt hat allerdings noch niemand versucht, einmal bei des Kaisers Vorträgen davonzulaufen. Zwar ist schon einmal jemand dabei eingeschlafen, doch er wurde dafür nur milde mit Zwangsarbeit in den Bergwerken bestraft. Du aber bist frei, Lucanus, und kannst weiterhin Geschichte in Versen schreiben, es gibt ja noch so viel davon – Geschichte, meine ich.«

Lucanus war keineswegs beleidigt, hatte geduldig zugehört und gab die ruhige Antwort: »Ich weiß, daß du meine Form der Geschichtsschreibung nicht schätzt. Essen muß man, trinken muß man und schlafen auch. Bücher aber haben den Vorzug, daß man sie weder kaufen noch lesen muß.«

»Du vergißt die Neugierde, Lucanus. Hat man zwölf Speisen versucht, so will man auch bei der dreizehnten wissen, wie sie schmeckt. Vielleicht verdankst du dieser Tatsache deinen Ruhm.«

Ich blickte besorgt Seneca an, doch der schmunzelte vergnügt und schien an dieser von freundschaftlichem Spott getragenen Unterhaltung seine helle Freude zu haben.

Lucanus schlug ein anderes Thema an: »Wie geht es bei Hof? Laß uns arme Verstoßene ein wenig an diesem glanzvollen Leben teilnehmen und berichte von unseres göttlichen Nero neuen Taten.«

»Göttlich?« fragte Petronius mit gespieltem Erstaunen. »Nero ist nicht Caligula. Erst kürzlich hat er beim Anblick des von den Architekten gefertigten Modells seines Goldenen Hauses den Ausspruch getan: ›Wenn es vollendet ist, werde ich endlich wohnen können wie ein Mensch.‹ Zeugt dies nicht von Einsicht und maßvoller Bescheidenheit? Die Bauarbeiten sind übrigens ein Schauspiel ohnegleichen, und ganz Rom genießt es. Die Baumeister Celer und Severus haben dabei völlig freie Hand. Sie arbeiten mit über fünfzig Unterbaumeistern, Hunderten von Fachhandwerkern und einem vieltausendfachen Heer von Sklaven. Weniger Freude bereitet dies der kaiserlichen Finanzkasse, denn sie muß die Gelder dafür herbeischaffen. Nero begegnet solchen Problemen auf seine großzügige Art: ›Haben wir nicht Städte und Provinzen? Strotzen die Tempel nicht vor unnützem Gold?‹ In diesen Tagen geschieht, was niemand in Rom für möglich hielt, was selbst Caligula nicht wagte: die römischen Tempel werden geplündert. Weihegeschenke vieler Jahrhunderte wandern in die kaiserlichen Schmelzöfen und werden zu Münzen geprägt, während man die Provinzen mit neuen, höchst einfallsreichen Steuern auspreßt. Dir, Fulvius, habe ich einmal in einem Brief nach Caesarea geschrieben, daß mit Nero nun endlich das Goldene Zeitalter gekommen sei. Du siehst, was aus diesem Wunschtraum geworden ist: ein goldenes Haus für den Kaiser.«

Alle schwiegen wir nachdenklich, bis Seneca sagte: »Bei uns, lieber Petronius, sind deine Worte gut aufgehoben. Du hast dir deine Enttäuschung vom Herzen geredet, und ich verstehe dich gut. Jetzt aber wandle dich wieder zum Stoiker und versuche dir trotz allem das Vertrauen des Kaisers zu bewahren. Du gehörst zu den wenigen, die noch einen guten Einfluß auf ihn ausüben, nütze damit dir und dem ganzen Reich. Und vergiß nicht: Was das Schicksal uns in den Schoß wirft, sollen wir im Bewußtsein besitzen, daß es uns jeden Augenblick wieder genommen werden kann. Fortuna ist eine launische, zügellose Herrin, die sich um ihre Sklaven wenig kümmert. Sie pflegt Strafen und Belohnungen willkürlich auszuteilen.«

Lucanus ließ sich dann doch nicht in Tibur nieder, sondern wohnte während der noch folgenden kurzen Zeit seines Lebens bei Seneca in Tusculum.

Einige Monate später sandte mir Petronius aus Rom einen Brief, in dem er unter anderem schrieb:

»Ich habe die Neuausgabe deiner Geschichtsbücher dem Kaiser wieder einmal anempfohlen und siehe da: er geruhte darin zu blättern. Momentan berauscht er sich ohnehin gerne an der glanzvollen römischen Geschichte, die, wie er glaubt, in seiner Regierung als absolutem Höhepunkt gipfelt. Danach kann es nur wieder abwärtsgehen, meint er, und so hätten die Römer allen Grund, die Götter um ein langes Leben für den Kaiser anzuflehen.

Jetzt aber zum Wichtigsten: Nero will dich sehen. Seit die Prunkräume seines Goldenen Hauses vollendet wurden, empfängt er wieder gerne Gäste. Ich habe den Auftrag, dich bei nächster Gelegenheit ganz zwanglos einzuladen, denn bei Künstlern und Literaten liebt er keine steifen Audienzen. Als Schauspieler empfängt er seinesgleichen, als Dichter die Dichter, als Musiker die Musiker. Du verstehst? Wir sehen uns also bei nächster Gelegenheit in Rom.«

Damals war Neros monströser Palast zu etwa einem Drittel

vollendet, noch immer aber wurde gebaut, gegraben, gemeißelt, gemalt und gepflanzt. Das Goldene Haus erstreckte sich vom Palatin zum Esquilin und wucherte noch bis zu den Füßen des Mons Caelius. Petronius war es gelungen, dem von ihm geförderten Maler Fabullus die Ausmalung des Goldenen Hauses zu übertragen. Fabullus hat alle Erwartungen glänzend erfüllt. Mit zwanzig Gehilfen arbeitete er jahrelang wie besessen, bis sämtliche Räume mit seinen unvergleichlichen Architektur- und Phantasiemotiven geschmückt waren. Fabullus pflegte in einer weißen, seidenen Toga zu arbeiten, die er sofort wechselte, wenn sie Farbflecke aufwies. Nero duldete alle seine Launen und schenkte ihm eine prächtige Villa am Nemisee.

Das Goldene Haus bestand aus zahlreichen Haupt- und Nebengebäuden, die von Gärten, Wildgehegen, Teichen, Weinbergen, Wäldern, kleinen Tempeln sowie Bädern mit Süß- und Salzwasserbecken umgeben waren. Der dreireihige Porticus vor der Hauptfassade maß eine Meile.

Während ich, geleitet von zwei Prätorianern, beim Palatin das Haus betrat, wurde gerade im Vestibulum gearbeitet, wo schon die hundertzwanzig Fuß hohe Kolossalstatue Neros aufgestellt war. Es steht mir nicht zu, Kaiser Vespasian zu tadeln, doch ich bedauere es, daß er Neros Goldenes Haus zerstört hat, um dort sein Amphitheater zu errichten. Man hätte es als Denkmal kaiserlichen Wahns bewahren sollen. Scharen von Arbeitern klopften, bohrten und schabten, während ich mit meinen Begleitern durch endlose Korridore und halbfertige Räume schritt. In den von Nero jetzt gelegentlich bewohnten Teilen des Palastes waren keine Arbeitsgeräusche mehr zu vernehmen, hier herrschte die im Bannkreis des Herrn der Welt gebotene weihevolle Stille.

Nero hielt sich in dem von ihm bevorzugten Saal mit der goldenen Decke auf, wo die beiden Prätorianer mich verließen. Der Prunk dieses Raumes war ungeheuerlich. Gold, Silber, Edelsteine, Gemmen, bunter Marmor, schimmernde Bronze und kostbare Möbel fügten sich zu einer kunstvollen, sinnbetörenden Einheit.

Nero saß lässig zurückgelehnt in einem goldenen thronartigen Sessel, um ihn standen einige Männer, darunter Petronius.

Ich war mit einer tiefen Verneigung stehengeblieben, als Petronius auf mich zuging. Er führte mich vor Nero und sagte: »Dies ist Fulvius Judas, der Historiker, in dessen Werken du kürzlich zu lesen geruhtest.«

Nero richtete seine schwachsichtigen, blaugrauen Augen auf mich. Ich hatte den Kaiser nur einmal auf der Straße von Ferne gesehen und stellte fest, wie wenig er seinen Bildnissen glich. Er trug sein schütteres blondes Haar in lang herabwallenden Locken, ein rötlicher Bart umrahmte sein Doppelkinn, das in einen dicken kurzen Hals überging. Der fette, aufgeschwemmte Körper war in ein buntes, fransengeschmücktes orientalisches Gewand gehüllt. An seinen überraschend schlanken Händen trug er mehrere Ringe mit prachtvollen Gemmen. Seine Füße waren unbekleidet.

»Ah, Fulvius, ich grüße dich. Mit deinen Büchern hast du zum Ruhme unseres Reiches beigetragen. Wir alle versuchen seinen Glanz zu mehren – jeder auf seine Art, nicht wahr, meine Freunde?«

Alle nickten und einer murmelte: »Gewiß, erhabener Augustus, dir und dem Reich gehört unsere Kraft, unser ganzes Leben.«

Mit einer herrischen Geste befahl Nero: »Weg mit den Bauplänen, mit dem ewigen Papierkram. Fulvius soll uns von seinen Reisen erzählen, aber nichts Langweiliges, hörst du!«

Da ich wußte, daß Nero schon lange eine Griechenlandreise plante, erzählte ich von Athen, Delphi und Epidauros.

»Da hört ihr es!« rief Nero, als ich begeistert Athen geschildert hatte. »Jeder kennt diese glänzende Stadt, nur Nero nicht. Sobald Rom nach meinen Plänen wie Phönix aus der Asche, schöner als je zuvor, wiedererstanden ist, werden wir eine Hellasreise unternehmen.«

Nero sprach mit wohltönender, geschulter Stimme und mischte häufig griechische Wörter, auch ganze Sätze, in seine Rede. Trotz seiner unvorteilhaften körperlichen Erscheinung ging etwas Strahlendes von ihm aus. Vielleicht war es der Glanz, den dieses hohe Amt verleiht, diese unfaßbare Allmacht über Menschen und Dinge. Es würde diesen Mann nur einen Wink kosten, um alle, die jetzt ehrerbietig seinen Stuhl umstanden, in den Tod zu schicken. Sein Befehl ließ Paläste und Gärten erstehen, konnte Kriege auslösen, ganze Völkerstämme vernichten, Menschen erhöhen oder erniedrigen. In diesem Augenblick verstand ich Caligulas Wahnsinn und Neros launenhafte Willkür. Nur ganz starke Menschen ertragen ein solches Amt, nur sie sind imstande, ihre Allmacht zum Nutzen des Reiches und der Völker einzusetzen.

Nach meinem kurzen Reisebericht wurde Nero sichtlich gelöst und heiter. Mit froher Stimme sagte er: »Hellas, meine Freunde, Hellas ist für Nero wie ein Zauberwort. Römische Kraft und griechischen Geist will ich zu einem untrennbaren Ganzen verschmelzen. Die ganze Welt soll sich glücklich preisen, unter Neros Herrschaft zu leben. Ist Rom erst einmal aufgebaut, dann wollen wir neue kühne Pläne verwirklichen. Was hältst du davon, Petronius, den Averner See mit Ostia durch einen Kanal zu verbinden? Wir könnten uns dadurch den mühsamen Landweg ersparen und müßten auf stürmischer See in den Wintermonaten nicht um unser Leben bangen. Stellt es euch nur vor: In bequemer Barke geruhsam durch Latium und Campania gleiten, schnell, sicher und sorglos. Wer von uns möchte nicht auf diese Weise nach Baiae oder Cumae reisen? Nun, Petronius?«

»Ein kühner Plan, erhabener Augustus, ein verlockender Gedanke. Ich sehe mich schon an Deck eines prächtigen Schiffes, in schwellende Polster gebettet, von Sklavinnen gefächelt, von leiser Musik umschmeichelt und mit dem frohen Gedanken: dies hat uns Nero geschenkt ...«

Der Kaiser nickte zufrieden. »Dies und noch mehr werden wir verwirklichen. Sporus, laß uns Wein bringen, wir wollen darauf einen Becher leeren.« Da sich nichts regte, rief Nero etwas lauter: »Sporus, wo steckst du denn?«

Von einem Ruhebett im Hintergrund des Saales erhob sich jetzt Neros verschnittener Geliebter, ein wohlgestalter rundlicher Knabe von vielleicht fünfzehn Jahren, bekleidet mit einer knappen seidenen Tunika. Er ging wie eine Frau mit kurzen zierlichen Schritten und hatte eine schmollende Miene aufgesetzt.

Nero umfing ihn mit liebevollen Blicken. »Du hast wieder einmal geschlafen, wie? Der Kerl verschläft noch sein ganzes Leben.«

»Er muß untertags nachholen, was er nachts versäumt. Bedenke, Augustus, daß nur wenige deine starke Natur besitzen. Also verzeihe ihm seinen Schlummer.«

Nero lachte. »Petronius findet immer die rechten Worte und spricht sie aus, ehe ihr anderen überhaupt einen Gedanken faßt. Komm her, Sporus, ich sehe, der Schlaf hat dir gutgetan, du siehst frisch und verlockend aus wie ein reifer Pfirsich.«

Sporus setzte sich unbefangen auf Neros Schoß, während dieser die prallen Schenkel seines Lieblings tätschelte. Inzwischen hatte eine Schar junger Sklaven Weinkrüge und goldene Becher herbeigeschafft. Einer der goldenen Becher fiel hell klingend auf den mit edlen Steinen eingelegten Boden. Die schuldige Sklavin, ein dünnes, noch halb kindliches Mädchen, erstarrte in angstvollem Schrecken. Nero bemerkte es und scherzte gutmütig: »Du brauchst nicht zu erschrecken, Kleine. Gold ist unzerbrechlich, auch haben wir genug davon. Es sind ganz andere, die Nero fürchten müssen, ganz andere ...«

Es war als wehe ein eisiger Hauch durch den Raum. Ein Sklave hatte den Becher aufgehoben, betrachtete ihn genau und murmelte: »Etwas verbeult ist er doch.«

Wollte er damit eine Strafe auf die Kleine lenken?

Nero streckte seine Hand aus. »Gib her!«

Er nahm den Becher, befühlte ihn und sagte dann: »Es ist kaum zu sehen, doch hier – ja hier ist eine kleine Beule. Soll der Kaiser aus schadhaften Bechern trinken?«

Seine Stimme klang drohend, während die schuldige Sklavin zitterte wie eine Pappel im Wind und Tränen über ihr schmales Gesichtchen rannen.

Nero lachte plötzlich schallend. »Was soll denn Fulvius vom Kaiser denken? Soll er den Eindruck gewinnen, daß Nero seine Sklaven peinigt?« Er wandte sich zu dem Mädchen. »Kannst du fangen? Da! Fang ihn auf, er gehört dir, da er nun schon einmal verbeult ist.«

Trotz ihrer Angst fing die Kleine den Becher geschickt auf. Dann fiel sie dem Kaiser zu Füßen und küßte sein Fransengewand.

Petronius blickte mich bedeutsam an, als wolle er sagen: Nun siehst du es selbst – dies ist der andere Nero. Nach dieser Szene tranken wir alle von dem vorzüglichen Wein, bis Nero plötzlich aufsprang. Er war mittelgroß und sah mit einmal aus wie ein verfetteter germanischer Küchensklave mit seinen blonden Haaren, den bläulichen Augen, dem feisten, vom schmalen rötlichen Bart umrahmten Doppelkinn.

»Jetzt aber hinaus mit euch. Severus soll kommen, auch Epaphroditus brauche ich. Wäre ich nicht der Kaiser, ich könnte mein Brot längst als Baumeister verdienen. Rom ist nicht an einem Tag erbaut worden, wir können es auch nicht an einem Tag wiedererrichten. Petronius, du bleibst! Fulvius und ihr anderen, lebt wohl!«

Während Nero dies schnell und ungeduldig hervorstieß, betrat Tigellinus den Saal. Ich hatte ihn noch nie gesehen, doch wußte ich sofort, daß er es war. Die prächtige halbmilitärische Kleidung saß wie angegossen an seiner schlanken sehnigen Gestalt, doch sein von Lastern gekennzeichnetes Gesicht mit den kleinen, schwarzen unsteten Augen, die uns alle mißtrauisch musterten, machte den guten Eindruck zunichte.

Beim Hinausgehen sah ich gerade noch, wie Tigellinus dem Kaiser etwas ins Ohr zischelte, während er Petronius mit feindseliger Nichtachtung strafte.

Wer wohl da wieder angeschwärzt wurde? Welche vermeintliche Verschwörung galt es diesmal aufzudecken?

Ich beneidete Petronius nicht um seine Stellung bei Hof und wunderte mich, daß er es so lange aushielt.

Auf Umwegen erfuhr Petronius, was – abgesehen davon, daß Tigellinus jeden Freund des Kaisers mit neidvollem Haß verfolgte – eine der Hauptursachen seiner Abneigung war. Da der Prätorianerpräfekt wohl niemals ein Buch zur Hand nahm, war ihm böswillig eingeredet worden, das in Petronius' satirischen Büchern geschilderte Gastmahl des Trimalchio sei eine Verhöhnung seines eigenen für Nero nach dessen Rückkehr von Neapel gegebenen Festes. Daß Petronius diese Szene aber schon lange vorher geschrieben und auch veröffentlicht hatte, wußte Tigellinus entweder nicht oder er ignorierte es.

Doch sollte ich besser der Reihe nach berichten. Daß Nero sich schon lange für einen begnadeten Sänger und Schauspieler hielt, war längst bekanntgeworden. Er aber litt darunter, daß ihm bisher ein großer öffentlicher Auftritt versagt gewesen war, doch in Wahrheit hatte er einen solchen noch immer nicht gewagt, weil er den Spott der Römer fürchtete. Also wählte er Neapolis dafür aus und plante, von dort aus endlich seine Griechenlandreise anzutreten. Für den großen Auftritt hatte er seine Stimme mit allen nur möglichen Mitteln geschult und gekräftigt, doch es war nichts Rechtes daraus geworden, was ihm freilich niemand zu sagen wagte. Im Gegenteil, er hörte von allen Seiten Lob und Ermunterung, so daß er schließlich von seinem Talent felsenfest überzeugt war. Auch Petronius gehörte dem Gefolge an, das den Kaiser nach Neapel begleitete, und hat mir alles getreulich berichtet.

Das größte Theater der Stadt brach im Ansturm der vielen Menschen fast zusammen, denn die Gelegenheit, Nero zu sehen und sogar noch singen zu hören, wollte sich niemand entgehen lassen. Von Alexandria mußte ein zusätzlicher Schiffsdienst eingerichtet werden, da auch aus Ägypten die Neugierigen herbeiströmten. Um ganz sicherzugehen, hatte Nero noch über tausend bezahlte Claqueure anwerben lassen, damit er nur ja des Beifalls sicher sein konnte. Neros Auftritt war dann auch ein glänzender Erfolg. Noch während seines Gesangs tobte der Beifall aus Tausenden von Kehlen durch das überfüllte Theater. Nero glaubte natürlich, dieser Jubel gelte seiner schönen Stimme, während er doch eigentlich dem beim Volk noch immer beliebten Kaiser zugedacht war. Nachdem alle das Theater verlassen hatten, stürzte es durch ein plötzliches Erdbeben ein, ohne daß irgendwer zu Schaden kam.

Neros Ruf, ein besonderer Liebling der Götter zu sein, war dadurch wieder einmal gefestigt.

Die Griechenlandreise aber wurde aufgegeben, weil sich der Kaiser plötzlich entschloß, nach Alexandria zu fahren. In einem Anfall von Frömmigkeit betete er vor der Abreise in verschiedenen Tempeln um eine sichere Überfahrt und blieb dabei im Vestatempel mit seiner Toga an einer Statue hängen. »Seht!« rief er aus, »die Götter wollen mich in Rom festhalten.« Daraufhin wurde die Reise abgesagt, was Alexandria vermutlich viel Kosten und Ärger ersparte.

Um den Kaiser abzulenken, lud Tigellinus ihn zu einem prächtigen Fest, das er nicht in seinem Haus, sondern auf einem eigens dafür gebauten Floß im Agrippateich beim Marsfeld veranstaltete. Golden und silbern angestrichene Boote, von ausgesucht schönen Knaben gerudert, wurden vor das Floß gespannt, damit es im Teich herumfahren konnte. Am Ufer waren Anlegestellen errichtet, wo in geschmückten Prunkzelten die schönsten Kurtisanen Roms der Besucher harrten. Auf dem mit allem erdenklichen Luxus ausgestatteten Floß richtete Tigellinus sein berühmt gewordenes Gastmahl an, das mit den seltensten Speisen und den erlesensten Weinen glänzte. Nackte Dirnen und Lustknaben waren in dichten Reihen am Ufer aufgestellt und erleuchteten mit Fackeln das protzige Fest des Emporkömmlings.

Nero war begeistert, lobte Tigellinus mehrmals vor allen Gästen und meinte: »Feste zu feiern ist eine Kunst, die nicht jedermann beherrscht.«

Daß dieses Fest dann gegen Mitternacht in eine wüste, schamlose Orgie ausartete, war dem Tigellinus durchaus erwünscht, denn er wollte Nero so noch stärker an sich fesseln.

In Rom wurde noch lange von diesem Gastmahl gesprochen, doch bald darauf brach der große Brand aus und die Menschen hatten andere Sorgen.

10

Während das Goldene Haus ganze Stadtviertel verschlang und in beispielloser Schnelligkeit seiner Vollendung zustrebte, ballte sich über Rom ein schweres Gewitter zusammen, das viele Menschen vernichten sollte. Am Anfang dieser Ereignisse, ohne mit ihnen verknüpft zu sein, stand Poppaeas Tod. Die Kaiserin war zum zweiten Male schwanger geworden. Nero freute sich zwar, doch eine dick und häßlich gewordene Poppaea war nicht nach seinem Geschmack.

So amüsierte er sich bei Wagenrennen mit Acte, seiner Lieblingsmätresse, lud seine Freunde zu Lustfahrten auf dem Tiber nach Ostia ein, wozu vornehme Frauen und Knaben zwangsweise eingeladen und von Neros betrunkenen Gästen mißbraucht wurden.

Als er sich nach längerer Zeit einmal wieder bei Poppaea sehen ließ und diese ihm wegen seines Lotterlebens Vorhaltungen machte, traktierte er die Hochschwangere in jäh aufflammendem Zorn mit Fußtritten. Sie erlitt eine Fehlgeburt und starb. Der Totschlag wurde als Unglücksfall hingestellt, und wieder war die Trauer groß.

Kurz darauf kam es zu der von Calpurnius Piso angezettelten Verschwörung, die schließlich neben den wirklich daran Beteiligten zahllose Unschuldige in ihren tödlichen Sog ziehen sollte.

Da über diese Sache inzwischen so viel geredet und geschrieben wurde, möchte ich nur die wichtigsten Verschwörer nennen und mich im übrigen darauf beschränken, das Schicksal Senecas, Petronius', wie auch mein eigenes und das meiner Familie darzustellen.

Nach allem, was man heute weiß, waren neben Piso hauptsächlich an der Verschwörung beteiligt: die Prätorianer Sulpicius Asper und Subrius Flavus, die Senatoren Flavius Scaevinus und Afrianus Quintianus sowie Plautius Lateranus, der Neffe des Britanniensiegers, und Senecas Neffe Lucanus, der durch sein Spottgedicht in Ungnade gefallene. Daß weder Seneca noch Petronius direkt daran beteiligt sein konnten, leuchtete jedem ein, der die beiden kannte. Seneca wäre niemals imstande gewesen, seinem ehemaligen Schüler etwas anzutun, während Petronius, obwohl er nie davon sprach, vermutlich von den Plänen der Verschwörer wußte, sie aber nicht unterstützte.

Der Kreis der Verschwörer vergrößerte sich noch während des Konsulats von Silius Nerva und Atticus Vestinus. Weitere Senatoren, Ritter und Prätorianer stießen hinzu, auch einige Frauen schlossen sich an. So unterschiedlich die Motive dieser Menschen auch waren, so sehr einigte sie doch die Empörung über Neros zunehmende Sittenlosigkeit und mordlustige Willkür.

Calpurnius Piso, das Haupt der Verschwörung, besaß wegen seines freigebigen, umgänglichen Wesens zahlreiche Freunde. Wenn man ihn allerdings später als sittenstrengen tugendhaften Römer von der alten republikanischen Art hinstellte, so entsprach dies nicht der Wahrheit. Piso war ein sehr gut aussehender, eher leichtsinniger, dem Wohlleben zugeneigter Mann, was ihn beim Volk bekannt und beliebt machte. Daß sich auch Claudius Senecio, der zu Neros engsten Vertrauten zählte, den Verschwörern anschloß, erhöhte deren Zuversicht beträchtlich, denn durch ihn erfuhren sie Genaueres von den Plänen und Gewohnheiten des Kaisers.

Pisos wichtigster Mitverschwörer aber war Faenius Rufus, der von Nero wenig geschätzte Amtskollege des Tigellinus, der einen ausgezeichneten Ruf als fähiger und unbestechlicher Soldat genoß, was ihn freilich an Neros Hof eher verdächtig machte.

Lange berieten die Verschwörer, welche Gelegenheit für einen Anschlag am geeignetsten sei. Die meisten schlugen Pisos Villa in Baiae vor, wo der Kaiser sich gerne aufhielt und ungezwungen bewegte. Dies aber lehnte Piso ab, denn das Gastrecht sei ihm heilig und ein solcher Plan könne nur die Götter erzürnen. Schließlich einigte man sich auf den Tag der Circusspiele zu Ehren der Göttin Ceres in Rom, denen Nero mit Sicherheit beiwohnen würde. Der körperlich kräftige Lateranus sollte sich dem Kaiser auf seinem Weg zur Loge mit einer Bittschrift nähern und ihn dabei festhalten. Danach sollten sich die mit Waffen vertrauten Soldaten unter den Verschwörern auf Nero stürzen und ihn niederstechen. Der Senator Scaevinus bat sich den ersten Stoß aus und zeigte schon lange vorher einen Dolch herum, der angeblich aus einem Fortunatempel stammte. Dieser unvorsichtige Hitzkopf Scaevinus trug schließlich die Hauptschuld am Scheitern der so lange und sorgfältig vorbereiteten Tat. Am Tag vor dem Anschlag ließ er den erwähnten Dolch von seinem Freigelassenen Milichus schleifen und verfaßte unter allerlei geheimnisvollen Andeutungen sein Testament.

Schließlich ließ er sich ein feierliches Mahl bereiten, zu dem er seine Lieblingssklaven einlud und ihnen die Freiheit schenkte. Spät in der Nacht noch befahl er, Verbandszeug und blutstillende Mittel bereitzuhalten, wobei er laut seufzte und einen ziemlich verwirrten Eindruck machte. Dieses seltsame Verhalten erregte das Mißtrauen des Milichus, der zwar seinem Herrn treu dienen, aber nicht an einem Staatsverbrechen beteiligt sein wollte. Es gelang ihm, zu Neros Sekretär Epaphroditus vorzudringen, dem er seine Beobachtungen mitteilte.

Der sofort herbeigeschaffte Scaevinus leugnete alles ab, doch Antonius Notalis, ein häufig bei ihm verkehrender Mitverschwörer, den Milichus erwähnte, ließ sich durch Drohungen einschüchtern und gab Pisos Namen preis. Scaevinus, mit der Folter bedroht, verlor daraufhin jeden Mut und deckte alles auf. Verhaftung folgte auf Verhaftung; für Tigellinus waren es glanzvolle Tage. Die Freigelassene Epicharis, eine frühere Geliebte von Senecas jüngerem Bruder Annaeus Mela, war schon einige Tage zuvor festgenommen worden, weil sie versucht hatte, die Schiffsbesatzungen der in Misenum lagernden Flotte gegen Nero aufzubringen. Nachdem sie von kaisertreuen Offizieren verraten worden war, hielt man sie in Rom fest und wußte nichts Rechtes mit ihr anzufangen, bis die pisonische Verschwörung ans Licht kam. In der Hoffnung, von einer schwachen Frau schnell alles zu erfahren, ließ Nero sie grausam foltern, doch Epicharis gab nichts preis. Ihre Rolle bei der

Verschwörung ist bis heute unklar geblieben, doch ihre Standhaftigkeit und ihr Mut stehen im schroffen Gegensatz zu der jämmerlichen Feigheit der vorher so grimmig entschlossenen übrigen Verschwörer. Als Epicharis mit gebrochenen Gliedern zu einer neuen Folterung geschleppt werden sollte, gelang es ihr, sich mit ihrem Halstuch zu erdrosseln.

Senecio, Lucanus, Piso und noch andere überboten sich unterdessen in Geständnissen, obwohl keiner von ihnen gefoltert wurde. Als Verräterlohn wurde ihnen Straffreiheit zugesichert, doch sie – allesamt kluge Männer – hätten Neros Bosheit und Tigellinus' Rachsucht besser einschätzen müssen. Lucanus, den ich bei seinem Besuch in meinem Haus so sympathisch gefunden hatte, gab sogar die eigene Mutter als Mitwisserin an. Man soll über Menschen in Todesangst nicht richten, doch ist mir diese würdelose Feigheit gerade bei diesen Männern unverständlich, da sie später mit wenigen Ausnahmen mutig und Nero noch im letzten Atemzug verhöhnend in den Tod gingen.

Eine besonders traurige Rolle spielte Faenius Rufus, den bisher noch niemand beschuldigt hatte und der nun zusammen mit Tigellinus die Verhöre durchführte. Piso beging Selbstmord, noch ehe man ihn festnehmen konnte, dann folgte Hinrichtung auf Hinrichtung.

Als Nero den Tribun Subrius Flavus vor seiner Hinrichtung fragte, warum er seinen Eid auf den Kaiser gebrochen habe, antwortete dieser alte Soldat geradeheraus: »Weil ich dich hasse! Und doch war keiner deiner Prätorianer dir treuer, solange du geliebt zu werden verdientest. Zu hassen aber begann ich dich, seitdem du zum Mörder deines Bruders, deiner Mutter, deiner Gattin, zum Wagenlenker, Schauspieler und Brandstifter wurdest.«

Wie man sieht, glaubten noch immer viele Menschen an Neros Schuld beim großen Brand.

Wieder einmal dampfte ganz Rom vor Blut, und es war, als seien die Zeiten Caligulas zurückgekehrt.

Nun war auch die letzte Stunde für den völlig zu Unrecht beschuldigten Seneca gekommen. Nero war glücklich, endlich einen Vorwand zur Beseitigung seines alten Lehrers und Vertrauten gefunden zu haben.

In stoischer Ruhe, gefaßt und heiter ging Seneca in den Tod. Die von Nero in sein Haus gesandten Soldaten hatten den Auftrag, Seneca am Abfassen seines Testaments zu hindern, da der Kaiser alle seine Güter ungeschmälert konfiszieren wollte.

Seinen entsetzten Freunden erklärte Seneca mit ruhiger Stimme: »Aber ihr wißt doch, daß Nero grausam und habgierig ist! Nachdem er Mutter, Bruder und Gattin getötet hat, warum soll ich, sein alter Lehrer, am Leben bleiben? Tigellinus jedenfalls wird seine helle Freude daran haben, und schließlich ist der Tod meinem hohen Alter durchaus angemessen.«

Darauf umarmte Seneca seine weinende Gattin Paulina, doch sie wollte nicht Abschied nehmen, sondern mit ihm gehen. So öffneten sie sich mit demselben Messer nacheinander die Adern. Die Ehegatten waren schon bewußtlos, als Neros Befehl eintraf, Paulina zu retten. Also wurden ihre Handgelenke mit Kompressen verbunden, während Seneca wieder zum Leben erwachte, da sein greisenhaftes Blut nur langsam floß. Er ließ sich von seinem Arzt Statius einen Schierlingsbecher reichen, der aber nur wenig Wirkung zeigte. Schließlich ging Seneca in sein Dampfbad, wo ihm die Hitze endlich den Tod brachte. Paulina lebte nur noch zwei Jahre, zurückgezogen und in tiefer Trauer.

Neros Blutdurst aber fand kein Ende. Senecas älterer Bruder Junius Gallio wurde ebenso in den Tod getrieben wie sein Neffe Lucanus, der seinen feigen Verrat mit einem mutigen Tod sühnte.

Man wird sich fragen, welche Rolle Petronius bei dieser blutigen Tragödie spielte. Zur Ehre meines Freundes sei gesagt, daß er sich nach diesen Ereignissen von Nero abwandte. Von Tigellinus der Mitwisserschaft beschuldigt, zog Petronius sich ohne ein Wort der Verteidigung in sein Haus zurück und wartete in aller Ruhe die weitere Entwicklung ab. Als ich ihn dort besuchte, glaubte er mich warnen zu müssen:

»Von nun an ist es gefährlich, ein Freund des Petronius zu sein. Denke an deine Familie und vergiß mich, denn eigentlich gehöre ich schon zu den Toten. Schau nicht so entsetzt drein! Weißt du nicht, daß Nero weit über den bekannten Volksglauben hinaus die Gabe des bösen Blickes besitzt? Bei ihm ist es nämlich der tödliche Blick. Sobald sein Auge mit Mißtrauen auf jemand ruht, schärft sozusagen der Henker schon sein Schwert oder auch der Arzt sein Skalpell; denn die meisten der Betroffenen ziehen es doch vor, im warmen Bad anstatt im feuchten Kerker zu sterben.«

»Du wirst nicht sterben! Nero muß einsehen, daß du an der Verschwörung nicht beteiligt warst. Schließlich hat dich auch niemand angeklagt.«

Petronius hob gleichmütig die Schultern. »Es genügt, daß Tigellinus mich haßt. Erst kürzlich soll er zu Nero gesagt haben, daß er ihm bald meine murrinische Vase überreichen werde, die er schon so lange zu besitzen wünsche. Nun, es wird manches anders gehen, als die Herren es sich erträumen. Du darfst mich nicht falsch verstehen, Fulvius. Ich billige es durchaus, daß ein Fürst sich gegen einen Anschlag auf sein Leben verteidigt. Die Frage dabei ist nur, warum ein Anschlag geplant war und wie der Fürst gegen die Verschwörer vorgeht. Von Augustus wissen wir, daß er sich seine Feinde zu Freunden machte. Er handelte wie ein wahrer Fürst.

Inzwischen habe ich die bittere Wahrheit erkennen müssen. Der Anschlag war gerechtfertigt, denn aus Nero ist ein zweiter Caligula geworden. Hätte er Piso und seine engsten Mitverschworenen töten lassen – es wäre verständlich. Aber so viele, so viele! Wieviel Unschuldige mögen darunter gewesen sein? Und dazu noch Seneca! Seneca, der mehr wert war, als Nero, Tigellinus und der ganze kaiserliche Hof. Dieser Mann hat Nero geführt und erzogen wie ein zweiter Vater. Wie sehr hat er versucht, die guten Kräfte in dem jungen Fürsten zu wecken, wie sehr hat er sein eigenes Leben, seine Arbeit hintangestellt, um in Nero einen idealen Herrscher heranzubilden. Vergebens! Je älter Nero wurde, desto stärker brach seine Unnatur durch. Den Tod Senecas verzeihe ich Nero niemals, denn mit ihm ist ein Stück römischen Geistes und römischer Größe zugrunde gegangen. Ein Stoiker der alten Schule, ein Dichter und Philosoph ersten Ranges, ein fähiger Staatsmann, ein vorbildlicher Familienvater und ein wunderbarer Freund. Wo findest du solche Eigenschaften in einem Menschen vereinigt? Daß Seneca seine Schwächen hatte – nun, wer hat sie nicht? Es hieß, er sei habgierig gewesen, habe Geld und Güter zusammengerafft, um noch reicher, noch mächtiger zu werden. Wer so redete, kannte diesen Mann nicht. Für ihn war dies nur ein unterhaltsames Spiel, eine Erholung von ernsteren Dingen. Ich kannte ihn und weiß, wie wenig er an Geld und Gut hing, wie einfach er lebte. Seine Mahlzeiten waren so karg, daß viele Sklaven sie abgelehnt hätten, seine Kleidung so einfach, daß Nero ihn dauernd deswegen verspottete. Falls Nero mich noch eine Weile am Leben läßt, werde ich Senecas Biographie zu schreiben beginnen. Sollte mir etwas zustoßen, kannst du sie ja notfalls vollenden.«

Seltsamerweise aber behelligte Nero, nachdem die pisonische Verschwörung in einem Blutbad erstickt war, Petronius mit keinerlei Anklagen oder auch nur Verdächtigungen.

Auf ausdrücklichen Wunsch Neros wurde Petronius wieder an den Hof gezogen, doch er legte keinen Wert mehr darauf, als Freund Neros zu gelten. Er verhielt sich kahl und formell, sagte dem Kaiser auf ironische Weise häufig unbequeme Wahrheiten ins Gesicht und erreichte so, daß Nero ihn allmählich von seinem Freundeskreis ausschloß. Das aber war Tigellinus nicht genug, denn wer einmal auf seiner schwarzen Liste stand, den verfolgte er so ausdauernd wie ein Jäger sein Wild. Ich hatte den Eindruck, daß Petronius dieser Kämpfe und Intrigen allmählich müde wurde.

Dabei wäre es für Petronius ein leichtes gewesen, sich rechtzeitig in Sicherheit zu bringen. Er hatte vor mehreren Jahren ein Landgut bei Messana auf Sizilien geerbt, das er sofort an Lydia weiterverschenkte. Er selbst aber rührte sich nicht von Rom weg, wenn er auch plante, den nächsten Sommer in Cumae zu verbringen. Ich, der ihn viele Jahre seinen engen Freund nennen durfte, weiß, warum er so und nicht anders handelte. Sein Stolz verbot es ihm, Angst zu zeigen und die Flucht zu ergreifen.

»Das sähe aus, als sei ich in irgendeiner Weise schuldig. Nein, mein Freund, diesen Gefallen tue ich Tigellinus nicht.«

Einmal hatte es schon den Anschein gehabt, als sei Petronius' Ende gekommen. Eines Tages um die Mittagsstunde tauchte Lydia bei uns auf, atemlos, verstört und mit tränenfeuchtem Gesicht. »Sie haben ihn verhaftet! Es ist aus mit ihm, nun haben die Verleumder doch gesiegt.«

Da Tigellinus' gnadenloses Wüten gegen die Familienangehörigen von »Verrätern« bekannt war, sandte ich Fulvia mit Lydia zu unserem kleinen Bauerngut bei Praeneste, wo sie vorerst in Sicherheit waren. Kaum waren die beiden Frauen aus dem Haus, traf ein Schreiben meines Freundes ein: »Es ist nichts, seid beruhigt und schickt Lydia wieder zurück. Die Soldaten haben sich im Haus geirrt, es sollte ein anderer verhaftet werden.«

In Rom ging alles seinen gewohnten Gang, doch die Stimmung im Senat wurde immer trüber. Nero hatte schon mehrmals zu verstehen gegeben, daß er der Senatoren eigentlich nicht bedürfe, sie stünden nur wie ein Fremdkörper zwischen ihm und seinem geliebten Volk. Nach Neros Tod wurde ein geheimer, mit Tigellinus abgesprochener Plan aufgedeckt, demzufolge etwa hundert Senatoren aus den einflußreichsten Familien bei einem einzigen Handstreich getötet werden sollten. Alle übrigen sollten eingekerkert oder in die Verbannung geschickt werden. Danach wollte Nero den Senat für abgeschafft erklären und nur noch mit Hilfe seiner ihm treu ergebener Freigelassenen und Beamten aus dem Ritterstand regieren. Daß ihn der aus kleinen Verhältnissen stammende Plebejer Tigellinus und sein Sekretär, der Freigelassene Epaphroditus dabei unterstützten und auf Durchführung dieses Planes drangen, muß kaum noch erwähnt werden.

Nero legte sich jetzt bei all seinen Taten keinen Zwang mehr auf. Sein in jeder Hinsicht schändliches Treiben fand sozusagen vor aller Augen statt. Wollte er irgend jemand aus dem Weg haben, so machte er sich gar nicht mehr die Mühe, eine Anklage zu konstruieren oder ein Verbrechen zu erfinden, sondern sandte einfach eine Prätorianerkohorte zu dem betreffenden Haus, was einer Aufforderung zum Selbstmord gleichkam. Wer damit zögerte, dem halfen die darin schon sehr geübten Soldaten nach. Auf diese Weise kam Nero auch zu seiner dritten Frau Statilia Messalina, die noch mit dem Konsul Vestinus verheiratet war, der sie allerdings schon geraume Zeit mit dem Kaiser teilen mußte. Gegen den Konsul fand sich nun weder eine Anklage noch ein Ankläger, bis Tigellinus darauf hinwies, daß Vestinus durch seine vielen kräftigen jungen Sklaven schon längst verdächtig sei.

»Das sieht nach einem Privatheer aus, um eine neue Verschwörung gegen mich anzuzetteln«, äußerte Nero, was Tigellinus als klaren Befehl auffaßte. So wurde der völlig ahnungslose Vestinus bei einem Gastmahl festgenommen und in sein Schlafzimmer gebracht, wo ihm ein Arzt sofort die Adern öffnete. Da der Tod nicht schnell genug eintrat, sperrten sie den Unglücklichen in sein eigenes für die Gäste schon vorgeheiztes Dampfbad, bis er erstickt war.

Bald darauf heiratete Nero die nun verwitwete Statilia Messalina, doch schien dies nur eine flüchtige Laune gewesen zu sein, denn danach kümmerte er sich kaum noch um seine Frau, die sehr zurückgezogen lebte und ihre hohe Stellung niemals mißbrauchte. Übrigens hatte sich Nero zuvor noch ein zweites Mal mit einem Mann vermählt, und zwar mit seinem Freigelassenen Doryphoros, den er feierlich zum Brautbett führte, wo ihn dieser zu vergewaltigen hatte. Nero schämte sich nicht, dabei auch noch zu schreien und zu stöhnen wie eine Frau, der man Gewalt antut. Durch die Dienerschaft erfuhr natürlich ganz Rom von solchen Vorgängen, die zwar den Pöbel belustigten, alle rechtschaffenen Menschen aber empören mußten. Als er seiner männlichen Gemahlin überdrüssig geworden war, ließ er Doryphoros vergiften, was vielleicht auch auf Wunsch Poppaeas geschah, die ihn nicht mochte.

Wie um sich selber zu beruhigen und seine Exzesse zu rechtfertigen, machte Nero mehrmals die Bemerkung, er sei nun einmal der Kaiser und dem müsse alles erlaubt sein.

11

In unsere ländliche Abgeschiedenheit am Rande Tiburs drang von diesen Ereignissen wenig. Was ich von Petronius erfuhr, behielt ich bei mir. Zwar konnte ich Fulvia den Tod Senecas nicht verschweigen und deutete auch an, daß Petronius sich in einer unsicheren Lage befand, doch empfanden wir unser Haus als sicheren Hort, als eine befestigte Burg, an deren Mauern jede Gefahr abprallen würde. Du, Philon, verbrachtest deine Tage mit dem Hauslehrer, während Demetrios wie ein rechtes Landkind heranwuchs und mehr in den Ställen und auf den Bäumen zu finden war als im Kreise seiner Familie. Mit den Nachbarn pflegten wir kaum Verkehr, um so mehr als diese ihre Landhäuser nur selten bewohnten und sich meist in Rom aufhielten. Ich selbst war so in die Rolle eines ländlichen Gutsbesitzers gewachsen, daß ich oft daran dachte, wie sehr Simon, mein Vater, sich darüber gefreut hätte. Seit ich eine Familie besaß, bedeutete mir das städtische Leben nichts mehr. Wären nicht die gelegentlichen Besuche in den Bibliotheken und bei Petronius gewesen, ich hätte Rom leicht entbehren können.

Nicht so Eli, mein christlicher Diener. Obwohl noch immer dann und wann Christen festgenommen und hingerichtet wurden, nahm Eli jede Gefahr auf sich, um an den Zusammenkünften mit seinen Glaubensbrüdern teilzunehmen. Neuerdings befand sich Paulus wieder in Rom und stand ein zweites Mal als Gefangener unter Hausarrest. Er durfte gelegentlich Gäste empfangen, konnte auch vor kleinem Kreis predigen, doch waren immer Spitzel anwesend, die genau auf seine Worte achteten. Diesem Umstand und seiner geringen Beliebtheit bei den römischen Judenchristen ist es zuzuschreiben, daß nicht Paulus nach Petrus' Tod zum Führer der römischen Christen wurde, sondern Linus, ein noch junger, glaubenseifriger Mann, der aus Volterra stammte. Ich sah und sehe diese ganze, angeblich auf Jesu Lehre gegründete Bewegung zum Scheitern verurteilt, da sich niemals größere Bevölkerungsgruppen für eine Lehre gewinnen lassen, in der Armut und Feindesliebe gepredigt werden. Zum anderen glaube ich, daß die Christen bald an ihren inneren Streitigkeiten zugrunde gehen werden. Schon jetzt gibt es drei oder vier Glaubensrichtungen, die sich über den Sinn des Abendmahls und anderer Dinge nicht einig werden können. Mich berührten diese Probleme schon damals nur noch aus Gründen einer sentimentalen Neugier, da ich doch weiterverfolgen wollte, wie die Lehre des Rabbi Jesus, dem ich einst so nahegestanden hatte, sich in Zukunft entwickeln würde.

Wieder zogen die Sommermonate mit einem heißen, von vielen Gewittern unterbrochenen Juni ins Land. Durch die kurzen, aber sehr kräftigen Regengüsse standen unsere Felder prächtig. Die Weiden grünten, das Korn schoß in die Höhe, die Weinstöcke blühten, das Vieh lag abends wiederkäuend in den Ställen, und im Morgengrauen dampfte die frisch gemolkene Milch in den Eimern. Mein Glück wäre vollkommen gewesen – falls dieses kühne Wort für unser irdisches Leben erlaubt ist –, hätte ich mir nicht um Petronius Sorgen gemacht. Seit vielen Wochen war keine Nachricht mehr von ihm eingetroffen; in seinem letzten Brief hatte er mich dringend gebeten, ihn nicht zu besuchen, da etwas gegen ihn Gerichtetes im Gange sei.

Und dann stand er plötzlich wie ein einfacher Wanderer vor unserer Tür. Als mein Pförtner mir meldete, daß ein gewisser Titus mich zu sprechen wünsche, wußte ich sofort, daß er es war.

Ein mehrtägiger Bart umrahmte stachelig sein dennoch so vertrautes Gesicht, und er lachte uns fröhlich entgegen. Als er mit Fulvia und mir alleine war, trat er ganz nahe an uns heran und flüsterte mit Verschwörerstimme: »Ich bin Titus ... ein Freigelassener des Petronius ... aus seinem Hause geflohen ... Nehmt ihr mich für einige Tage auf?«

Nichts taten wir lieber. Was er uns dann zu berichten hatte, klang allerdings weniger fröhlich. Sein Haus wurde seit Wochen von Spitzeln des Tigellinus beobachtet, ohne daß zunächst Weiteres geschah. Als Petronius um eine Audienz bei Nero nachsuchte, da er annahm, daß dieser von der Überwachung nichts wußte, wurde er nicht vorgelassen.

»Auch dahinter steckt Tigellinus, denn ich bin sicher, daß Nero mich jederzeit empfangen würde. Tigellinus hat den Kaiser völlig in der Hand, da er ihm ständig Angst vor Feinden und Verschwörern einjagt und ihm einredet, nur er könne ihn vor Mördern und Staatsfeinden bewahren. Als ich vorgestern für einige Stunden das Haus verließ, wurde ohne irgendeine Begründung ein Teil meines Hausgesindes festgenommen und abgeführt. Vermutlich wird Tigellinus jetzt einen oder mehrere meiner Sklaven durch Drohung oder Bestechung zu einer belastenden Aussage bringen. Fast alle meiner sogenannten Freunde sind unauffindbar. Es ist, als bewege ich mich wie ein Aussätziger in einem leeren Raum. So habe ich gestern um Mitternacht kurz entschlossen ein Dienergewand angelegt und mich durch den Garten davongeschlichen. Die Wanderung zu euch nach Tibur hat mir gutgetan – ich fühle mich so frei und ungebunden wie damals, als ich zusammen mit dir, mein Fulvius, durch die römischen Schenken streifte.«

Ich konnte seine Zuversicht nicht teilen, fragte ihn aber nur, was er weiterhin zu tun gedenke.

»Falls dich und Fulvia meine Gegenwart nicht ängstigt, laßt mich an eurer Seite für ein paar Tage den Landmann spielen. Lydia ist schon seit einigen Wochen in Cumae, und dorthin möchte ich auch.«

Ich weiß selber nicht, warum ich mich so spontan entschloß, Petronius nach Cumae zu begleiten. Vielleicht wiegte ich mich in der trügerischen Hoffnung, daß Petronius wieder wie ehedem ein allen Pflichten lediger Privatmann sei, der nun aufbrach, um den Sommer in seinem schönen Landhaus zu verbringen.

Fulvia riet mir nicht von der Reise ab, doch sie war besorgt.

Ich beruhigte sie: »Wir werden sehen, ob man Petronius in Cumae unbehelligt läßt – was ich sicher hoffe – und dann wirst du mit den Kindern nachkommen.«

Am Ende war es Petronius, der mich von meinem Plan abbringen wollte. »Du weißt, wie sehr du mir in Cumae willkommen bist, aber dieses Mal möchte ich dich dringend ersuchen, zuerst meine Ankunft und eine Nachricht von mir abzuwarten.«

Doch ich setzte mich durch. Wir nahmen den weniger auffälligen Landweg und ritten in gemächlichen Etappen nach Süden. Wegen des heißen, sonnigen Wetters reisten wir überwiegend während der Morgen- und Abendstunden und ruhten untertags im Schatten duftender Pinien an der Meeresküste aus. Unterwegs versorgten wir uns bei freundlichen Bauern mit Brot, Wein und Käse, erfrischten uns häufig im Meer oder an kühlen, durch die waldigen Berge herabspringenden Bächen.

Bei unserer letzten Mittagsrast saßen wir auf einer Anhöhe unter einer mächtigen Steineiche und blickten auf das in der Ferne wie ein Saphir schimmernde Meer.

Der belesene Petronius zitierte sogleich aus Vergils ›Georgica‹ den Vers:

»Doch in der Mittagsglut erspähe ein schattiges Tal dir,
Da, wo Jupiters Eiche ragt mit uraltem Stamme,
Weit die gewaltigen Äste reckt und dunkel
von dichtem Steineichenwuchs,
der Hain hinwirft den heiligen Schatten.

Zwar befinden wir uns auf einer Anhöhe und nicht im Tal, doch ist mir gerade nichts Passenderes eingefallen. Kennst du ein besseres Zitat?«

Ich ging nicht darauf ein, denn mich bewegten andere Gedanken.

»Petronius, auf ein ernstes Wort. Noch heute abend erreichen wir Cumae, doch ich bitte dich inständig, meide dein Haus. Tigellinus wird schnell erfahren haben, wo du dich aufhältst, und mir scheint, er holt zum letzten Schlag aus. Reite nach Neapel weiter, besteige ein Schiff nach Sizilien und bewohne als Titus Lydias Haus bei Messana, bis alle Gefahr vorüber ist.«

Petronius hob die Schultern und sagte unentschlossen: »Vielleicht sollte ich es tun. Was aber geschieht mit Lydia?«

»Dafür sorge ich schon! Lydia wird dir bei nächster Gelegenheit folgen.«

»Wenn aber mein Haus in Cumae schon bewacht wird, wenn sie Lydia statt meiner ergreifen, foltern und töten? Glaubst du, ich könnte damit weiterleben?«

Darauf wußte ich nun nichts mehr zu antworten.

Lydia weinte vor Freude und Erleichterung, als wir nach Sonnenuntergang eintrafen. Sie berichtete einige Neuigkeiten. »Der Kaiser ist seit drei Tagen in Baiae. Vielleicht solltest du ihn dort aufsuchen?«

Petronius schüttelte den Kopf. »Nein, das werde ich nicht tun. Ich komme, wenn er mich ruft, aber nur, um ihm zu sagen, daß ich mich endgültig vom Hofleben zurückziehen möchte. Vielleicht erkennt er dann, daß ich keine Gefahr für ihn bedeute, auch wenn Tigellinus ihm seit Jahren das Gegenteil einzureden versucht.«

Während der nächsten Tage schwammen wir im Meer, ließen uns die frischen Fische schmecken und leerten abends so manchen alten, vom Felsenkeller wunderbar kühlgehaltenen Weinkrug.

Nach und nach fanden sich Gäste und Besucher ein, die entweder von Petronius' schwieriger Lage nichts wußten oder sie furchtlos geringachteten. Meistens war es nur ein nachbarlicher Besuch aus den umliegenden Landhäusern, denn Petronius galt noch immer als Neros enger Vertrauter, von dem man, wenn schon nichts Wichtiges, doch einigen Hofklatsch zu hören hoffte.

Die meisten dieser Besucher waren mir nur flüchtig oder gar nicht bekannt. Silia, die Frau eines in der Umgebung ansässigen früheren Senators, erschien öfter, denn sie war zuerst Petronius', dann Neros Geliebte gewesen. Ihrer schnell überdrüssig geworden, hatte der Kaiser sie mit einem schon ziemlich alten Senator verheiratet, während sie noch eine ansehnliche Frau um die dreißig war.

Von Lydia zuerst mit einigem Mißtrauen betrachtet, wurde sie uns allen bald ein gern gesehener Gast.

Silia nämlich war eine höchst unterhaltsame Erzählerin. In treffender Weise ahmte sie Tigellinus, Nero oder dessen dicken Sekretär Epaphroditus nach. Sie erzählte ganz offen von ihrer

Zeit als Neros Geliebte, einer Zeit, die sehr unterhaltsam gewesen sei, die sie aber nicht nochmals erleben wolle.

»Mein wackerer Senator« – damit meinte sie ihren Mann, der sie nur selten begleitete – »ist ja so stolz, eine von Neros Geliebten zur Frau zu haben.« Daß sie selber lieber an Petronius' Seite gewesen wäre, war ihr leicht anzumerken.

Nach etwa einer Woche faßte Petronius plötzlich den Entschluß, Nero nun doch in Baiae aufzusuchen. Inzwischen aber hatten, von uns unbemerkt, Soldaten in der Umgebung des Hauses Posten bezogen. Ein höflicher Centurio teilte Petronius mit, daß er zu seinem eigenen Schutz sein Grundstück nicht verlassen dürfe. Als Petronius fragte, wie dies zu verstehen sei, zuckte der Krieger nur mit den Schultern. »So, wie ich es gesagt habe. Ich führe nur meine Befehle aus.«

»Die von Tigellinus kommen ...«, ergänzte Petronius spöttisch.

Worauf der Centurio schwieg, militärisch grüßte und wegging.

Petronius schien das alles sehr leicht zu nehmen. »Um so besser! Hier befinde ich mich wohl, warum also klagen?« Seine erste Sorge aber galt Lydia. »Sie muß aus dem Haus! Hilf mir, sie zu überzeugen, daß Sizilien für sie das bekömmlichste Klima ist.«

Lydia aber wich nicht von seiner Seite. »Nein, und nochmals nein! Hätten wir Kinder, so gälte meine Sorge jetzt allein ihnen, da wir keine haben, gilt sie dir.«

Zu Lydias großem Leidwesen war der nach zwei Fehlgeburten lebend zur Welt gebrachte Knabe schon eine Woche später gestorben.

Mir setzte die Situation mehr zu als Petronius, der jeden Morgen im Meer schwamm, seine gymnastischen Übungen betrieb und, wie es in Cumae seine alte Gewohnheit war, früh zu Bett ging.

»Warum soll ich meine Lebensweise ändern? Tigellinus oder Nero zuliebe? Glaube mir, Fulvius, ich habe am kaiserlichen Hof zuviel erlebt, um noch durch irgend etwas überrascht oder gar erschreckt zu werden.«

Mir aber ließ die unsichere Lage keine Ruhe.

»Wenn wir nur wüßten, ob es Tigellinus alleine ist, der dein Haus bewachen läßt, oder ob Nero dazu den Befehl gab. Vielleicht erwartet der Kaiser dich wie immer in Baiae und kennt deine Lage nicht. Man weiß, daß Tigellinus oft eigenmächtig handelt, was der Kaiser nicht in jedem Fall billigt.«

Petronius winkte ab. »Warum die Sorgen? Wir wollen es nach Art der Stoiker halten und – was immer auch kommen mag – einen kühlen Kopf bewahren.«

Mir gelang es nicht – ich war und bin kein Stoiker. Meine Sorge um Petronius wurde schließlich so groß, daß sie meine eigene Angst überdeckte. So faßte ich einen kühnen Entschluß, den ich nur Lydia anvertraute: »Ich reite nach Baiae zum Kaiser! Vielleicht weiß Nero gar nicht, was hier vorgeht. Petronius soll nichts davon erfahren, bis ich unterwegs bin.«

Im Morgengrauen schwang ich mich aufs Pferd und ritt – von niemandem aufgehalten – hinüber nach Baiae. Nero hatte sich das von ihm schon vorher so geschätzte Landhaus des Piso inzwischen angeeignet und hielt sich auch jetzt dort auf. Wie aber zum Kaiser vordringen? Den wachhabenden Prätorianern sagte ich mit fester Stimme: »Eine Nachricht für den Kaiser von Petronius aus Cumae!«

Zumindest wurde ich eingelassen und vor den Centurio gebracht.

»Nun, wo ist das Schreiben?«

»Eine mündliche Nachricht – nur dem Kaiser selbst zu überbringen.«

Daraufhin wurde ich an einen Tribunen weitergereicht, und von ihm gelangte ich zu Tigellinus.

»Ein Freund unseres verehrten Petronius Arbiter? Nun, willkommen, Fulvius! Ich werde deine Nachricht getreulich überbringen – also?«

Ich aber blieb hart. Nur dem Kaiser selbst dürfe ich die Nachricht übermitteln. Wäre nicht Epaphroditus hinzugekommen, so hätte Tigellinus mich wahrscheinlich gleich festgenommen. Daß die beiden einander nicht mochten, weil sie um die Gunst des Kaisers wetteiferten, war in ganz Rom bekannt.

»Geht es um militärische Dinge, ist das Staatswohl betroffen?« fragte Epaphroditus in Gegenwart des Tigellinus.

Als ich verneinte, entschied Neros Sekretär: »Dann geht es vor allem mich an. Fulvius, du kommst mit mir!«

Von meinem Freund wußte ich, daß Epaphroditus ihm nicht schlecht gesonnen war, weil Petronius kein Amt erstrebte, keine Geldgeschenke erbettelte und seinen Einfluß auf Nero niemals mißbraucht hatte.

»Der Kaiser kennt dich also? Du warst schon zu Gast im Goldenen Haus? Dann sehe ich keine Schwierigkeit – falls deine Nachricht tatsächlich wichtig ist. Der Kaiser nimmt gerade ein Bad, doch ich werde dich trotzdem anmelden. Warte hier!«

Der Sekretär kam bald zurück. »Du hast Glück! Der erhabene Fürst erinnert sich an deinen früheren Besuch und wird dich in etwa einer Stunde empfangen.«

Diese Stunde dehnte sich wie ein Tag, und tausend Gedanken zogen mir durch den Kopf. Am liebsten hätte ich alles ungeschehen gemacht und mich irgendwo verkrochen wie ein verfolgtes Tier, doch dazu war es jetzt zu spät. Zwei prächtig gekleidete Soldaten der Prätorianergarde rissen mich aus meinen fruchtlosen Überlegungen. Höflich, aber bestimmt wurde ich zum Aufstehen genötigt und dann sehr lange und sehr gründlich auf Waffen untersucht. Danach tauchte Epaphroditus wieder auf und führte mich durch mehrere Räume ins Innere des Hauses, bis wir in einem niedrigen, nach Salböl duftenden Raum standen, wo Nero nackt auf einer gepolsterten Bank lag, während zwei knabenhafte Badesklaven ihn mit Tüchern behutsam abrieben. Einer von ihnen war ein Neger, dessen Haut wie Ebenholz schimmerte. Nero blickte auf, sein schwammig verquollenes Gesicht war gerötet und glänzte noch feucht vom Dampfbad.

»Du bist Fulvius, der Historiker? Ja, ja, ich erinnere mich, Petronius hat dich bei mir eingeführt. Nun, du stehst vor Nero, welche Nachricht bringst du?«

Nero besaß ein hervorragendes Gedächtnis für Namen und Personen und war ungeheuer stolz darauf. Der Blick seiner blaugrauen, kurzsichtigen Augen strafte die Freundlichkeit seiner Worte Lügen. Dieser Blick war kalt und ohne menschliche Regung. Tausendmal hatte ich meine Worte überlegt, doch jetzt stand ich hilflos und stumm vor diesem fetten, schweißigen Fleischklumpen, der in unserer Welt die absolute Macht verkörperte. Offenbar glaubte Nero, daß mich die Anwesenheit seines Sekretärs am Reden hinderte, denn er entließ ihn mit einem Wink.

»Nun, mein Freund, jetzt sind wir allein – also rede!« Nero befahl dem hellhäutigen Sklaven: »Sage dem Masseur, er soll etwas später kommen.«

Dann begann er, als sei ich nicht vorhanden, das Gesäß des nackten Negerjungen mit der Hand zu liebkosen, knetete und streichelte es und warf dem Jungen schmachtende Blicke zu.

»Nun rede endlich!« forderte er mich ein zweites Mal auf. Endlich fand ich meine Stimme wieder.

»Erhabener Fürst, ich habe eigentlich keine Nachricht zu überbringen, sondern bin mit einer Bitte zu dir gekommen. Petronius wird in Cumae von Soldaten festgehalten, ohne Grund, ohne Beschuldigung. Ich möchte dich herzlich bitten, ihm deine Huld wieder zuzuwenden, denn Petronius liebt dich sehr und entbehrt deine erhabene Gegenwart. Ich zähle zu seinen besten Freunden und kann bezeugen, daß er deinen Namen immer nur ehrerbietig nannte und niemals an irgendwelchen Plänen gegen deine erhabene Majestät beteiligt war. Ich kann nicht in seinem Namen sprechen, da er nicht weiß, daß ich hier bin, doch glaube ich, daß ihm jetzt Unrecht getan wird, und bitte dich inständig, es abzuwenden.«

Nero war ganz mit dem Knaben beschäftigt und schien meine Worte nicht vernommen zu haben. Seine weiße, fette Hand kroch wie ein widerliches Tier über die glatte dunkle Haut des Jungen, verweilte spielerisch da und dort, kroch weiter über die Schenkel des reglos Verharrenden, faßte mit einem schnellen Griff den Penis und knetete ihn sanft.

Wie gebannt starrte ich auf dieses schamlose Spiel und zuckte zusammen, als ich plötzlich Neros Stimme hörte.

»Petronius soll ein Unrecht geschehen sein? Nein, das glaube ich nicht – davon weiß ich nichts. Vielleicht läßt Tigellinus ihn gerade überprüfen, wie er es in seiner Sorge um Neros Sicherheit bei vielen tut? Das will nichts besagen, wir müssen Tigellinus vertrauen, da er nur unser aller Bestes will. Du, Fulvius, bist in Sorge um deinen Freund, Tigellinus ist in steter Sorge um mich. Entschuldige seinen Eifer, doch er dient nur der Sicherheit Roms. Grüße Petronius von mir!«

Während Nero sprach, hatte er nicht aufgehört, das Glied des Negerjungen zu streicheln und zu kneten. Dieser hielt still wie ein Opferlamm, in seinem schwarzen Gesicht regte sich keine Miene, doch sein schlanker, sehniger Körper schien unter der schamlosen Berührung leise zu beben.

Dann trat der Masseur ein, verneigte sich tief, stellte die Flasche mit dem Salböl auf den Boden und erwartete Neros Befehle. Der gab den Negerjungen frei, klatschte noch kräftig auf seine Hinterbacken und winkte den Masseur heran.

Mich aber zupfte von hinten jemand am Gewand und flüsterte: »Die Audienz ist beendet.«

Wie im Traum schritt ich hinaus und stand plötzlich vor Tigellinus. Böse glitzerten die kleinen schwarzen Augen unter der niedrigen Stirn.

»Sage deinem Freund, er hat ausgespielt!« zischelte er mir ins Ohr. »Du verstehst – seine Rolle am Hof des Kaisers ist zu Ende. Für einen Freund des Erzverräters Scaevinus ist hier kein Platz. Meine Aufgabe ist es, Intriganten und Verräter vom Kaiser fernzuhalten. Nimm auch du dich in acht! In Zukunft ist es gefährlich, ein Freund des Petronius zu heißen – du verstehst?«

Damit wandte der Präfekt sich schroff ab, und ich war entlassen. Ratlos und beunruhigt machte ich mich auf den Rückweg. Erst jetzt wurde mir bewußt, welch gefährliches Spiel ich trieb – gefährlich für mich. Verfolgte Tigellinus nicht auch die Freunde und Freundesfreunde seiner Opfer? Der Hinweis auf Scaevinus, den Mitverschworenen von Calpurnius Piso, hatte wie eine gefährliche Drohung geklungen. Diese Männer waren alle tot, was wollte Tigellinus denn noch? Schließlich konnte man Petronius nicht für die Taten seiner Freunde verantwortlich machen. Mich aber hatte der Kaiser ganz allein, ohne Zeugen, ohne Bewachung empfangen. War das nicht ein gutes Zeichen – oder traute Nero einem Gelehrten keine Gewalttat zu?

Wieder in Cumae angekommen, fing Lydia mich gleich beim Porticus ab. »Welche Nachrichten bringst du? Sage mir bitte die volle Wahrheit. Hat dich der Kaiser vorgelassen? War Tigellinus zugegen?«

»Viele Fragen auf einmal, Lydia, die ich dir aber in einem Satz beantworten kann. Nero hat mich allein empfangen und meinte nur, man solle Tigellinus die Sorge für Kaiser und Staat vertrauensvoll überlassen.«

Lydia war empört. »Was dieses Scheusal tut, ist also wohlgetan! Warum überhaupt noch ein Kaiser, wenn Tigellinus' Willkür ganz Rom regiert?«

Ich verstand ihren Zorn gut, doch was konnte ich schon darauf sagen? Von Tigellinus erwähnte ich nichts, bis ich mit Petronius allein war.

Petronius empfing mich mit den Worten: »Darf ich zu einem alten Freund offen sein, auch wenn meine Worte ihm ein bißchen weh tun könnten?«

Ich nickte.

»Dann laß mich sagen, daß ich dir einen solchen Mut nicht zugetraut hätte. Fulvius, ich bewundere dich! Sich so ganz allein in die Höhle des Löwen zu wagen ... Dir ist doch hoffentlich klar, daß Tigellinus sich selten eine Gelegenheit entgehen läßt, Freunde und Diener seiner Opfer festzuhalten und foltern zu lassen?«

»Einen römischen Bürger darf er nicht foltern lassen, das ist gegen die Gesetze«, wandte ich ein.

»Du bist eben Historiker und kein Jurist, sonst wäre dir bekannt, daß im Falle einer Verschwörung gegen den Kaiser alle Verdächtigen, Beschuldigten und Angeklagten wie Sklaven behandelt werden dürfen. Wer ein solches Verbrechen begeht, stellt sich auf eine Stufe mit den Sklaven. So lautet das Gesetz. Auch wenn du es nicht kanntest, habe Dank für deine Freundestreue. Nun aber erzähle!«

Ich berichtete ihm Wort für Wort von dem, was der Kaiser

und Tigellinus gesagt hatten. Als ich Neros Worte wiedergab, winkte Petronius ab.

»Das ist typisch für ihn! Er weicht jeder klaren Entscheidung aus, läßt diesen Tigellinus schalten und walten und redet sich auf die Sicherheit des Staates hinaus. Wenn sich Nero nicht bald dieses Mannes entledigt, fürchte ich für seine Zukunft.«

Ich erwähnte auch Tigellinus' Hinweis auf Scaevinus.

»Bei Castor und Pollux!« rief Petronius mehr erstaunt als erzürnt. »Er müßte halb Rom ausrotten, wenn er jeden verfolgte, der mit den Verschwörern bekannt oder befreundet war. Nimmt das denn kein Ende? Freilich, was mich betrifft, so steckt etwas anderes dahinter – Tigellinus haßt mich. In einem solchen Fall steht man ohnehin schon mit einem Fuß im Orcus. Tigellinus sorgt dann schnell dafür, daß man den zweiten Fuß nachzieht. Man darf eben keinen Fischhändler zum Präfekten machen ... Ach, Fulvius, ich bin es leid. Nach allem, was du mir berichtet hast, sehe ich ohnehin keine Hoffnung mehr. Laß mich jetzt bitte allein. Heute abend habe ich einige gute Freunde – vorausgesetzt, sie kommen – zum Gastmahl geladen. Auf heute abend!«

Betrübt ging ich weg, stieg hinunter zum Meeresufer und setzte mich dort auf eine Klippe. Wie immer wirkte das Spiel der Brandung auf mich beruhigend. Warum sollte keine Hoffnung mehr sein? Vielleicht wollte Tigellinus Petronius nur einschüchtern, um ihm das Hofleben für immer zu verleiden?

Müde von meinem Gewaltritt, streckte ich mich in den warmen Sand und schlief ein.

Mein von wirren Träumen geplagter Schlaf war wenig erquickend, doch als ich erwachte, war schon eine sanfte klare Sommernacht über Land und Meer gesunken.

Nach einem kurzen, erfrischenden Bad kleidete ich mich für das Gastmahl um.

12

Tatsächlich war nur ein Teil der Geladenen erschienen, denn es hatte sich inzwischen herumgesprochen, daß Petronius' Haus von Soldaten umstellt war. Wenn ich mich recht erinnere, waren außer mir noch sechs Gäste zugegen, vielleicht auch sieben, so daß sich mit Lydia, Petronius und mir etwa zehn Personen im Triclinium um die reichgedeckte Tafel scharten.

Petronius zeigte seine gewohnte ruhige Heiterkeit, während es Lydia kaum gelang, Unruhe und Sorge zu verbergen.

Einige der Gäste kannte ich nur flüchtig. Andere, wie den Buchhändler Sextus Fortunatus, den ehemaligen Gardepräfekten Rufrius Crispinus, Silia, die muntere Senatorsgattin, und Cletus, den Privatsekretär meines Freundes, kannte ich schon länger. Wir aßen und tranken, plauderten Belangloses und wären jedem Uneingeweihten wie eine heitere Feriengesellschaft erschienen, die fröhlich und unbeschwert den schönen Abend genoß. Jeder von uns aber spürte die über diesem Hause lastende dunkle Drohung, jeder wußte, daß jetzt oder in der nächsten Stunde oder am nächsten Morgen die Soldaten ins Haus dringen konnten, um Petronius festzunehmen.

Trotzdem aßen und tranken wir, scherzten und lachten, als sei alles wie immer. Nachdem die Schüsseln und Teller abgetragen waren und frische Weinkrüge vor uns standen, erhob Petronius sich von seinem Lager, worauf sofort Stille eintrat.

»Meine lieben Freunde, seid herzlich bedankt für euer Kommen. Da, wie ihr wißt, Petronius, der Staatsmann, Petronius, der Freund und Berater Neros, nicht mehr existiert, so begnügt euch heute mit Petronius, dem Dichter. Ihr müßt nicht ängstlich dreinschauen, denn ich will euch nicht mit einer langen Lesung den Abend vergällen. Hört also mein Gedicht von der Freundschaft:

Freundschaft – das ist nur ein Wort
und es gilt, solange es nützt; wie auf dem Spielbrett
den Stein man hin- und herschiebt.

Freunde, ihr blickt gar freundlich,
solange Fortuna uns beisteht,
doch wenn sie uns verläßt, ergreift
ihr schmählich die Flucht.«

Petronius legte eine Pause ein und weidete sich an den betroffenen Gesichtern seiner Gäste. Dann sagte er:

»Dieses Gedicht habe ich vorgetragen, gerade weil es euch nicht angeht; denn mich hat Fortuna verlassen, und ihr seid dennoch gekommen. So erschreckt nicht, meine Getreuen, wenn ich euch sage, daß dies der Abschied ist – der Abschied für immer. Gerade darum aber laßt uns nicht feierlich oder gar trübsinnig werden, sondern benehmt euch mir zuliebe – wie immer! Um eines bitte ich euch noch: gebt keine Ratschläge, versucht nicht, mich umzustimmen, denn mein Entschluß steht fest. Was hat ein Mann, der sein fünfzigstes Jahr hinter sich weiß, noch zu erwarten? Ein Mann wie ich, der die höchsten Ämter errungen, die Gunst des Kaisers genossen hat? Soll ich warten, bis eine Krankheit mich hilflos aufs Schmerzenslager wirft? Ist es so erstrebenswert, als zitternder und sabbernder Greis dem Tode entgegenzuwanken? Soll ich etwa – und dies ist das wahrscheinlichste – zur Freude des Tigellinus im Mamertinischen Kerker verhungern oder von Folterknechten zu Tode gequält werden? Ihr, als meine wahren Freunde, könnt dies alles dem Petronius nicht wünschen. Was also bleibt?«

Petronius winkte Cletus herbei, der ärztliche Kenntnisse besaß. Cletus näherte sich mit traurigem Gesicht seinem Herrn, holte ein blitzendes Skalpell aus der Tasche und machte sich an das von Petronius schon längst vorher befohlene Werk.

Während Cletus seinem Herrn die Adern öffnete und wir uns stumm und traurig in das Unvermeidliche fügten, sagte Petronius mit ruhiger Stimme: »Darf ich euch an Senecas Worte erinnern? ›Die Kunst zu leben muß man das ganze Leben hindurch lernen. Was euch vielleicht noch wunderbarer dünkt: sein Leben lang muß man sterben lernen.‹ Er ist diesen Worten treu geblieben: im Leben und im Tod. Soll ich als sein treuer Schüler ihm nicht nacheifern dürfen?«

Lydia saß reglos mit gesenktem Kopf. Während Petronius seine blutenden Hände in die bereitgestellten Becken mit warmem Wasser senkte, ließ Cletus sich vor Lydia auf die Knie nieder und tat an ihr dasselbe Werk.

Petronius sah dabei zu und sagte: »Meiner geliebten Lydia standen zwei Fluchtmöglichkeiten offen. Die eine hätte sie nach Sizilien auf ihr Landgut geführt, doch sie wählte die zweite. Sollte ich sie daran hindern? Konnte ich es?«

Crispinus, der von Nero nach Sardinien verbannte frühere Gardepräfekt, unterbrach das kummervolle Schweigen: »Petronius hat tausendmal recht! Es ist würdelos und zudem unnütz, auf die Gnade eines Nero oder Tigellinus zu bauen. Seht mich an, Freunde! Ich bin in der gleichen Lage wie unser Petronius. Nero hat mich des Verrats bezichtigt, ohne ihn beweisen zu können. Er verbannte mich nach Sardinien, und von dort hoffte ich mich rechtfertigen zu können – vergebens! Nun habe ich das Verbrechen begangen, nach Rom zurückzukehren, um des Kaisers Milde zu erbitten. Wieder vergebens! Da dachte ich, es sei besser, hier in Cumae im Kreis meiner Familie und meiner Freunde zu sterben, als auf Sardinien zu leben. Noch lebe ich! Bald sterbe ich! Wir alle werden sterben – ob morgen oder in zehn Jahren, ist das nicht einerlei?«

Es war, als hätte Crispinus mit seiner Rede unsere schweigsame Betroffenheit durchbrochen. Plötzlich redeten alle durcheinander, sprangen auf, umringten Lydia und Petronius, der seine Stimme erhob.

»Beruhigt euch, meine Freunde, beruhigt euch! Wir wollen nichts überstürzen, denn noch ist einiges zu tun. Cletus, mache dich bereit!«

Cletus umwickelte Lydias und Petronius' Handgelenke mit festen Binden, brachte Papier und Schreibzeug und setzte sich nieder. Plötzlich stürzte der Hausverwalter herein und rief: »Herr, die Sklaven werden unruhig. Es geht das Gerücht, du wolltest fliehen und dein Haus mit den Sklaven dem Tigellinus überlassen. Giton habe ich erwischt, als er sich mit zwei Silberschüsseln durch den Garten davonmachen wollte.«

»So ein Unsinn!« rief Petronius zornig. »Tigellinus wird

nichts erhalten – nichts! Laß Giton zwanzig Peitschenhiebe verabreichen und sage den anderen, sie sollen sich ruhig verhalten und meine Befehle abwarten.«

Als der Verwalter gegangen war, befahl Petronius seinem Sekretär mit fester Stimme: »Cletus, lies! Und ihr, meine Freunde, sollt hören, wie mein Testament lautet. Da Lydia sich entschlossen hat, mit mir zu gehen, und ich keine nahen Angehörigen besitze, wird mein Letzter Wille ganz anders lauten, als Nero und Tigellinus es von ihren Mordopfern gewöhnt sind. Ihr sollt auch wissen, daß bei meinem Notar in Rom die genauen Verfügungen über meine Besitztümer niedergelegt sind. Falls unsere alten Gesetze im Rom eines Nero noch etwas gelten, hoffe ich, daß alles nach meinem und Lydias Willen geschieht. Also hört.«

»Nach römischer Sitte bestelle ich, Gaius Petronius, mein Testament, das ich unserem göttlichen Kaiser Nero Claudius Caesar Augustus ehrfurchtsvoll zueigne.

Da Dir, mein Kaiser, wie ich weiß, an irdischen Gütern nichts gelegen ist, weil Du die unsterblichen Musen weit höher schätzt als das trügerisch gleißende Gold, will ich Dir mein Kostbarstes vermachen: die letzten Gedanken Deines Dichterfreundes Petronius. Damit überlasse ich Dir ein wertvolles Geschenk, eines, das Dir niemals zuteil wurde – die Wahrheit.

Wahrheit ist, daß ich im Sterben liege, daß mein Blut im Kreis der Freunde verströmt, Wahrheit ist, daß dies mein eigener Wille ist; denn es wäre mir ein leichtes gewesen, die Flucht zu ergreifen.

Ich aber ziehe es vor, Dir ins Land der Schatten vorauszueilen, denn Du, Nero, wirst dem Gefährten so vieler froher Nächte bald, sehr bald in die ewige Nacht folgen. Unsterblichkeit auf Erden hast Du Dir gewiß in reichlichem Maße erworben, wenn auch allein durch Schandtaten, um die sogar ein Caligula – Dein illustres Vorbild – Dich beneidet hätte. Nero, der Kaiser, Nero, der Dichter, Sänger und Wagenlenker, hat nichts vollbracht, um im Geist der Nachwelt fortzuleben.

Deine Gedichte, mein Kaiser, waren so grauenvoll, daß ich

sie nur betrunken ertragen konnte, Dein Gesang war so mißtönend, daß manchmal, wie erzählt wird, die Vögel tot vom Himmel fielen. Von Deinen Taten als Herrscher wird nicht die Rede sein, denn Du hast selten wie ein Kaiser, oft aber wie ein gemeiner Verbrecher gehandelt. Diese Verbrechen könnten freilich viele Bücherrollen füllen, und sie wären auch des Aufzeichnens wert, hättest Du sie für Rom begangen.

So aber bleiben Dir nur diese Ehrentitel: Muttermörder, Brudermörder, Gattenmörder, Freundesmörder, Raubmörder. Auch ich war ein Freund der Frauen und des Weines, doch Deine ungezügelte Geilheit kannte weder Grenzen noch Rücksicht. Du hast Deine Freigelassenen Doryphoros und Sporus geheiratet, um der Welt zu zeigen, daß dem Kaiser alles erlaubt ist. Du hast Kinder mißbraucht, hast Gattinnen geschändet, und wer dieses Tun nicht lobte, der war ein Feind des Kaisers. Seneca mußte sterben, und er tat es gerne, weil er sich schämte, Dein Lehrer gewesen zu sein.

Ich war der allzu willfährige Gefährte Deiner Nächte, ich habe Dir manches Fest bereitet – ich will mich nicht reinwaschen. Doch war ich nicht der Kaiser. Mein Amt als Dein Vergnügungsmeister, Dein Festebereiter war schwer genug, denn es war Dir nicht gegeben, maßzuhalten, in der Wollust, beim Trunk, beim Spiel. Der wahre Genuß aber liegt allein im Maß, und wie Du unfähig warst zum Herrschen, zur Freundschaft, zur Ehe, so warst Du auch unfähig zum maßvollen Genuß.

Meine Fehler haben mich die Götter schon zu Lebzeiten in Deiner Gesellschaft abbüßen lassen. So befleckt du bist, so rein fühle ich mich jetzt, im Angesicht des Todes.

Wie Dein Körper zu Deinen Lebzeiten immer stank, so wird einst die Erinnerung an die Zeit Deiner Schreckensherrschaft aus den Büchern der Geschichte stinken.

Du hast niemals wahre Freunde besessen, Nero, Du wirst in der nahen Stunde Deines Todes der einsamste Mensch auf Erden sein. Rom wird Dich abschütteln wie eine faule Frucht.

Alle meine Besitztümer habe ich noch als Lebender an Freunde und Freigelassene verschenkt. Da ich weiß, wie sehr

Du Dich nach dem Besitz meiner murrinischen Vase sehntest, sollst Du auch einen Teil von ihr erhalten. Allerdings einen kleinen Teil nur, denn das übrige gehört meinen Freunden – meinen wahren Freunden.

Meine Schenkungen und mein Testament habe ich vor Zeugen verbrieft und gesiegelt. Da ich weiß, welchen Mißbrauch Tigellinus mit den Siegeln seiner Opfer treibt, habe ich meinen Siegelring vor denselben Zeugen vernichtet.

Ewig lebe Rom!«

Cletus hatte das heiße Siegelwachs schon vorbereitet, und Petronius drückte sorgfältig mehrmals seinen Ring darauf, den er danach dem Sekretär reichte. Cletus legte ihn auf den Boden, nahm einen schweren eiförmigen Stein und zertrümmerte den Siegelring.

»Ihr habt es gesehen?« fragte Petronius.

Wir nickten. Dann flüsterte er seinem Sekretär etwas ins Ohr. Cletus verließ den Raum und kam bald zurück, in den Händen die berühmte murrinische Vase haltend.

Petronius befahl: »Hebe sie hoch!«

Wunderbar funkelte das kostbare Gefäß im flackernden Licht der Öllampen. Die kunstvoll eingeschnittenen Reliefs mit den Taten des Herkules schienen für einen Augenblick lebendig zu werden. Legte Herkules nicht seine Arme um den Leib des nemeischen Löwen, der den gewaltigen Rachen zum letzten Brüllen öffnete? Streckte der griechische Held nicht dort seine Hände nach den goldenen Äpfeln der Hesperiden, die er dem Riesen Atlas ablistete?

Während wir noch gebannt auf die Vase starrten, rief Petronius: »Laß sie fallen!«

Cletus, der doch sicher vorher instruiert war, zögerte.

Petronius ermunterte ihn ungeduldig. »Nun, Cletus?!«

Da glitt die Vase aus den Händen des Mannes und zersplitterte mit hellem Klang auf dem Mosaikboden. Gleich darauf kamen einige Sklaven herein und sammelten die Scherben sorgsam vom Boden auf. Petronius ließ sich die größeren Stücke bringen, ritzte mit einem Diamantgriffel seinen

Namen hinein und ließ jedem der Gäste eines davon überreichen.

Mein Stück, etwa von der Größe eines Eichenblattes, liegt vor mir, während ich dieses schreibe. Ich nehme es in die Hand und lese die kraftvoll eingegrabenen Buchstaben: Petronius. Während ich die Scherbe betrachte, sehe ich mich an Petronius' Seite den Pavillon in seinem Garten betreten und höre seine Worte: »Jetzt wirf noch einen Blick auf eine besondere Kostbarkeit. Das ist meine murrinische Vase, sie soll aus dem Schatz des Mithradates stammen. Vielleicht zerschlage ich sie einmal, oder mein Sohn tut es, oder mein Enkel ...«

Nachdem die Vasenscherben verteilt waren, ließ Petronius seinen Becher füllen, trank ihn leer und löste die Binden von seinen Handgelenken.

Lydia bat mit leiser Stimme: »Langsam, mein Freund! Ich möchte doch mit dir gehen, also laß mich Schritt halten.«

Petronius wartete, bis sie fertig war, und sagte: »Treue Frauen und guter Wein sind in Rom selten geworden. Ich darf mich glücklich preisen, beides zu besitzen. Da kommt mir ein guter Gedanke: Was ich an Blut verliere, soll der Wein ersetzen. Es wäre verlockend, Wein statt Blut in den Adern kreisen zu lassen. Cletus, laß uns einige Gedichte hören.«

Mit zittriger Stimme trug Cletus heitere Gedichte von Catullus, Tibullus, Ovidius und Vergilius vor, während Petronius und Lydia bleich auf ihren Polstern lagen und ihr Leben verströmen ließen. Nach einer Weile legte Cletus wieder Binden um die Gelenke unserer Gastgeber.

Petronius befahl: »Jetzt die Sklaven! Freigegeben habe ich sie alle, doch meine Lieblinge will ich noch zusätzlich beschenken.«

Etwa ein Dutzend Sklaven, Frauen und Männer, betraten zögernd den Raum. Einige brachen beim Anblick ihres Herrn in Tränen aus, andere senkten nur stumm den Kopf.

»Freuen sollt ihr euch!« rief Petronius mit schon etwas schwankender Stimme, »freuen und nicht klagen! Mit dem heutigen Tag seid ihr frei! Freut euch!«

Auch als Cletus jedem von ihnen einen Beutel überreichte,

war keine Freude zu bemerken. Stumm schlichen sie wieder davon, in eine Freiheit, die sie sich so nicht gewünscht hatten.

Lydias persönliche Dienerin, eine noch sehr junge, blondhaarige Sklavin aus Gallien, umfing weinend die Beine ihrer Herrin und stammelte, sie wolle nun auch sterben. Lydia versuchte, sich mit schwachen Bewegungen aus der Umklammerung zu befreien, doch es gelang ihr nicht.

Sextus, der Buchhändler, sprang auf und löste das Mädchen mit sanfter Gewalt von Lydia. »Seht euch das kleine dumme Gänschen an! Hat noch kaum gelebt und will schon sterben. Da höre ich ja den ganzen Olymp lachen. Nimm dein Geld und deinen Freibrief, dann verschwinde! Deine Herrin freut sich, wenn du ihr ein gutes Gedächtnis bewahrst, deinen Tod will sie nicht.«

Lydia pflichtete ihm bei. »Gut gesprochen, Sextus. Und du, Caelia, suche dir einen Mann und lerne – wie Seneca sagte – erst einmal zu leben, ehe du dich mit dem Sterben befaßt. Lebe glücklich!«

Mit gesenktem Kopf verließ Caelia den Raum.

Ich habe mich später oft gefragt, was ich wohl während dieses gespenstischen Nachtmahls, das einem Alptraum glich, gefühlt und gedacht haben mag.

Ich erinnere mich vor allem an eine Empfindung, die mit dem fortschreitenden Abend immer stärker wurde: ich fühlte mich als ein Fremder unter diesen Menschen, die ich plötzlich nicht mehr verstand. Sie sahen einen Freund sterben, hörten sich dabei Gedichte an, lachten und blickten voll Bewunderung auf seinen sorgsam inszenierten Tod. Da wußte ich, daß ich trotz meines Bürgerbriefs kein echter Römer war. Wir Juden pflegen beim Tod eines Verwandten oder Freundes zu klagen. Wir zeigen unseren Schmerz, zerreißen unsere Gewänder, lassen den Tränen freien Lauf, geben uns dem Kummer hin. Ganz zu schweigen von der Tatsache, daß ein gläubiger Jude niemals freiwillig – durch welche Umstände auch immer veranlaßt – aus dem Leben scheiden würde. Ein Jude läßt sich lieber zum Richtplatz schleppen und sich ans Kreuz nageln, als sein Leben freiwillig zu beenden. Die Römer tun es sehr häufig mit eigener und fast immer mit leichter Hand. Nur ganz selten hat einer der unter Caligula und Nero Verfolgten zu fliehen versucht, obwohl dies oft noch möglich gewesen wäre. Sie lieben es, wie griechische Sagenhelden in den Tod zu gehen, als wäre es nur ein unterhaltsames Spiel.

Petronius, mein vertrauter Freund, war mir bei seinem Sterben wie ein Fremder.

Lydia, vom Blutverlust schon marmorblaß, äußerte mit schwacher Stimme den Wunsch, in ihr Schlafzimmer gebracht zu werden. Petronius umarmte und küßte sie, dann trugen Sklaven sie auf ihrem Lager hinaus.

Petronius, vom feurigen Wein wieder munter geworden, wandte sich an mich: »Mache kein betrübtes Gesicht, Fulvius Judas, sondern bedenke, daß ich – solange du lebst – in dir, in deiner Erinnerung weiterlebe. Denke an unsere Zeit in Ägypten, erinnere dich des fröhlichen Abenteuers bei den Wüstenräubern, die so freundlich waren und uns doch leerplünderten bis aufs Hemd. Hast du die heiteren Abende in meinem Haus vergessen, da wir kein Ende fanden mit dem Falerner und mit unserem Gespräch? Klingt nicht noch das wundersame Flötenspiel des Hirtenmädchens Lucilla in deinen Ohren? Hast du Porphyrias muntere Mädchenschar schon vergessen oder das Wettschwimmen mit unseren Freunden in den Thermen am Marsfeld? Was ist Neros Grausamkeit und Tigellinus' Niedertracht vor solchen Erinnerungen?«

Dann wandte sich Petronius an den Buchhändler: »He, Sextus, schlafe nicht ein! Ich hoffe, du wirst meine Werke pflegen wie bisher, denn Bücher haben häufig ein längeres Leben als ihre Verfasser. Ich jedenfalls hoffe, daß man Petronius den Satiriker noch kennt, wenn Nero und wer immer ihm folgen mag nur noch eine schattenhafte Erinnerung sind. Ich kenne unsere Römer gut genug, teurer Sextus, um zu wissen, daß mein Tod deine Geschäfte beleben wird. Haben sich die Bücher unseres Lucanus jemals besser verkauft als nun, da er in der Blüte seiner Jahre sterben mußte?«

Petronius hob seinen Becher gegen Silia, die – ganz gegen ihre Art – heute eher schweigsam war. »Ich weiß, verehrte Silia, daß dich solche Gespräche langweilen. Deine Erinnerungen sind anderer Art, und wir wollen sie nicht missen. Du bist eine Frau, die immer viel gegeben und wenig gefordert hat. Deshalb haben die Männer dich auch umschwärmt wie Drohnen ihre Königin. Jetzt aber halte dich von Rom fern, spiele für eine Weile die treue Gattin – das wird dir nicht allzu schwerfallen und kann dich vor mancherlei Schwierigkeiten bewahren.«

So nützte Petronius noch seinen schwindenden Atem, um jedem der Gäste etwas Persönliches zu sagen. Es ging auf die Mitternachtsstunde, als Cletus die Verbände wieder abnahm.

Petronius tauchte beide Hände ins Wasser, lehnte sich entspannt zurück und sagte mit leiser Stimme: »Meine Sklaven schichten am Strand den Scheiterhaufen. Ich will kein Grab, keine Urne, keine Inschrift auf Marmor. Streut meine und Lydias Asche ins Meer. Dir, Fulvius, rate ich: mache dich unsichtbar in den nächsten Monaten. Geh nach Sizilien auf Lydias Landgut, Cletus wird dir ein Schreiben für den Verwalter mitgeben. Ich danke euch allen ... lebt wohl ...«

Cletus forderte uns mit leiser Stimme zum Verlassen des Raumes auf und bat uns, am Scheiterhaufen zu warten.

Von fackeltragenden Sklaven begleitet, gingen wir schweigend hinab zum Meer, dessen salziger Geruch sich mit dem herben Weihrauchduft der Pinien vermischte. Die Zikaden sangen um die Wette, und der Mond, das silberne Herz der Nacht, versprühte sein Licht auf die stille dunkle Wasserfläche.

Vermutlich waren die Sklaven schon seit vielen Stunden am Werk gewesen, denn in der kleinen Bucht erhob sich ein gewaltiger Scheiterhaufen aus Reisig und Pinienstämmen. Waren es nur Minuten oder waren es Stunden, die wir dort wartend verbrachten? Ich weiß es nicht.

Behutsam wurden die beiden in weiße Tücher gehüllten Körper nebeneinander auf den Scheiterhaufen gebettet. Cletus ließ brennende Fackeln an uns verteilen, denn es war Pretonius' Wunsch, daß wir den Scheiterhaufen in Brand steckten.

Das harzige Holz flammte sofort lichterloh und hüllte die beiden toten Körper in einen feurigen Mantel.

Schweigend standen wir mit dem Hausgesinde am Flammengrab unserer Freunde Lydia und Petronius. Trotz meiner Trauer empfand ich auch etwas wie Freude, denn diese Menschen hatte Nero nicht demütigen, nicht unterwerfen können.

Die Flammen wurden kleiner, sprangen wie Irrlichter über das verglühende Holz des Scheiterhaufens, der knisternd und funkensprühend in sich zusammensank. Über der steil zum Himmel ziehenden Rauchfahne kündigte sich mit einem zarten grünen Leuchten schon der Morgen an. Wohin war Petronius gegangen? In ein anderes Leben? In Nichts? Was immer die Christen oder die Anbeter der Isis behaupten mögen – wir wissen es nicht und werden es im irdischen Leben niemals wissen.

Als vom Scheiterhaufen nur noch glimmende Asche übrig war, wandte ich mich ab. Die meisten anderen hatten dieser Stätte des Todes schon den Rücken gekehrt, denn Petronius' Haus war ein gefährlicher Aufenthalt geworden.

Trotzdem hatten alle Gäste dieses tragischen Nachtmahls das Haus unbehelligt verlassen können, da zu dieser Zeit noch kein Befehl aus Baiae eingetroffen war. Ich selbst hatte am Strand einige Stunden geschlafen und konnte mich nicht entscheiden, ob ich es wagen sollte, nach Tibur zu gehen, oder ob es tunlicher sei, die Flucht zu ergreifen. Einer, der nicht fliehen wollte, war Rufrius Crispinus. Man lastete dem früheren Senator das eigenmächtige Verlassen seines Verbannungsortes als schweres Verbrechen an. Tigellinus warf ihm vor, heimlich zurückgekommen zu sein, um eine neue Verschwörung gegen den Kaiser vorzubereiten. Crispinus wartete die weitere Entwicklung nicht ab, sondern stieß sich einen Dolch ins Herz. Danach fiel Neros Unwille auf Silia, seine und Petronius' frühere Geliebte. Er haßte sie allein schon deshalb, weil sie Petronius ihre Freundschaft bewahrt hatte. Silia, die noch nicht sterben wollte und vermutlich froh war, ihrem greisenhaften Ehegatten zu entkommen, floh zu Freunden nach Mediolanum und hatte das Glück, mit einem Verbannungsurteil davonzukommen. Sie schien Tigellinus nicht wichtig genug; auch war von ihr kein Erbe zu erwarten. Die anderen Gäste wurden, soviel ich weiß, auch später nicht verfolgt.

13

Nun will ich auch berichten, wie Nero den Brief seines früheren Freundes und Vergnügungsmeisters aufnahm, denn der Zufall wollte es, daß diese Szene sich vor vielen Zeugen abspielte.

Nero war noch immer in Baiae, als ihn der Brief des Petronius erreichte. Übrigens hatte der Kaiser bis dahin weder den Tod des Petronius verfügt noch irgend etwas anderes entschieden. Tigellinus nahm ihm schon seit langem diese Sorgen ab.

Der Kaiser war gerade erfrischt und guter Laune aus einem Schwefelbad zurückgekehrt, als ein Bote den Brief aus Cumae überreichte. Dies geschah um die Mittagsstunde, und Nero wollte sich eben mit mehreren Gästen, darunter Tigellinus, Epaphroditus und Sporus, zum üppigen Mahl niederlassen.

»Eine Nachricht von Petronius!« rief Nero scheinbar erfreut und erbrach das Siegel. Wegen seiner schlechten Augen reichte er den Brief an Epaphroditus weiter, der ihn vorlesen sollte. Neros Geheimsekretär begann zu lesen, stockte, las weiter und hielt schließlich inne.

Mein Bericht stammt von einem der damals eingeladenen neapolitanischen Patrizier und ist zuverlässig.

Nero befahl mit schwankender Stimme: »Lies weiter.«

Epaphroditus las und stockte wieder.

Nero, der blaß geworden war, brüllte ihn an: »Lies ruhig zu Ende, was dieser schamlose Verräter, den ich Ahnungsloser für einen Freund hielt, mir zu sagen hat.«

Als der Sekretär mit leiser, fast versagender Stimme vorlas:

»Muttermörder, Brudermörder, Gattenmörder, Freundesmörder, Raubmörder«, sprang Nero mit einem schrillen Lachen auf.

»Hört ihr es? Dieser Abschaum wagt es, meine Gerechtigkeit Mord zu nennen! Habe ich das Staatsinteresse nicht immer meinen persönlichen Wünschen untergeordnet? Galten mir Bruder, Mutter und Gattin mehr als Rom? Will er den Kaiser deshalb tadeln?« Nero ließ sich auf seine Ruhebank zurückfallen, richtete sich wieder auf und kreischte: »Senat und Volk haben mir recht gegeben ... das Volk ... das Volk ...«

Seine Stimme erstarb im Schluchzen, und die Gäste wandten sich betreten ab. Ob Nero wirklich so betroffen war oder wieder einmal den Schauspieler herauskehrte, mag ich nicht entscheiden.

Nachdem er sich gefaßt hatte, wandte Nero sich an Tigellinus: »Du wirst feststellen, wer zuletzt bei Petronius war, wem er diesen Brief diktierte, wer davon Kenntnis hatte. Verrat, Verrat von allen Seiten! Ist denn ein Piso nicht genug? Wird das kein Ende nehmen? Alle Freunde dieses Erzverräters festhalten, verhören, dann schneller Bericht!«

Nero sprang auf und eilte mit Tigellinus davon.

Der Bote des Petronius hatte während dieses ganzen Auftritts unbeachtet in einer Ecke gestanden, erstarrt und verängstigt. Er machte sich unbemerkt davon und ritt eilig nach Cumae, wo er mich mit Cletus und einigen von Petronius' Sklaven beim noch immer rauchenden Scheiterhaufen seines Herrn antraf.

Ohne Einzelheiten zu berichten, rief er uns zu: »Flieht! Der Kaiser läßt euch alle umbringen, flieht, so schnell ihr könnt!«

Wenn mich diese Worte weder in besondere Angst versetzten noch zur sofortigen Flucht veranlaßten, so war dies nicht Mut oder Kaltblütigkeit, sondern eine Art Lähmung, die mich während der Ereignisse der letzten Tage ergriffen hatte.

Als ich nach meinem Schlaf unter der Pinie wieder erwachte, glaubte ich für einen Augenblick, daß alles nur ein langer böser Traum gewesen sei. Schon wollte ich aufstehen, um im Haus mit Petronius das Frühstück einzunehmen, da sah ich den immer noch rauchenden Aschenhaufen am Ufer. In diesem Augenblick erschien der aus Baiae zurückkehrende Bote.

»Du mußt fliehen, Herr, die Soldaten des Kaisers sind schon auf dem Weg, bringe dich in Sicherheit!«

Jetzt erst fand ich zur Wirklichkeit zurück.

»Und die Asche eures Herrn ...?« fragte ich noch.

»Wir werden sie ins Meer streuen, du aber lebst, also fliehe!«

Plötzlich erkannte ich die Gefahr, und mit dieser Erkenntnis kam die Angst. Petronius in den Tod zu folgen – dazu fehlte mir der Mut und auch der Wille. Leben wollte ich und dem scheinbar unausweichbaren Schicksal trotzen. Weder fühlte ich mich zum Märtyrer nach Art der Christen berufen, noch besaß ich den stoischen Todesmut eines Seneca oder Petronius. Leben wollte ich, nur leben – allen Ereignissen zum Trotz. Meine Hauptsorge aber galt Fulvia und den Kindern. Würde sich Tigellinus an ihnen schadlos halten? In aller Eile schrieb ich einen Brief an Fulvia, in dem ich die Geschehnisse nur andeutete. Ich bat sie, sofort nach Praeneste zu gehen und ihr kleines Bauerngut nicht zu verlassen, bis sie weitere Nachricht von mir erhielte. Cletus, der wegen Petronius' Hinterlassenschaft nach Rom reisen wollte, versprach mir, den Brief sicher zu besorgen, und er hielt sein Versprechen.

Ich nahm von Neapel das nächste Schiff nach Sizilien und kam unbehelligt in Messana an. In einem von Cletus auf Petronius' Wunsch vorsorglich abgefaßten Empfehlungsschreiben wurde ich als ein gewisser Avidius bezeichnet, der in Lydias Haus bei Messana als Gast aufzunehmen sei.

Ich will es gleich vorwegnehmen: Alle diese Vorkehrungen und meine Flucht waren überflüssig. Es scheint, daß weder Tigellinus noch Nero mich damals für wichtig oder gefährlich hielten. Ich wußte das freilich nicht, rechnete mit dem Schlimmsten und wartete voll Angst und Sorge auf eine Nachricht von Fulvia.

Wem Petronius das kleine sizilianische Landgut vermacht hatte, wußte ich nicht; Cletus hatte mich ausdrücklich gebeten, von Lydias Tod nichts verlauten zu lassen.

Ich würde niemandem raten, einen Sommer auf Sizilien zu verbringen. Tag für Tag flammte eine unbarmherzige Sonne von einem so tiefblauen Himmel, wie man ihn in Rom selten erlebt. Zum Glück war das Meer nur etwa eine halbe Meile entfernt. Ich verbrachte die heißesten Tagesstunden in meinem kühlen, nach Norden in das schattige Atrium geöffneten Zimmer und nahm morgens und abends lange erfrischende Bäder im Meer.

Viel Freude hatte ich an diesem beschaulichen Leben nicht, da ich noch immer fürchtete, Tigellinus könnte mich hier aufspüren. Endlich, nach vielen Wochen unruhigen Wartens, traf ein Brief von Fulvia ein, der meine schlimmsten Sorgen behob.

Sie befand sich mit den Kindern noch immer in Praeneste, während Eli unser Haus in Tibur hütete und regelmäßig Bericht erstattete. Demnach hatte bisher noch niemand nach mir verlangt. Da es nicht Tigellinus' Art entsprach, seine Opfer allzu lange im ungewissen zu lassen, schien die Gefahr tatsächlich vorüber. Fulvia fragte mich, ob sie nach Tibur zurückkehren solle, wie lange ich wegzubleiben gedenke und was nun wirklich mit Petronius und Lydia geschehen sei. Ich ging in meinem Antwortbrief auf diese Fragen nicht näher ein, da man nicht wissen konnte, in welche Hände er gelangte. Fulvia bat ich, in Praeneste meine weitere Nachricht abzuwarten.

So hatte Tigellinus mir nur gedroht? Oder gebrauchte er eine List, um mich aus meinem Versteck hervorzulocken? Um sicherzugehen, blieb ich bis Mitte September auf dem Landgut, wo offenbar Lydias Tod noch immer nicht bekanntgeworden war. Der Hausverwalter, ein kleiner, knorriger Sizilianer mit schwarzen Kraushaaren und einer riesigen Nase, verhielt sich die ganze Zeit über sehr schweigsam. Er beaufsichtigte die zum Gut gehörenden Wein-, Öl- und Mandelgärten, ohne mich jemals zu fragen, wer ich sei, woher ich käme und wie lange ich bleiben wolle. Mir war es recht so, denn es ersparte mir die Notwendigkeit, ihm Lügen auftischen zu müssen.

Inzwischen hatte ich mir einen Vollbart stehen lassen, ging höchst einfach, fast ärmlich gekleidet und vergaß niemals, daß ich jetzt Avidius hieß.

Unter diesem Namen buchte ich einen Schiffsplatz und fuhr nach Antium. Von dort ritt ich mit dem Maultier quer durch die schönen grünen Albanerberge nach Praeneste, wie ein Pilger, der das berühmte Orakel im Fortunatempel aufsucht.

Gegen Abend stand ich vor Fulvias kleinem Landhaus, dessen Kauf sich jetzt als so nützlich erwiesen hatte. Zuerst schreckte sie in der Dämmerung vor meinem bärtigen Gesicht zurück, doch dann lagen wir uns in den Armen, während unsere Söhne Philon und Demetrios mit einem einzigen Freudenschrei über mich herfielen. Ihr werdet euch gewiß noch gut daran erinnern können.

Es war tatsächlich nicht das geringste geschehen. Kein Soldat hatte sich blicken lassen, keine briefliche Aufforderung war erfolgt. Anscheinend hatte man es doch bei Petronius' Tod bewenden lassen. Daß Crispinus Selbstmord begangen hatte und Silia verbannt war, erfuhr ich erst später von Sextus, den ich – noch immer bärtig und als Avidius – in Rom besuchte.

Auch ihn hatte niemand behelligt. Er war damals nicht geflohen, sondern hatte sich noch eine Woche in Baiae aufgehalten und war dann nach Rom zurückgekehrt.

Sonst aber gab es wenig Gutes zu berichten. Hinrichtungen, Verbannungen, Selbstmord ganzer Familien waren in Rom so alltäglich geworden, daß nur noch die bekanntesten Namen genannt wurden.

Inzwischen hatte auch Senecas beide Brüder ihr Los ereilt. Annaeus Mela, der Vater des in den Tod getriebenen Lucanus, wurde beschuldigt, auch er habe durch seinen Sohn von der pisonischen Verschwörung gewußt. Tigellinus aber gierte nach Melas durch den Nachlaß seines Sohnes noch größer gewordenem Vermögen, und so mußte auch Mela sich die Adern öffnen. In seinem Testament vermachte er Tigellinus eine große Summe, um den anderen Teil seines Besitzes der Familie zu erhalten.

Junius Gallio, Senecas älterer Bruder und ehemaliger Statthalter von Achaia, nahm sich als letzter das Leben. Warum dieser beliebte und ehrenwerte Mann in den Tod ging, wurde nicht bekannt, da offenbar weder eine Anklage noch eine Verdächtigung vorlag. Vielleicht hatte er ganz einfach keine Lust mehr, unter einer solchen Regierung weiterzuleben, da jeder vermögende Mann um sein Leben fürchten mußte. Nero und Tigellinus schienen gewillt, die alten römischen Patrizierfamilien nach und nach auszurotten.

Anstatt sich dagegen aufzulehnen und Nero samt seinem mordlustigen Anhang zu Staatsfeinden zu erklären, zeigte sich der Senat von Tag zu Tag feiger und willfähriger. Die ermordeten Senatoren ersetzte der Kaiser durch seine Kreaturen, so daß er sich auf eine immer stärkere Anhängerschaft stützen konnte.

Seinen Bericht von diesen Ereignissen schloß Sextus mit den Worten:

»Du siehst, Fulvius, daß wir vorerst in Sicherheit sind. Jeder Ankläger würde sich lächerlich machen, wenn ein stiller Gelehrter und ein kleiner Buchhändler als Staatsfeinde oder Verschwörer verdächtigt würden. Wir sind einfach nicht wichtig und zum Glück auch nicht vermögend genug. Geh nach Tibur zu deiner Familie, bebaue deine Äcker, erforsche die Geschichte und kümmere dich sonst um nichts. Das ist der beste Rat, den ich dir geben kann.«

Bald nach unserer Rückkehr von Praeneste traf eine Nachricht von Petronius' Nachlaßverwalter ein. Petronius hatte mir seine Bibliothek nebst den schönen Marmorbüsten von Dichtern und Philosophen vermacht. Diese Erbschaft verursachte mir mehr Trauer als Freude. Cletus half mir, die Bücher in meine Bibliothek einzugliedern, während wir von den alten Zeiten sprachen. Ihn hatte man mehrere Tage verhört; sogar die Folter wurde ihm angedroht, doch dann ließen sie ihn plötzlich wieder frei. Vielleicht hatte sogar der engstirnige Tigellinus erkannt, daß dieser kleine gescheite Grieche alles andere sein konnte, nur kein Verschwörer oder Staatsfeind. Ihm hatte Petronius sein prachtvolles römisches Haus schon zu Lebzeiten überschrieben, woran allerdings die Bedingung geknüpft war, daß Cletus eine mit Petronius weitläufig verwandte junge Witwe heiratete, die mittellos in Rom lebte. Da die junge Frau einverstanden war, erfüllte Cletus diese Bedingung gerne, um so mehr als er, der nicht Römer werden konnte, nun wenigstens eine echte Römerin zur Frau hatte. Nach Neros Tod änderte er seinen Namen in Cletus Petronius um und lebt heute mit seiner Petronia, die ihm bis jetzt zwei Kinder schenkte, glücklich und zufrieden als Literaturagent in seinem schönen Haus, das ihm seltsamerweise nicht einmal Tigellinus streitig machte, der schließlich das Landhaus in Cumae räuberisch in seinen Besitz gebracht hatte.

Mein guter Eli schlich in diesen Tagen mit einem traurigen, von Kummer und Tränen gezeichneten Gesicht durchs Haus. Paulus, der feurige Christenprediger, war nämlich ganz plötzlich zum Tode verurteilt und an der Via Ostia enthauptet worden. Nach Elis Bericht hatte der von den Juden-Christen so lange gemiedene Paulus wegen seines Bekennermutes doch noch eine kleine treue Anhängerschar in Rom um sich versammeln können. Auch Eli gehörte zu seinen Bewunderern und hörte sich seine Predigten an, so oft es nur ging. Paulus aber in seinem Eifer wurde unvorsichtig. Er wußte, daß die römischen Behörden ihn überwachten, wußte, daß jede seiner Predigten von Amts wegen mitgehört wurde:

»Alle Obrigkeit, wenn sie gut und gerecht ist, kommt von Gott, eine schlechte aber ist des Teufels und muß ausgetilgt werden.«

Da horchten die Spitzel auf. Als Paulus dann Neros Lasterhaftigkeit und Verschwendungssucht beim Namen nannte, griffen sie zu. Paulus bat weder um Gnade, noch appellierte er an den Kaiser. Als römischer Bürger blieb ihm ein qualvoller Tod erspart. In Gegenwart einiger treuer Freunde fiel sein Haupt. Paulus war nicht der einzige hingemordete Christ in diesen Tagen, denn auch jetzt noch wurden sie bei öffentlichem Auftreten verfolgt, da der nach dem großen Brand gegen sie erzeugte Haß fortdauerte.

Als Nero in Tigellinus' Begleitung seine so lange geplante Griechenlandreise nun doch endlich antrat, ging ein Aufatmen durch Rom.

Jetzt erst konnten Fulvia und ich uns ganz sicher fühlen. Von schwerer Last befreit, genossen wir unser Dasein wie ein junges Ehepaar, was dir, Philon, wie ich weiß, manchmal mißfiel, denn deine stolze Sohnesliebe erwartete von den Eltern eine zurückhaltende Würde. Vielleicht wirst du uns nachsichtiger beurteilen, wenn du diese Zeilen gelesen hast.

Wie jeder weiß, ist Fortuna ein launisches Weib, das den Menschen gerne in argloser Sicherheit wiegt, um dann plötzlich wieder ihre Hand von ihm abzuziehen. Das mußte auch Nero erkennen, als er nach einjähriger Abwesenheit zurückkehrte. In seinen Augen war die griechische Reise ein einziger Triumph gewesen. Der Kaiser hatte als Dichter, Sänger, Musiker und Wagenlenker geglänzt und war von den spottlustigen, doch gutmütigen Griechen überall gefeiert worden, wobei er allerdings nicht merkte, daß man mehr den Hanswurst als den kaiserlichen Sänger beklatscht hatte. Als nun gar das von ihm befragte Delphische Orakel den Spruch verkündete, der Kaiser müsse sich vor dem dreiundsiebzigsten Jahr in acht nehmen, fühlte er sich unangreifbar wie ein Gott. War ihm nicht noch eine über vierzigjährige Herrschaft beschieden? Wie der Orakelspruch tatsächlich zu deuten war, sollte er bald zu spüren bekommen. Auf der Rückreise machte Nero in Neapel halt, um die von ihm so geschätzte Stadt wieder einmal mit seiner Anwesenheit zu beglücken. Hier erreichte ihn die Nachricht vom Aufstand des Julius Vindex in Gallien. Rom empfing ihn dann mit der Schreckensbotschaft, daß Servius Galba mit ganz Spanien von ihm abgefallen sei. Galba war zu dieser Zeit gerade dreiundsiebzig Jahre alt; jetzt erst erkannte Nero die wahre Bedeutung des Orakels.

Verängstigt, feige und kopflos suchte er in Rom nach den Schuldigen, anstatt durch rechtzeitiges Eingreifen den Reichsfrieden wiederherzustellen. Wieder wurde verhaftet, verhört, gefoltert.

Wir in Tibur wußten von alledem noch nichts, bis eines Mittags im April Soldaten in unser Haus drangen und mich ohne irgendeine Begründung festnahmen. Ich konnte vor Schreck keinen klaren Gedanken fassen, umarmte meine weinende Fulvia und flüsterte ihr zu: »Geh sofort nach Praeneste!«

In Rom wurde ich mit einigen anderen – von denen ich niemand kannte – in die Prätorianerkaserne getrieben, wo man uns über eine Woche unter strenger Bewachung festhielt. Aus den Bemerkungen der Soldaten war zu entnehmen, daß Tigellinus eine neue weitverzweigte Verschwörung, die angeblich mit Galba in Verbindung stand, zerschlagen wollte.

Ich kann bis heute nur vermuten, daß mein Name seit Petronius' Tod auf einer Liste von Verdächtigen stand, die man nun alle ohne lange Nachprüfung inhaftierte.

Tigellinus selbst nahm die Verhöre vor. Er wirkte gehetzt und unsicher, stellte die sonderbarsten Fragen und blickte sich häufig um, als fürchte er einen Dolchstoß in den Rükken. Während ich vor ihm stand, blätterte er in einem Papierstoß.

»Fulvius Judas, der Freund des Verräters Petronius. Du mußt wissen, daß wir keinen vergessen, daß unser Arm jeden erreicht. Du hast also eine neue Verschwörung mit vorbereitet? Leugne nicht! Wir wissen längst Bescheid. Du bist auch ohne ein Geständnis überführt!«

»Aber ich habe doch Tibur seit vielen Monaten ...«

Tigellinus unterbrach mich schroff: »Eure Treffpunkte sind unwichtig. Ob Ostia, Tibur, Cumae oder Rom, ihr wart euch ja längst einig. Nun, diesmal wird kurzer Prozeß gemacht. Ausrotten werde ich euch mit Stumpf und Stiel, Mann und Frau. Diesmal schlüpft keiner durch die Maschen. Hast du mit Galba Verbindung gehabt? Du brauchst nicht zu antworten, es kommt ohnehin alles ans Licht. Falls wir dein Geständnis brauchen, gibt es Peitschen, glühende Eisen und dergleichen genug, um die Wahrheit hervorzulocken. Wir werden sehen ...«

Damit war ich entlassen und wurde wieder ins Gefängnis gebracht. Einer dieser berüchtigten Folterungen mit glühenden Metallplatten auf den nackten Leib und langsamem Zerbrechen der Glieder würde ich nicht standhalten, das wußte ich. Am besten gleich in den Tod gehen – aber wie? Wir wurden Tag und Nacht bewacht wie die wilden Tiere; nicht einmal unsere Bedürfnisse konnten wir unbeobachtet verrichten. Diese Tage waren eine Hölle.

Niemand wußte etwas, alle fühlten sich unschuldig und erhofften sich bestenfalls einen schnellen Tod ohne vorherige Folterung.

Daß sich eine Änderung vorbereitete, erkannten wir an den immer freieren Gesprächen unserer Bewacher.

»Jetzt ist er am Ende«, hörte ich einen der Soldaten sagen, während sie uns den täglichen fast ungenießbaren Fraß brachten.

»Tigellinus soll schon über alle Berge sein«, bemerkte ein anderer.

Das war für mich und meine Leidensgenossen ein Hoffnungsstrahl in unserer trostlosen Finsternis. In den ersten Junitagen polterte ein Centurio mit seinen Kriegern durch das Gefängnis, riß alle Türen auf und schrie: »Raus mit dem Gelichter! Der Staat hat euch lange genug ernährt!«

Ich war überzeugt, daß nun für uns alle die letzte Stunde gekommen war. Mit dem Mut der Verzweiflung drängte ich mich zu dem Offizier durch und fragte ihn: »Werdet ihr uns jetzt töten?«

Der alte Soldat grinste freundlich. »Ja, das sollten wir eigentlich, doch jetzt geht es ganz anderen Herren an den Kragen. Der Senat hat Nero zum Staatsfeind erklärt, und Galba ist der neue Kaiser. Macht euch davon, ihr seid frei!«

»Frei!« schrie ich mit gellender Stimme, damit es alle hören konnten. »Frei! Nero ist abgesetzt, wir sind frei!«

Da ging es wie ein großes Aufatmen durch den hoffnungslosen Haufen unrasierter, zerlumpter Männer.

»Das habt ihr Galba zu verdanken, unserem neuen Kaiser!« rief der Centurio uns, die wir hinaus ans Licht drängten, noch hinterher.

Was bedeuteten uns Galba, Nero, Tigellinus? Wir waren frei.

Später fand ich heraus, daß ungefähr zur selben Stunde, als ich mit meinen Leidensgenossen den Kerker verließ, der abgesetzte Kaiser Nero etwa vier Meilen von Rom entfernt im Landgut seines Freigelassenen Phaon um sein Leben zitterte. Die letzten Tage hatten die ganze feige Jämmerlichkeit dieses von Völlerei, Wollust und Mordtaten zerrütteten Menschen enthüllt. Nachdem sämtliche Heere von ihm abgefallen waren und auf Galba den Treueid geleistet hatten, verfiel Nero auf die unsinnigsten Pläne, um sich zu retten. Er sandte einige Freigelassene nach Ostia, um die Flotte segelfertig zu machen, und versuchte inzwischen die Offiziere der Prätorianergarde zur gemeinsamen Flucht zu überreden. Als diese ihm nicht mehr gehorchten, ließ er Locusta kommen, die ihm ein schnellwirkendes Gift bereiten mußte. Tigellinus hatte bei den ersten Anzeichen von Neros Sturz die Flucht ergriffen, während Nymphidius Sabinus, der zweite Prätorianerpräfekt – Nero hatte ihn anstelle des ermordeten Faenius Rufus ernannt –, sich nach außen für Galba erklärte, insgeheim aber hoffte, daß seine Soldaten ihn zum Kaiser ausriefen. Er hatte sich verrechnet, seine Soldaten brachten ihn um. Nero aber erwog mit den wenigen bei ihm ausharrenden Getreuen, ob er in Trauerkleidern vor das Volk treten solle, um es für seine Untaten um Verzeihung zu bitten, oder ob es besser sei, sich Galba zu unterwerfen, der ihn dann vielleicht zum Statthalter Ägyptens machen würde. Da er sich zu keinem Entschluß durchringen konnte, ging er zu Bett. Gegen Mitternacht erwachte er, rief nach den Wachen, doch diese waren inzwischen wie vor einem Aussätzigen geflohen. Mit seinem bei ihm ausharrenden Sekretär Epaphroditus und seinem Geliebten Sporus irrte Nero verzweifelt durch die endlosen Gänge des Goldenen Hauses, stellte fest, daß die Golddose mit Locustas Gift gestohlen worden war, und entschloß sich schließlich, mit Phaon, seinem Freigelassenen, auf dessen Landgut zu fliehen. Dort erfuhr er, daß der Senat ihn zum Staatsfeind erklärt hatte. Der von Nero so oft gedemütigte Senat rächte sich nun auf seine Weise und verurteilte den Staatsfeind zu der in alten Zeiten angewandten Strafe für Staatsverbrecher. Als Nero erfuhr, daß diese Strafe durch Totpeitschen vollzogen wurde, zögerte er stundenlang angstschlotternd seinen Selbstmord hinaus. Er, der so vielen Menschen ein grausames Ende bereitet hatte, spürte nun am eigenen Leib die Schrecken des Todes. Erst als Nero die Hufschläge der nach ihm ausgesandten Reiter nahen hörte, stieß er sich mit Hilfe des Epaphroditus einen Dolch in die Kehle.

Der schlaue Epaphroditus wurde für diese Tat später als Tyrannenmörder gefeiert und genießt bis heute seinen durch Nero erlangten Reichtum.

Kaiser Nero starb am neunten Juni, dem Todestag seiner von ihm ermordeten Frau Octavia.

Tigellinus konnte sich noch während der siebenmonatigen Regierungszeit Kaiser Galbas halten. Während dieser Zeit verpraßte er im Badeort Sinuessa die von seinen Opfern erpreßten Gelder. In dieses Lotterleben platzte nach Galbas Tod die Nachricht, daß Volk und Senat nun endlich die Bestrafung des früheren Präfekten forderten. Als seine jämmerlichen Bitten und Ausflüchte kein Gehör fanden, schnitt er sich die Kehle durch.

Zu meiner eigenen Genugtuung habe ich diese inzwischen wohlbekannten Ereignisse noch einmal geschildert, denn Nero und Tigellinus, die Seneca, Petronius, Lucanus und so viele andere schuldlose Menschen in den Tod trieben, verdienen kein Mitleid.

Fulvia und Eli empfingen mich wie einen vom Tode Auferstandenen, und das durfte man ruhig wörtlich nehmen; denn wer einmal in den Kerkern des Tigellinus verschwunden war, der gehörte bereits in das Reich der Toten.

Fulvia schrieb meine wunderbare Errettung ihren flehentlichen Gebeten zu, die sie an Hathor gerichtet hatte, während der treue Eli ein Gelübde für meine Errettung getan hatte. Worin es bestand, hat er mir bis heute nicht verraten.

Ich selbst, schon halb zum Stoiker geworden, sah in meiner Befreiung kaum etwas anderes als eine glückliche Fügung des Schicksals.

Wie wenig der schon dreiundsiebzigjährige neue Kaiser die in ihn gesetzten Hoffnungen erfüllte, wissen wir. Er wurde, wie Claudius, gänzlich von einigen Ratgebern beherrscht, die einander an Habgier und Bestechlichkeit übertrafen. Galba verbrachte die meiste Zeit in seiner Lieblingsvilla auf den Tuscolaner Bergen, wo er, der ganz dem männlichen Geschlecht zugetan war, im Kreise schöner Jünglinge üppige Gastmähler hielt.

Unter einem Vorwand aus dem Palast gelockt, wurde Galba mitten auf dem Forum von seinen eigenen Soldaten umgebracht.

Marcus Sulvius Otho, der frühere Statthalter von Lusitanien, hatte die Armee für sich gewonnen. So gelang es ihm, Galba zu stürzen. Auf diese Weise Kaiser geworden, versuchte er, Neros früheren Anhang zu umwerben, doch er fand in Vitellius, dem Führer der Rheinarmee, einen erbitterten Gegner. Nach der verlorenen Schlacht bei Betriacum gab er sich den Tod. Seine Herrschaft hatte genau drei Monate gedauert.

Welche traurige Rolle Vitellius als Kaiser spielte und wie er endete – davon war schon zu Beginn meiner Niederschrift die Rede.

14

Philon, der nun endlich doch ein fertiger Arzt geworden ist, prophezeit mir noch ein langes Leben, denn ich sei – wie er nach gründlicher Untersuchung meinte – für mein Alter sehr gesund. Daß ein Sohn seinem Vater nicht vom Tode spricht, ist verständlich, doch ich gebe ihm nur zu gern recht. Noch immer wandere ich, ohne zu ermüden, stundenlang durch meine Felder und Weinberge, freue mich am ewigen Kreislauf der Natur und fühle mich, von Fulvia und Eli umsorgt, in meinem Hause wohl.

Kaiser Vespasian ist geblieben, was er beim Antritt seiner Regierung bereits war: bescheiden, gerecht und mild. Für ihn müßte die Devise gelten: Nichts für mich – alles für Rom.

Er hat Neros Schulden getilgt, was ihm der Pöbel als Habgier auslegte. Er hat das Kapitol im alten Glanz wiedererstehen lassen, erneuerte die Tempel von Jupiter und Vesta, errichtete einen Friedenstempel und ließ Neros wahnwitzigen Palast mit seinem großen Theater überbauen. Titus, sein Sohn und Mitregent, verspricht ein würdiger Nachfolger seines Vaters zu werden.

Rom ist wieder geworden, was es unter Augustus einmal war: ein Hort des Rechts und der Gerechtigkeit.

Daß Vespasian und Titus Jerusalem zerstört und mein Volk in einem blutigen Kampf niedergeworfen haben, ist nicht ihre Schuld, sondern war eine bittere Notwendigkeit, um den Frieden des Reiches zu bewahren. Dies ist meine Meinung als Historiker – unabhängig davon, daß ich Jude und römischer Bürger bin.

Meine Arbeit als Historiker ist abgeschlossen, also nütze ich meine Zeit zum Lesen. Mein Lieblingsautor ist seit langem Seneca, er hat alles gesagt, was über das menschliche Leben zu sagen ist. Wer seine Schriften aufmerksam liest, kann sich die Werke sämtlicher Philosophen ersparen.

Als mir Eli einmal sagte, daß Jesus als erster und einziger verkündet habe: »Liebe deinen Nächsten wie dich selbst, schätze das Wohl deiner Seele höher als irdischen Besitz«, verwies ich ihn auf Seneca, der mit anderen Worten genau dasselbe meinte, doch immer die Schwächen der menschlichen Natur in Betracht zog. Er verlangte niemals das Unmögliche, sondern entwickelte eine Lebensphilosophie des Möglichen. Unvergessen sind mir seine Worte:

»Du bist von Natur aus ein vernunftbegabtes Wesen: Was kann dir Besseres dargeboten werden als Vernunft? Immer gehe die Tugend voran und trage die Fahne; wir werden trotzdem unser Vergnügen haben, doch wir werden es beherrschen und lenken, wir werden uns bitten lassen, aber nichts wird uns zwingen. Reichtum, ob ich ihn habe oder nicht, will ich geringachten; liegt er anderswo, so soll es mich nicht kümmern, schimmert er um mich her, so soll mich das nicht übermütig machen. Ich will niemals vergessen, daß ich für andere zu leben habe, und will der Natur dafür dankbar sein. Allen Besitz will ich ansehen als ein gütiges Geschenk. Nichts will ich der Meinung zuliebe tun, alles nach bestem Wissen und Gewissen. Gegen Freunde will ich gefällig sein, gegen Feinde milde und nachgiebig; ich will geben, ehe man mich bittet. Sobald die

Natur meinen Geist zurückfordert oder ich ihn nach reiflicher Überlegung selber zurückgebe, will ich das irdische Leben verlassen mit dem Zeugnis, daß ich ein gutes Gewissen geliebt habe und ein edles Streben und daß durch mich keines Menschen Freiheit beeinträchtigt wurde – am wenigsten meine eigene.

Wer solches sich vornimmt, dessen Weg führt in den Himmel.«

Diese Worte unseres Seneca will ich euch, geliebte Söhne, mit auf den Lebensweg geben. Ich habe ihnen nichts hinzuzufügen.

Fremdwörter- und Namenerklärung

Aenaria	Ischia
Bar Mizwah	hebräisch: »Sohn der Verpflichtung« Jüdische religiöse Feier für 13jährige Knaben, die damit in die Gemeinde der Erwachsenen aufgenommen werden.
Brundisium	Brindisi
Caprea	Capri
Frigidarium	Kaltwasserbecken
Laconicum	Schwitzbad
Lupanaria	Bordell
Medicus curat, natura sanat	lateinisch: Der Arzt kuriert, die Natur heilt.
Mediolanum	Mailand
Mesusa	hebräisch: »Pfosten« Mit religiösen Texten beschriebenes Pergamentblatt, das in einer Kapsel am rechten Türpfosten jüdischer Häuser befestigt war.
Pax romana	lateinisch: Römischer Frieden
Peristylum	Von Säulen umgebener Innenhof
Perusia	Perugia

Philemon und Baucis	Griechische Sage von einem armen alten Ehepaar in Phrygien, das die als Wanderer auftretenden Götter Jupiter und Merkur gastlich aufnahm. Zum Dank dafür wurde ihnen der Wunsch gewährt, im hohen Alter gleichzeitig zu sterben.
Praeneste	Palestrina
Puteoli	Pozzuoli
Salona	Hauptort der römischen Provinz Dalmatien, jetzt nordöstlicher Stadtteil von Split (Solin).
Spoliarium	Nebenraum unter den Tribünen antiker Arenen, wohin tote oder sterbende Gladiatoren gebracht wurden.
Tibur	Tivoli
Venusia	Venosa
Vestibulum	Vorhalle

Historische Romane
im dtv

Elizabeth
Marshall Thomas
Die Frau des Jägers
Roman · dtv 12004
»Ein Roman aus der Steinzeit von seltener Tiefe und Schönheit.« (New York Times Book Review)

Robert von Ranke Graves
Ich, Claudius, Kaiser und Gott
Roman · dtv 1300
Augustus, Livia, Caligula, Nero: eine Chronique scandaleuse, in der die ganze dekadente Welt des römischen Imperiums lebendig wird.

Marguerite Yourcenar
Ich zähmte die Wölfin
Die Erinnerungen des Kaisers Hadrian
dtv 12476
Ein Roman von außergewöhnlicher Feinheit. Yourcenar zeichnet mit Hadrian einen leidenschaftlichen und tatkräftigen Mann, den man betrauert wie einen Freund.

Frans G. Bengtsson
Die Abenteuer des Röde Orm
Roman · dtv 20055
Orm, Mutters Jüngster, verzärtelt und hypochondrisch, wird von plündernden Nachbarwikingern verschleppt. Doch das Schiff, auf dem die Nordmänner zu ihrem alljährlichen Raubzug gen Spanien fahren, kapern die Mauren...

Claudia Groß
Die Runenmeisterin
Roman · dtv 24166
Sie gehören zueinander, die letzte Runenmeisterin Rosalie und der Druidensproß Cai. Aber zwischen den Liebenden stehen ein Mord und ein feierliches Gelübde... Eine Kriminal- und Liebesgeschichte vor der rauhen Kulisse des Mittelalters.

Elisabeth Harris
Der heilige Stein
Roman · dtv 20253
Bei Ausgrabungen in einem einsamen Kloster in Wales entdeckt man das Skelett eines Neugeborenen. Alles deutet darauf hin, daß sich zu Beginn des 13. Jahrhunderts hier eine Liebestragödie abgespielt hat...

Historische Romane im dtv

Diana Norman
Die Piratenkönigin
Roman · dtv 20115
Irland im 16. Jahrhundert. Im Dienst der Königin wird die junge Barbary auf die rebellische Insel geschickt. Inmitten von politischen Intrigen, Freiheitskampf und Krieg erlebt sie die Schönheit und Tragik Irlands – und ihre große Liebe.

Rosemarie Marschner
Nacht der Engel
Roman · dtv 20286
Italien zur Zeit der Renaissance. Die schöne Francesca hat alles, was das Herz begehrt. Und bei Lorenzo de' Medici ist sie ein mehr als nur gern gesehener Gast. Aber es ist auch gefährlich, der Fürstenfamilie so nahe zu stehen ...

Rosemarie Marschner
Der Sohn der Italienerin
Roman · dtv 12160
»Prinz Eugen, der edle Ritter ...« Rosemarie Marschner erzählt das Schicksal eines der berühmtesten Helden der Neuzeit auf spannende und psychologisch raffinierte Weise.

Jochen Klepper
Der Vater
Roman eines Königs
dtv 11478
Die »äußere und innere Geschichte« Friedrich Wilhelms I. von Preußen – viel mehr als nur ein historischer Roman: eine Dichtung von unvergleichbarer Prägnanz.

Wolf von Niebelschütz
Der Blaue Kammerherr
Roman · dtv 12600
Das Inselreich Myrrha im Jahr 1732. König Alphanios ist das Opfer intriganter Minister und Finanzleute. Prinzessin Danae versucht allen Intrigen zu begegnen, um ihrem Land zu helfen. »Ein europäisches Märchen.« *Peter Härtling*

Eveline Hasler
Anna Göldin. Letzte Hexe
Roman · dtv 10457
1780. Die schöne, eigenwillige Dienstmagd Anna Göldin wird des Kindsmords und der Zauberei angeklagt. Die Geschichte des letzten Hexenprozesses in Europa.